〔宋〕釋惠洪 撰
周裕鍇 校注

石門文字禪校注

八

上海古籍出版社

卷二十一

記

畫浪軒記〔一〕

建中靖國改元夏，余客洞山禪悅堂之東齋〔二〕。中無長物〔三〕，唯置一牀，覆以蘧蒢〔四〕，架書數卷於枕間。傣南開軒〔五〕，以納衆山之勝。眼倦抛書，坐卧惟山之接。山容無盡，而樂亦無厭也。三伏大熱，坐榻皆温，林陰拂掠，不足以剪畏日〔六〕。有蜀道人得孫知微活水遺法〔七〕，爲余壁間作崩掀澎漫之圖，以來涼氣〔八〕，解衣磅礴〔九〕，奮筆而成。余驚定歎曰：「異哉！一堵之間，須臾之頃，而足江湖萬頃之勢。壯波怒渦，窪窿千狀〔一〇〕，而有不窮之變，陰風徐來，毛骨震掉〔一一〕，忽焉如舟洞庭而望霜曉也。能復有險畏神速於此者乎？」道人舉杖，指以謂余曰：「龍驤萬斛，逶迤而進，如欲濟，如愼畏〔一二〕，有如明公卿任大責重，思所以濟民而報國者也。舳艫銜尾〔一三〕，追逐上下，如行如留，有如仕路之紛紛，方進而未艾者也。魚龍變化，更相出没〔一四〕，有如賤而忽顯，貴而忽棄者也。一葉之艇，傲顛風而舞澎湃，超然自得，有如道德奇逸，雜市人而無辨者也。世波之神速險畏，其有以類此，故吾圖之。至於白鷗沙禽，汎汎隨流，若無所與者〔一五〕，又如我輩宅青山而侶白雲，然猶思高飛遠引，不能與之涉也。」余捫其洶湧起突之處，點畫穠纖之間，語之曰：「果有生滅變易否乎〔一六〕？」曰：「無有也。」「夫天地萬物之盛備，古今寒暑之往來，是非榮辱相尋於無窮，而死生憂患追逐之而不赦，錯綜歷亂，如蜜房如亂絲者〔一七〕。如此畫浪，初未始有生滅，有變易，而其顛倒妄自驚怪者，如子自畫之，而又自畏之也。古之大聖人，皆能游戲於此，故曰：『是法住法位，世間相常住〔一八〕。』又曰：『一切法常靜，無有起相〔一九〕。』震旦駒兒，子之鄉老也〔二〇〕。而亦曰：『如畫水成文，不生不滅〔二一〕。』何遽忘之也耶？」於是道人顧余而笑曰：「願從子游。」因名其軒曰「畫浪」，又爲之記。

【注釋】

〔一〕建中靖國元年夏作於筠州新昌縣洞山。畫浪軒：當在洞山普利禪院内。

〔二〕洞山禪悦堂：新昌縣洞山院，即普利禪院，唐良价禪師嘗住持於此，爲曹洞宗祖庭。輿地紀勝卷二七江南西路瑞州：「洞山院，在新昌縣太平鄉西南五十里，有太宗、仁宗所賜碑。」

〔三〕無長物：無多餘之物。世説新語德行：「（王恭）對曰：『丈人不悉恭，恭作人無長物。』」

〔四〕蘧蒢：葦或竹編之粗席。鹽鐵論散不足：「庶人即草蓐索經、單藺蘧蒢而已。」

〔五〕傃：向。

〔六〕畏日：烈日。

〔七〕孫知微活水遺法：孫知微，字太古，眉山人。精黄老學，善畫佛道人物。事具圖畫見聞志卷三。又善畫水。蘇軾書蒲永昇畫後：「古今畫水多作平遠細皺，其善者不過能爲波頭起伏，使人至以手捫之，謂有窪隆，以爲至妙矣。然其品格特與印板水紙爭工拙於毫釐間耳。唐廣明中，處士孫位始出新意，畫奔湍巨浪，與山石曲折，隨物賦形，盡水之變，號稱神逸。其後蜀人黄筌、孫知微皆得其筆法。始，知微欲於大慈寺壽寧院作湖灘水石四堵，營度經歲，終不肯下筆。一日，倉皇入寺，索筆墨甚急，奮袂如風，須臾而成，作輸瀉跳蹙之勢，洶洶欲崩屋也。知微既死，筆法中絶五十餘年。近歲成都人蒲永昇嗜酒放浪，性與畫會，始作活水，得二孫本意。」

〔八〕來：招徠。

〔九〕解衣磐礴：指脱衣箕坐，形容畫家不拘行跡，神閑意定。語本莊子田子方：「宋元君將畫圖，衆史皆至，受揖而立，舐筆和墨，在外者半。有一史後至者，儃儃然不趨，受揖不立，因之舍。公使人視之，則解衣般礴臝。君曰：『可矣，是真畫者也。』」盤，同「磐」，通「般」。參見本集卷二蒲元亨畫四時扇圖注〔四〕。

〔一〇〕窪窿：凹凸。亦作「窪隆」。見注〔七〕引蘇軾書蒲永昇畫後。

〔一一〕震掉：驚駭，驚恐。蘇轍廬山棲賢寺新修僧堂記：「水行石間，其聲如雷霆，如千乘車，行者震掉，不能自持。」

〔一二〕「龍驤萬斛」四句：此與後文「一葉之艇，傲顛風而舞澎湃，超然自得」三句，均化自蘇軾大風留金山兩日詩數句：「塔上一鈴獨自語，明日顛風當斷渡。朝來白浪打蒼崖，倒射軒窗作飛雨。龍驤萬斛不敢過，漁艇一葉從掀舞。」龍驤：大舟。鍇按：冷齋夜話卷四王荆公東坡詩之妙：「東坡徵意特奇，如曰：『見説騎鯨游汗漫，亦曾捫蝨話辛酸。』又曰：『蠶市風光思故國，馬行燈火記當年。』又曰：『龍驤萬斛不敢過，漁舟一葉從掀舞。』以鯨爲蝨對，以龍驤爲漁舟對，小大氣焰之不等，其意若玩世。謂之『秀傑之氣終不可没』者，此類是也。」

〔一三〕舳艫銜尾：謂列船首尾相接。漢書武帝紀：「舳艫千里。」注引李斐曰：「舳，船後持柂處也。艫，船前頭刺櫂處也。言其船多，前後相銜，千里不絶。」歐陽修送王學士赴兩浙轉運：「邑屋連雲盈萬井，舳艫銜尾列千艘。」

〔一四〕「魚龍變化」二句：汾陽無德禪師語録卷上：「倒却須彌，涸竭大海，魚龍變化，禽鳥飛騰，忙忙者畐塞虚空。正當恁麽時，佛出頭來，貶向他方世界。且道還有修行分也無？」古尊宿語録卷四四寶峰雲庵真淨禪師住金陵報寧語録：「看！看！四大海水在諸人面前滔滔地，氣象萬端，魚龍變化，還見麽？」此借用其語。

〔一五〕「至於白鷗沙禽」三句：楚辭卜居：「將氾氾若水中之鳧，與波上下，偷以全吾軀乎？」此化用其意。　汎汎：漂浮貌，同「氾氾」、「泛泛」。

〔一六〕生滅變易：龍樹菩薩中論卷四：「若諸法有定性，則世間種種相，天人畜生萬物，皆應不生不滅，常住不壞。何以故？有實性不可變異故。而現見萬物，各有變異相，生滅變易，是故不應有定性。」宗鏡録卷九〇：「如庵提遮女經云：『生滅與不生滅，交絡而釋。』經中答文殊師利言：『若知諸法畢竟生滅變易無定，如幻相，而能隨其所宜有所説者，是爲常義。』」

〔一七〕「錯綜歷亂」二句：梅堯臣代内答：「今朝别君思，歷亂如絲棼。」又送周直孺秘校和州都曹：「君思歷亂如蚕絲。」黄庭堅次韻答叔原會寂照房呈稚川：「客愁非一種，歷亂如蜜房。」此合其語而用之。

〔一八〕「是法住法位」二句：見法華經卷一方便品，爲世尊所説偈語。

〔一九〕「一切法常静」二句：見大乘起信論。

〔二〇〕「震旦駒兒」二句：震旦駒兒指唐馬祖道一禪師，景德傳燈録卷六江西道一禪師引西方般若多羅記：「達磨云：『震旦雖闊無别路，要假姪孫脚下行。金雞解銜一顆米，供養十方羅漢僧。』又六祖能和尚謂(懷)讓曰：『向後佛法從汝邊去，馬駒蹋殺天下人。』厥後江西法嗣布於天下，時號馬祖焉。」道一爲蜀之漢州什邡人，故曰蜀道人之鄉老。

〔二〕「如畫水成文」二句：景德傳燈録卷二八江西大寂道一禪師語：「猶如畫水成文，不生不滅，是大寂滅。」

【集評】

清釋道霈云：往歲讀東坡赤壁賦，既愛其文之敏妙，又愛其理之精深，以謂世無有過之者。後讀覺範此記，以晝浪説法，傾盡佛祖底藴，且其文縱横浩蕩若此，不知其胸中已吞吐幾赤壁也。此豈文人才士之所能爲哉！師嘗自言：「余幼孤，知讀書爲樂，而不得其要。落筆嘗如人掣其肘，又如瘖者之欲語，而意窒舌大，而濃笑者數數然。年十六七，從洞山雲庵學出世法，忽自信而不疑。誦生書七千，下筆千言，跬步可待也。嗚呼！學道之益人，未論其死生之際，益其文字語言如此，益可自信也。」今以此記觀之，良然。（聖箭堂述古）

潭州開福轉輪藏靈驗記〔一〕

長沙，楚之大藩〔二〕，民俗殷富可也，而山水之富亦擅名天下。千雉亘疊〔三〕，萬井喧闐，而嚼嶽色之芳鮮〔四〕，飲湘流之甘寒。寶坊精舍〔五〕，樓觀追逐，煙雲蔽虧，梵放酬酢〔六〕，如錢塘之西湖〔七〕，伊洛之嵩少〔八〕。開福在郡城之北，基構雄誇，盡占形勝，昔馬氏植福之地也〔九〕。弘法聚徒，皆當時之望士，號大叢林，名鎮諸方。馬氏嘗命苾芻智光建東藏〔一〇〕，奉安法寶，欲增妙麗，規法忉利諸天〔一一〕。光以意造，不合教乘〔一二〕，議者曰：「惟勁禪師隱居嶽中三十年〔一三〕，得心法之要，而淹通三藏，異迹甚著。」厚禮致之，勁果來。於是布地文石，爲雲濤之狀，以象海；琢石雲濤之上，以象須彌山；建大輪山之顛，而輔以小輪四〔一四〕，棊布峙立，如人聚五指。翔空爲朱欄青鎖，間見層出，以象忉利宮闕〔一五〕。光之徒頗相折難，勁博引樓炭等經〔一六〕，瑜伽、俱舍諸論〔一七〕，證尤甚明。會尊者室利嚩囉者來自五天〔一八〕，是勁之説，而藏乃克成，爲湖湘第一。政和之初，長老道寧開東山法道〔一九〕，食堂日五千指〔二〇〕，百須頤指可辦〔二一〕，門人法圓寔陰相之。圓，宜豐人〔二二〕，短小精悍，而材能任事。寧使牧衆，典金穀，道俗歸之。寧剋日而化〔二三〕，澧帥以大長老智公黄龍高弟，時年九十餘，可嗣其席，遣令佐即雲蓋迎之。智以老辭，令佐曰：「太守請飯，乃不赴，貽法門之咎。」智至，即鳴鼓。問其故，曰：「請師住持也。」心知墮其計中，受之〔二四〕。未幾，以職事付其嫡子文玉（正）避昊天諱㊀〔二五〕。玉（正）本色飽參㊁，有局量，克肖前懿。圓不以新故二其心，唯集諸功德，成就勝緣。三年，化衆檀鍾瑜等〔二六〕，翻修藏殿，五年秋，將畢工。九月己卯，夢合抱之木半空而止。圓蒲伏〔二七〕，疑將壓焉。呼曰：「誰爲此木，危人如此乎？」有答者曰：「此藏心也。」黎明，覲州男子程俊來謁〔二八〕，願施木以修藏，如夢中。自是，施者日填門。十月癸丑，使木工張詢梯其顛，施斧鑿，得木鏤識文，其略曰：「吾成此藏，魔事極多。不逾二百年，有吾宗法子〔二九〕，革作轉輪，此其基也。住持者，荆山寶也〔三〇〕；法子者，月望也〔三一〕；匠者，弓長也〔三二〕。」自僞天福癸丑至宣和改元己亥，蓋百九十餘年〔三三〕，夫豈偶然也哉！余獲拜觀，遣十輩下推其轂，五輪俱旋。其上塗金間碧，電馳風繞，莊嚴之麗，惟見者心了，而言所不能形容也。圓自言：其巧非木工所能，皆夢中若有指授者。凡費緡錢五百萬，六年而後成〔三四〕。且求文以記其事。余聞三世如來教法，有微塵數偈句，藏於龍宮〔三五〕。秘於五天者，太山毫芒爾〔三六〕。而流傳中國者，纔五千軸〔三七〕。然衆生癡迷，且不聞其名，況義味乎！雙林大士以平等慈，行同體悲，廣攝異種，爲此方便〔三八〕。如疲軍聞梅林，雖未及見，而渴心止〔三九〕；如病夫入藥肆，雖未得飲而病已除，況於見之而獲飲者乎〔四〇〕！雖若簡易，然不猶賢於未知者耶？晉道人惠受嘗宿王坦之園，夢以園營精廬。既覺，訝之。假寐，復理前夢，以語坦之，遂果其事。已而，又夢得刹柱。明日行江亭，獲隨流之木〔四一〕。唐法師曇彦居越州龍興寺，大殿隳壞，衆請彦修之。彦曰：「非貧道力也。却後三百年，有非衣檀越來興此殿。」及期，太守裴肅果符其讖〔四二〕。嗚呼！圓退然寒窶〔四三〕，一鉢行人間而已，夢如惠受，而非有王氏之園爲之貲。讖如曇彦，而非有裴公之力成其願。乃能不起于座，出雙林之横枝〔四四〕，續光明之千燄。必有大過人者，可無書乎！五月日記。

【校記】

〔一〕付：四庫本作「盡付」。　子：四庫本作「嗣」。　玉：原作「正」，實當作「玉」，今改，參見注〔二五〕。

〔二〕玉：原作「正」，當作「玉」，今改，參見注〔二五〕；四庫本作「文正」。

【注釋】

〔一〕宣和元年五月作於長沙。　開福：全名開福報慈禪寺。宋釋善果集開福道寧禪師語録卷首有譚章撰潭州開福報慈禪寺道寧師語録序。　轉輪藏：藏置佛經且可轉動之塔形木結構建築，相傳爲南朝梁傅大士所創。參見本集卷一送元上人還桂陽建轉輪藏注〔一〕、〔六〕。

〔二〕大藩：潭州長沙郡，治長沙、善化二縣，乃荆湖南路安撫司所在地，實爲湖南之首府，故稱大藩。

〔三〕千雉垣疊：左傳隱公元年：「都城過百雉，國之害也。」杜預注：「方丈曰堵，三堵曰雉，一雉之牆長三丈，高一丈。」千雉，極言城牆之高廣。

〔四〕嶽色：南嶽衡山之景色。

〔五〕寶坊精舍：佛寺之美稱。

〔六〕梵放酬酢：誦經歌讚之聲彼此應答。九家集注杜詩卷二大雲寺贊公房四首之一：「梵放時出寺，鐘殘仍殷牀。」此借用其語。

〔七〕錢塘之西湖：宋時杭州西湖寺院甚多，著名者如淨慈寺、天竺寺、靈隱寺等。詳見武林梵志。

〔八〕伊洛：伊水與洛水，此泛指洛陽一帶。　嵩少：嵩山之别名，嵩山西爲少室山，故稱。其地佛寺亦多，著名者有白馬寺、少林寺等。參見洛陽伽藍記。

〔九〕馬氏：五代十國之楚國統治者。唐昭宗乾寧三年（八九六），馬殷據湖南，拜潭州刺史、武安軍節度使，梁太祖時封楚王，都長沙。傳至馬希蕚、希崇，周廣順元年（九五一），爲南唐所滅。歷六主，五十六年。見新五代史楚世家。

〔一〇〕苾芻：比丘。　智光：生平未詳。　東藏：儲藏佛教經典之東閣。

〔一一〕規法忉利諸天：謂欲仿照忉利天宫闕之狀建造東藏。佛經稱欲界六天中之第二天爲忉利天。一切經音義卷二一大方廣佛華嚴經音義一五忉利天：「忉利，梵言正云怛唎耶、怛唎奢。言怛唎耶者，此云三也；怛唎奢者，卅也。謂須彌山頂，四方各有八大城，當中有一大城，帝釋所居，總數有三十三處，故從處立名也。」

〔一二〕不合教乘：謂不符合佛教經論對忉利天之描述。

〔一三〕惟勁禪師：景德傳燈録卷一九南嶽惟勁禪師：「南嶽般舟道場寶聞大師惟勁，福州人也。素持苦行，不衣繒纊，惟壞衲以度寒暑，時謂頭陀焉。初參雪峰，深入淵奥。復問法玄沙之席，心印符會。一日謂鑒上座曰：『聞汝注楞嚴經。』鑒曰：『不敢。』師曰：『二文殊汝作麽生注？』曰：『請師鑒。』師乃揚袂而去。唐光化中，入南嶽，住報慈東藏（亦號三生藏）。藏中有鏡燈一座，即華嚴第三祖賢首大師之所製也。師覩之，頓喻廣大法界，重重帝網之門，佛佛羅光之像。因美之曰：『此先哲之奇功，苟非具不思議善權之智，何以創焉。』乃著五字頌五章，覽之者悟理事相融。後終於南嶽。師於梁開平中撰續寶林傳四卷，紀貞元之後禪門繼踵之源流也。又製七言覺地頌，廣明諸教緣起。别著南嶽高僧傳，皆流傳于世。」錯按：惟勁禪師爲雪峰義存禪師法嗣，屬青原下六世。惟勁於唐光化年間（八九八～九〇一）入南嶽，此言隱居嶽中三十年，其時約在後唐長興年間（九三〇～九三三）。

〔一四〕「於是布地文石」七句：謂以文石布地作波濤狀，象徵大海；琢石塊立於海中，象徵須彌山，而所建造須彌山與大輪之形象，均仿照佛教經論所叙述。阿毗達磨俱舍論卷八中分別世間品：「如此等山依金地輪上住。八大山中央有須彌婁山，所餘山繞須彌婁住。一由乾陀羅，二伊沙陀羅，三佉特羅柯山，四修騰婆那，五阿輸割那，六毗那多柯，七尼旻陀羅。此須彌婁山七山城所圍，最外山城名尼旻陀羅。……於第七山外，有四大洲；於四大洲外，復有鐵輪圍山。由此山故，世界相圓如輪。」　鍇按：此處所描述潭州開福寺之園林設計，與日本禪院枯山水景觀頗有相似處。據此，則枯山水庭院之創始人或當爲南嶽惟勁禪師，時在五代十國馬氏統治長沙時期，傳至日本當在宋末元初。

〔一五〕「翔空爲朱欄青鎖」三句：謂其建築如忉利天宮，極爲妙麗。大樓炭經卷一閻浮利品：「忉利天宮，在須彌山上。……其宮廣長二十四萬里，宮壁七重，欄楯七重，刀分七重，行樹七重。周匝皆以七寶，采畫妙好，金銀、水精、琉璃、馬瑙、赤真珠、車璩，金壁銀門，銀壁金門，琉璃壁水精門，水精壁琉璃門，赤真珠壁馬瑙門，馬瑙壁赤真珠門，車璩壁一切衆寶門，采畫妙好，皆以七寶作之。金欄楯、金柱栿、銀桄，銀欄楯、銀柱栿、金桄，琉璃欄楯、琉璃柱栿，水精欄楯、水精柱栿、琉璃桄，赤真珠欄楯、赤真珠柱栿、馬瑙桄，馬瑙欄楯、馬瑙柱栿、赤真珠桄，車璩欄楯、車璩柱栿，一切妙寶作之。」瑜伽師地論卷二本地分中意地：「復次於蘇迷盧頂處中建立帝釋天宮，縱廣十千，逾繕那量。所餘之處，是彼諸天村邑聚落。其山四面對四大洲，四寶所成，謂對贍部洲，琉璃爲面；對毗提訶，白銀爲面；對瞿陀尼，黃金爲面；對拘盧洲，頗胝爲面。又贍部洲，循其邊際，有輪王路，真金所成。」　間見層出：交替出現。語本韓愈貞曜先生墓誌銘：「神施鬼設，間見層出。」

〔一六〕樓炭等經：大樓炭經，六卷，西晉釋法立共法炬譯。

〔一七〕瑜伽：瑜伽師地論之略稱，百卷，無著述，唐玄奘譯。爲佛教法相宗主要經論。　俱舍：阿毗達磨俱舍論之略稱，古印度世親作，南朝陳真諦譯。

〔一八〕尊者室利嚩囉：舊五代史高祖紀第二：「（天福二年春正月）丙寅。是日，詔曰：『西天中印土摩竭陀舍衛國大菩提寺三藏阿闍梨沙門室利縛羅，宜賜號弘梵大師。』」此言室利嚩囉，同音異譯也。　五天：古印度分爲東、南、西、北、中五部，稱五天竺，省稱五天。　鍇按：據舊五代史，後晉天福二年（九三七），楚王爲馬希范。

〔一九〕長老道寧：道寧禪師（一〇五三～一一一三），歙州婺源人，俗姓汪氏。五祖山法演禪師法嗣。五燈會元卷一九列臨濟宗楊岐派南嶽下十四世。　東山法道：指五祖法演禪師之禪法。黄梅縣五祖山，俗稱東山。　據嘉泰普燈録卷一一潭州開福道寧禪師：「大觀中，潭帥席公震請住開福，衲子景從。」鍇按：此文稱道寧住開福爲「政和之初」，略異。蓋大觀末與政和初，時相接也。

〔二〇〕五千指：猶言五百人。一人十指，故云。

〔二一〕百須：多種需求。須，通「需」。　頤指：以面部表情示意指使人。漢書賈誼傳：「今陛下力制天下，頤指如意，高拱以成六國之旣，難以言智。」顔師古注引如淳曰：「但動頤指麾，則所欲皆如意。」

〔二二〕宜豐：縣名，三國吴置，南朝宋初廢。唐初復置，又廢。北宋初改置新昌縣。

〔二三〕剋日而化：在限定日期去世。嘉泰普燈録卷一一潭州開福道寧禪師：「政和三年十一月四日，淨髮沐浴。次日，齋罷小參，勉衆行道，辭語誠切。期初七示寂，至日酉時，加趺而逝。」

〔二四〕「潭帥以大長老智公」十六句：禪林僧寶傳卷二五雲蓋智禪師傳：「政和四年，年九十矣。潭帥周穜仁熟遺長沙令佐詣山請供，智以老辭。令佐固邀曰：『太守以職事不得入山，遣屬吏來迎，意勤，乃不往，貽山門之咎。』智登輿而至，入開福，齋罷鳴鼓。智問其故。曰：『請師住持此院。』智心知墮其計，不得辭，乃受之。」雲蓋守智爲黄龍慧南禪師法嗣，故稱黄龍高弟。參見本集卷一九雲蓋智禪師贊注〔一〕。

〔二五〕嫡子文玉：據嘉泰普燈録卷六目録，雲蓋守智禪師有法嗣十二人，中有潭州開福宣秘文玉禪師。又據續傳燈録卷一八目録，守智有法嗣九人，中亦有開福文玉禪師。參見本集卷一九報慈宣秘禪師贊注〔一〕。鍇按：底本「文玉」作「文正」，原注曰：「避昊天諱。」昊天爲父之代稱，語本詩小雅蓼莪：「欲報之德，昊天罔極。」可知爲避「文玉」之諱而改作「文正」。此避惠洪父諱耶？抑避本集編者覺慈父諱耶？俟考。

〔二六〕衆檀：衆檀越，衆施主。鍾瑜：長沙民，生平未詳。

〔二七〕蒲伏：伏地膝行，同「匍匐」。

〔二八〕覯：見。 州男子程俊：潭州男子程俊，亦寺之檀越，生平未詳。

〔二九〕吾宗法子：指後之禪宗嗣法者。 鍇按：此讖文當爲惟勁禪師所留。

〔三〇〕「住持者」二句：春秋楚人卞和得璞玉於荆山，剖琢而爲寶玉，稱爲和氏璧。事見韓非子和氏。曹植與楊德祖書：「家家自謂抱荆山之玉。」故荆山寶爲開福寺住持者文玉之讖，此亦可證原文「文正」之誤。

〔三一〕「法子者」二句：月至望日而圓，故月望爲法圓之讖。

〔三二〕「匠者」二句：弓長爲張，乃木工張詢之讖。

〔三三〕「自僞天福癸丑」二句：天福爲後晉高祖石敬瑭年號，公元九三六—九四四年。宣和改元己亥爲一一一九年。 鍇按：天福無癸丑，有癸卯，即天福八年（九四三），疑惠洪誤記。自天福癸卯至宣和己亥共一百七十七年，而此文言「百九十餘年」，亦計年有誤。

〔三四〕六年而後成：政和四年雲蓋守智住持開福寺，法圓始翻修藏殿，至宣和元年完工，爲時六年。

〔三五〕「余聞三世如來教法」三句：唐釋法藏華嚴經文義綱目曰：「西域相傳：此經結集已後收入龍宫。佛滅度六百年後，龍樹菩薩往龍宫，見此大不思議經。上本有十三千大千世界微塵數偈，四天下微塵數品；中本有四十九萬八千八百偈，一千二百品；下本有十萬偈，三十八品。」唐釋智儼華嚴經内章門等雜孔目卷四亦曰：「相傳龍樹菩薩往龍宫中，見有大本不思議經，有十三千大千世界微塵數偈，四天下微塵數品；中本有四十九萬八千八百偈，一千二百品；下本有十萬偈，三十六品。」

〔三六〕「秘於五天者」二句：謂如來教法秘藏於印度者，纔太山之一毫芒耳。太山極言其大，毫芒極言其小。語本韓愈調張籍：「流落人間者，太山一豪芒。」注：「『豪』或作『毫』。」

〔三七〕「而流傳中國者」二句：唐裴休大方廣圓覺修多羅了義經略疏序：「今夫經律論三藏之文，傳于中國者五千餘卷。」又曰：「羅五千軸之文，而以數卷之疏通之。」軸，即卷。

〔三八〕「雙林大士以平等慈」四句：善慧大士録卷一：「大士在日，常以經目繁多，人或不能徧閲，乃就山中建大層龕，一柱八面，實以諸經，運行不礙，謂之輪藏。仍有願言：『登吾藏門者，生生世世不失人身；從勸世人有發菩提心者，志誠竭力，能推輪藏不計轉數，是人即與持誦諸經功德無異，隨其願心，皆獲饒益。』今天下所建輪藏，皆設大士像，實始於此。」雙林大士，即南朝梁高僧傅大士，因生於婺州義烏縣雙林鄉，故稱。亦稱善慧大士。參見本集卷一送元上人還桂陽建轉輪藏注〔七〕。

〔三九〕「如疲軍聞梅林」三句：世説新語假譎：「魏武行役失汲道，軍皆渴。乃令曰：『前有大梅林，饒子，甘酸可以解渴。』士卒聞之，口皆出水，乘此得及前源。」

〔四〇〕「如病夫入藥肆」三句：法華經合論卷六：「故此經能爲心病者之良藥，信而受持者，必獲六根清淨之報。聞而疑者，如人入藥肆，雖未服食，而爲藥氣所熏，有病亦損也。」

〔四一〕「晉道人惠受」十二句：高僧傳卷一三釋慧受傳：「釋慧受，安樂人。晉興寧中來游京師，蔬食苦行，常修福業。嘗行過王坦之園，夜輒夢於園中立寺。如此數過，受欲就王乞立一間屋處，未敢發言，且向守園客松期説之。期云：『王家之園恐非所圖也。』受曰：『若令誠感，何憂不得？』即詣王陳之。王大喜，即以許焉。初立一小屋，每夕復夢見一青龍從南方來，化爲刹柱。受將沙彌試至新亭江尋覓，乃見一長木隨流來下。受曰：『必是吾所見者也。』於是雇人牽上，豎立爲刹，架以一層。道俗競集，咸歎神異。坦之即捨園爲寺。」

〔四二〕「唐法師曇彦」九句：景德傳燈録卷一二相國裴休：「公父肅字中明，任越州觀察使，應三百年讖記，重建龍興寺大佛殿，自撰碑銘。」注：「先是越州沙門曇彦，身長五尺，眉垂數寸，與檀越許詢字玄度，同造塼木大塔二所。彦有神異，天降相輪，能駐日倍工，復從地引其膊至塔頂。塔未就，詢亡。彦師壽長可百二十餘歲，猶待得詢後身爲岳陽王來撫越州，蓋願力也。彦預告門人曰：『許玄度來也。』弟子咸謂：『師老耄，言無準的。許玄度死已三十餘載，何云更來也？』時岳陽王早承誌公密示，纔到州便入寺尋訪。彦師出門佇望，遥見，乃召曰：『許玄度，來何暮？昔日浮圖今如故。』王曰：『弟子姓蕭名詧，師何以許玄度呼之？』彦曰：『未達宿命，焉得知之？』遂握手，命入室，席地。彦以三昧力加被王，忽悟前身造塔之事，宛若今日。由是二塔益資壯麗。時龍興寺大殿墮壞，衆請彦師重修。彦曰：『非貧道緣力也。却後三百年，有緋衣功德主來興此殿，大作佛事。』寺衆刻石記之。及期，裴太守赴任，興隆三寶，傾施俸錢，修成大殿。方曉彦師懸記無忒。」

〔四三〕退然：柔和貌。　寒寠：貧寒窮困。

〔四四〕横枝：禪宗謂旁出法嗣。語本景德傳燈録卷三第三十一祖道信大師：「(弘)忍曰：『莫是和尚他後横出一枝佛法否?』師曰：『善。』」蘇軾器之好談禪不喜游山山中筍出戲語器之可同參玉版長老作此詩：「叢林真百丈，法嗣有横枝。」

潭州大溈山中興記〔一〕

崇寧三年十一月，大溈山密印禪寺火〔二〕，一夕而燼。住持僧海評移疾〔三〕，郡以子方者繼焉〔四〕，未幾而棄去。寺規模宏大，而經營者非其人。歲移三霜〔五〕，纔辦法堂、大殿、寢室而已。然又苟簡〔六〕，齋庖垣廡皆未具，上雨旁風，無所蓋障。故禪學者分處山間林下，蜂房蟻穴〔七〕，百丈大雄之風陵夷〔八〕，至此極矣。大觀三年，潭帥曾公孝藴聞之〔九〕，曰：「溈山，南國精廬之冠〔一〇〕，非道行信於緇衲，名譽重於縉紳者，莫能振興之。吾聞天衣懷禪師在嘉祐、治平之間〔一一〕，五遷法席，皆廢殘荒寂處，而懷能幻出寶構，化成禪叢〔一二〕。今空印禪師軾公者，蓋懷四世之孫，而吴江法真之嗣〔一三〕，方説法於廬山之下〔一四〕，學者歸之如雲，挺然有祖風烈，當能整大圓、真如已墜之綱〔一五〕。」於是厚禮遣人致之。越明年三月〔一六〕，空印來自歸宗〔一七〕，山川改觀，叢席增氣。登殿拜起，周顧太息曰：「冠世絶境，大佛應迹，而殿宇卑陋，堂室狹小，何以嚴像設而致吉祥〔一八〕，震潮音而集龍天哉〔一九〕？」皆廣其基構而增修之，使其壯麗，稱山雄深〔二〇〕。傳曰：「鐘聲鏗，鏗以立號。」〔二一〕號以警衆也〔二二〕。寺鐘不足以光餤四海選佛來者〔二三〕，於是聚銅神運倉之下〔二四〕，穴山爲鑪〔二五〕。鐘成萬斤，塗以黄金，建閣館于殿之東廡〔二六〕。佛菩薩之語，藏於龍宮，傳自五天〔二七〕，學者所當盡心，所以資智證之妙，而盡細微之惑。即室五千軸者，藏於殿之西廡〔二八〕。又明年，增廣善法堂之後爲雨花堂〔二九〕，含風而虚明，吐月而宏深，夜參既罷，繽紛滿庭。自兩廊之左，繞以複(復)屋㊀〔三〇〕，建庫院，所以總庶務也。自祖龕之右，翼以脩廊，建堂司，所以牧清衆也〔三一〕。又明年，重修僧堂，廣博靖深，冬温夏涼，曰：「僧者，天人之福田，佛祖之因地。十方如來，同一道故，出離生死〔三二〕。曠野深山，聖道場地，皆阿羅漢所住持，世間麤人所不能見〔三三〕。既以廣延其所見，則所不見者敢不敬乎？」又刻五百尊者之像，閣而供事之〔三四〕。又明年，得異木於絶壑。斷而爲三，大合抱，長倍尋〔三五〕，刻淨土佛菩薩之像〔三六〕，莊嚴妙麗，千花照映，如紫金山〔三七〕，並高爭峻。建殿于天供廚之南〔三八〕。又特建閣于寢室之前，綠疏青瑣〔三九〕，下臨風雨，奉安神宗皇帝所賜御書〔四〇〕。閣成而東南傾，師默計曰：「增萬牛莫能挽〔四一〕，且天章宸翰之所在〔四二〕，山君水王之所宜謹藏而衛護之〔四三〕。今職弗修，是神羞也。」言卒，而風雷挾屋，山嶽撼（憾）動㊁〔四四〕，俄而閣正，萬人懽呼。昔大圓禪師開法此山也，有衆千人，碩大而秀出者，有若大仰寂子、香嚴閑禪〔四五〕。建兩堂爲學者燕閑之私〔四六〕，而名其東曰香嚴，名其西曰大仰。方欲廣攝異根〔四七〕，則修淨土觀法〔四八〕，不以宗門爲嫌（謙）㊂〔四九〕。及其成就法器，則以寂子、閑禪期學者。蓋其方便應機而設教，譬如大海，蚊蝱、阿脩羅飲者，皆得飽滿〔五〇〕。又明年，重修大三門，宏壯傑立，鏤金錯（鏤）碧㊃，寶翰飛動於千巖萬壑之上，而太師楚國公爲書其額〔五一〕。却望形勝，衆峰來朝，如趨如俯，如屹立，如蹈舞。有臺自獻其前，以寶積靈牙舍利葬臺之中〔五二〕，而建塔其上。千尺九層，蕩摩雲煙，微風徐來，塔鈴和鳴。比丘來往旋遶作禮，望之如開牒〔五三〕。疑師以三昧力搏取梵釋龍天之宮，置於人間〔五四〕，不然，何其幻怪神異如此其多耶！唐元和中〔五五〕，僧曇敘開基〔五六〕，則有緒言曰〔五七〕：「地靈甚，不可葬，葬且致禍。」今三百餘年，僧物故莫敢塔〔五八〕，塔于回心橋南十里〔五九〕。師曰：「事無大小，而斷於理，從違不可苟也。僧火化，衆俱臨，先聖令不可違也。禍福之來，以智避就之，不可從也。」遂建普同塔于寺之西〔六〇〕。又修大圓禪師之塔，而峙立兩亭，以覆古今碑刻。部使（從）者以其威靈㊄，奏賜真應禪師，塔曰淨惠。聖谿莊壟畝爲比鄰所吞〔六一〕，數世且百年，莫敢誰何〔六二〕。師云：「此唐相國裴公施以飯十方僧者〔六三〕，横目何德以堪之〔六四〕？不直而歸，是陷人入泥犁〔六五〕。」遣掌事執券證諸官，竟還二百畝，歲度一僧，上資睿算㊅〔六六〕。有玉泉住持僧死于龍牙山〔六七〕，山中之人不容其葬，弟子抱骨石涕。師哀之，使於潙山擇地建冢塔，叢林義之。師之潛行密月之懿〔六八〕，時時見於與奪，然皆本於仁義，道俗化其德。政和六年，勑補住鎮軍之焦山㊆〔六九〕。師雅意不欲東，解住持事，力辭之。歸庵鸞谿之上〔七〇〕。俄詔聽還之潙山。自其始至，中而還，八年之間，百廢具興，非乘願力，何以臻此？雪竇、天衣之道〔七一〕，至師大振，叢林歸心焉。興修蓋其游戲也。今嗣法者，自南臺定昭、了山法光而下〔七二〕，詵詵輩出〔七三〕，棊布名山，方進而未艾也。法義謂余曰〔七四〕：「潙山之雄夸，非空印老師莫能辦之，精神非文字莫足以傳，願求文以昭後世。」不得辭，系以辭曰：

有異比丘清而狂〔七五〕，相山趼足窮衡湘〔七六〕。黄木（才）掬谿行嗅嘗㊇，笑云水作青蓮香〔七七〕。梯空杙險屨仆僵〔七八〕，寢宿霧露衝虎狼。水與石鬭聲舂撞，誰挽千乘行羊腸〔七九〕？霄然洞開雲水鄉㊈，横峰側嶺爭回翔。咨嗟曰此古道場，山靈乃今發天藏〔八〇〕。泥草吟嘯久彷徉〔八一〕，無人告語空夕陽。翩然曳杖還江南，道經新吴山鬱蒼〔八二〕。登山作禮僧中王，骨面氣宇凌八荒〔八三〕。侍其側者矯鸞皇，祐公傑出尤堂堂，袖中肉山傾置旁，瓶錫一笑戲取將〔八四〕。懶安寂子尤敦厖〔八五〕，佐于耨耕立禪房。九世沉溺爲津梁〔八六〕，分燈延聯世相望〔八七〕，既絶復續暗而彰。軾公貌癯中方剛，漆瞳照人儼而莊〔八八〕。食堂十年折繩牀〔八九〕，有大長老續遺芳。派出天衣嗣吴江，燼餘爲子整頹綱。機鋒擊電誰敢當㊉〔九〇〕，宗風回顧已舉揚。以印印空成文章〔九一〕，凛然面目如冰霜，令人望見折慢幢〔九二〕。叢林邇來頓荒涼，反袂拭面空歎傷〔九三〕。而師聲價重四方，力能咄嗟辦寶坊〔九四〕，又取佛日重洗光〔九五〕。芙蓉峰峻瀉水長〔九六〕。功德之利建我皇，願同山呼壽無疆〔九七〕。

【校記】

㊀ 複：原作「復」，誤，今改。參見注〔三〇〕。

㊁撼：原作「憾」，誤，今據四庫本改。參見注〔四四〕。

㊂嫌：原作「謙」，誤，今改。參見注〔四九〕。

㊃錯：原作「鏤」，今從武林本。

㊄使：原作「從」，今從武林本。

㊅石：武林本作「泣」。

㊆軍：武林本作「江」。

㊇木：原作「才」，誤，今改。參見注〔七七〕。

㊈霄：武林本作「宵」。

㊉鋒：天寧本作「峰」，誤。

【注釋】

〔一〕宣和二年十一月作於潭州寧鄉縣大潙山。大潙山：明一統志卷六三長沙府：「大潙山，在寧鄉縣西一百四十里，高六十里，周圍一百四十里，草木深茂，鳥獸羣聚，潙水出焉。唐裴休葬此。」

〔二〕大潙山密印禪寺：清一統志卷二七七長沙府二：「密印寺，在寧鄉縣西一百五十里大潙山。唐元和中裴休奏建，賜額密印，爲靈覺禪師卓錫之所。後仰山嗣其法，天下稱爲潙仰宗。寺極壯麗，屢建屢修。」

〔三〕住持僧海評：海評禪師，爲開先行瑛法嗣，東林常總法孫，屬臨濟宗黄龍派南嶽下十四世。嘗住廬山開先華藏寺，後住大潙山密印禪寺。建中靖國續燈録卷二四、嘉泰普燈録卷一〇、五燈會元卷一八、續傳燈録卷二六載其機語。本集卷二九有代答潙山評老書，可參見。

移疾：猶移病，移書稱病，任職者求退之婉辭。北史高允傳附高德正傳：「德正甚憂懼，乃移疾，屏居佛寺，兼學坐禪，爲退身之計。」

〔四〕子方：生平未詳，僧傳、燈録失載。疑即後住持白鹿山靈應禪寺之方禪師。本卷潭州白鹿山靈應禪寺大佛殿記：「方禪師，黄龍、雲居之仍孫。」又卷二九代雲蓋賀北禪方老書：「金斗城中，舊挽浮山之九帶；汨羅江上，重揚臨濟之三玄。」可知方禪師屬臨濟宗黄龍派，疑爲雲居元祐之法孫，屬南嶽下十四世。

〔五〕三霜：三年。歷年稱「霜」。九家集注杜詩卷三六風疾舟中伏枕書懷三十六韻奉呈湖南親友：「十暑岷山葛，三霜楚户砧。」注：「三霜，居楚三易星霜。」

〔六〕苟簡：苟且簡陋。語本莊子天運：「食於苟簡之田，立於不貸之圃。」

〔七〕蜂房蟻穴：喻房屋衆多而凌亂，如蜜蜂之窠，白蟻之穴。語本黄庭堅，如山谷外集詩注卷八題落星寺四首之一：「蜜房各自開牖户，蟻穴或夢封侯王。」史容注：「魏志：管輅射覆，卦成，曰：『家室倒懸，門户衆多，此蜂窠也。』」又豫章黄先生文集卷一八江州東林寺藏經記：「方總公盛時，化蟻穴蜂房爲廣夏百區，何其易也。」本集好用此喻，如卷二送瑜上人歸筠乞食：「蜂房蟻穴天魔宫，青蓮忽生樓閣重。」本卷資福法堂記：「百丈大智禪師方建叢林，廢蜂房蟻穴之衆爲九州四海。」信州天寧寺記：「寺以羣居，而自爲户牖，犬牙相接，如蜂房蟻穴。」

〔八〕百丈大雄之風：指百丈懷海禪師之禪風。大潙山開山祖師靈祐禪師爲百丈懷海法嗣，故云。大雄，即百丈山。明一統志卷四九南昌府山川：「百丈山，在奉新縣西一百四十里。吴源水倒出，飛下千尺，故號百丈。以其勢出羣山，又名大雄山。下有大智院。」陵夷：衰落，衰微。

〔九〕潭帥曾公孝蘊：曾孝蘊字處善，晉江人，仁宗、英宗、神宗朝宰相曾公亮從子。提舉兩浙常平，改轉運判官，知臨江軍。召爲左司員外郎，遷起居舍人。崇寧中擢爲殿中監，以集賢殿修撰出知襄州，徙江浙荆淮發運使，召爲户部侍郎，徙工部，以顯謨閣待制知杭州。其後坐累連削黜，至貶安遠軍節度副使。宣和二年，復天章閣待制知歙州。方臘起青溪，孝蘊約敕郡内無得奔擾，分兵守扼塞。會移青州，既行而歙陷。道改杭州。平方臘之亂，論功進顯謨閣直學士，又加龍圖閣學士。卒贈通議大夫。事具宋史曾公亮傳附曾孝蘊傳。鍇按：曾孝蘊仕履無知潭州事，此潭帥當爲曾孝廣，此蓋由曾氏兄弟名相近而致誤。孝廣字仲錫，亦公亮從子。爲天章閣待制知杭州，又以前聘契丹失奉使體，奪職。尋復之，移知潭州。加顯謨閣直學士知鄆州。事具宋史曾公亮傳附曾孝廣傳。孝廣知杭州在崇寧四年，移知潭州當在大觀年間，故孝蘊當爲孝廣之誤。又按：曾孝序字逢原，嘗兩度知潭州。然據景定建康志卷一三，孝序首次知潭州在大觀四年，由知江寧府移知潭州。其再知潭州爲宣和年間事。故大觀三年知潭州者亦非孝序，而當爲孝廣。

〔一〇〕精廬：佛寺。北齊書楊愔傳：「州内有愔家舊佛寺，入精廬禮拜。」

〔一一〕天衣懷禪師：釋義懷（九八九～一〇六〇），温州樂清人，俗姓陳氏。長游京師，依景德寺，天聖中試經得度。後嗣法雪竇重顯禪師，爲雲門宗青原下十世。事具禪林僧寶傳卷一一、嘉泰普燈録卷二。嘉祐：仁宗年號，公元一〇五六～一〇六三年。治平：英宗年號，公元一〇六四～一〇六七年。

〔一二〕「五遷法席」四句：禪林僧寶傳卷一一天衣懷禪師傳：「自銕佛至天衣，五遷法席，皆荒凉處，懷至必幻出樓觀。四事成就，晚以疾居池州杉山庵。」然建中靖國續燈録卷五越州天衣山義懷禪師則曰：「後住鐵佛、投子、柦林、廣教、景德、杉山、天衣、薦福，道化盛行。」乃七遷法席。嘉泰普燈録卷二紹興府天衣義懷禪師亦曰：「後七坐道場，化行海内。」豈其中二法席非廢殘荒寂處耶？俟考。

〔一三〕「今空印禪師軾公者」三句：元軾禪師，號空印，秀州本覺寺守一禪師法嗣，守一號法真，秀州别稱吴江。其法系爲：天衣義懷—慧林宗本—本覺守一—潙山元軾，故元軾爲義懷四世孫，屬雲門宗青原下十三世。參見本集卷六次韻吴興宗送弟從潙山空印出家注〔一〕。

〔一四〕方説法於廬山之下：元軾禪師是時方住持廬山歸宗寺。參見注〔一七〕。

〔一五〕當能整大圓、真如已墜之綱：謂其能重整復興大溈山祖師之傳統宗綱。大圓：即溈山靈祐禪師，嗣法百丈懷海，爲南嶽下三世。唐大中七年圓寂，塔於溈山。敕謚大圓禪師，塔曰清淨。景德傳燈録卷九潭州溈山靈祐禪師：「（百丈）遂遣師往溈山。是山峭絶，敻無人煙，師猿猱爲伍，橡栗充食。山下居民稍稍知之，帥衆共營梵宇。連率李景讓奏號同慶寺，相國裴公休嘗咨玄奥，繇是天下禪學若輻湊焉。……師敷揚宗教凡四十餘年，達者不可勝數，入室弟子四十一人。」真如：即大溈慕喆禪師（？～一〇九五），臨川人，俗姓聞氏。嗣法翠巖可真，爲臨濟宗南嶽下十二世。初住潭州嶽麓，俄遷住大溈。紹聖元年詔住京師大相國寺智海禪院，賜紫服及真如師號。禪林僧寶傳卷二五大溈真如慕喆禪師傳：「遷住大溈，衆二千指，爲所約束，人人自律。唯粥罷，受門弟子問道，謂之入室。齋罷必會大衆茶，諸方纔月一再，而喆講之無虚日。放參罷，喆自役作，使令者在側如路人。晨香夕燈，十有四年。夜禮拜持茅，視殿廡燈火。倦則以帔蒙首，假寐三聖堂。初猶浴，至老不浴者十餘年。」

〔一六〕越明年三月：大觀四年三月。

〔一七〕空印來自歸宗：謂元軾禪師自廬山歸宗寺移住溈山密印寺。歸宗，爲廬山名刹，已見前注。

〔一八〕像設：楚辭招魂：「像設君室，靜閑安些。」朱熹集注：「像，蓋楚俗，人死則設其形貌於室而祠之也。」佛教稱所供奉之佛像。大唐西域記卷四秣菟羅國：「每歲三長及月六齋，僧徒相競，率其同好，賫持供具，多營奇玩，隨其所宗，而致像設。」

〔一九〕震潮音：喻指説法或誦經之聲如海潮之音。楞嚴經卷二：「佛興慈悲，哀愍阿難及諸大衆，發海潮音，遍告同會。」　集龍天：喻指聽法受教之各界衆生。龍天指八部中龍衆與天衆。法苑珠林卷四五興福：「次請三界天衆，四海龍王，八部鬼神，一切含識，有形之類，蠕動之流，並入温室浴。」

〔二〇〕稱山雄深：與山之雄深相稱。

〔二一〕「傳曰」三句：語本禮記樂記：「鐘聲鏗，鏗以立號，號以立横，横以立武。君子聽鐘聲，則思武臣。」

〔二二〕號以警衆也：一切經音義卷一四：「鼓者，所以警衆也。」鐘亦如鼓，有警衆之用。

〔二三〕選佛來者：學佛之徒。語本景德傳燈録卷一四鄧州丹霞天然禪師「選官何如選佛」。參見本集卷六和元府判游山句注〔五〕。

〔二四〕神運倉：清陶汝鼐、陶之典編纂大潙山古密印寺志卷一寺刹：「神運倉，循古名。康熙辛未的峰禪師建。」鍇按：五燈會元卷一八潭州大潙祖瑃禪師：「僧問：『如何是潙山家風？』師曰：『竹有上下節，松無今古青。』曰：『未審其中飲啗何物？』師曰：『飢餐相公玉粒飯，渴點神運倉前茶。』」此神運倉即宋名。

〔二五〕穴山爲鑪：挖山洞爲鍊銅之鑪。穴，洞穿。

〔二六〕「鐘成萬斤」三句：大潙山古密印寺志卷一寺刹：「鐘樓，宋空印禪師建。記云：『洪鐘萬斤，塗以黄金。』其鐘與樓，同歸劫火。」

〔二七〕「佛菩薩之語」三句：唐釋澄觀華嚴經疏卷三：「二下本經，謂摩訶衍藏。是文殊師利與阿難海於鐵圍山間結集此經，收入龍宫。龍樹菩薩往龍宫，見此大不思議經，有其三本，下本有十萬偈四十八品。龍樹誦得，流傳於世。故智度論名此爲不思議經，有十萬偈。」唐裴休大方廣圓覺修多羅了義經略疏序：「今夫經律論三藏之文，傳於中國者五千餘卷。」

〔二八〕「即室五千軸者」二句：大潙山古密印寺志卷一寺刹：「藏經閣，宋建。」

〔二九〕「增廣善法堂」句：大潙山古密印寺志卷一寺刹：「雨花堂，今爲齋堂。康熙戊辰的峰禪師建。廣善堂，今爲客堂。康熙辛酉撰庵禪師建。」

〔三〇〕複屋：有雙重椽、棟、軒版、垂簷之屋宇。黄庭堅山谷别集卷四成都府慈因忠報禪院經藏閣記：「元又度大藏爲經閣，在院西，其土從三十五尺，横七十七尺，爲複屋，直三而曲四，致飾甚嚴。」本集卷二二華嚴院記：「東爲香積廚，繞以複屋。」吉州禾山寺記：「修廡複屋，高深壯麗。」　底本「複」作「復」，誤。

〔三一〕牧清衆：猶言「牧衆」，管理衆僧。清衆，衆僧之美稱。

〔三二〕「十方如來」三句：楞嚴經卷一：「十方如來，同一道故，出離生死，皆以直心。」

〔三三〕「曠野深山」四句：楞嚴經卷九：「如今世間，曠野深山，聖道場地，皆阿羅漢所住持故，世間麁人所不能見。」

〔三四〕「又刻五百尊者之像」二句：大溈山古密印寺志卷一寺刹：「羅漢閣，奉五百尊者像。」五百尊者，即五百羅漢，釋迦牟尼五百弟子。法苑珠林卷五九佛食馬麥緣：「佛語舍利弗：『汝知爾時山王婆羅門者，則我身是。爾時五百童子者，今五百羅漢是。』」宋釋聞達法華經句解卷四五百弟子授記品：「五百尊者轉次授記，我滅之後，汝當作佛，故云轉次。」

〔三五〕倍尋：尋之一倍長。左傳成公十二年：「諸侯貪冒，侵欲不忌，爭尋常以盡其民。」杜預注：「八尺曰尋，倍尋曰常。」

〔三六〕淨土佛菩薩：即阿彌陀佛。

〔三七〕紫金山：喻佛菩薩像之光明。如大方便佛報恩經卷五慈品：「我見佛身相，喻如紫金山。」已見前注。

〔三八〕天供廚：大溈山古密印寺志卷一寺刹：「廚房，下方丈左。順治丁酉慧禪師建。古天供廚遺址。」

〔三九〕緑疏青瑣：此形容寺中殿閣窗户之精美。後漢書梁冀傳：「窗牖皆有綺疏青瑣，圖以雲氣仙靈。」參見本集卷八巴川衲子求詩注〔三〕。

〔四〇〕奉安神宗皇帝所賜御書：大溈山古密印寺志卷一寺刹：「御書閣，宋建，藏神宗御書處。」

〔四一〕增萬牛莫能挽：山谷詩集注卷五子瞻詩句妙一世乃云效庭堅體蓋退之戲效孟郊樊宗師之比以文滑稽耳恐後生不解故次韻道之：「萬牛挽不前，公乃獨力扛。」任淵注：「老杜古柏行曰：『大廈如傾要梁棟，萬牛回首丘山重。』」此借用其語。

〔四二〕天章宸翰：指神宗皇帝御書。天章，喻帝王之詩文詞章。宸翰，代指帝王之書跡墨寶。

〔四三〕山君水王：指山水之神靈。

〔四四〕山嶽撼動：宋高僧傳卷五唐中嶽嵩陽寺一行傳：「四衆弟子悲號沸渭，撼動山谷。」底本「撼」作「憾」，涉形近而誤，今改。

〔四五〕大仰寂子：即袁州仰山慧寂禪師，韶州懷化人，俗姓葉氏。嗣法溈山靈祐，爲南嶽下四世。與靈祐共創溈仰宗。卒敕謚智通大師。事具景德傳燈録卷一一、宋高僧傳卷一二。錯按：景德傳燈録卷九潭州溈山靈祐禪師：「師謂仰山曰：『寂子速道，莫入陰界。』」又云：「仰山便舉前話，師云：『寂子又被吾勘破。』」故叢林習稱慧寂爲「寂子」。香嚴閑禪：即鄧州香嚴智閑禪師，青州人。亦嗣法溈山靈祐。事具景德傳燈録卷一一、宋高僧傳卷一三。其因瓦礫擊竹出聲悟道事，見本集卷九題一擊軒注〔二〕。

〔四六〕燕閑：休息，安息。

〔四七〕廣攝異根：謂廣泛攝取不同根性之衆生，無論鈍根利根，皆平等垂慈。楞嚴經合論卷七：「世尊蓋真慈深悲也。唯其真慈，故視衆生無所偏黨，如一子故。唯其深悲，故每説法，必以智慧廣攝異根，不棄衆生。故金剛般若，開談空法道也，而較量功德殊勝，示空法而及福德，豈非防菩薩貪著福德者，開空義生疑厭心乎！廣攝異根之旨也。」

〔四八〕淨土觀法：西方淨土信仰之觀法。其法爲念阿彌陀佛，願生西方。

〔四九〕不以宗門爲嫌：自六祖以來，淨土觀法本爲禪宗所摒棄，元軾以宗門中人而行淨土觀法，故云「不以宗門爲嫌」。六祖大師法寶壇經疑問品：「人有兩種，法無兩般。迷悟有殊，見有遲疾。迷人念佛求生於彼，悟人自淨其心。所以佛言：『隨其心淨，即佛土淨。』使君東方人，但心淨即無罪；雖西方人，心不淨亦有愆。東方人造罪，念佛求生西方。西方人造罪，念佛求生何國？凡愚不了自性，不識身中淨土，願東願西。悟人在處一般，所以佛言：『隨所住處恒安樂。』使君心地但無不善，西方去此不遥。若懷不善之心，念佛往生難到。」底本「嫌」作「謙」，涉形近而誤。廓門注：「『謙』當作『嫌』歟？」其説甚是，今據改。

〔五〇〕「譬如大海」三句：圓覺經：「譬如大海不讓小流，乃至蚊虻及阿修羅飲其水者，皆得充滿。」楞嚴經合論卷七：「譬如大海，諸蚊虻、阿修羅飲其水者，皆得飽滿。」

〔五一〕太師楚國公：蔡京（一〇四七～一一二六）字元長，福建仙遊人。熙寧三年進士。徽宗朝，爲尚書右僕射，進太師。以復新法爲名，四掌政權，排斥異己，專以奢侈迎合帝意，大興土木。欽宗即位，貶死。宋史入姦臣傳。京工書，字勢豪健，痛快沈著。據通鑑長編紀事本末卷一三一蔡京事迹，京於大觀二年正月己未，進太師；大觀三年十一月己巳，進封楚國公；

大觀四年五月甲子，降授太子少保。政和二年二月戊子，復太師，仍爲楚國公；十一月辛巳，進封魯國公。

〔五二〕寶積：寶積佛。大智度論卷九：「是中有佛名寶積，以無漏根力覺道等法寶集，故名爲寶積。」宗鏡録卷二四：「寶積菩薩者，一心三觀，正觀心性雖空，具足萬行之法寶聚，故名寶積也。」　靈牙舍利：唐釋栖復法華經玄贊要集卷一三：「舍利有三：一髮舍利，二肉舍利，三骨舍利。白白中有二：一粟舍利，二靈牙。」

〔五三〕開牒：打開畫册。本集卷二二忠孝松記：「下臨瀟湘，如開畫牒，千里纖穠，一覽而盡得之。」

〔五四〕「疑師以三昧力」二句：謂疑元軾有神力能取天宫置於人間。　三昧力：正定之法力。法華經卷七妙音菩薩品：「於是妙音菩薩不起於座，身不動摇，而入三昧，以三昧力，於耆闍崛山，去法座不遠，化作八萬四千衆寶蓮華。」　搏取：廓門注：「博取，字見維摩經。」錯按：維摩詰經卷中不思議品：「斷取三千大千世界，如陶家輪，著右掌中。」字作「斷取」。然冷齋夜話卷二安世高請福邦亭廟秦少游宿此夢天女求贊：「應笑舌覆大千，作獅子吼；不如搏取妙喜，如陶家手。」用維摩經事，即作「搏取」。　梵釋龍天之宫：梵天、帝釋、龍衆、天衆之居所，喻指華麗莊嚴之佛寺梵宇。蘇軾東林第一代廣惠禪師真贊：「蓋將拊掌談笑，不起於坐，而使廬山之下，化爲梵釋龍天之宫。」此句合而用之。錯按：本集好以「梵釋龍天之宫」喻佛寺，如本卷雙峰正覺禪院涅槃堂記：「疑登梵釋龍天之宫。」卷二二華嚴院記：「化瓦礫之墟爲梵釋龍天之宫。」卷二四送因覺先序：「蓋梵釋龍天之宫，從空而墮者也。」卷二六題白鹿寺壁：「如梵釋龍天之宫，從空而墮人間。」卷二九嶽麓海禪師塔銘：「如化成梵釋龍天之宫。」皆本蘇軾語。

〔五五〕元和：唐憲宗年號，公元八〇六～八二〇年。

〔五六〕僧曇：大潙山古密印寺志卷首朱廷源序：「李唐時，司馬曇指謂千五百人善知識所居。」同書卷一開山緣起：「唐元和時，司馬頭陀曇自湖南去，謂百丈禪師曰：『頃在湖南尋得一山，名大潙，是一千五百人善知識所居之處。』」僧曇，即司馬頭陀法名，其俗姓司馬氏。

〔五七〕緒言：發端之言。莊子漁父：「曩者先生有緒言而去，丘不肖，未知所謂。」釋文：「緒言，猶先言也。」此指預言。

〔五八〕物故：死亡。漢書蘇建傳附蘇武傳：「單于召會武官屬，前以降及物故，凡隨武還者九人。」顔師古注：「物故謂死也，言其同於鬼物而故也。」

〔五九〕回心橋：大潙山古密印寺志卷一寺刹：「回心橋，黄土侖下，祐祖還山處。」

〔六〇〕普同塔：即海會塔，亦稱普通塔，僧衆納骨之塔。元軾禪師建普同塔事，詳見本集卷二二普同塔記。

〔六一〕聖谿莊：當爲大潙山附近之田莊。參見本集卷一二次韻宿聖谿莊。

〔六二〕誰何：稽查詰問之意。賈誼過秦論：「良將勁弩守要害之處，信臣精卒陳利兵而誰何。」

〔六三〕唐相國裴公：即裴休，字公美，孟州濟源人。能文工書，歷官兵部侍郎領諸道鹽鐵轉運使。宣宗大中六年進同中書門下平章事。秉政凡五歲，罷爲宣武軍節度使。封河東縣子，卒贈太尉。新舊唐書有傳。大潙山古密印寺志卷首周啓部序：「至宣宗大中十年，宣武節度使裴公休，以一語不合，遂稱疾辭上，遍覽天下山川，乃止於潙。」

〔六四〕横目：指平民百姓。語本莊子天地：「夫子無意於横目之民乎？」參見本集卷五次韻雪中過武岡注〔一一〕。

〔六五〕泥犁：梵語，意爲地獄。翻譯名義集卷二地獄：「泥犁耶。文句云：『地獄此方名，梵稱泥犁，秦言無有。無有喜樂，無氣味，無歡無利，故云無有。』或言卑下，或言墮落，中陰倒懸，諸根皆毁壞故。或言無者，更無赦處。」

〔六六〕睿算：皇帝之壽齡。睿，臣下對君王之敬詞。歐陽修聖節五方老人祝壽文西方老人：「唯願慶源流遠，齊河海以無窮；睿算緜長，等乾坤而不老。」

〔六七〕玉泉：寺名。輿地紀勝卷七八荆湖北路荆門軍：「玉泉寺，在當陽縣西南二十里。山曰玉泉山，陳光大中，浮屠知顗自天台飛錫來居此山。寺雄於一方。」龍牙山：即龍牙寺。清一統志卷二七七長沙府二：「龍牙寺，在益陽縣西一百里，唐元和間僧圓鴻所開，初名延慶寺。」

〔六八〕潛行密用：雲巖寶鏡三昧：「潛行密用，如愚如魯。」智證傳：「永明禪師曰：『匿蹟韜光，潛行密用。』故二祖大師既老，出入市里，混於婬坊酒肆之間。有嘲之者，答曰：『我自調心，非干汝事。』此韜光密用者也。」

〔六九〕鎮軍：即鎮江府，北宋爲鎮江軍節度，故簡稱鎮軍。焦山：輿地紀勝卷七兩浙西路鎮江府：「焦山，在江中。金、焦二山相去十五里。唐圖經云：後漢焦先嘗隱此山，因以爲名。」此指焦山普濟寺。

〔七〇〕鸞谿：代指廬山歸宗寺。廬山記卷三叙山南記歸宗寺：「昔人卜其基曰：是山有翔鸞展翼之勢。院東之水，故名鸞溪。」

〔七一〕雪竇、天衣之道：指雪竇重顯、天衣義懷二禪師之禪道，元軾爲其四世、五世法孫，故云。參見本文注〔一〇〕、〔一二〕。

〔七二〕南臺定昭：釋定昭，住持南嶽衡山南臺寺，僧傳、燈録失載。其事參見本集卷一八衡山南臺寺飛來羅漢贊、卷二〇二麟室銘。了山法光：釋法光，初住了山，後住嶽麓，僧傳、燈録失載。其事參見本集卷一三謝嶽麓光老惠臨濟頂相、卷二一隋朝感應佛舍利塔記、卷二八嶽麓爲潙山茶榜。了山：光緒江西通志卷一二五勝蹟略：「靈巖寺，在大庾縣了山，舊名了山寺。後易山名曰雙秀，故曰靈巖。南唐時建，舊有辟支佛牙。宋皇祐、元延祐中先後修葺。」　鍇按：定昭、法光當屬雲門宗青原下十四世。

〔七三〕詵詵：衆多貌。詩周南螽斯：「螽斯羽，詵詵兮。宜爾子孫，振振兮。」毛傳：「詵詵，衆多也。」

〔七四〕法義：當爲元軾弟子，生平不可考。

〔七五〕有異比丘清而狂：此指僧曇，即司馬頭陀。景德傳燈録卷九潭州溈山靈祐禪師注曰：「司馬頭陀參禪外，蘊人倫之鑒，兼窮地理，諸方創院多取決焉。」

〔七六〕相山：占視山林，觀其風水。　跰足：生跰胝硬皮之足，指艱苦跋涉。　衡湘：衡山湘江，代指湖南。

〔七七〕「黄木掬谿行嗅嘗」二句：大溈山古密印寺志卷首郭洪起序：「自唐元和間，司馬頭陀從黄木江掬歠，聞優鉢羅香，遂溯流而上，默出兹山，樹幢振法。」清釋智海編大溈密印禪寺養拙明禪師語録附陶之典叙曰：「湖南大溈，採之司馬頭陀也。因見優鉢羅華水，迴邁湘流，遂溯源而上，而毗盧峰自此揭露矣。」又曰：「嶂望芙蓉，謂疊峰如瓣；水通黄木，曰甘美猶蓮。」又附郭都賢密印禪寺僧田記：「大溈山繇黄木江而上。」大溈山古密印寺志卷一山水：「黄木江，祖塔長灘下。唐奉敕建寺時，材木由此江入。溪之屬凡八，曰青蓮溪，鐵爐庵右，優鉢羅花水所過，掬之作青蓮香。」　底本「木」作「才」，刊刻缺筆而誤。廓門注：「『黄』當作『廣』字者歟？」失考。

〔七八〕梯空：緣梯升空。　杙險：以杙爲具攀登險崖。高僧傳卷三釋曇無竭傳：「行經三日，復過大雪山，懸崖壁立，無安足處。石壁皆有故杙孔，處處相對。人各執四杙，先拔下杙，手攀上杙，展轉相攀。」

〔七九〕「水與石鬭聲舂撞」二句：謂水與石相舂撞之聲，如挽千輛兵車通過羊腸險道發出之聲。黄庭堅以小團龍及半挺贈無咎并詩用前韻爲戲：「曲几團蒲聽煮湯，煎成車聲繞羊腸。」此化用其意。

〔八〇〕發天藏：發現天生寶藏。語本蘇軾山光寺回次芝上人韻：「醉時真境發天藏。」

〔八一〕彷徉：徘徊游蕩貌。

〔八二〕道經新吴山鬱蒼：指司馬頭陀自湖南至洪州奉新縣百丈山。輿地廣記卷二五江南西路：「奉新縣，本新吴縣，漢中平中置。晉以後屬豫章郡。隋平陳，省入建昌。唐永淳二年復置，屬洪州。五代時改爲奉新縣，有華林山、大雄山。」大雄山即百丈山。

〔八三〕「登山作禮僧中王」二句：潭州溈山靈祐禪師語録：「一日，司馬自湖南來，謂百丈云：『頃在湖南，尋得一山，名大溈，是一千五百人善知識所居之處。』百丈云：『老僧住得否？』司馬云：『非和尚所居。』百丈云：『何也？』司馬云：『和尚是骨人，彼是肉山，設居，徒不盈千。』」景德傳燈録卷九潭州溈山靈祐禪師亦載此事，文字略異。僧中王，衆僧領袖，此指百丈懷海。骨面，面容清癯，即司馬所云「骨人」。

〔八四〕「侍其側者矯鸞皇」四句：潭州溈山靈祐禪師語録：「百丈云：『吾衆中莫有人住得否？』司

馬云：『待歷觀之。』時華林覺爲第一座，百丈令侍者請至。問云：『此人如何？』司馬請謦欬一聲，行數步。司馬云：『不可。』百丈又令喚師。師時爲典座，司馬一見，乃云：『此正是溈山主人也。』百丈是夜召師入室，囑云：『吾化緣在此，溈山勝境，汝當居之，嗣續吾宗，廣度後學。』華林聞之，云：『某甲忝居上首，典座何得住持？』百丈云：『若能對衆下得一語出格，當與住持。』即指淨瓶問云：『不得喚作淨瓶，汝喚作甚麽？』華林云：『不可喚作木椟也。』百丈乃問師，師踢倒淨瓶，便出去。百丈笑云：『第一座輸却山子也。』師遂往焉。」參見景德傳燈録卷九潭州溈山靈祐禪師。　鸞皇：即鸞與凰，喻賢俊之士。

〔八五〕懶安：即福州長慶大安禪師，號懶安，百丈懷海法嗣，嘗在溈山從靈祐多年。景德傳燈録卷九福州大安禪師：「同參祐禪師創居溈山也，師躬耕助道。及祐禪師歸寂，衆請接踵住持。師上堂云：『安在溈山三十來年，喫溈山飯，屙溈山屎，不學溈山禪。只看一頭水牯牛，若落路入草，便牽出。若犯人苗稼，即鞭撻。調伏既久，可憐生，受人言語。如今變作個露地白牛，常在面前，終日露迥迥地，趁亦不去也。』」　寂子：仰山慧寂禪師，已見前注。　敦厖：敦厚。漢王充論衡自紀：「没華虛之文，存敦厖之樸。」

〔八六〕九世：謂溈山自靈祐立禪居，開創溈仰宗，至此時已九世。　津梁：喻濟渡衆生。世説新語言語：「庾公嘗入佛圖，見卧佛，曰：『此子疲於津梁。』」

〔八七〕分燈：禪宗謂佛法如明燈，可破除迷暗，故分傳佛法謂之分燈。

〔八八〕漆瞳照人：蘇軾雲師無著自金陵來且還其畫：「玉骨猶含富貴餘，漆瞳已照人天上。」此借用其語。

〔八九〕食堂十年折繩牀：形容大潙山密印禪寺之破敗簡陋，即前文所謂「齋庖垣廡皆未具」之類。此暗用趙州從諗禪師故事。古尊宿語録卷一三趙州真際禪師語録并行狀卷上：「僧堂無前後架，旋營齋食，繩牀一脚折，以燒斷薪，用繩繫之。」繩牀，僧人食坐小牀。唐釋義淨南海寄歸内法傳卷一食坐小床：「西方僧衆將食之時，必須人人淨洗手足，各各别踞小牀，高可七寸，方纔一尺，藤繩織内，脚圓且輕。卑幼之流，小拈隨事，雙足蹋地，前置盤盂。」

〔九〇〕機鋒擊電誰敢當：景德傳燈録卷一九漳州保福院從展禪師：「問：『因言辯意時如何？』師曰：『因什麽言？』僧低頭良久。師曰：『擊電之機，徒勞佇思。』」

〔九一〕以印印空成文章：此闡釋元軾自號空印之意。

〔九二〕折慢幢：挫敗傲慢之心。傲慢之心如幢柱高聳，故云。六祖大師法寶壇經機緣品：「聽吾偈曰：『禮本折慢幢，頭奚不至地？有我罪即生，亡功福無比。』」

〔九三〕反袂拭面空歎傷：孔子家語辯物：「叔孫氏之車士曰子鉏商，採薪於大野，獲麟焉，折其前左足，載以歸。叔孫以爲不祥，棄之於郭外。使人告孔子曰：『有麕而角者，何也？』孔子往觀之曰：『麟也，胡爲來哉？胡爲來哉？』反袂拭面，涕泣沾衿。」此借用其語。

〔九四〕咄嗟：呼吸之間，喻動作迅速。　寶坊：佛寺。

〔九五〕又取佛日重洗光：喻其重新整頓佛教，大振雪竇、天衣之道。唐吕温狄梁公立廬陵王傳讚曰：「取日虞淵，洗光咸池。」本集卷一謁狄梁公廟：「君看洗日光，正色甚閒暇。」此借用其喻。

〔九六〕芙蓉峰：太平寰宇記卷一一四潭州寧鄉縣：「芙蓉山，在縣西，舊名青羊山。名勝志：『芙蓉山與大潙山相接，其中有芙蓉洞。』」潙水：水經注卷三八湘水：「潙水從西南來注之。潙水出益陽縣馬頭山，東逕新陽縣南，晉太康元年又改新康矣。潙水又東入臨湘縣，歷潙口戍，東南注湘水。」參見本集卷二二潙源記。

〔九七〕願同山呼壽無疆：史記孝武本紀：「東幸緱氏，禮登中嶽太室。從官在山下聞若有言『萬歲』云。」參見本集卷一九瑫川寶應寺塔光贊注〔一一〕。

重修龍王寺記〔一〕

祝融占南極，其高蓋四千八百丈〔二〕。與中原相直，其平如衡，故名衡嶽〔三〕。嶽之北，崇岡峻嶺，如犇如伏。晴嵐夕暉，星螺掩玉〔四〕，百里而至陽陂〔五〕。翔爲奇峰，呀爲深谷〔六〕。峰之顛，有大穴，泉滿石裂，擲雷濺雪，夏冬弗竭。蓋神龍之所蟠蟄，故名龍山。唐貞元間，馬祖傳曹谿心要，隱于嶽中〔七〕。從之游者多得道，散處林壑之佳處，老死而世不聞，矧見之乎〔八〕！洞山悟本禪師价公游方時〔九〕，與密師伯者偕行〔一〇〕，嘗經陽陂，迷失道路。見谿流菜葉，知有隱者。並谿深入，叢薄間有茅茨〔一一〕。僧出迎，貌癯而老，索爾虛閑〔一二〕，謂价曰：「此山無路，闍梨自何而至？」价曰：「無路且止，老師自何而入？」曰：「我不曾雲水〔一三〕。」价曰：「住此山多少時？」曰：「春秋不涉。」价曰：「老師先住耶？此山先住耶？」曰：「不知。」价曰：「何以不知？」曰：「我不從人天來〔一四〕。」价曰：「得何道理，便爾歇去〔一五〕？」曰：「我見泥牛鬭入海〔一六〕，直至于今無消息。」於是价班密師伯之下拜之〔一七〕。拜起，問：「如何是主中賓〔一八〕？」曰：「青山覆白雲。」問：「如何是主中主？」曰：「長年不出戶。」問：「賓主相去幾何？」曰：「長江水上波。」問：「賓主相見，有何言說？」曰：「清風拂白月。」价心異之，求依止。僧笑曰：「三間茅屋從來住，一道神光萬境閑。莫作是非來辨我，浮生穿鑿不相關。」即焚其廬而去，莫知所終。故龍山又名隱山。今祖堂、玉（王）英諸禪師書江西宗派㊀〔一九〕，亦著隱山之號。光化中〔二〇〕，有奇比丘名師信〔二一〕，不知何許人，庵于隱山之故基，一衲宴坐，異蹟顯著。龍衆皆易形〔二二〕，爲王者服，從之聽法。歲旱，民祈雨輒響應。馬氏據有荆楚〔二三〕，欽事之，不敢名斥〔二四〕，賜號雨禪師，而增名爲龍王山〔二五〕。自信之化，世爲禪林，號西禪寺。太平興國改賜今額〔二六〕。宗教下衰，師法大壞，至以大福田之衣，蒙市井無賴，而兹山十世〔二七〕。宣和四年夏，潭帥大學曾公盡禮致前住道林雲禪師來領院事〔二八〕。雲孤硬飽參，精嚴臨衆，洞山十世之孫〔二九〕，而焦山枯木之嫡嗣也〔三〇〕，人望翕然〔三一〕。師解包之日〔三二〕，顧嗟太息，因發其形勝，增廣其基構而鼎新之。聚材鳩工〔三三〕，以歲入輸租、飯僧之餘助成之，不專取於檀信〔三四〕。以謂檀法以信，而發心爲淨，施止增一草，獲福不貲〔三五〕。不然，雖側布〔三六〕，但名住相〔三七〕。人徒見雲法勞熏役，而不知其游戲也。有無諸道人上白寔陰相之〔三八〕，且從余求文記其事，曰：「价公參道於此山，而雲禪師嗣其法，以興修之，疑非偶然。」余曰：「隱山單丁住山，把茅覆頂，刀耕火種而食，兩客及門，焚其廬而去之。今雲公不起于座，使緑疏青瑣，以棲千柱〔三九〕；飛甍畫棟，以粲萬瓦；層樓傑閣，以蕩摩雲煙；虚堂廣殿，以吞吐風月。撾鼓升堂，千指圍遶〔四〇〕，雲屯川增，方進而未艾也。視其迹若相遠，然其道實相須〔四一〕。如來世尊蓋嘗曰：『不住無爲，不盡有爲。』〔四二〕金剛般若，開空法道也，而曰：『持戒修福者，名發信心。』〔四三〕開空法而修福，無住無盡之旨也。隱山之焚廬滅迹，與雲公之幻出樓閣，託斯文於不朽，殆得如來世尊之遺意。」於是爲疾書之。宣和六年春公生明齋記。

【校記】

㈠ 玉：原作「王」，誤，今改。參見注〔一九〕。

【注釋】

〔一〕宣和六年春作於潭州湘潭縣。　龍王寺：在隱山。明一統志卷六三長沙府：「隱山，在湘潭縣西南一百一十里，山頂有龍湫，山下有池，世傳龍神所居，故一名龍王山。」

〔二〕「祝融占南極」二句：唐徐堅初學記卷五地部上衡山第四：「下踞離宮，攝位火鄉，赤帝館其嶺，祝融託其陽，故號南岳。周旋數百里，高四千一十丈。」南嶽總勝集卷上：「祝融峰者，昔炎黄之世，祝融君游息之所，因而名焉。溪山高九千七百三十丈，在衆峰之北最高嶽之絶頂，下視衆山如坵垤，雖紫蓋、雲密等峰，亦不可侔。故盧載詩中一聯云：『五千里路望皆見，七十二峰中最高。』」長沙志：「衡山七十二峰，最大者五，芙蓉、紫蓋、石廩、天柱、祝融，而祝融爲最高。」李白與諸公送陳郎將歸衡陽：「衡山蒼蒼入紫冥，下看南極老人星。」鍇按：惠洪言祝融「其高蓋四千八百丈」，與初學記、南嶽總勝集皆不同，或另有所據。

〔三〕「與中原相直」三句：初學記卷五：「故南岳衡山，朱陵之靈臺，太虚之寶洞，上承冥宿，銓德鈞物，故名衡山。」南嶽總勝集卷上：「湘中記云：衡山，朱陵之靈臺，太虚之寶洞，上承軫宿，銓德鈞物，應度璣衡，故名衡山。」惠洪所言與之不同。

〔四〕星螺：廓門注：「『星螺』當作『青螺』歟？」

〔五〕陽陂：向陽之山坡。本集卷一三題龍王枯木堂：「陽陂且喜根株茂，雪裏花開爛熳香。」陽陂或爲龍王山之地名，俟考。

〔六〕呀爲深谷：韓愈燕喜亭記：「出者突然成丘，陷者呀然成谷。」 呀，大空貌。

〔七〕「唐貞元間」三句：景德傳燈録卷六江西道一禪師：「唐開元中，習禪定於衡嶽傳法院，遇讓和尚。同參九人，唯師密受心印。始自建陽佛迹嶺，遷至臨川，次至南康龔公山。大曆中隸名於開元精舍。時連帥路嗣恭聆風景慕，親受宗旨，由是四方學者，雲集坐下。師於貞元四年正月中，登建昌石門山，於林中經行，見洞壑平坦處，謂侍者曰：『吾之朽質，當於來月歸茲地矣。』言訖而迴。至二月四日果有微疾，沐浴訖，跏趺入滅。」由此可知，馬祖開元中居衡嶽習禪定，自大曆至貞元中住持洪州開元寺。此言「隱于嶽中」，絶非貞元間之事。「貞元」或爲「開元」之誤。 曹谿心要，指六祖慧能以心傳心之法要。馬祖嗣法懷讓，懷讓嗣法慧能，故傳其心要。 鍇按：開元爲唐玄宗年號，公元七一三～七四一年。貞元爲唐德宗年號，公元七八五～八〇五年。

〔八〕矧：況且。

〔九〕洞山悟本禪師价公：即筠州洞山良价禪師，會稽人，俗姓俞氏。嗣法雲巖曇晟。唐大中末，於新豐山接誘學徒，其後盛化豫章高安之洞山，爲曹洞宗開山祖師。敕謚悟本大師。事具景德傳燈録卷一五、宋高僧傳卷一二。 鍇按：此句以下直至「即焚其廬而去，莫知所終」，所叙之事見景德傳燈録卷八潭州龍山和尚（亦云隱山），祖堂集卷二〇隱山和尚（龍山）、筠州洞山悟本禪師語録、智證傳亦載此公案，詳略不一，文字稍異。

〔一〇〕密師伯：即洞山良价之師兄僧密禪師。景德傳燈録卷一五潭州神山僧密禪師：「師與洞山渡水，洞山曰：『莫錯下脚。』師曰：『錯即過不得也。』洞山曰：『不錯底事作麽生？』師曰：『共長老過水。』」

〔一一〕叢薄：草木叢生之處。淮南子俶真：「獸走叢薄之中。」高誘注：「聚木曰叢，深草曰薄。」　茅茨：茅屋。高僧傳卷五帛道猷傳載其詩曰：「茅茨隱不見，雞鳴知有人。」

〔一二〕索爾虚閑：形容寂寞閑散。語本續高僧傳卷一六齊鄴中釋僧可傳附慧滿傳：「隨施隨散，索爾虚閑。」

〔一三〕雲水：代指僧人行脚游方，言其如行雲流水無定居。

〔一四〕人天：六趣中之人趣與天趣。

〔一五〕「得何道理」二句：景德傳燈録卷一五作：「和尚見箇什麽道理，便住此山？」

〔一六〕泥牛鬬入海：泥牛本無生命，此言鬬入海，喻非情識所能及之事。參見本集卷一七十二月二十六日永明禪師生辰三首注〔四〕。

〔一七〕班：位次。此謂良价位次於師兄僧密之下。

〔一八〕主中賓：臨濟、曹洞二宗皆有四賓主之説，此處問「如何是主中賓」與下句問「如何是主中主」，當爲曹洞宗四賓主。人天眼目卷三曹洞門庭：「四賓主，不同臨濟。主中賓，體中用也；賓中主，用中體也；賓中賓，用中用，頭上安頭也；主中主，物我雙亡，人法俱泯，不涉正偏位也。」

〔一九〕祖堂：即祖堂集，五代南唐泉州招慶寺靜、筠二禪僧編，共二十卷。内容記述自迦葉至唐末五代共二百五十六位禪宗祖師之主要事跡及問答機語。　玉英：即傳燈玉英集。先是楊億編次景德傳燈録三十卷，王隨删去其繁，爲十五卷，曰玉英集。底本「玉」作「王」，涉形近而誤。　江西宗派：指馬祖道一所創之洪州宗，洪州爲江南西道首府，故云。景德傳燈録卷六稱「江西道一禪師」，簡稱江西，亦以此。諸書皆以龍山和尚（即隱山和尚）爲馬祖法嗣。　鍇按：「江西宗派」一詞首見於此，後之詩壇呂本中作江西宗派圖，即仿此稱呼。蓋黄庭堅爲江西洪州分寧人，故亦簡稱江西，學其詩者皆爲其法嗣，是爲江西宗派。

〔二〇〕光化：唐昭宗年號，公元八九八～九〇一年。

〔二一〕奇比丘名師信：生平法系未詳，俟考。

〔二二〕龍衆：佛教八部中之龍衆。此指隱山諸龍王。

〔二三〕馬氏據有荆楚：唐昭宗乾寧三年，馬殷據湖南，拜潭州刺史、武安軍節度使，梁太祖時封楚王，都長沙。周廣順元年，爲南唐所滅。歷六主，五十六年。見新五代史楚世家。

〔二四〕不敢名斥：謂極爲尊敬，不敢指名而言，即不敢稱「師信」之名。左傳桓公六年：「周人以諱事神。」杜預注：「自父至高祖，皆不敢斥言。」

〔二五〕而增名爲龍王山：謂本名龍山，而增一「王」字爲龍王山。

〔二六〕太平興國：宋太宗年號，公元九七六～九八四年。

〔二七〕「至以大福田之衣」三句：謂自師信之後，十世住持此山者，皆穿袈裟之市井無賴。大福田之衣，即田衣，指僧服。姚秦僧肇金剛經注：「著衣，著僧伽梨，福田衣也。佛觀良田，塩乘齊整，因命侍者：『出家之人，一切福田，凡製僧那，唯此爲之。』」唐釋道宣集廣弘明集卷二五司戎議：「據僧祇律，敬袈裟如敬佛塔，謂袈裟爲福田衣。」道宣四分律删繁補闕行事鈔卷下沙彌別行篇：「和尚授與袈裟，便頂戴受，受已，還和尚。如是三反，和尚爲著之，説偈言：『大哉解脱服，無相福田衣，披奉如戒行，廣度諸衆生。』」宋釋子璿金剛經纂要刊定記卷三：「僧伽梨，即九條乃至二十五條，名上品衣，亦名福田衣。製像水田，見生福故。」參見本集卷一贈歐陽生善相注〔八〕。

〔二八〕潭帥大學曾公：據宋史本傳，曾孝序嘗以顯謨閣待制知潭州，以論猺事與吳居厚不合，落職知袁州。復職，再知潭州。由此可知，孝序宣和四年實爲顯謨閣待制。此記作於宣和六年，時孝序已因平道州猺人之叛而進爲龍圖閣直學士，故追述宣和四年事亦稱「大學曾公」云云。大學，龍圖閣直學士之簡稱。前住道林雲禪師：釋法雲，枯木法成禪師法嗣，宣和元年繼法成住長沙道林寺。本集卷二八有請道林雲老住龍王諸山疏，即爲曾孝序盡禮致前住道林寺法雲來領龍王寺院事而作。參見本集卷八游龍王贈雲老注〔一〕。

〔二九〕洞山十世之孫：法雲爲曹洞宗青原下十三世，洞山良价至法雲之世系爲：洞山良价—九峰普滿—同安威—同安志—梁山緣觀—大陽警玄—投子義青—芙蓉道楷—枯木法成—龍王法雲。

〔三〇〕焦山枯木：指法成禪師，號枯木，嗣法芙蓉道楷，爲曹洞宗青原下十二世。時住鎮江焦山普濟寺。事具程俱北山集卷三二宋故焦山長老普證大師塔銘。

〔三一〕人望翕然：衆人一致稱頌。翕然，一致貌。

〔三二〕解包：解下包裹行李。禪林僧寶傳卷二五大潙真如喆禪師傳：「喆受詔欣然，俱數衲子至。解包之日，傾都來觀，至謂一佛出世。」

〔三三〕鳩工：聚集工匠。鳩能聚陽氣，故取義於聚。書堯典：「共工方鳩僝功。」注：「僝，見也。言共工鳩聚見其功也。」

〔三四〕檀信：猶施主，檀越。謂修檀行之信士。

〔三五〕「以謂檀法以信」四句：大乘寶要義論卷二：「善巧方便經云：『或有菩薩見貧窮者，起悲愍心，施以少飯。如佛所説，此心廣大，名最上施。』何況諸所施法，其施雖少，而一切智心功德無量。……彼明焰如來昔爲守城人，以一草燈供施，因緣從是發心。」增一草，代指布施甚少。

〔三六〕側布：側布黃金之略稱，代指施捨慷慨。釋氏要覽卷上住處：「金地，或云金田。即舍衛國給孤長者側布黄金，買祇陀太子園，建精舍，請佛居之。」

〔三七〕住相：停止於色聲香味觸法。金剛經：「須菩提！菩薩於法，應無所住，行於布施，所謂不住色布施，不住聲香味觸法布施。須菩提！菩薩應如是布施，不住於相。何以故？若菩薩不住相布施，其福德不可思量。」

〔三八〕無諸：福州之别稱。　上白：龍王寺僧，生平無考。　陰相之：暗裏輔助其事。

〔三九〕緑疏青瑣：此形容寺中殿閣窗户之精美。參見本集卷八巴川衲子求詩注〔三〕。

〔四〇〕千指：一人十指，千指爲百人。

〔四一〕相須：猶相需，相互依存。詩小雅谷風：「習習谷風，維風及雨。」毛傳：「風雨相感，朋友相須。」

〔四二〕「如來世尊蓋嘗曰」三句：維摩詰經卷下菩薩行品：「佛告諸菩薩：『有盡無盡，解脱法門，汝等當學。何謂爲盡？謂有爲法。何謂無盡？謂無爲法。如菩薩者，不盡有爲，不住無爲。』」

〔四三〕「金剛般若」五句：金剛經：「如來滅後，後五百歲，有持戒修福者，於此章句能生信心。」

隋朝感應佛舍利塔記〔一〕

唐僧史曰〔二〕：同州大興寺者，般若尼寺故基也〔三〕。隋文帝以魏大統七年六月癸丑生于寺中〔四〕，赤光照室，紫氣滿庭，如幻出樓閣，而其色赭人之衣〔五〕。妳母覺時炎熱，以扇扇之，慄然暴寒，幾絶，不能啼〔六〕。有尼自外至，謂太祖曰〔七〕：「兒乃那羅延也〔八〕，蓋天佛所祐，不可令處穢雜間，當爲養之。」於是太祖以兒委之，不敢名問，而闢館以延尼，通門往來。一日，皇妣闞尼在不〔九〕，就抱持之，忽化爲龍，鱗角已具，驚仆于地。尼歸見之，怒曰：「乃敢妄觸吾兒，致晚得天下。」文帝七歲，尼告之曰：「像教堙滅〔一〇〕，一切鬼神皆西。兒當父母天下〔一一〕，而教法賴兒而興之。」年十三，乃令還家。四十餘年，足不越閫〔一二〕。周既廢教〔一三〕，尼隱皇家。文帝踐祚，教果重興〔一四〕。尼名智仙，衵異不可測，河東蒲坂劉氏女也〔一五〕。七歲出家，其師一旦失之，意必墮井。俄見坐殿楯瓦上〔一六〕，世號神尼。嘗以舍利一掬授文帝，曰：「以此福蒼生。」〔一七〕仁壽二年，出以示僧曇遷，置掌而觀數，數有盈縮。遷曰：「吾聞法身過於數量，非智所及。此未可量。」〔一八〕乃分而爲五十三，分詔於五十三州名山福地以建塔〔一九〕。塔下圖神尼之象，有銘，其略曰：「維年月日，菩薩戒佛弟子大隋皇帝堅，敬白十方三世一切三寶弟子，蒙三寶福祐，爲蒼生君父，思與民庶共建菩提，分布舍利諸州供養，欲使普修善業，同登妙果者，特請兩京名僧將命。」〔二〇〕奉安之日，皆有祥瑞。長沙嶽麓寺之前〔二一〕，澗陰之上石浮圖〔二二〕，其一數也。山中僧道安嘗爲余曰〔二三〕：「隋朝舍利塔事極奇偉，而五季烽火之餘〔二四〕，銘碣焚毀，道俗游觀，無所質問。」余曰：「豈直此而已。晉建興二年〔二五〕，長沙縣之西一里二十步，有千葉青蓮華兩本生於陸地。掘之丈餘，蓮之根莖自瓦棺而出。發棺而視，但紙衣拴索〔二六〕，而蓮寔生頭顱齒頰間。有銘棺上曰：『僧不知名氏，唯誦妙法蓮華經已數萬部。既化，遺言以紙爲衣，瓦棺葬于此。』郡以其事聞朝廷，有旨建寺其上，號蓮華。今長沙驛即寺故基也。西城之譙門〔二七〕，與湘江之潭，皆以蓮華名之者，以此〔二八〕。然邦人無有知者。」安請余併書，以示道俗。宣和七年二月，住山道人法光與安化馬章彥達登澗陰〔二九〕，問建塔之因，光乃以余文示之。彥達踴躍，願施錢刻石山中。上巳日除饉某記〔三〇〕。

【校記】

㊀在不：武林本作「不在」。

【注釋】

〔一〕宣和七年三月三日作於長沙。廓門注：「隋朝，下見於唐釋法琳所撰辯正論第三卷隋高祖文皇帝下，此不録。」

〔二〕唐僧史：指唐釋道宣所撰續高僧傳。廓門注：「愚未見唐僧史。」失考。錯按：下文所述事見續高僧傳卷二六隋京師大興善寺釋道密傳及卷一八隋西京禪定道場釋曇遷傳。

〔三〕「同州大興寺者」二句：隋京師大興善寺釋道密傳：「尋下敕召，送舍利于同州大興國寺。寺即文帝所生之地，其處本基般若尼寺。」底本「大興」後脱一「國」字，疑惠洪誤記。同州：元和郡縣志卷二關内道二同州：「禹貢云：『漆沮既從，灃水攸同。』言二水至此同流入渭，城居其地，故曰同州。」故治在今陝西大荔縣。

〔四〕隋文帝：楊堅，華陰人。初仕北周，位至相國，襲封隋國公。大定元年受周禪，自稱帝，國號隋，改元開皇。七年滅後梁，九年滅陳。統一南北。在位二十四年。隋書高祖本紀：「皇妣吕氏，以大統七年六月癸丑夜生高祖於馮翊般若寺。」大統：西魏文帝元寶炬年號，公元五三五～五五一年。

〔五〕其色赭人之衣：謂其赤光致他人之衣變爲赭色。赭，赤色。隋京師大興善寺釋道密傳：「于時赤光照室，流溢外户，紫氣滿庭，狀如樓闕，色染人衣。」

〔六〕「妳母覺時炎熱」五句：隋京師大興善寺釋道密傳：「嬭母以時炎熱，就而扇之，寒甚，幾絶，困不能啼。」妳母，即嬭母，乳母。慄然，寒冷貌。

〔七〕太祖：指楊堅之父楊忠，弘農華陰人，小名奴奴。武藝絶倫，識量深沉，有將帥之略。北周明帝武成元年，以功封隋國公。武帝天和三年卒，贈太保，謚曰桓。周書有傳。隋書高祖本紀上：「乙丑，追尊皇考爲武元皇帝，廟號太祖。」

〔八〕那羅延：法華經卷七妙音菩薩品：「面貌端正復過於此，身真金色，無量百千功德莊嚴，威德熾盛，光明照曜，諸相具足，如那羅延堅固之身。」一切經音義卷二六：「那羅延，此云力士，或云天中，或云人中力士，或云金剛力士也，或云堅固力士。」鍇按：隋京師大興善寺釋道密傳：「尼遂名帝爲那羅延，言如金剛不可壞也。」隋文帝名楊堅，其義取自此。

〔九〕闞：闞視。嵇康琴賦：「邪睨崐崘，俯闞海湄。」

〔一〇〕像教：代指佛教，蓋以佛像爲教化，故稱。參見本集卷一懷慧廓然注〔一三〕。

〔一一〕父母天下：爲天下人父母，指作皇帝。

〔一二〕「四十餘年」二句：隋京師大興善寺釋道密傳：「積三十餘歲，略不出門。」閫，門檻。

〔一三〕周既廢教：周書武帝紀上建德三年五月：「丙子，初斷佛道二教，經像悉毁，罷沙門、道士，并令還民。」佛祖統紀卷三八北周武帝建德三年五月：「帝欲偏廢釋教，令道士張賓飾詭辭以挫釋子。法師知玄抗酬精壯，帝意賓不能制，即震天威，以垂難辭。左右吒玄聽制，玄安庠應對，陳義甚高，陪位大臣莫不欽難，獨帝不説。明日下詔，并罷釋道二教，悉毁經像，沙門、道士並令還俗。時國境僧道反服者二百餘萬。」同卷建德六年：「伐齊，滅之，并毁齊境佛教經像。時僧尼反服者三百餘萬。」

〔一四〕「文帝踐祚」二句：佛祖統紀卷三九隋文帝：「開皇元年，帝初受禪，沙門曇延謁見，勸興復佛法。乃下詔，周朝廢寺，咸與修營；境内之人，任聽出家；仍令户口出錢，建立經像。由是民間佛經，多於六藝之籍。」

〔一五〕河東蒲坂：元和郡縣志卷一四河東道一河中府：「河東縣，本漢蒲坂縣地也，屬河東郡。隋開皇三年罷郡，縣仍屬蒲州。十六年移蒲坂縣于城東，仍于今理别置河東縣。大業二年，省蒲坂縣入河東縣。」

〔一六〕楯瓦：本指盾牌之脊。本集用指欄楯與屋瓦，或屋脊。參見卷四石門中秋同超然鑒忠清三子翫月注〔一六〕。隋京師大興善寺釋道密傳：「和上失之，恐其墮井，見在佛屋，儼然坐定。」楯瓦意指佛屋。

〔一七〕「嘗以舍利一掬授文帝」三句：續高僧傳卷一八隋西京禪定道場釋曇遷傳：「文帝昔在龍潛，有天竺沙門以一顆舍利授之云：『此大覺遺身也，檀越當盛興顯，則來福無疆。』言訖，莫知所之。」此言尼智仙以舍利授文帝，蓋誤記。

〔一八〕「仁壽二年」八句：隋西京禪定道場釋曇遷傳：「仁壽元年，（文帝）追惟昔言，將欲建立，乃出本所舍利，與遷交手數之，雖各專意，而前後不能定數。帝問所由，遷曰：『如來法身，過於數量。今此舍利，即法身遺質。以事量之，誠恐徒設耳。』」仁壽：隋文帝年號，公元六〇一～六〇四年。鍇按：文帝與曇遷數舍利乃仁壽元年事，二年乃下敕五十餘州起廟。見下注。

〔一九〕「乃分而爲五十三」二句：隋西京禪定道場釋曇遷傳：「（仁壽）二年春，下敕於五十餘州分布起廟，具感祥瑞如別傳叙之。四年，又下敕於三十州造廟。遂使宇内大州一百餘所，皆起靈塔，勸物崇善。」

〔二〇〕「塔下圖神尼之象」十二句：隋京師大興善寺釋道密傳：「前後建塔百有餘所，隨有塔下皆圖神尼，多有靈相。故其銘云：『維年月，菩薩戒佛弟子大隋皇帝堅，敬白十方三世一切三寶弟子，蒙三寶福祐，爲蒼生君父，思與民庶共建菩提。今故分布舍利諸州供養，欲使普修善業，同登妙果，仍爲弟子。法界幽顯，三塗八難，懺悔行道，奉請十方常住三寶，願起慈悲，受弟子等請，降赴道場，證明弟子，爲諸衆生發露懺悔。』」

〔二一〕長沙嶽麓寺：在長沙湘江西岸嶽麓山。方輿勝覽卷二三湖南路潭州：「嶽麓寺，在山上百餘級乃至，今名惠光寺。下有李邕麓山寺碑。」

〔二二〕石浮圖：石塔，即舍利塔。

〔二三〕僧道安：嶽麓寺僧，生平法系不可考。

〔二四〕五季：即五代。

〔二五〕建興：西晉愍帝年號，公元三一三～三一六年。

〔二六〕拴索：本指繩索，本集喻指相連接之骨架，骸骨。語本黄庭堅枯骨頌：「皮膚落盡露拴索，一切虛誑法現前。」參見本集卷三游南嶽福嚴寺注〔三〇〕。

〔二七〕譙門：建有望樓之城門。

〔二八〕自「晉建興二年」至此，事亦見法華經合論卷五：「晉建興二年，長沙縣西有千葉青蓮華兩本生於陸地。官史掘之丈許，根莖出於瓦棺。發棺，有白骨一聚，而蓮之根蔕出髑髏齒骨間。有銘記棺上，曰：『有僧不知姓氏，誦法華經至千萬部。將化，遺言令以紙爲衣，以瓦爲棺，葬于此。』事聞朝廷，有詔建寺其處，號曰蓮華，今驛亭其故基。基近譙門，因號蓮華門。門臨湘江洄澓處，又號蓮華潭。其於生死之間，殊勝奇瑞如此，是謂信解之力也。」文字略異。鍇按：集千家注杜工部詩集卷四送許八拾遺歸江寧覲省甫昔時嘗客游此縣於許生處乞瓦棺寺維摩圖樣志諸篇末題下注引蔡夢弼曰：「瓦棺寺，乃薦福寺也。晉時有僧嗜誦法華經，及終，以瓦棺葬之。後生蓮花二朵於墓，其根自舌頭而出，因號瓦棺寺。」與惠洪所記似爲同一事，然其地非在長沙。參見本集卷一五贈誦法華僧注〔三〕。

〔二九〕住山道人法光：指嶽麓寺住持法光禪師。鍇按：法光，空印元軾法嗣。宣和二年住了山，後移住嶽麓。參見本卷潭州大潙山中興記注〔六七〕。安化：縣名，宋屬潭州。馬章彥達：馬章，字彥達，潭州安化人，生平未詳。

〔三〇〕上巳日：即三月三日。除饉：梵語比丘，一譯除饉男。隋釋智顗維摩經略疏卷三：「釋比丘者，或言有翻，或言無翻。言有翻者，翻云除饉。衆生薄福，在因無法自資，得報多所饉乏。出家戒行是良福田，能生物，善除因果之饉乏也。」一切經音義卷一〇：「分别功德論云：『世人飢饉於色欲，比丘除此受饉之飢想。』故名除饉。」　某：自指。

【集評】

清葉昌熾云：廿一日，病中檢宋僧洪覺範集，有隋朝舍利塔感應記，述神尼智仙事，詳於棲巖碑、靈隱志。道宣稱仁壽詔僅三十州，賀德仁已云八十州，而此文又云五十三州。前跋鄧州本未及，皆可博異聞。手録一通，並作一序一跋，皆小篇，擬付星臺，續裝於後。考隋舍利塔者，莫詳於此矣。（督緣廬日記抄卷一四壬子八月條）

潭州白鹿山靈應禪寺大佛殿記〔一〕

靈應禪寺天人師殿者〔二〕，無諸沙門用澄之所建〔三〕，而邦之大檀越劉革之所施也〔四〕。寺占巖腹，臨清流，發一區之形勝〔五〕，規模宏大，營建偉傑，緑疏朱闥，呑飲風月，飛簷楯瓦，蕩摩雲煙，寶鈴和鳴，珠網間錯〔六〕。像設釋迦如來百福千光之相，文殊師利、普賢大菩薩、大迦葉波、慶喜尊者、散花天人、護法力士〔七〕，又環一十八應真大士〔八〕，序列以次，莊嚴畢備。道俗拜瞻，其無以異登忉利諸天〔九〕，至普光明最吉祥地〔一〇〕，欽奉慈嚴，親聞圓音也。其費緡錢三千萬〔一一〕，而不聽餘人增一草〔一二〕。鳩工於宣和元年〔一三〕，而斷手於七年之秋〔一四〕。余過襄沔〔一五〕，謁方禪師於潮音堂〔一六〕，而澄前請爲之記。余聞百丈大智禪師之訓曰：「世尊遺教弟子，因法相逢，則當依法而住。飲食服玩，經行宴坐，必爲叢林；營建室宇，必先造大殿，以奉安佛菩薩像，使諸來者知皈向故。晝夜行道，令法久住，報佛恩故。」〔一七〕又聞德山鑒禪師之語曰：「比丘行脚，當具正眼，誦經禮拜，乃是魔民；營造殿宇，又造魔業。且天下惟奉一君一化，豈容二佛所居？撤去大殿，獨存法堂。」〔一八〕嗚呼！百丈、德山皆祖師，一則建立，一則掃蕩，安所適從折中哉〔一九〕？方禪師，黃龍、雲居之仍孫〔二〇〕，必知其要，乃以問之。方曰：「如醫師之治病，應病與藥。今人病寒，必投以丹砂烏喙〔二一〕；設或病喘，必投以紫團白朮〔二二〕。寒疾愈，則所謂烏喙丹砂者，姑置之可也。喘疾既去，則雖常服紫團白朮，庸何患？然無病則焉用藥哉？衆生無明崢嶸〔二三〕，業海横肆，莫知津涘〔二四〕，而以佛爲彼岸。則殿宇之建，像設之嚴，所當然矣。」余拊手曰：「臨濟之後，善説法要如此。」因取以文次爲之記。澄公外枯而中秀〔二五〕，耐煩冗，甘淡薄，十年不懈其志，非止爲此殿而已，要將咄嗟辦一梵刹可也〔二六〕。九月初吉記。

【注釋】

〔一〕宣和七年九月初一作於潭州益陽縣。白鹿山：清一統志卷二七七長沙府二：「白鹿寺，在益陽縣南二里白鹿山上。」然靈應禪寺非白鹿寺，因其時白鹿寺住持爲法太，非方公。參見本集卷六游白鹿贈大希先、卷二六題白鹿寺壁。靈應禪寺：方志失載，無考。

〔二〕天人師：如來十號之一。佛説十號經：「佛言：『非與阿難一苾芻爲師，所有苾芻、苾芻尼、烏波塞、烏波夷及天上、人間、沙門、婆羅門、魔王、外道，釋、梵、龍、天悉皆歸命，依教奉行，俱作佛子，故名天人師。』」景德傳燈録卷一釋迦牟尼佛：「故普集經云：『菩薩於二月八日明星出時成佛，號天人師。』」

〔三〕無諸：福州之别稱。鍇按：閩越王無諸，越王句踐之後裔。漢高祖五年，立無諸爲閩越王，王閩中故地，都東冶，即福州。事見史記東越列傳。後遂以無諸代稱福州。用澄：靈應寺僧，生平法系未詳。

〔四〕大檀越：大施主。劉革：益陽人，生平無考。

〔五〕發一區之形勝：開發出此一處地方之勝景。一區，指一處宅院，即靈應禪寺。語本漢書揚雄傳：「有田一壥，有宅一區。」

〔六〕「寶鈴和鳴」二句：法華經卷一序品：「珠交露幔，寶鈴和鳴。」此借其語狀靈應禪寺之華麗裝飾。

〔七〕大迦葉波：梵語音譯爲摩訶迦葉波、大迦葉、大迦葉波，意譯爲大飲光，佛十大弟子之一。大般若波羅蜜多經卷一初分緣起品：「除阿難陀獨居學地，得預流果，大迦葉波而爲上首。」　慶喜尊者：即阿難尊者，梵語音譯爲阿難陀，意譯爲慶喜，佛之從弟，十大弟子之一，多聞第一。　散花天人：住天界之諸神，喜作佛事，奏天樂，散天花，飛行於虛空，亦稱飛天。　法華經卷五如來壽量品：「我此土安隱，天人常充滿。園林諸堂閣，種種寶莊嚴，寶樹多華果，衆生所游樂。諸天擊天鼓，常作衆伎樂，雨曼陀羅華，散佛及大衆。」　護法力士：即金剛力士，佛教之護法神，手執金剛杵。　大寶積經卷八密跡金剛會：「於是金剛力士，名曰密迹，住世尊右，手執金剛。」

〔八〕一十八應真大士：即十八大阿羅漢。應真，阿羅漢之別稱。

〔九〕忉利諸天：忉利天，即佛教所謂三十三天，欲界六天中之第二。諸佛經稱忉利天宫樓閣重重，極爲莊嚴華麗。參見本集卷一九小字華嚴經贊注〔七〕。

〔一〇〕普光明最吉祥地：廓門注：「普光明最吉祥，見華嚴經。」鍇按：華嚴經卷一世主妙嚴品：「了達諸佛希有廣大祕密之境，善知一切佛平等法，已踐如來普光明地。」法苑珠林卷一一：「華嚴經云：爾時如來威神力故，十方一切諸佛世界，諸四天下，一一閻浮提，皆有如來坐菩提樹下，無不顯現。爾時世尊威神力故，不起此坐，昇須彌頂，向帝釋殿。爾時帝釋即說偈言：『七佛定光諸佛等，諸吉祥中最無上。彼佛曾來入此處，是故此地最吉祥。』」

〔一一〕緡錢：用緡繩穿通成串之錢，即貫錢。

〔一二〕增一草：指數量甚少之布施。見前重修龍王寺記注〔三一〕。

〔一三〕鳩工：聚集工匠。

〔一四〕斷手：完畢，完工。集千家注杜工部詩集卷九寄題江外草堂：「經營上元始，斷手寶應年。」注：「唐高祖勅云：『使至，知玄堂已成，不知諸作，早晚得斷手。』凡營道了當，言斷手者矣。」

〔一五〕襄沔：指襄陽、沔陽一帶。

〔一六〕方禪師：法名子方，曾住潙山，屬臨濟宗黃龍派。潮音堂：靈應禪寺之法堂。潮音，喻演説佛法之音。楞嚴經卷二：「發海潮音，偏告同會。」

〔一七〕「余聞百丈大智禪師之訓曰」十四句：此段話不見於景德傳燈録及諸禪籍所載百丈懷海禪師語録及百丈清規。隋天台智者大師別傳：「我與汝等因法相遇，以法爲親。」景德傳燈録卷六洪州百丈懷海禪師附禪門規式：「除入室請益，任學者勤怠，或上或下，不拘常準。其闔院大衆，朝參夕聚，長老上堂陞坐，主事徒衆雁立側聆，賓主問醻，激揚宗要者，示依法而住也。」所言與此不同，所同者唯「依法而住」四字。造佛殿之事，尤非百丈所提倡。詳見下條注。

〔一八〕「又聞德山鑒禪師之語曰」十一句：此段話亦不見於景德傳燈録及諸禪籍所載德山宣鑒禪

師語，其意實本景德傳燈録卷六所載百丈懷海之禪門規式：「不立佛殿，唯樹法堂者，表佛祖親囑授，當代爲尊也。」鍇按：唯「撤去大殿，獨存法堂」二句，見於宋釋紹曇五家正宗贊卷一德山見性禪師：「師凡住院，拆却佛殿，獨存法堂。」日本江户僧無著道忠禪林象器箋第二類殿堂門佛殿箋曰：「世謂拆却佛殿，獨存法堂，德山獨有此作。殊不知本是百丈立意也，傳燈所載禪門規式云：『不立佛殿，唯樹法堂，當代爲尊也。』蓋雖百丈本規，諸方猶立佛殿，而德山特準其令爾。」其説甚爲通達。

〔一九〕安所適從：廓門注：「左傳僖公五年曰：『吾誰適從？』」

〔二〇〕黄龍：黄龍慧南禪師。　雲居：雲居元祐禪師，慧南法嗣。　仍孫：泛指遠孫。　已見前注。

〔二一〕丹砂：硃砂。煉汞之礦物，亦作藥用。　烏喙：即烏頭，亦名土附子、奚毒。莖、葉、根都有毒。淮南子繆稱：「天雄、烏喙，藥之凶毒也，良醫以活人。」

〔二二〕紫團：紫團參，即黨參，人參之一種，名貴藥材。以産於上黨郡紫團山，故名。　白朮：草藥名，根莖入藥。爾雅釋草：「朮，山薊。」疏：「一名山薊，一名山薑，一名山連。」

〔二三〕無明：大乘義章卷四：「言無明者，癡闇之心，體無慧明，故曰無明。」　崢嶸：謂超越尋常。

〔二四〕津涘：渡口與河岸。

〔二五〕外枯而中秀：外貌枯澹，内心秀美。蘇軾評韓柳詩：「所貴乎枯澹者，謂其外枯而中膏，似澹而實美。」此化用其語。

〔二六〕咄嗟辨一梵剎：極短時間内便可建成佛寺。咄嗟，呼吸之間。已見前注。

重修僧堂記〔一〕

湘南號爲山水之國，故佳處多爲得道者所廬。自唐貞元間，馬祖、石頭卜鄰於衡嶽〔二〕，學者散止巖叢。本朝康定間〔三〕，慈明禪師中興於石霜〔四〕，望馬祖爲十世嫡孫〔五〕，兒孫徧天下，而長沙尤盛。元豐、元祐之間〔六〕，角立傑出者〔七〕，比比領名剎。諸方指以爲道之所在。今三十年，禪林下衰，以大福田之衣自標識〔八〕，而號分燈嗣法者，例皆名愧其實。蓋族大口衆，不肖之子乃生，固其所也〔九〕。龍圖閣曾公之帥長沙〔一〇〕，慨然驚嗟曰：「吾祖楚公識雪竇顯公於行間，擢置人天之上〔一一〕，遂爲雲門中興〔一二〕。吾親受大和尚圓照印可〔一三〕，今而坐視，非雪竇、圓照所以付囑（祝）之意〔一〕〔一四〕。」於是删去其甚無狀者〔一五〕，老病物故、懼讋而宵遁者〔一六〕，時或有之。遴選諸方之名德十餘輩，所以扶其顛〔一七〕，整其傾。靈應方公乃其一也〔一八〕。方既至，問其地利之所出，度不足以贍衆，則化淨檀爲油麥庫以生財〔一九〕。役力事衆，未有效勞者，則合衆力建度僧之庫。越兩年而告成。又化邑之賢者鍾世高修僧堂五間〔二〇〕。鳩工於宣和六年十月，明年秋九月落成之。而余適至，方偕余游觀。其高深壯麗，塗金間碧，香霧爲帳，秋水爲簟，粥魚齋鼓，戢戢而趨〔二一〕。合爪而集〔二二〕，會四海而不爲混；跏趺而禪，休萬緣而不爲滅。余曰：「此曾公發之，而其利如是博也。」方笑曰：「曾公發之，而成之者乃賢令尹賈公也〔二三〕。自公下車㊂，盜賊衰息，風雨時若〔二四〕，民以是安，吏以是畏。風雨時若，則連歲有秋〔二五〕；盜賊衰息，則夜户不閉。歲豐時和，則民樂施，故吾堂成於談笑。使令尹不賢，民且離散，矧所謂沙門乞士者乎〔二六〕！」余愛其言理而明，喜爲之記。十月初吉除饉某記〔二七〕。

【校記】

㊀ 囑：原作「祝」，誤，今改。參見注〔一四〕。

㊁ 自：武林本作「是」。

【注釋】

〔一〕宣和七年十月初一作於益陽縣白鹿山。

〔二〕馬祖、石頭卜鄰於衡嶽：景德傳燈録卷六江西道一禪師：「唐開元中，習禪定於衡嶽傳法院，遇讓和尚，同參九人，唯師密受心印。」同書卷一四石頭希遷大師：「師於唐天寶初，薦之衡山南寺。寺之東有石狀如臺，乃結庵其上，時號石頭和尚。」

〔三〕康定：宋仁宗年號，公元一〇四〇～一〇四一年。

〔四〕慈明禪師：釋楚圓，嗣法汾陽善昭禪師，住潭州瀏陽縣石霜山，賜號慈明禪師。事具禪林僧寶傳卷二一。參見本集卷一九慈明禪師真贊注〔一〕。

〔五〕望馬祖爲十世嫡孫：馬祖至楚圓法系爲：馬祖道一—百丈懷海—黄檗希運—臨濟義玄—興化存獎—南院慧顒—風穴延沼—首山省念—汾陽善昭—石霜楚圓。

〔六〕元豐：宋神宗年號，公元一〇七八～一〇八五年。元祐：宋哲宗年號，公元一〇八六～一〇九四年。

〔七〕角立：卓然特立，超羣出衆。

〔八〕大福田之衣：簡稱田衣，即袈裟，僧伽梨。參見本卷前重修龍王寺記注〔二七〕。

〔九〕固其所也：柳河東集卷一五答問：「卓佹倜儻之士之遇明世也，用智能，顯功烈，而麽眇連蹇，顛頓披靡，固其所也，客又何怪哉？」語本此。

〔一〇〕龍圖閣曾公之帥長沙：宋會要輯稿方域九之一七：「宣和六年三月二十九日，湖南安撫司奏：『契勘潭州城壁興築……各得堅完了畢。』詔曾孝序特除龍圖閣直學士，候今任滿日，令再任。」

〔一一〕「吾祖楚公」二句：楚公，指孝序之祖曾會，字宗元，晉江人。端拱二年進士，授光禄丞，出爲兩浙轉運使。丁謂建捍海塘，索民太急，時無敢言者，惟會列其狀，因中罷，軍民得安。官至集賢殿修撰，知明州卒。事具東都事略卷六九本傳。以子公亮貴，追封楚國公。參見宋杜大圭編名臣碑傳琬琰之集中卷五二曾肇撰曾太師公亮行狀。又據强至祠部集卷三五曾府君墓誌銘，曾會有五子，孝序父當爲五子之一，公亮之弟，故曾會當爲孝序之祖。　雪竇顯公：釋重顯（九八〇～一〇五二），字隱之，遂州人，俗姓李氏。嗣法智門光祚禪師，爲雲門宗青原下九世。初住蘇州翠峰，後住明州雪竇。皇祐中，賜號明覺大師。著有祖英集、瀑泉集等。事具禪林僧寶傳卷一一。　擢置人天之上：指推薦重顯爲寺院住持。鍇按：禪林僧寶傳重顯本傳：「顯與學士曾公會厚善，相值淮上，問顯何之，曰：『將游錢塘，絶西興，登天台、雁蕩。』曾公曰：『靈隱天下勝處，珊禪師吾故人。』以書薦顯。顯至靈隱三年，陸沈衆中。俄曾公奉使浙西，訪顯於靈隱，無識之者。時堂中僧千餘，使吏撿牀曆，物色求之，乃至。曾公問向所附書，顯袖納之曰：『公意勤，然行脚人非督郵也。』曾公大笑，珊公以是奇之。吳江翠峰虚席，舉顯出世。」　廓門注：「（楚公）謂慈明楚圓也。『行』下應有『脚』字。」乃未明「楚公」所指，殊誤。

〔一二〕雲門中興：禪林僧寶傳重顯本傳：「後住明州雪竇，宗風大振，天下龍蟠鳳逸衲子，爭集座下，號雲門中興。」

〔一三〕大和尚圓照：釋宗本（一〇二〇～一〇九九）字無詰，常州無錫人，管氏子。嗣法天衣義懷禪師。開法於蘇州瑞光，移住杭州淨慈。元豐五年，詔住東京大相國寺慧林院。哲宗賜金襴衣，加號圓照禪師。禪林僧寶傳卷一四慧林圓照本禪師傳：「元豐五年，以道場付其門人善本，而居於瑞峰庵。蘇人聞之，謀奪之，懼力不勝，欲發而未敢也。時會待制曾公孝序適在蘇，蓋嘗問道於本，而得其至要。因謁之庵中，具舟江津。既辭去，本送之登舟，語笑中載而歸，以慰蘇人之思。於是歸本於穹窿山福臻院，時年六十三矣。」

〔一四〕付囑：佛教語，委付囑告之意。景德傳燈録卷一第三祖商那和修：「昔如來以無上法眼藏付囑迦葉，展轉相授，而至於我。我今付汝，勿令斷絶，汝受吾教。」底本「囑」作「祝」，「付祝」不成詞，「祝」乃涉音近而誤，今改。

〔一五〕無狀：醜惡無善狀。漢書東方朔傳：「（帝姑館陶公主）徒跣頓首謝曰：『妾無狀，負陛下，身當伏誅。』」顏師古注：「無狀，猶言無顏面以見人也。一曰自言所行醜惡無善狀。」

〔一六〕物故：死亡。　懼讋：恐懼。法苑珠林卷九四：「弟子至房前，忽曖曖若人形，詳視乃慧熾也，容貌衣服不異生時。謂賢曰：『君旦食肉美不？』賢曰：『美。』熾曰：『我坐食肉，今生餓狗地獄。』道賢懼讋。」

〔一七〕扶其顛：論語季氏：「危而不持，顛而不扶。」此反其意用之。

〔一八〕靈應方公：即子方禪師，時爲白鹿山靈應禪寺住持。參見本卷潭州大潙山中興記注〔四〕、潭州白鹿山靈應禪寺大佛殿記注〔一六〕。

〔一九〕淨檀：即清淨檀越，施主之美稱。

〔二〇〕鍾世高：益陽鄉紳，生平無考。

〔二一〕戢戢：密集衆多貌。

〔二二〕合爪：合掌。新唐書傅奕傳：「瑀不答，但合爪曰：『地獄正爲是人設矣。』」

〔二三〕賢令尹賈公：益陽縣令，名未詳，生平無考。參見本集卷一三題壓波閣注〔二〕。

〔二四〕風雨時若：風調雨順。書洪範：「曰肅，時雨若。曰聖，時風若。」孔傳：「君行敬，則時雨順之。」

〔二五〕有秋：豐年，有收成。書盤庚上：「若農服田力穡，乃亦有秋。」

〔二六〕乞士：和尚之别稱。大智度論卷三：「云何名比丘？比丘名乞士，清淨活命故，名爲乞士。」隋釋吉藏法華義疏卷一：「比丘者名爲乞士。上從如來乞法以練神，下就俗人乞食以資身，故名乞士。」

〔二七〕除饉：比丘，出家人。參見本卷隋朝感應佛舍利塔記注〔三〇〕。

五慈觀閣記〔一〕

古之仁人將有爲於世，必特立獨行，自行其志。漢將李陵之降虜，致武帝疑其臣屬。

於是蘇武奉使不屈，牧羊海上十九年，起居必仗漢節〔二〕。宣帝以智力御世，君臣凜然。既殺蓋寬饒，於是疏廣父子袖手而去。使人主知區區爵禄，不足驕天下之士〔三〕。豈激頹波而獨往〔四〕，冒衝風而孤騫者歟〔五〕？豈惟世之仁人如此，出世之聖師亦然。三祖璨公既得法，隱於淮山〔六〕，悼學者枯禪縛律〔七〕，以地位證修爲歸宿〔八〕，不信達摩別傳之宗〔九〕，故作信心銘〔一〇〕。又名其弟子曰道信〔一一〕。造次顛沛〔一二〕，語言寢息，必以信自心爲勸〔一三〕。嗚呼！吾祖之於法道，深切著明，可以想見其餘風遺烈。東山住持沙門宗致者〔一四〕，臨濟十一世之玄孫，而泐潭準禪師之嫡嗣也〔一五〕。骨面嚴冷，英氣逸羣，以荷擔雲庵法道爲己任〔一六〕，説法有辯慧，護教有便行。卑叢林以宗旨爭溝封〔一七〕，以語言爭非是，紛然諸方，方熾未艾，名爲走道，其實走名〔一八〕，射利裨販〔一九〕，無所不至，而正宗微矣。欲棄之而弗忍，欲導之而弗從。於是爲室於方丈之東，名曰慈航。又自名其號曰慈覺。猶以爲未也，建閣于大門，名曰慈觀。蜀僧居竭者，傾長財一百五十萬以助成之〔二〇〕。竭平生自奉甚約，所得檀信之施，毛累寸積〔二一〕，四十年之藏，一旦舉以施之。人以爲難。南晉僧子照者〔二二〕，有實行自然之智，如人信手斫方圓，皆中繩墨。慈覺使總院事，事無巨細，談笑而辦。閣經營，照寔董其事，垢面龜手〔二三〕，不憚霜雪，伐山相材，運土拾礫，與蒼頭短髮進退〔二四〕，凡半年而落成。竭以財施，而慈覺之志乃克成。師弟子之於宗，皆無所愧，賢矣哉！余與雙峰祖印禪師仲宣來游〔二五〕，遂登是閣。晚望淮山〔二六〕，萬疊自獻，雪盡蒼然。却立周視，朱欄碧瓦，蕩摩雲煙。苾芻往來〔二七〕，午梵方奏，疑其身世之在諸天也〔二八〕。祖印問余曰：「慈覺之慈，宗師之慈，其與佛菩薩之慈奚若？」余曰：「如恒河女子，抱嬰兒欲渡。兒墮水中，女子與之俱死〔二九〕。此愛兒之慈也。滿慈子曰：『人罵辱我，我則自幸曰：罵辱非拳毆也。設或拳毆，又自幸曰：拳毆之酷，不猶愈杖擊兵刃乎？』〔三〇〕此忍力之慈也。曹谿六祖夜爲男子張行昌所謀，將施刃。六祖笑曰：『止負汝金，不負汝命。』以金贈之，使去，人無知者。行昌感涕，願落髮爲比丘。所至輒訪道，復至曹谿，而祖授以法要，使分燈于江西〔三一〕。冤親一揆〔三二〕，是謂等慈也。提婆達多每欲害佛，以毒置十指爪中，見佛接足。佛笑曰：『未毒我足，先毒汝手。』又勸國驅千醉象以衝佛，駕象來，佛垂手示之，於是象見十指皆有師子，怖駭，遺糞而去〔三三〕。此謂大慈也。若慈覺則不受諸慈管攝，擊塗毒之鼓，死却偷心〔三四〕；鎔凡聖之銅，不存情見。如勝熱婆羅之火聚〔三五〕，無厭足王之刀鋸〔三六〕，使一切衆生觸其燄，蒙其刃，皆獲無分別智。此蓋真慈也。夫豈不然哉！」祖印笑曰：「道人固菩提園中之耆年〔三七〕，何其辯慧乃爾驚羣耶！」龍舒禪鑑大師無學犯衆而言曰〔三八〕：「閣成而老師適至，似非苟然。願爲記之。」余曰：「唯。」建炎元年十二月記〔三九〕。

【注釋】

〔一〕建炎元年十二月作於蘄州黄梅縣。　五慈觀閣：在黄梅縣五祖山寺内。五慈，蓋指愛兒之慈、忍力之慈、等慈、大慈、真慈。詳見於文中。　鍇按：明釋明河撰補續高僧傳卷一八宗致傳並附居竭、子照傳，全採此五慈觀閣記。

〔二〕「漢將李陵之降虜」五句：李陵降匈奴、蘇武仗漢節事詳見漢書李廣蘇建傳，文繁不録。

〔三〕「宣帝以智力御世」六句：蘇軾二疏圖贊：「於赫漢高，以智力王。凛然君臣，師友道喪。孝宣中興，以法馭人。殺蓋韓楊，蓋三良臣。先生憐之，振袂脱屣。使之區區，不足驕士。」此化用其意。　蓋寬饒，字次公，漢魏郡人。宣帝時爲司隸校尉，刺舉無所回避，爲人剛直高節，志在奉公。後以怨謗罪下有司，引刀自剄，衆莫不憐之。漢書有傳。　疏廣父子，指漢疏廣、疏受叔姪。廣字仲翁，廣兄子受字公子，東海蘭陵人。宣帝地節三年立皇太子，廣爲太傅，受爲少傅。在位五歲，俱謝病歸。漢書有傳。　鍇按：蘇軾二疏圖贊「孝宣中興」以下八句，用事有誤，前人多有駁正，如宋邵博邵氏聞見後録卷一六云：「又二疏圖贊：『孝宣中興……不足驕士。』三良臣謂蓋寬饒、韓延壽、楊惲也。意以孝宣殺此三人，故二疏去之耳。按漢史，孝宣地節三年，疏廣爲皇太子太傅，兄子受爲少傅。至元康四年，俱謝病去。後二年，當神雀二年九月，司隸校尉蓋寬饒下有司，自殺。又三年，當五鳳元年十二月，左馮翊韓延壽棄市。又一年，當五鳳二年十二月，平通侯楊惲腰斬。皆在二疏去之後。以二疏因殺三人而去者，亦誤也。」所言極是，惠洪蓋承蘇軾之誤。

〔四〕激頽波：遏止向下流之水勢，喻遏制衰敗之風氣。李白古風五十九首之一：「揚馬激頽波，開流蕩無垠。」

〔五〕衝風：烈風，强風。楚辭九歌少司命：「與女遊兮九河，衝風至兮水揚波。」史記韓長孺傳：「且强弩之極，矢不能穿魯縞；衝風之末，力不能漂鴻毛。」孤騫：孤飛。杜甫鶻賦：「登馬上而孤騫。」又贈比部蕭郎中十兄：「詞華傾後輩，風雅藹孤騫。」騫，通「鶱」，飛翔。

〔六〕「三祖璨公既得法」二句：景德傳燈録卷三第三十祖僧璨大師：「初以白衣謁二祖，既受度傳法，隱于舒州之皖公山。」淮山，舒州宋屬淮南西路，故稱皖公山爲淮山。

〔七〕枯禪縛律：坐枯禪，爲戒律所縛。黄庭堅東坡先生墨戲賦：「吾聞斯人，深入理窟，櫝研囊筆，枯禪縛律。恐此物輩，不可復得。」

〔八〕地位證修：宗鏡録卷二三：「問：『此一心宗，成佛之道，還假歷地位修證不？』答：『此無住真心，實不可修，不可證，不可得。何以故？非取果，故不可證；非著法，故不可得；非作法，故不可修。』」地位，指修行之果位。

〔九〕達摩别傳之宗：即禪宗。宋陳舜俞鐔津明教大師行業記：「復著禪宗定祖圖、傳法正宗記。仲靈之作是書也，慨然憫禪門之陵遲，因大考經典，以佛後摩訶迦葉獨得大法眼藏，爲初祖。推而下之，至于達磨，爲二十八祖。皆密相付囑，不立文字，謂之教外别傳者。」

〔一〇〕故作信心銘：景德傳燈録卷三〇三祖僧璨大師信心銘：「至道無難，唯嫌揀擇。但莫憎愛，洞然明白。毫釐有差，天地懸隔。欲得現前，莫存順逆。違順相爭，是爲心病。不識玄旨，徒勞念靜。圓同太虚，無欠無餘。良由取捨，所以不如。莫逐有緣，勿住空忍。一種平懷，泯然自盡。止動歸止，止更彌動。唯滯兩邊，寧知一種。一種不通，兩處失功。遣有没有，從空背空。多言多慮，轉不相應。絶言絶慮，無處不通。歸根得旨，隨照失宗。須臾返照，勝却前空。前空轉變，皆由妄見。不用求真，唯須息見。二見不住，慎莫追尋。才有是非，紛然失心。二由一有，一亦莫守。一心不生，萬法無咎。無咎無法，不生不心。能隨境滅，境逐能沈。境由能境，能由境能。欲知兩段，元是一空。一空同兩，齊含萬象。不見精麁，寧有偏黨。大道體寬，無易無難。小見狐疑，轉急轉遲。執之失度，必入邪路。放之自然，體無去住。任性合道，逍遥絶惱。繫念乖真，昏沈不好。不好勞神，何用疏親。欲取一乘，勿惡六塵。六塵不惡，還同正覺。智者無爲，愚人自縛。法無異法，妄自愛著。將心用心，豈非大錯。迷生寂亂，悟無好惡。一切二邊，良由斟酌。夢幻虚華，何勞把捉。得失是非，一時放却。眼若不睡，諸夢自除。心若不異，萬法一如。一如體玄，兀爾忘緣。萬法齊觀，歸復自然。泯其所以，不可方比。止動無動，動止無止。兩既不成，一何有爾。究竟窮極，不存軌則。契心平等，所作俱息。狐疑盡淨，正信調直。一切不留，無可記憶。虛明自照，不勞心力。非思量處，識情難測。真如法界，無他無自。要急相應，唯言不二。不二皆同，無不包容。十方智者，皆入此宗。宗非促延，一念萬年。無在不在，十方目前。極小同大，忘絶境界。極大同小，不見邊表。有即是無，無即是有。若不如此，必不須守。一即一切，一切即一。但能如是，何慮不畢。信心不二，不二信心。言語道斷，非去來今。」

〔一一〕又名其弟子曰道信：景德傳燈録卷三第三十祖僧璨大師：「至隋開皇十二年壬子歲，有沙彌道信，年始十四，來禮師曰：『願和尚慈悲，乞與解脱法門。』師曰：『誰縛汝？』曰：『無人縛。』師曰：『何更求解脱乎？』信於言下大悟，服勞九載。」未言三祖爲道信命名事。

〔一二〕造次顛沛：論語里仁：「君子無終食之間違仁，造次必於是，顛沛必於是。」

〔一三〕必以信自心爲勸：信心銘曰：「信心不二，不二信心。」

〔一四〕東山：即五祖山。輿地紀勝卷四七蘄州：「五祖山，在黄梅縣東北二十五里。即大滿禪師道場也。」大滿禪師即五祖弘忍。　宗致：泐潭湛堂文準法嗣，惠洪法姪，屬臨濟宗黄龍派南嶽下十四世。　廓門注：「宗致，當作宗選者歟？按：汝達宗派，隆興府乾元宗選嗣泐潭湛堂文準，準嗣真淨文。」

〔一五〕「臨濟十一世之玄孫」二句：臨濟至宗致之法系爲：臨濟義玄—興化存獎—南院慧顒—風

穴延沼—首山省念—汾陽善昭—石霜楚圓—黄龍慧南—真淨克文—泐潭文準—東山宗致。泐潭準禪師：釋文準，號湛堂，住泐潭寶峰院。事具本集卷三〇泐潭準禪師行狀。

〔一六〕荷擔雲庵法道：雲庵即真淨克文禪師，宗致爲其法孫，故云。

〔一七〕溝封：謂掘地爲溝，堆土爲封，以劃定邊界。周禮地官司徒大司徒：「而辨其邦國都鄙之數，制其畿疆而溝封之。」鄭玄注：「溝，穿地爲阻固也；封，起土界也。」賈公彦疏：「謂於疆界之上設溝，溝爲封樹，以爲阻固也。」

〔一八〕「名爲走道」二句：名爲奔趨求道，實爲奔走名利。本集屢用此語形容禪門之弊端，如卷二五題斷際禪師語録：「名爲走道，其實走名，紛紛冗冗，皆禪師之門罪人也。」卷二八請藥石榜：「王官玉石俱焚，學者涇渭不辨，謂之受道，其實走名。」

〔一九〕射利：追求財利。文選卷五左思吴都賦：「乘時射利，貨豐巨萬。」　裨販：小販。文選卷二張衡西京賦：「爾乃商賈百族，裨販夫婦，鬻良雜苦，蚩眩邊鄙。」薛綜注：「裨販，買賤賣貴，以自裨益。」

〔二〇〕長財：餘財，多餘財物。

〔二一〕毛累寸積：蘇軾御靴銘：「寒女之絲，銖積寸累。天步所臨，雲蒸霧起。」此化用其語。

〔二二〕南晉：即黄梅縣。太平寰宇記卷一二七淮南道五蘄州：「唐武德四年，改爲蘄州。……又于黄梅縣置南晉州。八年州廢，以黄梅來屬。」輿地紀勝卷四七蘄州古跡：「趙令衿游五祖山，夢老僧高曰：『至晉州，當有哭子之戚。』翌日，至黄梅縣，與令言邑之因革，曰：『唐時嘗爲南晉州。』越四日，子竟死。」宋王之道相山集卷三黄梅東禪寺：「南晉今黄梅，東禪舊青蓮。」

〔二三〕龜手：手因寒冷乾燥而坼裂。莊子逍遥遊：「宋人有善爲不龜手之藥者。」

〔二四〕蒼頭短髮：指奴僕。漢書鮑宣傳：「蒼頭廬兒皆用致富。」顔師古注：「漢名奴爲蒼頭，非純黑，以别於良人也。」

〔二五〕雙峰祖印禪師仲宣：釋仲宣，號祖印禪師，住蘄州黄梅縣四祖山，爲東京智海佛印智清法嗣，雲居元祐法孫，惠洪法侄，屬臨濟宗黄龍派南嶽下十四世。建中靖國續燈録卷二四、五燈會元卷一八、續傳燈録卷二三載其機語。雙峰，即四祖山。

〔二六〕淮山：此處指黄梅縣東山。黄梅縣屬淮南西路，故云。

〔二七〕苾芻：比丘之異譯。

〔二八〕諸天：指忉利諸天。參見前潭州開福轉輪藏靈驗記注〔一一〕。

〔二九〕「如恒河女子」四句：大般涅槃經卷二壽命品：「譬如貧女，無有居家救護之者，加復病苦，飢渴所逼，遊行乞丐，止他客舍，寄生一子。是客舍主，驅逐令去，其産未久，携抱是兒，欲至他國。於其中路，遇惡風雨，寒苦並至。多爲蚊虻、蜂螫、毒蟲之所唼食。經由恒河，抱兒而度，其水漂疾，而不放捨，於是母子遂共俱没。如是女人慈念功德，命終之後生於梵天。」

〔三〇〕「滿慈子曰」八句：隋釋智顗法華經文句卷二一：「增一云：『我父名滿，我母名慈，諸梵行人呼我爲滿慈子。』此從父母兩緣得名，故云滿慈子。……佛言：『彼國弊惡，汝云何？』答：『我當修忍。若毀辱我，我當自幸不得拳毆；拳毆時，自幸不得木杖；木杖時，自幸不得刀刃；刀刃時，自幸離五陰毒器。』是爲行忍滿，故名滿。」

〔三一〕「曹谿六祖夜爲男子張行昌所謀」十四句：景德傳燈録卷五：「江西志徹禪師者，江西人也，姓張氏，名行昌。少任俠。自南北分化，二宗主雖亡彼我，而徒侶競起愛憎。時北宗門人自立秀師爲第六祖，而忌能大師傳衣，爲天下所聞。然祖是菩薩，預知其事，即置金十兩於方丈。時行昌受北宗門人之囑，懷刃入祖室，將欲加害。祖舒頸而就，行昌揮刃者三，都無所損。祖曰：『正劍不邪，邪劍不正。只負汝金，不負汝命。』行昌驚仆，久而方甦，求哀悔過，即願出家。祖遂與金云：『汝且去，恐徒衆翻害於汝。汝可他日易形而來，吾當攝受。』行昌禀旨宵遁，終投僧出家，具戒精進。一日，憶祖之言，遠來禮覲。祖曰：『吾久念於汝，汝來何晚？』曰：『昨蒙和尚捨罪，今雖出家苦行，終難報於深恩，其唯傳法度生乎？弟子嘗覽涅槃經，未曉常無常義，乞和尚慈悲，略爲宣説。』祖曰：『無常者，即佛性也。有常者，即善惡一切諸法，分别心也。』曰：『和尚所説，大違經文也。』祖曰：『吾傳佛心印，安敢違於佛經？』曰：『經説佛性是常，和尚却言無常。善惡諸法，乃至菩提心，皆是無常，和尚却言是常。此即相違，令學人轉加疑惑。』祖曰：『涅槃經，吾昔者聽尼無盡藏讀誦一遍，便爲講説，無一字一義不合經文。乃至爲汝，終無二説。』曰：『學人識量淺昧，願和尚委曲開示。』祖曰：『汝知否，佛性若常，更説什麼善惡諸法，乃至窮劫，無有一人發菩提心者。故吾説無常，正是佛説真常之道也。又一切諸法若無常者，即物物皆有自性，容受生死。而真常性有不遍之處，故吾説常者，正是佛説真無常義也。佛比爲凡夫外道，執於邪常。諸二乘人於常計無常，共成八倒，故於涅槃了義教中，破彼偏見，而顯説真常、真我、真淨。汝今依言背義，以斷滅無常，及確定死常，而錯解佛之圓妙最後微言，縱覽千遍，有何所益。』行昌忽如醉醒，乃説偈曰：『因守無常心，佛演有常性。不知方便者，猶春池執礫。我今不施功，佛性而見前。非師相授與，我亦無所得。』祖曰：『汝今徹也，宜名志徹。』師禮謝而去。」

〔三二〕冤親一揆：此即所謂「冤親平等心」，於一切衆生無冤無親，起慈悲，無彼我之相，平等救度。景德傳燈録卷八南嶽西園曇藏禪師：「嘗夜經行次，其犬銜師衣，師即歸房，又於門側伏守而吠，頻奮身作猛噬之勢。詰旦，東厨有一大蟒，長數丈，張口呀氣，毒焰熾然，侍者請避之。師曰：『死可逃乎？彼以毒來，我以慈受。毒無實性，激發則彊。慈苟無緣，冤親一揆。』言訖，其蟒按首徐行，倏然不見。」

〔三三〕「提婆達多每欲害佛」十二句：大方便佛報恩經卷四惡友品：「提婆達多惡心不息，而作是念：『我今應當長養十指爪甲，極令長利，於爪甲下塗以毒藥，往如來所。頭面接足禮時，我當以十指甲抓足趺上，毒藥入體，其必喪命。』作是念已，如所思惟，往如來所，頭面作禮，以手接足。爾時毒藥變成甘露，於如來身竟無所爲。」同卷又云：「時提婆達多白阿闍世王言：『佛諸大弟子等，今皆不在，如來單獨一身。王可遣信，往請如來。若入宮城，即當以酒飲五百大惡黑象，極令奔醉。佛若受請，來入城者，當放大醉象，而踏殺之。』時阿闍世王遣使往請如來，佛與五百阿羅漢即受王請，前入王舍城。爾時阿闍世王即放五百醉象，奔逸搪揬，樹木摧折，牆壁崩倒，哮嚇大吼，向於如來。時五百阿羅漢皆大恐怖，踊在空中，徘徊佛上。爾時阿難圍遶如來，恐怖不能得去。爾時如來以慈悲力，即舉右手，於五指頭出五師子，開口哮吼，五百醉象恐怖躃地。」增壹阿含經卷四七作「提婆達兜」，所載塗毒十指爪與遣醉象銜佛事略異。

〔三四〕「擊塗毒之鼓」二句：大般涅槃經卷九如來性品：「譬如有人以雜毒藥，用塗大鼓，於大衆中擊之發聲，雖無心欲聞，聞之皆死，唯除一人不横死者。是大乘典大涅槃經亦復如是，在在處處，諸行衆中，有聞聲者，所有貪欲、瞋恚、愚癡，悉皆滅盡。其中雖有無心思念，是大涅槃因緣力故，能滅煩惱，而結自滅。犯四重禁及五無間，聞是經已，亦作無上菩提因緣，漸斷煩惱。除不横死，一闡提也。」

〔三五〕勝熱婆羅之火聚：華嚴經卷六四入法界品：「仙人言：『……善男子！於此南方，有一聚落，名伊沙那；有婆羅門，名曰勝熱。汝詣彼問：菩薩云何學菩薩行、修菩薩道？』時善財童子歡喜踊躍，頂禮其足，遶無數匝，慇懃瞻仰，辭退南行。……漸次遊行，至伊沙那聚落，見彼勝熱，修諸苦行，求一切智，四面火聚猶如大山，中有刀山高峻無極，登彼山上投身入火。時善財童子頂禮其足，合掌而立，作如是言：『聖者！我已先發阿耨多羅三藐三菩提心，而未知菩薩云何學菩薩行？云何修菩薩道？我聞聖者善能誘誨，願爲我説！』婆羅門言：『善男子！汝今若能上此刀山，投身火聚，諸菩薩行悉得清淨。』」

〔三六〕無厭足王之刀鋸：華嚴經卷六六入法界品：「（善財童子）至多羅幢城，問無厭足王所在之處，諸人答言：『此王今者在於正殿，坐師子座。……』時善財童子依衆人語，尋即往詣。遥見彼王坐那羅延金剛之座……以離垢繒而繫其頂，十千大臣前後圍遶，共理王事。其前復有十萬猛卒，形貌醜惡，衣服褊陋，執持器仗，攘臂瞋目，衆生見者無不恐怖。無量衆生犯王教敕，或盜他物，或害他命，或侵他妻，或生邪見，或起瞋恨，或懷貪嫉，作如是等種種惡業，身被五縛，將詣王所，隨其所犯而治罰之。或斷手足，或截耳鼻，或挑其目，或斬其首，或剥其皮，或解其體，或以湯煮，或以火焚，或驅上高山推令墮落。有如是等無量楚毒，發聲號叫，譬如衆合大地獄中。」

〔三七〕菩提園中之耆年：指舍利弗，佛十大弟子之一，智慧第一，能言善辯。大智度論卷二八：「爾時會中有普華菩薩語舍利弗：『佛説耆年於諸弟子中智慧第一，今耆年於諸法法性不得耶？何以不以大智慧自恣樂説法！』」

〔三八〕龍舒：即舒城縣。元豐九域志卷五淮南西路廬州：「舒城，古龍舒也。」禪鑑大師無學：無學，號禪鑑，當爲東山寺僧，生平無考。　犯衆：意謂敢於冒犯衆人，搶先而言。

〔三九〕建炎：宋高宗年號，公元一一二七～一一三〇年。

【集評】

明釋真可云：紫柏有言曰：「十世古今，始終不離於當念；無邊刹海，自他不隔於毫端。」由是觀之，則一念未生之時，謂之宗；一念既生之後，謂之用。故宗之與用，如一指之屈伸耳。指未屈伸時，指在而不可以見聞得；指正屈伸時，指隱而不可以動靜識。謂其動乎？屈不是伸；謂其靜乎？伸不是屈。屈之伸之，各各獨立。故正伸時，屈不可得；正屈時，伸亦不可得。正屈伸時，指體不可得；未屈伸時，屈伸亦不可得。惟知宗者，可以用用，宗辟指體，用辟屈伸。又知宗者，則情出古今；用用者，則自他不隔。然後將此愛人，謂之仁；將此處事得宜，謂之義；將此施之於上下，品節有條，謂之禮；將此變通一切而不滯，謂之智；將此確然固守，臨死生交易之際，無毫髮苟且，謂之信。此五者，古人用不盡，今人故得用之。知此則五慈之旨，思過半矣。雖然愛見之慈，忍力之慈，與夫等慈、大慈，皆可以義理得也。唯真慈一著子，苟非明悟自心，不纏知見，辟如葉公畫龍，真龍現前，未必不投筆怖走也。（紫柏老人集卷一五跋五慈觀閣記）

資福法堂記〔一〕

資福禪院在金沙斗方之北〔二〕，奇峰峻岡，環繞以掩映；風林雲壑，祕邃以曠平。自非逃世絶俗、忘軀爲法者〔三〕，無因而至。崇寧間，蜀僧文慧嗣百丈元（九）肅禪師㊀〔四〕，説法此山，求心之所抉擇，發趣之所歸投，凡叢林之所服用，寺宇之所宜有者，十八九矣。建炎元年十月，住持沙門元（九）琛以書抵印曰㊁〔五〕：「寺僧紹恂者，無諸人，惠公之高弟〔六〕，有行業，淮山道俗愛敬之〔七〕。惠公以政和五年遠化諸大檀越〔八〕，重修潮音堂一所，俾知法上首，臨衆演法，以上祝天子之萬壽。恂欣然從之，於是遠近聞之，富者輸財，貧者輸力，藝者輸巧，勸者輸語。越明年七月而堂克成，凡用緡百萬有餘。乃設無遮大會〔九〕，飯凡聖僧。而落成之，未有文以記其事，公爲我記之。」印曰：「自後漢摩騰、竺法蘭來自五天，館于洛陽鴻臚寺，有經而未有精舍〔一〇〕。至吴赤烏中，康僧會入建康，架茅茨，與其徒以行道，有精舍而未有僧〔一一〕。三國（日）男子朱士行最初落髮㊂，有僧而未分禪律〔一二〕。迨唐之朝，禪律並行，曹谿獨號禪宗，而律學乃不敢與之抗行〔一三〕。元和中，百丈大智禪師方建叢林〔一四〕，廢蜂房蟻穴之衆爲九州四海〔一五〕，而建大法堂以總衆〔一六〕。至於天下禪席宗之，知比丘因法相逢，以法爲親〔一七〕。主者升座而坐，學徒雁序而聽，示尊法也〔一八〕。恂能化衆檀以成斯堂，其知本者歟？資福院爲此邦之福田，道俗男女貴賤老幼者転（軜）授之者㊃〔一九〕，得長老升堂，布法雨以滋灌之，令善種福芽，叢生而並茁，其爲惠利，豈有既乎？不可以無書。」

【校記】

㊀元：原作「九」，誤，今改。參見注〔四〕。

㊁元：原作「九」，誤，今改。參見注〔五〕。

㊂國：原作「日」，誤，今改。參見注〔一二〕。

㊃転：原作「軨」，誤，今改。參見注〔一九〕。

【注釋】

〔一〕建炎元年十月作於蘄州黃梅縣。　資福：即資福禪院。　錯按：此記當爲代祖印禪師仲宣而作，時惠洪依祖印禪師，寓居黃梅縣雙峰正覺禪院。

〔二〕資福禪院：方志無考。　金沙：即金沙湖。輿地紀勝卷四七蘄州：「金沙湖，在州治中。」清顧祖禹讀史方輿紀要卷七六湖廣二蘄州蘄水縣：「又州治東有金沙湖，亦曰東湖。」　斗方：即斗方山。輿地紀勝卷四七蘄州：「斗方山，在羅田縣東北五十里。有崇果院，佛印禪師曾住持，有詩題詠。有無著、法燈二真身。」明一統志卷六一黃州府：「斗方山，在蘄水縣東五十里。舊有唐無著禪師古寺，宋佛印師嘗住此。」湖廣通志卷七八古蹟志蘄水縣：「斗方寺，在縣東北五十里。唐同光元年建，佛印了元禪師曾住此。」

〔三〕忘軀爲法：六祖大師法寶壇經行由品：「次日，祖潛至碓坊，見能腰石舂米，語曰：『求道之人，爲法忘軀，當如是乎！』」

〔四〕蜀僧文慧：百丈元肅法嗣，屬臨濟宗黃龍派南嶽下十三世。僧傳、燈録失載，此可補其闕。　百丈元肅禪師：嗣法黃龍慧南，爲惠洪師叔。嘗住黃龍山，後住洪州百丈山。建中靖國續燈録卷一三洪州黃龍山元肅禪師、續傳燈録卷一五洪州百丈元肅禪師載其機語。　底本「元」作「九」，涉形近而誤，今據燈録改。

〔五〕元琛：資福禪院住持僧，僧傳、燈録失載。底本「元」作「九」，涉形近而誤，其例同「元肅」之誤爲「九肅」。蓋宋僧法名以「元」爲首字者甚多，而無一以「九」爲首字者。　印：嘗指祖印禪師，即雙峰正覺禪院住持僧仲宣禪師。本卷雙峰正覺禪院涅槃堂記：「祖印爲誰？住持仲宣。」

〔六〕「寺僧紹恂者」三句：紹恂，福州人，文慧禪師法嗣，屬臨濟宗黃龍派南嶽下十四世。政和五年爲資福禪院住持。僧傳、燈録失載，此可補其闕。　無諸，福州之別稱。已見前注。　惠公，即蜀僧文慧。惠，通「慧」。

〔七〕淮山：資福禪院所在之山，屬淮南西路蘄州，故稱。

〔八〕遠化：至遠方行化。高僧傳卷二佛馱跋陀羅傳：「既度葱嶺，路經六國。國主矜其遠化，並傾心資奉。」

〔九〕無遮大會：梵語般闍于瑟，意譯曰無遮會，指凡聖道俗貴賤上下無遮、平等行財法二施之法會。法苑珠林卷三八：「西域志云：龍樹菩薩於波羅奈國造塔七百所，自餘凡聖造者無量，直於禪連河上建塔千有餘所，五年一設無遮大會。」

〔一〇〕「自後漢摩騰」三句：高僧傳卷一攝摩騰傳：「攝摩騰，本中天竺人。善風儀，解大小乘經，常遊化爲任。昔經往天竺附庸小國講金光明經，會敵國侵境，騰惟曰：『經云：能説此經法，爲地神所護，使所居安樂。今鋒鏑方始，曾是爲益乎？』乃誓以忘身，躬往和勸，遂二國交歡，由是顯達。漢永平中，明皇帝夜夢金人飛空而至，乃大集羣臣，以占所夢。通人傅毅奉答：『臣聞西域有神，其名曰佛。陛下所夢將必是乎？』帝以爲然，即遣郎中蔡愔、博士弟子秦景等，使往天竺尋訪佛法。愔等於彼遇見摩騰，乃要還漢地。騰誓志弘通，不憚疲苦，冒涉流沙，至乎雒邑。明帝甚加賞接，於城西門外立精舍以處之。漢地有沙門之始也。但大法初傳，未有歸信，故蘊其深解，無所宣述。後少時卒於雒陽。……騰所住處，今雒陽城西雍門外白馬寺是也。」同卷竺法蘭傳：「竺法蘭，亦中天竺人。自言誦經論數萬章，爲天竺學者之師。時蔡愔既至彼國，蘭與摩騰共契遊化，遂相隨而來。會彼學徒留礙，蘭乃間行而至。既達雒陽，與騰同止。少時便善漢言，愔於西域獲經，即爲翻譯十地斷結、佛本生、法海藏、佛本行、四十二章等五部。」宋釋贊寧大宋僧史略卷一創造伽藍：「經像來思，僧徒戾止。

次原爰處，必宅淨方。是以法輪轉，須依地也，故立寺宇焉。騰、蘭二人角力既勝，明帝忻悅，初於鴻臚寺延禮之。鴻臚寺者，本禮四夷遠國之邸舍也。尋令別擇洛陽西雍門外蓋一精舍。以白馬馱經夾故，用白馬爲題也。寺者，釋名曰：『寺，嗣也，治事者相嗣續於其内也。』本是司名，西僧乍來，權止公司，移入別居，不忘其本，還標寺號。僧寺之名始於此也。」

〔二〕「至吳赤烏中」五句：高僧傳卷一康僧會傳：「時吳地初染大法，風化未全。僧會欲使道振江左，興立圖寺，乃杖錫東遊。以吳赤烏十年，初達建鄴，營立茅茨，設像行道。時吳國以初見沙門，覩形未及其道，疑爲矯異。有司奏曰：『有胡人入境，自稱沙門，容服非恒，事應檢察。』權曰：『昔漢明帝夢神，號稱爲佛，彼之所事，豈非其遺風耶？』即召會詰問，有何靈驗。會曰：『如來遷迹，忽逾千載，遺骨舍利，神曜無方。昔阿育王起塔乃八萬四千，夫塔寺之興，以表遺化也。』權以爲誇誕，乃謂會曰：『若能得舍利，當爲造塔。如其虛妄，國有常刑。』會請期七日，乃謂其屬曰：『法之興廢，在此一舉。今不至誠，後將何及。』乃共潔齋靜室，以銅瓶加凡燒香禮請。……三七日暮猶無所見，莫不震懼，既入五更，忽聞瓶中鎗然有聲。會自往視，果獲舍利。明旦呈權。舉朝集觀。……權大歎服，即爲建塔。以始有佛寺，故號建初寺，因名其地爲佛陀里。由是江左大法遂興。」

〔三〕「三國男子」二句：大宋僧史略卷一立壇得戒：「原其漢魏之僧也，雖剃染成形，而戒法未備，于時二衆唯受三歸。後漢永平至魏黃初以來，大僧、沙彌曾無區別。有曇摩迦羅三藏及竺律炎、維祇難等，皆傳律義。迦羅以嘉平、正元中，與曇帝於洛陽出僧祇戒心，立大僧羯磨法。東土立壇，此其始也。……若此方受戒，則朱士行爲其首也。」朱士行：高僧傳卷四朱士行傳：「朱士行，潁川人。志業方直，勸沮不能移其操。少懷遠悟，脱落塵俗，出家以後，專務經典。」士行受戒在三國魏正元年間，故稱「三國男子」。鍇按：禪律，指禪宗與律宗。蓋漢魏時只有律學，尚無禪學。

〔一三〕「迨唐之朝」四句：初唐釋道宣創律宗，以持戒律爲主，謂戒律爲佛教之根本，解脱之要道。釋慧能弘法嶺南曹谿，創禪宗之南宗，主張直澈心源，頓悟成佛。其後禪宗大盛，蔚爲「五家七宗」。

〔一四〕百丈大智禪師方建叢林：大宋僧史略卷一別立禪居：「達磨之道既行，機鋒相遘者唱和，然其所化之衆，唯隨寺別院而居，且無異制。道信禪師住東林寺，能禪師住廣果寺，談禪師住白馬寺，皆一例律儀。唯參學者或行杜多、糞掃五納衣爲異耳。後有百丈山禪師懷海，創意經綸，別立通堂。布長連床，勵其坐禪。坐歇則帶刀，斜卧高木。爲椸架，凡百道具悉懸其上，所謂龍牙杙上也。有朝參暮請之禮，隨石磬木魚爲節度。可宗者謂之長老，隨從者謂之侍者，主事者謂之寮司，共作者謂之普請。或有過者，主事示以柱杖，焚其衣鉢，謂之誡罰。凡諸新例，厥號叢林，與律不同，自百丈之始也。」

〔一五〕廢蜂房蟻穴之衆爲九州四海：意謂廢除律寺甲乙制而爲禪院十方制。至元嘉禾志卷二六陳舜俞福嚴禪院記：「佛無二道，末有禪、律。道異徒別，而居亦判矣。崇扉闔然，鐘倡鼓和，圓頂大袖，塗人如歸，環食列處，不問疏親者，謂之十方。人閾一户，室居而家食，更相爲子弟者，謂之甲乙。」蜂房蟻穴之衆，語本黄庭堅題落星寺四首之一：「蜜房各自開牖户，蟻穴或夢封侯王。」形容「人閾一户，室居而家食」之甲乙寺，即琴川志卷一三宋陸綰勝法禪寺新十方記所言：「其徒星居，謂之律寺。」九州四海，指遴選十方名宿爲住持之十方寺。釋氏要覽卷下住持十方住持：「長老知事人，並不用本處弟子，惟於十方海衆擇有道眼德行之者，請爲長老。」

〔一六〕而建大法堂以總衆：景德傳燈録卷六洪州百丈懷海禪師附禪門規式：「不立佛殿，唯樹法堂者，表佛祖親囑授，當代爲尊也。所裒學衆，無多少，無高下，盡入僧堂中，依夏次安排。」

〔一七〕「知比丘因法相逢」二句：隋釋灌頂隋天台智者大師别傳：「我與汝等，因法相遇，以法爲親，傳習佛燈，是爲眷屬。」

〔一八〕「主者升座而坐」三句：禪門規式：「長老上堂陞坐，主事徒衆雁立側聆，賓主問醻，激揚宗要者，示依法而住也。」雁序，如飛雁之行，按序排列。

〔一九〕転授：轉授。転，同「轉」，俗體字。景德傳燈録卷一敘七佛釋迦牟尼佛：「爾時世尊説此偈已，復告迦葉，吾將金縷僧伽梨衣傳付於汝，轉授補處，至慈氏佛出世，勿令朽壞。」底本「転」作「軩」，「軩授」不辭，乃涉形近而誤。廓門注：「軩，車行貌。」失考。鍇按：楊守敬湖北金石志卷一一據底本録入此文，「軨」録作「較」，亦誤。

雙峰正覺禪院涅槃堂記〔一〕

大江之北，夢澤之東〔二〕。萬山走趨，屹立兩峰。蟠岸千楹，寶勢翔空〔三〕。煙雲開遮，户窗青紅〔四〕。天花墮飄，舞雨旋風。疑登梵釋龍天之宫〔五〕。大鐘横撞，山空玲瓏〔六〕。犀顱戢戢〔七〕，步趨肅雍〔八〕。祖印禪師，蓋其長雄〔九〕。寬而邊幅〔一〇〕，壯而疏通。謙以自牧〔一一〕，衆所追崇。如海下之，百川則宗。論其世家，非侯則公。棄之恥言，安樂巖叢。與彼假我〔一二〕，染衣妄庸〔一三〕。垂涎富貴，忘其頂童〔一四〕。崔（雀）盧自誣者㊀〔一五〕，則若不同也。余自襄沔〔一六〕，南歸新豐〔一七〕。道由淮上〔一八〕，託宿山中。欣然見我，如舊游從。日陪杖屨，摧頹兩翁〔一九〕。偶立小語，又指役工。紛然斧斤，聲雜鼓鐘。坐僧日多，其來無窮。庸免包藏，衰老篤癃，跛盲失心，不祥之凶〔二〇〕。作堂館之，工行告終矣。要余即之〔二一〕，周行廡廊。入門疏快，密室虚窗。搴幃設簾〔二二〕，宜温宜涼。濯衣栅榻，負暄（喧）橙牀㊁〔二三〕。藥鑪茶鼎，可劑可湯。頤指如意〔二四〕，失其異鄉〔二五〕。即戲問之，欲資抵掌〔二六〕：「豈有少年，如遂清（青）狂㊂。法戰不勝，舁入此堂者乎〔二七〕？豈有垂死，如剖倔强，而敢横機，摩壘（疊）大陽者乎㊃〔二八〕？豈有英靈，如黄涅槃，杖擿病者，隨起激昂者乎〔二九〕？豈有病瘉，枵然空房，而嘗卧處，尚多痂瘡，以火燒之，皆熏陸香者乎〔三〇〕？豈有頭陀，以紙爲裳，而其迅機，石火電光，方酬洞山，言訖而亡者乎〔三一〕？」祖印愕然，視余嗟咨：「如子精敏，亦迷怪奇。甘棄坦塗，而行嶮巇〔三二〕。子知太平，無象可窺〔三三〕。雨露霜雪，自然四時。我廩既高，里無呼追。雞豚社飲，老幼扶攜。安用麟鳳之與菌芝耶〔三四〕？昔維摩病，卧毗耶離，教誨天魔，使令艷姬。手提大千，戲而擲之〔三五〕。世尊有疾，則異於是。背痛乃卧，須乳作糜而已。何嘗變化，怖駭羣兒乎〔三六〕？」余聞其説，乃加敬虔。而僧祖偁，祖印所賢。而余里閈，又掌寺權〔三七〕。婆娑獻誠〔三八〕，願拾此言。丐余文之，爲記以傳。夫千里水，濫觴其源。若合衆流，遂成大川〔三九〕。則知此堂，衆檀成焉。增土爲阜〔四〇〕，增毛爲氈〔四一〕。兩尼勤勤，佳其精專。同其調度，所費緡錢。蓋六十萬，淨願乃圓。有僧道齊，以身率先。雜衆工中，唱叫挽牽。十方之多，道俗嗟羨。咨爾堂衆，諦觀病緣。此四大軀，無可肇堅〔四二〕。生死之趣，愛見所纏。雖相扶持，終各棄捐。當令以觀，常自現前。授與此疾，非人非天。是我自業，成熟則然。受盡還無〔四三〕，如雞出燖〔四四〕。此心自住㊄，如珠在淵〔四五〕。觀苦進道，諸佛憫憐。歲在丁未，建炎改元〔四六〕。季冬初吉〔四七〕，集者駢肩。叙多率衆，二百九員。領衲景修，守珂守詮。至其綱維，又揀耆年。辦衆法欽，牧衆法璉。叢林精神，照映雲泉。祖印爲誰？住持仲宣。而作記者，寂音老禪〔四八〕。

【校記】

㊀崔：原作「雀」，誤，今改。參見注〔一五〕。

㊁暄：原作「喧」，誤，今據廓門本、武林本改。　橙：武林本作「繩」。

㊂清：原作「青」，誤，今改。參見注〔二七〕。

㊃壘：原作「疊」，誤，今改。參見注〔二八〕。

㊄住：武林本作「往」。

【注釋】

〔一〕建炎元年十二月初一作於蘄州黄梅縣。　雙峰：即四祖山。　正覺禪院：輿地紀勝卷四七蘄州：「正覺院，在黄梅西北三十里，有四祖及栽松道者二真身。」　涅槃堂：又曰延壽堂、省行堂、無常院。送病僧使入滅之處也。釋氏要覽卷下瞻病：「無常院。西域傳云：祇桓西北角日光没處，爲無常院。若有病者，當安其中。意爲凡人内心貪著房舍、衣鉢、道具，生戀著心，無厭背故，制此堂，令聞名見題，悟一切法無彼常故（注：今稱延壽堂、涅槃堂者，皆後人隨情愛名之也）。」

〔二〕夢澤：即雲夢澤。書禹貢：「雲土夢作乂。」周禮夏官司馬職方：「正南曰荆州。……其澤藪曰雲瞢。」瞢，同「夢」。

〔三〕寶勢翔空：謂殿宇之飛簷如鳥翼飛翔。意本詩小雅斯干：「如鳥斯革，如翬斯飛。」

〔四〕户窗青紅：指窗户彩色油漆尚未乾。蘇軾水調歌頭黄州快哉亭贈張偓佺：「知君爲我新作，窗户濕青紅。」此借用其語。參本集卷二仇彦和佐邑崇仁有白蓮雙葩並幹芝草叢生於縣齋之旁作堂名曰瑞應且求詩敬爲賦之注〔一七〕。

〔五〕梵釋龍天之宫：喻指華麗莊嚴之佛寺。蘇軾東林第一代廣惠禪師真贊：「蓋將拊掌談笑，不起于坐，而使廬山之下，化爲梵釋龍天之宫。」此化用其語。

〔六〕玲瓏：如玉般清越之聲。文選卷一班固東都賦：「鳳蓋棽麗，龢鑾玲瓏。」李善注：「埤蒼曰：『玲瓏，玉聲也。』」

〔七〕犀顱戢戢：謂僧人衆多。犀顱，代指僧人，以其頭無鬚髮，額突出如犀，故稱。語本蘇軾光道人真贊：「海口山顴，犀顱鶴肩。」戢戢，密集衆多貌。

〔八〕肅雍：亦作「肅雝」，恭敬和睦。詩周頌清廟：「於穆清廟，肅雝顯相。」毛傳：「肅，敬；雝，和。」漢書劉向傳引作「肅雍」。

〔九〕「祖印禪師」三句：謂祖印禪師爲其長老，住持正覺禪院。祖印，法名仲宣，見前五慈觀閣記注〔一二三〕。

〔一〇〕寬而邊幅：謂寬厚而有規矩。黄庭堅次韻王炳之惠玉版紙：「往時翰墨頗横流，此公歸來有邊幅。」

〔一一〕謙以自牧：語本易謙卦：「象曰：謙謙君子，卑以自牧也。」注：「牧，養也。」

〔一二〕假我：五蘊和合之身，假名爲我，又稱俗我。

〔一三〕染衣：指僧衣，以木藍色等之壞色染衣，故云。大智度論卷三一：「釋子受持禁戒，是其性；剃髮、割截，染衣，是其相。」

〔一四〕頂童：頂如兒童無髮，即禿頭，指和尚。

〔一五〕崔盧自誣：以門第自我吹嘘。崔盧，魏晉至唐，山東士族大姓崔氏、盧氏甚爲顯達。舊唐書竇威傳：「高祖笑曰：『比見關東人與崔盧爲婚，猶自矜伐。公代爲帝戚，不亦貴乎！』」後以崔盧代稱豪門士族。蘇軾陳季常所畜朱陳村嫁娶圖之一：「不將門户買崔盧。」誣，誇説，吹嘘。　鍇按：前文謂祖印禪師「論其世家，非侯則公，棄之恥言，安樂巖叢」，故此以「垂涎富貴，忘其頂童，崔盧自誣」之僧人爲對照。　底本「崔」作「雀」，涉形近而誤。廓門注：「雀盧，未詳，疑差字歟？」殆未詳考。

〔一六〕襄沔：指襄陽、沔陽一帶。鍇按：惠洪於宣和七年冬至襄州，後寓居鹿門寺。建炎元年五月，寇亂襄州，遂避難逃離，欲回故鄉新昌縣。

〔一七〕新豐：即筠州新昌縣洞山。余靖筠州洞山普利禪院傳法記：「筠之望山曰新豐洞，有佛刹，曰普利禪院。」

〔一八〕淮上：此指黄梅縣，屬淮南西路，故云。

〔一九〕摧頹：衰老，衰敗。　兩翁：祖印與惠洪。

〔二〇〕「庸免包藏」四句：豈能避免包藏有各種衰老困病、殘疾瘋癲、不吉利之人。　庸，豈，難道。　篤癃：後漢書光武帝紀下：「其命郡國有穀者，給稟高年、鰥寡、孤獨及篤癃、無家屬、貧不能自存者，如律。」注：「爾雅曰：『篤，困也。』蒼頡篇曰：『癃，病也。』」　失心：精神失常。國語晉語二：「釋其閉修，而輕於行道，失其心矣。君子失心，鮮不夭昏。」韋昭注：「失其心守也。夭，折也。昏，狂荒之疾。」　不祥：不吉利。

〔二一〕要：邀請。

〔二二〕搴幃：猶搴帷，撩起帷幕。

〔二三〕負暄：冬借日光曝曬取暖。語本列子楊朱「負日之暄，人莫知者」。已見前注。　橙牀：坐具。橙，同「凳」。晉書王獻之傳：「魏時陵雲殿榜未題，而匠者誤訂之，不可下，乃使韋仲將懸橙書之。」

〔二四〕頤指如意：以下頷動向指揮，莫不如意。語本漢書賈誼傳。參見本卷前潭州開福轉輪藏靈驗記注〔二一〕。

〔二五〕失其異鄉：謂失去在異鄉之感覺，如在家鄉一般。

〔二六〕抵掌：擊掌，代指愉快交談。

〔二七〕「豈有少年」四句：景德傳燈録卷一七澧州欽山文邃禪師：「一日問德山曰：『天皇也恁麽道，龍潭也恁麽道，未審德山作麽生道？』德山曰：『汝試舉天皇、龍潭道底來。』師方欲進語，德山以拄杖打昇入涅槃堂。」　清狂，底本作「青狂」。廓門注：「『青』當作『清』。」其説甚是。　鍇按：本集頗有「清狂」之用例，如卷二南昌重會汪彦章：「笑傲清狂人背指。」卷五復次蔡元中韻：「誠勿笑寶公，清狂挑鏡尺。」卷七和曾倅喜雨之句：「清狂平生笑李赤。」不勝枚舉。「青狂」不成辭，涉音近而誤，今改。

〔二八〕「豈有垂死」四句：禪林僧寶傳卷一三大陽延禪師傳：「其僧後病，延入延壽堂看之，問曰：『是身如泡幻，泡幻中成辦。若無箇泡幻，大事無因辦。若要大事辦，識取箇泡幻。作麽生？』對曰：『遮箇猶是遮邊事。』延曰：『那邊事作麽生？』對曰：『帀地紅輪秀，海底不栽花。』延笑曰：『乃爾惺惺耶？』僧喝曰：『這老漢，將謂我忘却。』（注：即興陽剖禪師。）」宋釋道融叢林盛事卷上：「興陽剖禪師初在大陽作園頭，種瓜次，陽問：『甜瓜何時熟？』剖云：『即今熟了也。』陽云：『揀甜底摘來。』剖云：『摘來與什麽人喫？』陽云：『與不入園者喫。』剖云：『未審不入園者還喫也無？』陽云：『汝還識伊麽？』剖云：『雖然不識，不得不與。』陽笑而去。剖因卧病，陽問曰：……剖喝云：『將謂我忘却。』後竟不起。」摩壘：迫近敵壘，謂挑戰。此言興陽剖禪師垂死仍挑戰其師大陽警延。左傳宣公十二年：「許伯曰：『吾聞致師者，御靡旌，摩壘而還。』」九家集注杜詩卷一二壯遊：「氣劘屈賈壘，目短曹劉墻。」注引蘇林曰：「劘，音摩。摩，勵也。屈原、賈誼。壘，喻戰壘。」此借用其語意。底本「壘」作「疊」，涉形近而誤，今改。

〔二九〕「豈有英靈」四句：景德傳燈録卷一一泉州莆田崇福慧日大師：「泉州莆田縣國歡崇福院慧日大師，福州侯官縣人也，姓黄氏。生而有異，及長，名文矩，爲縣獄卒。往往棄役，往神光靈觀和尚及西院大安禪師所，吏不能禁。後謁萬歲塔譚空禪師落髪，不披袈裟，不受具戒，唯以雜綵爲挂子。復至觀和尚所，觀曰：『我非汝師，汝去禮西院去。』師携一小青竹杖入西院法堂，安遥見而笑曰：『入涅槃堂去。』師應諾，輪竹杖而入。時有五百許僧，染時疾。師以杖次第點之，各隨點而起。」

〔三〇〕「豈有病痡」六句：本集卷一八衡山南臺寺飛來羅漢贊序：「舊説太平興國初，武牢沙門惠了遊廬山，宿于雲居寺。中夜聞呻吟甚苦，及旦，視之，有僧雪眉而癯，卧腥臭中。見了涕泣，指其瘡曰：『當奈何？』了惻然憐之，爲留五日，洗摩傅藥，甚有恩惠。逾年，瘡愈，謂了曰：『我家南嶽，子他日遊湘中，當過我於石廩峰下。』探懷出紙裹，付了。了送至西嶺，訣别而還，視裹中乃瘡痂，爲屏除卧處，亦皆瘡痂也。心惡之，俄成熏陸，投諸火中，有異香。」　枵然：空虛貌。語本莊子逍遥游。參見本集卷六聽道人諳公琴注〔一五〕。

〔三一〕「豈有頭陀」六句：禪林僧寶傳卷一撫州曹山本寂禪師傳：「禪師諱耽章。……有僧以紙爲衣，號爲紙衣道者，自洞山來。章問：『如何是紙衣下事？』僧曰：『一裘才挂體，萬事悉皆如。』又問：『如何是紙衣下用？』其僧前而拱立，曰：『諾！』即脱去。章笑曰：『汝但解恁麽去，不解恁麽來。』僧忽開眼曰：『一靈真性，不假胞胎時如何？』章曰：『未是妙。』僧曰：『如何是妙？』章曰：『不借借。』其僧退坐於堂中而化。」廓門注：「『洞』當作『曹』也。」其説甚是。此蓋惠洪誤記。鍇按：以上五僧事皆與涅槃堂相關，故用之以切題中之義。

〔三二〕嶮巇：險峻崎嶇貌。嵇康琴賦：「丹崖嶮巇，青壁萬尋。」南史任昉傳：「嗚呼，世路嶮巇，一至於此！」

〔三三〕「子知太平」二句：謂太平盛世並無顯著徵象。語本新唐書牛僧孺傳：「僧孺曰：『臣待罪宰相，不能康濟，然太平亦無象。今四夷不内擾，百姓安生業，私室無强家，上不壅蔽，下不怨讟，雖未及至盛，亦足爲治矣。而更求太平，非臣所及。』」

〔三四〕麟鳳之與菌芝：皆太平盛世祥瑞之物。孔叢子記問：「天子布德，將致太平，則麟鳳龜龍先爲之祥。」柳宗元與蕭翰林俛書：「雖朽株敗腐，不能生植，猶足蒸出芝菌，以爲瑞物。」禪林僧寶傳卷二七明教嵩禪師傳贊：「譬如太平無象，而蒸枯朽爲菌芝。」本集卷二二忠孝松記：「譬如太平無象，而出菌芝，見麟鳳。」

〔三五〕「昔維摩病」六句：維摩詰爲毗耶離城中之長者，爲方便説法，現身有疾。國王大臣、長者居士、婆羅門、諸王子并餘官屬，及佛諸弟子菩薩皆往問疾，維摩詰因以身疾，廣爲説法。又其室中有一天女現身，散天花於諸菩薩弟子身上。又不起於座，現神通力，以其右手斷取妙喜世界，置於此土。其事詳見維摩詰經。

〔三六〕「世尊有疾」六句：長阿含經卷三，世尊告阿難：「吾患背痛，汝可敷座。」中阿含經卷二一，世尊告舍利子：「我患背痛，今欲小息。」於是右脅而卧。又修行本起經卷二，世尊修行得道前，坐樹下，六年已滿，形體羸瘦。二女奉乳糜，得色氣力充。

〔三七〕「而僧祖偁」四句：祖偁，惠洪同鄉僧人，此稱其「掌寺權」，當爲正覺禪院監寺。　里閈：里門，代指鄉里。後漢書成武孝侯順傳：「順與光武同里閈，少相厚。」李賢注：「閈，且門也。」釋氏要覽卷下住持：「主事四員：一監寺，會要云：『監者，總領之稱。所以不稱寺院主者，蓋推尊長老。』」參見本集卷六偁能禪三鄉俊宿山注〔一〕。

〔三八〕婆娑：奔波，勞碌。漢應劭風俗通義十反：「杜密婆娑府縣，干與王政，就若所云，猶有公私。」

〔三九〕「夫千里水」四句：文選卷一二郭璞江賦：「惟岷山之導江，初發源乎濫觴。」

〔四〇〕增土爲阜：積少成多之義。晉書劉曜載記：「積石爲山，增土爲阜。」此借用其語。

〔四一〕增毛爲氈：周禮天官冢宰掌皮：「共其毳毛爲氈，以待邦事。」鄭玄注：「當用氈則共之。毳毛，毛細縟者。」此化用其語，義同「增土爲阜」。

〔四二〕「此四大軀」二句：謂人身軀由地、水、火、風四大因緣和合而成，本非堅固。維摩詰經卷上方便品：「是身如芭蕉，中無有堅。」

〔四三〕受盡還無：景德傳燈録卷三〇菩提達磨略辨大乘入道四行：「二隨緣行者，衆生無我，並緣業所轉，苦樂齊受，皆從緣生。若得勝報榮譽等事，是我過去宿因所感，今方得之，緣盡還無，何喜之有？得失從緣，心無增減。」

〔四四〕如雞出燖：熱水燙已宰殺之雞，洗除其毛，謂之燖雞，喻煩惱已洗淨。蘇軾書黄魯直李氏傳後：「無所厭離，何從出世？無所欣慕，何從入道？欣慕之至，亡子見父。厭離之極，燖雞出湯。」

〔四五〕「此心自住」二句：東坡志林卷一〇：「導引家云：『真人之心，如珠在淵；衆人之心，如泡在水。』此善譬喻者。」

〔四六〕建炎改元：靖康二年五月初一改元建炎元年。

〔四七〕季冬：十二月。　初吉：初一。

〔四八〕寂音老禪：惠洪自號寂音，故云。

合妙齋記〔一〕

無盡居士真拜之明年〔二〕，大晟樂成，詔試於西府〔三〕。余適在焉。無盡曰：「聲起於日，而律起於辰〔四〕。八（四）十有一而陽數全㊀〔五〕，三十有六而陰氣備〔六〕。如黃鐘之律，九寸而爲宮〔七〕，增之毫釐，減之秒（杪）忽㊁，則其音不應宮〔八〕。苟適其和，是謂之雅。熟視其理，蓋大徧無外，細入無間。」余曰：「諸佛衆生日用，無以異於此。其體本自妙而常明〔九〕，因緣時節，不借語默，其義自見〔一〇〕。違時失候，則擬議而動，其義自隱〔一一〕。諸佛知此者也，故善用而合本妙。首楞嚴豈不曰『雖有妙音，若無妙指，終不能發，如我按指，海印發光』哉〔一二〕！衆生昧此者也，故不善用而成麤。大智度豈不曰『猶如利刀，性用割泥，泥無所成，刀日就損』哉〔一三〕！」余涉世多艱，困於憂患。後三年，華髮海外，翩然來歸，依資國寺，乞食故人而老焉〔一四〕。晨香夕燈，經行晏坐，翛然靜住，索爾虛閑〔一五〕。追繹大晟樂之和雅，而庶幾善用其心，以合本妙之意也。遂以名其齋曰合妙，又爲之記。政和四年二十五日書〔一六〕。

【校記】

㊀八：原作「四」，誤，今改。參見注〔五〕。

㊁秒：原作「杪」，誤，今據廓門本改。參見注〔八〕。

【注釋】

〔一〕政和四年四月二十五日作於筠州高安縣。合妙齋：在高安縣資國寺。鍇按：本集卷一五有合妙齋二首，乃大觀年間作於江寧府鍾山。可知「合妙齋」者，實隨身所住而名之，即所謂「隨身叢林」。

〔二〕無盡居士：張商英，字天覺，號無盡居士。　真拜：指實際拜相。宋史徽宗本紀二：「(大觀四年六月)乙亥，以張商英爲尚書右僕射兼中書侍郎。」大觀四年之明年，即政和元年。

〔三〕「大晟樂成」二句：政和元年詔試大晟樂於西府之事，史籍未載。西府，樞密院之別稱。據宋史樂志四載，大觀四年八月，徽宗親制大晟樂記，命太中大夫劉昺編修樂書爲八論。此樂雖成，然尚未頒布，故政和二年賜貢士聞喜宴於辟雍，仍用雅樂。至政和三年五月，徽宗詔有司以大晟樂播之教坊，試於殿庭，頒之天下，其舊樂悉禁。同年九月，詔大晟樂頒於太學辟雍，諸生習學。故李昭玘樂靜集卷二八晁次膺墓誌銘曰：「政和癸巳，大晟樂既成，八音克諧，人神以和，嘉瑞繼至。」能改齋漫録卷一六並蔕芙蓉詞亦曰：「政和癸巳，大晟樂成。嘉瑞既至，蔡元長以晁端禮次膺薦於徽宗。」乃言其頒布之年，癸巳即政和三年。惠洪此言「大晟樂成，詔試於西府」，蓋尚未頒行。

〔四〕「聲起於日」二句：揚雄太玄玄數：「聲生於日，律生於辰。」晉范望注：「言甲乙爲角，丙丁爲徵，庚辛爲商，壬癸爲羽，戊巳爲宮也。謂十二時也，律所出也。」

〔五〕八十有一而陽數全：易以陽爻爲九，陽數全則爲九九，八十一爲九九自乘之數。太玄卷首明宗：「玄以九九爲數，故其首八十有一。」底本「八」作「四」，誤，今改。

〔六〕三十有六而陰氣備：易以陰爻爲六，陰數備則爲六六，三十六爲六六自乘之數。鍇按：「陽數」與「陰氣」對舉，乃互文見義也。

〔七〕「如黄鐘之律」二句：漢書律曆志上：「五聲之本，生於黄鐘之律，九寸爲宫，或損或益，以定商、角、徵、羽。九六相生，陰陽之應也。」

〔八〕「增之毫釐」三句：漢書叙傳下：「産氣黄鐘，造計秒忽。」顔師古注引劉德曰：「秒，禾芒也。忽，蜘蛛網細者也。」

〔九〕其體本自妙而常明：楞嚴經合論卷四：「性以覺言者，覺必明也，而有三種名。何謂三種？曰妙明，曰明妙，曰覺明。於性覺則曰妙明，於本覺則曰明妙，於妄覺則曰覺明。而覺明不言妙，何也？曰：性覺不立，始終獨立而常寂，若遇了緣而迷解，則是明其妙矣。故曰本覺明妙。然而既立本，則有始之别名也。蓋性覺者，其體本自妙而常明，不因他以有明者也。本覺者，由不思議熏修之力，能明知我有是性覺之妙者也。覺明者，因覺而有明，覺滅則明没矣，其言妙，可乎？」鍇按：此義又見本集卷二四答郭公問傳燈義。

〔一〇〕「因緣時節」三句：景德傳燈録卷九潭州溈山靈祐禪師：「經云：欲見佛性，當觀時節因緣，時節既至，如迷忽悟，如忘忽憶，方省己物不從他得。」法華經合論卷一：「一切衆生本來成佛之妙，見於日用，亦復如是。欲令衆生自證此妙，則必於因緣時節之中。」

〔一一〕「違時失候」三句：楞嚴經合論卷一：「違時失候，妄覺而強知者，妄發明性，所謂用諸妄想，此想不真，故有輪轉是也。本一體也，以無性無時，故隨所用之有異耳。任運寂常而知，則合本妙；違時失候而覺，則合妄塵。」同書卷二：「故覺明者，強覺妄知，違時失候者，非本自妙而常明，偏知之體也。」

〔一二〕「首楞嚴豈不曰」五句：楞嚴經卷四：「譬如琴瑟、箜篌、琵琶，雖有妙音，若無妙指，終不能發。汝與衆生，亦復如是，寶覺真心，各各圓滿。如我按指，海印發光。汝暫舉心，塵勞先起。」

〔一三〕「大智度豈不曰」四句：大智度論卷一四：「不持戒人，雖有利智，以營世務，種種欲求生業之事，慧根漸鈍；譬如利刀以割泥土，遂成鈍器。」宗鏡録卷二〇：「智論云：衆生心性，猶如利刀，唯用割泥，泥無所成，刀日就損。理體常妙，衆生自虧，能善用之，即合本妙。」此四句轉引自宗鏡録，非大智度論原文。

〔一四〕「後三年」五句：寂音自序：「（政和）三年五月二十五日蒙恩釋放，十一月十七日北渡海。以明年四月到筠，館於荷塘寺。」資國寺，即荷塘寺。參見本集卷一〇資國寺春晚注〔一〕。鍇按：惠洪政和元年於西府觀大晟樂，政和四年四月到筠州，故云「後三年」。

〔一五〕索爾虛閑：形容寂寞閑散。語本續高僧傳卷一六齊鄴中釋僧可傳附慧滿傳：「滿便持衣鉢，周行聚落，無可滯礙，隨施隨散，索爾虛閑。」

〔一六〕政和四年二十五日書：此未言何月，當有脱漏。考其住資國寺之時日，當在該年四月。

信州天寧寺記〔一〕

江南山水冠天下，而上饒又冠江南〔二〕。自昔多爲得道者所廬。鵝湖、龜峰、懷玉，號稱形勝〔三〕，而靈山尤秀絶〔四〕。蓋唐武義（義武）初㊀〔五〕，西平周王發其天藏也〔六〕。初建精舍，名興聖，祥符天子改賜普明〔七〕。沙門德延以講學聚徒甚盛〔八〕，弟子德熙者有智略，實陰相之。崇寧二年，詔革以爲禪林，賜田度僧，聽遇天寧節進功德疏〔九〕。太守周公邠命長老德延爲第一世〔一〇〕，而以僧正德熙董其事也〔一一〕。三人者叙立顧瞻而歎曰：「寺以羣居，而自爲户牖，犬牙相接〔一二〕，如蜂房蟻穴〔一三〕，非相臣所以建請集禪衲、演祖道、上延睿算之意〔一四〕。」於是蟬蜕其卑陋，而一新之也。入門縱望，序廡翼如而進〔一五〕，層閣相望而起。登普光明殿，顧其西則有雲會堂，以容四海之來者。爲法寶藏，以大輪載而旋轉之，以廣攝異根也〔一六〕。顧其東，則有香積廚〔一七〕，以辦伊蒲塞饌〔一八〕。爲職事堂，以料理出納。特建善法堂于中央以演法，開毗耶丈室以授道〔一九〕。又閣其上，以像觀世音，示以聞思修，令學者入道也〔二〇〕。粥魚茶板，霜巔螺頂〔二一〕，凫趨而集〔二二〕，寂無人聲餘履聲〔二三〕；而禪齋密室，冰懷雪慮，株枯而坐，不見心相惟身相也〔二四〕。嗚呼！西平王、郡太守，雖異世而姓氏同〔二五〕；前以講、後以禪而領袖者，雖異趣而名號同也〔二六〕。吾聞浮圖未成，故裴公美爲玄度之後身〔二七〕。千尺像畢，而僧護爲僧祐、道宣之前身〔二八〕。古今所傳，不可誣也。宗衍禪師出自白牛法窟中〔二九〕，來嗣延公之法席〔三〇〕，分照覺之祖焰〔三一〕，道行孤峻，爲邦人所欽。然人但見其能集前人之大成，幻出樓觀，而不知其游戲也。政和元年八月，又詔以天寧萬壽名寺〔三二〕。七年三月，遣僧慶瑫來乞文以記其事〔三三〕。余雖未獲覽山川之佳氣，披華搆之雄誇，然能系而爲之詞也。辭曰：

羣峰寶勢爭岧嶤〔三四〕，雲收眼寒空翠摇。靈山獨受玉（王）水朝㊀〔三五〕，跨水誰作朱飛橋。蒼官馬鬣低龍腰〔三六〕，谷風吹空翻海潮。忽驚寶坊礙層霄，天花細雨紛墮飄。草衣大士唾霧消，定力持之日劫超〔三七〕。太霞仙子坐可招，夜晴往往聞吹簫〔三八〕。西平賢王想風標，長劍拄頤氣勇驕〔三九〕，擅此興聖開前朝。宋興和氣彌宇宙，佛宮道祠恩益厚。初以毗尼相講授〔四〇〕，易爲禪林冠江右。大鐘横撞午梵奏，紫金光聚世福祐。苾芻千指聚拜手〔四一〕，太平天子千萬壽。切雲樓閣誰所搆〔四二〕？臣子淨願力成就。白牛乳犢師子吼〔四三〕，虎豁嫡孫氣奇茂〔四四〕。學者趨之俯並首，我作銘詩招爾後，斯文與山俱不朽。

【校記】

㈠武義：原作「義武」，誤，今據武林本改。參見注〔五〕。

㈡玉：原作「王」，誤，今改。參見注〔三三〕。

【注釋】

〔一〕政和七年三月作於筠州新昌縣。信州：治上饒縣，宋屬江南東路。天寧寺：明一統志卷五一廣信府：「天寧寺，在府城內，吴周瑜故宅。」江西通志卷一一二寺觀志二廣信府：「天寧寺在府城耆德坊。宋覺範洪禪師開山。賜額報恩光孝禪院，政和中改今名。元末兵燬，惟鐘樓僅存。」鍇按：通志誤以惠洪作此記，是爲寺之開山祖師，大謬。

〔二〕上饒：郡名，即信州。輿地紀勝卷二一江南東路信州：「信州，上饒郡軍事。」又云：「信美所稱，爲郡之名。所謂上饒者，以其旁下饒州之故也。旁下饒州，在饒州之上，故曰上饒。」

〔三〕「鵝湖、龜峰、懷玉」二句：輿地紀勝卷二一信州：「鵝湖，在鉛山縣西南十五里。鄱陽記云：『山上有湖，多生蓮荷，一名荷湖。』山今以鵝湖著。按舊經，謂昔有龔氏居山傍，所蓄鵝逸于山，長育成羣，復飛而下，因謂之鵝湖。俗傳唐僧大義禪師結庵，仙鵝自波而出者，妄矣。道傍長松參翠，枝榦權奇，延袤十餘里，大義所種。有仁壽院。淳熙初年，東萊吕公、晦庵朱公、象山陸公曾相會，講道此院，謂之鵝湖之會。」同卷：「龜峰山，在弋陽縣南二十餘里。山有三十二峰，中一峰如龜。唐乾寧中，僧茂蟾所開。」同卷：「懷玉山，在玉山縣北百餘里，一名玉斗，以山高近于斗故也。」

〔四〕靈山：輿地紀勝卷二一信州：「靈山爲州之鎮山。……上饒志云：『靈山爲州之鎮山，而衆峰森聳天末，遠望色深碧，岡勢迤邐從北來，州宅實枕其趾。』」又云：「靈山，寰宇記云：『在上饒西北九十餘里。絶頂有葛仙壇、丹竈，諸峰七十二，上有龍池，産水晶。』九域志云：『亦名靈鷲山。』韓元吉詩云：『諸峰七十二，磊砢略可推。定知水晶宫，閟藏神所司。』舊經云：『上有龍池，多珍木奇卉，兼出水晶。』荆公詩：『靈山寧與世爲仇，斤斧侵凌自不休。冰玉此來聞長價，市人無數起相讎。』」

〔五〕唐武義：武義爲五代吴王楊隆演之年號，公元九一九～九二〇年。鍇按：吴王楊溥順義三年（九二三），晉王李存勗始即皇帝位，國號唐，改元同光。此言唐武義者，或以吴王楊隆演奉唐爲正朔而言之。參見新五代史吴世家。底本「武義」作「義武」，乃倒乙之誤。廓門據此注曰：「義寧，隋恭帝年號；武德，唐高祖年號。」謂「義武」爲義寧、武德之並稱，殊誤。

〔六〕西平周王：五代吴國大將周本，舒州宿松人，漢南郡太守瑜之後。從楊行密征戰，累遷至淮南馬步使。爲信州刺史，居數年，唐莊宗李存勗入洛，楊隆演遣司農卿盧蘋往聘，還言：唐主問我國名將存否，而本預焉。由是召入爲雄武統軍，俄出鎮壽州，改德勝軍節度使，後加安西大將軍、太尉、中書令、西平王。本不知書，然能尊崇儒士，遇僚屬以禮，士民愛之。性朴拙無它才，惟軍旅之事若生知者。事具十國春秋卷七本傳。廓門注：「南北朝周謨封西平侯，言此者歟？後人須考焉。」亦失考。

〔七〕祥符天子：即宋真宗，大中祥符爲真宗年號，公元一〇〇八～一〇一六年。

〔八〕沙門德延以講學聚徒：此德延爲講説律學毗尼藏之講師，生平無考。參見注〔四〇〕。

〔九〕天寧節：宋徽宗生日。宋史禮志一五：「徽宗以十月十日爲天寧節。」　進功德疏：宋制，皇帝誕日，各路帥守、監司各進呈賀表與道釋功德疏，表疏皆用四六文體經通進銀臺司投進。

〔一〇〕太守周公邠：周邠字開祖，錢塘人。嘉祐八年進士。元豐中，爲溧水令，仕至朝請大夫、輕車都尉。蘇軾倅杭，多與酬唱，所謂周長官者是也。事具咸淳臨安志卷六六、宋詩紀事卷二三。鍇按：據此，則周邠崇寧年間嘗知信州，可補史傳之闕。　長老德延：此德延爲禪師，雲居佛印了元禪師法嗣，屬雲門宗青原下十一世。嘗住信州鵝湖山仁壽院。建中靖國續燈録卷一一、續傳燈録卷一〇載信州鵝湖山仁壽德延禪師機語，即此僧。

〔一一〕僧正：僧官之一。後秦姚萇始以僧䂮爲僧正。大宋僧史略卷中立僧正：「僧正者何？正，政也。自正正人，克敷政令，故云也。蓋以比丘無法，如馬無轡勒，牛無貫繩，漸染俗風，將乖雅則，故設有德望者，以法而繩之，令歸于正。故曰僧正也。此僞秦僧䂮爲始也。」　德熙：生平無考。

〔一二〕犬牙相接：史記孝文本紀：「高帝封王子弟地，犬牙相制，此所謂磐石之宗也。」司馬貞索隱：「言封子弟，境土交接，若犬之牙不正相當，而相銜入也。」

〔一三〕蜂房蟻穴：形容衆多淩亂之房舍。此爲律宗甲乙寺之居住狀況。參見本卷前資福法堂記注〔一五〕。

〔一四〕演祖道：演説禪宗祖師法道。　上延睿算：上祝延長皇帝之壽齡。禪林僧寶傳卷一六翠巖芝禪師傳：「密諫李公守南昌，請住西山翠巖。開堂，祝聖曰：『睿算增延，法輪常轉。』」　鍇按：此句言革普明律寺爲天寧禪寺之意義。本卷潭州大潙山中興記：「歲度一僧，上資睿算。」資福法堂記：「俾知法上首，臨衆演法，以上祝天子之萬壽。」皆此意。

〔一五〕序廡：堂兩邊東西廂房與走廊。　翼如而進：姿態端好，如鳥展翅之狀。論語鄉黨：「趨進，翼如也。」何晏集解引孔安國曰：「言端好。」邢昺疏：「趨進翼如也者，謂疾趨而進，張拱端好，如鳥之張翼也。」

〔一六〕「爲法寶藏」三句：謂置轉輪藏，藏置佛經於其中而旋轉之，以方便根性不同之人。前潭州開福轉輪藏靈驗記：「雙林大士以平等慈，行同體悲，廣播異種，爲此方便。」即指此。

〔一七〕香積廚：謂僧家之食廚，蓋取維摩詰經香積世界香飯之意。

〔一八〕伊蒲塞：梵語優婆塞 Upāsaka 之異譯。指在家受五戒之男佛教徒。後漢書楚王英傳：「其還贖，以助伊蒲塞、桑門之盛饌。」李賢注：「伊蒲塞，即優婆塞也。中華翻爲近住，言受戒行，堪近僧住也。桑門，即沙門。」

〔一九〕毗耶丈室：維摩詰居士之丈室，指住持長老之方丈。維摩詰住毗耶離城，故以毗耶代之。

〔二〇〕「又閣其上」四句：謂於其上修閣，以造觀世音之像，而示學者入門之道。楞嚴經卷六觀世音菩薩曰：「憶念我昔無數恒河沙劫，於時有佛出現，於世名觀世音，我於彼佛發菩提心，彼佛教我從聞思修入三摩地。」

〔二一〕霜顱：頭白如霜，代指老僧。語本蘇軾書麐公詩後：「霜顱隱白毫，鎖骨埋青玉。」螺頂：佛之頂上有肉髻如青螺，稱螺頂，此亦代指僧侶。黄庭堅贈惠洪：「槁項頂螺忘歲年。」

〔二二〕鳧趨而集：謂其相次而行，如鳧雁飛行之有序列。本集卷八送顯街坊：「粥魚茶板如指呼，履聲童首鳧雁趨。」

〔二三〕寂無人聲餘履聲：蘇軾宿海會寺：「木魚呼粥亮且清，不聞人聲聞履聲。」此化用其語。

〔二四〕不見心相惟身相：謂只見其株枯而坐之身相，而不見其心之動。大般涅槃經卷二七師子吼菩薩品：「不見心相，名爲正定。」

〔二五〕「西平王」二句：謂西平王周本、知州周郊，時代不同而皆姓周。

〔二六〕「前以講」二句：謂此寺前大中祥符年間之住持爲講師，與後崇寧年間之住持爲禪師，雖宗派不同，然法名皆爲德延，其助手法名皆爲德熙。

〔二七〕「吾聞浮圖未成」二句：其事詳見景德傳燈録卷一二相國裴休注文，文繁不録，參見本卷潭州開福轉輪藏靈驗記注〔四二〕。錯按：裴公美，即裴休，唐宣宗時爲相。玄度，即許詢，東晉名士，有護法之舉。然景德傳燈録注文所載許玄度後身者，實爲裴休之父裴肅，肅字中明。潭州開福轉輪藏靈驗記亦曰：「唐法師曇彦居越州龍興寺，大殿隳壞，衆請彦修之。彦曰：『非貧道力也。却後三百年，有非衣檀越來興此殿。』及期，太守裴肅果符其讖。」此惠洪誤記。

〔二八〕「千尺像畢」二句：高僧傳卷一三釋僧護傳：「釋僧護，本會稽剡人也。少出家，便剋意常苦節，戒行嚴淨。後居石城山隱嶽寺。寺北有青壁，直上數十餘丈，當中央有如佛焰光之形。上有叢樹，曲幹垂陰。護每經行至壁所，輒見光明焕炳，聞絃管歌讚之聲。於是擎爐發誓，願博山鐫造十丈石佛，以敬擬彌勒千尺之容，使凡厥有緣，同覩三會。以齊建武中招結道俗，初就彫剪。疏鑿移年，僅成面樸。頃之，護遘疾而亡。臨終誓曰：『吾之所造，本不期一生成辦。第二身中，其願剋果。』後有沙門僧淑，纂襲遺功，而資力莫由，未獲成遂。至梁天監六年，有始豐令吴郡陸咸，罷邑還國，夜宿剡溪。值風雨晦冥，咸危懼假寐，忽夢見三道人來告云：『君識信堅正，自然安隱。有建安殿下感患未瘳，若能治剡縣僧護所造石像得成就者，必獲平豫。冥理非虚，宜相開發也。』咸還都經年，稍忘前夢。後出門，乃見一僧云，聽講寄宿，因言：『去歲剡溪所囑建安王事，猶憶此不？』咸當時懼然，答云：『不憶。』道人笑曰：『宜更思之。』仍即辭去。咸悟其非凡，乃倒屣諮訪，追及百步，忽然不見。咸豁爾意解，具憶前夢，乃剡溪所見第三僧也。咸即馳啓建安王，王即以上聞，敕遣僧祐律師專任像事。王乃深信益加，喜踊充遍，抽捨金貝，誓取成畢。初，僧祐未至，一日，寺僧慧逞夢見黑衣大神，翼從甚壯，立于龕所，商略分數。至明旦，而祐律師至，其神應若此。初僧護所創，鑿龕過淺，乃鏟入五丈，更施頂髻。及身相克成，瑩磨將畢，夜中忽當萬字處，色赤而隆起。今像胸萬字處，猶不施金鏄，而赤色在焉。像以天監十二年春就功，至十五年春竟。坐軀高五丈，立形十丈，龕前架三層臺，又造門閣殿堂，并立衆基業，以充供養。其四遠士庶，並提挾香華，萬里來集。供施往還，軌迹填委。自像成之後，建安王所苦稍瘳，今並已康復。王後改封，今之南平王是也。」宋高僧傳卷一四唐京兆西明寺道宣傳：「母娠而夢月貫其懷，復夢梵僧語曰：『汝所娠者，即梁朝僧祐律師，祐則南齊剡溪隱嶽寺僧護也。宜從出家，崇樹釋教。』」

〔二九〕宗衍禪師：東林常總禪師法孫，屬臨濟宗黃龍派南嶽下十四世。僧傳、燈録失載。白牛法窟：未詳指何山何寺，其主持僧爲宗衍師父，常總法嗣，然不可考。

〔三〇〕嗣延公之法席：謂其繼承德延禪師主持此寺。

〔三一〕分照覺之祖焰：謂其分燈於其法祖常總禪師。禪林僧寶傳卷二四東林照覺總禪師傳：「元祐三年，徐國王奏號照覺禪師。」

〔三二〕詔以天寧萬壽名寺：釋氏稽古略卷四：「崇寧元年，詔天下軍州創崇寧寺，又改額曰天寧寺。」至元嘉禾志卷一一寺院志：「東塔廣福教院在縣東六里。宋政和六年，因在城，壽聖教院改爲天寧萬壽寺。」錯按：據此，則徽宗朝天下各軍州府城内皆改舊寺一所名爲天寧寺，以徽宗誕日天寧節之故。

〔三三〕僧慶瑫：信州天寧寺僧，生平未詳。

〔三四〕岧嶤：高峻，高聳。曹植九愁賦：「踐蹊隧之危阻，登岧嶤之高岑。」

〔三五〕玉水：即玉溪。元豐九域志卷六江南東路信州有玉山、玉溪。方輿勝覽卷一八信州：「玉溪，在玉山縣前。」亦稱玉水。宋洪邁野處類稿卷上信州禪月臺上：「玉峰點寥廓，霄漢疑可梯。玉水環城陰，灩灩方拍隄。」楊萬里誠齋集卷三五解舟上饒明暉閣前：「玉水風船擘岸開，一帆飛到雨花臺。」　底本「玉」作「王」，涉形近而誤。

〔三六〕蒼官馬鬣低龍腰：喻青松之形狀如龍盤。蒼官，松之别稱。　馬鬣：謂松針。述異記卷下：「松有兩鬣、三鬣、七鬣者，言如馬鬣形也。」　龍腰，語本蘇軾留題石經院三首之二：「瘦皮纏鶴骨，高頂轉龍腰。」

〔三七〕「草衣大士唾霧消」二句：輿地紀勝卷二一信州仙釋：「草衣禪師：權載之集云：信州南巖有清淨宴坐之地，而禪師在焉。師所由來，莫得而詳。初，州人析薪者遇之中野，其形塊然，與草木俱。咨於州長，乃就延兹地三十年矣。州人不知其所然，遂以草衣號焉。足不蹈地，口不嘗味，日無晝夜，時無寒暑，寂默之境，一繩床而已。萬有囂然，此身不動。古所謂遺物離人，而立於獨者，禪師得之。」

〔三八〕太霞仙子：其事未詳。宋韓淲澗泉集卷六草堂：「玉溪清泚太霞仙，我亦見之誰謂然。」輿地紀勝卷二一信州景物下：「南屏山，在上饒縣。……及州治前，則周环拱護，秀潤之氣可挹。下有祥符寺、景德寺、太霞宫、草衣寺、靈山閣及跨鶴臺。」江西通志卷一一二寺觀志二廣信府：「太霞宫，在上饒縣南隅，宋建炎間建。」疑即祀此太霞仙子。廓門注：「廣信府靈山絶頂有葛仙壇。」又云：「借用仙傳簫史吹簫等也。」

〔三九〕長劍拄頤：形容大將風采。戰國策齊策六：「大冠若箕，修劍拄頤。」本集卷一題李愬畫像：「拄頤長劍大梁公。」

〔四〇〕毗尼：梵語，意譯爲律，即戒律。鍇按：由此可知，天寧寺原爲律寺，崇寧二年革律爲禪。

〔四一〕苾芻：比丘之異譯。　千指：即百人。一人十指，故云。

〔四二〕切雲：上摩青雲，極言其高。楚辭九章涉江：「帶長鋏之陸離兮，冠切雲之崔嵬。」

〔四三〕白牛乳犢：喻宗衍，以其爲白牛禪師法嗣。

〔四四〕虎谿嫡孫：亦指宗衍，爲東林常總法孫。虎谿，在廬山東林寺旁，此代指常總。李白廬山東林寺夜懷：「霜清東林鐘，水白虎溪月。」

高安城隍廟記〔一〕

城隍廟者，故使君應侯廟也。應侯世高安，諱項（瑱）㊀〔二〕。隋季政荒，天下盜起〔三〕。李密起鞏，王德仁（仁德）起鄴㊁，皆稱公。李子通起海陵，邵江海起岐州，薛舉起金城，竇建德起河間，皆稱王。劉武周起馬邑，劉元進（晉）起晉安㊂，林士弘起豫章，皆竊尊號〔四〕。高安，豫章屬邑也〔五〕。侯時以布衣募兵，烏合而擊之。士弘却，隱去，因嬰城固守〔六〕。唐武德元年五月甲子，唐公即帝位〔七〕。五年十月己巳，林士弘殄滅〔八〕。嗚呼！方是時，賊兵浩如海，孤城眇如塊，微侯之忠勇義武〔九〕，則民魚肉之久矣〔一〇〕。朝廷旌其功，授以刺史符。於是千里親之，如仰父母。既没，贈尚書左僕射〔一一〕。廟食此邦蓋五百年〔一二〕，而書功烈者詞不達意，余嘗歎息之。政和六年九月十六日，因請福許銘廟，念文字陳陋，又罪廢，懼瀆神聽，藁成復壞者數矣。越明年二月二十六日夜，夢有客過余，甚都雅〔一三〕，曰：「向許我詩，當以示我。」夢中問公誰氏，曰：「我唐人，居湖中。」既覺，三鼓矣。坐而假寐，又夢理前事，旁有贊者曰：「應侯君也。」於是起呼燈火，洗心爲銘。銘曰：

煬帝南游江都湄，唐公集兵禱晉祠。連和突厥人户知，傳檄諸郡稱義師〔一四〕。豫章邈在江之西，殺氣熏烝喧鼓鼙。芟民如芻救者誰〔一五〕？應侯忠勇英特姿。精誠貫日如横霓〔一六〕，振臂大呼老幼隨。空拳烏合當新羈〔一七〕，賊鋒爲却氣少衰。守城泯默天助威。賊雖猖狂其敢窺。民甘九死俟生之，不然蕩潊無孑遺〔一八〕。故宫下瞰緣錦谿〔一九〕，過者肅趨不敢馳。功德之大山嶽巍，惜其粉飾無雄辭。心許作文恨陋卑，夢中索之不呵譏。俾侮神者讀此詩，知神威靈不可欺。

【校記】

㈠ 項：原作「瑱」，誤，今從廓門本。參見注〔一二〕。

㈡ 德仁：原作「仁德」，誤，今據新唐書改。參見注〔四〕。

㈢ 進：原作「晉」，誤，今據新唐書改。參見注〔四〕。

【注釋】

〔一〕政和七年二月二十七日作於筠州高安縣。高安城隍廟：江西通志卷八山川志二瑞州府：「五龍岡，在府城西下。有潭深數仞，上有廟，先祀漢隸陰侯灌嬰，後祀刺史應智頊。今爲城隍廟。」鍇按：宋趙與旹賓退録卷八：「州縣城隍廟，莫詳事始。前輩謂既有社矣，不應復有城隍，故唐李陽冰謂城隍神祀典無之，惟吴越有爾。……今其祀幾遍天下，朝家或賜廟額，或須封爵，未命者或襲鄰郡之稱，或承流俗所傳，郡異而縣不同。至於神之姓名，則又遷就附會，各指一人，神何言哉？……筠州應智頊，唐初州爲靖州時刺史。」

〔二〕「應侯世高安」二句：輿地紀勝卷二七瑞州：「隋應智頊，建城調露鄉人。賦性剛毅，遭難不懼。隋大業間，蕭銑、林士宏攻掠江南，應於華林山置雲棚城，召義兵保靖一方。武德五年歸唐，高祖以爲靖州刺史。功德及民，民愛之如父母。」氏族大全卷一〇廟食百世：「應智頊，九江人，徙居靖州（今瑞州）。隋末林士弘攻掠江西，應於華林山置雲柵，募義兵，保靖一方。武德五年歸唐，以爲靖州刺史。死爲城隍之神，廟食一郡。妻梅氏，新昌人。」其事又見萬姓統譜卷五七。　諱頊，當作「諱智頊」。底本「頊」作「瑱」，乃涉形近而誤。

〔三〕「隋季政荒」二句：新唐書高祖本紀：「是時隋政荒，天下大亂。」

〔四〕「李密起鞏」十二句：新唐書高祖本紀：「是時劉武周起馬邑，林士弘起豫章，劉元進起晉安，皆稱皇帝。朱粲起南陽，號楚帝；李子通起海陵，號楚王；邵江海據岐州，號新平王；薛舉起金城，號西秦霸王；郭子和起榆林，號永樂王；竇建德起河間，號長樂王；王須拔起恒定，號漫天王。汪華起新安，杜伏威起淮南，皆號吴王。李密起鞏，號魏公；王德仁起鄴，號太公；左才相起齊郡，號博山公。」　李密，字玄邃，一字法主，其先遼東襄平人。反隋，翟讓推密爲主，建號魏公，鞏南設壇，即位，刑牲歃血，改元永平，大赦。其文移稱行軍元帥魏公府。隋書、新舊唐書有傳。　王德仁，底本作「王仁德」，誤。　李子通，沂州丞人。

聚徒萬人，引衆度淮，與杜伏威合。爲隋將來整所破，奔海陵，得衆二萬，自稱將軍。大業十一年，僭號楚王。後力取江都，僭即皇帝位，國號吴，建元明政。新舊唐書有傳。薛舉，蘭州金城人。隋大業末，任金城府校尉。起兵，自號西秦霸王，建元秦興。十三年，僭帝號于蘭州。新舊唐書有傳。竇建德，貝州漳南人。世爲農，自言漢景帝太后父安成侯充之苗裔。大業十三年正月，築壇場於河間樂壽，自立爲長樂王。十四年五月，更號夏王，建元丁丑，署官屬分治郡縣。即帝位，國號夏，改元五鳳。新舊唐書有傳。劉武周，瀛州景城人，父匡徙馬邑。突厥以狼頭纛立武周爲定楊可汗，僭稱皇帝，以妻沮爲后，建元天興。新舊唐書有傳。劉元進，底本作「劉元晉」，誤。元進，餘杭人。知天下思亂，於是舉兵，三吴苦役者莫不響至，旬月衆至數萬。吴郡朱燮、晋陵管崇亦舉兵，有衆數萬，共迎元進，奉以爲主，據吴郡，稱天子。隋書有傳。林士弘，饒州鄱陽人。隋季與鄉人操師乞起爲盜，師乞自號元興王，建元天成。大業十二年據豫章，以士弘爲大將軍。隋遣治書侍御史劉子翊討賊，射殺師乞。而士弘收其衆，據虔州，自號南越王。俄僭號楚，稱皇帝，建元爲太平。新舊唐書有傳。

〔五〕「高安」二句：輿地紀勝卷二七瑞州：「瑞州高安郡，漢爲豫章郡之建城縣（輿地廣記云：「唐以前地理與洪州同。」）。三國、南朝及隋，並屬豫章郡。唐即縣地置靖州（武德五年），隸洪州總管。又以隱太子諱，改建城曰高安。又改靖州爲米州（武德十年，以有米山之故）。

是年又改爲筠州（以土産篁竹，故名）。」

〔六〕嬰城：環城固守。戰國策秦策四：「小黄、濟陽嬰城，而魏氏服矣。」鮑彪注：「嬰，猶縈也。蓋二邑環兵自守。」漢書蒯通傳：「必將嬰城固守，皆爲金城湯池，不可攻也。」

〔七〕「唐武德元年五月甲子」二句：新唐書高祖本紀：「武德元年五月甲子，即皇帝位於太極殿。」唐公，即唐高祖李淵，字叔德，隴西成紀人。仕隋，襲封唐公，爲太原留守。大業十三年，立代王楊侑爲帝，改元義寧。義寧二年五月，代隋自立，國號唐。在位九年。武德爲高祖年號，公元六一八～六二六年。

〔八〕「五年十月己巳」二句：新唐書高祖本紀武德五年十月：「己巳，林士弘降。」

〔九〕微：無。論語憲問：「微管仲，吾其被髮左衽矣。」

〔一〇〕魚肉：喻任人宰割屠戮。史記項羽本紀：「如今人方爲刀俎，我爲魚肉。」

〔一一〕贈尚書左僕射：此事諸方志碑記未載，可補其闕。

〔一二〕廟食此邦蓋五百年：輿地紀勝卷二七瑞州碑記：「中和二年石刻：唐二賢廟，在高安縣調露鄉，應智頊、幸南容之祠，有甫田黄滔中和二年石刻。記廟立於貞觀初，元和時敝，南容修之。寶曆景午，里人併祀南容。李德裕爲袁州長史，爲書祠額。」據石刻載，應智頊廟立於貞觀初年。貞觀爲唐太宗年號，公元六二七～六四九年。貞觀初至作此文之政和七年（一一一七），約四百九十年，舉其成數則爲五百年。

〔一三〕都雅：安閑文雅。三國志吴書孫韶傳：「身長八尺，儀貌都雅。」

〔一四〕「煬帝南游江都湄」四句：新唐書高祖本紀：「是時，煬帝南游江都，天下盜起。高祖子世民知隋必亡，陰結豪傑，招納亡命，與晉陽令劉文靜謀舉大事。……高祖乃集將吏告曰：『今吾爲留守，而賊據離宫，縱賊不誅，罪當死。然出兵必待報，今江都隔遠，後期奈何？』將吏皆曰：『國家之利可專者，公也。』高祖曰：『善。』乃募兵，旬日間得衆一萬。副留守虎賁郎將王威、虎牙郎將高君雅見兵大集，疑有變，謀因禱雨晉祠以圖高祖。高祖覺之，乃陰爲備。五月甲子，高祖及威、君雅視事，開陽府司馬劉政會告威、君雅反，即坐上執之。丙寅，突厥犯邊，高祖令軍中曰：『人告威、君雅召突厥，今其果然。』遂殺之以起兵。遣劉文靜使突厥，約連和。六月己卯，傳檄諸郡，稱義兵，開大將軍府，置三軍。」

〔一五〕芟民如芻：殺戮人民如割芻草。芟，以殳除草。芻，餵養牲畜之草。

〔一六〕精誠貫日如横霓：史記鄒陽列傳：「昔者荆軻慕燕丹之義，白虹貫日，太子畏之。」裴駰集解引應劭曰：「燕太子丹質於秦，始皇遇之無禮，丹亡去，故厚養荆軻，令西刺秦王。精誠感天，白虹爲之貫日也。」

〔一七〕空拳烏合當新羈：謂以赤手空拳烏合之民衆抵擋賊軍新鋭之騎兵。新羈，馬新加絡頭。漢李陵答蘇武書：「策疲乏之兵，當新羈之馬。」此化用其意。

〔一八〕蕩滌無孑遺：蕩然無存，無人能幸存。孑遺，殘存，剩餘。語本詩大雅雲漢：「周餘黎民，靡有孑遺。」

〔一九〕故宫：指祭祀應侯之城隍廟。　錦谿：即錦水，又名錦江，此爲押韻故曰「谿」。輿地紀勝卷二七瑞州：「郡負鳳山，面錦水。」同卷又云：「錦江，錦江亭在水南大街東，下瞰蜀水，因以名焉。蜀江志新志云：錦水在蜀江門外，與蜀水事同。崔鶠婆娑集有錦溪詩。」

卷二十二

記

無證庵記〔一〕

余頃得罪，謫海外，館于開元之上方儭師院〔二〕，日與彌勒同龕〔三〕，頹然聽造化琢削〔四〕。有道人裓（械）類叢林㊀〔五〕，款余甚勤，曰：「吾泉南分化至此〔六〕。」與語，翛然令人忘百事。逃空虛者，聞足音而喜〔七〕，矧置身蠻夷，論效鴂舌〔八〕，衣纏花貝〔九〕，心緒怵然，非復中華氣味，而見道人哉！相從蓋百許日，問出世法。余曰：「有亞聖大人出世南州〔一〇〕，臨濟十世之孫，號靈源大士者〔一一〕，今爲法檀度〔一二〕。譬清涼月，下矚熱惱〔一三〕，天下名緇奇衲，龍蟠鳳逸而趨之〔一四〕。子可跨海北去，無後時矣。」道人愕曰：「敢不承教。」翼日㊁〔一五〕，翻然而去，余蓋莫敢必其所往。後三年，余蒙恩北歸，館于石門精舍〔一六〕，有力持書〔一七〕，視其款識，乃吾證公也〔一八〕。發緘疾讀，則知其不鄙棄余言，見靈源於龍山兩白矣〔一九〕。嗚呼！子可謂真有志於道者耳。又三年，靈源棄學子分化他方〔二〇〕，余拜塔而至，於是見證頎然人羣中。攀翻追繹〔二一〕，海南之人煙樹石，紛然落吾目中。爲留一昔㊂〔二二〕，曰：「吾措庵自藏〔二三〕，子當爲我記之。」問庵所在，證笑曰：「以太虛爲頂，以大地爲基，以萬象爲牀榻，以天魔外道爲侍者，舉足下足，皆是妙圓密海。」余心知其戲，曰：「子豈所謂隨身叢林者乎〔二四〕？」問其名，曰無證。曰：「圓覺謂『一切衆生皆證圓覺』，學者以爲至矣〔二五〕。余笑以爲誣之也。本無數量，不落識情，奈何謂之證乎〔二六〕？謂之證，譬如加首於首〔二七〕，名爲染污〔二八〕。吾又强區分別之。無證，蓋就學所知言耳。若親見靈源於寶覺背觸之拳〔二九〕，則當以身爲舌爲説之〔三〇〕，尚無證之足云乎？」余曰：「有是哉？」因序其語，爲之記。

【校記】

㊀ 緘：原作「械」，誤，今據武林本改。參見注〔四〕。

㊁ 翼：廓門本作「翌」。

㊂昔：武林本作「夕」。

【注釋】

〔一〕政和八年二月作於洪州分寧縣黃龍山。鍇按：本文謂「靈源棄學子分化他方，余拜塔而至」，又云「爲留一昔」爲證禪師作記。考本集卷三〇祭昭默禪師文：「政和八年二月初六日，甘露滅致以香羞之奠，祭於佛壽靈源真歸無生之塔。」此即拜靈源塔之事。故本文當作於拜塔後之二月初七日。

〔二〕「余頃得罪」三句：智證傳：「予政和元年十月謫海外，明年三月館於瓊州之開元寺儼師院。」楞嚴經合論卷末附惠洪尊頂法論後敍：「政和元年十月，以宏法嬰難，自京師竄於朱崖。明年二月至海南，館於瓊山開元寺。」輿地紀勝卷一二四瓊州：「開元寺，在東坡亭之右，有蘇東坡書額。」康熙瓊山縣志卷九古蹟志：「開元寺，即古乾亨寺，在南橋。宋建，今廢。」

〔三〕彌勒同龕：謂與彌勒佛同住一室，即寄居僧房之意。語本寶賢堂集古法帖載唐褚遂良書帖：「復聞久棄塵滓，與彌勒同龕，一食清齋，六時禪誦。」參見本集卷一〇寄李大卿注〔三〕。

〔四〕聽造化琢削：戲謂任憑造化捉弄磨難。新唐書杜審言傳：「初，審言病甚，宋之問、武平一等省候何如，答曰：『甚爲造化小兒相苦，尚何言。』」此化用其意。

〔五〕裓：即衣裓，僧人挂於肩頭之長形布袋，亦泛指僧衣。法華經卷二譬喻品：「我身手有力，當以衣裓，若以几案，從舍出之。」底本「裓」作「械」，涉形近而誤，今改。

〔六〕泉南：泉州之別稱。　分化：此指分別教化，至他處演化佛法。六祖大師法寶壇經機緣品：「師謂曰：『汝當分化一方，無令斷絶。』」

〔七〕「逃空虚者」三句：莊子徐無鬼：「夫逃虚空者，藜藋柱乎鼪鼬之逕，踉位其空，聞人足音，跫然而喜矣。」參見本集卷三乾上人會余長沙注〔九〕。

〔八〕論效鴃舌：謂説話仿效南蠻人難懂之語。　鴃舌，猶鳥語，喻南蠻語。孟子滕文公上：「今也南蠻鴃舌之人，非先王之道。」柳宗元與蕭翰林俛書：「楚越間聲音特異，鴂舌啅譟，今聽之怡然不怪，已與爲類矣。」

〔九〕衣纏花貝：梁書林邑國傳：「吉貝者，樹名也。其華成時如鵝毳，抽其緒，紡之以作布，潔白與紵布不殊。」

〔一〇〕亞聖大人：聖人之亞，才智名位次於聖人之人，此就禪宗立場而言之。　鍇按：冷齋夜話卷一〇三代聖人多生儒中兩漢以下多生佛中：「朱世英言：予昔從文公（王安石）於定林數夕，聞所未聞。……曰：『成周三代之際，聖人多生吾儒中；兩漢以下，聖人多生佛中。此不易之論也。』」宋釋道謙編大慧普覺禪師宗門武庫：「王荆公一日問張文定公曰：『孔子去世百年生孟子，亞聖後絶無人，何也？』文定公曰：『豈無人？亦有過孔孟者。』公曰：『誰？』文定曰：『江西馬大師、坦然禪師、汾陽無業禪師、雪峰、巖頭、丹霞、雲門。』荆公聞舉，意不甚解，乃問曰：『何謂也？』文定曰：『儒門淡薄，收拾不住，皆歸釋氏焉。』公欣然嘆服。後舉似張無盡，無盡撫几嘆賞曰：『達人之論也。』」此即其意。　南州：本集爲洪州之別稱。已見前注。

〔一〕「臨濟十世之孫」二句：靈源惟清爲臨濟宗黄龍派南嶽下十三世，其法系傳承爲：臨濟義玄—興化存獎—南院慧顒—風穴延沼—首山省念—汾陽善昭—石霜楚圓—黄龍慧南—晦堂祖心—靈源惟清，共十世。

〔二〕法檀度：佛法之檀越，以法施與人者。檀度，亦稱檀波羅蜜，謂度生死海而到涅槃彼岸之行法。雲巖寶鏡三昧：「外寂中摇，繫駒伏鼠。先聖悲之，爲法檀度。」

〔三〕「譬清涼月」二句：大方廣曼殊室利經：「猶如世間清涼月輪，能除熱惱。」

〔四〕龍蟠鳳逸而趨之：李白與韓荆州書：「使海内豪俊奔走而歸之，一登龍門，則聲譽十倍，所以龍蟠鳳逸之士，皆欲收名定價於君侯。」此化用其意。

〔五〕翼日：同「翌日」，明日。書金縢：「王翼日乃瘳。」

〔六〕「後三年」三句：本集卷一八六世祖師畫像贊序：「余竄海上，三年而還，館於筠之石門寺。」本集卷二五題華嚴十明論：「世英殁一年，余還自海外，築室筠溪石門寺。」詩話總龜卷二八寄贈門下引冷齋夜話曰：「温關西，解州人。……余還自南荒，館石門山寺，温來省。」併可參證。

〔七〕力：僕役，爲人力役者。南史陶潛傳：「今遣此力，助汝薪水之勞。」

〔八〕證公：即前文「有道人裓類叢林」者。法名證，號無證，爲靈源弟子。

〔一九〕龍山：即黄龍山，在洪州分寧縣。參見本集卷一送英老兼簡鈍夫注〔四〕。兩白：即兩年。景德傳燈録卷二第二十二祖摩拏羅：「後鶴勒那問尊者曰：『我止林間，已經九白。』」注：「印度以一年爲一白。」

〔二〇〕棄學子分化他方：此爲死亡之婉辭。

〔二一〕攀翻：猶言攀援。謝靈運石門新營所住四面高山迴溪石瀨茂林修竹：「洞庭空波瀾，桂枝徒攀翻。」追繹：尋繹，追憶尋求。鍇按：此四字爲懷念尋繹往事之義。

〔二二〕一昔：猶一夕。昔，同「夕」。

〔二三〕措庵：置辦庵堂。

〔二四〕隨身叢林：隨身攜帶之禪房，意謂身體即是叢林。廓門注：「隨身叢林者，佛説大阿彌陀經講堂宅宇分之義也。又甲申雜記曰『楊久中一日忽遇天帝降其室前，有鸞鶴鳳凰祥雲先至，帝有隨身宫殿，光彩焕耀，一室之間，望之不窮』之類歟？」本集卷二〇覺庵銘序：「道人聞公以四威儀爲庵，而以覺名之，隨身叢林之别名也。」

〔二五〕「圓覺謂」二句：謝逸溪堂集卷七圓覺經皆證論序：「（王文公）又問：『圓覺經云：「一切衆生皆證圓覺。」而圭峰禪師易「證」爲「具」，謂是譯者之訛，其意是否？』真淨曰：『圓覺經若可易，維摩經亦可易。維摩經：「豈不滅，亦不滅，受蘊取證。」然則「取證」與「皆證」之義，亦何異哉？蓋衆生現行無明，即如來根本大智。圭峰之説非是。』文公大悦，稱賞者久之。自是真淨始有意爲圓覺著論。雖時時與門弟子辯説大旨，至於落筆，未遑暇也。真淨既示寂，而法子惠洪取其師之説，潤色而成書，凡二萬餘言。」

〔二六〕「本無數量」三句：黄檗山斷際禪師傳心法要：「此靈覺性，無始已來，與虚空同壽。未曾生，未曾滅；未曾有，未曾無；未曾穢，未曾淨；未曾喧，未曾寂；未曾少，未曾老。無方所，無内外，無數量，無形相，無色像，無音聲。不可覓，不可求，不可以智慧識，不可以言語取，不可以境物會，不可以功用到。」此化用其意。

〔二七〕加首於首：猶言頭上安頭，喻繁瑣重複，多此一舉。景德傳燈録卷一六澧州樂普山元安禪師：「今有一事問：汝等若道遮箇是，即頭上安頭；若道遮箇不是，即斬頭求活。」

〔二八〕名爲染污：大乘義章卷五：「迷理無明，名爲染污；事中無知，名不染污。」宗鏡録卷五二：「第七識與四惑俱，名爲染污。」此借用其語。

〔二九〕寶覺背觸之拳：冷齋夜話卷七觸背關：「寶覺禪師老庵於龍峰之北，魯直丁家難，相從甚久，館於庵之旁兩年。寶覺見學者，必舉手示曰：『唤作拳是觸，不唤拳是背。』莫有契之者。叢林謂之觸背關。」晦堂祖心禪師，賜號寶覺。本集卷八送賢上人往太平兼簡卓首座：「一拳無背觸，何處見靈源。」

〔三〇〕以身爲舌爲説之：謂以其身之踐履而宣説佛禪妙義。禪林僧寶傳卷二五大潙真如喆禪師傳贊：「真如平生，以身爲舌，説比丘事。」

菖蒲齋記〔一〕

東坡居士性喜推挽後進之士，知名當時，多公賞識者〔二〕。然以今多士〔三〕，猶未足以飽其欲，而雌黄遂及草之微〔四〕。以胡麻、杞菊之賢於其類，援筆而賦之〔五〕，則名聲亦能光顯於後世。暮年又以菖蒲之才爲邁秀，居以銅盆，培以怪石，挹寒泉而灌之，根須連絡於璀璨之間，其色蒼然可翫也〔六〕。天下以公之所翫，從而翫之〔七〕。柯山道人如公行雲山中〔八〕，所至不蓄長物〔九〕，獨於菖蒲而友之，至以名其齋。江南洪覺範見而歎曰〔一〇〕：「菖蒲爲物，無異味可嗜嚼〔一一〕，而君友之無厭，非能知東坡所樂之真，則尚烏能談此情味乎？支遁蓄驊騮以寄逸想〔一二〕，慧理呼白猿以發高韻〔一三〕，而後世多其風鑒。君之所寓其清修絶俗之致，豈減遁、理哉！」爲之記，以示知君者，庶亦知余言之非誇也。

【注釋】

〔一〕元符三年冬作於潭州瀏陽縣石霜山。菖蒲齋：法如禪師之齋名。菖蒲，草名。生於水邊。有香氣，根入藥。參見政和證類本草卷六菖蒲。

〔二〕「東坡居士性喜推挽」三句：宋史蘇軾傳：「一時文人如黃庭堅、晁補之、秦觀、張耒、陳師道，舉世未之識，軾待之如朋儕，未嘗以師資自予也。」

〔三〕多士：衆多賢士。詩大雅文王：「濟濟多士，文王以寧。」

〔四〕雌黃：古以黃紙書字，有誤，則以雌黃塗之。引申爲評論。梁書任昉傳：「雌黃出其唇吻，朱紫由其月旦。」

〔五〕「以胡麻、杞菊之賢於其類」二句：蘇軾嘗作服胡麻賦、後杞菊賦。胡麻，即芝麻，又名脂麻。服胡麻賦叙：「始余嘗服茯苓，久之，良有益也。夢道士謂余：『茯苓燥，當雜胡麻食之。』夢中問道士：『何者爲胡麻？』道士言：『脂麻是也。』既而讀本草云：『胡麻，一名狗蝨，一名方莖，黑者爲巨勝。其油正可作食。』則胡麻之爲脂麻，信矣。又云：『性與茯苓相宜。』於是始異斯夢。」杞菊，枸杞與菊花。其嫩苗均可供食用。唐陸龜蒙杞菊賦序：「天隨子宅荒，少牆屋，多隙地，著圖書所，前後皆樹以杞菊，春苗恣肥，日得以採擷之，以供左右杯案。及夏五月，枝葉老硬，氣味苦澀，旦暮猶責兒童輩拾掇不已。」蘇軾後杞菊賦：「吾方以杞爲糧，以菊爲糗。春食苗，夏食葉，秋食花實而冬食根，庶幾乎西河、南陽之壽。」

〔六〕「暮年又以菖蒲之才爲邁秀」六句：蘇軾石菖蒲贊叙：「本草：『菖蒲，味辛溫，無毒，開心，補五臟，通九竅，明耳目。久服輕身，不忘，延年，益心智，高志不老。』注云：『生石磧上概節者，良。生下濕地大根者，乃是昌陽，不可服。』韓退之進學解云：『訾醫師以昌陽引年，欲進其狶苓。』不知退之即以昌陽爲菖蒲耶？抑謂其似是而非，不可以引年也？凡草木之生石上者，必須微土以附其根。如石韋、石斛之類，雖不待土，然去其本處，輒槁死。惟石菖蒲并石取之，濯去泥土，漬以清水，置盆中，可數十年不枯。雖不甚茂，而節葉堅瘦，根須連絡，蒼然於几案間，久而益可喜也。其輕身延年之功，既非昌陽之所能及，至於忍寒苦，安澹泊，與清泉白石爲伍，不待泥土而生者，亦豈昌陽之所能髣髴哉！余游慈湖山中，得數本，以石盆養之，置舟中，間以文石、石英，璀璨芬郁，意甚愛焉。」

〔七〕「天下以公之所翫」二句：如張耒柯山集卷二石菖蒲賦序：「歲十月，冰霜大寒，吾庭之植物，無不悴者。爰有瓦缶，貯水斗許，間以小石，有草鬱然。俯窺其根，與石相結絡，其生意暢遂，顔色茂好，若夏雨解籜之竹，春田時澤之苗。問其名曰：是爲石菖蒲也。考諸本草，則所謂養性上藥，仙聖之已試者也。」又秦觀淮海集卷一一有客有遺予以假山石盆池者聞陳元發有石菖蒲作此詩乞之，釋道潛參寥子詩集卷一一有孔平子書閣所藏石菖蒲，李之儀姑溪居士集前集卷二有近得石菖蒲胡伯鎮見之謂必以錦石資藉乃可以久遽徹所有爲貺仍枉佳句輒次韻奉謝，同書卷一二有爲僧作石菖蒲贊，饒節倚松詩集卷二有戲乞石菖蒲、乞石菖蒲、謝人送石菖蒲，李綱梁溪集卷九有志宏送石菖蒲乃菖陽也作此詩以戲之，毛滂東堂集卷四有雨中採石菖蒲，李彌遜筠溪集卷一八有石菖蒲，僧俗仿效蘇軾者，不勝枚舉。

〔八〕柯山道人如公：即釋法如，字無象，衢州江山人，俗姓徐氏。爲雲蓋守智禪師法嗣，屬臨濟宗黃龍派南嶽下十三世，與惠洪爲法門兄弟。後住湖州道場山。悟汾陽「十智同真」話，尋常多説「十智同真」，故叢林號爲「如十同」。事具嘉泰普燈録卷六、叢林盛事卷上。參見本集卷三遇如無象於石霜如與睿廓然相好故贈之注〔一〕。柯山，指浙江衢州，方輿勝覽卷七衢州：「事要：郡名三衢、太末、信安、柯山。」以其地有爛柯山，故名。

〔九〕長物：多餘之物。世説新語德行：「（王恭）對曰：『大人不悉恭，恭作人無長物。』」

〔一〇〕江南洪覺範：惠洪字覺範，其籍貫爲江南西路筠州新昌縣，故云。

〔一一〕異味：異常之美味。左傳宣公四年：「子公之食指動，以示子家曰：『他日我如此，必嘗異味。』」

〔一二〕支遁蓄驊騮以寄逸想：世説新語言語：「支道林嘗養數匹馬，或言道人畜馬不韻，支曰：『貧道重其神駿。』」支遁字道林。

〔一三〕慧理呼白猿以發高韻：宋釋遵式白猿峰詩序：「西天慧理，畜白猿於靈隱寺，月明長嘯，清音滿室。」

舫齋記〔一〕

宣城李德孚有美才〔二〕，善屬文。宣和初，與余邂逅於長沙，年既相若〔三〕，且同學又相好也。久之，德孚侍親，移漕江左〔四〕，而官之金陵〔五〕。即官舍之東，闢室以觀書。其室連數楹而户相重，東西而視，如在船中。乃以舫齋名之。有客聿至〔六〕，視其榜揭而疑之曰〔七〕：「以子爲隱者耶？則忠義之色、功名之志見施爲語言；以子爲非隱者耶？則山水之意、嗜好之異與儕輩不侔。」於是避席而問之曰：「夫渺漫際天，一碧萬頃〔八〕，微風徐來，雪浪山湧，一葉傲睨其中，覆却陳乎其前，而不入其舍者，津人之妙也〔九〕。子寧欲從事於此乎？」曰：「操舟之爲，非吾事也。」「害利之域，並首而趨，憎愛横生，頃刻萬態，瓦合流俗㊀〔一〇〕，與之偕而不與之俱逝，是知津之妙也〔一一〕。子寧於是有得乎？」曰：「問津之學，非吾志也。」「然則既不事乎操舟之爲，又不志乎問津之業，而乃列五經之遺編，布百家之陳説，明窗棐几，繼晷然膏〔一二〕，冥搜博求，探賾索隱〔一三〕，與古聖賢相際於百千歲之後，若心同而意契，德符而道通〔一四〕，殆將簡之而弗得〔一五〕，所謂吾無間然者〔一六〕。其或醉心墳典，則直造淵源，翫意羣書，則涉獵涯涘〔一七〕，放浪詩書之奥，望洋渾灝之間〔一八〕，則孔子之所得知之矣。其浮游萬物之祖者耶〔一九〕？送之者皆目崖而返矣㊁〔二〇〕。」德孚仰而笑，俯而應曰：「吾非放愁也。但吾以忠信孝友爲煙波，隨所遇而安之爲舟舫。昔馮夷得之，以游大川〔二一〕；漁父語已，緣葦而去〔三〕。意竊慕之，如是而已矣。」客愕然無對。明年，復來長沙，理前事以語余，請書以爲記，於是乎書之。

【校記】

㊀合：四庫本作「舍」，誤。

㊁目：四庫本作「自」，誤。

【注釋】

〔一〕約宣和三年作於長沙。鍇按：本文稱李德孚「宣和初，與余邂逅於長沙」，又曰「久之，德孚侍親，移漕江左，而官之金陵」，又曰「明年，復來長沙」。計其任官往返所需時日，其復宫長沙當在宣和三年。姑繫於此。參見本集卷七和杜司録嶽麓祈雪分韻得嶽字注〔一〕。

〔二〕宣城李德孚：考江南通志卷一一九選舉志，崇寧進士有李侗，宣城人。集韻卷七去聲上送：「侗，誠愨貌。郭象曰：『侗然而來。』」廣韻卷一十虞：「孚，信也。」誠愨即德之信也。按名以正體，字以表德之規則，故德孚當爲李侗之字。合而論之，李侗字德孚，宣城人，崇寧年間舉進士。宣和初，嘗官江南東路漕司，復爲長沙縣令。此可補史傳之闕。參見本集卷八和李令祈雪分韻得麓字注〔一〕。

〔三〕年既相若：年齡相當。韓愈師説：「彼與彼年相若也，道相似也，位卑則足羞，官盛則近訣。」

〔四〕「德孚侍親」二句：謂李德孚爲侍奉雙親，移調江南東路轉運司爲官。移漕，指由此轉運司移調彼轉運司。江左，即江南東路。錯按：宣城屬江南東路，據此，可知宣和初德孚供職荆湖南路轉運司，此移調江南東路爲官，乃便其侍親之故。

〔五〕金陵：北宋爲江寧府，江南東路轉運司之所在。

〔六〕聿至：詩豳風東山：「灑掃穹室，我征聿至。」聿，語助詞。

〔七〕榜揭：匾額標識。

〔八〕一碧萬頃：范仲淹岳陽樓記：「上下天光，一碧萬頃。」此借用其語。

〔九〕「一葉傲睨其中」四句：莊子達生：「顔淵問仲尼曰：『吾嘗濟乎觴深之淵，津人操舟若神。吾問焉曰：「操舟可學邪？」曰：「可。善游者數能，若乃夫没人，則未嘗見舟，而便操之也。」吾問焉，而不吾告，敢問何謂也？』仲尼曰：『善游者數能，忘水也。若乃夫没人之未嘗見舟，而便操之也。彼視淵若陵，視舟之覆，猶其車却也。覆却萬方陳乎前，而不得入其舍，惡往而不暇？』」此化用其意。津人，渡船之船夫。

〔一〇〕瓦合：喻勉强湊合。禮記儒行：「舉賢而容衆，毁方而瓦合，其寬裕有如此者。」孔穎達疏：「方，謂物之方正，有圭角鋒芒也。瓦合，謂瓦器破而相合也。言儒者身雖方正，毁屈己之方正，下同凡衆，如破去圭角與瓦器破而相合也。」

〔一一〕知津：語本論語微子：「長沮、桀溺耦而耕，孔子過之，使子路問津焉。長沮曰：『夫執輿者爲誰？』子路曰：『爲孔丘。』曰：『是魯孔丘與？』曰：『是也。』曰：『是知津矣。』」

〔一二〕繼晷然膏：韓愈進學解：「焚膏油以繼晷，恒兀兀以窮年。」

〔一三〕探賾索隱：易繫辭上：「探賾索隱，鉤深致遠，以定天下之吉凶，成天下之亹亹者，莫大乎蓍龜。」

〔一四〕德符而道通：道德相符相通。廓門注：「莊子有德充符篇。」

〔一五〕簡之而弗得：莊子大宗師：「仲尼曰：『夫孟孫氏盡之矣，進於知矣，唯簡之而不得。』」郭象注：「簡擇死生，而不得其異，若春秋冬夏四時行耳。」

〔一六〕無間然：論語泰伯：「子曰：『禹，吾無間然矣。』」何晏集解引孔注：「孔子推禹功德之盛美，言己不能復間厠其間。」

〔一七〕涯涘：水邊，引申爲窮盡。莊子秋水：「秋水時至，百川灌河，涇流之大，兩涘渚涯之間，不辯牛馬。」

〔一八〕望洋：仰視貌。莊子秋水：「於是焉河伯始旋其面目，望洋向若而歎。」陸德明釋文：「盳洋，猶望洋，仰視貌。」

〔一九〕浮游萬物之祖：莊子山木：「浮游乎萬物之祖，物物而不物於物。」

〔二〇〕目崖而返：猶望崖而退，謂見其高不可攀而退却。參見本集卷一九五祖慈覺贊注〔五〕。

〔二〕「昔馮夷得之」二句：莊子大宗師：「夫道，有情有信，無爲無形，可傳而不可受，可得而不可見。……馮夷得之，以游大川。」成玄英疏：「姓馮名夷，弘農華陰潼鄉堤首里人也。服八石，得水仙。大川，黄河也。天地錫馮夷爲河伯，故游處盟津，大川之中也。」

〔三〕「漁父語已」二句：莊子漁父：「客曰：『吾聞之，可與往者與之，至於妙道，不可與往者。不知其道，慎勿與之，身乃無咎。子勉之，吾去子矣，吾去子矣！』乃刺船而去，延緣葦間。」

一擊軒記〔一〕

宣和元年冬，余自臨汝以職事來宜春〔二〕。暇日，與客游天寧宮〔三〕，愛小軒脩竹，解衣磐礴〔四〕，終日不忍去。長老德公請名其軒〔五〕，余曰「一擊」。客問其說。余曰：「香嚴閑禪師參道於潙山，久而不契，乃焚畫餅之書，歸庵南陽。糞除瓦礫，擊竹而悟〔六〕。余以是知道不可求也。使道而可求，則肉飯鷹兒〔七〕，身當坐榻〔八〕，與夫伐冰食玉之貴〔九〕，谷量牛馬之富者〔一〇〕，皆舉意而得，有謀而獲者也。」客曰：「然則道終不可見歟？」余曰：「吾聞諸雲庵，以謂道不可求，而可致也〔一一〕。如人市黑白暗〔一二〕，走嶺海，望京師，疲歲月於道路，卒不能獲。居肆於八達之衢〔一三〕，不以必得爲計，則貨也有時而自致。昔人嘗嗜草書，行則書空，卧則劃席，夜聞灘聲而得妙，曉見蛇鬭而入神〔一四〕，與香嚴同科而異致〔一五〕。且道豈有麤妙哉？學者根有椎（稚）敏耳㊀〔一六〕。時方貴敏，故叢林有思齊之心。石霜一年而悟，道吾以爲敏〔一七〕。永嘉一宿而悟，曹谿以爲敏〔一八〕。香嚴一擊而悟，庸詎知此君不以爲敏乎〔一九〕？」德公請以爲記。余知其爲雲庵之嗣也，故併書載其說。宣和元年十一月日。

【校記】

㊀椎：原作「稚」，誤，今改。參見注〔一五〕。

【注釋】

〔一〕宣和元年十一月作於長沙。本集卷九有題一擊軒，可參見。　錯按：此記謂「余自臨汝以職事來宜春」，所謂「職事」當爲官員之事，且惠洪早於政和八年十一月便至長沙，宣和年間均在湖南，而臨汝、宜春皆屬江西，於其行跡不合，故知此記必代爲人作。考惠洪宗兄彭以功自政和四年起知撫州崇仁縣，與「自臨汝以職事來宜春」之事相合，故此記當爲代彭以功作。

〔二〕臨汝：古縣名，代指崇仁縣，亦爲撫州之別稱。元和郡縣志卷二九江南道撫州：「崇仁縣，本漢臨汝縣之地。」太平寰宇記卷一一〇江南西道八撫州：「崇仁縣，本後漢臨汝縣地，屬豫章。」　宜春：袁州宜春郡，治宜春縣，宋屬江南西路。已見前注。

〔三〕天寧宮：即天寧寺。宋史徽宗本紀四宣和元年春正月：「乙卯，詔佛改號大覺金仙，餘爲仙人、大士，僧爲德士，易服飾，稱姓氏，寺爲宮，院爲觀，改女冠爲女道，尼爲女德。」天寧寺改名宮，當在此時。鍇按：釋氏稽古略卷四：「崇寧元年，詔天下軍州創崇寧寺，又改額曰天寧寺。」此天寧宮當爲袁州天寧寺，在宜春縣城內，俟考。

〔四〕解衣礬礴：脱衣露體而箕坐，不受拘束。參見本集卷二蒲元亨畫四時扇圖注〔四〕。

〔五〕長老德公：雲庵真淨克文禪師法嗣，惠洪法兄，屬臨濟宗黄龍派南嶽下十三世。僧傳、燈録失載。德公嘗從克文於廬山歸宗寺，本集卷二送德上人之歸宗，即當爲德公而作。

〔六〕「香嚴閑禪師參道於溈山」六句：景德傳燈録卷一一鄧州香嚴智閑禪師：「依溈山禪會，祐和尚知其法器，欲激發智光。一日謂之曰：『吾不問汝平生學解及經卷册子上記得者，汝未出胞胎、未辨東西時本分事，試道一句來。吾要記汝。』師懵然無對，沈吟久之，進數語陳其所解，祐皆不許。……師遂歸堂，遍檢所集諸方語句，無一言可將酬對，乃自歎曰：『畫餅不可充飢。』於是盡焚之，曰：『此生不學佛法也，且作箇長行粥飯僧，免役心神。』遂泣辭溈山而去。抵南陽，覩忠國師遺迹，遂憩止焉。一日，因山中芟除草木，以瓦礫擊竹作聲，俄失笑間，廓然惺悟。」

〔七〕肉飯鷹兒：大智度論卷四：「菩薩一切物能施，無所愛惜，如尸毗王爲鴿故，割肉與鷹，心不悔恨。」鍇按：佛變尸毗王割肉飼鷹救鴿命之事，詳見賢愚經卷一梵天請法六事品、菩薩本生鬘論卷一尸毗王救鴿緣起、撰集百緣經卷四出生菩薩品三三尸毗王剜眼施鷲緣等。

〔八〕身當坐榻：菩薩本緣經卷下鹿品，謂菩薩摩訶薩往世爲鹿身，諸天稱其金色鹿，即鹿王。一日，與羣鹿游止一河，其水廣大，深無涯底。時有一人漂水中呼救。「鹿王即便尋聲求之，見有一人爲水所漂，復爲木石之所摽觸，多受苦惱。鹿王見已，即作是念：『水急駛疾，假使大魚亦不能度，我今身小力亦微末，竟知當能度是人不？寧令我身與彼俱死，實不忍見彼獨受苦。』……是時，鹿王踊身投河，至彼人所，即命溺人令坐其背。溺人即坐，安隱無慮，猶如有人安坐榻席。其河多有木石之屬，互相摽觸，身痛無賴。是時，鹿王擔負溺人，至死不放，劣乃得出，至于彼岸。」

〔九〕伐冰：鑿取冰塊。古卿大夫以上，以其喪祭得賜冰。禮記大學：「畜馬乘，不察於雞豚；伐冰之家，不畜牛羊。」故以伐冰代指達官貴族。　食玉：謂飲食昂貴。戰國策楚策三：「楚國之食貴於玉，薪貴於桂，謁者難得見如鬼，王難得見如天帝。今令臣食玉炊桂，因鬼見帝。」

〔一〇〕谷量牛馬：極言其財物富饒，牲畜不計其數。參見本集卷七初到鹿門上莊見燈禪師遂同宿愛其體物欲託迹以避世戲作此詩注〔五〕。

〔一一〕「以謂道不可求」二句：此意亦見於蘇軾日喻：「然則道卒不可求歟？蘇子曰：『道可致而不可求。』」

〔一二〕市黑白暗：販賣犀角、象牙。酉陽雜俎卷一六廣動植一：「波斯謂牙爲白暗，犀爲黑暗。」冷齋夜話卷一詩用方言：「詩人多用方言。南人謂象牙爲白暗，犀爲黑暗。故老杜詩曰：『黑暗通蠻貨。』」

〔一三〕居肆：居住店鋪。

〔一四〕「昔人嘗嗜草書」五句：文同論草書：「余學草書凡十年，終未得古人用筆相傳之法。後因見道上鬬蛇，遂得其妙。乃知顛、素之各有所悟，然後至於如此耳。」蘇軾跋文與可論草書後：「留意於物，往往成趣。昔人有好草書，夜夢則見蛟蛇糾結。數年，或晝日見之，草書則工矣，而所見亦可患。與可之所見，豈真蛇耶，抑草書之精也？」又書張少公判狀：「古人得筆法有所自，張以劍器，容有是理。雷太簡乃云聞江聲而筆法進，文與可亦言見蛇鬬而草書長，此殆謬矣。」

〔一五〕同科：同等，同一種類。語本論語八佾：「爲力不同科，古之道也。」

〔一六〕椎敏：遲鈍敏捷。椎，椎魯，即愚魯遲鈍之意，就人之根性而言。漢書周勃傳：「勃不好文學，每召諸生説事，東鄉坐責之：『趣爲我語。』其椎少文如此。」顔師古注：「椎，謂樸鈍如椎也。」底本作「稚」，與「敏」不相對，涉形近而誤，今改。

〔一七〕「石霜一年而悟」二句：景德傳燈録卷一五潭州石霜山慶諸禪師：「師後參道吾，問：『如何是觸目菩提？』道吾喚沙彌，沙彌應諾。吾曰：『添淨缾水著。』吾却問師：『汝適來問什麽？』師乃舉前問，道吾便起去，師從此惺覺。道吾曰：『我疾作，將欲去世，心中有物，久而爲患，誰可除之？』師曰：『心物俱非，除之益患。』道吾曰：『賢哉！賢哉！』于時始爲二夏之僧。」參見禪林僧寶傳卷五潭州石霜諸禪師傳。

〔一八〕「永嘉一宿而悟」二句：景德傳燈録卷五温州永嘉玄覺禪師：「後因左谿朗禪師激勵，與東陽策禪師同詣曹谿。初到，振錫携瓶，繞祖三匝。祖曰：『夫沙門者，具三千威儀，八萬細行。大德自何方而來，生大我慢？』師曰：『生死事大，無常迅速。』祖曰：『何不體取無生，了無速乎？』曰：『體即無生，了本無速。』祖曰：『如是如是。』于時大衆無不愕然。師方具威儀參禮，須臾告辭。祖曰：『返太速乎？』師曰：『本自非動，豈有速耶？』祖曰：『誰知非動？』曰：『仁者自生分別。』祖曰：『汝甚得無生之意。』曰：『無生豈有意耶？』祖曰：『無意誰當分別？』曰：『分別亦非意。』祖歎曰：『善哉！善哉！』少留一宿。時謂『一宿覺』矣。」

〔一九〕此君：指竹。世説新語任誕：「王子猷嘗暫寄人空宅住，便令種竹。或問：『暫住何煩爾？』王嘯詠良久，直指竹曰：『何可一日無此君？』」

忠孝松記〔一〕

宣和元年，余謁枯木大士成公於道林〔二〕。是日，遊客喧闐，喜氣成霧〔三〕。余曰：

「噫嘻！登高望遠，此日猶然，其荆楚舊俗哉〔四〕？」成笑曰：「有異木産吾冢巔，非緣佳節也。」於是導余登清富堂〔五〕，下臨瀟湘，如開畫牒，千里纖穠，一覽而盡得之。蓋龍圖聶公以詩眼增損，發其天藏也〔六〕，故其形勝冠於湘西。暇日，必俱賓客燕賞於此。堂，公所建也，想見其風流餘韻，不減叔子之峴首〔七〕，而其去思遺愛，有類召伯之甘棠〔八〕。之左有奇石㊀〔九〕，狀如覆斛，穉松貫石而出。初如插秧〔一〇〕，未閲旬〔一一〕，高尺許，孤根秀拔，分枝調達〔一二〕，紫鱗翠鬣之中〔一三〕，已有合抱凌雲之氣〔一四〕，豈地靈獻瑞，著公拔擢之異乎？公自荆湖奉使入對，未幾年，三遷要職，遂尹京都〔一五〕。實鍾臨川之英氣〔一六〕，而其學出於舒王〔一七〕，有石之象〔一八〕。松爲蒼官〔一九〕，爲十八公〔二〇〕，玉版之榮〔二一〕，金甌之拜〔二二〕，跬步可待〔二三〕，有松之象〔二四〕。丁生夢之〔二五〕，猶爲後世美談，況目覩其異乎！成曰：「心法之妙，不可以言傳，而著爲忠孝之效。故種石而玉生，知其孝〔二六〕；倒植而竹茂，知其忠〔二七〕。譬如太平無象，而出菌芝，見麟鳳〔二八〕。然彼各得其偏，如公則道契主上，名落天下，富貴追逐之不赦〔二九〕，而忠孝之瑞并見於松石之間，蓋理之固然。」於是像公之形儀，置堂之上，而名其松曰忠孝，以慰邦人之思。顧未紀其歲月，於是使其客甘露滅爲之記〔三〇〕。

【校記】

㈠ 喜：武林本作「噓」。

㈡ 之：武林本作「其」；四庫本作「也」，屬上句。

【注釋】

〔一〕宣和元年春作於長沙。

〔二〕枯木大士成公：法成禪師，秀州嘉興人，俗姓潘氏。號枯木，嗣法芙蓉道楷，屬曹洞宗青原下十二世。時爲道林寺住持。參見本集卷八游龍王贈雲老注〔九〕。道林：即道林廣慧寺，在長沙湘江西岸嶽麓山。

〔三〕喜氣成霧：文苑英華卷六三〇令狐楚謝勑書手詔慰問狀：「浮空而喜氣成霧，動地而讙聲若雷。」

〔四〕「登高望遠」三句：南朝梁宗懔荆楚歲時記：「正月七日爲人日。……登高賦詩。」又曰：「郭緣生述征記云：『魏東平王翕七日登壽張縣安仁山，鑿山頂爲會望處，刻銘於壁，文字猶在。銘云：正月七日，厥日爲人。策我良駟，陟彼安仁。』老子云：『衆人熙熙，如登春臺。』楚詞云：『目極千里傷春心。』則春日登臨，自古爲適，但不知七日竟起何代。晉代桓温參軍張望亦有正月七日登高詩。近代以來，南北同耳。」

〔五〕清富堂：在嶽麓山絶頂。本集卷二四四絶堂分題詩序：「宣和三年秋七月，青社張廓然罷長沙之教官。十五日渡湘，將北歸，館于道林寺。……廓然與諸公登清富堂，汲峰頂之泉。」

〔六〕「蓋龍圖聶公」二句：宋會要輯稿選舉三三之二九：「政和六年四月二十一日，尚書右司員外郎聶山直龍圖閣、荆湖南路轉運副使。」王庭珪盧溪文集卷四二故資政殿學士同知樞密院事贈觀文殿大學士聶公墓誌銘：「遷尚書右司員外郎，以直龍圖閣爲荆湖南路計度轉運副使。方天下隳於久安，吏不習事，事多廢職。而公爲人精敏勁果，於職未嘗苟。」錯按：聶山字賁遠，撫州臨川人。累官至開封府尹。靖康間，欽宗以其有「周昌抗節之義」，改名聶昌，除同知樞密院。參見本集卷一六題賁遠書房注〔一〕。

〔七〕以詩眼增損：蘇軾僧清順新作垂雲亭：「天功争向背，詩眼巧增損。」發其天藏：蘇軾山光寺回次芝上人韻：「醉時真境發天藏。」此借用其語。本集卷五寄題彭思禹水明樓：「議郎詩眼發天藏。」即此意。

〔八〕叔子之峴首：晉書羊祜傳：「祜樂山水，每風景，必造峴山，置酒言詠，終日不倦。嘗慨然歎息，顧謂從事中郎鄒湛等曰：『自有宇宙，便有此山，由來賢達勝士登此遠望，如我與卿者多矣，皆湮滅無聞，使人悲傷。如百歲後有知，魂魄猶應登此也。』湛曰：『公德冠四海，道嗣前哲，令聞令望，必與此山俱傳。至若湛輩，乃當如公言耳。』……襄陽百姓於峴山祜平生游憩之所，建碑立廟，歲時饗祭焉。望其碑者，莫不流涕，杜預因名爲『墮淚碑』。」

召伯之甘棠：詩召南甘棠：「蔽芾甘棠，勿翦勿伐，召伯所茇。」鄭箋：「召伯聽男女之訟，不重煩勞，百姓止舍小棠之下，而聽斷焉。國人被其德，説其化，思其人，敬其樹。」

〔九〕之左有奇石：「之左」前疑脱一「堂」字，蓋此石此松當在清富堂之左。

〔一〇〕初如插秧：蘇軾戲作種松：「我昔少年日，種松滿東岡。初移一寸根，瑣細如插秧。」

〔一一〕未閱旬：未經過一旬，未足一旬。新唐書張嘉貞傳：「時功狀盈几，郎吏不能決。嘉貞爲詳處，不閱旬，廷無稽牒。」

〔一二〕調達：猶調暢，此指枝條生長順暢。

〔一三〕紫鱗翠鬣：皆代指松。石延年古松：「直氣森森恥屈盤，鐵衣生澀紫鱗乾。」山谷内集詩注卷四送謝公定作竟陵主簿：「澗松無心古鬚鬣。」任淵注：「酉陽雜俎曰：『松言五粒者，粒當言鬣。自有一種名鬣，皮無鱗甲，而結實多。』」

〔一四〕合抱凌雲：蘇軾與孟震同遊常州僧舍三首之二：「穉杉戢戢三千本，且作凌雲合抱看。」此化用其語意。

〔一五〕「公自荆湖奉使入對」四句：故資政殿學士同知樞密院事贈觀文殿大學士聶公墓誌銘：「湖南去京師遠，而財用狹，歲久積逋，不復帑，公責諸郡補發。是歲，漕桑萬户而下。天子以公長於理財，召爲太府卿，遂除户部侍郎，爲大遼館伴使，兼定一司，敕令又兼侍講。未幾，除開封尹，兼侍講，充神霄、玉清、萬壽宮判官。」

〔一六〕實鍾臨川之英氣：聶山爲臨川人，故云。

〔一七〕舒王：即王安石。東都事略卷七九王安石傳：「政和三年封舒王。」

〔一八〕有石之象：易豫卦：「六二，介于石，不終日，貞吉。」唐權德輿兩漢辯亡論：「吾獨異羣議爲廣計者，亦當中立如石，介然不回。」鍇按：王安石字介甫，聶山之學出自王安石，故以石之象附會言之。

〔一九〕蒼官：松之別稱。已見前注。

〔二〇〕十八公：亦松之別稱，蓋「松」字可析爲「十八公」三字，故云。藝文類聚卷八八引三國吴張勃吴録：「丁固夢松樹生其腹上。人謂曰：『松字十八公也。後十八年，其爲公乎？』」太平御覽卷九五三引吴録稍詳：「丁固字子賤，會稽人。寶鼎中拜司徒。初爲尚書，夢松樹生腹上，謂人曰：『松字十八公也。』後十八年爲公，遂如夢。」

〔二一〕玉版之榮：謂刻姓名於皇家玉版，傳之後世。漢書晁錯傳：「臣竊觀上世之傳，若高皇帝之建功業，陛下之德厚而得賢佐，皆有司之所覽，刻於玉版，藏於金匱，歷之春秋，紀之後世，爲帝王祖宗，與天地相終。」

〔二二〕金甌之拜：謂拜相。唐李德裕明皇十七事金甌命相：「上命相，先以八分書姓名，金甌覆之。」見宋曾慥類説卷二一。又新唐書崔義玄傳附崔琳傳：「初，玄宗每命相，皆先書其名。一日，書琳等名，覆以金甌。」

〔二三〕跬步可待：謂舉步之間可見成效。跬，舉足一次，半步。司馬法：「一舉足曰跬，跬三尺。」參見本集卷二贈李敬修注〔一五〕。

〔二四〕有松之象：謂聶山之仕途已具備松之兆，日後定官至三公。

〔二五〕丁生：指丁固。見前注〔一八〕。

〔二六〕「故種石而玉生」二句：搜神記卷一一：「楊公伯雍，雒陽縣人也。本以儈賣爲業，性篤孝，父母亡，葬無終山，遂家焉。山高八十里，上無水。公汲水作義漿於阪頭，行者皆飲之。三年，有一人就飲，以一斗石子與之，使至高平好地有石處種之。云：『玉當生其中。』楊公未娶，又語云：『汝後當得好婦。』語畢不見。乃種其石。數歲，時時往視，見玉子生石上，人莫知也。有徐氏者，右北平著姓，女甚有行，時人求，多不許。公乃試求徐氏，徐氏笑以爲狂，因戲云：『得白璧一雙來，當聽爲婚。』公至所種玉田中，得白璧五雙，以聘。徐氏大驚，遂以女妻公。」參見本集卷二一次韻性之送其伯氏西上注〔二〕。

〔二七〕「倒植而竹茂」二句：青瑣高議卷三寇萊公誓神插竹表忠烈：「寇萊公貶雷州司户參軍，道出公安，翦竹插於神祠之前，祝曰：『準之心若有負朝廷，此竹必不生。若不負國家，此枯竹當再生。』其竹果生。」參見本集卷二〇童耄竹銘注〔四〕。

〔二八〕「譬如太平無象」三句：孔叢子記問：「天子布德，將致太平，則麟鳳龜龍先爲之祥。」禪林僧寶傳卷二七明教嵩禪師傳贊：「譬如太平無象，而蒸枯朽爲菌芝。」參見本集卷二一雙峰正覺禪院涅槃堂記注〔三三〕〔三四〕。

〔二九〕富貴追逐之不赦：言其雖無心求富貴，富貴却追之不放。隋書楊素傳：「帝嘉之，顧謂素曰：

『善自勉之，勿憂不富貴。』素應聲答曰：『臣但恐富貴來逼臣，臣無心求富貴。』」此化用其意。

〔三〇〕甘露滅：惠洪自號。

朱氏延真閣記〔一〕

出高安之西門〔二〕，行五十里，山川有佳氣，草木有華滋〔三〕，桑林有秀色，民俗有古風。如武陵桃源〔四〕，如剡溪赤城〔五〕。有隱君子朱堅伯固者〔六〕，世家于此。特臨廣陌爲危閣，以「延真」爲名。余自京來歸，過而登焉。凭欄而睇，煙雲杳靄，形勝纖穠，一覽而盡得之。而恨其名未足以副其趨，謂伯固曰：「君風度，儒者也。年方壯，有美材，乃不以功名富貴爲急，甘隱約於山林也〔七〕。而雅志欲延真，豈有説乎？」伯固曰：「然，吾嘗語子。夫功名富貴，偶然爾，士以身狥〔八〕，惑也。何以知之？漢武帝見相如賦，喟曰：『吾安得與此人同時？』及見之，止以爲上林令〔九〕。富貴若不可必也。唐太宗見馬周之論，促使召之，接武於道。及見之，談笑而斷國論〔一〇〕。富貴又若可必也。李廣之伎，無雙於天下。及從貳（式）師出征㊀，迷失道路，竟不得侯而死〔一一〕。功名若不可必也。薛仁貴白衣從征遼東，以三矢而定天山，卒爲名將〔一二〕。

功名又若可必也。吾以謂人生百歲，如駒過隙〔一三〕，要當從吾之志耳。昔梅子真補南昌尉時〔一四〕，放浪此邦，有别業之遺基在焉，已爲道士廬〔一五〕。元始中，棄妻子歸壽春，後人見之於稽山，變姓名爲吳門卒，而傳不書其終，其爲仙明矣〔一六〕。庸詎知其不雜屠沽尚往來故居乎〔一七〕？吾爲閣以延之，儻幸及見，又庸詎知不攜吾登毛車、渡弱水以游道山哉〔一八〕？」余不得而答，乃叙其説，援筆而記於壁。

【校記】

㊀ 貳：原作「式」，誤，今從四庫本、武林本、天寧本改。參見注〔一一〕。

【注釋】

〔一〕政和五年三月作於筠州高安縣。

〔二〕高安：縣名，筠州州治。廓門注：「瑞州府郡名高安。」

〔三〕「山川有佳氣」二句：蘇軾南行前集叙：「山川之有雲霧，草木之有華實，充滿勃鬱，而見於外。」此借用其語。錯按：本集卷二〇明白庵銘：「譬如山川之有飛雲，草木之有華滋。」亦用此語。

〔四〕武陵桃源：陶淵明桃花源記：「晉太元中，武陵人捕魚爲業，緣溪行，忘路之遠近，忽逢桃花林，夾岸數百步，中無雜樹，芳草鮮美，落英繽紛。漁人甚異之，復前行，欲窮其林。林盡水源，便得一山，山有小口，髣髴若有光，便捨船從口入。初極狹，纔通人，復行數十步，豁然開朗，土地平曠，屋舍儼然，有良田美池桑竹之屬。」

〔五〕剡溪：輿地紀勝卷一〇紹興府：「剡溪，在嵊縣南一百五十步。王子猷在剡溪，雪中乘小舟訪戴，今人稱爲戴溪，又名雪溪。李白詩云：『試問剡溪道，東南指越鄉。』潘逍遥詩云：『曉泛剡溪水，晚見剡溪山。漁唱深潭上，鳥啼高木間。』」　赤城：輿地紀勝卷一二台州：「赤城，天台山高八千丈，周回八百里，望之如赤城。」晉孫綽天台山賦：「赤城霞起以建標，瀑布飛流以界道。」

〔六〕朱堅伯固：朱堅字伯固，高安人，生平未詳。

〔七〕隱約：潛藏，隱藏。莊子山木：「夫豐狐文豹，棲於山林，伏於巖穴，靜也；夜行晝居，戒也；雖飢渴隱約，猶且胥疏於江湖之上而求食焉，定也。」

〔八〕以身狥：捨身求之。狥，通「殉」。

〔九〕「漢武帝見相如賦」五句：漢書司馬相如傳：「蜀人楊得意爲狗監，侍上。上讀子虛賦而善之，曰：『朕獨不得與此人同時哉！』得意曰：『臣邑人司馬相如自言爲此賦。』上驚，乃召問相如，相如曰：『有是。然此乃諸侯之事，未足觀，請爲天子游獵之賦。』上令尚書給筆札。相如以子虛，虛言也，爲楚稱；烏有先生者，烏有此事也，爲齊難；亡是公者，亡是人也，欲明天子之義。故虛藉此三人爲辭，以推天子、諸侯之苑囿，其卒章歸之於節儉，因以風諫。奏之天子，天子大説。」鍇按：司馬相如獻上林賦後，拜爲郎，又拜中郎將，後遷孝文園令，未嘗拜上林令，此惠洪誤記。

〔一〇〕「唐太宗見馬周之論」五句：新唐書馬周傳：「至長安，舍中郎將常何家。貞觀五年，詔百官言得失。何武人，不涉學，周爲條二十餘事，皆當世所切。太宗怪問何，何曰：『此非臣所能，家客馬周教臣言之。客，忠孝人也。』帝即召之，間未至，遣使者四輩敦趣。及謁見，與語，帝大悦，詔直門下省。明年，拜監察御史，奉使稱職。帝以何得人，賜帛三百段。」

〔一一〕「李廣之伎」五句：史記李將軍列傳：「徙爲上谷太守，匈奴日以合戰。典屬國公孫昆邪爲上泣曰：『李廣才氣，天下無雙，自負其能，數與虜敵戰，恐亡之。』於是乃徙爲上郡太守。……廣嘗與望氣王朔燕語，曰：『自漢擊匈奴，而廣未嘗不在其中，而諸部校尉以下，才能不及中人，然以擊胡軍功取侯者數十人，而廣不爲後人，然無尺寸之功以得封邑者，何也？豈吾相不當侯邪？且固命也？』……後二歲，大將軍、驃騎將軍大出擊匈奴，廣數自請行。天子以爲老，弗許；良久乃許之，以爲前將軍。是歲，元狩四年也。廣既從大將軍青擊匈奴，既出塞，青捕虜知單于所居，乃自以精兵走之，而令廣併於右將軍軍，出東道。東道少回遠，而大軍行水草少，其勢不屯行。廣自請曰：『臣部爲前將軍，今大將軍乃徙令臣出東道，且臣結髮而與匈奴戰，今乃得一當單于，臣願居前，先死單于。』大將軍青亦陰受上誡，以爲李廣老，數奇，毋令當單于，恐不得所欲。而是時公孫敖新失侯，爲中將軍從大將軍，大將軍亦欲使敖與俱當單于，故徙前將軍廣。廣時知之，固自辭於大將軍。大將軍不聽，令長史封書於廣之莫府，曰：『急詣部，如書。』廣不謝大將軍而起行，意甚慍怒而就部，引兵與右將軍食其合軍出東道。軍亡導，或失道，後大將軍。大將軍與單于接戰，單于遁走，弗能得而還。南絶幕，遇前將軍、右將軍。廣已見大將軍，還入軍。大將軍使長史持糒醪遺廣，因問廣、食其失道狀，青欲上書報天子軍曲折。廣未對，大將軍使長史急責廣之幕府對簿。廣曰：『諸校尉無罪，乃我自失道。吾今自上簿。』至莫府，廣謂其麾下曰：『廣結髮與匈奴大小七十餘戰，今幸從大將軍出接單于兵，而大將軍又徙廣部行回遠，而又迷失道，豈非天哉！且廣年六十餘矣，終不能復對刀筆之吏。』遂引刀自剄。」鍇按：李廣從大將軍衛青出征匈奴，從貳師將軍出征乃李陵之事，此惠洪誤記。

〔一二〕「薛仁貴白衣從征遼東」三句：新唐書薛仁貴傳：「王師攻安市城，高麗莫離支遣將高延壽等率兵二十萬拒戰，倚山結屯。太宗命諸將分擊之。仁貴恃驍悍，欲立奇功，乃著白衣自標顯，持戟，腰鞬兩弓，呼而馳，所向披靡。軍乘之，賊遂奔潰。帝望見，遣使馳問：『先鋒白衣者誰？』曰：『薛仁貴。』帝召見，嗟異，賜金帛、口馬甚衆。……時九姓衆十餘萬，令驍騎數十來挑戰，仁貴發三矢，輒殺三人，於是虜氣懾，皆降。……軍中歌曰：『將軍三箭定天山，壯士長歌入漢關。』」

〔一三〕如駒過隙：莊子知北遊：「人生天地之間，若白駒之過郤，忽然而已。」史記魏豹列傳：「人生一世間，如白駒過隙耳。」司馬貞索隱：「莊子云『無異騏驥之馳過隙』，則謂馬也。小顏云

『白駒謂日影也。隙，壁隙也』。以言速疾，若日影過壁隙也。」

〔一四〕昔梅子真補南昌尉時：漢書梅福傳：「梅福字子真，九江壽春人也。少學長安，明尚書、穀梁春秋，爲郡文學，補南昌尉。」

〔一五〕「有別業之遺基在焉」二句：輿地紀勝卷二六隆興府古跡：「梅福宅，在州東北三里，今爲報恩觀，屬南昌。」

〔一六〕「元始中」六句：漢書梅福傳：「至元始中，王莽顓政，福一朝棄妻子，去九江，至今傳以爲仙。其後，人有見福於會稽者，變名姓，爲吴市門卒云。」鍇按：輿地紀勝卷二六隆興府仙釋：「梅福：福嘆曰：『生爲我酷，仕爲我梏，形爲我辱，智爲我毒。』於是棄南昌尉，去妻子，入洪崖山得道，爲神仙。有梅仙觀、梅仙壇在豐城縣北岸，或云梅子真昇仙之地。皇朝元豐五年封壽春真人。制云：『梅福在漢之際，數以孤遠，極言天下之事，其志壯哉！晚而家居，讀書養性，卒於遺俗高蹈，世傳爲仙。今大江之西，實存廟像，用錫茲號，光靈不泯，其服朕恩。』又紹興二年加封吏隱，制云：『洪州豐城縣梅福神仙觀壽春真人，正諫不用，高名獨存。憫漢室之不綱，去吴門而莫返。既嚴祠館，亦錫封名。』洪龜父詩云：『炎靈失其御，四海無安稅。嗚呼梅南昌，脱屣元始歲。』黄太史詩云：『吴門不作南昌尉，上疏歸來朝市空。』楊無爲詩云：『漢代變名遊越國，道家遺像並蕭公。』」

〔一七〕庸詎：豈，何以。莊子齊物論：「庸詎知吾所謂知之非不知邪？庸詎知吾所謂不知之非知邪？」

〔一八〕登毛車、渡弱水以游道山：廓門注：「毛車、弱水、道山，皆謂仙境。」博物志卷二：「漢武帝時，弱水西國有人乘毛車以渡弱水來獻香者。」

思古堂記〔一〕

東坡先生曰〔二〕：「孔子、孟軻，道同而其言未必同。何以知之？以其言性知之。孔子曰：『成之者性，繼之者善。』〔三〕蓋善者，性之效爾。而孟軻曰：『人之性善。』〔四〕孔子之言，譬則如珠走盤〔五〕；孟軻之言，譬則如珠著氈〔六〕。夫珠非有二者，走盤則影迹不留。故子貢曰：『夫子之言性與天道，不可得而聞。』〔七〕性既有言矣，乃曰不聞，是其可以影迹求哉？著氈則觀者庸詎知不疑簞瓢亦可以留珠乎〔八〕？故荀卿又言：『人之性惡。』〔九〕自善惡之論興，蓋有不勝其言者。聖賢相去百年，而其言相遠如天淵，況不翅百年〔一〇〕，而守衆人之言爲知道，非愚則狂。顏淵、韓愈異世，而同出孔門〔一一〕。然其識有深淺。何以知之？亦以其言知之。淵飲水曲肱，在陋巷不改其樂〔一二〕。此亞聖全德懿行也〔一三〕。而愈謂哲人之細事〔一四〕，愈且未知顏淵，能知孔子乎？易曰：『君子多識前言往行，以大蓄其德。』〔一五〕然言行之精，以韓、孟之識，有不能盡窺，學者其可不思乎？」吾嘗誦之。三衢毛庠文仲〔一六〕，少有英氣，深於學問，而善功名；富於翰墨，而飽籌策。以破趙會食爲迂〔一七〕，伏軾下齊爲椎〔一八〕。所與游皆天下第一等流。遭時外平，疆埸久空，無所施其材，蹇寓一官。不甘憂患折困，袖手來歸，圃于衡嶽之下。寢處晴嵐夕霏，按行春花秋月〔一九〕，弄琴閲書，以娛賓客，栩然與世相忘〔二〇〕。而名其堂曰「思古」，與東坡之論相表裏。如維摩自藏於不言之中，以發文殊之義〔二一〕，縉紳高之。文仲殁，其子在庭季子以書抵余曰〔二二〕：「惟子可以知先人爲堂之意，强爲我記之。」故余獨載東坡之論，以著文仲之高。然晉劉寔作崇讓論曰：「世議士名德不迨前人，非也。時非乏賢士，不崇讓耳。」〔二三〕然則士必生而能賢，不由稽古之力〔二四〕，爲循墻巽牀之僞是學〔二五〕。使寔不死，登此堂，將逃羞無地〔二六〕，尚何論哉？季子年二十餘，種性工文〔二七〕，聽其論古今，贍博絶倫，真能世其家者也，故樂爲書之。

【注釋】

〔一〕政和四年春作於衡州衡陽縣。

〔二〕東坡先生曰：廓門注：「東坡全集卷之三，見于子思論、揚雄論。」鍇按：此段文字不見於東坡全集，當爲惠洪憑記憶所書，其大意略見於子思論、揚雄論、韓愈論諸文，而文字相差懸遠。

〔三〕「孔子曰」三句：易繫辭上：「繼之者善也，成之者性也。」語序不同。

〔四〕「而孟軻曰」二句：孟子告子上：「人性之善也，猶水之就下也。人無有不善，水無有不下。」

〔五〕如珠走盤：珠走盤則横斜曲直自由滚動，喻其學説不粘著，不拘泥，不留痕跡。蘇軾書楞伽經後：「後世達者神而明之，如盤走珠，如珠走盤，無不可者。」

〔六〕如珠著氈：珠著氈則難以滚動，喻其學説拘泥滯留，不靈動圓活。

〔七〕「故子貢曰」三句：論語公冶長：「子貢曰：『夫子之文章，可得而聞也。夫子之言性與天道，不可得而聞也。』」

〔八〕庸詎知：何以知。　簟褥：葦席被褥之類，與氈之質相近。

〔九〕「故荀卿又言」二句：荀子性惡：「人之性惡，其善者僞也。」

〔一〇〕不翅：猶不啻。只有，不過。顔氏家訓文章：「且太玄今竟何用乎？不啻覆醬瓿而已。」

〔一一〕「顔淵、韓愈異世」二句：顔回，字子淵，孔子得意弟子。韓愈，字退之，已見前注。蘇軾韓愈論：「韓愈之於聖人之道，蓋亦知好其名矣，而未能樂其實。何者？其爲論甚高，其待孔子、孟軻甚尊，而拒楊、墨、佛、老甚嚴。此其用力，亦不可謂不至也。然其論至於理而不精，支離蕩佚，往往自叛其説而不知。……若夫顔淵，豈亦云爾哉！蓋亦曰：『夫子循循焉善誘人。』由此觀之，聖人之道，果不在於張而大之也。韓愈者，知好其名，而未能樂其實者也。」

〔一二〕「淵飲水曲肱」二句：論語雍也：「子曰：『賢哉回也！一簞食，一瓢飲，在陋巷，人不堪其憂，回也不改其樂。賢哉回也！』」

〔一三〕亞聖：此指顔回，名位次於孔子，爲聖人之亞。參見本集卷九次韻曾侯見寄注〔四〕。

〔一四〕而愈謂哲人之細事：韓愈閔己賦：「昔顔氏之庶幾兮，在隱約而平寬。固哲人之細事兮，夫子乃嗟歎其賢。惡飲食乎陋巷兮，亦足以頤神而保年。有至聖而爲之依歸兮，又何不自得於艱難。」　廓門注：「愚按：此義又詳東坡詩集第二十八卷顔樂亭詩序中。覺範論祖左東坡。」鍇按：蘇軾顔樂亭詩叙曰：「顔子之故居所謂陋巷者，有井存焉，而不在顔氏久矣。膠西太守孔君宗翰始得其地，浚治其井，作亭於其上，命之曰顔樂。昔夫子以簞食瓢飲賢顔子，而韓子乃以爲哲人之細事，何哉？蘇子曰：古之觀人也，必於小者觀之，其大者容有僞焉。人能碎千金之璧，不能無失聲於破釜；能搏猛虎，不能無變色於蜂蠆。孰知簞食瓢飲之爲哲人之大事乎？乃作顔樂亭詩以遺孔君，正韓子之説，且用以自警云。」

〔一五〕「易曰」三句：易大畜：「君子以多識前言往行，以畜其德。」

〔一六〕三衢：即浙江衢州，方輿勝覽卷七衢州：「事要：郡名三衢、太末、信安、柯山。」以州有三衢山，故名。　毛庠文仲：毛庠，字文仲，衢州人。生平失考。

魯，愚鈍。

〔一七〕破趙會食：史記淮陰侯列傳：「令其裨將傳飧，曰：『今日破趙會食。』」 迂：迂腐。 椎：椎

〔一八〕伏軾下齊：史記淮陰侯列傳：「且酈生一士，伏軾掉三寸之舌，下齊七十餘城。」

〔一九〕按行：巡行，巡視。

〔二〇〕枵然：空虛貌。語本莊子逍遥遊。參見本集卷六聽道人謌公琴注〔一五〕。

〔二一〕「如維摩自藏」二句：維摩詰經卷中入不二法門品：「於是文殊師利問維摩詰：『我等各自說已，仁者當說，何等是菩薩入不二法門？』時維摩詰默然無言。文殊師利歎曰：『善哉！善哉！乃至無有文字語言，是真入不二法門。』」

〔二二〕其子在庭季子：毛在庭，字季子，毛庠子。參見本集卷二四季子夢訓。

〔二三〕「然晉劉寔」五句：晉書劉寔傳：「劉寔，字子真，平原高唐人也。漢濟北惠王壽之後也。……以世多進趣，廉遜道闕，乃著崇讓論以矯之，其辭曰：『……議者僉然言：世少高名之才，朝廷不有大才之人可以爲大官者。山澤人小官吏亦復云：朝廷之士雖有大官名德，皆不及往時人也。余以爲此二言皆失之矣。非時獨乏賢也，時不貴讓。一人有先衆之譽，毀必隨之，名不得成使之然也。雖令稷契復存，亦不能全其名矣。』」此述其大意。

〔二四〕稽古：考察古事。書堯典：「曰若稽古。帝堯曰放勳。」

〔二五〕循墻：謂避開路中央，靠墻而行。表示恭謹。史記孔子世家：「故鼎銘云：『一命而僂，再

命而傴，三命而俯，循牆而走，亦莫敢余侮。饘於是，粥於是，以糊余口。』其恭如是。」巽牀：代指卑順謙讓。易巽卦：「九二，巽在床下，用巫史紛若。」王弼注：「處巽之中，既在下位，而復以陽居陰，卑巽之甚。故曰巽在床下也。卑甚失正，則入於咎，過矣。能以居中而施至卑於神祇，而不用之於威勢，則乃至於紛若之吉，而亡其過矣。」

〔二六〕逃羞無地：文苑英華卷五七五錢珝爲中書崔相公讓官第六表：「兢憂慙歎，無地可逃。」

〔二七〕種性：猶言天性。

遠遊堂記〔一〕

宣和元年秋八月，朝奉郎夏公自天府謫官祁陽〔二〕。明年三月，至自三峴〔三〕，館于靈泉寺〔四〕。寺臨大江，江流湍急，斷岸千尺〔五〕，萬峰環之，如趨如揖，如翔如集。公構堂其西，盡收其形勝，靖深以宜茂林脩竹，虛明以隔囂聲塵氛，而名之「遠遊」。重九後二日，余從公登焉。對立凝睇，晴嵐夕暉浮動乎緑疏青瑣之上；促榻對語，笑響散落乎千巖萬壑之間。於是隱几枵然忘言〔六〕，蓋其倚功名於憂患之外，玩雲川以自娱，心飽新得，百想俱滅。然知國知兵，百未一施〔七〕，而沉冥小邑〔八〕，如對彭澤之狄梁公〔九〕，通泉之郭代公〔一〇〕，乃名所居之堂爲「遠遊」，何哉？嗟乎！世之識真者寡，所從來舊矣。袁天綱識武后於襁褓，驚曰：「貴武氏者，此兒也。」〔一一〕使天綱果識真，當曰「亡武氏」可也。賀知章果識真，當曰「游仙」可也〔一二〕。夫一塵翳目，天地四方易位〔一三〕。袁、賀方眩夢幻，以其禍爲貴，以游爲謫，要不足怪也。公今去國之遠，而能酬酢風月，安樂泉石，酒後耳熱〔一四〕，侍兒扶掖而歌，則忘其身之爲逆旅，謂之謫，可乎？公嘗首肯余論，祝余爲之記。公諱倪，字均甫，其先江南人，嘉祐爲名臣之後〔一五〕，凜凜有祖風者也。

【注釋】

〔一〕宣和二年九月十一日作於永州祁陽縣。遠遊堂：堂名取自楚辭遠遊。漢王逸楚辭章句卷五遠遊章句第五：「遠遊者，屈原之所作也。屈原履方直之行，不容於世，上爲讒佞所譖毁，下爲俗人所困極。章皇山澤，無所告訴。乃深惟元一，修執恬漠。思欲濟世，則意中憤然，文采秀發，遂叙眇思，託配仙人，與俱遊戲，周歷天地，無所不到。然猶懷念楚國，思慕舊故，忠信之篤，仁義之厚也。是以君子珍重其志，而瑋其辭焉。」

〔二〕朝奉郎：文散官，正六品上。夏公：即夏倪，字均父（亦作均甫），蘄州人，詩入江西宗派。直齋書録解題卷二〇：「遠遊堂集二卷，知江州蘄春夏倪均父撰。」參見本集卷五予頃還自海外夏均父以襄陽别業見要使居之後六年均父謫祁陽酒官余自長沙往謝之夜語感而作注〔一〕。　天府：指京師開封府。　祁陽：縣名，宋屬荆湖南路永州。　能改齋漫録卷一七夏均父登浯臺作詞：「夏倪均父宣和庚子自府曹左遷祁陽酒官。」

〔三〕至自三峴：謂自三峴至祁陽。三峴，代指襄陽。輿地紀勝卷八二襄陽府：「峴山：寰宇記云：在襄陽府十里。羊祜常登峴山，慨然歎息。三峴：紫蓋山、萬山、峴山，謂之三峴。（見）襄沔記。」錯按：夏倪在襄陽有别業，謫官後，當回别業暫居，復赴祁陽貶所。

〔四〕靈泉寺：疑即甘泉寺。輿地紀勝卷五六永州：「甘泉寺，在祁陽縣西北郭外，有山前後相映，泉湧其間，極冷。」

〔五〕「江流湍急」二句：蘇軾後赤壁賦：「江流有聲，斷岸千尺。」此借用其語。

〔六〕枵然：空虚貌。

〔七〕「然知國知兵」二句：謂其滿懷治國治兵之才能，而未得施展。黄庭堅送范德孺知慶州：「乃翁知國如知兵，塞垣草木識威名。……平生端有活國計，百不一試薶九京。」此借用其語意。

〔八〕沉冥：猶埋没，沉淪。唐釋皎然苕溪草堂（略）簡潘丞述湯評事衡四十三韻：「蹈善嗟沉冥，履仁傷堙阨。」

〔九〕彭澤之狄梁公：狄仁傑字懷英，唐并州太原人。武后天授二年入爲地官侍郎同鳳閣鸞臺平章事。爲酷吏來俊臣誣害下獄，密使其子訴於武后，得免，貶彭澤令。至神功元年復相，力勸武后立唐嗣。聖曆三年卒，年七十一。贈文昌右相，謚曰文惠。睿宗時封梁國公。新舊唐書有傳。參見本集卷一謁狄梁公廟注〔一〕。

〔一〇〕通泉之郭代公：郭震字元振，唐魏州貴鄉人，以字顯。十八舉進士，爲通泉尉。武后召與語，奇之，索所爲文章，上寶劍篇，后覽嗟歎。後拜爲涼州都督，即遣之。中宗神龍中，遷左驍衛將軍、安西大都護。睿宗景雲二年，進同中書門下三品，遷吏部尚書。進封代國公。新舊唐書有傳。參見本集卷九次韻李方叔游衡山僧舍注〔二〕。

〔一一〕「袁天綱識武后於繈褓」四句：新唐書方技列傳袁天綱傳：「袁天綱，益州成都人。……武后之幼，天綱見其母曰：『夫人法生貴子。』乃見二子元慶、元爽，曰：『官三品，保家主也。』見韓國夫人，曰：『此女貴而不利夫。』后最幼，姆抱以見，紿以男。天綱視其步與目，驚曰：『龍瞳鳳頸，極貴驗也。若爲女，當作天子。』」

〔一二〕「賀知章果識真」二句：新唐書文藝列傳中李白傳：「天寶初，南入會稽，與吴筠善。筠被召，故白亦至長安。往見賀知章，知章見其文，歎曰：『子謫仙人也！』」賀知章字季真，越州永興人。少以文辭知名。證聖初，舉進士。官正銀青光禄大夫兼正授秘書監。晚年自號四明狂客。天寶初請爲道士，敕賜鏡湖。新舊唐書有傳。錯按：據文意，此二句當有脱落，其文似應爲：「賀知章見李白之文，嘆曰：『子謫仙人也！』使知章果識真，當曰『游仙』可也。」

〔一三〕「夫一塵翳目」二句：莊子天運：「老聃曰：『夫播糠眯目，則天地四方易位矣。』」此用其意。

〔一四〕酒後耳熱：漢書楊惲傳載惲報孫會宗書曰：「酒後耳熱，仰天拊缶，而呼嗚嗚。」此借用其語。

〔一五〕「其先江南人」二句：劉克莊江西詩派小序夏均父：「均父集中如擬陶韋五言，亹亹逼真；律詩用事琢句，超出繩墨，言近旨遠，可以諷味。蓋用功於詩，而非所謂無意於文之文也。然竦之諸孫，故其詩云：『堂堂文莊公，事業何峥嶸。』孟子曰：『孝子慈孫，百世不能改。』均父欲改之乎？其志亦可悲已。」據此，則夏倪爲夏竦諸孫。夏竦（九八五～一〇五一）字子喬，江州德安人。舉景德四年賢良方正科。歷仕真宗、仁宗朝，累官樞密使。封英國公。罷知河南府，遷武寧軍節度使，進封鄭國公。皇祐三年卒，贈太史中書令，賜謚文正。劉敞言：世謂竦姦邪，而謚爲正，不可。改謚文莊。竦以文學起家，有名一時，朝廷大典策累以屬之。多識古文，學奇字。爲郡有治績，治軍尤嚴。宋史有傳。鍇按：夏竦爲江州德安人，屬江南西路，故稱江南人。其後夏倪當遷至蘄州蘄春，寓居襄陽。嘉祐爲仁宗年號，公元一〇五六～一〇六三。夏竦卒於皇祐三年，在嘉祐前，此稱其「嘉祐爲名臣」，蓋誤記。又按：此句句法不通，疑有訛誤。

普同塔記〔一〕

人之有死生，如日之有明暗。死生相尋於無窮，而明暗迭更，未始有既。然知其明暗者，固自若也。生順而死逆〔二〕，衆生當其變，則駭異之。孔子但曰：「原始要終，知死生之故。」〔三〕知其故，則知其不駭，蓋不欲深言之。莊子曰：「死生亦大矣，而不得與之變。」〔四〕既不與之變，當卓然而獨存者也。莊子著其理，而未盡其情。若西方之教〔五〕，則痛言之而盡其情曰：「若先有生，而後有死者，則世未見不死而生。若先有死，而後有生者，亦未見有不生而死。」〔六〕譬如尋始末於環輪之上，求向背於虚空之中〔七〕，則死生之情盡。自佛法入中國，奉持之者攬（纜）總⊖〔八〕，其法度參差不齊，獨百丈大智禪師以禪律之學，約之人情，折中而爲法，以壽後世〔九〕。故其生依法而住〔一〇〕，謂之叢林〔一一〕。及其化也，依法而火之，聚骨石爲塔，號普同塔。諸方皆建塔近僧坊，遠不過一牛鳴〔一二〕。蓋大衆將送火化，則荷薪而臨。潙山獨拘於陰陽之説，謂近寺不宜爲葬地。自開山迄今三百年，建塔於回心橋之南，其去寺十里〔一三〕。故親臨之法，往往不能繼也〔一四〕。空印禪師軾公住山十餘年〔一五〕，百廢具興，其所以安僧宜有者大備，獨以普同塔未建爲憂。一旦，與侍者登山之西崦，相其形勝，施長材〔一六〕，鳩工以爲之〔一七〕。開大穴，以石爲宫，又屋於其上。棟楹翔空，雲煙蔽虧，萬衆懽呼，聲應山谷。興修於宣和二年之春，斷手於秋八月〔一八〕。空印恨未有記以紀其歲月，遣侍者覺惠來求文〔一九〕。余歎曰：「叢林之衰，諸方皆輕僧，厭其多而窘於食。空印既成堂宇，浩然如江河之無極，至者必納。又爲造塔，以待其終，其敬僧荷法之心，可謂至矣。嗚呼！僧者，佛祖所自出。厭僧，厭佛祖也〔二〇〕。安有稱傳佛祖之印而反厭佛祖者能契聖乎？空印之意，可無書乎？」

【校記】

㊀ 攬：原作「纜」，誤，今據四庫本改。參見注〔八〕。

【注釋】

〔一〕宣和二年秋作於長沙。普同塔：即普通塔，亦稱海會塔，僧衆納骨之塔。無著道忠禪林象器箋第二類殿堂門普同塔：「凡藏亡僧骨植同歸于一塔，故云普同塔。」

〔二〕生順而死逆：楞嚴經卷八：「死逆生順，二習相交。」

〔三〕「孔子但曰」三句：易繫辭上：「仰以觀於天文，俯以察於地理，是故知幽明之故。原始反終，故知死生之説。」此言其大意。

〔四〕「莊子曰」三句：莊子德充符：「死生亦大矣，而不得與之變。」郭象注：「人雖曰變，然死生之變，變之大也。彼與變俱，故生死不變於彼。」

〔五〕西方之教：指佛教，因傳自西方天竺，故云。唐劉禹錫袁州萍鄉縣楊岐山故廣禪師碑：「慈氏起西方之教，習登正覺。」

〔六〕「若先有生」六句：龍樹菩薩中論卷二觀本際品偈：「若使先有生，後有老死者，不老死有生，不生有老死。若先有老死，而後有生者，是則爲無因，不生有老死。」林間録卷下：「龍勝菩薩曰：『若使先有生，後有老死者，不老死有生，生不有老死。若使有老死，而後有生者，是則爲無因，不生有老死。』以此偈觀衆生生死之際，如環上尋始末，無有是處。」

〔七〕「譬如尋始末於環輪之上」二句：李通玄解迷顯智成悲十明論：「如圓珠上求方，環輪上求始末，虛空中求大小中邊，前際後際終不可得。應如是知，如是見。」此化用其意。　鍇按：本集好用此譬，如卷九讀中觀論：「長向環輪上，空將始末尋。」卷一八六世祖師畫像贊二祖：「如視環輪，求其斷續。」卷二〇圓同庵銘：「如環輪上，尋其始終。」

〔八〕攬總：猶總攬，總持。西晉竺法護譯等目菩薩所問三昧經卷上大感動品：「攬總持慧，而自娛樂。」唐釋栖復法華經玄贊要集卷五：「教理行果盡取，故名攬總。」漢書揚雄傳上：「方擥道德之精剛兮，侔神明與之爲資。」顏師古注曰：「擥，總也。音覽，其字從手。」　鍇按：擥，同「攬」。

〔九〕「獨百丈大智禪師以禪律之學」四句：景德傳燈録卷六附百丈懷海禪師禪門規式：「百丈大智禪師以禪宗肇自少室，至曹谿以來，多居律寺，雖別院，然於説法住持，未合規度，故常爾介懷。乃曰：『祖之道欲誕布化元，冀來際不泯者，豈當與諸部阿笈摩教爲隨行耶（舊梵語阿含，新云阿笈摩，即小乘教也）？』或曰：『瑜伽論、瓔珞經，是大乘戒律，胡不依隨哉？』師曰：『吾所宗非局大小乘，非異大小乘，當博約折中，設於制範，務其宜也。』於是創意別立禪居。」

〔一〇〕故其生依法而住：景德傳燈録卷六附禪門規式：「賓主問讎、激揚宗要者，示依法而住也。」

〔一一〕謂之叢林：宋高僧傳卷一二唐長沙石霜山慶諸傳：「南方謂之叢林者，翻禪那爲功德叢林也。」釋氏要覽卷下住持：「禪門別號，叢林。（大莊嚴論云：如是衆僧者，乃是勝智之叢林，一切諸善行運，集在其中。又梵云貧陀婆那，此云叢林，因祖師舍那婆期居住，故名之。）」

〔一二〕一牛鳴：謂其距離長度爲牛鳴聲所達處。翻譯名義集卷三數量篇：「拘盧舍，此云『五百弓』，亦云『一牛吼地』，謂大牛鳴聲所極聞。或云『一鼓聲』。俱舍云『二里』，雜寶藏云『五里』。」參見本集卷八和李令祈雪分韻得麓字注〔四〕。

〔一三〕「潙山獨拘於陰陽之説」五句：潙山爲司馬頭陀（僧曇）相山所發現，覘其地理風水，謂其爲肉山。故潙山建寺亦守其陰陽之説。本集卷二一潭州大潙山中興記：「唐元和中，僧曇叙開基，則有緒言曰：『地靈甚，不可葬，葬且致禍。』今三百餘年，僧物故莫敢塔，塔于回心橋南十里。」

〔一四〕「故親臨之法」二句：據前文「蓋大衆將送火化，則荷薪而臨」二句，此處「親臨」或當作「薪臨」，意謂潙山普同塔距寺過遠，亡僧火化所用薪柴往往難以爲繼。

〔一五〕空印禪師軾公住山十餘年：空印元軾禪師於大觀四年（一一一〇）自廬山歸宗移住潙山密

印禪寺，至此宣和二年（一一二〇），共十一年。參見潭州大潙山中興記。

〔一六〕長材：高大優質材木。續高僧傳卷二九梁蜀部沙門釋明達傳：「欲構浮圖及以精舍，不訪材石，直覓匠工，道俗莫不怪其言也。于時二月水竭，即下求水，乃於水中得一長材，正堪剎柱，長短合度，僉用欣然，仍引而豎焉。」

〔一七〕鳩工：聚集工匠。書堯典：「共工方鳩僝功。」注：「言共工鳩聚見其功也。」

〔一八〕斷手：完畢，完工。杜甫寄題江外草堂：「經營上元始，斷手寶應年。」

〔一九〕侍者覺惠：本集卷八有惠侍者清夢軒，即爲覺惠而作，可參見。

〔二〇〕「僧者」四句：張商英護法論：「僧者，佛祖所自出也。今厭僧者，其厭佛祖乎？」此用其說。

潙源記〔一〕

岷江因山爲名，初發泫然濫觴，漫衍而至楚，則爲際天之雲濤，萬斛之舟，解風而不敢濟〔二〕。潙山因水爲名，衆泉觱發於煙霏空翠之間〔三〕，旋紺走碧，匯爲方淵，蒸之成雲雨，放之成江河。蓋岷江資之者衆，而潙水善養其源也。住山空印禪師笑曰：「一法界中，無假法者。」故揭於大仰堂之南榮〔四〕，曰「潙源」。欲學者觀水之有源，知自心之靈源未嘗竭也。蓋岷江之資衆，知衆智之不可不學也。然先究自心，後資衆智，道之序蓋如此。故善財童子南詢諸友，必曰：「我先發菩提心，如何名菩薩行。」〔五〕有人於此，因山中之氣候，更四時之晴陰，入重重法界〔六〕。方其宿霧蒙蔽，微見淵色，則若凡夫，雖有染心，而性常明潔〔七〕。霧開而澄滓，日光下徹〔八〕，則若二乘已澄諸念〔九〕，定慧超越。更昏昕之湛然〔一〇〕，視纖埃之不隔，則若人牛兩忘，而蓑笠未徹〔一一〕。微風徐來，方淵鱗鱗，波波之中㊀，頓見方淵，而波非大；方淵徧入衆波，而淵非小，則若斂目於樓閣之前，見三世於一念〔一二〕。嗚呼！潙山爲湘南大叢林，而空印道光兩本〔一三〕，撾大鼓，臨人天，萬指圍遶〔一四〕，今乃退藏於不言之中，借山泉爲飲（欽）醴（體）㊁〔一五〕，聽萬象以說法。何也？蓋道不可以言傳，故前聖賤言語，小譬喻，又欲學者自得之，故設象比興，以達其意〔一六〕。鞞瑟支羅不言，佛身不可以色相求也，而供養旃檀塔座〔一七〕。多寶如來不言，根塵俱寂，即是自身也，而以寶塔聽經〔一八〕。余觀前聖莫不然，何獨空印哉！宣和二年八月初吉〔一九〕，會余於湘西之瀕，夜語及山中之勝，曰：「恨子未見吾泉，然强爲我記之。」余戲曰：「師以山泉爲舌〔二〇〕，爲衲子說法界自在緣起無生之法〔二一〕；而余以翰墨爲五色，藻辯才而畫圖之。他日有尋流而得源〔二二〕，悟意而忘象者〔二三〕，可以拊手一笑。」中秋前一日記。

【校記】

㊀ 波波：武林本作「澄波」。

㊁ 飲醴：原作「歙體」，誤，今改。參見注〔一五〕。

【注釋】

〔一〕宣和二年八月十四日作於長沙。　潙源：大潙山密印禪寺大仰堂之匾額，以潙水之源爲名。本集卷九有題潙源。鍇按：此記爲空印元軾禪師而作。

〔二〕「岷江因山爲名」六句：書禹貢：「岷山導江，東別爲沱。」文選卷一二郭璞江賦：「惟岷山之導江，初發源乎濫觴。」李善注：「家語：『孔子謂子路曰：夫江始于岷山，其源可以濫觴。及其至于江津，不舫舟，不避風，則不可以涉。』王肅曰：『觴所以盛酒者。言其微也。』」廓門注引兼明書曰：「江賦云：『初發源乎濫觴。』周翰曰：『濫謂泛濫，水流貌。觴，酒盃也。謂江之發源，流如一盃也。』明曰：『周翰以觴爲酒盃則是也。然以其流水如一盃之多，則非也。何者？且濫非水流之貌，濫者，泛也。言其水小，裁可浮泛酒盃耳。』」蘇軾大風留金山兩日：「龍驤萬斛不敢過，漁艇一葉從掀舞。」

〔三〕觱發：猶觱沸，泉湧出貌。詩小雅采菽：「觱沸檻泉，言采其芹。」毛傳：「觱沸，泉出貌。」蘇軾洞酌亭詩引：「瓊山郡東，衆泉觱發，然皆洌而不食。」此借用其語。

〔四〕揭於：此指張貼牌匾。　大仰堂：本集卷二一潭州大潙山中興記：「建兩堂爲學者燕閑之私，而名其東曰香嚴，名其西曰大仰。」　南榮：南面屋檐。文選卷八司馬相如上林賦：「偓佺之倫，暴於南榮。」李善注引郭璞曰：「榮，屋南檐也。」史記索隱：「應劭曰：『南榮，屋檐兩頭如翼也。』故鄭玄云：『榮，屋翼也。』」

〔五〕「故善財童子南詢諸友」四句：廓門注：「見華嚴經入法界品五十三善知識章。」錯按：華嚴經入法界品善財童子南詢諸友，皆曰「菩薩云何學菩薩行」。參見本集卷一十二月十六日發雙林登塔頭曉至寶峰寺見重重繪出庵主讀善財徧參五十三頌作此兼簡堂頭注〔一〕、卷一五又次韻答之十首注〔一二〕。

〔六〕重重法界：此華嚴宗之概念，謂宇宙現象界（即法界）重重無盡。唐釋澄觀華嚴經疏卷五：「智光遍照真俗重重法界。」唐裴休注華嚴法界觀門序：「又比門中重重法界，事理無邊，雖百紙不能盡其義。」

〔七〕「則若凡夫」三句：馬鳴菩薩起信論：「是心從本已來，自性清淨，而有無明，爲無明所染，有其染心。雖有染心，而常恒不變。」此化用其意。

〔八〕日光下徹：柳宗元至小丘西小石潭記：「日光下澈，影布石上。」此借用其語。「徹」同「澈」。

〔九〕二乘：指聲聞乘、緣覺乘。新羅釋元曉起信論疏上卷：「若二乘人至羅漢位，見修煩惱究竟離故。」

〔一〇〕昏昕：猶早晚，旦夕。昏，日暮。昕，黎明。

〔一一〕「則若人牛兩忘」二句：宋釋師遠住鼎州梁山廓庵和尚十牛圖頌序曰：「間有清居禪師觀衆生之根器，應病施方，作牧牛以爲圖，隨機設教。初從漸白，顯力量之未充；次至純真，表根機之漸照；乃至人牛不見，故標心法雙亡。其理也已盡根源，其法也尚存莎笠。」參見卷九寄題行林寺照堂注〔三〕。

〔一二〕「則若斂目於樓閣之前」二句：暗用善財童子見彌勒之事。華嚴經卷七九入法界品：「時彌勒菩薩前詣樓閣，彈指出聲，其門即開，命善財入。善財心喜，入已還閉。……彌勒告言：『善男子！此解脱門，名入三世一切境界不忘念智莊嚴藏。』」

〔一三〕而空印道光兩本：謂空印元軾能發揚光大宗本、善本二禪師之道。廓門注：「兩本者，大小本也。」　鍇按：宗本禪師，天衣義懷法嗣，爲雲門宗青原下十一世。開法蘇州瑞光寺，法席日盛。又住杭州淨慈寺。神宗召見，賜金襴衣，加號圓照禪師。居京師慧林寺。事具禪林僧寶傳卷一四。善本禪師，謁宗本於瑞光寺，默契宗旨，服勤五年，盡得其要。爲雲門宗青原下十二世。初住婺州雙林，移住錢塘淨慈，繼圓照之後。詔住京師法雲寺，賜號大通禪師。時號宗本爲「大本」，善本爲「小本」。事具禪林僧寶傳卷二九。空印嗣法本覺守一，守一嗣法宗本，故稱。參見本集卷三次韻道林會規方外注〔一五〕、卷六次韻吴興宗送弟從潙山空印出家注〔一〕。

〔一四〕萬指：猶言千人，蓋一人有十指，千人有萬指。

〔一五〕借山泉爲飲醴：韓愈鴛鸞：「飢食玉山禾，渴飲醴泉流。」歐陽修醴泉觀本觀三門上梁文：「爰有神泉，湧兹福地。甘如飲醴，美可蠲痾。」醴，甜酒，亦指美泉。　底本「飲醴」作「嶔醴」，不辭，乃涉形近而誤。

〔一六〕「蓋道不可以言傳」六句：法華經合論卷一：「心法之微妙分别，語言所不能形容，然則終不可見之歟？曰：唯以方便設象，以達其意，使學者自求而得之，爲可見也。」

〔一七〕「鞞瑟支羅不言」三句：此例示鞞瑟胝羅以供養旃檀塔座而設象達意。華嚴經卷六八入法界品：「於此南方有城名善度，中有居士，名鞞瑟胝羅，彼常供養栴檀座佛塔。」華嚴經合論卷四五：「以善財知識名鞞瑟胝羅，住善度城，常供養旃檀座佛塔，以爲表法。名鞞瑟胝羅，此云包攝，以身含佛刹爲名爾。住善度國者，約化行爲名故。以此住智慧善叓衆生故，供養旃檀座佛塔者，明戒定慧解脱法身爲座體。得佛不涅槃際者，明戒定慧體無滅没也。」法華經合論卷四：「問曰：『何以知言塔者爲寂滅之象耶？』曰：『華嚴經曰：鞞瑟胝羅居士常供養栴檀座佛塔，釋者曰：栴檀止蛇虺熱毒，智慧解脱之香，消一切衆生熱惱。塔者，佛形像所在，今特設座而已，空慧不滅，解脱之門也。』」

〔一八〕「多寶如來不言」四句：此例示多寶如來以寶塔聽經設象達意。法華經卷四見寶塔品：「此寶塔中有如來全身，乃往過去東方無量千萬億阿僧祇世界，國名寶淨，彼中有佛，號曰多寶。其佛行菩薩道時，作大誓願：『若我成佛滅度之後，於十方國土有説法華經處，我之塔廟，爲聽是經故，踊現其前，爲作證明，讚言善哉！』」參見本集卷一五讀法華五首注〔八〕。

〔一九〕初吉：初一。

〔二〇〕師以山泉爲舌：冷齋夜話卷七東坡廬山偈：「東坡遊廬山，至東林，作偈曰：『溪聲便是廣長舌，山色豈非清淨身。夜來八萬四千偈，他日如何舉似人。』」此化用其意。

〔二一〕法界自在緣起無生之法：指華嚴經之根本佛法。華嚴經合論卷二：「大方廣佛華嚴經，即以此經名根本佛乘爲宗；又以因圓果滿法界理事自在緣起無礙爲宗。」

〔二二〕尋流而得源：景德傳燈録卷五載温州永嘉玄覺禪師觀心十門曰：「是以即心爲道者，可謂尋流而得源。」此借用其語。

〔二三〕悟意而忘象：三國魏王弼周易略例明象：「故言者所以明象，得象而忘言；象者所以存意，得意而忘象。」此化用其意。錯按：唐宋佛教講僧多引王弼此語爲證，如唐澄觀華嚴經隨疏演義鈔卷三六、元康肇論疏卷二、智雲妙經文句私志記卷二、宋智圓維摩經略疏垂裕記卷一、遵式注肇論疏卷四皆如此，可參見。

栽松庵記〔一〕

僧史補曰〔二〕：四祖道信禪師以唐武德七年至破頭山〔三〕，愛洞壑深秀，有終焉之志。

禪者相尋而來，遂成叢林。有僧不言名氏，日以種松爲務。私請祖曰：「衣法可以見付乎？」祖師老之曰㈠〔四〕：「汝能再來，乃可耳。」於是僧出山，至濁港〔五〕，見女子浣，呼曰：「我託宿得否？」女曰：「我家具有父兄，可從問之。」僧曰：「汝諾我乎？」女曰：「諾。」女，周氏之季也。僧即還山中，危坐而化。周氏之女因有娠，父母怒而逐之於衆屋之中〔六〕，日庸紡里閈間〔七〕。已而生子，女以爲不祥，棄濁港中。明日視之，跏趺波間〔八〕，泝流而上，異之，收養。七歲，隨母往來黄梅道中，四祖偶見，問曰：「童子何姓？」曰：「姓固有，但非常性㈡。」祖曰：「是何姓？」對曰：「是佛性。」祖曰：「然則汝無姓耶？」對曰：「惟空固無。」於是四祖笑之，乞於其母，爲剃落。二十，授以衣法，爲第五祖。即游雙（霎）峰㈢〔九〕，見栽松之全身〔一〇〕。又至東山〔一一〕，見周氏之全身〔一二〕。濁港周氏子孫之盛，殆今甲黄梅。三尺童能言其事。僧贊寧僧史曰：「五祖弘忍禪師者，姓周氏，本河南，遷止蘄之黄梅。誕生之夕，異香滿室。」〔一三〕此矯誣之詞也。然可證佐者，母既出於周氏，而曰祖師姓周乎？僧契嵩作定祖圖，亦不能辨〔一四〕，何也？豈當衲子以常理疑之乎？夫聖人之託化，豈假父母之緣。如伊尹生於空桑〔一五〕，寶公生於鷹巢〔一六〕，獨不論父母之緣耶？自唐至今，學者疑信相半，不能決也。建炎元年十一月記。

【校記】

㊀老：天寧本作「叱」，係妄改，今不從。參見注〔四〕。

㊁性：武林本作「姓」。後「佛性」之「性」同。

㊂雙：原作「䨇」，係俗字，今從四庫本、武林本。

【注釋】

〔一〕建炎元年十一月作於蘄州黄梅縣。　栽松庵：當在黄梅縣雙峰正覺禪院内。鍇按：栽松道者事，景德傳燈録不載。首見於白雲守端禪師語録卷下頌古：「五祖弘忍大師，前身在蘄州西山栽松，遇四祖，告曰：『吾欲傳法於汝，汝已年邁。汝若再來，吾尚遲汝。』師諾，遂往周家女托生，因抛濁港中，神物護持，至七歲，爲童子。祖一日往黄梅，逢一小兒，骨相奇秀，乃問曰：『子何姓？』曰：『姓即有，非常姓。』祖曰：『是何姓？』曰：『是佛性。』祖曰：『汝無性耶？』曰：『性空故。』祖默識其法器，即俾侍者，乃令出家。後付衣鉢，居黄梅東山。」又見林間録卷上。參見本集卷一九栽松道者真身贊注〔一〕。

〔二〕僧史補：當爲惠洪刪補贊寧宋高僧傳而作。本集卷二五題修僧史：「予除刑部囚籍之明年，廬於九峰之下，有苾芻三四輩來相從，皆齒少志大。予曉之曰：『予少時好博觀之，艱難所得者，既不與世合，又銷鑠於憂患。今返視缺然，望之則竭，不必叩也。若前輩必欲大蓄其德，要多識前言往行。僧史具矣，可取而觀。』語未卒，有獻言者曰：『僧史自惠皎、道宣、贊寧而下，皆略觀矣，然其書與史記、兩漢、南北史、唐傳大異，其文雜煩重，如户婚鬥訟按檢。昔魯直嘗憎之，欲整齊，未遑暇，竟以讁死。公蒙聖恩，脱死所，又從魯直之舊游，能麤加删補，使成一體之文，依倣史傳，立以贊詞，使學者臨傳致贊語，見古人妙處，不亦佳乎！』予欣然許之。於是仍其所科，文其詞，促十四卷爲十二卷以授之。」此當即所修僧史補。

〔三〕「四祖道信禪師」句：景德傳燈録卷三第三十一祖道信大師：「唐武德甲申歲，師却返蘄春，住破頭山。」武德甲申，即武德七年。武德，唐高祖年號，公元六一八～六二六。破頭山，即雙峰，又名四祖山。

〔四〕老之：以之爲老，此即注〔一〕所引白雲守端禪師語録卷下頌古四祖謂其「汝已年邁」之意。

〔五〕濁港：溪名，在黄梅縣。

〔六〕衆屋：猶衆館，即社屋，里社公衆聚會之所。

〔七〕庸紡：受僱爲人紡織。庸，通「傭」。　里閈：里門，代指鄉里。

〔八〕跏趺：結跏趺坐，爲如來成道時之坐法。

〔九〕雙峰：即破頭山。

〔一〇〕栽松之全身：輿地紀勝卷四七蘄州：「正覺院，在黄梅西北三十里，有四祖及栽松道者二真身。」

〔一一〕東山：即黄梅縣馮茂山，又名五祖山。

〔一二〕周氏之全身：輿地紀勝卷四七蘄州：「佛母周氏：即五祖之母也。」林間録卷上：「黄梅東禪有佛母冢，民塔其上。」

〔一三〕「僧贊寧僧史曰」七句：宋高僧傳卷八唐蘄州東山弘忍傳：「釋弘忍，姓周氏，家寓淮左潯陽。一云黄梅人也。王父暨考，皆干名不利，賁于丘園。其母始娠，移月而光照庭室，終夕若晝。其生也，灼爍如初，異香襲人，舉家欣駭。」此叙其大意。

〔一四〕「僧契嵩作定祖圖」二句：釋契嵩傳法正宗定祖圖卷一：「第三十二祖弘忍，蘄陽黄梅人，姓周氏，生有殊相。」

〔一五〕伊尹生於空桑：吕氏春秋本味：「有侁氏女子採桑，得嬰兒于空桑之中，獻之其君。其君令烰人養之，察其所以然，曰：『其母居伊水之上，孕，夢有神告之曰：「臼出水而東走，毋顧。」明日，視臼出水，告其鄰，東走十里而顧，其邑盡爲水，身因化爲空桑。』故命之曰伊尹。此伊尹生空桑之故也。」

〔一六〕寶公生於鷹巢：神僧傳卷四寶誌傳：「釋寶誌，本姓朱氏，金城人。初，朱氏婦聞兒啼鷹巢中，梯樹得之，舉以爲子。」參見本集漣水觀音畫像贊注〔一二〕。

布景堂記〔一〕

宣和三年秋，萍鄉文益之還自大梁〔二〕，過湘上，會余。夜語及里中奇豪，而高侯尤其魁壘者〔三〕。侯學精敏而齒少，行修潔而材高，雖隱約寂寞之濱〔四〕，而名滿縉紳之間。所居有風泉雲壑之勝，茂林修竹之美，四時之景，陰晴異態，穠纖畢見。構亭佳處，而名之曰「布景」。余因得其爲人，而想見其處，恨未能與益之從侯相佯乎其上〔五〕，援筆而賦之。越明年春，以書抵余曰：「山川之妍美，閱古今而不盡；萬物之榮謝，供四時而無窮，然特若爲閑適者所施設，而爲悲愁者所乾沒也〔六〕。玉輪流輝，蒼崖哀湍，天下之清絕也。而倚娉婷者不見，節絲竹者不聞。晝公曰『月色靜中見，泉聲幽處聞』者〔七〕，譏之也。紅艷之閑美㊀，鳴禽之過前，物外之奇觀也。而憂國者以爲悲，行役者以爲愁，少陵曰『感時花濺淚，恨別鳥驚心』者〔八〕，哀之也。吾口先王之法言，逢至治之聖世，勤田園以供伏臘〔九〕，玩琴書以娛賓客，偏親慈和〔一〇〕，而耳目聰明；弟昆孝友，而樂易賢雅。所謂悲愁者，於我亦安能神哉？以吾之閑適，較市朝當十倍。吾亭雖陋，然萬景分布吾前，受吾約束，真造物之爲施設，非經營而得，招要而至者也〔一一〕。子其爲我書之。」余曰：「昔支遁之愛山，乃買沃洲之小嶺〔一二〕；賀知章之愛水，特上疏以乞鑑湖〔一三〕。其風味雖清妙，而正所謂經營招要者。若元(之)紫芝則不然㊁，偶愛陸渾山水之佳，遂留六年〔一四〕。余觀高侯之趣味，殆亦紫芝之流。」乃欣然爲記之。

【校記】

㈠閑：武林本作「嫺」。

㈡元：原作「之」，誤，今據武林本改。參見注〔一四〕。

【注釋】

〔一〕宣和四年春作於長沙。

〔二〕萍鄉文益之：嘉靖袁州府志卷八人物志一：「文彥直，字益之，萍鄉人。好學，手書籍以行。雖避寇亂山中，猶誦讀不輟。紹興初，以恩補漢陽軍事判官，終淮陽軍節度推官。弟彥先，建炎初進士，未仕卒。」　大梁：開封府。

〔三〕高侯：萍鄉人，名不可考。「侯」乃士大夫之尊稱，非其名。　魁壘：雄壯，高超特出。漢書鮑宣傳：「朝臣亡有大儒骨鯁，白首耆艾，魁壘之士。」已見前注。

〔四〕隱約：潛藏，隱藏。莊子山木：「夫豐狐文豹……雖飢渴隱約，猶且胥疏於江湖之上而求食焉，定也。」見前朱氏延真閣記注〔七〕。

〔五〕相佯：亦作「相羊」，猶遨遊，徘徊，盤桓。楚辭離騷：「折若木以拂日兮，聊逍遥以相羊。」王逸注：「逍遥，相羊，皆遊也。」參見本集卷五仙廬同巽中阿祐忠禪山行注〔五〕。

〔六〕乾没：猶言陸沉，喻埋没而無人知。參見本集卷三洪玉父赴官潁州會余金陵注〔一七〕。

〔七〕「晝公曰」句：唐僧皎然杼山集卷九贈包中丞書稱詩僧靈澈詩：「石帆山作，則有『月色靜中見，泉聲深處聞』。」惠洪引此詩「深處」作「幽處」，或別有據。廓門注：「杼山集第二卷五言秋居法華寺下院望高頂贈如獻上人詩曰：『峰色秋天見，松聲靜夜聞。影孤長不出，行道在寒雲。』杼山集第九卷贈包中丞書曰：『石帆山作，則有「月色靜中見，泉聲深處聞。」』愚曰：『此詩僧靈澈作也，不是晝公也。天廚禁臠失考。』」此亦誤爲晝公詩。參見本集卷七中秋夕以月色靜中見泉聲幽處聞爲韻分韻得見字注〔一〕。

〔八〕「少陵曰」句：杜甫春望：「感時花濺淚，恨別鳥驚心。」

〔九〕伏臘：夏之伏日，冬之臘日，皆祭祀之日。史記留侯世家：「留侯死，并葬黄石冢，每上冢伏臘，祠黄石。」漢書楊敞傳附楊惲報孫會宗書：「田家作苦，歲時伏臘，烹羊炰羔，斗酒自勞。」

〔一〇〕偏親：謂寡母。王禹偁送翟驤序：「歸故里，侍偏親。」

〔一一〕「然萬景分布吾前」五句：本集「約束萬象」之類表述甚多，如卷一龍安送宗上人還東吴：「約束萬象如驅奴。」卷七次韻曾英發兼簡若虛：「坐令萬象受控勒，知君有筆真如椽。」次韻見贈：「何當看公醉岸幘，約束萬象閑揮洒。」卷九次韻雲庵老人題妙用軒：「開軒閒隱几，萬象競趨陪。」

〔一二〕「昔支遁之愛山」二句：高僧傳卷四支道林傳：「支遁字道林。投跡剡山，於沃洲小嶺立寺行道。」世説新語排調：「支道林因人就深公買印山。深公答曰：『未聞巢由買山而隱。』」此合二事而用之。鍇按：劉長卿送上人：「孤雲將野鶴，豈向人間住。莫買沃洲山，時人已知處。」則唐人已將沃洲與買山二事合用。

〔一三〕「賀知章之愛水」二句：新唐書隱逸傳賀知章傳：「天寶初，病，夢遊帝居，數日寤，乃請爲道士，還鄉里，詔許之，以宅爲千秋觀而居。又求周宫湖數頃爲放生池，有詔賜鏡湖剡川一曲。」鑑湖，本名鏡湖。

〔一四〕「若元紫芝則不然」三句：新唐書卓行傳元德秀傳：「元德秀，字紫芝。……愛陸渾佳山水，乃定居。不爲牆垣扃鑰，家無僕妾。歲飢，日或不爨。嗜酒，陶然彈琴以自娱。人以酒肴從之，不問賢鄙，爲酣飲。」陸渾：山名。元和郡縣志卷六河南道一河南府伊闕縣：「陸渾山，俗名方山，在縣西五十五里。」底本「元」作「之」，乃涉形近而誤，今改。

少陽義井記〔一〕

建炎元年六月〔二〕，蔡陽野墅僧子辰俱潯陽檀越陳璹還自白湖〔三〕，過少陽，渴甚須水，道傍皆近人積水〔四〕，穢濁不絜（索）㊀〔五〕。相與歎曰：「江淮要衝，而地無美泉，何以止往來渴心？」相約出錢，開井于湖之左。而白湖楊元廣彦隆亦欲協成之〔六〕。有僧祖慶實董其事〔七〕。工畢，泉甘涼，邦人賴以灌畦飲啜，行人盛暑爲歸宿之所。易曰：「改邑不改井〔八〕。」以象正君子之有恒（恤）心㊁，雖大行無加，窮居不損〔九〕。

又曰：「井者，德之地〔一〇〕。」以象有恒（煩）心之德㊂〔一一〕，虛其中而不自有之也歟〔一二〕？嗚呼！二三人者，不獨爲濟衆無窮之利，其亦尚德也哉！十二月望日記〔一三〕。

【校記】

㊀絜：原作「索」，誤，今改。武林本作「潔」，可證。參見注〔五〕。

㊁正：武林本作「士」。 恒：底本作「恤」，誤，今改。參見注〔九〕。

㊂恒：原作「煩」，誤，今改。參見注〔一一〕。

【注釋】

〔一〕建炎元年十二月十五日作於蘄州黄梅縣。 少陽：地名，未詳，當在黄梅縣，俟考。

〔二〕建炎元年六月：靖康二年五月初一，高宗即帝位，改元建炎。

〔三〕蔡陽：古地名，即棗陽縣。太平寰宇記卷一四四山南東道三隨州棗陽縣：「本漢蔡陽縣地。後魏于此立南荆州。隋大業初改置春陵郡，仍改邑爲棗陽縣。唐初郡廢，而邑隸隨州。」 野墅：村舍。 僧子辰：生平法系未詳。 潯陽：郡名，即江州。方輿勝覽卷二二江州：「事要：郡名潯陽、九江、湓城。」 檀越：施主。 陳璹：生平未詳。 白湖：即太白湖。清一統志卷二六三黄州府：「太白湖，在黄梅縣西南四十里，其相近有長安湖、陶水湖，俱東通楊林湖。」

〔四〕近人積水：黄庭堅病起荆江亭即事十首之一：「近人積水無鷗鷺，時有歸牛浮鼻過。」此借用其語。

〔五〕穢濁不絜：「絜」，同「潔」，清潔。孟子盡心下：「欲得不屑不絜之士而與之。」趙岐注：「屑，絜也。不絜，汙穢也。」宋釋延壽中峰三時繫念儀範：「西天有寶，名曰清珠。何以得名爲清？謂此珠投入渾濁不潔水中，珠入水一寸，則一寸之濁水，即便澄湛清潔。」底本「絜」作「索」，涉形近而誤，今改。

〔六〕楊元廣彦隆：楊元廣，字彦隆，生平未詳。

〔七〕僧祖慶：生平法系未詳。

〔八〕改邑不改井：易井卦：「井：改邑不改井。」王弼注：「井以不變爲德者也。」孔穎達疏：「井者，物象之名也。古者穿地取水，以瓶引汲，謂之爲井。此卦明君子修德養民，有常不變，終始无改，養物不窮，莫過乎井，故以修德之卦取譬，名之井焉。改邑不改井者，以下明井有常德，此名井體有常，邑雖遷移，而井體无改，故云『改邑不改井』也。」

〔九〕「以象正君子」三句：謂井以其不變之德象徵正君子之恒心，君子本性恒定，無論縱横天下，還是困窘隱居，皆不會增減。孟子盡心上：「君子所性，雖大行不加焉，雖窮居不損焉，分定故也。」大行，猶遠行。「恒」，底本作「恤」，「恤心」與井之德無關，涉形近而誤。參見注〔一一〕。

〔一〇〕「井者」二句：易繫辭下：「井，德之地。」韓康伯注：「所處不移，象居得其所也。」

〔一一〕以象有恒心之德：易井卦：「初六，井泥不食，舊井无禽。」王弼注：「井者，不變之物，居德之地，恒德至賤，物无取也。」孔穎達疏：「注言此者，明井既有不變，即是有恒。既居德地，即是用德也。今居窮下，即是恒德至賤，故物无取也。禽之與人，皆共棄舍也。」孟子梁惠王上：「無恒産而有恒心者，惟士爲能。」 底本「恒」作「煩」，「煩心」與井之德無涉，乃涉形近而誤。

〔一二〕虚其中而不自有：易咸卦：「象曰：山上有澤咸，君子以虚受人。」孔穎達疏：「此咸卦下山上澤，故能空虚其懷，不自有，實受納於物，无所棄遺。」

〔一三〕望日：月圓之日，指農曆每月之十五日。

華嚴院記 代〔一〕

政和四年春二月，余自高安赴官臨汝〔二〕，行豐城境十餘里〔三〕，奇峰秀深，沃野自獻，有白沙清流、茂林脩竹之勝。望林表出楯瓦〔四〕，路人曰：「其下華嚴院也。」遂造焉。碧杉脩徑，苾芻戢戢出迎客〔五〕。廈屋崇成如幻出，禪齋風欞，金碧隨目，殆應接不暇〔六〕。問住持僧惠訥曰〔七〕：「院以父子傳器，而服玩不減禪林〔八〕，何哉？」訥曰：

「教有頓漸，道無禪律。今兩者相攻以其私〔九〕，而佛法微矣。譬如棗中蟲，徒自蠹壞。出家蓋大丈夫事〔一〇〕，其説甚高，緒餘土苴〔一一〕，足以道廣孝慈，上助清化。今其衰，其徒特不足知此，如鳶翔青冥，而心不忘腥穢〔一二〕。求教之興，三尺童子知其難。」余首肯其説而心奇之。秋七月，訥遣僧抵余曰：「吾廬居於唐光化之元年〔一三〕，名報恩。迄本朝治平之三年〔一四〕，詔改賜今額。嘗燼火，廢爲丘墟，草屋數楹，僅蔽風雨者。自善明至懷珍七傳〔一五〕，訥寔繼珍後。因淨檀首建三門〔一六〕，作兩序屋，修普光明大殿。前峙雙閣，一以像僧伽〔一七〕，一以館鐘虡〔一八〕。東爲香積廚〔一九〕，繞以複屋，闢典事堂，有廩有廁。西爲三聖堂〔二〇〕，增其後架，設賓客館，有湢有庾〔二一〕。造演法潮音堂，總屋於其中。又建華嚴閣於寢室之上，以實毗盧法寶之藏〔二二〕。高深雄麗，吞風吐月〔二三〕，凡禪林所宜有者畢備，僧至如歸。轟轟鼓魚〔二四〕，泯泯作息〔二五〕，要不憚諸方〔二六〕。經始於崇寧癸未之春，斷手於政和乙未之冬〔二七〕。吾方念能事雖畢〔二八〕，而後之來者未知飯僧報佛無窮之意，而公適儼然辱而臨之，非夙緣乎？幸强爲我記之。」余曰：「今人持左券以取寓物〔二九〕，未敢必得。然爭毛髮之利，斫頭穴胸〔三〇〕，何知慮刑〔三一〕。而訥宴坐一室，影不出山〔三二〕，能使施者填門，不十年之間，化瓦礫之墟爲梵釋龍天之宮〔三三〕，此其才必有過人者。視其中，渠渠欲置人於慈祥之域〔三四〕，而專欲以精嚴自礪，於夫裨販如來以自賊者異矣〔三五〕。使其聞訥之風，亦可以少泚其顙云〔三六〕。」

【注釋】

〔一〕政和四年七月作於撫州崇仁縣。　華嚴院：在洪州豐城縣。　鍇按：此記言：「政和四年春二月，余自高安赴官臨汝。」臨汝，崇仁縣之古名。元和郡縣志卷二九江南道撫州：「崇仁縣，本漢臨汝縣之地。」考弘治撫州府志卷九公署志三縣治崇仁縣知縣：「彭以功，（政和）四年。」又本集卷八有至撫州崇仁縣寄彭思禹奉議兄四首，同卷又有余還自海外至崇仁見思禹以四詩先焉既别又有太原之行已而幸歸石門復次前韻寄之以致山中之信云，又卷二三連瑞圖序曰：「崇仁爲撫屬邑……今年春，奉議彭公思禹、通佐仇公彦和聯翩下車。」可知於政和四年春赴官臨汝者，必爲彭以功（思禹），此記乃代以功作。又按：惠洪政和四年自海南還，六月至崇仁縣。此記曰：「秋七月，訥遣僧抵余曰。」則惠訥遣僧見彭以功，時惠洪正在崇仁，故爲代作。然此記有「經始於崇寧癸未之春，斷手於政和乙未之冬」二句，崇寧癸未爲崇寧二年（一一〇三），政和乙未爲政和五年（一一一五），而記曰：「不十年之間，化瓦礫之墟爲梵釋龍天之宮。」自崇寧癸未至政和乙未，計十三年，與「不十年之間」不合。又惠訥遣僧至崇仁，時在政和四年七月，不可預知政和五年冬月之事。且彭以功政和四年春二月經豐城縣，時華嚴院已建畢。是以知華嚴院必斷手於政和初，「政和乙未之冬」當有誤。故今繫此記於政和四年。

〔二〕高安：筠州高安郡，治高安縣。

〔三〕豐城：縣名，宋屬洪州。故治在今江西豐城縣。

〔四〕楯瓦：此指建築之欄楯與屋瓦。參見本集卷四中秋石門同超然鑒忠清三字翫月注〔一六〕。

〔五〕苾芻：比丘，和尚。　戢戢：衆多貌。

〔六〕應接不暇：世説新語言語：「從山陰道上行，山川自相映發，使人應接不暇。」

〔七〕惠訥：生平未詳。

〔八〕「院以父子傳器」二句：謂華嚴院雖以師徒相傳爲住持，然其服飾器用玩好之物，不亞於禪宗寺院。　傳器：喻傳法。景德傳燈録卷一第一祖摩訶迦葉：「此阿難比丘，多聞總持，有大智慧，常隨如來，梵行清淨。所聞佛法，如水傳器，無有遺餘。」黄庭堅法安大師塔銘：「又往武寧之延恩寺。延恩父子傳器，貧不能守之。」父子傳器，指甲乙制寺院，屬律宗。宋余靖武溪集卷九筠州洞山普利禪院傳法記：「近世分禪、律爲二學，其所居之長，禮以德、律以親而授之。」元單慶修、徐碩至元嘉禾志卷二六載宋陳舜俞福嚴禪院記：「佛無二道，未有禪律；道異徒别，而居亦判矣。崇扉閎然，鐘倡鼓和，圓頂大袖，塗人如歸，環食劍處，不問疏親者，謂之十方；人閭一户，室居而家食，更相爲子弟者，謂之甲乙。」宋范成大吳郡志卷三五載宋陳于（因明寺）新改禪寺記：「夫律爲漸，禪爲頓，而爲之徒者，以禪授什方，以律傳父子。」　錯按：此句以「服玩」相比，隱含當時甲乙律院經濟不如十方禪院經濟之普遍認知。本集卷二三潛庵禪師序：「晨香夕燈，升堂説法，如臨千衆，而叢林所服玩者莫不具。」林間録卷上：「大覺禪師璉公，以道德爲仁廟所敬，天下想望風采，其居處服玩，可以化寶坊也。」故服玩爲評價寺院經濟條件指標之一。

〔九〕今兩者相攻以其私：蘇軾祭龍井辯才文：「孔老異門，儒釋分宫。又於其間，禪律相攻。」宋饒節倚松詩集卷二山居雜頌七首之六：「律師持律笑禪寂，禪客參禪笑律拘。禪律二途俱不涉，幾箇男兒是丈夫。」

〔一〇〕出家蓋大丈夫事：唐國史補卷上：「崔趙公嘗問徑山曰：『弟子出家得否？』答曰：『出家是大丈夫事，非將相所爲也。』」參見本集卷六次韻吳興宗送弟從潙山空印出家注〔四〕。

〔一一〕緒餘土苴：莊子讓王：「道之真以治身，其緒餘以爲國家，其土苴以治天下。」陸德明釋文：「緒餘：司馬、李云：『緒者，殘也。謂殘餘也。』土苴：司馬云：『土苴如糞草也。』李云：『土苴，糟魄也。皆不真物也。』」

〔一二〕「如鳶翔青冥」二句：喻貪惡之人，身雖出家，而心不忘世俗污穢之事。詩大雅旱麓：「鳶飛戾天。」鄭箋：「鳶鴟之類，鳥之貪惡者也。飛而至天，喻惡人遠去不爲民害也。」南唐譚峭化書卷五鴟鳶：「有智者憫鴟鳶之擊腐鼠，嗟螻蟻之駕㙛蟲，謂其爲蟲，不若爲人。」

〔一三〕光化：唐昭宗年號，公元八九八～九〇〇年。

〔一四〕治平：宋英宗年號，公元一〇六四～一〇六七年。

〔一五〕自善明至懷珍七傳：謂華嚴院住持自善明至懷珍，師徒父子相傳七世。善明、懷珍，生平皆不可考。

〔一六〕淨檀：淨衆與檀越。淨衆，即僧衆；檀越，即施主。

〔一七〕僧伽：釋僧伽，葱嶺北何國人，自言俗姓何氏。唐龍朔初年來西涼府，次歷江淮，隸名於山陽龍興寺，屢現神異。中宗景龍二年於内道場召問法要。四年終於薦福寺。事具宋高僧傳卷一八唐泗州普光王寺僧伽傳。

〔一八〕鐘虡：文選卷一班固西都賦：「列鐘虡於中庭，立金人於端闈。」李善注：「史記曰：『始皇大收天下兵器，聚之咸陽，銷以爲鐘鐻。』徐廣曰：『鐻音巨。』毛詩曰：『設業設虡。』毛萇曰：『植曰：虡與鐻，古字通。』」吕向注：「鐘虡，鐘格也。」

〔一九〕香積廚：謂僧家之食廚，蓋取維摩詰經香積世界香飯之意。

〔二〇〕三聖堂：其堂供奉華嚴三聖，中爲毗盧舍那佛，佛之左位爲文殊菩薩，佛之右位爲普賢菩薩。

〔二一〕有湢有廄：廓門注：「湢即浴室也，廄即馬舍也。」

〔二二〕毗盧法寶之藏：指佛經，釋迦牟尼之法寶。毗盧，即釋迦如來真身毗盧遮那佛。

〔二三〕吞風吐月：形容大廈之深廣。蘇軾再用前韻：「諸公渠渠若夏屋，吞吐風月清隅限。」此借用其語。

〔二四〕轟轟：象聲詞，形容大聲連續作響。　鼓魚：鼓與木魚，召集僧侶等所用。釋氏要覽卷下雜紀揵稚：「出要律儀云：『此譯爲鐘磬。』五分律云：『（隨有）瓦木銅鐵，鳴者皆名揵稚。』……智論云：『迦葉於須彌山頂，撾銅揵稚。』增一經云：『阿難升講堂，擊揵稚者，此名如來信鼓也。』（令詳律。但是鐘磬、石板、木板、木魚、砧搥，有聲能集衆者，皆名揵稚也。今寺院木魚者，蓋古人不可以木朴擊之，故創魚象也。又必取張華相魚之名。或取鯨魚一擊蒲勞，爲之大鳴也。）」

〔二五〕泯泯：紛然衆多貌。王安石同昌叔賦雁奴：「嗷嗷身百憂，泯泯衆一息。」

〔二六〕要：要之，總而言之。　不憻諸方：意謂不亞於各處禪院。

〔二七〕斷手：完工，完畢，營造了當。

〔二八〕能事：所能之事，此指建造華嚴院之事。易繫辭上：「引而伸之，觸類而長之，天下之能事畢矣。」

〔二九〕持左券以取寓物：古之契約分爲左右兩片，左片稱左券，由債權人收執，用爲索償之憑證。史記田敬仲完世家：「公常執左券以責於秦、韓，此其善於公而惡張子多資矣。」蘇軾三槐堂銘敘：「晉公修德於身，責報於天，取必於數十年之後。如持左券，交手相付，吾是以知天之果可必也。」

〔三〇〕斫頭穴胸：猶言砍頭穿胸。漢書灌夫傳：「夫曰：『今日斬頭穴匈，何知程、李？』」顏師古注引晉灼曰：「斬頭見刺，猶不止也。」匈，通「胸」。

〔三一〕慮刑：猶言慮禍，憂慮刑禍及身。

〔三二〕影不出山：高僧傳卷六釋慧遠傳：「自遠卜居廬阜，三十餘年影不出山，迹不入俗。」此借用其語。

〔三三〕化瓦礫之墟爲梵釋龍天之宮：蘇軾東林第一代廣惠禪師真贊：「蓋將拊掌談笑，不起于坐，而使廬山之下，化爲梵釋龍天之宮。」此化用其意。

〔三四〕渠渠：殷勤貌。梅堯臣將赴表臣會呈杜挺之：「膝前嬌小女，眼底寧馨兒。學語渠渠問，牽裳步步隨。」

〔三五〕裨販如來以自賊者：楞嚴經卷六：「云何賊人假我衣服，裨販如來，造種種業，皆言佛法，却非出家，具戒比丘，爲小乘道。」

〔三六〕少泚其顙：謂稍微令其羞愧，使其因慚愧而汗泚泚然出於額頭。語本孟子滕文公上。參見本集卷一謁蔡州顏魯公祠堂注〔二二〕。

寄老庵記 代〔一〕

高安，南州之屬郡〔二〕。地連西山、廬嶽之勝〔三〕，俗美訟簡，士大夫自爲江西道院〔四〕。飛楹畫棟，間見層出於茂林修竹〔五〕，往往皆浮圖、老子之廬〔六〕。龍城院去郭餘一舍〔七〕，山川精神發於雲泉林壑間，如人眉目處〔八〕。余家筠谿之上〔九〕，少時往游焉，窮奇索幽，信宿彌日〔一〇〕，便有終焉之計。一行作吏〔一一〕，轉徙四方，登高臨遠，未嘗忘於龍城也。政和四年冬，余留京師，官冷口衆〔一二〕，自厭風埃，又病痁彌月〔一三〕，愈不懌。而覺範道人適自高安來，夜語及龍城舊游，翛然忘紛，而洁亦棄余而去。問覺範：「誰從子游？」「有老僧志淳者〔一四〕，其爲人木訥而靜深，易親而難忘〔一五〕。今結庵於鳳回峰之西〔一六〕，名曰『寄老』。每曰：『高風頹於無勇，白業毀於有累〔一七〕。前聖知之，故令比丘一飯日中〔一八〕，三宿桑下〔一九〕。吾幼知人間情緣爲累，故棄之而學道。知方外事法爲累，又棄之閑放。然諸餘勃窣〔二〇〕，飢飡困臥，猶累於老，未可棄去，故持以寄之。因以名吾庵。』」嗟夫！世方以累爲榮，而爭趨之。淳獨超然高蹈，賢於人遠矣。吾聞天台智者臨終，門人問所證，答曰：「我不領衆，早淨六根，以傳法利生，止證内凡五品耳〔三〕。」淳之志其以是哉！明年上元，覺範南還，因理其事爲之記，使歸刻石山中。他年當乞身歸田，幅巾杖屨以從淳游，尚未晚也。

【注釋】

〔一〕政和五年元月十五日作於開封府。　鍇按：此記題下注明代作，且文中曰：「政和四年冬，余留京師，官冷口衆，自厭風埃，又病痁彌月，愈不懌。而覺範道人適自高安來。」又曰：「明年上元，覺範南還，因理其事爲之記。」覺範道人即惠洪，政和四年冬證獄太原，途經京師。考本集卷二三李德茂書城四友序：「政和五年，余自太原還南州，過都下。上元夕，宿故人李德茂之館。」故知此記爲惠洪代李德茂而作。

〔二〕「高安」二句：輿地紀勝卷二七江南西路瑞州：「州沿革：漢爲豫章郡之建城縣。（輿地廣記云：自唐以前，地理與洪州同。）三國、南朝及隋，並屬豫章郡（圖經）。唐即縣地置靖州（武德五年），隸洪州總管。又以隱太子諱改建城曰高安。又改靖州爲米州（武德十年，以有米山之故）。是年又改爲筠州（以土産篁竹，故名）。八年廢筠州及四縣，併入高安，終唐之世，以縣屬洪州。」黄庭堅江西道院賦：「高安之城，豫章之别。」　南州，代指洪州豫章郡。

〔三〕西山：洪州南昌西山，亦稱南昌山。　廬嶽：廬山。

〔四〕「俗美訟簡」二句：黄庭堅江西道院賦：「江西之俗，士大夫多秀而文，其細民險而健，以終訟爲能。由是玉石俱焚，名曰珥筆之民。雖有辯者，不能自解免也。惟筠爲州，獨不嚚於訟，故筠州太守號爲守江西道院。然與南康、廬陵、宜春三郡，並蒙惡聲。元祐八年，武陵柳侯子儀守筠之明年也，樂其俗之孅，使爲政者不勤，乃新燕居之堂，榜曰『江西道院』，以鼓舞其國風，且爲高安之父老雪恥焉。」　自爲：自謂。

〔五〕間見層出：一再不斷出現。韓愈貞曜先生墓志銘：「神施鬼設，間見層出。」此用其語。

〔六〕浮圖、老子之廬：指佛教寺院與道教宮觀。

〔七〕一舍：三十里。左傳僖公二十三年：「晉楚治兵，遇於中原，其辟君三舍。」

〔八〕「山川精神」二句：黄庭堅南康軍都昌縣清隱禪院記：「蓋南山之於都昌，如娟秀人直其眉目清明處也。」此化用其意。

〔九〕余家筠谿之上：筠谿在新昌縣，可知李德茂爲新昌人，與惠洪同鄉。

〔一〇〕信宿：連宿兩夜。參見本集卷三七夕卧病詩注〔一五〕。

〔一一〕一行作吏：猶言一經做官，一旦做官。嵇康與山巨源絶交書：「游山澤，觀魚鳥，心甚樂之。一行作吏，此事便廢。」

〔一二〕官冷口衆：謂其官職清寒冷落，而其家庭人口衆多。九家集注杜詩卷一醉時歌：「諸公衮衮登臺省，廣文先生官獨冷。」注：「趙云：唐人以祠部無事，謂之冰廳。冰音去聲。趙璘云：言其清且冷也。」

〔一三〕痁：多日之瘧。左傳昭公二十年：「齊侯疥，遂痁。」本集卷二七跋太師試筆帖二首之一：「予卧痁逾月，偶閲之，覺痁不辭而去。」

〔一四〕老僧志淳：龍城院僧。參見本集卷一九龍城智公真贊注〔一〕。

〔一五〕易親而難忘：黄庭堅同王稚川晏叔原飯寂照房得房字：「雅雅王稚川，易親復難忘。」此借用其語。

〔一六〕鳳回峰：輿地紀勝卷二六江南西路瑞州：「鳳凰山：蜀江志曰：州衙在鳳凰山麓。新志云：唐武德時，應智頊作守，鳳凰集於此山。」鳳回峰或此山歟？俟考。

〔一七〕白業：善業。相對於黑業之稱。

〔一八〕一飯日中：釋氏要覽卷上中食：「今言中食，以天中日午時得食，當日中，故言中食。」

〔一九〕三宿桑下：後漢書襄楷傳：「浮屠不三宿桑下，不欲久生恩愛，精之至也。」李賢注：「言浮屠之人寄宿桑下者，不經三宿便即移去，示無愛戀之心也。」

〔二〇〕勃窣：猶婆娑，紛披雜亂貌。

〔二一〕「吾聞天台智者臨終」七句：續高僧傳卷一七隋國師智者天台山國清寺釋智顗傳：「不久告衆曰：『吾當卒此地矣。』……有問其位者，答曰：『汝等嬾種善根，問他功德，如盲問乳，蹶者訪路云云。吾不領衆，必淨六根，爲他損己，只是五品内位耳。』」

吉州禾山寺記 代〔一〕

始達磨自西來，以法授少林慧可，而衣鉢爲信〔二〕。五傳至曹谿慧能，能知其道信於天下也，藏其衣鉢而化〔三〕。故世稱曹谿之門，得道者不可以數計。然獨大長老行思、懷讓克肖前懿，號二甘露門〔四〕。思睠廬陵山水，而老於青原〔五〕。讓亦庵於衡霍之下〔六〕。石頭希遷者，思高弟也，從讓游，思實使之〔七〕。馬祖道一者，受讓記莂，卜鄰青原，久之，遂終於石門，讓實使之〔八〕。今天下指目江西爲禪宗法道之源者，以曹谿一子一孫首辱居焉〔九〕。永新爲江西山川形勝之地〔一〇〕，城南有山，巋然深秀，晴嵐夕暉，應接不暇者，唐僧達奚棲遲之所也〔一一〕。奚不知何許人，以文德初始至〔一二〕，刀耕火種，住成法席，致嘉禾之瑞，因以名山，號大智禪院。院僻嶮，初未著於諸方。吴順義二年〔一三〕，僧無殷中興之，恢復法度，學者趨之如雲。殷，九峰虔禪師之嗣，青原八世孫也〔一四〕。方是時，禪學之弊，巧見異解，殷以擊鼓之機，脱略窠臼〔一五〕，於是宗風大振，學者賴之。嗣殷者有契雲〔一六〕。自雲殁，代居者名存實亡。大中祥符初〔一七〕，詔改賜甘露禪院。有楚材者道價重一時〔一八〕，法席之盛，追比殷時。又十世，而有德普，有高行，自黄龍窟中來〔一九〕。普殁，七世而有妙湛大師法安〔二〇〕，初以政和元年自祥符移居之〔二一〕。五年，視前營搆，增其所未有者，新其所已壞者。於是莊嚴紫金光聚，則有殿〔二二〕；棲稱如實旁行之書，則有藏〔二三〕；會四海苾芻求寂，則有堂〔二四〕；辦香積伊蒲塞之饌，則有廚〔二五〕；像祖師，則有閣；館鐘虡〔二六〕，則有樓。升座法施之堂，則曰無畏；集定傳道之室，則曰大智。而閣於室之上，名善應。修廡複屋，高深壯麗，冬温夏涼，重規疊矩，叢林號廬陵第一。嗚呼！妙湛之游戲於是作，可謂集諸老之大成者也。安走使京師，乞文記其事。余方困頓黄塵，寄逸想於雲泉杳靄處，恨未能角巾梨杖，與山中高人游，厭飫清境。然余非學佛者，其詭祕多溟涬然〔二七〕。竊嘗論之，忠孝碩大如宋王彧、唐魏元忠、徐有功輩，初未必皆深於佛理，觀其臨禍福，超然自得，豈所謂所聞或淺，而其義甚高者歟〔二八〕？故余於禪學，凡鈎章棘句、凌跨方等、汗漫横流者〔二九〕，則非肉眼所能勘驗。至於生死之際，有不容其僞者矣〔三〇〕。無殷將化，集衆謂曰：「後學未識禾山，今朝識取。」因怡然而逝〔三一〕。德普之將化，飲食畢，談笑而寂〔三二〕。然其言論風旨無所傳聞〔三三〕。妙湛，雪竇之後，又青原之遠裔，吾將觀焉。既論之，又系以詞曰：

龍谿落石雪浪犇，萬山環之如虎蹲。凌霄白雲相弟昆，七十一峰讓其尊〔三四〕。煙霏摇空含朝暾，微風徐來掃靄氛。樓閣時爲金碧痕，聰明澄泓自吐吞。三偉不見陳迹存〔三五〕：異哉僧奚貌粹温，澗飲婆娑麋鹿羣〔三六〕。誰中興之殷澄源，咄嗟萬指魚鼓喧〔三七〕。普公高喉已語言，得法來自黄龍門。弟子生奠手自捫，放箸蟬蛻撼不聞〔三八〕。大士法戰著策勳〔三九〕，睨視生死等旦曛〔四〇〕。君看妙湛願力熏，樓觀幻出高切雲〔四一〕。美髯説法起機輪，自云的骨雪竇孫〔四二〕。江山偃蹇驕氣噴〔四三〕，不受彈壓無傑文〔四四〕。願乞銘（名）詩刻雲根㊀〔四五〕，導賡孝慈酬帝恩。

【校記】

㊀ 銘：原作「名」，誤，今改。參見注〔四五〕。

【注釋】

〔一〕政和五年元月中旬作於開封府。　鍇按：此記題下注明代作，文中稱政和五年，法安走使京師，乞文記其事，「余方困頓黄塵，寄逸想於雲泉杳靄處」，其時其地其事皆與前寄老庵記作者處境心情類似，故此記亦當代爲李德茂作。　吉州：即廬陵郡，治廬陵縣，宋屬江南西路。　禾山寺：輿地紀勝卷三一江南西路吉州：「禾山：在永新縣西北六十里，其趾五百里。昔有嘉禾生其上，故曰禾山。有甘露禪院。其巔平衺，奇峰累累，有覆釜之狀者七十一。舊傳唐宰相姚崇未遇時，卜居於側。本朝元絳有詩題亭上。」同卷又曰：「大智院：在永新縣之禾山。唐文德中，西域胡僧奚達駐錫於此。本朝改爲甘露院。院有南唐所藏佛牙舍利。又太宗所賜磨蹋提國所進釋迦真身舍利，亦藏於寺。」

〔二〕「始達磨自西來」三句：景德傳燈録卷三第二十八祖菩提達磨：「最後慧可禮拜後依位而立，師曰：『汝得吾髓。』乃顧慧可而告之曰：『昔如來以正法眼付迦葉大士，展轉囑累而至於我。我今付汝，汝當護持，并授汝袈裟以爲法信，各有所表，宜可知矣。』可曰：『請師指陳。』師曰：『内傳法印，以契證心；外付袈裟，以定宗旨。後代澆薄，疑慮競生，云吾西天之人，言汝此方之子，憑何得法，以何證之？汝今受此衣法，却後難生，但出此衣并吾法偈，用以表明，其化無礙。至吾滅後二百年，衣止不傳，法周沙界。』」

〔三〕「五傳至曹谿慧能」三句：慧可傳僧璨，僧璨傳道信，道信傳弘忍，弘忍傳慧能，慧可至慧能共五世，故曰五傳。景德傳燈録卷三第二十九祖慧可大師載其告僧璨語曰：「菩提達磨遠自竺乾，以正法眼藏密付於吾。吾今授汝并達磨信衣。汝當守護，無令斷絶。」同卷第三十祖僧璨大師載其傳法於道信：「師屢試以玄微，知其緣熟，乃付衣法。」同卷第三十一祖道信大師載其以弘忍爲弟子，「以至付法傳衣」。同卷第三十二祖弘忍大師載其密告慧能曰：「今以法寶及所傳袈裟用付於汝，善自保護，無令斷絶。」同書卷五第三十三祖慧能大師：「先天元年，告諸徒衆曰：『吾忝受忍大師衣法，今爲汝等説法，不付其衣。蓋汝等信根淳熟，決定不疑，堪任大事。』」同卷吉州青原山行思禪師：「一日，祖（慧能）謂師曰：『從上衣法雙行，師資遞授，衣以表信，法乃印心。吾今得人，何患不信。吾受衣以來，遭此多難，況乎後代，爭競必多。衣即留鎮山門，汝當分化一方，無令斷絕。』」達磨預言「至吾滅後二百年，衣止不傳」，慧能不傳衣，乃符其讖。

〔四〕「然獨大長老行思、懷讓」二句：慧能門徒衆多，然惟青原行思、南嶽懷讓二禪師之後嗣綿延不絕，故五燈會元諸書竟以「青原下」、「南嶽下」之世系爲禪宗傳法譜系。　二甘露門，指二人爲能化衆生入甘露涅槃之門。景德傳燈録卷三第二十八祖菩提達磨：「時有二師，一名佛大先，一名佛大勝多，本與師同學佛陀跋陀小乘禪觀。佛大先既遇般若多羅尊者，捨小趣大，與師並化。時號『二甘露門』矣。」此借用其語。

〔五〕「思睠廬陵山水」二句：景德傳燈録卷五吉州青原山行思禪師：「本州安城人，姓劉氏，幼歲出家。師既得法，住吉州青原山靜居寺。」睠，同「眷」，反顧，眷戀。廬陵，即吉州。青原，山名。輿地紀勝卷三一江南西路吉州：「青原山，在廬陵縣。」

〔六〕「讓亦庵於衡霍之下」：景德傳燈録卷五南嶽懷讓禪師：「姓杜氏，金州人也。……先天二年始往衡嶽，居般若寺。」　衡霍：即南嶽衡山。九家集注杜詩卷三一送王十六判官：「衡霍生春早，瀟湘共海浮。」注：「衡霍，以公之時言之，則一山而受二名。公今所謂衡霍，則當時言衡山猶曰衡霍，故對瀟湘，瀟湘則湘江也。」

〔七〕「石頭希遷者」四句：景德傳燈録卷五吉州青原山行思禪師：「師令希遷持書與南嶽讓和尚，曰：『汝達書了，速迴。吾有箇鈯斧子，與汝住山。』遷至彼未呈書，便問：『不慕諸聖、不重己靈時如何？』讓曰：『子問太高生，何不向下問？』遷曰：『寧可永劫沈淪，不慕諸聖解脱。』讓便休。遷迴至靜居，師問曰：『子去未久，送書達否？』遷曰：『信亦不通，書亦不達。』師曰：『作麽生？』遷舉前話了，却云：『發時蒙和尚許鈯斧子，便請取。』師垂一足，遷禮拜，尋辭往南嶽。」

〔八〕「馬祖道一者」六句：景德傳燈録卷六江西道一禪師：「唐開元中，習禪定於衡嶽傳法院，遇讓和尚。同參九人，唯師密受心印。（注：讓之一猶思之遷也，同源而異派。故禪法之盛始于二師。）始自建陽佛迹嶺，遷至臨川，次至南康龔公山，大曆中隸名於開元精舍。」記莂，亦作「記別」，指佛爲弟子預記死後生處及未來成佛因果、國名、佛名等事。授此記別於弟子，謂之授記。參見本集卷一七二十九日明白庵主寂滅之日用欲得現前莫存順逆爲韻作八偈注〔七〕。

〔九〕曹谿一子一孫：行思爲慧能法子，道一爲慧能法孫，皆住江西，故云。

〔一〇〕永新：縣名，宋屬江南西路吉州。

〔一一〕達奚：西域胡僧，生平不可考。輿地紀勝卷三一作「奚達」，見注〔一〕。棲遲：游息，隱遁。詩陳風衡門：「衡門之下，可以棲遲。」

〔一二〕文德：唐僖宗年號，公元八八八年。

〔一三〕順義：五代十國吴睿帝楊溥年號，公元九二一～九二七年。

〔一四〕「僧無殷中興之」六句：僧無殷（八九一～九六〇），福州人，姓吴氏。嗣法九峰道虔禪師。景德傳燈録卷一七吉州禾山無殷禪師：「七歲依雪峰真覺大師出家，年滿受戒。游方，抵筠陽，謁九峰，峰許入室。一日謂之曰：『汝遠遠而來，暉暉隨衆，見何境界而可修行？由何徑路而能出離？』師對曰：『重昏廓闢，盲者自盲。』峰初未許，師於是發明厥旨，頓忘知見。先受請，止吉州禾山大智院，學徒濟濟。嘗述垂誡十篇，諸方歎伏，咸謂：『禾山可以爲叢林表則。』」禪林僧寶傳卷五吉州禾山殷禪師傳：「游方至九峰……於是依止十餘年。虔移居石門，亦從之。及虔殁，去游廬陵。至永新，見東南山奇勝，乃尋水而往，有故寺基，蓋文德中異僧達奚道場，遂定居。學者雲集。……閲世七十，坐夏五十。謚法性禪師，塔曰妙相。」

〔一五〕「殷以擊鼓之機」二句：禾山無殷禪師擊鼓之機，爲禪林著名公案。碧巖録卷五第四十四則禾山解打鼓：「舉禾山垂語云：『習學謂之聞，絶學謂之隣，過此二者，是爲真過。』僧出問：『如何是真過？』山云：『解打鼓。』又問：『如何是真諦？』山云：『解打鼓。』又問：『即心即佛即不問，如何是非心非佛？』山云：『解打鼓。』又問：『向上人來時如何接？』山云：『解打鼓。』」禪宗頌古聯珠通集卷三四收「禾山解打鼓」頌古六則。

〔一六〕嗣殷者有契雲：景德傳燈録卷二三目録吉州禾山無殷禪師法嗣有吉州禾山契雲禪師，無機緣語句，不録。

〔一七〕大中祥符：宋真宗年號，公元一〇〇八～一〇一六年。

〔一八〕楚材：亦作楚才，號禪智禪師，臨江軍人。德山慧遠禪師法嗣，屬雲門宗青原下九世。建中靖國續燈録卷三鼎州德山慧遠禪師法嗣：「廬陵禾山禪智禪師，諱楚才，臨江軍人也。僧儀挺拔，藴德異常，心契德山，名聞江國。大丞相劉公沆一見問道，遂有發明，爲方外交，敬以師禮。請居禾山，兼住顯親，特奏章服、師號，仍不許别遷法席。聖旨批允，崇重若此。」續傳燈録卷二、五燈會元卷一五作楚材。

〔一九〕「又十世」四句：禾山德普禪師（一〇二五～一〇九一），綿州蒲氏子。少尚氣節，有卓識。依富樂山靜禪師，年十八得度受具。秀出講席，解唯識、起信論，兩川無敢難詰者，號義虎。後出蜀游方，熙寧元年至黄龍山，師事慧南禪師，豁然有省。八年秋，游螺川，待制劉沆請住慧雲禪院，主七年，遷住禾山十二年。元祐六年元月卒。閲世六十有七，坐四十九夏，全身塔于寺之左。事具禪林僧寶傳卷二九。

〔二〇〕妙湛大師法安：廓門注：「按：法安，吉州禾山用安歟？」錯按：吉州禾山用安禪師，嗣法金山善寧，爲青原下十三世，嘉泰普燈録卷八、五燈會元卷一六載其機語。金山善寧嗣法慧林宗本，宗本嗣法天衣義懷，義懷嗣法雪竇重顯。此記稱妙湛爲「雪竇之後，又青原之遠裔」，與禾山用安之事合，或法安亦名用安，廓門之説可從。

〔二一〕祥符：寺名，在吉州。江西通志卷一一二寺觀志二吉安府：「東山祥符寺：東山，在今府治南。其名東山者，仍其舊也。建自吴建興二年，名東山禪寺。宋大中祥符元年改今名。治平二年改額慈恩，黄庭堅撰仁壽塔記。」豫章黄先生文集卷一八吉州慈恩寺仁壽塔記曰：「吉州東山慈恩寺，治平皇帝賜名也。寺有江南李氏保大中刻石，曰龍興寺。而高僧傳言仁壽舍利塔在發蒙寺。寺三易名。」

〔二二〕「於是莊嚴紫金光聚」二句：謂建佛殿以置佛菩薩之像。本集卷二一潭州大潙山中興記：「刻淨土佛菩薩之像，莊嚴妙麗，千花照映，如紫金山，並高爭峻。建殿于天供廚之南。」

〔二三〕「棲稱如實旁行之書」二句：謂建藏以棲息存放佛書。如實，即真如實性。旁行，横行，梵文書寫方式，代指佛書。漢書西域傳安息國傳：「書革，旁行爲書記。」顔師古注：「今西方胡國及南方林邑之徒，書皆横行，不直下也。」藏，儲存佛書之室。

〔二四〕「會四海苾芻求寂」二句：謂建法堂以會四海出家人。苾芻，即比丘，僧人。釋氏要覽卷上剃髮：「寄歸傳云：室羅末尼羅，唐言求寂。夫稱寂者，即涅槃也。言此人出煩惱家，求趣涅槃故。」

〔二五〕「辦香積伊蒲塞之饌」二句：謂建香積廚以供在家受戒伊蒲塞之素食。後漢書楚王英傳：「其還贖，以助伊蒲塞桑門之盛饌。」李賢注：「伊蒲塞，即優婆塞也。中華翻爲近住，言受戒行，堪近僧住也。桑門即沙門。」

〔二六〕鐘虡：班固西都賦：「列鐘虡於中庭，立金人於端闈。」已見前注。

〔二七〕溟涬然：莊子天地：「季徹曰：『大聖之治天下也，揮動蕩民心，使之成教易俗，舉滅其賊心，而皆進其獨志。若性之自爲，而民不知其所由然。若然者，豈兄堯舜之教，民溟涬然弟之哉！』」郭象注：「溟涬，甚貴之謂也。不肯多讓堯舜，而推之爲兄也。」林希逸莊子口義卷四：「溟涬，有低頭甘心之意。民字即是人字。言凡人能如此，則豈肯兄堯舜之教，而自處其下也。」

〔二八〕「忠孝碩大如宋王彧」六句：南史王彧傳：「王彧字景文，球從子也。祖穆字伯遠，司徒謐之長兄，位臨海太守。父僧朗，仕宋，位尚書右僕射。明帝初，以后父加特進，贈開府儀同三司，謚元公。彧名與明帝諱同，故以字行。……泰豫元年春，上疾篤，遣使送藥賜景文死。使謂曰：『朕不謂卿有罪，然吾不能獨死，請子先之。』因手詔曰：『與卿周旋，欲全卿門户，故有此處分。』敕至之夜，景文政與客棊，扣函著，復還封置局下，神色怡然不變。方與客棊，思行爭劫竟，斂子内奩畢，徐謂客曰：『奉敕見賜以死。』方以敕示客。酒至未飲，門客焦度在側，憤怒發酒覆地曰：『大丈夫安能坐受死，州中文武可數百人，足以一奮。』景文曰：『知卿至心，若見念者，爲我百口計。』乃墨啓答敕，并謝贈詔，酌謂客曰：『此酒不可相勸。』自仰而飲之。時年六十，追贈開府儀同三司，謚曰懿。」蘇軾史評王景文：「蘇子曰：死生亦大矣，而景文安之，豈貪權竊國者乎？明帝可謂不知人者矣。」新唐書魏元忠傳：「魏元忠，宋州宋城人。……爲御史中丞，復爲來俊臣所構。將就刑，神色不動。前死者宗室子三十餘，尸相枕藉於前，元忠顧曰：『大丈夫行居此矣。』俄敕鳳閣舍人王隱客馳騎免死。傳聲及于市，諸囚歡叫，元忠獨堅坐，左右命起，元忠曰：『未知實否。』既而隱客至，宣詔已，乃徐謝，亦不改容。流費州，復爲中丞。歲餘，陷侯思止獄，仍放嶺南。酷吏誅，人多訟元忠者，乃召復舊官。因侍宴，武后曰：『卿累負謗鑠，何耶？』對曰：『臣猶鹿也，羅織之吏如獵者，苟須臣肉爲之羹耳，彼將殺臣以求進，臣顧何辜？』」新唐書徐有功傳：「竇孝諶妻龐爲其奴怖以妖祟，教爲夜解，因告以厭詛。給事中薛季昶鞫之，龐當死。子希瑊訟冤，有功明其枉。季昶劾有功黨惡逆，當棄市。有功方視事，令史泣以告。有功曰：『豈獨吾死，而諸人長不死耶？』安步去。后召詰曰：『公比斷獄多失出，何耶？』對曰：『失出，臣小過；好生，陛下大德。』后默然，龐得減死，有功免爲民。起拜右司郎中，轉司刑少卿。與皇甫文備同按獄，誣有功縱逆黨。久之，文備坐事下獄，有功出之。或曰：『彼嘗陷君於死，今生之，何也？』對曰：『爾所言者私忿；我所守者公法，不可以私害公。』嘗謂所親曰：『大理，人命所繫，不可阿旨詭辭，以求苟免。』故有功爲獄，常持平守正，以執據寃罔。凡三坐大辟，將死，泰然不憂；赦之，亦不喜，后以此重之。所全活甚衆，酷吏爲少衰，然疾之如讎矣。改司僕少卿。卒，年六十八，贈司刑卿。」

〔二九〕鉤章棘句：此指故作艱澀怪癖之禪語。韓愈貞曜先生墓誌銘：「及其爲詩，劌目鉥心，刃迎縷解，鈎章棘句，搯擢胃腎。」錯按：本集好用此語批評當世禪學之弊，如卷二三洪州大寧寬和尚語録序：「巖頭説法，指人甚要，而語不煩，亦何嘗鈎章棘句，險設詐隱，務爲玄妙哉！」同卷臨平妙湛慧禪師語録序：「近世禪學者之弊，如碔砆之亂玉，枝詞蔓説似辯博，鈎章棘句似迅機，苟認意識似至要，懶惰自放似了達。」同卷昭默禪師序：「吾觀今諸方説法者，鈎章棘句，爛然駭人，正如趙昌畫花，寫生逼真，世傳爲寶，然終非真花耳。」　凌跨方等：超越佛教大乘經教。　方等，方正平等，謂所説之理方正而平等，爲大乘經教之通名。汗漫横流：謂漫無標準，不著邊際。　新唐書選舉志：「因以謂按其聲病，可以爲有司之責，捨是則汗漫而無所守。」

〔三〇〕「至於生死之際」二句：蘇軾題僧語録後：「佛法浸遠，真僞相半，寓言指物，大率相似。考其行事，觀其臨禍福死生之際，不容僞矣。而或者得戒神通，非我肉眼所能勘驗，然真僞之候，見於言語。」

〔三一〕「無殷將化」五句：禪林僧寶傳卷五吉州禾山殷禪師傳：「建隆元年庚申二月，示有微疾。三月二日，令侍者開方丈，集大衆曰：『後來學者，未識禾山，即今識取。』於是泊然而化。」

〔三二〕「德普之將化」三句：禪林僧寶傳卷二九禾山普禪師傳：「元祐五年十二月二十五日，謂左右曰：『諸方尊宿死，叢林必祭，吾以爲徒虚設。吾若死，汝曹當先祭。』乃令從今辦祭，衆以其老，又好戲語，復曰：『和尚幾時遷化？』曰：『汝輩祭絶即行。』於是幃寢堂，坐普其中，置祭讀文，跪揖上食。普飫餐自如，自門弟子下及莊力，日次爲之。至明年元日，祭絶，曰：『明日雪晴乃行。』至時晴忽雪，雪止，普安坐焚香而化。」

〔三三〕然其言論風旨無所傳聞：後漢書黄憲傳：「黄憲言論風旨無所傳聞，然士君子見之者，靡不服深遠，去玼吝。」此借用其語。

〔三四〕「龍谿落石雪浪犇」四句：清一統志卷二四九吉安府：「禾山，在永新縣西北六十里。上有七十一峰，連跨五百里。奇峰纍纍，與衡潭相接，山嶺平衺。相傳曾産嘉禾，故名禾山。又以山在兑方，一名秋山。最高者爲赤面峰，又有白雲、凌霄二峰。下爲白石室，瀑布懸流，蕩爲一泓，深不可測，號曰龍溪。」同卷又云：「禾山寺，在永新縣西禾山赤面峰下，舊名甘露寺。唐宋僧徒最盛，千僧釜尚存。山前龍門溪懸流，長數千丈。」江西通志卷九山川志三吉安府：「秋山，在永新縣西北六十里。勢接衡潭，周迴數百里，亦名禾山。旁有石崖，瀑布直下，瀠爲深泓。顔真卿爲吉州别駕，曾遊此，大書石上，曰『龍溪』。山有七十一峰，最幽者爲赤面峰。昔有異人居此，存一釜，徑丈許，半瘞土中。」　弟昆：弟兄。此謂白雲、凌霄二峰與赤面峰不相高下，在伯仲之間。

〔三五〕三偉：指先後住持禾山寺之達奚、無殷、德普三僧。

〔三六〕澗飲：高僧傳卷七宋吴虎丘山釋曇諦傳：「性愛林泉，後還吴興，入故章崐崙山，閑居澗飲二十餘載。」同書卷八齊上定林寺釋僧遠傳：「仍隱迹上定林山。遠蔬食五十餘年，澗飲二十餘載。」　婆娑：盤桓，逗留。三國魏杜摯贈毋丘儉：「騏驥馬不試，婆娑槽櫪間。」麋鹿羣，猶言與麋鹿同羣。南朝梁劉孝標廣絶交論：「是以耿介之士，疾其若斯，裂裳裹足，棄之長鶩。獨立高山之頂，驩與麋鹿同羣，皦皦然絶其雰濁。」

〔三七〕咄嗟萬指魚鼓喧：謂其呼吸之間便可置辦千僧之齋飯。咄嗟，已見前注。萬指，一人十指，代指千人。魚鼓，寺院齋飯時擊魚鼓。

〔三八〕放箸蟬蛻：極言其食罷放下筷子便遷化。蟬蛻，死亡之婉稱。參見注〔三二〕。

〔三九〕法戰：禪宗指鬪機鋒，説法如論戰。景德傳燈録卷一二魏府興化存獎禪師：「師謂克賓維那曰：『汝不久當爲唱道之師。』克賓曰：『不入這保社。』師曰：『會了不入，不會不入？』曰：『没交涉。』師便打，乃白衆曰：『克賓維那法戰不勝，罰錢五貫，設飯一堂。不得喫飯，即時出院。』」

〔四〇〕睨視生死等旦曛：謂其視生死如同旦暮。睨視，猶言傲視。曛，暮，昏暗。本卷普同塔記：「人之有死生，如日之有明暗。」即此意。

〔四一〕切雲：上摩青雲，極言其高。楚辭九章涉江：「帶長鋏之陸離兮，冠切雲之崔嵬。」

〔四二〕的骨雪竇孫：謂雪竇重顯禪師之嫡傳法孫。的骨，嫡系骨肉。的，通「嫡」。

〔四三〕偃蹇：驕傲，傲慢。左傳哀公六年：「彼皆偃蹇，將棄子之命。」杜預注：「偃蹇，驕敖。」鍇按：東坡詩集注卷二八僧清順新作垂雲亭：「江山雖有餘，亭榭着難穩。登臨不得要，萬象各偃蹇。」趙次公注：「左傳云：『彼皆偃蹇。』蓋傲慢不隨之貌。先生詩又曰：『青山偃蹇如高人。』又云：『青山若無數，偃蹇不相親。』皆此意也。」此化用蘇詩意。

〔四四〕不受彈壓無傑文：歐陽修菱溪大石：「盧仝韓愈不在世，彈壓百怪無雄文。」此化用其意。

〔四五〕銘詩：底本作「名詩」。廓門注：「『名』當作『銘』。」其説甚是。鍇按：本集卷二〇一麟室銘：「當磨雲根，刻此銘詩。」又本卷先志碑記：「刻此銘詩傳不朽。」皆作「銘」，今據改。

雲根：指山石。九家集注杜詩卷二七題忠州龍興寺所居院壁：「忠州三峽内，井邑聚雲根。」趙彦材注：「雲根，言石也。張協詩：『雲根臨八極。』蓋取五岳之雲觸石而出。則石者，雲之根也。唐人詩多指雲根爲石用之。」

寶峰院記 代〔一〕

余家筠谿〔二〕，谿出新吳車輪峰之陽〔三〕。其陰鳳皇、幕阜諸峰〔四〕，黛横玉立，娠奇畜秀，解楚山而益峻〔五〕。隋朝而來，爲得道者所廬〔六〕。又黄龍、龍安、興化、雲巖四大刹〔七〕，皆其遺地，相去百里，叢林之盛，冠映諸方。自大長老寶覺、佛壽相續而興〔八〕，禪學宗天下，衲子動成阡陌〔九〕。而寶峰善思院者〔一〇〕，世以律居，然夕燈午梵，齋魚茶板，與四大刹者爭雄長。而鳳皇、幕阜之雄深，亦讓其形勝。余外舅家西安〔一一〕，往來聞之熟矣。宣和三年，罷官臨汝〔一二〕，道經雙井而造焉〔一三〕。度谿東望，奇峰峻岡，墮吾馬首〔一四〕；據鞍回視，飛楹畫棟，翔出林表。入重門，顧兩廡翼如而入焉〔一五〕。禪齋雲堂，緑疏青瑣，大殿層閣，塗金間碧，像設之妙，服具之華，見者知焉。登法堂，望寢室，窅然靖深，耆年僧雛，倒屣迎客〔一六〕，客至如歸焉。退視其私，則廚庫廩廐，莫不整潔。游衲解包〔一七〕，頤指如意〔一八〕。於是慨然歎曰：「誰爲之者？何其材乃爾有餘耶？」住持僧守道曰〔一九〕：「院基于唐，有田畝山林。五代烽火之餘，券牒亡失，多爲比鄰所侵。院因荒殘，如逃亡人家者。二十餘年，詔賜今額。熙寧之初〔二〇〕，僧圓智者白官，請牒來居焉，有恢復之意。未幾物故〔二一〕，至是化爲麋鹿狐豹之區。元祐六年〔二二〕，縣以玉谿僧子腴領住持事〔二三〕。經畫三年，未舉而化〔二四〕。守道實傳器於腴者〔二五〕。母李氏憫其頹壞，施粧奩以開墾田畝，用陰陽家之説，下舊院百步，伐山爲基。鳩工於崇寧元年之春〔二六〕，斷手於政和八年之秋〔二七〕。而吾院克成，其弟守達者寔陰相之。」余聞曹谿，祖師也，而腰石夜舂〔二八〕；牛頭，宗師也，而躬自負米，皆以供僧也〔二九〕。及其衰也，稱嗣祖傳法者，護食而拒僧，道公於是時，乃能犯拒僧者之怒，而延納之，此心日月不能老也〔三〇〕。道曰：「吾非有心，以時特愛惜。」普光禪師與衆力耕，見金而不取。同伴詰之，曰：「今吾未用也。俟吾他日把茅蓋頭，資以飯僧。」〔三〕味其存心，與今認十方僧物爲己有者異矣。道慧敏而老，其立事有過人者。遣其徒寳宗來求文以記。余愛道所論，併爲書之。

【注釋】

〔一〕宣和三年作於長沙。　寳峰院：方志未載，據此記考其地理，當在洪州分寧縣。鍇按：此記爲代作，記中自稱「罷官臨汝」，臨汝即撫州崇仁縣。惠洪宗兄彭以功（思禹）政和至宣和間嘗知崇仁縣，故此記當代爲以功作。

〔二〕筠谿：在新昌縣。本集卷五次韻思禹思晦見寄二首之一：「家在筠溪白石灘，後堂分得玉千竿。」亦可證其代爲彭以功作。

〔三〕新吳：古縣名，即奉新縣，宋屬洪州。輿地廣記卷二五江南西路：「奉新縣，本新吳縣，漢中平中置。晉以後屬豫章郡。隋平陳，省入建昌。唐永淳二年復置，屬洪州。五代時改爲奉新縣，有華林山、大雄山。」　車輪峰：百丈山之代稱。參見本集卷一五讀古德傳八首注〔五〕。

〔四〕鳳皇：在洪州分寧縣。輿地紀勝卷二六江南西路隆興府：「鳳凰山，在奉新縣東九十里諸山之南。晉昇平中，鳳凰將九雛見于此，因以得名。分寧縣主山亦名鳳凰山。」此指後者。江西通志卷七山川志一南昌府：「鳳凰山，在寧州北二百步。如鳳展翼，乃州之主山也。上有臺曰鳳凰臺。」　幕阜：亦在分寧縣。輿地紀勝卷二六：「幕阜山，輿地廣記云：在武寧縣。晏公類要云：在分寧縣。寰宇記亦在分寧縣。昔太史慈曾置營幕於此山。」

〔五〕解楚山：謂鳳凰、幕阜諸峰分割楚地之山，爲湖南、江西之界。

〔六〕「隋朝而來」二句：黄庭堅洪州分寧縣青龍山興化禪院記：「幕阜山之東，黄龍山之下，曰青龍山。背山而嚮溪，有道場曰興化禪院。相傳以爲隋初有頭陀卜築此山，得名曰靈臺院。」

〔七〕黄龍：臨濟宗黄龍派祖庭黄龍禪院。輿地紀勝卷二六：「黄龍院，在分寧縣西一百四十里。駙馬都尉王詵曾參禪於此。山谷詩云：『山行十日雨沾衣，幕阜峰前對落暉。野水自添田水滿，晴鳩却喚雨鳩飛。』」　龍安：龍安山兜率寺。輿地紀勝卷二六：「龍安山，在分寧縣，有兜率寺，唐咸通中惠日禪師創。」　興化：青龍山興化禪院。輿地紀勝卷二六：「興化院，在分寧西一百四十里，山谷爲之記。」　雲巖：雲巖禪院。輿地紀勝卷二六：「雲巖院，在分寧縣東二百步。紹聖間僧悟新主禪席，爲轉輪蓮花藏，山谷作記，蓋其幼年肄業之所。元祐間，法清結草庵於古木間，名頤庵，山谷爲作記。」

〔八〕寶覺：黄龍祖心，自號晦堂，賜號寶覺禪師。　佛壽：黄龍惟清，自號靈源叟，賜號佛壽禪師。已見前注。

〔九〕衲子動成阡陌：謂道路上動輒可見僧人成羣結隊。王安石思王逢原三首之一：「布衣阡陌動成羣，卓犖高才獨見君。」此借用其語。

〔一〇〕寶峰善思院：方志未載，不可考。廓門注：「一統志南昌府：寶蓮峰在靖安縣，真淨禪師葬此。上有寶峰禪院。」錯按：真淨克文禪師所住寶峰院，爲禪院，在靖安縣。此寶峰善思院爲律寺，在分寧縣，二者本非一處。廓門注失考。

〔一一〕外舅：岳父。　西安：古縣名，宋爲武寧、分寧縣地，此代指分寧縣。輿地廣記卷二五江南西路：「武寧縣，本西安縣地。漢建安中孫權置。晉太康元年改爲豫寧，屬豫章郡。宋、齊、梁、陳皆因之。隋省入建昌。唐長安四年復置武寧縣，屬洪州。景雲元年改曰豫寧。寶應元年復曰武寧。有幕阜山。」輿地紀勝卷二六：「分寧縣，在（南昌）府西四百里。職方乘云：縣，武寧之分也，故曰分寧。」

〔一二〕臨汝：古縣名，代指撫州崇仁縣。見前一擊軒記注〔二〕。

〔一三〕雙井：輿地紀勝卷二六：「雙井，在分寧西二十里，山谷所居之南。溪心有二井，土人汲以造茶，絕勝他處。」

〔一四〕墮吾馬首：謂山色如從空而墮於行者馬前。本集卷九次韻衡山道中：「嶽色墮馬首。」即此意。「墮」爲惠洪獨創而常用之詞。

〔一五〕兩廡翼如而入：堂下東西兩旁廊屋如鳥展翅之狀。論語鄉黨：「趨進，翼如也。」此借用其語。參見本集卷二一信州天寧寺記注〔一五〕。

〔一六〕倒屣迎客：急出迎以致鞋倒穿，形容熱情迎客之態。語本三國志魏書王粲傳：「獻帝西遷，粲徙長安，左中郎將蔡邕見而奇之。時邕才學顯著，貴重朝廷，常車騎填巷，賓客盈坐。聞粲在門，倒屣迎之。」

〔一七〕游衲解包：游方僧人解下包裹行囊。

〔一八〕頤指如意：以下頜動向指揮，莫不如意。語本漢書賈誼傳。參見本集卷二一潭州開福轉輪藏靈驗記注〔一一〕。

〔一九〕僧守道：生平不可考。

〔二〇〕熙寧：宋神宗年號，公元一〇六八～一〇七七年。

〔二一〕物故：死亡之婉辭。

〔二二〕元祐：宋哲宗年號，公元一〇八六～一〇九四年。

〔二三〕玉谿：廓門注：「玉溪，南康府玉澗，即玉溪也。」鍇按：此當指信州玉溪。元豐九域志卷六江南東路信州有玉山、玉溪。方輿勝覽卷一八信州：「玉溪，在玉山縣前。」參見本集卷二一信州天寧寺記注〔三五〕。　僧子腴：生平亦不可考。

〔二四〕未舉而化：謂其事未舉而身先死。僧人死曰遷化，坐化。

〔二五〕守道實傳器於腴者：此即律宗之「父子傳器」。　傳器：喻傳法。已見前注。

〔二六〕鳩工：聚集工匠。已見前注。

〔二七〕斷手：完畢，完工。已見前注。

〔二八〕「余聞曹谿」三句：六祖大師法寶壇經行由品：「祖（五祖弘忍）潛至碓坊，見能（六祖慧能）腰石舂米。」

〔二九〕「牛頭」四句：景德傳燈録卷四金陵牛頭山第一世法融禪師：「師往丹陽緣化，去山八十里，躬負米一石八斗，朝往暮還，供僧三百，二時不闕三年。」

〔三〇〕此心日月不能老也：謂其心不隨歲月流逝而改變。河岳英靈集卷上王季友滑中贈崔高士瓘：「日月不能老，化腸爲筋不？」此借用其成句。

〔三一〕「普光禪師與衆力耕」七句：宋高僧傳卷二八宋東京觀音禪院巖俊傳：「釋巖俊，姓廉氏，邢臺人也。……嘗至鳳林，欻逢深谷，見一區之晃耀，原七寶之縱横。時同侶相顧曰：『奇哉！可俯拾乎？』俊曰：『古人鋤園，觸黄金若瓦礫耳。苟欲懷之，自速禍也。徯吾野菅覆頂，須此供四方僧。』言訖捨去。」景德傳燈録卷一五東京觀音院巖俊禪師：「初參祖席，遍歷衡廬岷蜀。嘗經鳳林深谷，欻覩珍寶，發現同侶相顧，意將取之。師曰：『古人鋤園，觸黄金若瓦礫。待吾菅茆覆頂，須此供四方僧。』言訖捨去。」普光禪師事與之相近，疑惠洪誤記，或普光者僧傳、燈録失載，俟考。

先志碑記 代〔一〕

政和元年，余爲湘陰令〔二〕。湘陰瀕楚水，臨洞庭，連檣萬艘，天水相接，盡獻南楚之形勝。愛其風俗之純美，民訟之稀少，士君子博學而知要，篤實而有文，窮不忘道，富則守禮。邑之南郭鄧氏之富，至紈綺僮奴，谷量牛馬〔三〕，然奉身甚約，禮士甚恭，邑人皆化其德。其子沿循道〔四〕，議論有英氣，直諒而勇於爲義〔五〕，縉紳高其才。今爲承直郎〔六〕，余游相好也。自余之宦湘陰，餘十年，無日不思縛屋湘尾〔七〕，分湖山之勝，從父老之游，且將老焉。宣和四年夏，循道以書抵余曰：「天降罪罰，不自殞滅，上延先考〔八〕。啓手足時〔九〕，則有遺訓：『吾承祖宗餘慶，坐享温燠〔一〇〕，族大口衆，貧富錯居，欲贍給其貧者，未遇皇暇〔一一〕。汝其承吾之志。』言卒而棄諸孤。嗚呼！沿尚忍言之。已於今年元日與族人爲約券，月給穀一斛；男議婚錢十千，再婚減其半；女議嫁者錢三十千，再嫁則減其半；備喪者錢十千，及葬，更給其半。歲月弗窮，而存歿弗常，不敢負標以計數，限斛以爲額。庶其利流百世而不弊。子其爲我書之，將刻石以昭示子孫，使無忘先訓。且欲族人想見先考餘風遺烈也。」昔范文正公念族人游宦未歸，多厄於飢寒，則建義莊於姑蘇，以給其伏臘〔一二〕。舒王請輸己俸，買田蔣山，飯僧，爲王氏之亡者修營冥福〔一三〕。文公贍其生，舒王福其死。循道獨立券約，恩及存歿，此其東南賢士大夫多稱，其可以無書乎？系之以詞曰：

漢祚中興天所佑，篤生奇臣掃穢垢。杖策軍門謁劉秀，功業千年粲星斗〔一四〕。鄧侯受材極奇茂，毛骨似之豈其後？清明在躬氣渾厚〔一五〕，慈祥照人資孝友，邑人依之扶老幼。梗楠參天覆清晝〔一六〕，毫末養之至成就〔一七〕。百未一施舟壑走〔一八〕，疑侯功名在懷袖，取之易然行探手〔一九〕。湖山萬頃連户牖，料理風烟課榆柳，琴書娛客付杯酒。走人之急古或有〔二〇〕，分財贍族今則否。此風移之徧宇宙，天子無爲千萬壽。念爾族人拜稽首，恩無貴賤適所受。符之弗忘帝汝祐〔二一〕，不然鬼亦扼汝脰〔二二〕。西山磬石清欲透，刻此銘詩傳不朽〔二三〕。

【注釋】

〔一〕宣和四年夏作於長沙。鍇按：先志碑爲鄧沿銘刻其父遺訓之碑，此記爲代作。記中稱「政和元年，余爲湘陰令」，又稱「自余宦湘陰，餘十年，無日不思縛屋湘尾，分湖山之勝」，此與本集卷六寄彭景醇奉議所述「君家湘江尾」、「永懷湖山堂，風物自閑美」之行跡相合，故此記乃代景醇爲鄧沿而作。參見本集卷七鄧循道分財贍族湘陰諸老賦詩同作。

〔二〕湘陰：縣名，宋屬荆湖南路潭州。

〔三〕谷量牛馬：言其牛馬極多，以至用山谷計量。已見前注。

〔四〕其子沿循道：鄧沿字循道，湘陰土豪，生平不可考。

〔五〕直諒：正直誠實。論語季氏：「益者三友，損者三友。友直，友諒，友多聞，益矣。」

〔六〕承直郎：文散官，正六品下。

〔七〕湘尾：湘江下游，代指湘陰縣。

〔八〕「天降罪罰」三句：自責之辭，謂天降罪罰，而自己不死，却將災禍延及父親。先考：已故父親之敬稱。文苑英華卷五七九李朝隱讓揚州長史起復表：「草土臣某言：奉親無狀，禍降私門。窮衰殘喘，不自殞滅。朝夕苫塊，纔經半年。」王禹偁小畜集卷二四代吕相公辭起復第二表：「伏念臣爕調無狀，侍養乖方。於國於家，非忠非孝。不自殞滅，招此鞠凶。敢期苫塊之間，更被絲綸之命。」

〔九〕啓手足：善終之代稱。語本論語泰伯：「曾子有疾，召門弟子曰：『啓予足，啓予手。』」何晏集解：「鄭曰：啓，開也。曾子以爲受身體於父母，不敢毁傷，故使弟子開衾而視之也。」

〔一〇〕温燠：温暖。梁書任昉傳：「叙温燠則寒谷成暄，論嚴苦則春叢零葉。」

〔一一〕皇暇：空閑，閑暇。皇，通「遑」。漢書律曆志上：「戰國擾攘，秦兼天下，未遑暇也。」

〔一二〕「昔范文正公」四句：東都事略卷五九上范仲淹傳：「仲淹爲人外和内剛，樂善泛愛。喪其母時，尚貧，終身非賓客食不重味。臨財好施，意豁如也。及退而視其私，妻子僅給衣食。姑蘇之范皆疏屬，而置義莊以周急之。天下想聞其風采，賢士大夫以不獲登其門爲耻，下至里巷及夷狄皆知其名字。鄧、慶之民與屬羌，皆繪像生祀之。」參見宋史范仲淹傳。

〔一三〕「舒王請輸己俸」四句：其事見王安石臨川文集卷六〇依所乞私田充蔣山太平興國寺常住謝表：「臣某言：緣恩昧冒，方虞恩上之誅；加意畀矜，遂竊終天之幸。伏念臣少嘗陻阨，晚俁褒崇。榮禄雖多，不逮養親之日；餘年向盡，更爲哭子之人。追營香火之緣，仰賴金繒之賜。尚復祈恩而不已，乃將徼福於無窮。伏蒙陛下眷遇一於初終，愛恤兼夫存没。特撓常法，俯成私求。雖老矣無能，莫稱漏泉之施；若死而未泯，豈忘結草之酬？臣無任。」

〔一四〕「漢祚中興天所佑」四句：後漢書鄧禹傳：「鄧禹字仲華，南陽新野人也。年十三，能誦詩。受業長安，時光武亦游學京師。禹年雖幼，而見光武，知非常人，遂相親附。數年歸家，及漢兵起，更始立，豪傑多薦舉禹，禹不肯從。及聞光武安集河北，即杖策北渡，追及於鄴。光武見之甚歡。……天下平定，諸功臣皆增户邑，定封禹爲高密侯，食高密、昌安、夷安、淳于四縣。……顯宗即位，以禹先帝元功，拜爲太傅。進見東向，甚見尊寵。……永平元年，年五十七，薨，謚曰元侯。」後漢書光武帝紀上：「世祖光武皇帝，諱秀，字文叔，南陽蔡陽人。高祖九世之孫也。」

〔一五〕清明在躬：語本禮記孔子閒居：「清明在躬，氣志如神。」鄭玄注：「清明在躬，氣志如神，謂聖人也。」此借用。

〔一六〕楩楠：黄楩木與楠木，皆大樹。戰國策宋策：「荆有長松、文梓、楩楠、豫章。」高誘注：「皆大木也。」

〔一七〕毫末養之至成就：老子六十四章：「合抱之木，生於毫末。」此化用其意。

〔一八〕百未一施舟壑走：謂其所養厚德尚未施行，歲月業已流逝。此句化用黄庭堅送范德孺知慶州「百不一試薶九京」之意。舟壑走，語本莊子大宗師：「夫藏舟於壑，藏山於澤，謂之固矣。然而夜半有力者負之而走，昧者不知也。」已見前注。

〔一九〕「疑侯功名在懷袖」二句：恭維鄧沿獲取功名，將易如探懷取物。本集好用此喻，如卷一贈范伯履承奉二子：「聲名定追尋，公卿在懷袖。」

〔二〇〕走人之急：謂奔走而救人之急。史記遊俠列傳：「魯朱家者，與高祖同時。魯人皆以儒教，而朱家用俠聞。所藏活豪士以百數，其餘庸人不可勝言。……專趨人之急，甚已之私。」

〔二一〕符：符券，指鄧沿與族人之約券。

〔二二〕脰：頸項。莊子德充符：「靈公説之，而視全人，其脰肩肩。」陸德明釋文：「脰，音豆，頸也。」

〔二三〕刻此銘詩傳不朽：廓門注：「東坡全集第十四卷張文定公墓誌銘曰：『我作銘詩，以詔王國。』」

卷二十三

序

五宗綱要旨訣序〔一〕

傳曰：「人能自重，然後可與言學〔二〕。」余以謂自重者，必其天資才全而識遠。何以知之？張子房三世相韓，韓爲秦所滅，時年二十許。弟死不葬，袖鐵椎擊始皇，悞中副車。走匿下邳，乃能跪履於父老。及佐高帝定天下，漢業已成，粃糠王侯，掉頭不顧，思與赤松子遊〔三〕。韓信微時，自藏於怯，淮陰少年易之，使出跨下，一市大笑，面色不怍。及爲高帝大將，一軍盡驚，而氣不矜。談笑而破趙，名震天下。得亡虜而師事之〔四〕。子房勇擊始皇，而謙辭封爵；韓信智出跨下，而明師亡虜，非材全者能自重如是乎？邴原詣安丘孫崧學，崧以書相分。原得書不讀，曰：「夫學者以智高者，通書何爲哉？」藏書於家，游學四方。學成，以書還崧，解不傳書之意，崧服其敏〔五〕。徐曠學於太學，時沈重講授，門弟子常千人。曠所質問，數日辭去。或問其故，曰：「先生所講，紙上語耳。若奥境彼所未見，尚何觀？」重知之，憚其能〔六〕。根矩智識粹美，不在糟粕；文遠巧妙，非止準繩，非識遠者能自重如是乎？吾故曰：「必因其天資也。」夫刻志功業，傾心名節者，世間之學耳。若離三界，出五有者〔七〕，非夢幻功業、戲劇名節可盡，而天資無張、韓、邴、徐之英，余竊憂之。諸佛三昧，謂之甚微細智〔八〕。麤浮心識，其能至哉？菩薩行海〔九〕，謂之旋陀羅尼門〔一〇〕，鄙陋志操，其能入哉！學者之才，如蓬芒之微〔一一〕，而所授之道，如萬鈞之重，雖至愚知其不可。然猶紛然不知愧，可笑也。爲弟子者，心非其師，而貌敬之〔一二〕。爲師者，實鄙弟子，而喜授以法。上以數相羈縻〔一三〕，下以諂相欺誑，慢侮法道，甚於兒戲。嗚呼！昔清辨菩薩以芥子擊修羅窟而隱，候龍華道成，乃問未決之事，謂今彌勒未具徧知也〔一四〕。辨之求師，何其難也。達摩達恨師子尊者不令嗣祖，渡谿見女子浣，露其足，念曰：「此脛乃爾白皙耶。」師子忽至曰：「今日之心可嗣祖乎？」〔一五〕師子之求弟子，何其審也。大法寖遠〔一六〕，名存實亡，其勢則然。蓋嘗中夜起喟，爲之涕零。余少遊方，所歷叢林，幾半天下，而師友之間通疏粹美者尚多見，至精深宗教者亦已少矣[一七]。又三十年，還自海外，罪廢之餘，叢林頓衰，所謂通疏粹美者又少，況精深宗教者乎！百丈法度[一八]，更革略盡，輒波及綱宗之語言[一九]。如雲門綱宗偈曰：「康氏圓形滯不明，魔深虛喪擊寒冰。鳳翥已飛霄漢去，晉鋒八博擬何憑？」[二〇]雲門非苟然作也。而昧者無地寄其意識，輒易以循其私，曰「晉鋒八法」[二一]。審如易之者意，則「康氏圓形」、「魔深虛喪」又何義哉？洞山渡水見影偈曰：「切忌從他覓，迢迢與我疏。吾今獨自往，處處得逢渠。渠今正是我，我今不是渠。應須與麼會，方始契如如。」[二二]其言「契如如」，但一文殊，無二文殊[二三]。故曰：「渠今正是我，我今不是渠。」旨甚明白。而昧者易之曰：「渠今不是我，我今不是渠。」[二四]遂令血脈斷絕，豈曹洞旨趣乎？仰山臨終付法偈曰：「一二二三子，平目復仰視。兩口無一舌，即是吾宗旨。」[二五]「兩口無一舌」，潙山之牛一身兩號之意[二六]。而昧者易之曰：「兩口一無舌[二七]。」審如易者之言[二八]，則是共功時功[二九]，尚何論哉？臨濟付法偈曰：「沿流不止問如何，真照無邊說似他。離相離名人不禀，吹毛用了急須磨。」[三〇]吹毛，劍也，用即磨之意，不欲犯鋒耳[三一]。而昧者易之「急還磨」[三二]，旨趣安在哉？而以之不疑，可謂陋哉！獨法眼未遭更易，行恐不免耳。昔阿難聞誦佛偈曰：「若人生百歲，不識水潦鶴，未若生一日，而得決了知。」謂曰：「吾從佛所聞異於是。應曰：『不善諸佛機。』非水潦鶴也。」誦者告其師，師應曰：「阿難耄矣，所記錯謬。」〔三三〕夫「諸佛機」久而尚爲「水潦鶴」〔三四〕，豈「渠今正是我，我今不是渠」不作梁武喧爭之語〔三五〕，「晉鋒八博」不作右軍草書乎〔三六〕？因編五宗機緣以授學者，使傳誦焉。

【注釋】

〔一〕宣和元年正月作於長沙。　鍇按：此序稱「因編五宗機緣以授學者」，所謂「五宗機緣」，即五宗諸禪師之機緣語句，五宗謂禪宗之臨濟、雲門、曹洞、溈仰、法眼五家。本集卷二五題五宗録：「予所集五宗語要，如醫師除翳藥方也。從前先德用之有驗，故欒以傳世。書成於宣和元年正月。」其書所録亦五宗機緣語句之要，故五宗録、五宗語要皆爲五宗綱要旨訣之略稱。此序當作於書成之時。

〔二〕「人能自重」二句：不知出自何傳，今存古籍中首見於此，疑惠洪自爲此語，而託名於傳。

〔三〕「張子房三世相韓」十三句：事見史記留侯世家：「秦滅韓。良年少，未宦事韓。韓破，良家僮三百人，弟死不葬，悉以家財求客刺秦王，爲韓報仇，以大父、父五世相韓故。良嘗學禮淮陽，東見倉海君，得力士，爲鐵椎重百二十斤。秦皇帝東游，良與客狙擊秦皇帝博浪沙中，誤中副車。秦皇帝大怒，大索天下，求賊甚急，爲張良故也。良乃更名姓，亡匿下邳。良嘗閒從容步游下邳圯上，有一老父，衣褐，至良所，直墮其履圯下，顧謂良曰：『孺子，下取履。』良鄂然，欲毆之。爲其老，彊忍，下取履。父曰：『履我！』良業爲取履，因長跪履之。父以足受，笑而去。良殊大驚，隨目之。父去里所，復還，曰：『孺子可教矣。後五日平明，與我會此。』良因怪之，跪曰：『諾。』五日平明，良往。父已先在，怒曰：『與老人期，後，何也？』去，曰：『後五日早會。』五日雞鳴，良往。父又先在，復怒曰：『後，何也？』去，曰：『後五日復早來。』五日，良夜未半往。有頃，父亦來，喜曰：『當如是。』出一編書，曰：『讀此則爲王者師矣。後十年興。十三年孺子見我濟北，穀城山下黃石即我矣。』遂去，無他言，不復見。旦日視其書，乃太公兵法也。良因異之，常習誦讀之。……漢六年正月，封功臣……乃封張良爲留侯。留侯乃稱曰：『家世相韓，及韓滅，不愛萬金之資，爲韓報讎彊秦，天下振動。今以三寸舌爲帝者師，封萬户，位列侯，此布衣之極，於良足矣。願棄人間事，欲從赤松子游耳。』」

〔四〕「韓信微時」十二句：史記淮陰侯列傳：「淮陰屠中少年有侮信者，曰：『若雖長大，好帶刀劍，中情怯耳。』衆辱之曰：『信能死，刺我；不能死，出我袴下。』於是信孰視之，俛出袴下，蒲伏。一市人皆笑信，以爲怯。……於是王欲召信拜之。何曰：『王素慢無禮，今拜大將如呼小兒耳，此乃信所以去也。王必欲拜之，擇良日，齋戒，設壇場，具禮，乃可耳。』王許之。諸將皆喜，人人各自以爲得大將。至拜大將，乃韓信也，一軍皆驚。……信與張耳以兵數萬，欲東下井陘擊趙。……令其裨將傳飧，曰：『今日破趙會食。』……信所出奇兵二千騎，共候趙空壁逐利，則馳入趙壁，皆拔趙旗，立漢赤幟二千。趙軍已不勝，不能得信等，欲還歸壁，壁皆漢赤幟，而大驚，以爲漢皆以得趙王將矣。兵遂亂，遁走，趙將雖斬之，不能禁也。於是漢兵夾擊，大破虜趙軍，斬成安君泜水上，禽趙王歇。信乃令軍中毋殺廣武君，有能生得者購千金。於是有縛廣武君而致戲下者，信乃釋其縛，東鄉坐，西鄉對，師事之。」漢書韓信傳「袴下」作「跨下」。顏師古注：「跨下，兩股之間也。」此用漢書語。錯按：跨，通「胯」。

〔五〕「邴原詣安丘孫崧學」十二句：三國志魏書邴原傳：「邴原，字根矩，北海朱虚人也。少與管寧俱以操尚稱。」裴松之注引邴原別傳曰：「及長，金玉其行，欲遠游學，詣安丘孫崧。崧辭曰：『君鄉里鄭君，君知之乎？』原答曰：『然。』崧曰：『鄭君學覽古今，博聞彊識，鈎深致遠，誠學者之師模也。君乃舍之，躧屣千里，所謂以鄭爲東家丘者也。君似不知，而曰然者何？』原曰：『先生之説，誠可謂苦藥良鍼矣，然猶未達僕之微趣也。人各有志，所規不同，故乃有登山而採玉者，有入海而採珠者，豈可謂登山者不知海之深，入海者不知山高哉？君謂僕以鄭爲東家丘，君以僕爲西家愚夫邪？』崧辭謝焉，又曰：『兖豫之士，吾多所識，未有若君者，當以書相分。』原重其意，難辭之，持書而別。原心以爲求師啓學，志高者通，非若交游待分而成也，書何爲哉。乃藏書於家而行。原舊能飲酒，自行之後，八九年間，酒不向口。單步負笈，苦身持力。至陳留則師韓子助，潁川則宗陳仲弓，汝南則交范孟博，涿郡則親盧子幹。臨別，師友以原不飲酒，會米肉送原。原曰：『本能飲酒，但以荒思廢業，故斷之耳。今當遠別，因見貺餞，可一飲讌。』於是共坐飲酒，終日不醉。歸以書還孫崧，解不致書之意。」

〔六〕「徐曠學於太學」十三句：新唐書儒學列傳上徐曠傳：「徐曠，字文遠，以字行。南齊司空孝嗣五世孫。父徹，梁秘書郎，尚元帝女安昌公主。江陵陷，俘以西，客偃師，貧不能自給。兄文林鬻書於肆，文遠日閱之，因博通五經，明左氏春秋。時耆儒沈重講太學，受業常千人。文遠從之質問，不數日辭去。或問其故，答曰：『先生所說，紙上語耳。若奧境，彼有所未見者，尚何觀？』重知其語，召與反復研辯，嗟歎其能。性方正，舉動純重。竇威、楊玄感、李密、王世充皆從受學。」

〔七〕五有：指士之五種擁有。韓詩外傳卷二：「孔子曰士有五：有埶尊貴者，有家富厚者，有資勇悍者，有心智惠者，有貌美好者。」

〔八〕甚微細智：語本華嚴經卷三一十迴向品：「以無著無縛解脫心，住普賢行大迴向心，得色甚微細智、身甚微細智、剎甚微細智、劫甚微細智、世甚微細智、方甚微細智、時甚微細智、數甚微細智、業報甚微細智、清淨甚微細智，如是等一切甚微細，於一念中悉能了知，而心不恐怖，心不迷惑、不亂、不散、不濁、不劣。」參見本集卷一九小字金剛經贊注〔一五〕。

〔九〕菩薩行海：華嚴經卷六五入法界品：「一念中，領受不可說不可說如來法，得證阿僧祇差別法，住持法輪陀羅尼力故。一念中，不可説不可説菩薩行海，皆悉現前，得能淨一切行，如因陀羅網願力故。」

〔一〇〕旋陀羅尼門：法華三陀羅尼之一。謂於法門得旋轉自在之力也。翻譯名義集卷五：「法華明三陀羅尼：一旋陀羅尼，二百千萬億旋陀羅尼，三法音方便陀羅尼。」法華義疏卷一〇：「旋陀羅尼，於法門中圓滿具足，出没無礙。」

〔一一〕蓬芒：蓬草之芒，喻極細小輕微。

〔一二〕貌敬：韓愈寒食日出遊：「各言生死兩追隨，直置心親無貌敬。」謂相知直言而無須表面尊敬，此反其意而用之。

〔一三〕數：策略，權術。　羈縻：籠絡。司馬相如難蜀父老：「蓋聞天子之牧夷狄也，其義羈縻勿絶而已。」

〔一四〕「昔清辨菩薩」四句：大唐西域記卷一〇馱那羯磔迦國：「城南不遠有大山巖，婆毗吠伽（唐言清辯）論師住阿素洛宫，待見慈氏菩薩成佛之處。……論師既還本土，静而思曰：『非慈氏成佛，誰決我疑？』於觀自在菩薩像前誦隨心陀羅尼，絶粒飲水，時歷三歲。觀自在菩薩乃現妙色身，謂論師曰：『何所志乎？』對曰：『願留此身，待見慈氏。』……菩薩曰：『若然者，宜往馱那羯磔迦國城南山巖，執金剛神所，至誠誦持執金剛陀羅尼者，當遂此願。』論師於是往而誦焉。三歲之後……神乃授祕方……論師受命，專精誦持，復歷三歲，初無異想，呪芥子以擊石，巖壁豁而洞開。是時百千萬衆觀覩忘返，論師跨其户而告衆曰：『吾久祈請，待見慈氏，聖靈警祐，大願斯遂，宜可入此，同見佛興。』」　修羅窟：即阿素洛宫。大唐西域記卷九摩伽陀國下：「石室西南隅有巖岫，印度謂之阿素洛（舊曰阿修羅，又曰阿須倫，又曰阿須羅，皆訛也）宫也。」　龍華：代指彌勒菩薩，即慈氏。大乘本生心地觀經卷三報恩品：「彌勒菩薩法王子，從初發心不食肉。以是因緣名慈氏，爲欲成熟諸衆生。處於第四兜率天，四十九重如意殿。晝夜恒説不退行，無數方便度人天。八功德水妙華池，諸有緣者悉同生。我今弟子付彌勒，龍華會中得解脱。」參見本集卷一八華藏寺慈氏菩薩贊注〔一一〕。

〔一五〕「達摩達恨師子尊者」七句：楞嚴經合論卷六：「五天有僧達磨達者，有辯慧，師事師子尊者。師子尊者知其悟解，對衆稱之，至傳法嗣祖，則以婆舍斯多當之。達磨達心恨之，曰：『尊者蓋知我之深，至嗣祖位，不以見授，豈有説乎？』久之，一日獨行渡水，有女子浣，露其足，達磨達念曰：『此脛乃爾白皙耶？』師子尊者忽在其旁曰：『汝每念我不以祖位付汝，今日之心，可授祖位乎？』達磨達於是攝念，禮足求哀，曰：『微細誤犯，如是之難敵乎！』」鍇按：據景德傳燈録卷二，師子尊者爲天竺第二十四祖，達磨達爲其旁出法嗣，然未録其機緣語句。「達摩達恨師子尊者」事諸佛書未載，首見於惠洪著述，或有本歟？俟考。

〔一六〕寢遠：漸遠。寢，通「寖」，逐漸。

〔一七〕精深宗教：謂於宗門與教門皆有精深悟解。鍇按：禪宗稱疏解講説佛經之宗派如法相宗、天台宗、華嚴宗等爲教門，自稱爲「教外别傳」之宗門。故惠洪以於宗門、教門俱深有得者爲「精深宗教」，此亦就所謂「禪教合一」而言之。

〔一八〕百丈法度：即百丈懷海禪師所創禪門規式，亦稱「百丈清規」。詳見景德傳燈録卷六。

〔一九〕綱宗：廓門注：「巖頭曰：『但識綱宗，本無實法。』」参見本集卷一五與韓子蒼六首注〔一〇〕。

〔二〇〕「如雲門綱宗偈曰」五句：語見雲門匡真禪師廣録卷上偈頌、禪林僧寶傳卷二韶州雲門大慈雲弘明禪師傳、人天眼目卷二雲門宗綱宗偈、古尊宿語録卷一五諸書。宋釋善卿祖庭事苑卷一雲門録上：「康氏：梁慧皎傳（即高僧傳）：『僧會法師，本康居國王大子，故稱康氏。師形儀偉麗，爲世所重。』」鍇按：「鳳翥已飛霄漢去」句，諸書皆作「鳳羽展時超碧漢」，疑惠洪此處誤記。

〔二一〕曰「晉鋒八法」：祖庭事苑卷一：「晉鋒八博：晉鋒，蓋指晉王逸少之筆鋒也。八博，未詳，疑『八法』聲近之訛也。禁經云：『八法起於隸字之始，自崔、張、鍾、王傳授所用，墨道之最，不可不明也。隋僧智永發其旨趣於虞世南，自兹傳授，彰厥存焉。』李陽冰云：『昔逸少工書，遂歷多載，十五年中偏工永字，以其八法之勢，能通一切字也。』八法者。永字八畫矣。一、點爲側；二、横爲勒；三、豎爲努；四、挑爲趯；五、左上爲策；六、下爲掠；七、右上爲啄；八、下爲磔。」鍇按：據祖庭事苑序，該書作於徽宗大觀二年之前，則惠洪作五宗綱要旨訣時，雲門「晉鋒八法」之説當已流行，故此序特拈出之，稱其「昧者易以循其私」。

〔二二〕「洞山渡水見影偈曰」九句：景德傳燈録卷一五筠州洞山良价禪師：「又問雲巖：『和尚百年後，忽有人問：還貌得師真不？如何祇對？』雲巖曰：『但向伊道：即遮箇是。』師良久。雲巖曰：『承當遮箇事大須審細。』師猶涉疑，後因過水覩影，大悟前旨。因有一偈曰：『切忌從他覓，迢迢與我疏。我今獨自往，處處得逢渠。渠今正是我，我今不是渠。應須恁麼會，方得契如如。』」文字略異。

〔二三〕「其言『契如如』」三句：謂既言契合佛性真如，則知我與所睹之影如見與見緣，本不可分割，如只有一文殊，而無二文殊。楞嚴經卷二：「佛告文殊及諸大衆：『十方如來及大菩薩，於其自住三摩地中，見與見緣，并所想相，如虛空花，本無所有。此見及緣，元是菩提妙淨明體。云何於中有是非是？文殊！吾今問汝，如汝文殊，更有文殊，是文殊者？爲無文殊？』『如是，世尊！我真文殊，無是文殊。何以故？若有是者，則二文殊。然我今日非無文殊，於中實無是非二相。』」此化用其意。

〔二四〕「而昧者易之曰」三句：今存宋之禪籍尚未見有易之者，然元釋文栖等編平石如砥禪師語録上堂曰：「渠今不是我，我今不是渠。」又清釋淨挺閱經十二種卷一〇金剛别傳載洞山過水偈即曰：「渠今不是我。」其文字當出自宋「昧者」改易之本。又明釋今辯重編天然是禪師語録卷六曰：「今時人稱洞上宗師即『渠我』二字，尚自著落不妥，甚且以『我今不是渠』爲『我今正是渠』，則尊貴之旨何在？又安能復論宗趣？」則亦有易「我今不是渠」之句者。

〔二五〕「仰山臨終付法偈曰」五句：人天眼目卷四潙仰宗仰山臨終付法偈與惠洪此序所載文字全同，同卷又載龍泉智演爲四頌：「一二二三子，牛字清風起。佛來勘不就，人乃爭綱紀。（一）平目復仰視，兒孫還有異。未辨箇端倪，出門俱失利。（二）兩口無一舌，止止不須説。西天僧到來，烏龜喚作鱉。（三）此是吾宗旨，揚聲囉囉哩。鏡智出三生，吹到大風止。（四）」又景德傳燈録卷一一潭州妙濟院師浩傳心大師：「問：『如何是佛法大意？』師曰：『兩口無一舌。』」

〔二六〕「潙山之牛」句：廓門注：「一身兩號，潙山水牯牛，人多知之。」鍇按：景德傳燈録卷九潭州潙山靈祐禪師：「師上堂示衆云：『老僧百年後，向山下作一頭水牯牛，左脅書五字云：潙山僧某甲。此時喚作潙山僧，又是水牯牛；喚作水牯牛，又云潙山僧。喚作什麽即得？』」注：「雲居代云：『師無異號。』資福代：『作圓相托起。』古人頌云：『不道潙山不道牛，一身兩號實難醻。離却兩頭應須道，如何道得出常流。』」

〔二七〕兩口一無舌：廓門注：「五燈會元仰山傳作『兩口一無舌。』」鍇按：建中靖國續燈録卷八明州瑞巖山智才禪師：「豈不見古人道：『兩口一無舌，即是吾宗旨。』」古尊宿語録卷二〇法演禪師次住海會語録：「仰山曾道底：『兩口一無舌。』」大慧普覺禪師語録卷四：「進云：

『只如兩口一無舌，即是吾宗旨，又作麼商量？』師云：『抱橋柱澡洗，把纜放船。』」則其時已有將「兩口無一舌」易作「兩口一無舌」者。

〔二八〕審如：確實如，果真如，表假設語氣。

〔二九〕共功時功：謂即洞山良价禪師所言「共功」時之功。人天眼目卷三曹洞宗洞山功勳五位：「如何是共功？師曰：『不得色。』又曰：『素粉難沈跡，長安不久居。』」注：「大慧云：『謂法與境敵，答不得色，乃法與境不得成一色。正用時是顯無用底，無用即用也。若作一色，是十成死語。洞山宗旨，語忌十成，故曰不得色。乃活語也。』」鍇按：洞山功勳五位爲：向、奉、功、共功、功功。「共功」爲第四位，尚次於第五位「功功」。人天眼目卷三：「『如何是功功？』師曰：『不共。』又曰：『混然無諱處，此外更何求。』」注：「大慧云：『功功，謂法與境皆空，謂無功用大解脱。答不共，乃無法可共。不共之義，全歸功勳邊，如法界事事無礙是也。爾面前無我，我面前無爾。』」惠洪大旨謂「兩口無一舌」方爲「功功」時之功。

〔三〇〕「臨濟付法偈曰」五句：景德傳燈録卷一二鎮州臨濟義玄禪師：「師唐咸通七年丙戌四月十日，將示滅，乃説傳法偈曰：『沿流不止問如何，真照無邊説似他。離相離名如不稟，吹毛用了急須磨。』」林間録卷下載此偈亦作「如不稟」，文字與此序略異。吹毛：形容寶劍鋒利，吹毛可斷。此代指利劍。九家集注杜詩卷一九喜聞官軍已臨賊寇二十韻：「鋒先衣染血，騎突劍吹毛。」注：「吹毛，言其利也。古有吹毛之劍。」

〔三一〕不欲犯鋒耳：禪宗以吹毛劍不犯鋒鋩喻不從正面闡説禪理，景德傳燈録卷一九福州安國弘瑫禪師：「問：『如何是活人之劍？』師曰：『不敢瞎却汝。』曰：『如何是殺人之刀？』師曰：『只遮箇是。』問：『不犯鋒鋩，如何知音？』師曰：『驢年去。』」林間録卷上以偈頌臨濟四喝之一曰：「金剛王劍，覿露堂堂。纔涉唇吻，即犯鋒鋩。」又見人天眼目卷一臨濟四喝寂音尊者頌。

〔三二〕昧者易之「急還磨」：天聖廣燈録卷一〇、聯燈會要卷九、隆興編年通論卷二七載臨濟此偈，皆作「急還磨」。佛果圜悟真覺禪師語要卷上示華藏明首座：「臨濟亦云：『吹毛用了急還磨。』」錯按：林間録卷下對此亦有辨析曰：「臨濟大師臨終付法偈曰：『沿流不止問如何，真照無邊説似他。離相離名如不禀，吹毛用了急須磨。』而傳者作『急還磨』。曹山和尚釋『枯木龍吟，髑髏無識』語，作偈曰：『枯木龍吟方見道，髑髏無識眼方明。喜識盡時消息盡，當人那辨濁中清。』而傳者作『消不盡』。二宗兩偈甚微，而一失其旨，則爲害甚大，故不可不辨所言。『用了急須磨』者，船子曰『直須藏身處沒蹤跡，沒蹤跡處莫藏身』是也。『喜識盡時消息盡，當人那辨濁中清』者，達觀所謂『偏正互縱横，迢然忌十成。龍門須要透，鳥道不堪行。石女霜中織，泥牛火裏耕。兩頭如脱得，枯木一枝榮』是也。」

〔三三〕「昔阿難聞誦佛偈曰」十四句：北魏吉迦夜共曇曜譯付法藏因緣傳卷二：「（阿難）最後至一竹林之中。聞有比丘誦法句偈：『若人生百歲，不見水老鶴，不如生一日，而得覩見之。』阿難聞已，慘然而歎：『世間眼滅何其速哉！煩惱諸惡如何便起？違返聖教，自生妄想，無有慧明，常處癡闇，永當流轉生死大海，爲老病死之所惱逼。』便語比丘：『此非佛語，不可修行。汝今當知，二人謗佛，一雖多聞，而生邪見，二不解深義，顛倒妄説。有此二法，爲自毀傷，不能令人離三惡道。汝今當聽我演佛偈：若人生百歲，不解生滅法，不如生一日，而得解了之。』爾時比丘即向其師説阿難語，師告之曰：『阿難老朽，智慧衰劣，言多錯謬，不可信矣。汝今但當如前而誦。』」宋釋契嵩傳法正宗記卷二天竺第二祖阿難尊者傳亦載此事。祖庭事苑卷六：「毗柰耶雜事云：阿難陀與諸苾芻在竹林園。有一苾芻名水老鶴，而説頌云：『若人壽百歲，不見水老鶴，不如一日生，得見水老鶴。』時阿難陀聞已，告彼苾芻曰：『汝所誦者，大師不作是語。然世尊作如是説：若人壽百歲，不了於生滅，不如一日生，得了於生滅。』彼衆聞教，便告其師。師曰：『阿難老暗，無力能憶持，出言多忘失，未必可依信。汝但依我如是誦持。』」 錯按：惠洪著述中「水老鶴」均作「水潦鶴」，「生滅法」均作「諸佛機」，如其臨濟宗旨亦曰：「昔阿難夜經行，聞童子誦佛偈曰：『若人生百歲，不善水潦鶴。未若生一日，而得決了之。』阿難就教之曰：『不善諸佛機，非水潦鶴也。』」「諸佛機」則見於景德傳燈録卷二第十七祖僧伽難提：「尊者曰：『汝善機耶？』曰：『佛言若人生百歲，不會諸佛機。未若生一日，而得決了之。』」然非阿難事。

〔三四〕夫「諸佛機」久而尚爲「水潦鶴」：謂文字改易，以訛傳訛。後之禪籍多從其説，如宋釋道融叢林盛事卷下：「此書乃本朝楊文公大年奉詔爲吴僧道原校定，一旦見易於妄庸之手，可謂『水潦鶴』也。」明釋無愠山庵雜録卷上：「妄以淺見改易先輩語，大似以『水潦鶴』易『諸佛機』也。」

〔三五〕梁武喧爭之語：廓門注：「梁武喧爭，未詳，俟後人考。」

〔三六〕「晉鋒八博」不作右軍草書乎：晉王羲之，字逸少，善書。因嘗爲右軍將軍，世稱王右軍。詳見前注〔二一〕。

【集評】

明釋真可云：是以石門於篆面鞭背、謫戍瘴海之時，搜剔五家綱宗，精深整理，成禪宗標格，防閒魔外於像季之秋。此心何心乎？即仲尼述春秋之心也。故師曰：「知我者，其惟此書乎？罪我者，其惟此書乎？」所謂五家者，即臨濟、曹洞、雲門、潙仰、法眼是也。（紫柏老人集卷一四禮石門圓明禪師文）

華嚴同緣序〔一〕

余聞一切衆生，識種皆具十法界性，謂佛、菩薩、緣覺、聲聞四聖，天、人、傍生、餓鬼、地獄、阿脩羅六凡〔二〕。是十種性，本無性，隨所熏起，任運成就〔三〕。有人於此爲諸人等談無上道，解脱知見，一切衆生，皆證圓覺，則識性熏發佛種〔四〕。如是乃至爲諸人等談不義語〔五〕，譭謗三寶，一切障道之法，則識性熏發惡道種。是故如來世尊每謂衆曰：「善男子，善知識者，是汝等最大因緣，能令汝輩明見佛性，離苦成道。事彼知識，不惜身命。」〔六〕又菩薩願力，願與衆生爲不請友。其所立誓，惟欲衆生悟心成佛〔七〕。然諸衆生自棄自賤，貪戀生死，飄流諸趣，不能逢遇善知識、善友，如萬頃波尋一瓦礫。今惠臻道人欲以是毗盧藏微塵章句〔八〕，不思議妙義，結萬人同觀。看其設心，欲熏發一切衆生佛乘之種，是其願力爲不請友。而我大衆同得值遇，譬如盲(盲)龜值浮木孔〔九〕，當生難遭之想，起增上善心，使易成就。竢其畢〔一〇〕，作爲卵塔〔一一〕，書萬人名，各藏於塔中。虚空可殞，而此願力如爍迦羅〔一二〕，惟願刹刹塵塵〔一三〕，證明我説。嗚呼！六道以憂畏飢餓之火所逼燒，尚不聞有佛，安得聞經哉？唯人道一切成就，既已見佛，又復聞經，而不請友曲折誘導，更復惰慢，作跛驢心〔一四〕，是真自棄。凡我見前法界性侶，幸同進道。惠臻道行高潔，而飽叢林〔一五〕，受持願力，久矣成熟，是故今同普告大衆，是日已過，命亦隨滅〔一六〕。唯加鞭此道，是真知恩。政和五年二月十九日書。

【校記】

㈠盲：原作「肓」，誤，今據廓門本、四庫本、武林本改。參見注〔九〕。

【注釋】

〔一〕政和五年二月十九日作於黄州，時自太原南還經此地。

〔二〕「識種皆具十法界性」三句：佛教之顯教依法華經以六凡四聖爲十法界，六凡即六道，謂地獄、餓鬼、畜生、阿修羅、人、天，四聖謂聲聞、緣覺、菩薩、佛。法華玄義卷二：「以十如是約十法界，謂六道、四聖也。」　傍生：即畜生。唐釋玄應一切經音義卷二一：「傍生，梵言吉利藥住尼，亦云帝利耶瞿揄泥伽。此云傍行。舊翻爲畜生，或言禽獸者分得，仍未總該也。」

〔三〕「是十種性」四句：宗鏡録卷四：「如偈云：『真如淨法界，一泯未嘗存。隨於染淨緣，遂成十法界。』隨染緣成六凡法界，隨淨緣成四聖法界。六凡法界者，一天法界，二人法界，三脩羅法界，四地獄法界，五餓鬼法界，六畜生法界。四聖法界者，一聲聞法界，二緣覺法界，三菩薩法界，四佛法界。衆生於真性上，以情想自異，則六趣昇沈。諸聖於無爲法中，以智行爲差，則四聖高下。」此化用其意。

〔四〕「有人於此爲諸人等」五句：圓覺經：「善男子！一切衆生，皆證圓覺，逢善知識，依彼所作，因地法行，爾時修習，便有頓漸。若遇如來無上菩提，正修行路，根無大小，皆成佛果。」

〔五〕不義語：即無義語，無益之語，十不善道之一。晉譯華嚴經卷二四十地品：「無義語罪，亦令衆生墮三惡道。若生人中，得二種果報，一者所有言語，人不信受；二者有所言説，不能明了。」

〔六〕「是故如來世尊每謂衆曰」八句：法華經卷七妙莊嚴王本事品：「當知善知識者，是大因緣，所謂化導令得見佛，發阿耨多羅三藐三菩提心。」又晉譯華嚴經卷一六金剛幢菩薩十迴向品：「令一切衆生爲善知識，不惜身命，悉捨一切，不違其教。」此化用其意。

〔七〕「又菩薩願力」四句：華嚴經卷二〇十行品：「若我不令一切衆生住無上解脱道，而我先成阿耨多羅三藐三菩提者，則違我本願，是所不應。是故，要當先令一切衆生得無上菩提、無餘涅槃，然後成佛。何以故？非衆生請我發心，我自爲衆生作不請之友，欲先令一切衆生滿足善根，成一切智。」　不請友：謂不待請求而爲其益友。維摩詰經卷上佛國品：「衆人不請，友而安之。」無量壽經卷上：「爲衆生類作不請之友，荷負羣生爲之重任。」

〔八〕惠臻道人：生平法系未詳。　毗盧藏微塵章句：指龍樹菩薩從龍宮誦出之華嚴經。參見本集卷一九小字華嚴經贊注〔一五〕。鍇按：華嚴宗以毗盧遮那爲報身佛之稱號，譯曰光明遍照。唐釋法藏華嚴經探玄記卷三：「盧舍那者，古來譯或云三業滿，或云淨滿，或云廣博嚴淨。今更勘梵本，具言毗盧遮那。盧舍那者，此翻名光明照；毗者，此云遍。是謂光明遍照也。」故稱華嚴經爲毗盧藏。

〔九〕盲龜值浮木孔：喻極爲難得遭逢之事。雜阿含經卷一五：「爾時，世尊告諸比丘：『譬如大地悉成大海，有一盲龜，壽無量劫，百年一出其頭。海中有浮木，止有一孔，漂流海浪，隨風東西，盲龜百年一出其頭，當得遇此孔不？』阿難白佛：『不能。』世尊：『所以者何？』『此盲龜若至海東，浮木隨風，或至海西，南北四維，圍遶亦爾，不必相得。』佛告阿難：『盲龜浮木，雖復差違，或復相得。愚癡凡夫，漂流五趣，暫復人身，甚難於此。』」錯按：佛典好用此喻，如大般涅槃經卷二壽命品：「生世爲人難，值佛世亦難。猶如大海中，盲龜遇浮孔。」法華經卷七妙莊嚴王本事品：「佛難得值，如優曇鉢羅華；又如一眼之龜，值浮木孔。」

〔一〇〕竢：同「俟」，等待。

〔一一〕卵塔：卵形無縫塔。此指普同塔，即衆亡僧骨灰合葬之塔。參見本集卷一二謁靈源塔注〔四〕。

〔一二〕「虚空可殞」二句：誓願之語，謂即使虚空可殞滅，而此願力仍堅固不壞。六度集經卷一：「天日可殞，巨風可却，海之難竭，猶空難毁也。」此翻進一層而用之。楞嚴經卷三：「舜若多性可銷亡，爍迦羅心無動轉。」楞嚴經合論卷三：「爍迦羅，此云堅固，亦金剛堅固心也。舊疏曰：『舜若多，此云虚空。』阿難意若曰：『虚空之性不可銷亡者，尚可銷亡，我堅固之心不可動轉也。』」

〔一三〕刹刹塵塵：亦作「塵塵刹刹」，佛教指每一刹那每一微塵之處，即在在處處之世界。參見本集卷一七過張家渡遇雲庵生辰注〔三〕。

〔四〕跛驢心：喻怠惰之心。語本楞伽經卷一：「能捨跛驢心智慧相，得最勝子第八之地，則於彼上三相修生。」參見本集卷六彦周以詩見寄次韻注〔七〕。

〔五〕飽叢林：意謂多方參究、充分領會禪宗妙理。飽，即飽參。參見本集卷一送元上人還桂陽建轉輪藏注〔二〕。

〔六〕「是日已過」二句：出曜經卷三無常品下：「爾時世尊以天眼觀，清淨無瑕穢，見彼三魚逐洮波，二魚得濟，一魚受困，復見獵者而作斯頌。因此緣本，尋究根原，爲後衆生示現大明，亦使正法久存於世，即集大衆説斯頌曰：『是日已過，命則隨減。如少水魚，斯有何樂？』」廓門注：「普願警衆偈曰：『是日已過，命亦隨減。如少水魚，斯有何樂？』」

洪州大寧寬和尚語録序〔一〕

「但識綱宗，本無寔法〔二〕。」又曰：「若以寔法與人，土亦難消〔三〕。」巖頭説法〔四〕，指人甚要，而語不煩，亦何嘗鈎章棘句、險設詐隱、務爲玄妙哉〔五〕！故其得友如雪峰〔六〕，有子如羅山〔七〕，於生死之際，如洞視户庭，未嘗留情。近世叢林失其淵源，以有思惟心，爭求寔法。唯其以是爲宗也，故高則妄見勝妙之境，下則波爲世諦流布〔八〕，而綱宗喪矣。余猶及見前輩，能言老黃龍同時所游從〔九〕，有若楊岐會、翠巖真、大寧寬〔一〇〕，皆一時號明眼〔一一〕。而會與真所得法子照映江左〔一二〕，語言布寰宇，獨寬公少見機緣。有石門宗杲上人〔一三〕，抗志慕古〔一四〕，俊辯不羣，徧遊諸方，得此録，讀之而喜，曰：「雖無老成，尚有典刑〔一五〕。此語，老宿典刑也㊀〔一六〕，其可使後學不聞乎？」即唱衣鉢〔一七〕，從余求序，其所以命工刻之。嗚呼！杲之嗜好可謂與世背馳。彼方尊事大名譽者，傳授其語，而杲獨取百年物故老僧之語〔一八〕，欲以誇學者，不亦迂乎！雖然，會有賞音者耳。

【校記】

㊀「此語」六字：四庫本無。

【注釋】

〔一〕政和七年作於洪州靖安縣。洪州大寧寬和尚：即道寬禪師，石霜慈明楚圓禪師法嗣，與黃龍慧南同門，初住洪州大寧，後遷同安。屬臨濟宗南嶽下十一世。建中靖國續燈録卷七、嘉泰普燈録卷三、五燈會元卷一二載其機語，内容各異，皆當據其語録而輯。建中靖國續燈録作「洪州兜率道寬禪師」。鍇按：宋釋祖詠撰大慧普覺禪師年譜：「（政和）七年丁酉，師（宗杲）二十九歲。是年開大寧寬和尚語録，求序於覺範。」故繫於此。

〔二〕「但識綱宗」二句：林間録卷下：「古之人有大機智，故能遇緣即宗，隨處作主。巖頭和尚曰：『汝但識綱宗，本無寔法。』」智證傳：「巖頭奯禪師曰：『但明取綱宗，本無實法。不見道無實無虚，若向上事覰即疾，若向意根下尋，卒摸索不著。』」寔，同「實」。參見本集卷一五與韓子蒼六首注〔一〇〕。

〔三〕「若以寔法與人」二句：智證傳：「巖頭奯禪師曰：『……此是向上人活計，只露目前些子，如同電拂，如擊石火，截斷兩頭，靈然自在。若道向上有法有事，賺汝真椀鳴聲，荼糊汝，繫罥汝，古人唤作繫驢橛。若將實法與人，土亦消不得。』」

〔四〕巖頭：唐鄂州巖頭山全豁（一作「全奯」）禪師，俗姓柯氏，泉州人。嗣法於德山宣鑒，屬青原下五世。事具宋高僧傳卷二三、景德傳燈録卷一六。

〔五〕鈎章棘句：此指故作艱澀怪癖之禪語。韓愈貞曜先生墓誌銘：「及其爲詩，劌目鉥心，刃迎縷解，鈎章棘句，掐擢胃腎。」參見本集卷二二吉州禾山寺記注〔二八〕。

〔六〕雪峰：唐福州雪峰廣福院義存禪師，俗姓曾氏，泉州南安人。嗣法德山宣鑒，爲巖頭全豁同門，屬青原下五世，事具宋高僧傳卷一二、景德傳燈録卷一六。有雪峰真覺禪師語録傳世。鍇按：景德傳燈録卷一六鄂州巖頭全豁禪師：「優遊禪苑，與雪峰義存、欽山文邃爲友。……一日，與雪峰義存、欽山文邃三人聚話，存驀然指一椀水，邃曰：『水清月現。』存曰：『水清月不現。』師踢却水椀而去。自此，邃師洞山，存、豁二士同嗣德山。」

〔七〕羅山：唐福州羅山道閑禪師，俗姓陳氏，福州長谿人。嗣法巖頭全豁，屬青原下六世。景德傳燈録卷一七福州羅山道閑禪師：「出家於龜山，年滿受具，遍歷諸方。嘗謁石霜，問：『去住不寧時如何？』石霜曰：『直須盡却。』師不愜意，乃參巖頭，問同前語。巖頭曰：『從他去住，管他作麼？』師於是服膺。尋遊清涼山。閩帥飲其法味，請居羅山，號法寶大師。」

〔八〕波爲世諦流布：景德傳燈録卷七廬山歸宗寺智常禪師：「李異日又問云：『大藏教明得箇什麼邊事？』師舉拳示之，云：『還會麼？』李云：『不會。』師云：『遮箇措大，拳頭也不識。』李云：『請師指示。』師云：『遇人即途中授與，不遇即世諦流布。』」

〔九〕老黄龍：即黄龍慧南禪師，嗣法慈明楚圓，與大寧道寛同門。

〔一〇〕楊岐會：即方會禪師（九九二～一〇四九），俗姓冷氏，袁州宜春人。嗣法慈明楚圓。住袁州楊岐山，遷住潭州雲蓋山。爲臨濟宗楊岐派開山祖師。建中靖國續燈録卷七、聯燈會要卷一三、嘉泰普燈録卷三載其機語。禪林僧寶傳卷二八楊岐會禪師傳：「少警敏滑稽，談劇有味。及冠，不喜從事筆硯，竄名商税，務掌課最。坐不職當罰，宵遯去。游筠州九峰，恍然如昔經行處，眷不忍去，遂落髮爲大僧。閲經聞法，心融神會，能痛自折節，依參老宿。慈明禪師住南原，會輔佐之，安樂勤苦。及慈明遷道吾、石霜，會俱自請領監院事。……慈明遷興化，因辭之，還九峰。萍實道俗詣山，請住楊岐。時九峰長老勤公不知會，驚曰：『會監寺亦能禪乎？』會受帖問答罷，乃曰：『更有問話者麼？試出相見。』楊岐今日性命，在汝諸人手裏，一任横拖倒拽。爲什麽如此？大丈夫兒，須是當衆決擇，莫背地裏似水底按胡盧相似。當衆勘驗看，有麽？若無，楊岐失利。』下座，勤把住曰：『今日且喜得箇同參。』曰：『同參底事作麽生？』勤曰：『楊岐牽犁，九峰拽耙。』曰：『正當與麽時，楊岐在前，九峰在前？』勤無語。會托開曰：『將會同參，元來不是。』自是名聞諸方。……慶曆六年，移住潭州雲蓋山，以臨濟正脉付守端。」　翠巖真：即可真禪師，福州人。亦嗣法慈明楚圓。住洪州翠巖禪院。參見本集卷一九翠巖真禪師真贊注〔一〕。

〔一一〕明眼：見識高超之人。鎮州臨濟慧照禪師語録：「如明眼道流，魔佛俱打。」

〔一二〕而會與真所得法子照映江左：據聯燈會要卷一五、嘉泰普燈録卷四，方會有法嗣舒州白雲守端與建康府保寧仁勇二禪師，可真法嗣有潭州大潙真如慕喆禪師。江左，指江東。建康府屬江南東路，此以保寧仁勇爲方會、可真所得法子之代表，故可稱「照映江左」。

〔一三〕石門宗杲上人：釋宗杲（一〇八九～一一六三），字曇晦，宣州寧國人，俗姓奚氏。年十七落髮受具，飽參諸方。依寶峰湛堂文準。準示寂後，謁張商英求塔銘，商英名其庵曰妙喜。往東京天寧參圓悟克勤，後爲首座。賜號佛日大師。靖康南渡，居古雲門，避亂入閩，築庵長樂洋嶼。後住徑山，賜號大慧禪師。隆興元年示寂，年七十五，賜謚普覺。事具僧寶正續傳卷六、大慧普覺禪師年譜。鍇按：宗杲初爲文準弟子，屬臨濟宗黄龍派。後爲克勤法嗣，屬臨濟宗楊岐派。五燈會元卷一九列臨濟宗楊岐派南嶽下十五世。　石門：代指寶峰禪院。輿地紀勝卷二六江南西路隆興府：「泐潭，在靖安縣北四十里，上有寶峰院，號石門山。」惠洪作此序時，宗杲尚在寶峰，故稱。

〔一四〕抗志慕古：高尚其志，仰慕古賢。六韜上賢：「士有抗志高節，以爲氣勢。」

〔一五〕「雖無老成」二句：詩大雅蕩：「雖無老成人，尚有典刑。」此借用其語，而脱一「人」字。鍇按：本集引此語，皆作「雖無老成」，乃惠洪誤記。參見本卷臨平妙湛慧禪師語録序、卷二六題才上人所藏昭默帖。

〔一六〕老宿：本指年老資深之耆宿，此指已故之古尊宿。

〔一七〕唱衣鉢：即佛門所謂「唱衣」，又稱估唱、提衣、估衣。寺院主事者集衆，將亡僧衣物道具估定價格，當衆唱賣競售之。釋氏要覽卷下唱衣：「律云：『僧輕物，差一五法比丘，分與現前僧。爲分不均故，佛聽集衆，先以言白衆，和許可賣共分（言五法者，不隨愛，不隨嗔，不隨癡，不隨怖，知得不得，亦名五德）。』十誦律云：『賣衣未三唱，比丘益價，後心悔，疑奪彼衣（疑是奪前酬價者）。佛言：未三唱竟益價，不犯。』目得迦云：『佛言：初准衣時，可處中，勿令太貴大賤，不應待其價極方與之。若不買者故增價，犯惡作罪。』大毗婆沙論：『問：命過比丘衣鉢等，云何得分？答：彼於昔時，亦曾分他如是財物。今時命過，他還分之。』增輝記云：『佛制，分衣本意，爲令在者見其亡物分與衆僧，作是思念：彼既如斯，我還若此。因其對治，令息貪求故。今不能省察此事，翻於唱賣之時，爭價上下，喧呼取笑，以爲快樂。誤之甚也，仁者宜忌之。』」鍇按：至北宋晚期，已有僧將亡前預先估唱衣鉢之例，如本集卷二九嶽麓海禪師塔銘：「宣和己亥七月九日，以平生道具付侍者，使集衆估唱。」宗杲此處即於己未亡之前預先估唱衣物，以籌集資金，刊刻寬和尚語録。元延祐刻本景德傳燈録卷首釋希渭重刊景德傳燈録狀：「景德至延祐丙辰，凡三百一十七年，舊板銷朽無存，後學慕之罔及。爲此發心重刊，忽得本路天聖禪寺松廬和尚所藏廬山穩庵古册，最爲善本，良愜素志。遂於丙辰年正月初十日，將衣鉢估唱，得統金一萬二千餘緡。是日命工刊行于世。」亦此例。

〔一八〕物故：死亡之婉辭。

臨平妙湛慧禪師語録序〔一〕

傳曰：「雖無老成，尚有典刑。」典刑且次之，則老成蓋前人所甚貴也〔二〕。又曰：「惡夫碔砆之亂玉。」則似之而非者，又其所甚疾也〔三〕。貴老成，疾似之而非者，一人之情，千萬人之情是也〔四〕。近世禪學者之弊，如碔砆之亂玉，枝詞蔓説似辯博〔五〕，鈎章棘句似迅機〔六〕，苟認意識爲至要〔七〕，懶惰自放似了達〔八〕。始於二浙〔九〕，熾於江淮〔一〇〕，而餘波末流，滔滔汩汩於京洛、荆楚之間〔一一〕，風俗爲之一變，識者憂之。俄有叢林老成者，嶄然出於東吴，説法於錢塘〔一二〕。諸方衲子願見爭先〔一三〕，川輸雲委於座下〔一四〕，法席之盛，無愧圓照、大通〔一五〕。於是天子聞其名，驛召至京師，住大相國寺智海禪院〔一六〕，是謂妙湛禪師慧公。未嘗貶剥〔一七〕，而諸方屈伏；不動聲氣〔一八〕，而萬僧讓雄。彼似之而非者，不攻而自破，如郭中令之單騎見虜〔一九〕，孔北海之高氣讋魏〔二〇〕。以其荷負大法，故稱法窟龍象〔二一〕；以其搏噬邪解，故稱宗門爪牙也〔二二〕。余與禪師游舊，且少相好，不見之二十年〔二三〕。宣和三年十月初吉〔二四〕，有仲懷禪者過余湘上〔二五〕，出其示徒語爲示。昔蓮花爲聰道者作禮曰：「雲門兒孫猶在〔二六〕。」余則以手加額〔二七〕，望臨平呼曰：「豈雪竇顯公復爲吴人説法乎〔二八〕？何其似之多也。」

【注釋】

〔一〕宣和三年十月初一作於長沙。臨平妙湛慧禪師：即思慧，字廓然，賜號妙湛。嗣法大通善本禪師，爲雲門宗青原下十三世。時住杭州臨平寺，故稱。參見本集卷一懷慧廓然注〔一〕。廓門注：「臨平山，在杭州府也。思慧妙湛，嗣法雲善本禪師。」

〔二〕「傳曰」五句：詩大雅蕩：「雖無老成人，尚有典刑。」鄭箋：「老成人，謂若伊尹、伊陟、臣扈之屬。雖無此臣，猶有常事故法，可案用也。」廓門注：「韓文外集第二卷曰：『詩曰：雖無老成人，尚有典刑。言老成之人可尚也。』」典刑，本指常事故法，引申爲典範。

〔三〕「又曰」四句：戰國策魏策：「白骨疑象，武夫類玉，此皆似之而非者也。」鮑彪注：「武夫，石似玉。」吴師道補正：「武夫即碔砆。」司馬光稷下賦：「碔砆亂玉，魚目間珠。泥沙漲者其泉慁，莨莠茂者其穀蕪。」亂，混雜，混同。

〔四〕「一人之情」二句：荀子不苟篇：「故千人萬人之情，一人之情是也。」楊倞注：「人情不相遠。」杜牧阿房宫賦：「一人之心，千萬人之心也。」

〔五〕枝詞蔓説：舊唐書隱逸傳吴筠傳：「帝問以道法，對曰：『道法之精，無如五千言，其諸枝詞蔓説，徒費紙札耳。』」此借其語。

〔六〕鉤章棘句：故作艱澀怪癖之禪語。已見前注。

〔七〕苟認意識爲至要：宋釋契嵩鐔津文集卷二輔教編中廣原教：「今夫天下混謂乎心者，言之而不詳，知之而不審，苟認意識，謂與聖人同得其趣道也，不亦遠乎！」此借用其語。本集卷二六題隆道人僧寶傳：「以苟認意識爲智證。」亦此意。

〔八〕懶惰自放似了達：蘇軾答畢仲舉書：「學佛老者本期於靜而達。靜似懶，達似放，學者或未至其所期，而先得其所似，不爲無害。」此化用其語意。

〔九〕二浙：指兩浙路。轄府州十四：杭州、越州、平江府（蘇州）、鎮江府（潤州）、湖州、婺州、明州、常州、温州、台州、處州、衢州、睦州、秀州。

〔一〇〕江淮：指淮南路與江南路。淮南路，轄州軍二十：（東路）揚州、亳州、宿州、楚州、海州、泰州、泗州、滁州、真州、通州、（西路）壽州、廬州、蘄州、和州、舒州、濠州、光州、黄州、無爲軍。

江南路，轄府州軍二十：（東路）江寧府、宣州、歙州、江州、池州、饒州、信州、太平州、南康軍、廣德軍、（西路）洪州、虔州、吉州、袁州、撫州、筠州、興國軍、南安軍、臨江軍、建昌軍。

〔一一〕京洛：指東京開封府與西京河南府一帶。　荊楚：指荊湖路。轄府州監十九：（南路）潭州、衡州、道州、永州、郴州、邵州、全州、桂陽監、（北路）江陵府、鄂州、安州、鼎州、澧州、峽州（夷陵郡）、岳州（巴陵郡）、歸州、辰州、沅州、誠州。

〔一二〕「俄有叢林老成者」三句：嘉泰普燈録卷八福州雪峰妙湛思慧禪師：「故道俗爭挽，出住霅川道場。法席不減二本之盛。繼徙徑山、淨慈。」錯按：霅川、徑山、淨慈皆在兩浙路，屬古東吴地，而淨慈寺在杭州錢塘，故云。

〔一三〕願見爭先：韓愈與少室李拾遺書：「朝廷之士引頸東望，若景星鳳凰之始見也，争先覩之爲快。」

〔一四〕川輸雲委：如川之輸入，如雲之聚集，語本宋書謝靈運傳論：「雖綴響聯辭，波屬雲委，莫不寄言上德，託意玄珠。」此喻衆僧來歸，法席甚盛。本集卷二九蘄州資福院逢禪師碑銘：「學者追隨而至，川輸雲委。」

〔一五〕「法席之盛」二句：慧林宗本，賜號圓照禪師。法雲善本，賜號大通禪師。思慧爲善本之法嗣，宗本之法孫。宗本、善本皆曾住持淨慈寺，思慧復繼之，且「法席不減二本之盛」，故云無愧其師祖。

〔一六〕大相國寺智海禪院：智海禪院爲大相國寺二禪院之一。建中靖國續燈録卷首宋徽宗御製序曰：「於皇神考，尤鄉空宗，元豐三年，詔於大相國寺創二禪刹，闢惠林於東序，建智海於右廡。」續資治通鑑長編卷三〇三神宗元豐三年四月：「提點寺務司言：『大相國寺，僧居雖有六十餘院，一院或止有屋數間，簷廡相接，各有庖爨，常虞火患。乞東西各爲三院，召禪僧住持，四院爲六院。』從之。後又請分爲八院。」同書卷三三七元豐六年七月：「提點寺務司言：『已令大相國寺六十二院，以其二爲禪院，餘爲律院。其舊院名及試經恩例，乞並罷。』從之。」禪林僧寶傳卷一四慧林圓照本禪師傳曰：「未幾，神宗皇帝闢相國寺六十有四院爲八，禪二律六，以中貴人梁從政董其事。驛召本主慧林。」宋鄒伸之使燕日録所言尤詳：「其寺舊包十院，今存其八。右偏定慈、廣慈、善慈律院三，智海禪院一；東偏寶梵、寶嚴、寶覺律院三，慧林禪院一。」鍇按：佛祖統紀卷四五：「元豐五年，詔相國寺闢六十四院爲八禪二律，以東西序爲慧林、智海二巨刹，詔淨慈宗本禪師住慧林，東林常總禪師住智海，總固辭，許之。」釋氏稽古略卷四則曰：「元豐五年，詔中使梁從政闢汴京相國寺六十四院爲二禪八律。以東西序爲慧林、智海二巨禪刹。」佛祖歷代通載卷一九亦曰：「制革相國寺六十四院爲二禪八律。」所謂「八禪二律」、「二禪八律」之説均誤，當以惠洪、鄒伸之「禪二律六」爲是。

〔一七〕貶剥：貶斥批駁。剥，通「駁」。明覺禪師語録卷二：「一日上堂，大衆纔集，師云：『一任諸方貶剥。』便下座。」本集卷六卧病次彦周韻：「戲將平時説禪口，貶剥諸方呵佛祖。」

〔一八〕不動聲氣：歐陽修相州晝錦堂記：「至於臨大事，決大議，垂紳正笏，不動聲色，而措天下於泰山之安。」此借用其語。

〔一九〕郭中令之單騎見虜：新唐書郭子儀傳：「懷恩盡説吐蕃、回紇、党項、羌、渾、奴剌等三十萬，掠涇邠，躪鳳翔，入醴泉、奉天，京師大震。……天子自將屯苑中，急召子儀屯涇陽，軍纔萬人。比到，虜騎圍已合，乃使李國臣、高昇、魏楚玉、陳回光、朱元琮各當一面，身自率鎧騎二千出入陣中。回紇怪問：『是謂誰？』報曰：『郭令公。』驚曰：『令公存乎？懷恩言天可汗棄天下，令公即世，中國無主，故我從以來。公今存，天可汗存乎？』報曰：『天子萬壽。』回紇悟曰：『彼欺我乎！』子儀使諭虜曰：『昔回紇涉萬里，戡大憝，助復二京，我與若等休戚同之。今乃棄舊好，助叛臣，一何愚！彼背主棄親，於回紇何有？』回紇曰：『本謂公云亡，不然，何以至此。今誠存，我得見乎？』子儀將出，左右諫：『戎狄野心不可信。』子儀曰：『虜衆數十倍，今力不敵，吾將示以至誠。』左右請以騎五百從，又不聽。即傳呼曰：『令公來！』虜皆持滿待。子儀以數十騎出，免冑見其大酋曰：『諸君同艱難久矣，何忽亡忠誼而至是邪？』回紇舍兵下馬拜曰：『果吾父也。』子儀即召與飲，遺錦彩結歡，誓好如初。」其事後世傳爲「單騎見虜」。秦觀淮海集卷一郭子儀單騎見虜賦曰：「回紇入寇，汾陽出征。何單騎以見虜，蓋臨戎以示情。匹馬雄趨，方傳呼而免冑；諸羌駭矚，俄下拜以投兵。」

〔二〇〕孔北海之高氣讋魏：孔融字文舉，東漢魯國人，孔子二十世孫。嘗爲北海相，世稱孔北海。

後漢書孔融傳：「初，曹操攻屠鄴城，袁氏婦子多見侵略，而操子丕私納袁熙妻甄氏。融乃與操書，稱『武王伐紂，以妲己賜周公』。操不悟，後問出何經典。對曰：『以今度之，想當然耳。』後操討烏桓，又嘲之曰：『大將軍遠征，蕭條海外。昔肅慎不貢楛矢，丁零盜蘇武牛羊，可並案也。』時年飢兵興，操表制酒禁，融頻書爭之，多侮慢之辭。既見操雄詐漸著，數不能堪，故發辭偏宕，多致乖忤。又嘗奏宜準古王畿之制，千里寰内，不以封建諸侯。操疑其所論建漸廣，益憚之。然以融名重天下，外相容忍，而潛忌正議，慮鯁大業。」又孔融傳論曰：「昔諫大夫鄭昌有言：『山有猛獸者，藜藿爲之不采。』是以孔父正色，不容弑虐之謀；平仲立朝，有紓盜齊之望。夫文舉之高志直情，其足以動義概而忤雄心。故使移鼎之跡，事隔於人存；代終之規，啓機於身後也。夫嚴氣正性，覆折而已。豈有員園委屈，可以每其生哉！懍懍焉，皜皜焉，其與琨玉秋霜比質可也。」蘇軾孔北海贊叙曰：「文舉以英偉冠世之資，師表海内。意所予奪，天下從之。此人中龍也。而曹操陰賊險狠，特鬼蜮之雄者耳。其勢決不兩立，非公誅操，則操害公，此理之常。」　讋：震慴。

〔二二〕法窟龍象：謂佛門修行勇猛有最大力者。水行龍力最大，陸行象力最大，龍象以喻高僧。

〔二三〕宗門爪牙：謂護衛禪門之有力幹將，如獅子有利爪尖牙。林間録卷上：「英邵武開豁明濟之姿，蓋從上宗門爪牙也。」禪林僧寶傳卷五筠州九峰虔禪師傳：「容姿開豁明濟，氣壓叢林。至霜華，諸禪師見之，謂人曰：『此道人從上宗門爪牙也。』」

〔二三〕「余與禪師游舊」三句：嘉泰普燈録卷八福州雪峰妙湛思慧禪師：「次謁真淨。淨一見，知非凡材。留三年，力烹煉之。」故知思慧嘗與惠洪同在真淨克文門下，爲同參學友。崇寧元年，二人在杭州西湖疊有唱和，詳見本集卷一一至西湖招廓然游春諸真字韻唱和詩。崇寧元年（一一〇二）至宣和三年（一一二一）二十年之間，二人未嘗謀面，故有此語。

〔二四〕初吉：每月朔日，即初一。

〔二五〕仲懷禪者：當指金山了心禪師，字仲懷，爲思慧法嗣，屬雲門宗青原下十四世。參見本集卷一五三月二十三日心禪餉余新麫白蜜作二首注〔一〕、卷一六心上座余故人慧廓然之嗣而規方外之猶子也過予於湘上夜語有懷廓然方外作兩絶注〔一〕。

〔二六〕「昔蓮花爲聰道者作禮」二句：蓮花，即廬山蓮華峰祥庵主，嗣法金陵奉先道琛（一作「深」），屬雲門宗青原下八世。建中靖國續燈録卷二録其機語。聰道者，即筠州洞山曉聰（？～一〇三〇），嗣法鼎州文殊應真，屬雲門宗青原下九世。禪林僧寶傳卷一一洞山聰禪師傳：「禪師名曉聰，生杜氏，韶州曲江人。少依雲門寺得度，頭骨䫜然，一帔閲寒暑。周游荆楚，飫厭保社，與衆作息，無有識之者。在雲居時，傳僧伽在維揚，於是禪者立問曰：『既是泗州僧伽，因什麽揚州出現？』聰婆娑從旁來，衆戲使對之。聰曰：『君子愛財，取之有道。』衆目笑之。蓮花峰祥庵主聞此語，驚曰：『雲門兒孫猶在耶？』夜敷坐具，望雲居拜之。叢林遂知名。……初，比部郎中許公式出守南昌，過蓮花峰，聞祥公曰：『聰道者在江西，試尋訪之。此僧人天眼目也。』」又傳贊曰：「聰答所問，兩句耳，而蓮華祥公便知是雲門兒孫。古人驗人，何其明也如此！予留洞山最久，藏中有聰語要一卷，載雲水僧楚圓請益，楊億大年百問語，皆赴來機，而意在句語之外。圓即慈明也，初受汾陽，祝令更見聰。故慈明參扣餘論，尚獲見之。嗚呼！聰爲蓮華峰、汾陽所知，則其人品，要當從玄沙、稜道者輩中求也。」

〔二七〕以手加額：雙手置放額前，以示敬意。參見本集卷一香城懷吳氏伯仲注〔一一〕。

〔二八〕雪竇顯公：即雪竇重顯禪師，初住吴江翠峰，後住明州雪竇，宗風大振，號雲門中興。事具禪林僧寶傳卷一一，已見前注。思慧爲重顯五世孫，其法系爲：雪竇重顯—天衣義懷—慧林宗本—法雲善本—雪峰思慧，故此以雪竇爲吴人説法喻之。

僧寶傳序〔一〕

曹谿之道〔二〕，至南嶽石頭、江西馬祖而分爲兩宗〔三〕。雲門、曹洞、法眼皆宗於石頭，臨濟、潙仰皆宗於馬祖。天下叢林，號爲五家宗派。嘉祐中〔四〕，達觀曇穎禪師嘗爲五家傳〔五〕，略其世系入道之緣，臨終明驗之效，但載其機緣語句而已。夫聽言之道以事觀〔六〕，既載其語言，則當兼記其行事。因博採別傳遺編，參以耆年宿衲之論增補之。又自嘉祐至政和之初，雲門、臨濟兩宗之裔，卓然冠映諸方者，特爲之傳，依倣史傳，各爲贊辭。統八十有一人〔七〕，分爲三十卷〔八〕。書成於湘西之南臺〔九〕。宣和五年正月八日，伏遇判府安撫大學降貴令辰〔一〇〕，繕寫呈獻，仰祝台筭〔一一〕。許旌陽白日仙去，天詔書曰：「赦汝不事先祖之罪，佳汝施藥呪水之功。」〔一二〕夫施藥呪水，期於活人者也。活人而能致飛仙，況壽考乎！余觀安撫大學，其牧民臨政，皆得佛法之至要，和而爲生，威而爲殺，生殺皆以活人爲本。嘗生瀏陽囚徒十有二人於死中〔一三〕，佛法之見於和者也。戮一賀文而億萬生齒安堵〔一四〕，佛法之見於威者也。其妙用活人之功，較之旌陽，殆相萬矣〔一五〕。惟其得法之淵源，實出於圓照本禪師〔一六〕，而不可誣也。故余特以禪書爲獻，伏冀燕閒之暇，少賜披覽，豈勝幸甚！

【注釋】

〔一〕宣和五年正月八日作於長沙。　僧寶傳：即惠洪自撰禪林僧寶傳，共三十卷。此爲惠洪自序，今各本禪林僧寶傳皆無。　鍇按：禪林僧寶傳卷首侯延慶禪林僧寶傳引曰：「覺範謂余曰：『自達磨之來，六傳至大鑒。鑒之後析爲二宗，其一爲石頭，雲門、曹洞、法眼宗之；其一爲馬祖，臨濟、溈仰宗之。是爲五家宗派。嘉祐中，達觀曇穎禪師嘗爲之傳，載其機緣語句，而略其始終行事之迹。德洪以謂影由形生，響逐聲起，既載其言，則入道之緣，臨終之效，有不可唐捐者。遂盡掇遺編別記，苴以諸方宿衲之傳，又自嘉祐至政和，取雲門、臨濟兩家之裔嶄然絶出者，合八十有一人，各爲傳，而繫之以贊，分爲三十卷。書成於湘西之南臺，目之曰禪林僧寶傳。幸爲我作文，以弁其首。』余索其書而觀之，其識達，其學詣，其言恢而正，其事簡而完，其辭精微而華暢，其旨廣大空寂，窅然而深矣，其才則宗門之遷、固也。使八十一人者布在方册，芒寒色正，燁如五緯之麗天，人皆仰之，或由此書也。夫覺範初閲汾陽昭語，脱然有省，而印可於雲庵真淨。嘗涉患難，瀕九死，口絶怨言，面無不足之色。其發爲文章者，蓋其緒餘土苴云。宣和六年三月甲子。長沙侯延慶引。」所謂「覺範謂余曰」云云，内容大致即此序所言。

〔二〕曹谿：指六祖慧能，説法於韶州曹谿寶林寺，故稱。

〔三〕「至南嶽石頭」句：南嶽希遷禪師，結庵於衡山南寺旁石臺，時號石頭和尚，嗣法青原行思。江西道一禪師，俗姓馬，時稱馬祖，嗣法南嶽懷讓，賜謚大寂禪師。時天下禪者多出於此二家，後世傳燈録或稱承繼石頭者爲青原下，以其出青原行思之門；稱承繼馬祖者爲南嶽下，以其出南嶽懷讓之門。景德傳燈録卷一四石頭希遷大師：「江西主大寂，湖南主石頭，往來憧憧，並湊二大士之門矣。」

〔四〕嘉祐：宋仁宗年號，公元一〇五六～一〇六三年。

〔五〕達觀曇穎禪師：釋曇穎（九八九～一〇六〇），號達觀，俗姓丘氏，錢塘人。嗣法襄州石門慈照蘊聰禪師，五燈會元卷一二列臨濟宗南嶽下十世。初住舒州香鑪峰，移住潤州因聖、太平隱靜、明州雪竇，又移住金山龍游寺。嘉祐五年元日坐化。閲世七十有二，坐五十有三夏。事具禪林僧寶傳卷二七金山達觀穎禪師傳。嘉泰普燈録卷二作「世壽七十有五」。五家傳：其書已佚，未詳其内容體例。

〔六〕聽言之道以事觀：漢書賈誼傳：「人之言曰：『聽言之道，必以其事觀之，則言者莫敢妄言。』」本集卷二五題韶州雙峰蓮華叔姪語録：「傳曰：『聽言觀道以事觀。』」

〔七〕統八十有一人：惠洪作禪林僧寶傳，初爲百人傳，後忘失近半，故該書宣和元年初成於長沙谷山時，僅七十餘傳。本集卷二六題珣上人僧寶傳：「凡經諸方三十年，得百餘傳，中間忘失其半。晚歸谷山，遂成其志。」同卷題佛鑑僧寶傳：「宣和改元，夏於湘西之谷山，發其藏畜，得七十餘輩，因仿前史作贊，使學者槩其爲書之意。」此後移住南臺寺，時有增補，逮宣和四年夏，遂至八十一人。如南安巖自嚴、保寧圓璣禪師，當爲增補者。故本集卷二六題端上人僧寶傳曰：「臨川志端上人，宣和四年夏於長沙之谷山。谷山有衆，而領袖者魯暗，不通曉世事，叢林以是凋落。端律身益敬，日誦經行道，暇則寫僧寶傳。明年正月上澣日，端袖此書來求題其後。……然能窮究其所自，使所言所履如傳八十一人者，則可謂出家知恩者。」鍇按：明釋無愠山庵雜録卷上：「覺範僧寶傳，始名百禪師傳。大慧（宗杲）初見讀之，爲剔出一十九人而焚之。厥後覺範致書與黄檗知和尚云：『宗杲竊見吾百禪師傳，輒焚去者一十九人。不知何意？』覺範雖一時不悦，彼十九人終不以預卷。多見人議僧寶傳止於八十一人，欲準九九之數，乃燕人舉燭之説也。」可備一説。

〔八〕分爲三十卷：陳垣中國佛教史籍概論卷六禪林僧寶傳曰：「今通行者有嘉興續藏本，影印續藏經本，南京刻本，皆三十卷。四庫著録者三十二卷，蓋末有舟峰菴僧慶老補傳三人，作一卷，又附臨濟宗旨，亦作一卷也。晁志衢本及通考作三十二卷，袁本及陳氏作三十卷。」

〔九〕書成於湘西之南臺：本集卷二六題範上人僧寶傳：「蚍蜉細字欲闌斑，病眼臨窗看亦難。八十一人閑鼻孔，那盧穿在一毫端。……若道不得，南臺門外是湘江。」

〔一〇〕判府安撫大學：此指曾孝序，時以龍圖閣直學士知潭州，兼荆湖南路安撫使。判府，以高官而署理州府事。大學，龍圖閣直學士之簡稱。降貴令辰：恭維貴人之生辰。

〔一一〕台筭：壽齡之敬稱。台，敬詞。筭，同「算」，代指壽齡。參見本集卷二二潭州大溈山中興記注〔六一〕「睿算」。

〔一二〕「許旌陽白日仙去」四句：宋李昌齡傳太上感應篇卷一：「其過大小有數百事，欲求長生者先須避之。傳曰：昔許真君行符施術，治病救災，於民最有大功，上帝猶譴其七世不祀祖先，且有貪、殺、匿三種之罪，必待特赦，然後拔宅輕舉。」佛祖統紀卷三六：「豫章西山真君許遜拔宅升天。君生於吴。赤烏二年，師至人吴猛，傳神方，入西山修鍊。晉太康元年爲蜀郡旌陽令，民服其化，至於無訟。歲大疫，標竹江濱，置符水中，令病者飲之，無不愈。及解官東歸，有女童五人，持寶劍爲獻。聞丹楊女師湛姆有道，往叩之，授金丹寶經並正一斬邪之法。君鍊丹艾城黄龍山，既成，登秀峰，爲壇醮謝上帝，乃服丹。至西安縣（今分寧），廟神迎告曰：『此有蛟害民，知仙君來，今往鄂渚避之矣。』君杖劍躡迹而往，敕吏兵驅出，誅之。還豫章郡城，以丹數粒雜他藥貨之，令其自取，贖藥雖多，竟無一人取丹者。君歎世間仙才之難遇也。弟子數百，君化炭爲美婦，夜散入群弟子。明日閲之，其不染污者唯十人，即異時上升高弟也。是年，有二仙自天而下，奉王皇命，授九州都仙。太史詔曰：『許遜！脱子前世貪殺，不祀先祖之罪，録子今生符水治病、罰惡之功，身及家口厨宅，凌空歸天。』二仙揖君升龍車，命陳勳、時荷、周廣、曾亨、黄仁覽、盱烈及其母（仙君之姊）、部從仙眷四十二口，同時升天，雞犬亦隨飛騰。」

〔一三〕瀏陽：縣名，屬荆湖南路潭州。

〔一四〕賀文：廓門注：「賀文，不知何人也。」鍇按：賀文當爲潭州巨盜，俟考。　生齒：謂人民。周禮秋官司寇小司寇：「及大比，登民數，自生齒以上，登于天府。」鄭玄注：「人生齒而體備，男八月而生齒，女七月而生齒。」

〔一五〕相萬：相差萬倍。極言相差之大。漢書馮奉世傳：「故少發師而曠日，與一舉而疾決，利害相萬也。」顔師古注：「相比則爲萬倍也。」

〔一六〕實出於圓照本禪師：禪林僧寶傳卷一四慧林圓照本禪師傳：「元豐五年，以道場付其門人善本，而居於瑞峰庵。蘇人聞之，謀奪之，懼力不勝，欲發而未敢也。時會待制曾公孝序適在蘇，蓋嘗問道於本，而得其至要。因謁之庵中，具舟江津。既辭去，本送之登舟，語笑中載而歸，以慰蘇人之思。」

【附録】

宋張宏敬云：摩竭掩室，毗耶杜口，以真寔際離文字。故自曹溪滴水，派別五家，建立綱宗，開示方便。法源一濬，波流益洪，同歸薩婆若海。然欲識佛性義，當觀時節因緣，從古明大法人，莫非瑰瑋傑特之材，不受世間繩束。是以披緇祝髮，周遊參請，必至於發明己事而後已。蓋有或因言而悟入，或目擊而道存，一刹那間，轉凡成聖，時節因緣，各自不同。苟非具載本末，則後學無所考證，此僧寶傳之所由作也。是書之傳有年矣，白璧纇藉，見之愛慕。舊藏在廬阜，後失於回禄。錢塘風篁山之僧廣遇，慮其湮没，即舊本校讎鋟梓，以與諸方共之。十餘年而書始成，其用心亦勤矣。魏亭趙元藻一見遇於湖山之上，慧炬相燭，袖其書以歸，囑予爲一轉語。予與遇未覿面，今披是書，知其志趣，千里同風，且見遇與覺範與八十一人者，把臂並行。若有因書省發，得意忘言，即同入此道場，則靈山一會，儼然未散，不爲分外。寶慶丁亥中春上澣臨川張宏敬書。（禪林僧寶傳卷首重刻禪林僧寶傳序）

元戴良云：禪林僧寶傳者，宋宣和初新昌覺範禪師之所譔次也。覺範嘗讀唐宋高僧傳，以道宣精於律，而文非所長；贊寧博於學，而識幾於暗，其於爲書，往往如户昏按檢，不可以屬讀，乃慨然有志於論述。凡經行諸方，見夫博大秀傑之衲，能袒肩以荷大法者，必手録而藏之。後居湘西之谷山，遂盡發所藏，依倣司馬遷史傳，各爲贊辭，合八十有一人，分爲三十卷，而題以今名。亦既鋟梓以傳，積有歲月。二十年來，南北兵興，在在焚燬，是書之存，十不一二。南宗禪師定公時住大慈名刹，慨念末學晚輩，不見至道之大全，古人之大體，因取其書，重刊而廣布之，且以序文屬予，俾書始末，傳之永久。古者左史記言，右史記事，而言爲尚書，事爲春秋。遷蓋因之以作史記，而言與事具焉。覺範是書，既編五宗之訓言，復著諸老之行事，而於世系入道之由，臨終明驗之際，無不謹書而備録。蓋聽言以事觀，既書其所言，固當兼録其行事，覺範可謂得遷之矩度矣。而或者則曰：「遷蓋世間之言，而覺範則出世間者也。出世間之道，以心而傳心，彼言語文字，非道之至也。於此而不能以無滯，則自心光明，且因之而壅蔽，其於道乎何有？」是大不然。爲佛氏之學者，固非即言語文字以爲道，而亦非離言語文字以入道。觀夫從上西竺、東震諸師，固有兼通三藏，力弘心宗者矣。若馬鳴、龍樹、永嘉、圭峰是也。學者苟不致力於斯，而徒以撥去言語文字爲禪，冥心默照爲妙，則先佛之微言，宗師之規範，或幾乎熄矣。覺範爲是懼而譔此書，南宗亦爲是懼而刊佈之，欲使天下禪林，咸法前輩之宗綱；而所言所履，與傳八十一人者同歸於一道。則是書之流傳，豈曰小補之哉！傳曰：「雖無老成人，尚有典刑。」又曰：「君子多識前言往行，以蓄其德。」後之覽者勉之哉！洪武六年臘月八日九靈山人戴良序。（重刊禪林僧寶傳序）

嘉祐序〔一〕

禪師諱契嵩，字仲靈，藤州人也〔二〕。少從洞山聰禪師游，出世湖山，乃嗣其法〔三〕。其道微妙，而末法學者器近而不能曉悟〔四〕，而公亦不肯少低其韻，以俯循其機㊀。因歎曰：「吾安能圓鑿以就方枘（柄）哉㊁〔五〕？聞之聖賢所爲，得志則行其道，否則言而已。言之行，由是爲萬世法，使天下學者識度修明，遠邪林而遊正塗，則奚必目擊而受之，謂己之出邪㊂〔六〕？」即閉關著書，以攷（攻）正祖宗所以來之之迹（遺）㊃，爲十二卷〔七〕。又別定祖圖〔八〕。書成，攜之京師，因内翰王公素獻之仁宗皇帝〔九〕，又爲書先焉。上讀至「臣（吕）固爲道不爲名㊄，爲法不爲身〔一〇〕」，歎愛其誠，旌以明教大師，賜其書入藏〔一一〕。書既送中書〔一二〕，時魏國韓公琦覽之〔一三〕，以示歐陽文忠公〔一四〕。公方以文章自任，以師表天下，又以護宗，不喜吾道。見其文，謂魏公曰：「不意僧中有此郎邪！黎明當一識之。」公同往見，文忠與語終日，遂大喜。由是公名振海内。遂買舟東下，居永安精舍〔一五〕，而歸老焉。公雖於古今内外之書無所不讀，至於安危治亂之略，當世聞（同）人少見其比㊅〔一六〕。而痛以律自律其身，其學端誠，爲歸宿之地，而慕梁惠約之爲人㊆〔一七〕，以其學校其所爲㊇，未見少差〔一八〕。其考正命分，於賢聖出處之際，尤爲詳正。觀學者循奇巧，而不知本也，乃作壇經贊〔一九〕。亡孝背義，又循養其欲也，乃作孝論（篇）十二章㊈〔二〇〕。士大夫不顧名實，多是己非他，乃作輔教編〔二一〕。學者苟合自輕，不貴尚以修德也，乃題遠公影堂〔二二〕。記其所慕也，乃作山茨堂序㊉〔二三〕。因風俗山川之勝，欲以拋擲其才力，以收景趣，乃作武林志〔二四〕。至於長詩贊而已，殆所謂太山之一毫芒耳〔二五〕。公終於湖山，而火化不壞者六物〔二六〕。天下聞其風者，爲之首東長想。嗚呼！一匹夫雲行鳥飛天地之間〔二七〕，視萬乘之尊，其天地之遠也；顧巨公貴人⑪，雲泥之異也〔二八〕。而一旦以其所爲之書獻，天子爲之動容，天下靡然向其風⑫，而卒能酬其志⑬。豈非其所自信修誠之效與⑭？後之學者讀其書，必有掩卷而三歎者也。元符元年中秋日高安某序⑮〔二九〕。

【校記】

㊀ 俯：元至大二年本鐔津文集卷首惠洪序作「撫」。

㊁ 枘：原作「柄」，誤，今從廓門本、四庫本、武林本、元刻本鐔津文集。參見注〔五〕。

㊂ 邪：元刻本鐔津文集作「耶」，下文「郎邪」亦作「郎耶」。

㊃ 攷：原作「攻」，誤，今據武林本、元刻本鐔津文集改。　迹：原作「遺」，今從元刻本鐔津

文集。

⑮臣：原作「吕」，誤，今從廓門本、元刻本鐔津文集，參見注〔一〇〕。

⑯聞：原作「同」，今從元刻本鐔津文集。

⑰惠：廓門本、元刻本鐔津文集作「慧」。

⑱校：元刻本鐔津文集作「效」。

⑲論：原作「篇」，今從元刻本鐔津文集。參見注〔二〇〕。

⑳山：原闕。今據元刻本鐔津文集卷一一山茨堂叙補。參見注〔二三〕。

㉑巨：元刻本鐔津文集作「鉅」。

㉒向：元刻本鐔津文集作「鄉」。

㉓卒能：元刻本鐔津文集作「能卒」。

㉔與：元刻本鐔津文集作「歟」。

㉕某：元刻本鐔津文集作「沙門德洪」。

【注釋】

〔一〕元符元年八月十五日作於筠州新昌縣。　嘉祐序：此爲釋契嵩嘉祐集所作序。元至大二年刻鐔津文集二十卷，卷首收高安沙門釋德洪序，即此序。四庫本鐔津集卷二二瑩道温序文字多與此序合。　廓門注：「嘉祐，宋仁宗年號。契嵩禪師嘉祐集序也。詳師傳。」

愚按：此序採綴鐔津文集釋懷悟序制之，此不記。」鍇按：此序作於哲宗元符元年（一〇九八），鐔津集卷二二懷悟序作於紹興四年（一一三四），惠洪焉得採綴懷悟序文，廓門注顛倒年代，殊誤。

〔二〕「禪師諱契嵩」三句：陳舜俞鐔津明教大師行業記：「師諱契嵩，字仲靈，自號潛子，藤州鐔津人。姓李，母鍾氏。」禪林僧寶傳卷二七明教嵩禪師傳：「禪師名契嵩，字仲靈，自號潛子，生藤州鐔津李氏。」

〔三〕「少從洞山聰禪師游」三句：鐔津明教大師行業記：「七歲而出家，十三得度落髮，明年受具戒。十九而遊方，下江湘，陟衡廬。……得法於筠州洞山之聰公。慶曆間入吴中，至錢塘，樂其湖山，始税駕焉。」明教嵩禪師傳：「七歲，母鍾施以事東山沙門某。十三得度，受具，十九游方。……下沅湘，陟衡嶽，謁神鼎諲禪師。諲與語奇之，然無所契悟。游袁、筠間，受記莂於洞山聰公。」洞山聰禪師，即聰道者，嗣法鼎州文殊應真，屬雲門宗青原下九世。禪門僧寶傳卷一一有傳。參見本卷臨平妙湛慧禪師語録序注〔一八〕。

〔四〕末法學者：指末法時期之學佛者。隋釋吉藏法華義疏卷五：「大論佛法凡有四時：一、佛在世時。二、佛雖去世，法儀未改，謂正法時。三、佛去世久，道化訛替，謂像法時。四、轉復微末，謂末法時。」

〔五〕安能圓鑿以就方枘：喻己難與末法學者勉强湊合。圓鑿，圓木孔；方枘，方榫頭。方圓彼此不合。楚辭九辯：「圜鑿而方枘兮，吾固知其鉏鋙而難入。」

〔六〕「則奚必目擊」二句：謂何必定要當面傳授學者，而稱其出於己之門下。目擊，親眼目覩。

〔七〕「即閉關著書」三句：懷悟序曰：「今自論原而下至于贊辭，約爲十二卷，次前成一十五卷，昔題名嘉祐集者是也。」瑩道温序曰：「因却關著書，以考正其祖宗所以來之之迹，爲十二卷，輔教編三卷。」攷，同「考」，底本作「攻」，涉形近而誤，今據元刻本鐔津文集卷首惠洪序改。

〔八〕又別定祖圖：鐔津明教大師行業記：「復著禪宗定祖圖、傳法正宗記。仲靈之作是書也，慨然憫禪門之陵遲，因大考經典，以佛後摩訶迦葉獨得大法眼藏，爲初祖。推而下之，至于達磨，爲二十八祖。皆密相付屬，不立文字，謂之教外別傳者。……所著書自定祖圖而下，謂之嘉祐集。」瑩道温序曰：「又列定祖圖一面。」鍇按：鐔津文集卷九再上皇帝書：「山中嘗力探大藏，或經或傳，校驗其所謂禪宗者，推正其所謂佛祖者。其所見之書果繆，雖古書必斥之；其所見之書果詳，雖古書必取之。又其所出佛祖年世事迹之差訛者，若傳燈之類，皆以衆家傳記，以其累代長曆校之修之。編成其書，垂十餘萬言，命曰傳法正宗記；其排布狀畫佛祖相承之像，則曰傳法正宗定祖圖；其推會宗祖之本末者，則曰傳法正宗論。總十有二卷。又以吴縑繪畫，其所謂定祖圖者一面。」

〔九〕因内翰王公素獻之仁宗皇帝：林間録卷上：「嘉祐中，以所定祖圖、正宗記詣闕上之。翰林王公素時權開封，爲表薦於朝。」鐔津明教大師行業記曰：「乃抱其書以游京師，府尹龍圖王仲儀果奏上之。」傳法正宗記卷首附知開封府王侍讀所奏劄子曰：「臣今有杭州靈隱寺僧契嵩，經臣陳狀，稱禪門傳法祖宗未甚分明，教門淺學各執傳記，古今多有諍競。因討論大藏經論，備得禪門祖宗所出本末，因删繁撮要，撰成傳法正宗記一十二卷，并畫祖圖一面，以正傳記謬誤。兼舊著輔教編印本一部三册，上陛下書一封。並不干求恩澤，乞臣繳進。臣於釋教粗曾留心，觀其筆削著述，固非臆説，頗亦精微。陛下萬機之暇，深得法樂，願賜聖覽，如有可採，乞降付中書看詳，特與編入大藏目録。取進止。」鍇按：王素（一〇〇七～一〇七三）字仲儀，大名莘縣人。真宗朝宰相王旦季子。賜進士出身。累遷龍圖閣直學士，以樞密直學士知開封府。轉工部尚書致仕，卒謚懿敏。宋史有傳。據宋張方平樂全集卷三七懿敏王公神道碑銘，王素嘗以龍圖閣學士知定州，尋除翰林侍讀學士知益州，代還，復知開封府。以其時爲翰林侍讀學士，故稱「内翰」。

〔一〇〕「上讀至」二句：鐔津文集卷九上仁宗皇帝萬言書：「誠欲幸陛下察其謀道不謀身，爲法不爲名，發其書而稍視，雖伏斧鑕無所悔也。」此序其大意。鍇按：鐔津文集卷九重上韓相公書：「以故益欲幸閣下大惠，重念其爲法不爲身，爲道不爲名，爲其教道萬世之必正。」同卷上張端明書：「閣下仁明，儻念其憂道不憂身，爲法不爲名，寬其僭越之誅，以其書稱於聖賢，傳於君子。」又同卷上曾參政書：「苟以其憂道不憂身。爲法不爲名，憫其志，收其書，推而布之。」反復言之。底本「臣」作「吕」，其字形之誤正如本集卷一謁蔡州顔魯公祠堂「侍臣」作「狩吕」，可參校。

〔一一〕「旌以明教大師」二句：鐔津明教大師行業記：「仁宗覽之，詔付傳法院編次，以示褒寵，仍賜明教之號。」傳法正宗記卷首附中書劄子許收入大藏：「權知開封府王素奏，杭州靈隱寺僧契嵩，撰成傳法正宗記并畫圖，乞編入大藏目録，取進止。輔教編三册（此是中書重批者，蓋降劄子後數日，又奉聖旨，更與輔教總入藏，批此）。右奉聖旨，正宗記一十二卷，宜令傳法院於藏經内收。附劄付傳法院，準此。嘉祐七年三月十七日（宰相押字）。」

〔一二〕中書：中書省，掌管軍國大事之官署。

〔一三〕魏國韓公琦：韓琦（一〇〇八～一〇七五）字稚圭，自號贛叟，相州安陽人。天聖五年進士。仁宗朝，西夏事起，任陝西經略安撫使，與范仲淹同爲朝廷倚重，時稱韓范。西夏和成，入爲樞密副使，嘉祐中官同中書門下平章事。英宗立，封魏國公。琦爲相十年，臨大事，決大議，雖處危疑之際，知無不爲。卒謚忠獻。宋史有傳。

〔一四〕歐陽文忠公：歐陽修（一〇〇七～一〇七二）字永叔，號醉翁，又號六一居士，廬陵吉水人。舉天聖八年進士甲科。嘉祐二年知貢舉，五年拜樞密副使，六年拜參知政事，與韓琦同心輔政。熙寧四年以太子少師致仕。卒謚文忠。宋史有傳。

〔一五〕永安精舍：指杭州靈隱寺北永安禪院。鐔津文集卷一二武林山志：「並北澗而入者曰北塢，而北益有支塢者六：曰靈隱，曰巢楊，曰白沙，曰大同，曰騰雲，曰西源。是六塢者，皆有佛氏精舍，曰靈隱，曰碧泉，曰法安，曰資嚴，曰辯利，曰無著，曰無量壽，曰定慧，曰永安，曰彌陀，曰吉祥，曰西庵。其精舍凡十有三（闕一名）。」

〔一六〕聞人：有名望之人。荀子宥坐：「夫少正卯，魯之聞人也。」楊倞注：「聞人，謂有名爲人所聞所知者也。」　底本作「同人」，與「當世」二字不相稱，今從元刻本鐔津文集。

〔一七〕慕梁惠約之爲人：鐔津文集卷三孝論終孝章：「慧約殆至人乎，其父母垂死，與訣皆號泣，若不能自存。」同書卷一一山茨堂叙：「山茨者，蓋取梁之高僧惠約所居之名也。昔約方以德高見重於天子，而汝南周顒乃營山茨寺于鍾山，而命之居。故顒美之曰：『山茨約住，清風滿世。』若約者，可謂吾徒之有道者也。吾徒宜慕之。」鍇按：梁釋慧約，字德素，俗姓婁，東陽烏場人。祖世蟬聯東南冠族，有占其塋墓者云：「後世當有苦行得道者爲帝王師焉。」年十七出家，爲當朝貴勝所崇。住鍾山草堂寺，開講淨名、勝鬘、法華、大品諸經。梁武帝敕引見，入禁省，爲帝授菩薩戒。大同元年涅槃，春秋八十四，夏臘六十三。葬於獨龍山寶誌墓左。事具續高僧傳卷六梁國師草堂寺智者釋慧約傳。契嵩慕慧約之爲人，豈亦欲以苦行得道爲帝王師者歟？

〔一八〕「以其學校其所爲」二句：以契嵩所學比較對照其所爲，其間相差無幾，謂其學行一致。校，比較，較量。通「較」。瑩道温序：「然以其所學較其所爲，而未見少差焉。」

〔一九〕「觀學者循奇巧」三句：鐔津文集卷三壇經贊：「壇經曰『定慧爲本』者，趣道之始也。定也者，靜也；慧也者，明也。明以觀之，靜以安之。安其心，可以體心也；觀其道，可以語道也。……偉乎壇經之作也！其本正，其迹效，其因真，其果不謬。前聖也，後聖也，如此起之，如此示之，如此復之。浩然沛乎若大川之注也，若虛空之通也，若日月之明也，若形影之無礙也，若鴻漸之有序也。妙而得之之謂本，推而用之之謂迹。以其非始者始之之謂因，以其非成者成之之謂果。果不異乎因，謂之正果也；因不異乎果，謂之正因也；迹必顧乎本，謂之大用也；本必顧乎迹，謂之大乘也。」

〔二〇〕「亡孝背義」三句：鐔津文集卷三輔教編下孝論共十二章：明孝章第一，孝本章第二，原孝章第三，評孝章第四，必孝章第五，廣孝章第六，戒孝章第七，孝出章第八，德報章第九，孝略章第十，孝行章第十一，終孝章第十二。明孝章曰：「子亦聞吾先聖人，其始振也爲大戒，即曰：『孝名爲戒。』蓋以孝而爲戒之端也。子與戒而欲亡孝，非戒也。夫孝也者，大戒之所先也。」鍇按：鐔津文集諸本皆作孝論，此序底本作孝篇，「篇」字誤，今從元刻本鐔津文集。

〔二一〕「士大夫不顧名實」三句：輔教編分上中下三卷，上卷原教、勸書并序共四篇；中卷廣原教并序共二十六篇；下卷孝論并序共十三篇、壇經贊、真諦無聖論。禪林僧寶傳卷二七明教嵩禪師傳：「是時天下之士，學古文，慕韓愈，拒我以遵孔子。東南有章表民、黄聱隅、李太伯，尤雄傑者，學者宗之。嵩作原教論十餘萬言，明儒釋之道一貫，以抗其說。讀之者畏服。」

〔二二〕「學者苟合自輕」三句：鐔津文集卷一三題廬山遠公影堂壁：「遠公事迹，學者雖見而鮮能盡之，使世不昭昭見先賢之德，亦後學之過也。予讀高僧傳、蓮社記及九江新舊録，最愛遠公凡六事，謂可以勸也。乃引而釋之，列之其影堂，以示來者。」

〔二三〕「記其所慕也」三句：鐔津文集卷一一山茨堂叙：「因思其舊名取義太近，輒命以山茨之號更之。山茨者，蓋取梁之高僧惠約所居之名也。……若約者，可謂吾徒之有道者也，吾徒宜慕之。愚何敢跂望其人也，取其山茨而名是堂者，誠欲警愚之不及也。」續高僧傳卷六梁國師草堂寺智者釋慧約傳：「齊中書郎汝南周顒爲剡令，欽服道素，側席加禮，於鍾山雷次宗舊館造草堂寺，亦號山茨，屈知寺任。此寺結宇山椒，疏壤幽岫，雖邑居非遠，而蕭條物外。既冥賞素誠，便有終焉之託。顒嘆曰：『山茨約主，清虚滿世。』」參見前注〔一七〕。　鍇按：底本作「茨堂序」，脱一「山」字。鐔津文集卷首德洪序亦同。今據鐔津文集卷一一山茨堂叙補。

〔二四〕「因風俗山川之勝」四句：武林山志記叙杭州武林山之峰嶺、溪澗、洞塢、佛寺、古跡之勝，頗爲詳切。鐔津文集卷九上歐陽侍郎書：「顧平生慚愧，何以副閣下之見待耶？然其自山林來，輒欲以山林之説投下執事者，願資閣下大政之餘，游思於清閒之域。又其山林無事，得治夫性命之説。復并以其性命之書，進其山林之説，有曰新撰武林山志一卷。」　鍇按：

底本作「武林志」，脱二「山」字，鐔津文集卷首德洪序亦同。

〔二五〕太山之一毫芒：韓愈調張籍：「流落人間者，太山一毫芒。」此借用其語。參見本集卷二一潭州開福轉輪藏靈驗記注〔三六〕。

〔二六〕火化不壞者六物：林間録卷下：「嵩明教既化，火浴之，頂骨、眼睛、齒舌、耳毫、男根、數珠皆不壞，如世尊言『比丘生身不壞，發無垢智光』者。」禪林僧寶傳卷二七明教嵩禪師傳：「闍維，斂六根之不壞者三，頂骨出舍利，紅白晶潔，狀如大菽，常所持數珠亦不壞。」又贊曰：「嵩生而多聞，好辯而常瞋。死而火之，目、舌、耳毫爲不壞，非工信堅固功德力乎！」

〔二七〕雲行鳥飛：喻游方僧之來去無跡。參見本集卷一四誡上人試手游方二首注〔二〕。

〔二八〕雲泥之異：雲在天，泥在地，喻相去甚遠，差異極大。語本後漢書逸民傳矯慎傳載吳蒼與慎書：「仲彦足下：勤處隱約，雖乘雲行泥，棲宿不同，每有西風，何嘗不歎！」

〔二九〕高安某：惠洪爲筠州新昌人，筠州郡名高安，故云。

陳尊宿影堂序〔一〕

陳尊宿者，斷際禪師之高弟也〔二〕。嘗庵於高安之米山〔三〕，以母老於睦〔四〕，遂歸。編蒲屨，售以爲養。故人謂之陳睦州。臨濟至黃檗，衆未有知之者，而公獨先知之。

嘗指似斷際曰：「大黄之門，必此兒也。」〔五〕雲門祕傳於公，人所知之，而公更使謁雪峰，曰：「當嗣之，不然，吾道終不振矣。」〔六〕雲門、臨濟能不忘其言，故宗一代。天下古今，依此以揚聲〔七〕，其德澤方進未艾也。夫二子，方其匿耀也〔八〕，其施爲未有以異於人，而卒不能逃公之言，何也？古之人篤聞其信己，故其處心也公。惟其公，是以自知之審，而知人之詳也。今之世，雖有通人遠才，不小同己，則横議疾之，不掩則謗之而已〔九〕。通人遠才固自負，而羣小又工於爲謗，宜乎其贅隅於世也〔一〇〕。而庸下之徒能阿其所好，故爭厚恩之，環目遲以爲嗣〔一一〕。庸下者固欲顯於人，而好名者素快同於己，宜乎其豐隆於時也〔一二〕。吾行四方有年矣，見此種人何限，而恬然不知怪。世衰道微，一至於此，使其聞公之風，見公之像，其何以施眉目耶〔一三〕？嗚呼！期臨濟必大黄檗之門，而其嗣方大盛，知人之詳也。祝雲門嗣雪峰，庶未其詰，自知之審也。傳曰：「知人則哲，自知則明〔一四〕。」吾於睦州公見之矣。公之影堂在高安南之四十里，所謂米山者也。

【注釋】

〔一〕建中靖國元年作於筠州高安縣。陳尊宿：晚唐高僧，法名道蹤，俗姓陳。住睦州龍興寺，有陳蒲鞋之號，叢林亦稱陳睦州。嗣法黄檗希運禪師，爲南嶽下四世。事具景德傳燈録卷一二。參見本集卷一八陳尊宿贊注〔一〕。

〔二〕斷際禪師：即黄檗希運禪師。景德傳燈録卷九洪州黄檗希運禪師：「閩人也，幼於本州黄檗山出家。……後居洪州大安寺，海衆奔湊。裴相國休鎮宛陵，建大禪苑，請師説法。以師酷愛舊山，還以黄檗名之。……唐大中年終於本山，敕謚斷際禪師，塔曰廣業。」宋高僧傳卷二〇唐洪州黄蘗山希運傳：「投高安黄蘗山寺出家。……以大中中終于所住寺，敕謚斷際禪師，塔名廣業。語録而行于世。」今有唐裴休編黄檗山斷際禪師傳心法要、黄檗斷際禪師宛陵録傳世。

〔三〕米山：輿地紀勝卷二七江南西路瑞州：「米山，豫章記云：『生禾香茂，爲米精美。』見九域志。」

〔四〕睦：即睦州。唐置睦州，屬江南道，治建德縣。宋因之。徽宗宣和間平方臘之亂，改睦州爲嚴州。

〔五〕「臨濟至黄檗」六句：景德傳燈録卷一二鎮州臨濟義玄禪師：「初在黄蘗隨衆參侍，時堂中第一座勉令問話，師乃問：『如何是祖師西來的的意？』黄蘗便打。如是三問，三遭打，遂告辭第一座云：『早承激勸問話，唯蒙和尚賜棒，所恨愚魯，且往諸方行脚去。』上座遂告黄蘗云：『義玄雖是後生，却甚奇特，來辭時，願和尚更垂提誘。』」後出禪籍皆以黄檗堂中第一座爲陳尊宿。參見本集卷一八陳尊宿贊注〔二〕。

〔六〕「雲門祕傳於公」七句：景德傳燈録卷一九韶州雲門文偃禪師：「初參睦州陳尊宿，發明大旨。後造雪峰，而益資玄要。」禪林僧寶傳卷二韶州雲門大慈雲弘明禪師：「初至睦州，聞有老宿飽參，古寺掩門，織蒲屨養母，往謁之。方扣門，老宿揕之曰：『道！道！』偃驚，不暇答，乃推出曰：『秦時轆轢鑽。』隨掩其扉，損偃右足。老宿名道蹤，嗣黄蘗斷際禪師，住高安米山寺。以母老東歸，叢林號陳尊宿。偃得旨辭去，謁雪峰存。」參見本集卷一八陳尊宿贊注〔二〕。

〔七〕依此以揚聲：後漢孔融與曹操論盛孝章書：「今孝章，實丈夫之雄也，天下談士，依以揚聲。」

〔八〕匿耀：隱藏其光輝。晉陸機演連珠之三三：「飛轡西頓，則離朱與矇叟收察；懸景東秀，則夜光與武夫匿耀。」

〔九〕「不小同己」三句：莊子漁父：「人同於己則可，不同於己，雖善不善，謂之矜。」此借用其意。

〔一〇〕贅隅：宋黄晞贅隅子欷歔瑣微論卷首贅隅子叙曰：「贅隅者，枏物之名也。欷歔者，兼歎之聲也。瑣微者，述之之謂也。」

〔一一〕環目：舉目四顧。司馬光温國文正公文集卷一七辭修注第三狀：「使四方之人，環目識笑。」楊時龜山集卷二四虎頭巖記：「至於井邑之繁，谿山之秀，環目而盡得之。」　遲以爲嗣：其義未詳，疑「遲」字誤，或當作「遂以爲嗣」，俟考。

〔二〕豐隆：高大崇隆，此形容地位尊崇。

〔三〕何以施眉目：謂無顏見人。語本後漢書朱浮傳載浮責彭寵書曰：「豈有身帶三綬，職典大邦，而不顧恩義，生心外畔者乎？伯通與吏人語，何以爲顏？行步拜起，何以爲容？坐卧念之，何以爲心？引鏡窺影，何施眉目？舉措建功，何以爲人？」

〔四〕「知人則哲」二句：書皋陶謨：「知人則哲，能官人。」老子：「知人者智，自知者明。」

昭默禪師序〔一〕

李北海以字畫之工，而世多法其書。北海笑曰：「學我者拙，似我者死。」〔二〕當時之人不知其言有味，余滋愛之〔三〕。蓋學者所貴，貴其知意而已，至於蹤蹟繩墨，非善學者也。豈特世間之法爲然，出世間法亦然。黄檗運公師事百丈大智禪師，而迅機大用，每凌壓之。百丈固嘗歎曰：「見與師齊，減師半德。見過於師，方堪傳授。」〔四〕玄沙備師從雪峰真覺禪師最久，備遂爲談根門無功幻生法門㊀。其論皆揭佛祖之奧，雪峰亦嘗撫其背曰：「豈意衰暮，聞此妙法。汝再來人也，吾所不及。」〔五〕然雪峰、百丈之道益尊，而黄檗、玄沙得爲的嗣，初未嘗印脱其語言〔六〕，順朱其機因〔七〕，以欺流俗。此道寂寥久矣，乃今於黄龍清禪師見之。公爲晦堂老人侍者，而名聲已鬧聞叢林〔八〕。其超情獨脱之論，無師自然之智〔九〕，當機密用，人不敢觸其鋒。雖晦堂唯知加敬而已。雙井徐禧德占、黄庭堅魯直，此兩翁世所謂人中龍也，往來山中，與公語，未嘗不屈折咨嗟，以爲不及〔一〇〕。以故天下士大夫悦慕願見，想望風采〔一一〕。公名惟清，自號靈源叟，世爲洪州武寧陳氏子〔一二〕。童子時誦書，日數千言，伊吾上口〔一三〕。有異比丘過書肆見之，引其手熟視，大驚，勸其父母，使出家。公即忻然往依高居某爲師〔一四〕。幾何爲僧〔一五〕，受具足戒〔一六〕，即起遊方。初謁法安禪師，欲傾心受法。法安曰：「子他日洗光佛日，照耀末運，苦海法船也，一壑豈能畜？汝行矣，無自滯。」〔一七〕公因徧歷諸方，晚歸晦堂。久之，初開法於舒州之太平，衲子雷動雲合而至。未嘗謹規矩，而人人自肅。江淮叢林，號稱第一〔一八〕。洪州轉運使王公桓迎公歸黄龍，欲以繼晦堂老人〔一九〕。未幾，晦堂化去。公亦移病，乃居昭默堂宴坐，一室頽然，人莫能親疏之〔二〇〕。然見之者，皆各得其懽心。至於授法，鉗椎鍛煉，則學者如於（菸）菟視水車然㊂，莫知罅隙〔二一〕。其提唱議論，初不許學者傳録，有得其片言隻句者，甚於獲夜光照乘〔二二〕。然余於公爲法門昆弟，氣宇英特，慎許可，獨首肯余可以荷擔大法，頃於山中，日有異聞〔二三〕。嘗曰：「今之學者多不脱生死者，正坐偷心不死耳〔二四〕。然非學者過也。如漢高帝詔韓信以殺之〔二五〕，信雖死，而其心果死乎？今之宗師爲人多類此。古之道人於生死之際，遊戲自在者，已死却偷心耳。如侯景兵至建鄴，武帝御大殿見之，神色不變，輭語撫慰，而侯景汗下，不敢仰視。退謂人曰：『蕭公天威逼人，吾不可以再見也。』〔二六〕侯景固未嘗死，而其心已滅絶無餘矣。古之宗師爲人多類此。吾觀今諸方説法者，鉤章棘句〔二七〕，爛然駭人，正如趙昌畫花，寫生逼真，世傳爲寶，然終非真花耳〔二八〕。」其應機引物以曉人，皆類此〔二九〕。大觀三年秋，余以弘法嬰難〔三〇〕。越眀年春，病卧獄中，公之的子德逢上人以書抵余曰〔三一〕：「昭默病，遂有書付禪師，使人不能候而去。」余矍然而起〔三二〕，坐念公平生奇德美行，恐即死，後世莫得以聞，故爲疏其略，以授逢使，往謁道鄉居士求文〔三三〕，刻石於山中，以傳信後世云。大觀四年正月二十五日石門某序〔三四〕。

【校記】

㈠ 幻生：原作「幻生幻生」，其中一「幻生」爲衍文，今删。參見注〔五〕。

㈡ 於：原作「菸」，誤，今據四庫本、武林本改。參見注〔一一〕。

【注釋】

〔一〕大觀四年正月二十五日作於江寧府，時在制獄中。昭默禪師：即黄龍惟清禪師，自號靈源叟，賜號佛壽。嗣法黄龍祖心，屬臨濟宗黄龍派南嶽下十三世。事具禪林僧寶傳卷三〇黄龍佛壽清禪師傳、嘉泰普燈録卷六黄龍佛壽靈源惟清禪師。

〔二〕「李北海以字畫之工」五句：李北海集卷末附録遺事：「江夏李邕自陳州入計，繕録其集，詣孫逖，託知己之分。李北海書，當時便多法之。北海笑云：『學我者拙，似我者死。』」鍇按：李邕，字泰和，唐揚州江都人。李善之子。玄宗朝，嘗爲北海太守。邕之文，於碑頌是所長。人奉金帛請其文，前後所受鉅萬計。邕雖詘不進，而文名天下，時稱李北海。事具新唐書文藝傳。宣和書譜卷八行書二李邕傳曰：「資性超悟，才力過人，精於翰墨，行草之名尤著。……邕初學，變右軍行法，頓挫起伏。既得其妙，復乃擺脱舊習，筆力一新。李陽冰謂之『書中仙手』。裴休見其碑云：『觀北海書，想見其風采。』大抵人之才術，多不兼稱，王羲之以書掩其文，李淳風以術映其學，文章書翰俱重於時，惟邕得之。……觀邕之墨蹟，其源流實出於羲之。議者以謂骨氣洞達，奕奕如有神力，斯亦名不浮於實也。」

〔三〕滋：益發，愈加。

〔四〕「黄檗運公師事」八句：天聖廣燈録卷八洪州百丈山大智禪師：「黄檗到師處，一日辭云：『欲禮拜馬祖去。』師云：『馬祖已遷化也。』檗云：『未審有何言句？』師遂舉再参馬祖豎拂因緣，檗聞舉，不覺吐舌。師云：『子已後莫承嗣馬祖去麽？』檗云：『不然，今日因師舉，得見馬祖大機之用，然且不識馬祖。若嗣馬祖，已後喪我兒孫。』師云：『見與師齊，減師半德。見過於師，方堪傳授。子甚有超師之見。』後潙山問仰山：『百丈再參馬祖豎拂因緣，此二尊宿意旨如何？』仰山云：『此是顯大機之用。』潙山云：『馬祖出八十四人善知識，幾人得大機，幾人得大用？』仰山云：『百丈得大機，黄檗得大用，餘者盡是喝道之師。』」

〔五〕「玄沙備師從」八句：景德傳燈録卷一八福州玄沙師備禪師：「與雪峰義存本法門昆仲，而親近若師資。雪峰以其苦行，呼爲頭陀。一日雪峰問曰：『阿那箇是備頭陀？』對曰：『終不敢誑於人。』異日雪峰召曰：『備頭陀何不遍參去？』師曰：『達磨不來東土，二祖不往西天。』雪峰然之。曁登象骨山，乃與師司力締構。玄徒臻萃，師入室咨決，罔替晨昏。又閲楞嚴經發明心地，由是應機敏捷，與修多羅冥契。諸方玄學有所未決，必從之請益。至若與雪峰和尚徵詰，亦當仁不讓。雪峰曰：『備頭陀其再來人也。』一日，雪峰上堂曰：『要會此事，猶如古鏡當臺，胡來胡現，漢來漢現。』師曰：『忽遇明鏡來時如何？』雪峰曰：『胡漢俱隱。』師曰：『老和尚脚跟猶未點地。』」禪林僧寶傳卷四福州玄沙備禪師傳：「兄視雪峰，而師承之。雪峰呼爲頭陀，每見之曰：『再來人也，何不偏參去？』對曰：『達磨不來東土，二祖不往西天。』雪峰然之。」雪峰真覺大師語録卷下：「師向玄沙道：『我者裏近日有個把斷乾坤漢，汝須著精彩，同學兄弟也難得。』沙云：『是即是，作麽生把斷？』師云：『豈不是自作用，正是把斷。』沙云：『和尚用甚得，某甲不與麽？』師云：『汝作麽生？』沙云：『和尚是乾，某甲是坤，且作麽生説兄弟難得？』師云：『汝得與麽自繇自在，要用便用，要收便收。』沙云：『未是分外，祇是自家底。』師云：『汝是出格之見，佗時後日，子孫大興，依此理去。如今且與麽？』玄沙云：『如此，如此，兄弟共知且與麽，三二之後，方始應用。』師云：『我也知汝同學，一理之見。』沙云：『根門無功，和尚若得與麽，方始得自在。』」又見福州玄沙宗一大師廣録卷中。　幻生法門：其語本華嚴經合論卷五三：「即以佛母摩耶爲十一地初善知識，能生一切諸佛爲表。母是悲位，佛是智，故以悲生智。故云摩耶生佛故，得幻生法門。」底本作「幻生幻生法門」，其中一「幻生」爲衍文，今刪。

〔六〕印脱其語言：謂仿照其語言而毫不走樣，如印模脱胎一般。景德傳燈録卷六朗州中邑洪恩禪師：「師云：『什麽處得此三昧？』仰云：『於曹谿脱印子學來。』」

〔七〕順朱其機因：謂仿效其機鋒因緣而毫不走樣，如兒童順朱色字描摹字帖一般。雲門匡真禪師廣録卷中垂別代語：「又云：『爾若道不得，且念上大人，更不相當，且順朱。』代云：『功不浪施。』」禪宗頌古聯珠通集卷八佛心才禪師頌：「雄鎮南陽傳祖令，清風凛凛動寰區。老來偏愛晚生子，把手時時教順朱。」同書卷二〇黄龍震禪師頌：「童子學順朱，赤處背模黑。若將白紙來，一點下不得。若下得翻成，紙上塗烟墨。」

〔八〕「公爲晦堂老人侍者」二句：禪林僧寶傳惟清本傳：「寶覺鍾愛，至忘其爲師，議論商略如交友。諸方號清侍者，如趙州文遠，南院守廓。」羅湖野録卷上：「靈源禪師，蚤參承晦堂於黄龍，而清侍者之名，著聞叢林。」晦堂老人，即黄龍祖心禪師，賜號寶覺，晚退居晦堂，因以自號。參見本集卷一七黄龍生辰因閲晦堂偈作此注〔一〕。　鬧聞：紛紛傳聞。

〔九〕無師自然之智：華嚴經卷五二如來出現品：「菩薩摩訶薩成就如是功德，少作功力，得無師自然智。」宗鏡録卷一五：「佛智爰起，覺心則理現，理現則智圓。若鏡淨明生，非前非後，非新非故，寂照湛然，不由他悟者，成上慧身，即無師自然智也。」智證傳：「予觀永嘉之談五蘊，如駭雞犀之枕，四面視之，其形常正，蓋無師自然智所成就也。」林間録卷上：「其（真淨克文）樂説無礙之辨，答則出人意表，問則學者喪氣。蓋無師自然之智，非世智可當，真一代法施主也。」

〔一〇〕「雙井徐禧德占」六句：本集卷二七跋山谷所遺靈源書：「熙寧、元豐之間，西安出二偉人。徐德占一旦興草萊，與人主論天下事，若素宦於朝。黄魯直氣摩雲霄，與蘇東坡並馳而爭先。二公皆名震天下，聖世第一等人也。而詩詞所寓，翰墨之妙，拳拳服膺於靈源大士。如此，則知彼上人者，必有大過人者耳。」禪林僧寶傳惟清本傳：「公風神洞冰雪，而趣識卓絶流輩。龍圖徐禧德占、太史黄庭堅魯直，皆師友之。其見寶覺，得記莂，乃公爲之地。」雲卧紀談卷下：「武寧徐龍圖禧，字德占，早參黄龍晦堂和尚，而受印可，遂與靈源爲法友。因致問於靈源曰：『昔有老宿見人，便喚爲倒騎牛漢，且道如何得不被佗恁麽喚？』靈源對以：

『是佗巴鼻，在我手裏。』仍有頌發揮之曰：『塗中作主，門裏出身。倒騎順騎，誰爲最親。莫嫌土面塵埃甚，百尺竿頭步步新。』」禪林寶訓卷二：「湛堂曰：靈源好閲經史，食息未嘗少憩，僅能背諷乃止。晦堂因呵之。靈源曰：『嘗聞用力多者收功遠。』故黄太史魯直曰：『清兄好學，如飢渴之嗜飲食，視利養紛華若惡臭，蓋其誠心自然，非特爾也。』」　雙井：輿地紀勝卷二六江南西路隆興府：「雙井，在分寧西二十里，山谷所居之南。溪心有二井，土人汲以造茶，絶勝他處。」　鍇按：徐禧（一〇四三～一〇八二）字德占，分寧人。少有志度，新法行，以布衣獻治策二十四篇，爲神宗器賞，驟被任用，與王安石、吕惠卿相左右。元豐初，惠卿欲更蕃漢兵制，諸老將均不願，獨禧是其議。五年，受詔往城永樂，种諤力阻不聽，猝與虜遇，城陷，死之，年四十。贈吏部尚書，謚忠愍。宋史有傳。

〔一〕想望風采：後漢書趙壹傳：「名動京師，士大夫想望其風采。」

〔二〕武寧：洪州屬縣。

〔三〕伊吾：象聲詞，讀書聲。本集卷三〇泐潭準禪師行狀：「歸授以法華經，伊吾即上口。」亦作「吾伊」。禪林僧寶傳惟清本傳：「方垂髫上學，日誦數千言，吾伊上口。」同書卷八南安巖嚴尊者傳：「於是世間章句，吾伊上口。」語本山谷内集詩注卷九考試局與孫元忠博士竹間對窗夜聞元忠誦書聲調悲壯戲作竹枝歌三章和之之一：「南窗讀書聲吾伊。」任淵注：「樂録曰：諸調曲皆有辭有聲。辭者，其歌詩也。聲者，若羊吾羊、吾夷伊、那何之類也。」

〔一四〕高居某：即武寧縣高居院戒律師。禪林僧寶傳惟清本傳：「從之，師事戒律師，年十七爲大僧。」高居，寺院名。山谷内集詩注卷一贈鄭交：「高居大士是龍象，草堂丈人非熊羆。」任淵注：「大士，謂靈源叟惟清，清蓋晦堂之法嗣。山谷與歐陽元老帖云：『清師歸所受業院武寧之高居，想甚得所也。』武寧屬洪州。」又山谷惟清道人帖云：「或聞清欲於舊山高居築庵獨住，不知果然否？」皆可證惟清始出家受業於高居院戒律師。

〔一五〕幾何：此指若干年。

〔一六〕具足戒：僧尼所受戒律之稱。意謂戒條圓滿充足，故名。僧爲二百五十戒，尼爲三百四十八戒。參見唐釋道宣四分律删繁補闕行事鈔卷中。

〔一七〕「初謁法安禪師」九句：禪林僧寶傳惟清本傳：「聞延恩院耆宿法安，見本色人，上謁，願留就學。安曰：『汝苦海法船也，我尋常溝壑耳，豈能藏哉？黄龍寶覺心禪師，是汝之師，亟行毋後。』」法安禪師（一〇二四～一〇八四），臨川人，俗姓許氏。嗣法天衣義懷，屬雲門宗青原下十一世。晚住武寧之延恩寺。事具山谷全集正集卷三二法安大師塔銘、禪林僧寶傳卷二六延恩安禪師傳。　洗光佛日：喻其重新整頓佛教。本集卷二一潭州大潙山中興記：「又取佛日重洗光。」

〔一八〕「久之」七句：禪林僧寶傳惟清本傳：「張丞相商英始奉使江西，高其爲人，厚禮致以居洪州觀音，不赴。又十年，淮南使者朱京世昌，請住舒州太平，乃赴。衲子爭趨之，其盛不減圓通在法雲、長蘆時。」本集卷二六題靈源門榜：「靈源初不願出世，隄岸甚牢。張無盡奉使江西，屢致之，不可。久之，翻然改曰：『禪林下衰，弘法者多假我偷安，不急撐拄之，其崩頹跬可須也。』於是開法於淮上之太平。予時東游，登其門，叢林之整齊，宗風之大振，疑百丈無恙時不減也。」　舒州：宋屬淮南西路，治懷寧縣。

〔一九〕「洪州轉運使」二句：禪林僧寶傳惟清本傳：「寶覺春秋高，江西使者王桓遷公居黃龍，不辭而往。」王桓，生平未詳。據續資治通鑑長編、宋會要輯稿，桓嘗任監察御史。

〔二〇〕「未幾」六句：禪林僧寶傳惟清本傳：「未幾，寶覺歿。即移疾居昭默堂，頹然坐一室。天下想其標致，摩雲昂霄。」

〔二一〕「則學者如於菟視水車然」二句：喻其禪旨難以把握，無從下手，如老虎視旋轉之水車，不知其縫隙。此喻似爲惠洪首創，其後禪籍有襲用者，如爲霖禪師旅泊菴稿卷四書等韻指月後：「一日，黃子季瑜持所編韻法横圖音切指月，索序。一爲展卷，不啻於菟之視水車，了不見其縫隙，序曷可爲？」　於菟：左傳宣公四年：「楚人謂乳『穀』，謂虎『於菟』。」釋文：「於音烏，菟音徒。」底本「於」作「菸」，誤，蓋「菸」音煙，與「於」讀音不相通假。本集卷一〇送淨心大師住温州江心寺：「夢澤於菟三日視。」卷一八繡釋迦像并十八羅漢贊第十二那迦犀那尊者：「於菟對我，示心境真。」皆可證「菸」之誤。

〔二二〕夜光：寶珠名。晉葛洪抱朴子袪惑：「凡探明珠，不於合浦之淵，不得驪龍之夜光也。」

照乘：亦寶珠名，謂其光可照明車乘。史記田敬仲完世家：「若寡人國小也，尚有徑寸之珠照車前後各十二乘者十枚。」唐高適漣上别王秀才：「何意照乘珠，忽然欲暗投。」

〔二三〕「然余於公爲法門昆弟」六句：此數句文字略欠通順，疑有舛誤。禪林僧寶傳惟清本傳：「余時以法門昆弟，預聞其論。」錯按：惟清嗣法晦堂祖心，惠洪嗣法真淨克文，而祖心、克文皆嗣法黄龍慧南，故惠洪爲惟清之法門昆弟，同屬臨濟宗黄龍派南嶽下十三世。

〔二四〕偷心：本指偷盜之心，與婬心、殺心相並。語本楞嚴經卷六：「又復世界六道衆生，其心不偷，則不隨其生死相續。汝修三昧，本出塵勞，偷心不除，塵不可出。縱有多智禪定現前，如不斷偷，必落邪道。」本集借其語指苟且偷生之心。

〔二五〕漢高帝詔韓信以殺之：史記淮陰侯列傳：「舍人弟上變，告信欲反狀於吕后。吕后欲召，恐其黨不就，乃與蕭相國謀，詐令人從上所來，言豨已得死，列侯羣臣皆賀。相國紿信曰：『雖疾，彊入賀。』信入，吕后使武士縛信，斬之長樂鍾室。信方斬，曰：『吾悔不用蒯通之計，乃爲兒女子所詐，豈非天哉！』」錯按：據史記，實爲吕后假漢高帝詔韓信以殺之，故信雖死而不甘心。

〔二六〕「如侯景兵至建鄴」九句：梁書侯景傳：「初，臺城既陷，景先遣王偉、陳慶入謁高祖，高祖曰：『景今安在？卿可召來。』時高祖坐文德殿，景乃入朝，以甲士五百人自衛，帶劍升殿。拜訖，高祖問曰：『卿在戎日久，無乃爲勞？』景默然。又問：『卿何州人，而敢至此乎？』景又不能對，從者代對。及出，謂廂公王僧貴曰：『吾常據鞍對敵，矢刃交下，而意氣安緩，了無怖心。今日見蕭公，使人自慴，豈非天威難犯？吾不可再見之。』高祖雖外迹已屈，而意猶忿憤，時有事奏聞，多所譴却。景深敬憚，亦不敢逼。」

〔二七〕鈎章棘句：謂文辭之艱澀。韓愈貞曜先生墓誌銘：「及其爲詩，劌目鉥心，刃迎縷解，鈎章棘句，掐擢胃腎。」參本集卷二二吉州禾山寺記注〔二九〕。

〔二八〕「正如趙昌畫花」四句：宋江少虞事實類苑卷五二蜀人善畫者：「趙昌者，漢州人，善畫花。每朝晨露下，時遶檻欄諦玩，手中調彩色寫之。自號寫生趙昌。人謂趙昌畫染成，不布彩色，驗之者以手捫摸，不爲彩色所隱，乃真趙昌畫也。」鍇按：惟清所言「今之學者多不脱生死者」至「然終非真花耳」一段，禪林僧寶傳惟清本傳亦載，曰：「今之學者，未脱生死，病在什麽處？在偷心未死耳。然非其罪，爲師者之罪也。如漢高帝紿韓信而殺之，信雖曰死，其心果死乎？古之學者，言下脱生死，效在什麽處？在偷心已死。然非學者自能爾，實爲師者鉗鎚妙密也。如梁武帝御大殿，見侯景，不動聲氣，而景之心已枯竭無餘矣。諸方所説，非不美麗，要之，如趙昌畫花逼真，非真花也。」文字略異。

〔二九〕「其應機引物以曉人」二句：禪林僧寶傳惟清本傳：「其指法巧譬，類如此。」

〔三〇〕弘法嬰難：其事見本集卷二四寂音自序：「退而遊金陵。久之，運使學士吳幵正仲請住清涼。入寺，爲狂僧誣以爲僞度牒，且旁連前住僧法和等議訕事，入制獄一年，坐冒惠洪名。」

〔二一〕德逢上人：德逢，俗姓胡氏，洪州靖安人。靈源惟清法嗣，宣和中住持黄龍，有詔移京師報恩寺，賜號通照禪師。屬臨濟宗黄龍派南嶽下十四世。事具僧寶正續傳卷三黄龍逢禪師傳。參見本集卷一八漣水觀音畫像贊注〔八〕。

〔二二〕矍然：驚視貌，急遽貌。

〔二三〕道鄉居士：鄒浩字志完，自號道鄉居士，常州晉陵人。元豐五年進士。徽宗立，復爲右正言，累遷兵部侍郎。兩謫嶺表，還，復直龍圖閣。學者稱道鄉先生。卒謚曰忠。有道鄉集四十卷。宋史有傳。參見本集卷二次韻權巽中送太上人謁道鄉居士注〔一〕。

〔二四〕石門某：惠洪自稱。

潛庵禪師序〔一〕

法道東來，授受之際，必因師弟子之賢㊀，苟非其人，道不虛行〔二〕，如雲起而龍隨〔三〕，鶴鳴而子和〔四〕。其周旋之久，機緣之著，而特以侍者稱者，如烏窠之有會通〔五〕，南陽有應真〔六〕，趙州有文遠〔七〕，南院有守廓〔八〕，慈明有海善〔九〕，翠巖有慕喆〔一〇〕，而黄龍有公〔一一〕。公諱清源（涼）㊁〔一二〕，洪州新建鄧氏子〔一三〕，世力田。幼超卓，短小精悍〔一四〕，去依洪崖法智爲童子〔一五〕。年二十一落髮，受具足戒。時武泉常、寶峰月、雲居舜道價壓叢林〔一六〕，公遊三老間，皆蒙器許，而疑終未決。謁黄龍南禪師，南曰：「昔洞山見雲門，門問：『近離甚處？』云：『查渡㊂。』『夏在何處？』曰：『湖南報慈。』曰：『幾時離？』『八月二十五。』云：『放汝三頓棒。』」〔一七〕公聞之大驚。南公又曰：「洞山又問：『適來祇對，有何過，而蒙賜棒？』門云：『飯袋子，江西、湖南便恁麼去商量？』」〔一八〕公大笑，南公問：「何笑？」對曰：「笑者黄面浙子〔一九〕，憐兒不覺醜耳〔二〇〕。」自是容爲入室〔二一〕。父子言論久，即令坐于旁。去遊南嶽，時先雲庵方出潙山，與公復造積翠〔二二〕。公爲侍者七年，南公殁〔二三〕，隱迹（遺）西山㊃〔二四〕。西山有惠嚴院，僧死屋無，像設露坐〔二五〕。公見而喟曰：「古人斫山開基，致無爲有，忍懷不舉哉〔二六〕！」乃求居以修完之。不五年，而殿閣崇成，百具鼎新。即棄去，游廬山。南康太守徐公聞名〔二七〕，延居南山清隱寺〔二八〕。寺在大江之北，面揖廬山。公門風孤峻，學者皆望崖而退〔二九〕，以故單丁住山十有八年〔三〇〕。元符二年秋〔三一〕，余與弟希祖自南昌舟而東下〔三二〕，訪之。晨香夕燈，升堂説法，如臨千衆，而叢林所服玩者莫不具。時時钁地處置，爲余言：「先師初事栖賢諟、泐潭澄〔三三〕，更二十年，宗門奇奥，經論要妙，莫不貫穿。及因文悦以見慈明〔三四〕，則一字無用。設三關以驗天下禪者〔三五〕，而禪者如葉公畫龍，龍見即怖〔三六〕。」余曰：「每疑三關語垂示平易，而人以爲難，何也？」公曰：「衆生爲解礙，菩薩未離覺〔三七〕。大智如文殊師利，欲問天（空）王佛義㊄，即遭擯出〔三八〕。以其墮艱難故起現行耳〔三九〕。嗚呼！自墮艱難故起現行，學者大病，如人開眼尿牀〔四〇〕，平地喫攧〔四一〕。然今化去三十年，猶有悟其旨者，不無損益也。」有僧依十有二年，公舉令住淨衆寺〔四二〕，辭行，謂曰：「汝雖在此費歲月，實不識吾家事。儻嗣法，當不以世俗欺誑爲心。」其人乃嗣翠巖璣（機）焉㊅〔四三〕。南昌隱君子潘延之與爲方外友〔四四〕。延之迎歸西山，而州郡文爭命居天寧〔四五〕。衲子方雲趨座下，一時名士摳衣問道〔四六〕。公以目疾隱居龍興寺房〔四七〕，户外之屨亦滿〔四八〕。上藍忠禪師，雲蓋智公之子，於公爲叔姪〔四九〕，移公居寺之東堂，事之如其師，叢林高其誼。余政和四年冬證獄太原〔五〇〕，拴縛在旅邸，人諱見之，而公冒雨步至撫慰，爲死訣。明年南歸，幸復見之，軒渠笑曰〔五一〕：「吾不意乃復見子。」公壽八十四，目盲復明，此其精敏於道，志願叢林所致。嗚呼！佛法寖遠，壞衣瓦器之人〔五二〕，亦有侈欲。爲人師者，爭慕華構，便軟暖〔五三〕，公獨舉頹壞而新之。爭欲致弟子，不問智愚，欲出門下，而公獨精粗之㊆〔五四〕。爭欲坐八達衢頭〔五五〕，以自賣其道，而公獨居荒遠以自珍之。爭好勢利惡醜，而公獨犯衆惡，自信而力行之。每謂弟子曰：「無事外之理，理外之事〔五六〕。」觀其措置，豈其真然之者耶㊇？

【校記】

㊀ 之：武林本作「爲」。

㊁ 源：原作「涼」，誤，今從廓門本。

㊂ 查：武林本作「去」，誤。

㊃ 迹：原作「遺」，今從武林本。

㊄ 天：原作「空」，誤，今改。參見注〔三八〕。

㊅ 璣：原作「機」，誤，今改。參見注〔四三〕。

㊆ 「爭欲致弟子」十九字：四庫本缺。

㊇ 然之：武林本作「然」。

【注釋】

〔一〕政和五年三月作於南昌。潛庵禪師：即清源禪師，自號潛庵。參見本集卷四別潛庵源禪師注〔一〕。

〔二〕「苟非其人」二句：易繫辭下：「初率其辭，而揆其方，既有典常。苟非其人，道不虛行。」孔穎達疏：「言若聖人則能循其文辭，揆其義理，知其典常，是易道得行也。若苟非通聖之人，則不曉達易之道理，則易之道不虛空得行也。言有人則易道行，若無人則易道不行。無人而行，是虛行也。必不如此，故云道不虛行也。」

〔三〕雲起而龍隨：易乾卦：「子曰：『同聲相應，同氣相求，水流濕，火就燥，雲從龍，風從虎，聖人作而萬物覩。』」

〔四〕鶴鳴而子和：易中孚卦：「鶴鳴在陰，其子和之。」

〔五〕鳥窠之有會通：景德傳燈録卷四杭州鳥窠道林禪師：「本郡富陽人也，姓潘氏。……九歲出家，二十一於荆州果願寺受戒。……屬唐代宗詔徑山國一禪師至闕，師乃謁之，遂得正法。……後見秦望山有長松枝葉繁茂，盤屈如蓋，遂棲止其上。故時人謂之鳥窠禪師。……有侍者會通，忽一日欲辭去。師問曰：『汝今何往？』對曰：『會通爲法出家，以和尚不垂慈誨，今往諸方學佛法去。』師曰：『若是佛法，吾此間亦有少許。』曰：『如何是和尚佛法？』師於身上拈起布毛吹之，會通遂領悟玄旨。」

〔六〕南陽有應真：景德傳燈録卷五西京光宅寺慧忠國師：「師以化緣將畢，涅槃時至，乃辭代宗。代宗曰：『師滅度後，弟子將何所記？』師曰：『告檀越，造取一所無縫塔。』曰：『就師請取塔樣。』師良久曰：『會麼？』曰：『不會。』師曰：『貧道去後，有侍者應真，却知此事。』大曆十年十二月九日右脅長往，弟子奉靈儀於黨子谷建塔，敕謚大證禪師。代宗後詔應真入内，舉問前語。真良久，曰：『聖上會麽？』曰：『不會。』真述偈曰：『湘之南，潭之北，中有黄金充一國。無影樹下合同船，瑠璃殿上無知識。』應真後住耽源山。」又見同書卷一三吉州耽源山應真禪師。參見本集卷一一九日注〔五〕。

〔七〕趙州有文遠：趙州，即從諗禪師，曹州郝鄉人，俗姓郝氏。南泉普願法嗣，屬南嶽下三世，住趙州觀音院。玄言布於天下，時謂趙州門風。景德傳燈録卷一〇載其機語。古尊宿語録卷一四趙州真際禪師語録之餘多處載趙州與沙彌文遠之機鋒問答，不勝枚舉。其他禪籍「沙彌」作「侍者」，如大慧普覺禪師語録卷六：「上堂，舉趙州一日，與文遠侍者論義，鬭劣不鬭勝，勝者輸餬餅。」五燈會元卷四、禪宗頌古聯珠通集卷二〇載趙州機緣，均作「文遠侍者在佛殿禮拜次」。

〔八〕南院有守廓：南院，即慧顒禪師。興化存獎法嗣，臨濟義玄法孫，臨濟宗南嶽下六世。住汝州寶應禪院（即南院）。守廓，即守廓上座，又稱守廓侍者，亦爲興化存獎法嗣，與南院同門。天聖廣燈録卷一四、聯燈會要卷一一、五燈會元卷一一載其機語。禪林僧寶傳卷三汝州風穴沼禪師傳：「北遊襄沔間，寓止華嚴。時僧守廓者，自南院顒公所來。華嚴陞座曰：『若是臨濟、德山、高亭、大愚、鳥窠、船子下兒孫，不用如何若何，便請單刀直入。』廓出衆便喝，華嚴亦喝。廓又喝，華嚴亦喝。廓禮拜起，指以顧衆曰：『這老漢一場敗缺！』喝一喝歸衆。風穴心奇之，因結爲友，遂默悟三玄旨要。嘆曰：『臨濟用處如是耶？』廓使更見南院。」

〔九〕慈明有海善：慈明，即楚圓禪師，賜號慈明，住石霜山。汾陽善昭法嗣，臨濟宗南嶽下十世。事具禪林僧寶傳卷二一慈明禪師傳。海善，續傳燈録卷七目録石霜圓禪師法嗣下有資福海善禪師，無語録，即此僧。同卷又有古田善侍者，乃重收。禪林僧寶傳卷一六翠巖芝禪師傳：「慈明有善侍者，號稱明眼，悦聞芝之風，自石霜至大愚。入室，芝趯出履一隻，善退身而立。芝俯取履，善輒踏倒。芝起，面壁，以手點津，連畫其壁三。善瞠立其後，芝旋轉以履打。至法堂，善曰：『與麽爲人，瞎却一城人眼在！』」林間録卷下：「福州善侍者，慈明高弟。當時龍象數道吾真、楊岐會，然皆推服之。嘗至金鑾，真點胸自負親見慈明，天下莫有可意者。善與語，知其未徹，笑之。一日山行，真舉論鋒發，善取一瓦礫置石上，曰：『若向者裏下得一轉語，許你親見老師。』真左右視，擬對之。善喝曰：『佇思停機，識情未透，何曾夢見去！』真大愧悚，且圖還霜華。」羅湖野録卷上：「福州資福善禪師，古田人，姓陳氏。少有逸氣，祝髮於寶峰院。即出嶺，參侍石霜慈明禪師。當時龍象如翠巖真公，尤所屈服，故天下叢林知有善侍者名。及禮辭慈明還閩，慈明口占偈調之曰：『七折米飯，出鑪胡餅。自此一別，稱鎚落井。』既而出世里中鳳林，逮遷資福，則碌碌無聞焉，以故言句亦罕傳於世。有三玄要訣偈曰：『三玄三要與三訣，四海禪人若爲别。西瞿耶土競喧鬧，北鬱單越人打鉄。馬鳴龍樹擬何云，彌勒金剛皆咬舌。文殊大笑阿呵呵，迦葉欲言言不得。言不得，釋迦老子頭鬚白。頭髮白，一二三四五六七。』又示衆曰：『閑抛三寸刃鋒鋩，帀地冰霜定紀綱。

若是丈夫真意氣，任君敲磕振風光。』」二曰：『垂鈎四海浪吞侵，罕遇獰龍動角鱗。獅子嚬呻全意氣，縱横誰是顯當人。』」嗚呼！善與黄龍、楊岐、翠巖爲雁行，況畨於諸公間，言論風旨亦優爲之，何得歸鄉卒中慈明之調耶？」

〔一〇〕翠巖有慕喆：禪林僧寶傳卷二五大潙真如喆禪師傳：「翠巖真禪師游方時，喆能識之。真好暴所長以蓋人，號真點胸，所至犯衆怒，非笑之。喆與之周旋二十年，雖羣居，不敢失禮。真住兩刹，喆陰相之成法席。有來學者，且令見喆侍者，謂人曰：『三十年後，喆其大作佛事。』真歿，塔於西山，心喪三年，乃去，依止黄蘗。」

〔一一〕黄龍：即黄龍慧南禪師。

〔一二〕清源：底本作「清涼」。鍇按：僧寶正續傳卷一潛庵源禪師傳：「禪師名清源。」又嘉泰普燈録卷四、五燈會元卷一七均作「潛庵清源禪師」。本集卷四别潛庵源禪師、卷一九潛庵源禪師真贊三首，均作「源」。故知底本「涼」涉形近而誤，今據諸禪籍改。

〔一三〕洪州新建：洪州州治南昌、新建二縣。

〔一四〕短小精悍：語本史記游俠列傳：「解爲人短小精悍，不飲酒。」

〔一五〕去依洪崖法智爲童子：僧寶正續傳卷一潛庵源禪師傳：「依洪巖僧處信，得度具戒。」輿地紀勝卷二六江南西路隆興府：「洪崖，洪井，去郡三十里。左右石壁，飛湍奔注其下，曰洪井。洪崖先生得道處，故號洪崖。」法智：豈僧處信之法號歟？俟考。

〔一六〕武泉常：古尊宿語録卷一九袁州楊岐山普通禪院會和尚語録：「送武泉常老出門，乃問：『出門便作還鄉計，到家一句作麼生道？』泉云：『和尚善爲住持。』師云：『與麼則身隨寒影去，脚大草鞋寬。』泉云：『和尚善爲開田。』師云：『兔子何曾離得窟。』」僧寶正續傳卷一、嘉泰普燈録卷四清源禪師傳皆作「武泉常」，然生平不可考。　鍇按：廓門注：「瑞州武泉山政禪師歟？嗣法於石霜圓禪師。」武泉山政禪師住筠州武泉，與楊岐方會、黄龍慧南同門，屬臨濟宗南嶽下十一世。建中靖國續燈録卷七、五燈會元卷一二載其機語。　寶峰月：即曉月禪師，初字竺卿，後易字公晦。滁州人，俗姓白氏，一作洪州人，俗姓章氏。爲瑯琊慧覺法嗣，屬臨濟宗南嶽下十一世。住洪州泐潭寶峰禪院。通暢内外典，能詩善書，著有楞嚴標指、語録、詩文集等，又有夾科肇論序注一卷。禪林僧寶傳卷二三黄龍寶覺心禪師傳：「公往謁泐潭月禪師，月以經論精義入神聞諸方。」同書卷二四仰山偉禪師傳：「時泐潭月禪師與南公同坐夏積翠，月以經論有聲。」羅湖野録卷下：「潛庵源禪師，初謁泐潭月和尚。月問曰：『自何而來，作箇甚麼？』源曰：『近離洪州，欲學佛法。』月曰：『殿裏有，去學取。』源曰：『今日撞著箇泥堆。』月曰：『白日裏見鬼。』源便喝。既而趨黄檗，與南禪師法席。」建中靖國續燈録卷七、五燈會元卷一二、續傳燈録卷七載其機語。　雲居舜：即曉舜禪師，字老夫，筠州人，一作宜春人，俗姓胡氏。洞山曉聰法嗣，屬雲門宗青原下十世。羅湖野録卷上：「雲居舜禪師，世姓胡，宜春人。以皇祐間住棲賢，而與歸宗寶公、開先暹公、同安南公、圓通訥公道望相亞，禪徒交往，廬山叢林於斯爲盛。居無何，郡將貪墨，舜不忍以常住物結情固位。尋有譖於郡將，民其衣，乃寓太平菴。仁廟聞其道行，復以僧服，寵錫銀鉢盂，再領棲賢。入院，有偈曰：『無端被譖枉遭迍，半載有餘作俗人。今日再歸三峽寺，幾多道好幾多嗔。』未幾，遷雲居，道愈尊，衆益盛。以偈示衆曰：『尋求就理兩俱愆，不涉二途病亦然。孰謂箇中端的處，椎胸貧子一文錢。』嗟夫！言忤郡將而獲譴，名聞天子而被寵，禍福倚伏，於舜亦何足云。」建中靖國續燈録卷五、聯燈會要卷二八、嘉泰普燈録卷二、五燈會元卷一五載其機語。

〔一七〕「昔洞山見雲門」十三句：洞山，即守初禪師，雲門文偃法嗣，屬雲門宗青原下七世。住襄州洞山。景德傳燈録卷二三襄州洞山守初禪師：「初參雲門。雲門問：『近離什麼處？』師曰：『楂渡。』門曰：『夏在什麼處？』師曰：『湖南報慈。』門曰：『甚時離彼？』師曰：『八月二十五。』門曰：『放汝三頓棒。』」雲門匡真禪師廣録卷下勘辨亦載此事。後爲禪門著名公案，宗師多舉之勘辨學者，如明覺禪師語録卷三拈古、圓悟佛果禪師語録卷一九頌古下、大慧普覺禪師語録卷一七普說、古尊宿語録卷三三舒州龍門佛眼和尚普説語録等皆曾舉此。

〔一八〕「洞山又問」七句：景德傳燈録卷二三襄州洞山守初禪師：「師至明日，却上問訊：『昨日蒙和尚放三頓棒，不知過在什麼處？』門曰：『飯袋子，江西、湖南便與麼去？』師於言下大悟。」此與上文爲同一公案。

〔一九〕者：這。　黄面浙子：禪林對浙江籍僧之戲稱。如天聖廣燈録卷一五汝州風穴山延昭禪師：「應云：今日被黄面浙子鈍致一場。」禪林僧寶傳卷三汝州風穴沼禪師傳：「風穴笑曰：盲枷瞎棒，倒奪打和尚去。南院倚拄杖曰：今日被黄面浙子鈍置。」風穴延昭（沼）禪師，杭州餘杭人，故云。　鍇按：雲門文偃禪師，姑蘇嘉興人。嘉興宋屬兩浙路，故稱。

〔二〇〕憐兒不覺醜：禪林俗語，謂愛自己法嗣不覺其醜拙。建中靖國續燈録卷二隨州智門光祚禪師：「問：『國師三喚侍者，意旨如何？』師云：『憐兒不覺醜。』」古尊宿語録卷四〇雲峰悦禪師後住雲峰語録：「師云：『明教老人憐兒不覺醜。』」圜悟佛果禪師語録卷一〇小參三：「曹山雖得此意，爭奈洞山憐兒不覺醜。」

〔二一〕入室：此喻參禪獲得師之精髓。語本論語先進：「由也升堂矣，未入於室也。」邢昺疏：「入室爲深，顔淵是也；升堂次之，子路是也。」

〔二二〕「時先雲庵方出潙山」二句：禪林僧寶傳卷二三泐潭真淨文禪師傳：「治平二年夏，坐於大潙，夜聞僧誦雲門語曰：『佛法如水中月，是否？』曰：『清波無透路。』豁然大悟。時南禪師在積翠，師造焉。南公問：『從什麼處來？』對曰：『潙山。』」參見本集卷三〇雲庵真淨和尚行狀。　積翠：庵名，在筠州黄檗山。禪林僧寶傳卷二二黄龍南禪師傳：「住黄檗，結菴於溪上，名曰積翠。既而退居曰：『吾將老焉。』方是時，江湖閩粤之人，聞其風而有在於是者，相與交武，竭蹶于道，唯恐其後。」

〔二三〕南公歿：禪林僧寶傳卷二二黄龍南禪師傳：「熙寧二年三月十七日，饌四祖、惠日兩專使，會罷越，跏趺寢室前，大衆環擁，良久而化。」

〔二四〕西山：在洪州新建縣。已見前注。

〔二五〕像設露坐：謂佛像坐落於露天，蓋以屋已毁之故。

〔二六〕忍懷：疑當作「忍壞」。

〔二七〕南康太守徐公：范成大吴郡志卷二七人物：「徐師回，字望聖。師回嘗守南康，蘇文定公轍爲作直節堂記。黄庭堅明月泉銘：『誰賞音？徐望聖。』一時名重如此。」蘇轍欒城集卷二四南康直節堂記：「南康太守聽事之東，有堂曰直節，朝請大夫徐君望聖之所作也。……元豐八年正月十四日眉山蘇轍記。」　南康：軍名，宋屬江南東路，治星子縣。

〔二八〕南山清隱寺：在南康軍都昌縣。黄庭堅南康軍都昌縣清隱禪院記：「蓋南山之於都昌，如娟秀人，直其眉目清明處也。……曰清隱寺者，唐泰陵皇帝所賜名也。其後縣令陳杲用咸通赦書，改築於南山之陽。自爾餘百年，閱廢興多矣。守者非其人，至無用芘風雨以食。熙寧甲寅，令王師孟初得廬山僧建隆主之，遂爲南山清隱禪院。乙卯丙辰而隆卒。長老惟湜自廬山來，百事權輿，願力成就，而僧太琦實爲之股肱。於今八年，宫殿崇成。」錯按：清源住清隱寺，當在惟湜之後。

〔二九〕望崖而退：謂望而生畏，知難而退。參見本集卷一九五祖慈覺贊注〔五〕。

〔三〇〕單丁住山：指一個人獨住山寺。林間録卷上：「嚴陽尊者單丁住山，蛇虎就手而食。」本集卷一送充上人謁南山源禪師：「單丁住山二十年，一等栽田博飯喫。」

〔三一〕元符：宋哲宗年號，公元一〇九八～一一〇〇年。

〔三二〕弟希祖：同門法弟希祖，字超然。參見本集卷一洞山祖超然生辰注〔一〕。

〔三三〕先師：即黄龍慧南禪師。　栖賢諟：即澄諟禪師，「諟」或作「湜」。百丈道恒法嗣，屬法眼宗青原下十世。住廬山棲賢寶覺院。天聖廣燈録卷二七、聯燈會要卷二八、五燈會元卷一〇、續傳燈録卷四載其機語。林間録卷上：「棲賢諟禪師，建陽人，嗣百丈常和尚（避真宗諱『恒』作『常』）。性高簡，律身精嚴，動不遺法度。暮年，三終藏經，以坐閲爲未敬，則立誦行披之。黄龍南禪師初游方少，從之累年，故其平生所爲，多取法焉。嘗曰：『棲賢和尚定從天人中來，叢林標表也。』」禪林僧寶傳卷二二黄龍南禪師傳：「至棲賢依諟禪師。諟蒞衆，進止有律度。公規摸之三年。」錯按：廓門注：「清隱惟湜，嗣浮山遠。諟，或作湜。」以棲賢澄湜爲清隱惟湜，殊誤。　泐潭澄：即懷澄禪師，五祖師戒法嗣，屬雲門宗青原下九世。先住蘄州三角山，移居洪州泐潭寶峰禪院。天聖廣燈録卷二三、聯燈會要卷二七、五燈會元卷一五、續傳燈録卷二載其機語。林間録卷下：「南禪師久依泐潭澄禪師。澄已稱其悟解，使分座説法，南書記之名一時籍甚。」禪林僧寶傳卷二二黄龍南禪師傳：「依三角澄禪師。澄有時名，一見器許之。及澄移居泐潭，公又與俱，澄使分座接納矣。」

〔三四〕及因文悦以見慈明：禪林僧寶傳卷二二黄龍南禪師傳：「悦曰：『石霜楚圓手段出諸方，子欲見之，不宜後也。』公默計之曰：『此行脚大事也。悦師翠巖，而使我見石霜，見之有得，於悦何有哉？』即日辨裝。……慈明既至，公望見之，心容俱肅。聞其論，多貶剥諸方，而件件數以爲邪解者，皆泐潭密付旨決。氣索而歸，念悦平日之語，翻然改曰：『大丈夫心膂之間，其可自爲疑礙乎？』趨詣慈明之室。」　文悦（九九七～一〇六二），南昌人，俗姓徐氏。七歲落髮於龍興寺。年十九，杖策遍游江淮。嗣法翠巖（大愚）守芝禪師，屬臨濟宗南嶽下十一世。事具禪林僧寶傳卷二二。建中靖國續燈録卷八、聯燈會要卷一四、五燈會元卷一二、續傳燈録卷九載其機語。

〔三五〕三關：慧南禪師常以三轉語垂問學者，一曰：「人人有箇生緣，上座生緣在什麽處？」二曰：「我手何似佛手？」三曰：「我脚何似驢脚？」叢林號爲「黄龍三關」。參見本集卷一九香城瑛禪師傳注〔一一〕。

〔三六〕「而禪者如葉公畫龍」二句：漢劉向新序雜事五：「葉公子高好龍，鉤以寫龍，鑿以寫龍，屋室雕文以寫龍。於是天龍聞而下之，窺頭於牖，施尾於堂。葉公見之，棄而還走，失其魂魄，五色無主。是葉公非好龍也，好夫似龍而非龍者也。」

〔三七〕「衆生爲解礙」二句：此爲圓覺經世尊告清淨慧菩薩偈語。

〔三八〕「大智如文殊師利」三句：事見西秦三藏法師竺法護譯諸佛要集經卷下：「天王如來即如其

像，三昧正受，而現神足，移文殊師利自然立於鐵圍山頂。」底本「天王」作「空王」，誤。廓門注：「『空王』當作『天王』，此義出前注。」其說甚是，今據改。詳見本集卷一七讀禪要法注〔一一〕。

〔三九〕墮艱難故起現行：諸法要集經卷下天王佛告文殊曰：「當爾之時，墮大艱難，在無極倒不順思想。從彼剎來，欲得見佛，聽所説法，則以三事自著罣礙，懷抱此意，至斯佛土。何謂爲三？一得己身，二得諸佛，三逮諸法。文殊當知，不可倒行致諸菩薩無礙慧行。於文殊意所趣云何？從古以來，頗有能覩見如來乎？如來寧可復觀察耶？」本集卷一七讀禪要法：「佛言汝自墮艱難，故起現行爲不可。」

〔四〇〕開眼尿牀：禪門俗語，意爲清醒時尿牀。天聖廣燈録卷二二靈澄上座西來意頌其六：「若問庭前柏，受屈向諸方。可憐男子漢，開眼尿他牀。」圓悟佛果禪師語録卷一上堂一：「師云：『山僧從來借路經過。』乃云：『眨上眉毛蹉過，大似開眼尿牀；見成公案放行，正是黠兒落節。』」大慧普覺禪師語録卷二四法語示道明講主：「大似無夢説夢，開眼尿牀。」

〔四一〕平地喫攧：禪門俗語，意爲平地上跌跤，亦作「平地喫交」。攧，跌倒。建中靖國續燈録卷二七東京法雲法秀圓通禪師：「師云：『石頭好箇無孔鐵鎚，大似分付不著人。藥山雖然過江悟去，爭奈平地喫交，有甚扶策處。』」碧巖録卷四第三十八則：「潙山喆云：『臨濟恁麼，大似平地喫交。雖然如是，臨危不變，始稱真丈夫。』」

〔四二〕淨衆寺：明一統志卷七八漳州府：「淨衆寺，在府治西北。梁建。宋郭祥正詩：『南州三百寺，此寺最輝煥。』」成都亦有淨衆寺，未知孰是，俟考。

〔四三〕翠巖璣：即圓璣禪師，福州人，俗姓林氏。黄龍慧南法嗣，惠洪師叔，屬臨濟宗黄龍派南嶽下十二世。璣嘗住翠巖，故稱。禪林僧寶傳卷三〇保寧璣禪師傳：「璣客於歸宗，時年四十八矣。佛印元公勸之，以應翠巖之命，從南昌帥謝景温師直請也。又十年，移住圓通，從金陵帥朱彦世英請也。崇寧二年，世英復守金陵，會保寧虛席，移璣自近。」羅湖野録卷下：「保寧璣道者，元祐間住洪州翠巖。時無盡居士張公漕江西，絶江訪之，璣逆於途。公遽問曰：『如何是翠巖境？』對曰：『門近洪崖千尺井，石橋分水繞松杉。』公曰：『尋常只聞師道者之名，何能如是祗對乎？』璣曰：『適然耳。』公笑而長哦曰：『野僧迎客下煙嵐，試問如何是翠巖。門近洪崖千尺井，石橋分水繞松杉。』遂題于妙高臺。今有石刻存焉。」底本「璣」作「機」，涉形近而誤，今從諸禪籍改。參見本集卷一二贈許彦周宣教游嶽彦周參璣道者注〔一〕。

〔四四〕潘延之：潘興嗣字延之，號清逸居士，洪州新建人。參見本集卷一九潘延之贊注〔一〕。

〔四五〕天寧：釋氏稽古略卷四：「崇寧元年，詔天下軍州創崇寧寺，又改額曰天寧寺。」此指洪州天寧寺，當在南昌城内。

〔四六〕摳衣：趨迎時提起衣襟，表示恭敬。禮記曲禮上：「毋踐屨，毋踖席，摳衣趨隅，必慎唯諾。」

〔四七〕龍興寺：即龍興院，在南昌城内。輿地紀勝卷二六江南西路隆興府：「龍興院，在府城。寺有林仁肇鐘及鐵普賢像，高丈餘。」

〔四八〕户外之屨亦滿：莊子列禦寇：「伯昏瞀人曰：『善哉觀乎！女處己，人將保女矣。無幾何而往，則户外之屨滿矣。』」成玄英疏：「無幾何，謂無多時也。俄頃之間，伯昏往禦寇之所，適見脱屨户外，跣足升堂請益者多矣。」宋高僧傳卷六唐彭州丹景山知玄傳：「玄敷演經論，僧俗仰觀，户外之屨日其多矣。」惠洪好用此語，如禪林僧寶傳卷二〇華嚴隆禪師傳：「王公貴人，爭先願見，隆未漱盥，户外之屨滿矣。」本集卷二九蘄州資福院逢禪師碑銘：「雖不事接納，而户外之屨常滿。」卷三〇雲庵真淨和尚行狀：「士大夫經游無虚日，師未及嗽盥，而户外之屨滿矣。」

〔四九〕「上藍忠禪師」三句：忠禪師法名師忠，一作師中，住持洪州上藍院，爲臨濟宗黃龍派南嶽下十三世。嘉泰普燈録目録卷六雲蓋守智禪師法嗣中有隆興府上藍師中禪師，即此僧。雲蓋守智與潛庵清源俱嗣法黃龍慧南，故師忠爲潛庵法姪。參見本集卷一九上藍忠禪師贊注〔一〕。

〔五〇〕余政和四年冬證獄太原：寂音自序：「（政和四年）十月，又證獄并門。」

〔五一〕軒渠：歡悦貌，笑貌。已見前注。

〔五二〕壞衣瓦器之人：指出家僧人，穿壞色衣，用瓦鉢食。壞衣，即僧衣。僧尼避用五正色與五間色，故僧衣皆以壞色染成。本集卷二五題超道人蓮經：「今超師壞衣鉢食，一室枵然，與世相忘。」

〔五三〕便軟暖：古尊宿語録卷一三趙州真際禪師語録并行狀卷上：「老僧在此間三十餘年，未曾有一箇禪師到此間。設有來，一宿一食急走過，且趁軟暖處去也。」禪林僧寶傳卷二五雲蓋智禪師傳：「疾禪林便軟暖，道心澹泊。來參者，掉頭不納。」本集卷三〇雲庵真淨和尚行狀：「廬山諸刹素以奢侈相矜，居者安軟暖，師率以枯淡。」

〔五四〕精粗之：謂選擇淘汰之。精粗，此作動詞用。

〔五五〕八達衢頭：四通八達之街口，指人多往來之處。禪林僧寶傳卷二六延恩安禪師傳：「安與法雲秀公昆弟且相得。秀所居莊嚴妙天下，而説法如雲雨，其威光可以爲弟兄接羽翼而天飛也。秀以書招安云云，安讀之，一笑而已。問其故，曰：『吾始見秀有英氣，謂可語。乃今而後知其癡，癡人正不可與語也。』問者瞋視久之，曰：『何哉？』安曰：『比丘法，當一鉢行四方。秀既不能爾，又於八達衢頭架大屋，從人乞飯，以養數百閑漢，非癡乎？』」

〔五六〕「無事外之理」二句：宗鏡録卷一：「或據事外之理，或著理外之事，殊不能悟此自在圓宗。」

定照禪師序〔一〕

達磨之道，六傳而至曹谿〔二〕。自曹谿派而爲江西、石頭，二宗既昭，天下學者翕然從之，由二宗以列爲五家〔三〕。于今唯臨濟、雲門爲特盛〔四〕。洞山悟本禪師機鋒曁亞而出〔五〕，年代寢遠，惜其無傳。元豐中有大長老道楷者〔六〕，赫然有聲于京洛間。問其師承，乃投子青華嚴嫡嗣〔七〕。青公爲大陽真子，蓋洞山七世玄孫也〔八〕。大觀元年，京師大法雲寺虚席，有司以公有道行，請于朝，願令繼嗣住持，奉聖旨可其請〔九〕。未幾，開封大尹李孝壽表公談以禪學卓冠叢林，宜有以褒顯之。即賜紫方袍，號定照禪師〔一〇〕。左瑞持詔至法雲〔一一〕，楷謝恩已，乃爲表辭曰〔一二〕：「伏蒙聖慈，特差彰善閣祗候譚禎〔一三〕，賜臣定照禪師號及紫衣牒二道。臣戴睿恩已，即時焚香升座，仰祝聖壽。伏念臣行業迂疏，道力綿薄，嘗發誓願，不受利名。堅持此志，積有歲年。庶幾如此，僧道後來，使人專意佛法。今雖蒙異恩，若遂忝冒，則自違素願，何以教人？豈能仰稱陛下所以命臣住持之意。所有前件恩牒，不敢祗受。伏望聖慈察臣愚悃〔一四〕，非敢飾辭，特賜允俞〔一五〕。臣没齒行道〔一六〕，上報天恩。」上閲之，以付李孝壽，躬往諭朝廷旌善之意。而楷執拗不回〔一七〕。開封府尹具以其事聞，上大怒，收楷送大理寺〔一八〕。吏知楷忠誠，而適批逆鱗〔一九〕，有憐之之意。問曰：「長老枯悴，有病乎？」楷曰：「無之。」吏曰：「有疾則免刑配。」楷曰：「平時有疾，今實無，豈敢藉疾僥倖聖朝，欲脱罪譴耶？」吏歎息久之，竟就刑。縫掖其衣〔二〇〕，編管淄（緇）州㊀〔二一〕。都城道俗，觀者如市，皆爲之流涕。而楷神和氣平，安步而去，如平日。至淄（緇）州㊁，僦屋以居〔二二〕，而四方衲子爭奔隨之，接武于道〔二三〕。嗟乎！禪師粹然一出，支洞山已頹之綱，道顯著于時矣。而聖朝方以道治天下，海内肅清，旌表有德，天時人事適相偶如此〔二四〕，而楷獨罹此禍，可疑也夫！豈斯道疑獨間關至此卒不能以振興之耶〔二五〕？抑亦夙殃成就緣會如是耶〔二六〕？聞之者莫不長喟。余因疏其事以授嘗識禪師者，使學者知道固如是，而視欲勝天滅命者〔二七〕，可以發一笑也。

【校記】

㊀淄：原作「緇」，誤，今改。參見注〔二一〕。

㊁淄：原作「緇」，誤，今改。

【注釋】

〔一〕大觀三年作於江寧府。定照禪師：即芙蓉道楷禪師，沂州費縣人，俗姓崔氏。嗣法投子義青，屬曹洞宗青原下十一世。住東京天寧寺，賜號定照禪師。事具禪林僧寶傳卷一七天寧楷禪師傳。參見本集卷一九芙蓉楷禪師贊注〔一〕。

〔二〕「達磨之道」二句：本集卷二二吉州禾山寺記：「始達磨自西來，以法授少林慧可，而衣鉢爲信。五傳至曹谿慧能。」　鍇按：吉州禾山寺記言「五傳至曹谿慧能」，乃就慧可至慧能共五世而言；此言「六傳而至曹谿」，乃就達磨至慧能共六世而言。

〔三〕「自曹谿派而爲」四句：本卷僧寶傳序：「曹谿之道，至南嶽石頭、江西馬祖而分爲兩宗。雲門、曹洞、法眼皆宗於石頭，臨濟、潙仰皆宗於馬祖。天下叢林，號爲五家宗派。」

〔四〕于今唯臨濟、雲門爲特盛：僧寶傳序：「又自嘉祐至政和之初，雲門、臨濟兩宗之裔，卓然冠映諸方者。」

〔五〕洞山悟本禪師：釋良价，俗姓俞氏，會稽諸暨人。嗣法雲巖曇晟，屬青原下四世。説法筠州洞山，爲曹洞宗開山祖師。卒謚悟本禪師。事具景德傳燈録卷一五、宋高僧傳卷一二。　機鋒竪亞：似言機鋒縱横。竪亞，本意爲竪垂，有縱貫義。禪籍皆用以形容摩醯首羅頂門竪垂一隻眼，此疑誤用其義。參見本集卷一五與朱世英夜論玄沙香嚴雲庵宗旨三首注〔三〕。

〔六〕元豐：宋神宗年號，公元一〇七八～一〇八五年。

〔七〕投子青華嚴：釋義青（一〇三二～一〇八三），青社人，俗姓李氏。七歲於本州妙相寺出家，十五試經得度，明年受具。入洛中聽華嚴大經，深達其旨。講主命其就席開演，玄談妙辨，傾瀉如流，聞者悦服。訪長蘆福禪師、蔣山元禪師，機緣不契。時浮山法遠禪師道價滿天下，遂徑趨法席，服勤數年徹悟。法遠以大陽警玄禪師皮履布直裰付之曰：「代吾續洞上之風，吾住世非久，善自護持，無留此間。」出住舒州白雲山海會禪院，移住投子山。元豐六年卒，壽五十二，謚慈濟。以嗣法大陽警玄，故爲曹洞宗青原下十世。有投子義青禪師語録傳世。事具禪林僧寶傳卷一七投子青禪師傳。參見本集卷八游龍王贈雲老注〔五〕、〔六〕。鍇按：義青嘗精研華嚴經，故叢林號之青華嚴。林間録卷上：「青華嚴未始識大陽，特以浮山遠公之語故，嗣之不疑。」

〔八〕洞山七世玄孫：洞山良价傳雲居道膺，道膺傳同安丕，同安丕傳同安志，同安志傳梁山緣觀，緣觀傳大陽警玄，警玄傳投子義青。良价至義青共七世。

〔九〕「大觀元年」六句：佛祖統紀卷四六徽宗大觀元年：「敕左街淨因寺道楷，遷主法雲。」禪林僧寶傳道楷本傳：「崇寧三年，有詔住東京十方淨因禪院。大觀元年冬，移住天寧，差中使押入，不許辭免。」與此言「京師大法雲寺虚席」云云當爲同一事，然一作「天寧」，一作「法雲」，寺名不同。鍇按：大慧普覺禪師宗門武庫謂詔惠杲住法雲，而本集卷二八請杲老住天寧謂請惠杲住天寧，豈法雲寺即天寧寺耶？抑禪林僧寶傳誤記耶？史籍未詳，姑志於此，俟考。

〔一〇〕「未幾」五句：禪林僧寶傳道楷本傳：「俄開封尹李孝壽奏：楷道行卓冠叢林，宜有以褒顯之。」李孝壽：字景山，濮州人，李迪從孫。爲開封府户曹參軍，元符中，吕嘉問知府事，受章惇、蔡卞旨，鍛煉上書人，孝壽攝司録事，成其獄。徽宗時歷官開封府尹，殘忍苛虐，終龍圖閣學士。宋史有傳。

〔一一〕左璫：宦官之别稱。東漢時中侍中爲宦官，冠飾左貂銀璫，故後世以左璫代稱宦官。

〔一二〕乃爲表辭曰：以下表辭所言，見禪林僧寶傳道楷本傳：「楷焚香謝恩罷，上表辭之曰：『伏蒙聖慈，特差彰善閣祗候譚禎，賜臣定照禪師號及紫衣牒一道。臣感戴睿恩已，即時焚香陞座，仰祝聖壽訖。伏念臣行業迂疏，道力綿薄，常發誓願，不受利名。堅持此意，積有歲年。庶幾如此傳道後來，使人專意佛法。今雖蒙異恩，若遂忝冒，則臣自違素願，何以教人？豈能仰稱陛下所以命臣住持之意。所有前件恩牒，不敢祗受。伏望聖慈察臣微悃，非敢飾詞，特賜俞允，臣没齒行道，上報天恩。』」文字小異。

〔一三〕彰善閣：宫内閣名。夢溪筆談卷二〇神奇：「先帝尋康復，謂輔臣曰：『此但豫示服藥兆耳。』聞其藥至今在彰善閣，當時不曾進御。」祗候：即閤門祗候，内諸司宦官，從八品，分佐閤門通事（宣贊）舍人傳宣、贊謁之事。譚禎：生平未詳。

〔一四〕愚悃：謙詞，謂己之誠意。

〔一五〕允俞：允諾，允準。前蜀杜光庭謝允上尊號表：「果迴日月之光，俯降允俞之詔。」

〔一六〕没齒：終身。論語憲問：「奪伯氏駢邑三百，飯疏食，没齒無怨言。」

〔一七〕執拗不回：廓門注：「幼學須知曰：『執拗，是執己之性。』詩格林方讀荆公詩選詩曰『唤起鍾山執拗夫』之類。」

〔一八〕大理寺：官司名。掌斷刑兼治獄。

〔一九〕批逆鱗：喻直言極諫，犯人主之怒。禪林僧寶傳道楷本傳：「有司知楷忠誠，而適犯天威。」

〔二〇〕縫掖其衣：謂遞奪其袈裟，使著儒生服。縫掖，同「逢掖」。禮記儒行：「孔子對曰：『丘少居魯，衣逢掖之衣。』」鄭玄注：「逢，猶大也。大掖之衣，大袂禪衣也。」故縫掖代指儒生服。宋高僧傳卷一六唐會稽開元寺允文傳：「屬乎武宗澄汰，例被搜揚。晝披縫掖之衣，夜著縵條之服。」本集卷二四寂音自序：「著縫掖入京師，大丞相張商英特奏再得度。」

〔二一〕淄州：宋屬京東東路，治淄川縣。

〔二二〕僦屋以居：租賃房屋而居。韓愈送鄭尚書序：「家屬百人，無數畝之宅，僦屋以居。」此借用其語。

〔二三〕接武：足迹相接，猶言接踵，形容人多。禮記曲禮上：「堂上接武，堂下步武。」鄭玄注：「武，迹也。迹相接，謂每移足半躡之。」

〔二四〕相偶：相匹配，相適合。

〔二五〕間關：輾轉曲折。漢牟融理惑論：「道之言導……視之無形，聽之無聲，四表爲大，蜿綖其外，毫釐爲細，間關其内。故謂之道。」

〔二六〕夙殃：宿殃，宿世冤孽所造之禍殃。夙，通「宿」。少室六門第三門二種入：「云何報冤行？謂修道行人若受苦時，當自念言：我從往昔無數劫中，棄本從末，流浪諸有，多起冤憎，違害無限。今雖無犯，是皆宿殃惡業果熟，非天非人所能見與。甘心忍受，都無冤訴。」

〔二七〕勝天滅命：莊子秋水：「曰：『何謂天？何謂人？』北海若曰：『牛馬四足，是謂天；落馬首，穿牛鼻，是謂人。故曰：無以人滅天，無以故滅命。』」史記伍子胥列傳：「吾聞之，人衆者勝天，天定亦能破人。」

邵陽別胡强仲序〔一〕

「多言乃致禍，器滿苦不密。人有兩三心，安能合爲一？河壞蟻孔端，山隤有鼉穴。生存多所慮，長寢萬事畢。」此孔北海臨終時詩也〔二〕，而其意乃若自悔，何也？「教汝爲惡邪？則惡不可爲。教汝爲善耶？則我平生未嘗爲惡。」此范滂臨刑語其子之辭也〔三〕，而其意乃若自疑，何也？徐有功方視事，吏泣白曰：「有詔，公當棄市。」有功置筆，安步而去，曰：「豈我獨死，而諸人長不死乎？」三坐大辟當死，不憂；三赦之，不喜〔四〕。其明見自性，不悔不疑，而卒以榮名終。吾聞成就世出世間法㊀，特一切能捨耳〔五〕，有功其亦知此乎？余學出世間法者也，辭親出家，則知捨愛〔六〕；遊方學道，則能捨法；臨生死禍福之際，則當捨情。頃因乞食，來遊人間，與王公大人遊，意適忘返，坐不遵佛語，得罪至此〔七〕。重賴天子聖慈，不忍置之死，纂面鞭背〔八〕，投之海南。平生親舊之在京師者，皆唾聞諱見，雲散鳥驚。獨吾友强仲姁嫗守護〔九〕，如事其親。自出開封獄，冒犯風雪，繭足相隨三千餘里，而至邵陽，猶不忍去。嗚呼！臂三折而知醫〔一〇〕，閱人多而曉相〔一一〕，事更疑危而識交態〔一二〕。有交如子，何必多爲。然强仲每見余蓬頭垢污，在束縛中，飲食談笑如平日，言涕俱出，曰：「子殆不知世間有恥辱憂患乎？抑真石肝鐵腸也〔一三〕？」余笑曰：「死可避乎？心外無法〔一四〕。以南北論中外，則謂之失宗；以僧俗議優劣，則謂之迷旨。失宗迷旨，前聖所呵。吾方以法界海慧照了諸相，猶如虛空，大千沙界，特空華耳〔一五〕。何暇置朱崖於胸次哉〔一六〕？强仲高義密行，追配古人〔一七〕，宜若知此。子持此語，爲我謝鄉里故人。此去死生一決，死不失爲谷泉〔一八〕。脱或無恙，尚不失爲車中王尼〔一九〕。他日緑錦江頭相見〔二〇〕，追惟今日，則尚可軒渠一笑也〔二一〕。」政和元年十二月十九日海南逐客某序〔二二〕。

【校記】

㊀ 世出世：武林本作「出世」，誤。

【注釋】

〔一〕政和元年十二月十九日作於邵州邵陽縣。　邵陽：邵州州治，宋屬荆湖南路。　胡强仲：筠州高安人，惠洪友人，少任俠，善醫，中年學佛，在家受五戒，爲伊蒲塞之行。參見本卷送强仲北遊序。

〔二〕「多言乃致禍」九句：宋章樵注古文苑卷八孔融臨終詩：「言多令事敗，器漏苦不密。河潰蟻孔端，山壞由猿穴。涓涓江漢流，天窗通冥室。讒邪害公正，浮雲翳白日。靡詞無忠誠，華繁竟不實。人有兩三心，安能合爲一。三人成市虎，浸漬解膠漆。生存多所慮，長寢萬事畢。」文字句序與此不同，惠洪蓋記其大意。

〔三〕「教汝爲惡邪」五句：後漢書黨錮列傳范滂傳載其臨刑前，顧謂其子曰：「吾欲使汝爲惡，則惡不可爲；使汝爲善，則我不爲惡。」

〔四〕「涂有功方視事」十三句：其事見新唐書徐有功傳。參見本集卷二二吉州禾山寺記注〔二七〕。

〔五〕一切能捨：華嚴經卷一四淨行品：「若有所施，當願衆生：一切能捨，心無愛著。」大寶積經卷二六法界體性無分别會：「念於初發，一切善根，無垢心行，隨所行處，一切能捨。」

〔六〕「辭親出家」三句：四十二章經：「辭親出家爲道，名曰沙門。」景德傳燈録卷四北宗神秀禪師：「少親儒業，博綜多聞，俄捨愛出家，尋師訪道。」

〔七〕「頃因乞食」六句：寂音自序：「大丞相張商英特奏再得度，節使郭天信奏師名。坐交張、郭厚善，以政和元年十月二十六日配海外。」僧寶正續傳卷二明白洪禪師傳：「著逢掖走京師，見丞相張無盡，特奏得度，改今名。太尉郭天民奏錫椹服，號寶覺圓明。自稱寂音尊者。未幾，坐交張、郭厚善，張罷政事。時左司陳瑩中撰尊堯録將進御，當軸者嫉之，謂師頗助其筆削。政和元年十月，褫僧伽黎，配海外。」

〔八〕篆面：即黥面，士兵臉上刺字涂以墨，以防逃跑。蘇洵兵制：「及於五代，燕帥劉守光，又從而爲之黥面涅手之制。」　鞭背：古之薄刑，鞭打脊背，此指杖刑。能改齋漫録卷一二洪覺範因張郭罪配朱崖：「政和元年，張、郭得罪，而覺範决脊杖二十，刺配朱崖軍牢。」

〔九〕姁嫗：同「煦嫗」，撫育，愛撫。禮記樂記：「天地訢合，陰陽相得，煦嫗覆育萬物。」鄭玄注：「氣曰煦，體曰嫗。」孔穎達疏：「天以氣煦之，地以形嫗之，是天煦覆而地嫗育，故言煦嫗覆育萬物也。」司馬光河上督役懷器之寄呈公明叔度時器之鞫獄滄州：「河災汎東郡，廬井多堙淪。題輿得賢佐，姁嫗安疲民。」

〔一〇〕臂三折而知醫：左傳定公十三年：「三折肱知爲良醫。」謂多次折斷手臂，便可知醫治折臂之方法。

〔一一〕閲人多而曉相：謂見人多而知曉人之面相，懂相面之術。

〔一二〕事更疑危而識交態：史記汲鄭列傳：「一死一生，乃知交情。一貧一富，乃知交態。一貴一賤，交情乃見。」此化用其意。

〔一三〕石肝鐵腸：猶言鐵石心腸。形容意志堅定，不動感情。蘇軾牡丹記叙：「然鹿門子常怪宋廣平之爲人，意其鐵心石腸，而爲梅花賦，則清便艷發，得南朝徐庾體。」

〔一四〕心外無法：唐裴休集黄檗山斷際禪師傳心法要：「此法即心，心外無法。此心即法，法外無心。」

〔一五〕「吾方以法界海慧」四句：圓覺經：「法界海慧，照了諸相，猶如虛空，此名如來隨順覺性。」又云：「一切世界始終生滅，前後有無，聚散起止……亦如空花滅於空時。」

〔一六〕何暇置朱崖於胸次哉：謂不因刺配朱崖而介懷。朱崖：軍名，即崖州。輿地廣記卷三七廣南西路下朱崖軍：「皇朝開寶五年改爲崖州。熙寧六年，廢州爲朱崖軍。」

〔一七〕「强仲高義密行」二句：蘇軾舉黄庭堅自代狀：「伏見某官黄某，孝友之行，追配古人；瑰瑋之文，妙絶當世。」此借用其句法文字。密行，大乘佛教謂蘊善於内而不外著之修行。釋迦牟尼弟子羅睺羅以「密行第一」著稱。宋釋允堪淨心誡觀發真鈔卷中：「密行，謂蘊己善行，不欲彰外也。」

〔一八〕死不失爲谷泉：南嶽谷泉禪師杖配軍牢之事與惠洪略同，故借以比之。谷泉，號大道，叢林稱泉大道。泉州人。少聰敏，性耐垢汙，大言不遜，流俗憎之。祝髮爲僧，撥置戒律，任心而行。造汾陽，謁善昭禪師。昭奇之，密受記莂。南歸，放浪湘中。後登衡嶽之頂靈峰寺，住懶瓚巖。又移住芭蕉庵，復住保真庵，蓋衡湘至險絶處。嘉祐中，男子冷清妖言誅，泉坐清曾經由庵中，決杖配郴州牢城。盛暑負土經通衢，卒。事具禪林僧寶傳卷一五衡嶽泉禪師傳。谷泉嗣法汾陽善昭，與慈明楚圓爲同門友，屬臨濟宗南嶽下十世。林間録卷下：「後住南嶽芭蕉菴。遭横逆，民其衣，役郴州牢城。盛暑負土塈城，經通衢，弛擔而坐，觀者如堵。説偈曰：『今朝六月六，谷泉受罪足。不是上天堂，便是入地獄。』言訖，微笑而寂，異香郁然。郴人至今供事之。」

〔一九〕車中王尼：晉書王尼傳：「尼早喪婦，止有一子。無居宅，惟畜露車，有牛一頭。每行，輒使子御之，暮則共宿車上。常歎曰：『滄海横流，處處不安也。』」參見本集卷四謝李商老伯仲見過注〔一一〕。

〔二〇〕緑錦江：流經筠州高安縣之錦江，又稱蜀江、蜀水，此代指筠州。輿地紀勝卷二七江南西路瑞州：「錦江：錦江亭在水南大街東，下瞰蜀水，因以名焉。蜀江志新志云：『錦水在蜀江門外，與蜀水事同。』」鍇按：據此可知胡强仲亦筠州人，爲惠洪同鄉。

〔二一〕軒渠：笑貌，欣悦貌。

〔二二〕海南逐客：惠洪自稱，以其流配海南朱崖軍之故。

【集評】

明釋真可云：未戰誰不勇，臨戰誰不恐。惟置死生於不可得之地者，如師子遊行，孤踪絶侶。然此不可得之地，非獨石門安樂場，寔一切聖凡所共。惟臨境不惑，得受用之。不然，縱見道精深，決非將種。若圓明老漢，居縲絏，濱九死，而飲食談笑如平時，死生不入其懷，真菩提場中梟騎

耶！（紫柏老人集卷一五跋宋圓明大師邵陽别胡强仲叙）

又云：石門老人有言曰：「成就世出世法者，特一切能捨耳。」此言雖若不甚精深，細而味之，苟非置死生於度外者，孰能與此哉？今老人於桎梏之中，而榮辱不能入其懷，飲食談笑，不異平日，猶超然而自得也者。非洞徹自心，圓用自心者，雖見地高出佛祖，我知其觸境旗靡矣。（同上）

又云：清淨光中，無端强照，於無身心處計有身心。心爲惡源，形爲罪藪。源若不塞，惡豈有窮；藪若不空，罪必無盡。雖然，心無善惡，形未吉凶，惡源未始不爲慈悲之海，罪藪未始不爲功德之山，顧其用心操行何如耳。嗚呼！介然有知，知而不返，惡流肆矣。塊然有執，執而不釋，罪山崇矣。唯有道者，了心非有，不待遣而愛憎自消；知身本無，不避患而榮辱自解。故曰：「若人欲知佛境界，當淨其意如虚空。遠離妄想及諸取，令心所向皆無礙。」我寂音尊者，方羈縻於縲絏之中，九死一生之地，而能超然自得，所謂生死憂患，莫能入其胸中。何術致此哉？大丈夫既無經世之志，則於出世宜盡心焉。故曰：「盡心了知性，知性即能用。」辟如龍能用水爲雲，用雲爲雨，故處水不溺，行雲不墜耳。予以是知有道者，脱處死生憂患之域，非惟覓憂患不可得，且能用憂患爲廣長舌者也。今以此叙，作鐵釘飯，供養一源宗禪人。禪人知此，予何憾焉。（同上跋宋圓明大師邵陽别胡强仲叙）

又云：夫法本出情，以情求法，法不可得。知不可得而求之，其惑滋甚。如范滂、孔北海之徒，其人品高，問學廣，亦奇男子也。至臨患難，則疑悔横生，賚悶而没，惜哉！此蓋打頭不遇作家，以情求道誤之耳。殊不知道若可以情求，則儀、秦之流，皆可謂聞道矣。即寂音尊者，童丱剃除，聲已藉甚，所至講席，白眉大龍，靡不推服，然猶不謂之聞道。及見雲庵文叟，始了自心，宜其歷死生波險之地，辟若娑竭出海，慈雲法雨，遐被窮荒也。邇來去聖愈遠，吾曹軟暖，不勝觀矣，敢望其出情求法乎？嗟哉！上則托名宗教，次之奔走衣食而已。率以爲教之典要，宗門活句，是古人茶飯，豈今人所能咬嚼。自是一犬吠聲，百犬狺之，遂乃成風，卒難移易。惟愚菴貴講主，情出流輩，深痛斯弊，亦恨挽之而未能焉。予故重之，贈以洪老送胡生叙，且跋數語如此。（同上跋宋圓明大師邵陽別胡强仲叙遺愚菴講主）

明釋德清云：予因感昔覺範禪師遺海外，親知朋友，鳥驚魚散，獨胡强仲一人爲之周旋，送至韶陽。師爲序以别之。即今讀其文，想見其爲人。（憨山老人夢遊集卷三二題書法華經歌後）

明釋道開云：死生患難，于人亦大矣。不知覺範得何三昧，而能于鞭笞束縛中，飲食談笑，縱横自在。又不知强仲得何三昧，而能于衆情唾罵諱見之時，獨繭足三千里，而毫無避忌。授持此卷者，當自得之。若向本序中摸索，盡是指蹤畫餅。（密藏開禪師遺稿卷二跋某卷）

送强仲北游序〔一〕

洛生郭玉〔二〕，得程高方脈六微之技，陰陽不測之術〔三〕。漢和帝時爲大醫丞（王）㊀，多有效應（應效）〔一四〕。性仁愛，雖賤如廝養，必盡其心力，而醫貴人時或不愈〔一五〕。帝使貴人衣廝養服，問醫輒效〔一六〕。問狀，對曰：「醫之爲言意也。腠理至微〔一七〕，隨氣用巧，針石之間，毫芒則乖。存神於心手之際，可得解不可得言也。夫貴者以高顯臨臣，臣以怖懾承之〔一八〕。其爲難也有四焉：自用意而不任臣，一也；將身不謹，二也；骨節不能使藥〔一九〕，三也；好逸惡勞，四也。針有分寸，時有破漏，重以恐懼之心，加以裁慎之志，臣意且猶不盡，何有於病哉！此其所以不愈也。」嗟乎！人之理，悬不能知之；知之，患不能行之。觀玉所論甚明，而竟不能用，雖得之亦失之之謂也。玉蓋所謂有技之醫，非有道之醫也。有道之醫，如庖丁之解牛，但見其理，不見其全牛也〔二〇〕。如孫武之誅二隊長，但見其法，不見吴之寵姬也〔二一〕。吾友强仲，少任俠，喜立奇節，赴人之急難，義形於色，慕太史子義、王義方之爲人〔二二〕。中年學道，一飯奉身，爲伊蒲塞之行〔二三〕。雖摧縮鋒角，而劇談滑稽，每每絶倒坐客。强仲，蓋寓於技以游人間世者也。而喜醫貴人，聞强仲跫然足音〔二四〕，即其疾不辭而去。余嘗問之，對曰：「吾治貴人，有三易方：視其疾以投藥，不知有富貴，如承蜩也，不以天下易蜩之翼〔二五〕，一也；貴人必聰明，可曉以避就之理，二也；且吾期於活人，而非事於名，一醉之外無所恤，三也。」玉以四難自藏，而强仲以三易自顯，殆所謂有道之醫也。

王城，貴人之都會，强仲往游焉。明年山林間，聞京師有異人，能生人於死中，如秦越人、華佗者〔一六〕，必强仲也。

【校記】

㊀丞：原作「王」，誤，今改。武林本作「令」。參見注〔四〕。

㊁效應：原作「應效」，今從廓門本。

【注釋】

〔一〕作年未詳。强仲：即胡强仲，已見前注。

〔二〕洛生郭玉：後漢書方術列傳下郭玉傳：「郭玉者，廣漢雒人也。」洛，通「雒」。錯按：此序以下至「此其所以不愈也」，皆見後漢書郭玉傳，文字略異。

〔三〕「得程高方脈六微之技」二句：郭玉傳作「玉少師事高，學方診六微之技，陰陽隱側之術」。廓門注：「後漢書郭玉傳『脉』作『診』。」錯按：程高，其事亦見於後漢書郭玉傳：「初，有老父不知何出，常漁釣於涪水，因號涪翁。乞食人間，見有疾者，時下針石，輒應時而效，乃著針經、診脉法傳於世。弟子程高尋求積年，翁乃授之。高亦隱跡不仕。」

〔四〕「漢和帝時爲大醫丞」二句：郭玉傳作「和帝時，爲太醫丞，多有效應」。底本「丞」作「王」。錯按：「大醫王」出佛經，如雜阿含經卷一五：「如來應等正覺，爲大醫王。」大般涅槃經卷五如來性品：「如來亦爾，成等正覺，爲大醫王。」漢和帝宮廷太醫不當稱「大醫王」，故「王」必爲「丞」之誤。今據後漢書改。廓門注：「傳『王』作『丞』。」甚是。「效應」，底本作「應效」，今據後漢書從廓門本。

〔五〕「性仁愛」四句：郭玉傳作「玉仁愛不矜，雖貧賤厮養，必盡其心力，而醫療貴人，時或不愈」。厮養：猶厮役，受人驅使幹雜事勞役之奴僕。

〔六〕「帝使貴人衣厮養服」二句：郭玉傳作「帝乃令貴人羸服變處，一針即差」。差，病愈，病除。廓門注：「『問』字衍文。」錯按：「問醫」不誤，「問」似非衍。

〔七〕腠理：皮下肌肉間之空隙與皮膚肌肉之紋理，爲滲泄及氣血流通灌注之處。韓非子喻老：「君有疾在腠理，不治將恐深。」

〔八〕「夫貴者以高顯臨臣」二句：郭玉傳作「夫貴者處尊高以臨臣，臣懷怖懾以承之」。怖懾：恐懼。

〔九〕骨節不能使藥：郭玉傳作「骨節不彊，不能使藥」。

〔一〇〕「如庖丁之解牛」三句：莊子養生主：「庖丁釋刀對曰：『臣之所好者道也，進乎技矣。始臣之解牛之時，所見無非牛者。三年之後，未嘗見全牛也。方今之時，臣以神遇而不以目視，官知止而神欲行，依乎天理，批大郤，導大窾，因其固然，技經肯綮之未嘗，而況大軱乎！』」

〔一一〕「如孫武之誅二隊長」三句：史記孫子吴起列傳：「孫子武者，齊人也。以兵法見於吴王闔廬。闔廬曰：『子之十三篇，吾盡觀之矣，可以小試勒兵乎？』對曰：『可。』闔廬曰：『可試以婦人乎？』曰：『可。』於是許之，出宮中美女，得百八十人。孫子分爲二隊，以王之寵姬二人各爲隊長，皆令持戟。令之曰：『汝知而心與左右手背乎？』婦人曰：『知之。』孫子曰：『前，則視心；左，視左手；右，視右手；後，即視背。』婦人曰：『諾。』約束既布，乃設鈇鉞，即三令五申之。於是鼓之右，婦人大笑。孫子曰：『約束不明，申令不熟，將之罪也。』復三令五申而鼓之左，婦人復大笑。孫子曰：『約束不明，申令不熟，將之罪也；既已明而不如法者，吏士之罪也。』乃欲斬左右隊長。吴王從臺上觀，見且斬愛姬，大駭。趣使使下令曰：『寡人已知將軍能用兵矣。寡人非此二姬，食不甘味，願勿斬也。』孫子曰：『臣既已受命爲將，將在軍，君命有所不受。』遂斬隊長二人以徇。用其次爲隊長，於是復鼓之。婦人左右前後跪起皆中規矩繩墨，無敢出聲。」

〔二〕太史子義：太史慈，字子義，東漢東萊黄人。少好學，仕郡奏曹吏。北海相孔融聞其名，數遣人訊問其母，并致餉遺。融爲黄巾賊所圍，慈聽母言，赴急難入見融，單騎突圍求救於平原相劉備，卒解城之圍。後爲孫策收服，策遣慈招撫豫章劉繇舊部，如期而返。策以之爲建昌都尉，以拒劉磐。孫權統事，以慈能制磐，遂委南方之事。年四十一卒。三國志吴書太史慈傳裴松之注引江表傳：「策初遣慈，議者紛紜，謂慈未可信，或云與華子魚州里，恐留彼爲籌策，或疑慈西託黄祖，假路還北，多言遣之非計。策曰：『諸君語皆非也，孤斷之詳矣。』太史子義雖氣勇有膽烈，然非縱橫之人。其心有士謨，志經道義，貴重然諾，一以意許知己，死亡不相負，諸君勿復憂也。』慈從豫章還，議者乃始服。」又三國志本傳評曰：「太史慈信義篤烈，有古人之分。」參見本集卷五予頃還自海外夏均父以襄陽別業見要使居之後六年均父謫祁陽酒官余自長沙往謝之夜語感而作注〔一四〕。王義方：唐泗州漣水人。淹究經術，性謇特，高自標樹。舉明經，詣京師，客有徒步疲於道者，自言：「父宦遠方，病且革，欲往省，困不能前。」義方哀之，解所乘馬以遺，不告姓名去，由是譽振一時。補晉王府參軍，直弘文館。魏徵異之，欲妻以夫人之姪，辭不取。俄而徵薨，乃娶。人問其然，曰：「初不附宰相，今感知己故也。」素善張亮。亮兄子皎自硃崖還，依義方。將死，諉妻子，願以屍歸葬，義方許之。以皎妻少，故與之誓於神，使奴負柩，輟馬載皎妻，身步從之。既葬皎原武，歸妻其家，而告亮墓乃去。顯慶元年，擢侍御史。以觸犯李義府，貶萊州司户參軍。母喪，隱居不出，卒。新舊唐書有傳。

〔一三〕伊蒲塞：梵文優婆塞之異譯，指在家受五戒之男佛教徒。參見本集卷二一信州天寧寺記注〔一八〕。

〔一四〕跫然足音：莊子徐無鬼：「聞人足音，跫然而喜矣。」參見本集卷三乾上人會余長沙注〔九〕。

〔一五〕「如承蜩也」二句：莊子達生：「仲尼適楚，出於林中，見痀僂者承蜩，猶掇之也。仲尼曰：『子巧乎？有道邪？』曰：『我有道也。五六月累丸二而不墜，則失者錙銖；累三而不墜，則失者十一；累五而不墜，猶掇之也。吾處身也，若厥株拘；吾執臂也，若槁木之枝。雖天地之大，萬物之多，而唯蜩翼之知。吾不反不側，不以萬物易蜩之翼，何爲而不得？』孔子顧謂弟子曰：『用志不分，乃凝於神。』其痀僂丈人之謂乎！」

〔一六〕秦越人：春秋戰國時名醫，姓秦，名越人，渤海郡鄭人。得神人所予禁方書，以此視病，盡見五藏癥結。其醫術與軒轅時神醫扁鵲相類，故號之爲扁鵲。又家於盧國，因命之曰盧醫。事具史記扁鵲倉公列傳。華佗：字元化，東漢沛國譙人。一名旉。精於方藥，處齊不過數種，心識分銖，不假稱量。針灸不過數處。若疾發結於內，針藥所不能及者，乃令先以酒服麻沸散，既醉無所覺，因刳破腹背，抽割積聚。若在腸胃，則斷截湔洗，除去疾穢，既而縫合，傅以神膏，四五日創愈，一月之間皆平復。事具後漢書方術列傳下華佗傳。

送李仲元寄超然序〔一〕

余至海南，留瓊山〔二〕，太守張公憐之〔三〕，使就雙井養病〔四〕，在郡城之東北隅。東坡北渡嘗游，愛泉相去咫尺而異味，爲名其亭曰洞（泂）酌㊀，且賦詩而去〔五〕。其旁有堂，名曰疏快，渠渠高深〔六〕，吞風吐月〔七〕。堂之後有軒，名曰俱清，倚欄東望，山海之勝，一覽而盡得之。太守又構庵于後，其名至遠〔八〕。余既居之，乞橄欖于旁舍，判荔樹於沙岸，作詩，其略曰：「整藍乞橄欖，斷樹判荔枝〔九〕。」日作東坡羹〔一〇〕。有佳客至，饌山谷豆腐以餉之〔一一〕。崇寧寺有經可借〔一二〕，郡有書萬卷，太守使監中之。余時乞食于市，作息之餘，發首楞嚴之義以爲書〔一三〕。他日以寄吾弟祖超然，使知余雖困窮於萬里，不能忘道也。仲元將渡海，不欲更作書，如到京，爲我一至天寧，見因覺先〔一四〕，爲余録之，以寄超然，且發萬里一笑〔一五〕。

【校記】

㊀ 洞：原作「炯」，誤，今據廓門本、武林本改。

【注釋】

〔一〕政和二年三月作於瓊州瓊山縣。　李仲元：名不可考，生平未詳。　超然：釋希祖，字超然，惠洪同門法弟，已見前注。

〔二〕「余至海南」三句：楞嚴經合論卷末附惠洪尊頂法論後叙：「政和元年十月，以宏法罹難，自京師竄於朱崖。明年二月至海南，館於瓊山開元寺。」　瓊山：縣名，瓊州州治，宋屬廣南西路。

〔三〕太守張公：即張子修，時知瓊州兼瓊管安撫都監。參見本集卷一一初至海南呈張子修安撫注〔一〕。

〔四〕雙井：輿地紀勝卷一二四廣南西路瓊州：「雙泉：蓋雙泉有兩井，相去咫尺而異味，號雙井。」

〔五〕「東坡北渡嘗游」四句：蘇軾洞酌亭詩引曰：「瓊山郡東，衆泉觱發，然皆洌而不食。丁丑歲六月，南遷過瓊，始得雙泉之甘於城之東北隅，以告其人。自是汲者常滿。泉相去咫尺而異味。庚辰歲六月十七日，遷於合浦，復過之。太守承議郎陸公，求泉上之亭名與詩，名之曰洞酌。」其詩曰：「洞酌彼兩泉，挹彼注兹。一瓶之中，有澠有淄。以瀹以烹，衆喊莫齊。自江徂海，浩然無私。豈弟君子，江海是儀。既味我泉，亦嚌我詩。」詩話總龜卷四九引冷齋夜話曰：「海南城東有兩井，相去咫尺而異味，號雙井。井源出山源山石罅中。東坡酌水異之，曰：『吾尋白龍不見，今家此水乎？』同游怪問其故，曰：『白龍當爲東坡出。』俄見其脊尾，如爛銀蛇狀，忽水渾，有氣浮水面，舉首如插玉箸，乃泳而去。」洞酌：亭名取自詩大雅洞酌：「洞酌彼行潦，挹彼注兹。」底本「洞」作「炯」，涉形音近而誤。

〔六〕渠渠高深：詩秦風權輿：「於我乎，夏屋渠渠。」朱熹集傳：「夏，大也。渠渠，深廣貌。」

〔七〕吞風吐月：蘇軾再用前韻：「諸公渠渠若夏屋，吞吐風月清隅隈。」此借用其語。

〔八〕「太守又構庵于後」二句：詩話總龜卷四九引冷齋夜話曰：「余至兩井，太守張子修爲造庵井上，號思遠，亭號洞酌。」與此序庵名至遠不同，未知孰是。

〔九〕「整藍乞橄欖」二句：此爲斷句，全詩今不存。

〔一〇〕東坡羹：蘇軾東坡羹頌引：「東坡羹，蓋東坡居士所煮菜羹也。不用魚肉五味，有自然之甘。」參見本集卷一六東坡羹注〔一〕。

〔一一〕山谷豆腐：廓門注：「山谷豆腐，未詳。山家清供載有東坡豆腐。」鍇按：此言「山谷豆腐」，乃戲與「東坡羹」對舉，未必實有其名，蓋欲將己之日用食物擬之於東坡、山谷，亦足見其傾慕之深。

〔一二〕崇寧寺：在瓊州城内。釋氏稽古略卷四：「崇寧元年，詔天下軍州創崇寧寺，又改額曰天寧寺。」此處稱其舊名。

〔一三〕發首楞嚴之義以爲書：尊頂法論後叙：「館於瓊山開元寺，寺空如逃亡家，壞龕唯有此經（楞嚴經）。余曰：『天欲成余論經之志乎？自非以罪戾投棄荒服，渠能整心緒研深談而思之耶？』屬草未就，蒙恩北還。」

〔一四〕「爲我一至天寧」二句：本集卷二四送因覺先序：「覺先，佛照禪師高弟也。佛照於世有勝緣，方其在山林也，則領匡山鸞谿；及其遊城郭也，則住上都崇寧。……覺先有智刃，能立事，數惷其師，爭曲直，竟袖手還江南。佛照思其賢，曲折呼之，覺先堅卧不動。政和七年春，詔易天寧爲神霄宫。佛照以老病景德寺房。覺先曰：『噫！吾西矣。』秋八月朔來别，坐有獻言者曰：『子去京三白矣，迺復往，如山林桎梏之幾何？』」鍇按：因覺先，法名淨因，字覺先，號佛鑑大師。佛照惠杲禪師之弟子。「上都崇寧」，即京師天寧寺，政和七年詔易名爲神霄宫。「去京三白」，即離京三年，政和七年上推三年，爲政和四年。惠洪在海南時，因覺先尚在京師天寧寺輔佐其師佛照禪師。

〔一五〕且發萬里一笑：蘇軾答范蜀公書之四：「聊復信筆，以發公千里一笑而已。」

夢徐生序〔一〕

余竄朱崖三年，既蒙恩澤釋放，政和三年十一月十九日，自瓊州澄（登）邁北渡〔二〕。將登舟，有兩男子來附載。佐舟者識之，曰：「此泉州徐五叔兄弟也〔三〕，往來廉、廣〔四〕，歸宿於瓊，以販檳榔爲業〔五〕。且見之二十年矣。」遂與俱載。曉渡三合流〔六〕，無恐。未及雷州岸〔七〕，次日北風，不可進，乃定石留赤岸半月〔八〕。日以一掬米轉手送徐生爲營炊。余時時弄筆硯，又卧看左傳，徐生默坐久之則去。十二月五日，風自南至，天海在中，日出瑩碧間，舟行如鏡面。未及晡〔九〕，抵廉州對岸，館於蜑叟之舍〔一〇〕。徐生盡以其販具付偕載者，使自至廉收米，曰：『此吾女兄之子也。道人脱死地，萬里獨行，庸詎知無意外憂乎？願護送歸筠〔一一〕。』即爲買馬顧力〔一二〕，步隨余走七十驛，而至南嶽方廣寺〔一三〕。余曰：「子可還。此山吾家也，衲子皆故人，雖至筠，無以異此。」徐生固請一到高安〔一四〕，累日不去，已而曰：「道人樂居此則可。」乃拜辭，問所欲，曰：「止求舟中卧讀之書。」余曰：「此春秋左傳，處處有之。」曰：「第與我耳。」因授與之。五年秋八月十二日，晝卧，夢徐生，如平日。懷其人，乃書以示超然〔一五〕，曰：「蜀先主嗜結旄〔一六〕，魏明帝好斧鑿之聲〔一七〕。夫結旄與斧鑿之聲有何好，而人君嗜之，未易詰其所以然。吾意人之相合以氣，亦以是哉！然徐生特商賈者，何從知覺範〔一八〕，而所爲如此，可不怪也。」

【校記】

㊀ 澄：原作「登」，誤，今據武林本改。參見注〔一二〕。

【注釋】

〔一一〕政和五年八月十二日作於筠州新昌縣。徐生：即徐五叔，泉州人，生平未詳。

〔一二〕「余竄朱崖三年」四句：寂音自序：「以政和元年十月二十六日配海外。以二年二月二十五日到瓊州，五月七日到崖州。三年五月二十五日蒙恩釋放，十一月十七日北渡海。」鍇按：寂音自序渡海日期與此序不同，前者作於晚年，疑惠洪記憶略誤。澄邁：瓊州屬縣。太平寰宇記卷一六九嶺南道瓊州：「澄邁縣，在舊崖州西九十里。隋置澄邁縣，以界内邁山爲名。」元豐九域志卷九廣南西路瓊州：「澄邁，州西五十五里。」底本「澄」作「登」，誤，今改。參見本集卷九早登澄邁西四十里宿臨皋亭補東坡遺注〔一〕。

〔三〕泉州：宋屬福建路，治晉江縣。

〔四〕廉：廉州，宋屬廣南西路，治合浦縣。　廣：廣州，宋屬廣南東路，治南海、番禺二縣。

〔五〕販檳榔：輿地紀勝卷一二四廣南西路瓊州風俗形勝：「瓊人以檳榔爲命。産於石山村者最良，歲過閩廣者，不知其幾千百萬也。又市舶門曰：『非檳榔之利，不能爲此一州也。』」

〔六〕三合流：嶺外代答卷一三合流：「海南四郡之西南，其大海曰交阯洋。中有三合流，波頭濆湧而分流爲三：其一南流，通道於諸蕃國之海也；其一北流，廣東、福建、江浙之海也；其一東流，入於無際，所謂東大洋海也。南舶往來，必衝三流之中，得風一息可濟。苟入險無風，舟不可出，必瓦解於三流之中。」

〔七〕雷州：宋屬廣南西路，治海康縣。

〔八〕定石：停船下碇，碇即穩定船身之石塊或繫船之石墩。　赤岸：道光瓊州府志卷九：「赤岸渡在州北二十里通化都。」

〔九〕晡：申時，或指傍晚。

〔一〇〕蜑叟之舍：指居於水上之蜑户人家。嶺外代答卷三蜑蠻：「以舟爲室，視水爲陸，浮生江海者，蜑也。」

〔一一〕筠：筠州，惠洪故鄉。

〔一二〕顧力：猶雇力，僱用苦力。漢書晁錯傳：「斂民財以顧其功。」顏師古注：「顧，讎也。若今言雇賃也。」

〔一三〕方廣寺：南嶽總勝集卷中：「方廣崇壽禪寺，在嶽之西後洞四十里。與高臺比近，在蓮花峰下。前照石廩，旁倚天堂。」

〔一四〕高安：筠州郡名。

〔一五〕超然：釋希祖，字超然，惠洪同門法弟。

〔一六〕蜀先主嗜結旄：三國志蜀書諸葛亮傳「羽、飛乃止」裴松之注引魏略曰：「備性好結旄，時適有人以髦牛尾與備者，備因手自結之。亮乃進曰：『明將軍當復有遠志，但結旄而已邪？』備知亮非常人也，乃投旄而答曰：『是何言與？我聊以忘憂耳。』」結旄，以動物毛編織飾物。

〔一七〕魏明帝好斧鑿之聲：晉葛洪抱朴子内篇卷三辯問：「人耳無不喜樂，而魏明好椓鑿之聲，不以易絲竹之和音。」鍇按：蘇軾寶繪堂記：「劉備之雄才也，而好結旄；嵇康之達也，而好鍛鍊；阮孚之放也，而好蠟屐。此豈有聲色臭味也哉，而樂之終身不厭。」此化用其意。

〔一八〕覺範：惠洪字覺範。

李德茂書城四友序〔一〕

政和五年，余自太原還南州，過都下。上元夕，宿故人李德茂之館〔二〕。德茂環積墳藉，名曰書城，日與筆硯紙墨爲四友。余曰：「公通藉金閨〔三〕，名聞縉紳，而取友乃止是乎？」德茂笑曰：「昔周公誅管、蔡〔四〕，張、陳解刎頸〔五〕，吾未嘗不置卷長嘆。夫疏親利害，雖大聖不能保其親，矧以衆人之器，登功名之場，而欲全交乎？吾家濬之知之，故棲遲林麓，圖梁鴻、老萊子之像爲友〔六〕。太白婆娑江湖，結明月爲無情之游〔七〕。吾以爲白失之誇，而渤失之誕也〔八〕。管城子，吾益友也，直諒多聞，每與之語，娓娓不倦〔九〕。燕卿，吾德友也，氣清而骨輕㊀，知白而守黑，固膠漆之義，重知見之香〔一〇〕。楮先生，吾畏友也，悃愊無華，見地明白，吾見之未嘗不展盡底藴〔一一〕。石虚中，吾端友也，天姿剛勁，琢磨以成，温潤而有容，知言而能默〔一二〕。是四子從吾游，神交道契，忘義忘年久矣。子今乃見問，何哉？」余曰：「蘇易簡常輔此四人之賢，爲文房四寶〔一三〕，意非其所好也。德茂不名而友之，宜乎同居于書城之間，無厭也。請書以爲序，使士大夫知有友四君子者，自德茂始。」

【校記】

㊀輕：廓門本作「清」，誤。

【注釋】

〔一〕政和五年正月作於開封府。李德茂：名未詳，筠州人，生平仕履不可考。參見本集卷一一李德茂家有磈石如匡山雙劍峰求詩注〔一〕。廓門注：「圖繪寶鑑第四卷曰：『李德茂，迪之後。』」鍇按：圖繪寶鑑卷四：「李德茂，迪之後。善畫花禽鷹鶻，野景不逮其父。淳祐待詔。」同卷：「李迪，河陽人，宣和莅職畫院，授成忠郎。紹興間復職畫院副使，賜金帶。歷事孝、光朝，工畫花鳥竹石，頗有生意，山水小景不迨。」此李德茂爲河陽人，南宋淳祐爲待詔，籍貫與年代均與惠洪序中李德茂迥不相屬，廓門注殊誤。

〔二〕「政和五年」五句：政和四年十月，惠洪證獄太原，十二月遇赦，自太原還筠州。五年正月，途經京師開封府。冷齋夜話卷五上元詩：「予嘗自并州還江南，過都下，上元，逢符寶郎蔡子因，約相見相國寺。」本集卷一一余昔居百丈元夕有詩後十年是夕過京師期子因不至：「北遊爛熳看并川，重到皇州及上元。」又卷二二代李德茂作寄老庵記：「政和四年冬，余留京師，官冷口衆，自厭風埃。又病痁彌月，愈不懌。而覺範道人適自高安來，夜語及龍城舊遊……明年上元，覺範南還，因理其事爲之記。」可互證。

〔三〕通藉：即「通籍」。語本漢書元帝紀：「令從官給事宮司馬中者，得爲大父母父母兄弟通籍。」顔師古注引應劭曰：「籍者，爲二尺竹牒，記其年紀名字物色，懸之宮門，案省相應，乃得入也。」後謂做官，朝中已有名籍。九家集注杜詩卷一九奉送郭中丞兼太僕卿充隴右節度使三十韻：「通籍微班忝，周行獨坐榮。」注：「此公自言得爲拾遺，通朝籍也。」

〔四〕昔周公誅管、蔡：史記周本紀：「成王少，周初定天下，周公恐諸侯畔周，公乃攝行政當國。

管叔、蔡叔羣弟疑周公，與武庚作亂，畔周。周公奉成王命，伐誅武庚、管叔，放蔡叔。」

〔五〕張、陳解刎頸：張耳、陳餘皆大梁人。餘年少，父事張耳，兩人相與爲刎頸交。秦末天下大亂，二人隨陳勝起事。張耳與趙王歇爲秦兵所困，陳餘自度兵少，不敢前。耳大怒，怨陳餘，且收其印。二人遂有隙。項羽封張耳常山王，陳餘以二人功等而封賞有别，不服，乃舉兵襲張耳。張耳走漢，謁漢王，王厚遇之。陳餘敗張耳，收復趙地，迎趙王，且留傅趙王。漢三年，遣張耳與韓信擊破趙井陘，斬陳餘泜水上。事具史記張耳陳餘列傳。太史公曰：「張耳、陳餘，世傳所稱賢者；其賓客廝役，莫非天下俊桀，所居國無不取卿相者。然張耳、陳餘始居約時，相然信以死，豈顧問哉！及據國爭權，卒相滅亡，何鄉者相慕用之誠，後相倍之戾也！豈非以勢利交哉？名譽雖高，賓客雖盛，所由殆與太伯、延陵季子異矣。」史記索隱述贊曰：「張耳、陳餘，天下豪俊。忘年羈旅，刎頸相信。耳圍鉅鹿，餘兵不進。張既望深，陳乃去印。勢利傾奪，隙末成釁。」

〔六〕「吾家濬之知之」三句：新唐書李渤傳：「李渤，字濬之，魏橫野將軍中國公發之裔。……父鈞，殿中侍御史，以不能養母，廢於世。渤耻之，不肯仕，刻志於學，與仲兄涉偕隱廬山。嘗以列禦寇拒粟，其妻怒，是無婦也；樂羊子捨金，妻讓之，是無夫也。乃摭古聯德高蹈者，以楚接輿、老萊子、黔婁先生、於陵子、王仲孺、梁鴻六人圖象，讚其行，因以自儆。」李德茂與李渤同姓，故云「吾家濬之」。

〔七〕「太白婆娑江湖」二句：李白月下獨酌：「花間一壺酒，獨酌無相親。舉杯邀明月，對影成三人。月既不解飲，影徒隨我身。暫伴月將影，行樂須及春。我歌月徘徊，我舞影零亂。醒時同交歡，醉後各分散。永結無情遊，相期邈雲漢。」此化用其意。鍇按：此言太白云云，亦因李白與德茂同姓之故，而省「吾家」二字。

〔八〕而渤失之誕也：廓門注：「渤謂王渤者歟？」殊誤，蓋未明濬之名渤。

〔九〕「管城子」五句：此謂筆之品德與功能。韓愈毛穎傳：「毛穎者，中山人也。……秦始皇時，使蒙將軍恬南伐楚，次中山，將大獵以懼楚。……遂獵圍毛氏之族，拔其毫，載穎而歸，獻俘於章臺宫，聚其族而加束縛焉。秦皇帝使恬賜之湯沐，而封諸管城，號曰管城子。」論語季氏：「益者三友，損者三友。友直，友諒，友多聞，益矣。」參見本集卷二〇龍尾硯賦注〔一三〕。

〔一〇〕「燕卿」六句：此謂墨之品德與功能。廓門注：「燕卿，謂墨也。長楊賦曰『子墨客卿』。書言故事注曰：『他國人來仕者，曰客卿。子墨號客卿。』」鍇按：廓門注不確。文房四譜卷五墨譜載文嵩松滋侯易玄光傳：「易玄光，字處晦，燕人也。……嘗與南越石虛中、宣城毛元鋭、華陰楮知白爲文章濡染之友。明天子重儒玄，慕其有道，世爲文史之官，特詔常侍御案之右，拜中書監、儒林待制，封松滋侯。」易玄光爲燕人，故稱「燕卿」，亦稱「燕客」，參見本集卷二〇龍尾硯賦注〔一四〕。知白而守黑：老子二十八章：「知其白守其黑，爲天下式。」借其語雙關墨之色黑。　膠漆之義：漢書鄒陽傳載陽獄中上梁王書：「感於心，合於行，堅如膠漆，昆弟不能離。」喻情誼極深，牢不可破，雙關製墨以膠水搗和松煙而成。　知見之香：佛書有解脱知見香，雙關製墨添加之麝香等香料。　松滋侯易玄光傳：「其留者號玄塵先生，徙居黔突之上，必縻膠水之契。隃縻處士煎鹿角，和丹砂，麝香數味，遺而餌之。」參見文房四譜卷五墨譜二之造。

〔一一〕「楮先生」五句：此謂紙之品德與功能。　文房四譜卷四紙譜載文嵩好畤侯楮知白傳：「楮知白，字守玄，華陰人也。……知白家世自漢朝迄今千餘載，奉嗣世官，功業隆盛，簿籍圖詩，布於天下，所謂日用而不知也。　知白以爲不失先人之職，未嘗輒伐其功，與宣城毛元鋭、燕人易玄光、南越石虚中爲相須之友，每所歷任，未嘗不同。」　悃愊：漢書劉向傳：「議論正直，秉心有常，發憤悃愊，信有憂國之心。」顔師古注：「悃愊，至誠也。」　見地明白：碧巖録卷九第八十三則：「他見地明白，機境迅速。」雙關紙之色白。　展盡底藴：新唐書魏徵傳：「徵亦自以不世遇，乃展盡底藴，無所隱。」此借用其語。

〔一二〕「石虚中」六句：此謂硯之品德與功能。　文房四譜卷三硯譜載文嵩即墨侯石虚中傳：「石虚中，字居默，南越高要人也。　與燕人易玄光研覈合道，遂爲雲水之交。」又曰：「上利其器用，嘉其謹默，詔命常侍御案之右，以備濡染。　因累勛績，封之即墨侯。　虚中自歷位，常與宣城毛元鋭、燕人易玄光、華陰楮知白，常侍上左右，皆同出處，時人號爲相須之友。」參見本集卷二〇龍尾硯賦注〔一一〕。

〔一三〕「蘇易簡常輔此」二句：宋佚名撰硯譜：「蘇易簡作文房四譜，譜言四寶。」四庫全書總目卷一一五文房四譜提要：「宋史本傳但稱文房四譜，與此本同。尤袤遂初堂書目作文房四寶譜，又有續文房四寶譜。考洪邁歙硯説跋稱，揭蘇氏文房譜於四寶堂，當由是而俗呼四寶，因增入書名。後來病其不雅，又改題耳。」然梅堯臣宛陵先生集卷三六九月六日登舟再和潘歙州紙硯詩已有「文房四寶出二郡」之句，可證「譜言四寶」之説。蘇易簡（九五八～九九六），字太簡，桐山人。太平興國五年進士第一，以文章知名。累官翰林學士承旨，眷遇甚隆。歷參知政事，以禮部侍郎出知鄧州，移陳州。卒年三十九，贈吏部尚書，謚文憲，封許國公。有文房四譜、續翰林志及文集二十卷。宋史有傳。

連瑞圖序〔一〕

崇仁爲撫屬邑〔二〕，山川清華，民俗茂美。然封連南康、廬陵，熏烝之習，珥筆之風，或波及之，以故訟繁，號稱劇邑〔三〕。自昔及今，政有能聲者，才可倒指而數〔四〕。比歲仍飢〔五〕，令佐非正官〔六〕，苟簡歲月，以氣相勝而去者〔七〕，數矣。今年春，奉議彭公思禹、通佐仇公彥和聯翩下車〔八〕。思禹風力敏强，鑿姦鏟猾，撥煩摧劇，吏民驚縮以爲神，號霹靂手〔九〕。而彦和又能詳明練達，照了罅隙，以裨贊之。卯衙退〔一〇〕，砌無人跡，木陰覆庭終日，而囹圄殆可羅雀〔一一〕。於是令丞抵掌清語而罷，卒以爲常。春夏之交，雨連旬，早稻登場，已而又雨無日。民歌於阡陌之間，所至相和。六月癸亥，有千葉白蓮，雙葩並榦，生於縣之西池。乙丑，有芝三莖，紫穎黄英，生於丞署之後堂，邦人聚觀不厭。嗚呼！天下之令佐，其才賢，使民畏服，敏妙勵精者，所至尚多有之。至興居一室，淡然無爲，而使百里之内風雨時若〔一二〕，禾黍豐登，奇祥發現於花木如斯邑者，寡矣。使吏民畏服者，人也；而奇祥於花木者，天也。傳曰：「人無所不至，惟天不容僞〔一三〕。」蓋理有固然。余聞精誠之至，各以類感。貳師將軍拔劍刺崖，而飛泉湧，忠之至也〔一四〕。李善自乳其主人之子，而乳湩，義之至也〔一五〕。古初護柩，以身捍火，而火滅，孝之至也〔一六〕。蔡順之母齕指以呼順，而順至，慈之至也〔一七〕。夫忠義孝慈之應，如形附影，如聲赴響〔一八〕。則兩公推誠以莅民〔一九〕，勤政以報國，而嘉瑞並見者，和之至也。今同治一邑，氣和且爾，則異日坐斷國論，以康濟斯民，宜如何哉？邦人圖二物以誇四方，稱頌令丞之賢，故余樂爲之序。

【注釋】

〔一〕政和四年六月作於撫州崇仁縣。連瑞圖：白蓮雙葩並榦，接連芝草紫穎黄英，皆祥瑞之象徵，崇仁縣人畫二物爲圖，謂之連瑞圖。參見本集卷二仇彦和佐邑崇仁有白蓮雙葩並幹芝草叢生於縣齋之旁作堂名曰瑞應且求詩敬爲賦之注〔一〕。

〔二〕崇仁：撫州屬縣。

〔三〕「然封連南康」六句：黄庭堅江西道院賦：「江西之俗，士大夫多秀而文，其細民險而健，以終訟爲能。由是玉石俱焚，名曰珥筆之民。雖有辯者，不能自解免也。惟筠爲州，獨不嚚於訟，故筠州太守號爲守江西道院，然與南康、廬陵、宜春三郡，並蒙惡聲。」南康：郡名，即虔州。鍇按：江南西路另有南康軍，然此與廬陵、宜春並稱者，當爲南康郡。廬陵：郡名，即吉州。熏烝：猶熏陶，熏染。珥筆：本指史官、諫官戴筆於冠側，以便記録，後代指訴訟。劇邑：政務繁劇之郡縣。晉書王猛傳：「陛下不以臣不才，任臣以劇邑，謹爲明君翦除凶猾。」

〔四〕倒指而數：謂屈指計算。

〔五〕比歲：連年。管子樞言：「一日不食，比歲歉；三日不食，比歲饑；五日不食，比歲荒。」

〔六〕正官：猶長官，對副貳之官而言。

〔七〕苟簡：草率而簡略。莊子天運：「食於苟簡之田，立於不貸之圃。」

〔八〕奉議彭公思禹：彭以功，字思禹，惠洪宗兄，時以奉議郎爲崇仁縣令。弘治撫州府志卷九公署志三縣治崇仁縣知縣：「彭以功，（政和）四年。」通佐仇公彦和：仇彦和，名未詳，時爲崇仁縣丞。

〔九〕霹靂手：斷案之快手，謂其動如霹靂。新唐書裴漼傳：「吏白積案數百，崇義讓使趣斷，琰之曰：『何至逼人？』乃命吏連紙進筆爲省決，一日畢，既與奪當理，而筆詞勁妙。崇義驚曰：『子何自晦，成吾過邪？』由是名動一州，號霹靂手。」

〔一〇〕卯衙：官員卯時上衙，故云。

〔一一〕囹圄殆可羅雀：監獄冷清少囚犯。　囹圄：監獄。禮記月令：「（仲春之月）命有司，省囹圄，去桎梏。」孔穎達疏：「囹，牢也；圄，止也，所以止出入，皆罪人所舍也。」　可羅雀：語本史記汲鄭列傳：「始翟公爲廷尉，賓客闐門；及廢，門外可設雀羅。」

〔一二〕百里：指一縣之轄境，代指縣。世説新語言語：「李弘度常歎不被遇，殷揚州知其家貧，問：『君能屈志百里不？』李答曰：『北門之歎，久已上聞。窮猿奔林，豈暇擇木？』遂授剡縣。」　風雨時若：指風調雨順。語本書洪範：「曰肅，時雨若。曰聖，時風若。」

〔一三〕「人無所不至」二句：蘇軾潮州韓文公廟碑：「蓋嘗論天人之辨，以謂人無所不至，惟天不容僞。」此借用其語。

〔一四〕「貳師將軍拔劍刺崖」三句：後漢書耿恭傳：「聞昔貳師將軍拔佩刀刺山，飛泉湧出。」李賢注：「貳師，大宛中城名，昔武帝時使李廣利伐大宛，期至貳師城，因以爲號也。」錯按：漢書李廣利傳未載其拔佩刀刺山之事。參見本集卷二仇彦和佐邑崇仁有白蓮雙葩並幹芝草叢生於縣齋之旁作堂名曰瑞應且求詩敬爲賦之注〔一四〕。

〔一五〕「李善自乳其主人之子」三句：後漢書獨行列傳李善傳：「李善，字次孫，南陽淯陽人，本同縣李元蒼頭也。建武中疫疾，元家相繼死没，唯孤兒續始生數旬，而貲財千萬，諸奴婢私共計議，欲謀殺續，分其財産。善深傷李氏而力不能制，乃潛負續逃去，隱山陽瑕丘界中，親自哺養，乳爲生湩。推燥居濕，備嘗艱勤。」湩，乳汁。

〔一六〕「古初護柩」四句：後漢書郅惲傳：「惲再遷長沙太守。先是長沙有孝子古初，遭父喪未葬，鄰人失火，初匍匐柩上，以身扞火，火爲之滅。惲甄異之，以爲首舉。」

〔一七〕「蔡順之母齕指以呼順」三句：後漢書周磐傳：「磐同郡蔡順，字君仲，亦以至孝稱。順少孤，養母。嘗出求薪，有客卒至，母望順不還，乃噬其指。順即心動，棄薪馳歸，跪問其故。母曰：『有急客來，吾噬指以悟汝耳。』」

〔一八〕「夫忠義孝慈之應」三句：書大禹謨：「惠迪吉，從逆凶，如影響。」孔傳：「迪，道也。順道，吉；從逆，凶。吉凶之報，若影之隨形，響之應聲。」宋范祖禹畏天劄子：「天人之際，相去不遠，應如影響，不可不畏。能應之以德，則災變而爲福，異變而爲祥。」

〔一九〕蒞民：管理百姓。晏子春秋問上二九：「景公問曰：『臨國蒞民，所患何也？』」蒞，臨視，治理。

墮齋偈序〔一〕

圓覺經云：「居一切時，不起妄念。於諸妄心，亦不息滅。住妄想境，不加了知。於無了知，不辨真實。」〔二〕如人言蜂醞百花之香爲甜耳。永嘉曰：「若以知知寂，此非無緣知。如手執如意，非無如意手。若以自知知，亦非無緣知。如手自握拳，非是不拳手。亦不知知寂，亦不自知知。不可爲無知，自性了然故，不同於木石。如手不執物，亦不自握拳。不可爲無手，以手安然故，不同於兔角。」〔三〕如人言所以甜者爲蜜耳。而南泉曰：「三世諸佛不知有，狸奴白牯却知有。」〔四〕如人見蜜及親嘗耳。曹山以墮統三法〔五〕，如人以蜜觸舌，自知純甜，無中邊味耳〔六〕。南州道人本忠聞之〔七〕，擊節賞音。余曰：「此郎殆人類精奇，追友其人於百年之上。」遂名其所居曰墮齋，請余記之。爲説三偈曰〔八〕：「生在帝王家，那復有尊貴。自應著珍御，顧見何驚異〔九〕。」又曰：「紛然同作息㊀，銀碗裏盛雪。若欲異牯牛，與牯牛何别〔一〇〕？」又曰：「有聞皆無聞，有見元無物。若斷聲色求，木偶當成佛〔一一〕。」政和六年正月日。

【校記】

㊀ 同作息：禪林僧寶傳卷一三大陽延禪師傳、人天眼目卷三引此偈作「作息同」。

【注釋】

〔一〕政和六年正月作於筠州上高縣。

〔二〕「圓覺經云」九句：廓門注：「自『居一』至『真實』，圓覺經清淨慧章文。」

〔三〕「永嘉曰」十九句：見唐釋玄覺禪宗永嘉集奢摩他頌第四。如意：梵語「阿那律」之意譯，即爪杖，長三尺許，前端作手指形，脊背有癢，以之搔抓，可如人意，故名。兔角：兔無角，故佛書常以兔角喻必無之事。 鍇按：「如手不執物，亦不自握拳」二句，禪宗永嘉集作「手不執如意，亦不自作拳」，文字略異。

〔四〕「而南泉曰」三句：景德傳燈録卷一〇湖南長沙景岑禪師：「僧問：『南泉云：貍奴白牯却知有，三世諸佛不知有。爲什麽三世諸佛不知有？』師曰：『未入鹿苑時猶較些子。』僧曰：『貍奴白牯爲什麽却知有？』師曰：『汝爭怪得伊？』」智證傳：「南泉曰：『三世諸佛不知有，貍奴白牯却知有。』乃不如曹山止言一『墮』字耳。」

〔五〕曹山以墮統三法：林間録卷上：「曹山本寂禪師躭章曰：『取正命食者，須具三種墮：一者披毛戴角，二者不斷聲色，三者不受食。』時會中有稠布衲問：『披毛戴角是什麽墮？』答曰：『是類墮。』進曰：『不斷聲色是什麽墮？』答曰：『是隨墮。』進曰：『不受食是什麽墮？』答曰：『是尊貴墮。』」又見禪林僧寶傳卷一撫州曹山本寂禪師傳。智證傳：「維摩經曰：『爲壞和合相故，應取揣食；爲不受故，應受彼食。以空聚想，入於聚落。所見色與盲等，所聞聲與響等，所齅香與風等，所食味不分別，受諸觸如智證，知諸法如幻相。無自性，無他性，本自不然，今則無滅。』此不斷聲色墮所由立也。又曰：『須菩提不見佛，不聞法，彼外道六師：富蘭那迦葉、末伽梨拘賒梨子、删闍夜毗羅胝子、阿耆多翅舍欽婆羅、迦羅鳩馱迦旃延、尼揵陀若提子等，是汝之師，因其出家。彼師所墮，汝亦隨墮，乃可取食。』此隨墮之所由立也。又曰：『謗諸佛，毁於法，不入衆數，終不得滅度。汝若如是，乃可取食。』此尊貴墮之所由立也。予嘗深觀曹山，其自比六祖無所媿，以其蕩除聖凡之情，有大方便。」參見本集卷二〇墮庵銘注〔七〕。

〔六〕「如人以蜜觸舌」三句：四十二章經：「佛言：『人爲道，猶若食蜜，中邊皆甜。吾經亦爾，其義皆快，行者得道矣。』」

〔七〕南州道人本忠：本忠，字無外，撫州金谿人，爲惠洪弟子。參見本集卷四謝忠子出山注〔一〕。

〔八〕三偈：以下三偈亦見於禪林僧寶傳卷一三大陽延禪師傳，依次題爲隨類墮偈、尊貴墮偈、隨處墮偈。又見於人天眼目卷三，題爲寂音三墮頌，依次爲類墮頌、隨墮頌、尊貴墮頌。皆與此序排列先後不同。

〔九〕「生在帝王家」四句：此爲尊貴墮偈。智證傳：「唐郭中令、李西平皆稱王，然非有種也，以勳勞而至焉。高祖之秦王、明皇之肅宗，則以生帝王之家，皆有種，非以勳勞而至焉者也。

謂之内紹者，無功之功也，先聖貴之。謂之外紹者，借功業而然，故又名曰借句。曹山章禪師曰：『妙明體盡知傷觸，力在逢緣不借中。』雲居弘覺禪師曰：『頭頭上了，物物上通，只喚作了事人，終不喚作尊貴。』將知尊貴一路自別。」禪林僧寶傳卷一三大陽延禪師傳：「延嘗注釋曹山三種語，須明得轉位始得：……二曰：『不受食是尊貴墮。』注曰：『須知那邊了，却來遮邊行李。若不虚此位，即坐在尊貴。』」

〔一〇〕「紛然同作息」四句：此爲類墮偈。禪林僧寶傳卷一三載大陽延禪師注釋曹山三種語：「一曰：『作水牯牛是隨類墮。』注曰：『是沙門轉身語，是異類中事。若不曉此意，即有所滯。直是要伊一念無私，即有出身之路。』」牯牛：景德傳燈録卷八池州南泉普願禪師：「一日師示衆云：『道箇如如早是變也，今時師僧須向異類中行。』……師將順世，第一座問：『和尚百年後，向什麽處去？』師云：『山下作一頭水牯牛去。』」此借用其事以言類墮。銀碗裏盛雪：寶鏡三昧：「銀碗盛雪，明月藏鷺。」

〔一一〕「有聞皆無聞」四句：此爲隨墮偈。禪林僧寶傳卷一三載大陽延禪師注釋曹山三種語：「三曰：『不斷聲色是隨處墮。』注曰：『以不明聲色，故隨處墮。須向聲色裏，有出身之路。作麽生是聲色外一句？答曰：聲不自聲，色不自色。故云不斷指掌，當指何掌也。』」

卷二十四

序

送僧乞食序〔一〕

曹谿六祖初以居士服至黄梅，夜舂，以石墜腰〔二〕。牛頭衆乏糧，融乞於丹陽，自負米斛八斗，行八十里，朝去暮歸，率以爲常〔三〕。隆化惠滿，所至破柴制履〔四〕。百丈涅槃，開田説義〔五〕。墜腰石尚留東山〔六〕，破柴斧猶存鄮鎮〔七〕，金（江）陵之西有負米莊㊀〔八〕，車輪之下有大義石〔九〕。衲子每以爲游觀，不可誣也。世遠道喪，而妄庸寒乞之徒，入我法中，其識尚不足以匡欲〔一〇〕，其可荷大法也？方疊花制襪以副絲絇（絇）㊁〔一一〕，其可夜舂乎？纖羅剪袍以宜小袖〔一二〕，其可破柴乎？升九仞之峻，僕夫汗血，不肯出輿〔一三〕，其可負米乎？方大書其門云：「當寺今止挂搭〔一四〕。」其肯開田説義乎？余嘗痛心撫膺而歎者也。屢因弘法致禍，卒爲廢人，方幸生還，逃遁山谷，而衲子猶以其嘗親事雲庵〔一五〕，故來相從。余畜之無義，拒之不可，即閉關堅卧〔一六〕。有扣其門而言者曰：「雲庵，法施如智覺〔一七〕，愛衆如雪峰〔一八〕。出其門者，今皆不然，道未尊而欲人之貴己，名不耀而畏人挨己。下視禪者，如百世之冤；諂（謟）事權貴㊂，如累劫之親。師皆笑蹈此污而去，庶幾雲庵爪牙矣〔一九〕。」於是蹶然而起曰〔二〇〕：「然則無食，奈何？」曰：「當從淨檀行乞，亦如來大師之遺則也〔二一〕。老人肯出，則庶使叢林知雲庵典刑尚存〔二二〕。」余嘉其言，因序古德事以慰其意，當有賞音者耳。

【校記】

㊀金：原作「江」，誤，今改。參見注〔八〕。

㊁絇：原作「絢」，誤，今據武林本改。參見注〔一一〕。

㊂諂：原作「謟」，誤，今據四庫本改。

【注釋】

〔一〕宣和二年冬作於長沙。　送僧乞食：本集卷二八化供三首之一：「當寺依湘上，瀕楚水，基於隋朝，盛於唐季。有道俊禪師者，雲門之高弟，聚徒於其間。語句播於叢林，號爲水西南臺。皇祐間廢爲律，然古格尚存。薦經儉歲，住持者棄去，山林厄於斤斧，屋宇化爲草棘，至以田丁傭門。今年春，州郡易以禪者領之，於是明白老自鹿苑移居此。而衲子追逐而至，遂成叢席。然懼其有增而無損，故分化於四方。」此序當作於移居水西南臺寺之後，姑繫於此。錯按：此序收於明釋如巹集緇門警訓卷九。

〔二〕「曹谿六祖」三句：六祖大師法寶壇經行由品：「祖（五祖弘忍）潛至碓坊，見能（六祖慧能）腰石舂米。」

〔三〕「牛頭衆乏糧」六句：景德傳燈録卷四金陵牛頭山第一世法融禪師：「師往丹陽緣化，去山八十里，躬負米一石八斗，朝往暮還，供僧三百，二時不闕三年。」牛頭：山名。太平寰宇記卷九〇江南東道昇州江寧縣：「牛頭山在縣西南四十里，周迴四十七里。按輿地志：『山有兩峰，持人號爲牛頭山。』晉氏過江，將立雙闕，王導出宣陽門，南望牛頭山兩峰曰：『此即天闕是也。』」

〔四〕「隆化惠滿」三句：景德傳燈録卷三相州隆化寺慧滿禪師：「常行乞食，住無再宿，所至伽藍，則破柴製履。」惠，通「慧」。

〔五〕「百丈涅槃」三句：景德傳燈録卷九洪州百丈山惟政禪師：「一日謂僧曰：『汝與我開田了，我爲汝説大義。』僧開田了，歸請師説大義，師乃展開兩手。」林間録卷下：「百丈山第二代法正禪師，大智之高弟。其先嘗誦涅槃經，不言姓名，時呼爲涅槃和尚。住成法席，師功最多，使衆開田方説大義者，乃師也。黄蘗、古靈諸大士皆推尊之。唐文人武翊黄公撰其碑甚詳，柳公權書，妙絶古今。而傳燈所載百丈惟政禪師，又係於馬祖法嗣之列，誤矣。及觀正宗記，則有惟政、法正。然百丈第代可數，明教但皆見其名，不能辨而俱存也。今當以柳碑爲正。」

〔六〕墜腰石尚留東山：此爲六祖之遺跡。東山，在蘄州黄梅縣。輿地紀勝卷四七淮南西路蘄州：「東禪院，在黄梅縣西一里，號蓮花寺，即五祖傳衣鉢與六祖之所，有六祖簸糠池、墜腰石、樊禪師真身及吴道子畫傳衣圖。」

〔七〕破柴斧猶存鄴鎮：此爲相州隆化寺慧滿禪師之遺跡。鄴鎮，在相州臨漳縣。元豐九域志卷二河北西路相州：「熙寧六年，省永和縣爲鎮，入安陽；鄴縣爲鎮，入臨漳。……臨漳，州東北六十里，二鄉，鄴一鎮。」

〔八〕金陵之西有負米莊：此爲牛頭山法融禪師遺跡，在江寧府之西。　鍇按：底本「金陵」作「江陵」，誤。或謂「江陵」當作「江寧」。然本集皆用古稱「金陵」，共十五例，而無一例用「江寧」者，故知「江陵」必爲「金陵」之誤。

〔九〕車輪之下有大義石：此爲百丈涅槃和尚遺跡。車輪，即洪州奉新縣百丈山。參見本集卷一五讀古德傳八首注〔五〕。明釋明雪説、釋寂藴編入就瑞白禪師語録卷一三題百丈諸景有大義石詩曰：「頑石不開口，善能説大義。一塵含法界，萬物悉皆備。眼裏能聞聲，個中可領會。當陽絶覆藏，真諦明麗麗。」

〔一〇〕其識尚不足以匡欲：後漢書馬融傳論曰：「終以奢樂恣性，黨附成譏。固知識能匡欲者，鮮矣。」李賢注：「識，性也；匡，正也。」此化用其語意。匡欲，匡正物欲。

〔一一〕疊花制襪以副絲絇：謂製作華麗花襪以配裝飾精美之絲鞋。周禮天官冢宰屨人鄭玄注：「凡屨之飾，如繡次也，黃屨白飾，白屨黑飾，黑屨青飾。絇謂之拘，著舄屨之頭，以爲行戒。」黃庭堅子瞻去歲春侍立邇英子由秋冬間相繼入侍作詩各述所懷予亦次韻四首之一：「江沙踏破青鞋底，却結絲絇侍禁庭。」鍇按：僧人本當著草鞋、麻鞋，今則著花襪絲鞋，欲侍禁庭，故謂其識不足以匡欲。底本「絇」作「絢」，誤，「絲絢」不成辭。本集卷六贈周廷秀：「絲絇八磚踏。」卷三〇祭郭太尉文：「公起徒步，絲絇入侍。」皆作「絲絇」，今據改。

〔一二〕纖羅剪袍以宜小袖：謂其以綾羅綢緞剪裁爲衣袍，以配窄袖内衣，此亦非僧人應有裝束。小袖，即窄袖。本集卷一二次韻縱目亭：「只欠花輪小袖紅。」乃舞女裝束。

〔一三〕「升九仞之峻」三句：冷齋夜話卷一〇道人識歐公必不凡：「南還海岱（昏），逢佛印禪師元公出山，重荷者百夫，擁其輿者十許夫，巷陌聚觀，喧吠雞犬。」即此類。九仞，數丈高。書旅獒：「爲山九仞，功虧一簣。」孔傳：「八尺曰仞。」輿，轎子。

〔一四〕挂搭：即挂褡。游方僧投宿寺院，因懸挂衣物於僧堂鈎上，故稱。宋釋道謙編大慧普覺禪師宗門武庫：「秀得參堂，以慶藏主之名達圓通。通曰：『且令別處挂搭，俟此間單位空即令參堂。』」

〔一五〕嘗親事雲庵：惠洪爲雲庵真淨克文禪師法嗣，故云。

〔一六〕閉關堅卧：謂堅決閉門不出。漢書周勃傳：「夜，軍内驚，内相攻擊擾亂，至於帳下。亞夫堅卧不起。頃之，復定。」

〔一七〕法施如智覺：景德傳燈録卷二六杭州慧日永明寺智覺禪師延壽：「師居永明道場十五載，度弟子一千七百人。開寶七年，入天台山，度戒約萬餘人。常與七衆受菩薩戒，夜施鬼神食，朝放諸生類，不可稱算。」

〔一八〕愛衆如雪峰：景德傳燈録卷一六福州雪峰義存禪師：「師住閩川四十餘年，學者冬夏不減千五百人。」宋高僧傳卷一二唐福州雪峰廣福院義存傳：「存之行化四十餘年，四方之僧爭趨法席者，不可勝算矣。冬夏不減一千五百。」

〔一九〕爪牙：衛士，有勇力之護衛者。詩小雅祈父：「祈父！予王之爪牙。」鄭箋：「此勇力之士。」

〔二〇〕蹶然：疾起貌。逸周書太子晉：「師曠蹶然起曰：『瞑臣請歸。』」孔晁注：「蹶然，疾貌。」

〔二一〕「當從淨檀行乞」二句：釋氏要覽卷上乞食：「僧祇云：『乞食，分施僧尼，衛護令修道業，故云分衛。』法集云：『出家爲成道，行乞食者，破一切憍慢故。』……寶雲經云：『凡乞食分爲四分：一分奉同梵行者，一與窮乞人，一與諸鬼神，一分自食。』寶雨經云：『成就十法名乞食：一爲攝受諸有情，二爲次第，三爲不疲厭，四爲知足，五爲分布，六爲不耽嗜，七爲知量，八爲善品現前，九爲善根圓滿，十爲離我執。』肇法師云：『乞食略有四意：一爲福利群生，二爲折伏憍慢，三爲知身有苦，四爲除去滯著。』」淨檀，即清淨檀越，施主之美稱。

〔三〕典刑尚存：詩大雅蕩：「雖無老成人，尚有典刑。」此化用其意。

薝蔔軒序〔一〕

法輪齊禪師開軒于不思議室之西〔二〕，薝蔔林之間，因以爲名。門弟子告語曰：「吾師以異方便附物顯理〔三〕，蓋其華萼六出，所以殊衆卉，如心花發明諸地故〔四〕；其葉之寒茂，所以傲雪霜，如道根深固抑魔外故；其色至潔，因地法行盛明淨故〔五〕；其實至黃，慈悲攝物道中利故〔六〕。」余疑其説而造焉，目擊而坐，了無問答，微風披拂，枝葉參差，異香郁然，純一無雜，鼻觀通妙，聞慧現前〔七〕。譬如兩鏡相臨，於中無像，而燈忽舉，知相攝入〔八〕。雖接武至者〔九〕，雲擁而集，當又如百千鏡中，各納燈體，圓備同徹，更爲主客，融通自在，成法解脱〔一〇〕。昔黄龍三關，神通游戲於語默之外〔一一〕；寶覺之拳，獨體全露於背觸之間〔一二〕。今禪師乃宴坐不言之中，使來者嗅薝蔔焉。乃翁乃祖皆以舉手動足爲佛事〔一三〕，克家之子又以清芬轉法輪〔一四〕，非縱非横，非同非異，如伊之字，摩醯之目〔一五〕，非化變諸幻而開幻衆者乎？師之所示，如月標指〔一六〕；我作是説，如繪虚空〔一七〕。指非月體〔一八〕，則此軒之所以構也。空無受繪之由（曲）㊀〔一九〕，則言語文字獨何傷乎？禪師撫掌大笑，因戲録爲序，使登之者援筆而賦，蓋自石門某始〔二〇〕。

【校記】

㊀ 由：原作「曲」，誤，今改。參見注〔一九〕。

【注釋】

〔一〕政和四年春作於南嶽衡山。　薝蔔軒：以薝蔔花爲名。酉陽雜俎卷一八廣動植木：「陶貞白（弘景）言，梔子翦花六出，刻房七道，其花香甚，相傳即西域薝蔔花也。」參見本集卷一一法輪齊禪師開軒於薝蔔叢名曰薝蔔二首注〔一〕。

〔二〕法輪齊禪師：法名景齊，黄龍祖心禪師法嗣，屬臨濟宗黄龍派南嶽下十三世。建中靖國續燈録卷二〇載其機語。參見本集卷一一法輪齊禪師開軒於薝蔔叢名曰薝蔔二首注〔一〕。

〔三〕以異方便附物顯理：法華經卷一方便品：「更以異方便，助顯第一義。」竺道生法華經疏卷一方便品：「理本無言，假言而言，謂之方便。又推二乘以助化，謂之異方便。一乘既深，假之以顯一義云。四十九年所説，是方便，今説法華，謂異方便。」

〔四〕心花發明諸地：圓覺經：「心花發明，照十方刹。」

〔五〕因地法行：圓覺經：「如來藏中無起滅故，無知見故，如法界性，究竟圓滿，遍十方故，是則名爲因地法行。」

〔六〕慈悲攝物：唐釋澄觀華嚴經隨疏演義鈔卷六三：「慈悲攝物，名利益衆生。」

〔七〕「鼻觀通妙」二句：楞嚴經卷五：「香嚴童子即從座起，頂禮佛足而白佛言：『我聞如來教我諦觀諸有爲相，我時辭佛，宴晦清齋，見諸比丘燒沈水香，香氣寂然，來入鼻中。我觀此氣非木、非空、非煙、非火，去無所著，來無所從，由是意銷，發明無漏。如來印我，得香嚴號，塵氣倏滅，妙香密圓，我從香嚴得阿羅漢。佛問圓通，如我所證，香嚴爲上。』」宋釋子璿首楞嚴義疏注經卷六：「香嚴童子宴晦清齋，聞香入鼻，觀此無生，來無所從，去無所至，塵氣既滅，妙香密圓。」此化用其意。

〔八〕「譬如兩鏡相臨」四句：華嚴經隨疏演義鈔卷四：「如兩鏡相照故。東鏡動時，西鏡中之影亦動，故得同遍法界。」景德傳燈録卷二三隨州智門守欽大師：「僧問：『兩鏡相對，爲什麽中間無像？』師曰：『自己亦須隱。』」潭州溈山靈祐禪師語録：「第三度云：『如兩鏡相照，於中無像。』師云：『此語正也。』仰山却問：『和尚於百丈師翁處，作麽生呈語？』師云：『我於百丈先師處，呈語云：如百千明鏡鑒像，光影相照，塵塵刹刹，各不相借。』仰山於是禮拜。」

〔九〕接武：足迹相接，猶言接踵，形容人多。已見前注。

〔一〇〕「當又如百千鏡中」六句：宗鏡録卷二四：「如一室中，懸百千鏡，有人觀鏡，鏡皆像現。佛身清淨，明逾彼鏡，遞相涉入，鏡無不照，影無不現。此則攝他爲總，入他爲別。一身既爾，乃至一切法界，凡聖之身，供養之具，皆助隨喜，悉同供養。」此化用其意。

〔一一〕「昔黃龍三關」二句：黃龍慧南禪師常以三轉語垂問學者，一曰：「人人有箇生緣，上座生緣在什麼處？」二曰：「我手何似佛手？」三曰：「我脚何似驢脚？」叢林號爲「黃龍三關」。已見前注。

〔一二〕「寶覺之拳」二句：冷齋夜話卷七觸背關：「寶覺見學者，必舉手示曰：『喚作拳是觸，不喚拳是背。』莫有契之者。叢林謂之觸背關。」祖心賜號寶覺禪師。

〔一三〕乃翁乃祖：指祖心與慧南。景齊禪師爲祖心之法嗣，慧南之法孫，故云。

〔一四〕克家之子：能承父祖事業之子。語本易蒙卦：「九二，包蒙吉，納婦吉，子克家。」

〔一五〕「非縱非横」四句：大般涅槃經卷二壽命品：「何等名爲祕密之藏？猶如伊字三點，若並則不成伊，縱亦不成。如摩醯首羅面上三目，乃得成伊三點。若别亦不得成，我亦如是。解脱之法亦非涅槃，如來之身亦非涅槃，摩訶般若亦非涅槃。三法各異，亦非涅槃。我今安住如是三法，爲衆生故，名入涅槃，如世伊字。」鍇按：伊字三點畫作「∴」，亦稱圓伊。參見本集卷一二雲巖寶鏡三昧注〔三〕。摩醯：即摩醯首羅，在色界之頂，爲三千界之主。大智度論卷二：「摩醯首羅天，秦言大自在，八臂，三眼，騎白牛。」

〔一六〕「師之所示」二句：楞嚴經卷二：「如人以手指月示人，彼人因指當應看月……何以故？以所標指爲明月故。」

〔一七〕如繪虛空：雜阿含經卷一五：「畫師、畫師弟子集種種彩色，欲粧畫虛空，寧能畫不？」大智度論卷二一：「譬如手畫虛空，無所染著；阿羅漢心亦如是，一切法中得無所著，復汝本坐。」

〔一八〕指非月體：楞嚴經卷二：「若復觀指以爲月體，此人豈唯亡失月輪，亦亡其指。」

〔一九〕空無受繪之由：底本「由」作「曲」，句意不通。廓門注：「『曲』，『由』字差誤歟？」其説可從，今改。鍇按：佛書甚多「之由」句式，如六度集經卷三：「諸佛重戒以色爲火，燒身危命之由也。」摩訶止觀卷四：「色爲發戒之由。」宗鏡録卷三：「睡熟夢生，本無元起之由。」不勝枚舉。

〔二〇〕石門某：惠洪自稱。

送因覺先序〔一〕

覺先，佛照禪師高弟也〔二〕。佛照於世有勝緣，方其在山林也，則領匡山鸞谿〔三〕；及其游城郭也，則住上都崇寧〔四〕。是望刹皆天下之冠，蓋梵釋龍天之宮，從空而墮者也〔五〕。余嘗館丈室之東，見巨公要人入門下馬，氣摩雲天〔六〕，金朱日塞門如市㊀〔七〕。佛照者，裙纔及膝，吉貝纏其脛（脞）㊁〔八〕，勃窣趨迎〔九〕，權貴不韻甚矣㊂〔一〇〕。然杖拂之下，萬指隨之〔一一〕。雖往來城郭山林二十年，牧僧行道如一日者，覺先陰相之也。覺先有智刃（仞）㊃〔一二〕，能立事，數惷其師〔一三〕，爭曲直，竟袖手還江南。佛照思其賢，曲折呼之〔一四〕，覺先堅卧不動。政和七年春，詔易天寧爲神霄宮〔一五〕，佛照以老病景德寺房（房寺）㊄〔一六〕。覺先曰：「噫！吾西矣。」秋八月朔來別，坐有獻言者曰：「子去京三白矣〔一七〕，迺復往，如山林桎梏之幾（機）何㊅〔一八〕？」余折之曰：「慈明，吾祖也，而以李公故西游〔一九〕；寶覺，吾大父行也，以王晉卿故亦西游〔二〇〕。是二大老，天下之奇德，意有所合，千里從之。矧覺先以師老病而西乎？行矣，子於義得矣。」覺先忻然曰：「敢不受教。然吾之所識，皆公故人，能嗣音乎〔二一〕？」余以屏迹巖叢，棧絶世路，寧當交公卿大夫哉！脱有見問者〔二二〕，爲言未能爲世收寒涕是矣〔二三〕。中秋前三日某序。

【校記】

㊀「日」上：四庫本有「耀」字。

㊁脛：原作「脞」，誤，今據四庫本、武林本改。參見注〔七〕。

㊂權貴：「貴」字原無，據四庫本補。

㊃刃：原作「仞」，誤，今改。參見注〔一二〕。

㊄寺房：原作「房寺」，倒乙誤，今改。參見注〔一六〕。

㊅幾：原作「機」，誤，今改。參見注〔一八〕。

【注釋】

〔一〕政和七年八月十二日作於筠州新昌縣。因覺先：法名淨因，字覺先，佛照惠杲禪師法嗣，惠洪法姪。屬臨濟宗黃龍派南嶽下十四世。已見前注。

〔二〕佛照禪師：法名惠杲，賜號佛照禪師，初住廬山歸宗寺，後住東京法雲寺，嗣法真淨克文，惠洪師兄，屬臨濟宗黃龍派南嶽下十三世。建中靖國續燈録卷二三、嘉泰普燈録卷七、五燈會元卷一七載其機語。詳見本集卷二〇喧寂庵銘注〔九〕。

〔三〕匡山鸞谿：此代指廬山歸宗寺。廬山記卷二叙山南記歸宗寺：「金輪峰、上霄峰正居其後，左右盤礴，面勢平遠。昔人卜其基曰：是山有翔鸞展翼之勢。院東之水，故名鸞溪。」本集卷二八請杲老住天寧：「識黃龍窟中頭角，振青鸞溪上風雷。」

〔四〕上都崇寧：即東京開封府天寧寺。釋氏稽古略卷四：「崇寧元年，詔天下軍州創崇寧寺，又改額曰天寧寺。」

〔五〕「蓋梵釋龍天之宮」二句：蘇軾東林第一代廣惠禪師真贊：「蓋將拊掌談笑，不起于坐，而使廬山之下，化爲梵釋龍天之宫。」

〔六〕「見巨公要人入門下馬」二句：李賀高軒過：「入門下馬氣如虹，云是東京才子，文章巨公。」此借用其語。

〔七〕金朱日塞門如市：謂達觀貴人日日來訪，門庭若市。揚雄法言孝至：「朱輪駟馬，金朱煌煌無已，泰乎？」

〔八〕吉貝：木棉，此指棉布。梁書諸夷傳林邑國傳：「吉貝者，樹名也。其華成時如鵝毳，抽其緒紡之以作布，潔白與紵布不殊。」　脛：小腿，從膝蓋到踝骨之部分。上句言「裙纔及膝」，故此句言脛之纏裹。底本「脛」作「脞」，涉形近而誤。　鍇按：「脞」，意爲切肉，指瑣細，與文意不合，故今從四庫本。

〔九〕勃窣：猶嫳珊，蹣跚，行動遲緩貌。參見本集卷二〇懶庵銘注〔八〕。

〔一〇〕不韻：不風雅，無風度。世説新語言語：「支道林常養數匹馬，或言：『道人畜馬不韻。』支曰：『貧道重其神駿。』」

〔一一〕萬指：千人。一人十指，故云。

〔一二〕智刃：智慧之刃，喻其智力敏鋭。宋高僧傳卷二四唐太原府崇福寺思睿傳：「因誦十輪經，日徹數紙，翌日倍之，後又倍之，自爾智刃不可當矣。」　底本「刃」作「仞」，不辭，涉音近而誤。

〔一三〕惷：愚蠢，此謂愚弄。

〔一四〕曲折：猶婉轉。

〔一五〕「政和七年春」二句：佛祖統紀卷四六徽宗政和七年：「初，永嘉道士林靈素，挾妖術遊淮泗，乞食於僧寺。是年至楚州，與僧慧世抗言相毆，辨於官。郡倅石仲喜其口辨，脱之，挈入京師，謁太師蔡京，以爲異人，引見上，即誕言曰：『上即天上長生帝君，居神霄玉清府，弟曰青華帝君，皆玉帝子也。蔡京即玉清左相仙伯，靈素乃書罰仙吏褚惠也。』上大喜，賜號金門羽客，築通真宫以居之。因自號教主道君皇帝，建寶籙宫，設長生、青華二帝像。詔改天下天寧觀爲神霄玉清宫。」天寧，即崇寧寺，改爲天寧寺，復改爲道教天寧觀，又改爲神霄玉清宫。

〔一六〕景德寺：汴京遺跡志卷一〇寺觀：「景德寺，在麗景門外迤東。周世宗顯德五年，以相國寺僧多居隘，詔就寺之蔬圃，别建下院分處之。俗呼東相國寺。顯德六年，賜額天壽寺。宋真宗景德二年，改名景德寺。後有定光釋迦舍利磚塔，累經兵燹河患，今爲平地。」鍇按：底本「寺房」作「房寺」，當爲倒乙之誤。

〔一七〕三白：即三年。景德傳燈録卷二第二十二祖摩拏羅：「後鶴勒那問尊者曰：『我止林間，已經九白。』」注：「印度以一年爲一白。」

〔一八〕如山林桯楛之幾何：謂在京師與住山林相比，其束縛有多少。如：比，及。桯梏：本謂刑具，木製鐐銬，在足曰桎，在手曰梏。引申爲束縛人之事物。莊子德充符：「彼且蘄以諔詭幻怪之名聞，不知至人之以是爲己桎梏邪？」　幾何：多少，幾多。底本「幾」作「機」，不辭，乃涉形音近而誤。

〔一九〕「慈明」三句：慈明，即石霜楚圓禪師。李公，李遵勖（九八八～一〇三八）字公武，上黨人。舉進士，真宗時尚萬壽長公主，爲駙馬都尉。累官鎮國軍節度使，知許州，於時政多所補助。師楊億爲文。卒謚和文。集天聖廣燈録三十卷，行於世。宋史有傳。嘉泰普燈録卷二二、五燈會元卷一二載其機語，爲谷隱藴聰禪師法嗣，屬臨濟宗南嶽下十世。禪林僧寶傳卷二一慈明禪師傳：「康定戊寅，李都尉遣使邀公曰：『海内法友，唯師與楊大年耳。大年棄我而先，僕年來頓覺衰落，忍死以一見公。』仍以書抵潭帥，敦遣之。公惻然，與侍者舟而東下。……至京師，與李公會。月餘，而李公果殁，臨終畫一圓相，又作偈獻公，偈曰：『世界無依，山河匪礙。大海微塵，須彌納芥。拈起幞頭，解下腰帶。若覓死生，問取皮袋。』公曰：『如何是本來佛性？』李公曰：『今日熱如昨日。』隨聲便問公：『臨行一句作麽生？』公曰：『本來無罣礙，隨處任方圓。』李公曰：『晚來困倦，更不答話。』公曰：『無佛處作佛。』李公於是泊然而逝。仁宗皇帝尤留神空宗，聞李公之化與圓問答，加歎久之。公哭之慟，臨壙而別之。」錯按：自湖南、江西至京師，本爲行舟東下復北上，而本集多謂之「西遊」、「西上」，未明其故。

〔二〇〕「寶覺」三句：寶覺，即黄龍祖心禪師。王晉卿，名詵，字晉卿，太原人，徙居開封。尚英宗女魏國大長公主，爲駙馬都尉、利川防禦使。能詩善書畫，又工弈棋，作堂曰寶繪，藏古今書畫。與蘇軾等爲友，以黨籍被謫，卒謚榮安。宋史有傳。禪林僧寶傳卷二三黄龍寶覺心禪師傳：「公以生長極南，少以宏法，棲息山林。方太平時代，欲觀光京師，以餞餘年，乃至京師。駙馬都尉王詵晉卿盡禮迎之，庵于國門之外。久之南還。」大父行：祖父輩。鍇按：此乃就淨因而言之，祖心爲真淨克文師兄，淨因爲惠杲法嗣，克文法孫，故稱祖心爲大父行。

〔二一〕嗣音：連續傳寄音信。詩鄭風子衿：「縱我不往，子寧不嗣音？」鄭箋云：「嗣，續也。女曾不傳聲問我，以恩責其忘己。」

〔二二〕脱有：假使有。歐陽修讀李翺文：「脱有一人能如翺憂者，又皆疏遠與翺無異。」

〔二三〕未能爲世收寒涕：林間録卷下：「唐高僧，號懶瓚，隱居衡山之頂石窟中。……德宗聞其名，遣使馳詔召之。使者即其窟，宣言：『天子有詔，尊者幸起謝恩。』瓚方撥牛糞火，尋煨芋食之，寒涕垂膺，未嘗答。使者笑之，且勸瓚拭涕。瓚曰：『我豈有工夫爲俗人拭涕耶？』竟不能致而去。德宗欽嘆之。」此用其事。

送秦少逸李師尹序〔一〕

余久厭大梁車馬之塵〔二〕，而思江湖漁樵之樂。故自淮宋之郊〔三〕，再游匡廬，南窮蒼梧，休于衡山之下〔四〕。愛其洞壑深邃，願爲終焉之所。林間有人焉，望之如瓊林玉樹〔五〕，恍然如行金明緑野之郊〔六〕，見狂游貴公子。揖而問之，則此邦賢者秦少逸、李師尹輩也。徐扣其所蓄，蓋亦無所不觀。因結爲友，與之游，久而益敬。會天子詔下，將校藝於有司〔七〕。送别於碧巖之阿，而告之曰：「前誌多云：并汾汝洛之間，土厚水深，淺井十餘丈，清涼甘滑，土無横文，色如烝麫。故其俗重遲美茂，士君子博學而知要，古今光明秀傑之士，排肩而出，不可勝數。大江之南，荆湖之間，其地卑濕，人心輕浮，偏急多爭，故士君子學問苟簡，切觀前代，能以功名富貴終始者無幾。後生未進，皆以其風俗素輕浮，故甘自廢棄〔八〕。余切以爲過矣。昔謝安有鼻疾，故詠書之音重濁，當時名流慕其爲人，皆掩鼻效之〔九〕。楊綰以清約自律，而當時貴人有爲減騶從者〔一〇〕。是皆以天姿嗜好，成一時之風俗。東甌之民，朴野不學，自古鮮有仕於朝者。歐陽詹以秀才倡之，至今號爲多士〔一一〕。潮陽在瘴海之隅，民未知學，韓文公以趙德爲之師，其俗稱爲易治〔一二〕。以是又激厲學行，成兩邦之美化。今之學者能知之，而莫能行之，行之而不見其效，何哉？自信之不篤，自重之不至耳。使其能自信，雖簣中之死人，足以自致青雲之上〔一三〕；能自重其材，則跨下之餓夫，足以建立而稱孤〔一四〕。豈犇走仁義，有王佐之略者，而以風俗爲病哉！蓋士能成天下之風俗，而風俗有不能爲士之病，明矣。諸君勉之，吾將見君輩角立齒列，出於卑薄之地〔一五〕，仕而達，發其毫末，猶能無愧楊（王）、謝㊀；不幸而窮蹇，則猶不失爲歐陽詹、趙德而已，其勿以吾言爲誇也。」

【校記】

㊀楊：原作「王」，據四庫本改。

【注釋】

〔一〕元祐八年秋作於潭州衡山縣。秦少逸：名未詳，生平俟考。李師尹：名與生平亦未詳。本集卷一一有送秦少逸李師尹以端硯見遺作此謝之二詩，可參見。

〔二〕大梁：京師開封府之別稱。

〔三〕淮宋：廓門注：「淮宋，按：淮，鎮江府、揚州府、淮安府；宋，開封府也。」鍇按：淮當泛指淮南路，宋當指古宋國，即北宋之南京應天府宋城一帶。

〔四〕「再游匡廬」三句：廓門注：「匡廬，南康府廬山也。蒼梧，今梧州府蒼梧縣也。衡山，在衡州府也。」鍇按：史記五帝本紀：「（舜）踐帝位三十九年，南巡狩，崩於蒼梧之野。葬於江南九疑，是爲零陵。」集解引皇覽曰：「舜冢在零陵營浦縣。其山九谿皆相似，故曰九疑。傳曰：『舜葬蒼梧，象爲之耕。』禮記曰：『舜葬蒼梧，二妃不從。』山海經曰：『蒼梧山，帝舜葬于陽，丹朱葬于陰。』」據元豐九域志卷六，荆湖南路道州古跡有蒼梧山。廓門注以爲梧州蒼梧縣，不確。又衡山縣宋屬潭州。

〔五〕瓊林玉樹：喻貴家子弟。語本世説新語言語：「謝太傅問諸子姪：『子弟亦何預人事，而正欲使其佳？』諸人莫有言者。車騎答曰：『譬如芝蘭玉樹，欲使其生於階庭耳。』」

〔六〕金明：即金明池，開封府名勝。宋敏求春明退朝録卷中：「太宗於西郊鑿金明池，中有臺榭，以閲水戲。而士人游觀，無存泊之所。若兩岸如唐制設亭，即逾曲江之盛也。」參見本集卷一六次韻超然春日湘上二首注〔二〕。

〔七〕「會天子詔下」二句：宋制，諸路、州、軍科場並限八月引試，而禮部試士，常在次年二月，所謂「秋貢春試」。此序言秦、李「將校藝於有司」，當指應次年京師禮部之試。據宋史哲宗本紀二，紹聖元年春有禮部試，則此序當作於元祐八年秋冬之際。

〔八〕「并汾汝洛之間」二十二句：此言南北地理之差異於人物氣質之影響，前人多有論述。淮南子墬形：「土地各以其類生，是故山氣多男，澤氣多女，障氣多喑，風氣多聾，林氣多癃，木氣多傴，岸下氣多腫，石氣多力，險阻氣多癭，暑氣多夭，寒氣多壽，谷氣多痹，丘氣多狂，衍氣多仁，陵氣多貪。輕土多利，重土多遲，清水音小，濁水音大，湍水人輕，遲水人重，中土多聖人。皆象其氣，皆應其類。」漢書地理志下：「凡民函五常之性，而其剛柔緩急，音聲不同，係水土之風氣。故謂之風。好惡取捨，動静亡常，隨君上之情欲，故謂之俗。」廓門注：「并，太原府。汾，平陽府。汝，汝州府。洛，河南府。」

〔九〕「昔謝安有鼻疾」四句：晉書謝安傳：「安本能爲洛下書生詠，有鼻疾，故其音濁，名流愛其詠而弗能及，或手掩鼻以斅之。」

〔一〇〕「楊綰以清約自律」二句：新唐書楊綰傳：「綰儉約，未嘗問生事，禄稟分姻舊，隨多寡輒盡。造之者，清談終晷，而不及榮利，欲干以私，聞其言，必内愧止。……始輔政，御史中丞崔寬本豪侈，城南别墅池觀堂皇，爲當時第一，即日遣人毁之。京兆尹黎幹，出入從騶馭百數，省損才留十餘騎。中書令郭子儀在邠州行營，方大會，除書至，音樂散五之四。它聞風靡然自化者，不可勝紀。世以比楊震、山濤、謝安云。」

〔一一〕「東甌之民」五句：新唐書文藝傳下歐陽詹傳：「歐陽詹字行周，泉州晉江人。其先皆爲本州州佐縣令。閩越地肥衍，有山泉禽魚。雖能通文書吏事，不肯北宦。及常衮罷宰相，爲觀察使，始擇縣鄉秀民能文辭者，與爲賓主鈞禮，觀游饗集，必與里人矜耀。故其俗稍相勸仕。初，詹與羅山甫同隱潘湖，往見衮，衮奇之。辭歸，泛舟飲餞。舉進士，與韓愈、李觀、李絳、崔羣、王涯、馮宿、庾承宣聯第，皆天下選。時稱龍虎榜。閩人第進士自詹始。」參見本集卷四勸學次徐師川韻注〔一二〕、〔一四〕。

〔一二〕「潮陽在瘴海之隅」四句：韓愈潮州請置鄉校牒：「此州學廢日久，進士明經，百十年間不聞有業成貢於王庭、試於有司者。人吏目不識鄉飲酒之禮，耳未嘗聞鹿鳴之歌，忠孝之行不勸，亦縣之恥也。夫十室之邑，必有忠信，今此州户萬有餘，豈無庶幾者邪？刺史、縣令不躬爲之師，里閭後生無所從學爾。趙德秀才，沈雅專静，頗通經，有文章，能知先王之道，論説且排異端而宗孔氏，可以爲師矣。請攝海陽縣尉，爲衙推官，專勾當州學，以督生徒，興愷悌之風。」蘇軾潮州韓文公廟碑：「始潮人未知學，公命進士趙德爲之師，自是潮之士皆篤於文行，延及齊民，至於今號稱易治。」參見本集卷四勸學次徐師川韻注〔三〕、〔四〕。

〔一三〕「使其能自信」三句：史記范睢蔡澤列傳：「須賈爲魏昭王使於齊，范睢從。……既歸，心怒睢，以告魏相。魏相，魏之諸公子，曰魏齊。魏齊大怒，使舍人笞擊睢，折脅摺齒。睢佯死，即卷以簀，置廁中。賓客飲者醉，更溺睢，故僇辱以懲後，令無妄言者。睢從簀中問謂守者曰：『公能出我，我必厚謝公。』守者乃請出棄簀中死人。魏齊醉，曰：『可矣。』范睢得出。後魏齊悔，復召求之。魏人鄭安平聞之，乃遂操范睢亡，伏匿，更姓名曰張禄。……范睢既相秦，秦號曰張禄，而魏不知，以爲范睢已死久矣。魏聞秦且東伐韓魏，魏使須賈於秦。范睢聞之，爲微行，敝衣間步之邸，見須賈。……范睢歸取大車駟馬，爲須賈御之，入秦相府。……門問門下曰：『范叔不出，何也？』門下曰：『無范叔。』須賈曰：『鄉者與我載而入者。』……門下曰：『乃吾相張君也。』須賈大驚，自知見賣，乃肉袒厀行，因門下人謝罪。於是范睢盛帷帳，侍者甚衆，見之。須賈頓首言死罪，曰：『賈不意君能自致於青雲之上，賈不敢復讀天下之書，不敢復與天下之事。賈有湯鑊之罪，請自屏於胡貉之地，唯君生死之。』」

〔一四〕「能自重其材」三句：史記淮陰侯列傳：「淮陰屠中少年有侮信者，曰：『若雖長大，好帶刀劍，中情怯耳。』衆辱之曰：『信能死，刺我；不能死，出我袴下。』於是信孰視之，俛出袴下，蒲伏。一市人皆笑信，以爲怯。……漢四年，乃遣張良立信爲齊王。」鍇按：莊子盜跖：「凡人有此一德者，足以南面稱孤矣。」呂氏春秋君守：「君民孤、寡，而不可障壅。」注：「孤、寡，人君之謙稱也。」王侯謙稱孤，韓信立爲齊王，故云「建立而稱孤」。

〔一五〕「吾將見君輩」二句：後漢書徐穉傳：「帝因問蕃曰：『徐穉、袁閎、韋著誰爲先後？』蕃對曰：『閎生出公族，聞道漸訓。著長於三輔禮義之俗，所謂不扶自直，不鏤自雕。至於穉者，爰自江南卑薄之域，而角立傑出，宜當爲先。』」此借用其語。齒列：與人並列。

送脩彦通還西湖序〔一〕

東吴山川清勝〔二〕，甲於天下，而湖山深秀，正如美丈夫之眉目〔三〕。大通禪師淡然無營於林石之間〔四〕，而聲光照曜於四海之外，如曉天之日。從而游者，睿郎廓然焉㊀〔五〕。其高秀之韻，爛然相映，如長庚之星〔六〕。吾友彦通，既以父事大通，而其德友廓然，又如無心之雲，往來於湖山之上，從容二老之間，舒徐容曳〔七〕，油然自得〔八〕。其直諒多聞之寔〔九〕，道德光華之言，與夫幽尋清討之趣，固已厭飫平生矣。而又周游淮海，浮飄大江，經行於鑪峰之下〔一〇〕。久之，南窮衡嶽，遼繞數千里，弔古聖之陳迹，覽林壑之形勝，求諸宗故老而扣之。其異家入道之智〔一一〕，差別之旨，無所不聞。於是浩然有歸歟之興〔一二〕。爲余留於湘江道林者一月〔一三〕，既且行，余執其手而語之曰：「昔雪峰道經祝融，人勸其一登絶頂，掉頭掣肘曰：『青山長在，知識難逢。』〔一四〕且山林雖佳，於道無所益也，明矣。馬祖謂紫玉曰：『山水之秀可居，益汝道氣。』〔一五〕是若有益於道者，何也？及觀興化之論乃曰：『吾雖嗣臨濟，而發藥之友者，大覺是已。』〔一六〕山林未暇論也，而師且後之，是勝侶之德，其不可不重如是其甚也。嗚呼！是三者〔一七〕，古之人有得於一，則固已誇談於叢林，而傳誦於後世，矧吾彥通兼取而有之，可謂盛哉！獨余奇窮，侵尋老境〔一八〕，得一而忘（志）二㊁，相視無所逃其羞〔一九〕。雖然，於其私則若不足，而能喜彥通之樂有餘也。諸公咸賦詩，而余叙此爲贐〔二〇〕，彥通其見憐乎？」

【校記】

㊀ 郎：武林本作「朗」，誤。

㈢忘：原作「志」，誤。今據廓門本、武林本改。

【注釋】

〔一〕崇寧二年作於長沙。　脩彦通：即漳南僧慎修，字彦通。善本弟子，屬雲門宗青原下十三世。「脩」同「修」。參見本集卷一八空生真贊注〔二〕。

〔二〕東吴：本集多指杭州。如寂音自序：「年二十九乃遊東吴。」實爲遊杭州。

〔三〕「而湖山深秀」二句：黄庭堅南康軍都昌縣清隱禪院記：「蓋南山之於都昌，如娟秀人直其眉目清明處也。」此化用其意。

〔四〕大通禪師：法名善本，嗣法圓照宗本，屬雲門宗青原下十二世。禪林僧寶傳卷二九大通本禪師傳：「有詔住上都法雲寺，賜號大通禪師。住八年，請於朝，願歸老於西湖之上，詔可。遂東還，庵龍山崇德，杜門却掃，與世相忘，又十年。」

〔五〕睿郎廓然：思睿，後改名思慧，字廓然，賜號妙湛禪師，善本法嗣，屬雲門宗青原下十三世。參見本集卷一懷慧廓然注〔一〕、汪履道家觀所蓄煙雨蘆雁圖〔八〕。

〔六〕長庚之星：金星之别名。黄昏見者爲長庚，曉旦見者爲啓明。詩小雅大東：「東有啓明，西有長庚。」

〔七〕容曳：寬鬆舒緩貌。唐李邕石賦：「降神女之徜徉，拂仙衣之容曳。」

〔八〕油然：雲聚貌，舒緩貌。此就前文「又如無心之雲」而言。

〔九〕直諒多聞：論語季氏：「益者三友，損者三友。友直，友諒，友多聞，益矣。」

〔一〇〕鑪峰：廬山之别稱。

〔一一〕異家：不同學説或流派。後漢書賈逵傳：「故先帝博觀異家，各有所采。」

〔一二〕歸歟之興：即歸去來之意。論語公冶長：「子在陳曰：『歸與！歸與！』」歟，通「與」。

〔一三〕湘江道林：長沙湘江西岸嶽麓山下道林寺，崇寧二年惠洪嘗寓居於此。

〔一四〕「昔雪峰道經祝融」五句：廓門注：「昔雪峰道，未見出處。」鍇按：建中靖國續燈録卷一五潤州甘露寺傳祖禪師：「上堂云：『住，住！百千妙門，同歸一路。青山常在，知識難逢，爭如識取主人公？』」然未言此爲雪峰語。俟考。祝融：南嶽衡山最高峰，此代指衡山。

〔一五〕「馬祖謂紫玉曰」三句：景德傳燈録卷六唐州紫玉山道通禪師：「唐天寶初，馬祖闡化建陽，居佛迹巖，師往謁之。尋遷於南康龔公山，師亦隨之。貞元四年二月初，馬祖將歸寂，謂師曰：『夫玉石潤山秀麗，益汝道業，遇可居之。』師不曉其言，是秋與伏牛山自在禪師同遊洛陽，迴至唐州西，見一山四面懸絶，峰巒秀異，因詢鄉人，云是紫玉山。師乃陟山頂，見有石方正，瑩然紫色，歎曰：『此其紫玉也。』始念先師之言乃懸記耳，遂剪茆構舍而居焉，後學徒四集。」

〔一六〕「及觀興化之論乃曰」三句：景德傳燈録卷一二魏府大覺禪師：「興化存奬禪師爲院宰時，師一日問曰：『我常聞汝道：向南行一迴，拄杖頭未曾撥著箇會佛法底人。汝憑什麼道理有此語？』興化乃喝，師便打；興化又喝，師又打。來日興化從法堂過，師召曰：『院主，我直下疑汝昨日行底喝，與我說來。』興化曰：『存獎平生於三聖處學得底，盡被和尚折倒了也。願與存獎箇安樂法門。』師曰：『遮瞎驢來遮裏納敗缺，卸却衲帔，待痛決一頓。』興化即於語下領旨，雖同嗣臨濟，而常以師爲助發之友。」

〔一七〕是三者：指知識之逢、山林之秀、勝侶之德三者。

〔一八〕侵尋老境：謂老境漸近。

〔一九〕相視無所逃其羞：本集卷一一陳生攜文見過：「海外歸來兩鬢秋，自嗟無地可逃羞。」卷二二思古堂記：「使寔不死，登此堂，將逃羞無地。」

〔二〇〕贐：以財物贈行者。孟子公孫丑下：「行者必以贐，辭曰餽贐，予何爲不受。」

送演勝遠序〔一〕

余昔游大梁，經陳、蔡之郊〔二〕，郊多美木，類皆修幹矗矗，上干雲漢，浮陰纖穠〔三〕，蓊鬱垂布。時方溽暑，畏日流金〔四〕，而影不至地。弛擔休於其下，俯仰嘆愛，念封植之勤，而痛恨其何以至於此，而吾不能曉也。旁有薪者欣然笑曰：「子欲知是木所以臻此乎？江南、荊楚、淮甸、西洛〔五〕，山水深秀，茂林碩材，所至叢生。年大枯倒蒼崖亂壑之旁者何限，而人初不知貴。陳、蔡之地，彌望皆鹵荒之壤〔六〕，民知美木不易有也，爭治其地以蒔之〔七〕，日夕覷邏〔八〕，不啻如望嬰兒之長也〔九〕。方其童及尋〔一〇〕，漿液四達，枝葉欣欣向榮時〔一一〕，旁榦横柯舉剪去，唯餘直根。根之漿液不得旁之也，聚而成美材。乃今之蒼然可觀仰者，舉前日之剪洗封護者也〔一二〕。」余愛其語有理致，嘆曰：「夫斷木爲棊，捖(丸)革爲鞠㊀，亦皆有法〔一三〕。士之志於學〔一四〕，其可以外是乎？」故余見苦學者必語以此。廬陵演勝遠〔一五〕，方妙年，志於爲道，然患其才多，不知收拾。聞經論之可以游心，則思奪席〔一六〕；見文章之雄偉光秀，則思倒志筆硯〔一七〕；聽開拓正宗，則思呵佛罵祖〔一八〕。才多之過也。今過余語别，且欲自匡山渡大江〔一九〕，以問其所以出生死之要。而余患其才多，故録蒔木之説以贐之〔二〇〕，庶他日林下爭誇臨濟之木有再茂者〔二一〕，定吾勝遠也夫。

【校記】

㊀ 捖：原作「丸」，誤，今改。參見注〔一三〕。

【注釋】

〔一〕作年未詳。演勝遠：此僧法名第二字爲演，字勝遠，廬陵人，屬臨濟宗，然法系不可考。

演勝遠爲名與字連稱，本集多其例。

〔二〕陳、蔡：春秋時陳國、蔡國。孔子家語在厄：「孔子厄於陳、蔡，從者七日不食。」此指宋之陳州、蔡州一帶。

〔三〕浮陰：唐朱慶餘題薔薇花：「四面垂條密，浮陰入夏清。」

〔四〕畏日：夏日。左傳文公七年：「趙衰冬日之日也，趙盾夏日之日也。」杜預注：「冬日可愛，夏日可畏。」　流金：形容天氣酷熱，金屬銷鎔。楚辭招魂：「十日代出，流金鑠石些。」

〔五〕淮甸：泛指淮南西路。方輿勝覽卷四八淮西路廬州：「題詠：沃壤欲包淮甸盡。」明一統志卷六一黄州府：「形勝：淮甸上游。」　西洛：西京洛陽。

〔六〕彌望皆鹵荒之壤：蘇軾答張文潛縣丞書：「惟荒瘠斥鹵之地，彌望皆黄茅白葦。」此借用其語。

〔七〕蒔：栽種。

〔八〕覰邏：查看巡視。

〔九〕如望嬰兒之長：蘇軾稼説：「古之人，其才非有以大過今之人也，其平居所以自養而不敢輕用以待其成者，閔閔焉如嬰兒之望長也。」此借用其語。

〔一〇〕尋：長度單位。詩魯頌閟宫：「是斷是度，是尋是尺。」鄭箋：「八尺曰尋。」

〔一一〕欣欣向榮：陶淵明歸去來兮辭：「木欣欣以向榮。」

〔一二〕剪：剪枝。洗：亦指削去繁枝。宋陸佃埤雅卷一五釋草竹：「今人穿沐叢竹，芟其繁亂，不使分其勢，然後枝榦茂擢，俗謂之洗。洗竹第如洗華，例非用水也。」封：封植，栽培。護：庇護，保護。

〔一三〕「夫斷木爲棊」三句：揚雄法言吾子：「斷木爲棊，梡革爲鞠，亦皆有法焉。」司馬光集注：「咸曰：『言棊鞠雖鄙技，亦法也。公孫龍之法類此。』祕曰：『梡當爲捖。捖，刮摩也。棊鞠，戲具器用之末者，尚有制度，詭辭無法而爲法哉。』光曰：『斷音短。梡，舊本作捖，音緩，又音款。』宋曰：『梡當作捖，胡官切，從木誤也。捖，刮摩也，言刮摩皮革以爲鞠。』」周禮冬官考工記：「刮摩之工五。」鄭玄注：「刮作捖。鄭司農云：捖摩之工謂玉工也。」底本「捖」作「丸」，涉音近而誤。

〔一四〕士之志于學：論語爲政：「子曰：『吾十有五而志于學。』」

〔一五〕廬陵：郡名，即吉州。

〔一六〕奪席：後漢書戴憑傳：「戴憑，字次仲，汝南平輿人也。習京氏易。……正旦朝賀，百僚畢會，帝令羣臣能説經者更相難詰，義有不通，輒奪其席，以益通者。憑遂重坐五十餘席。故京師爲之語曰：『解經不窮戴侍中。』」

〔一七〕倒志筆硯：文義不通，疑有誤字，「志」或當作「治」。俟考。

〔一八〕呵佛罵祖：建中靖國續燈録卷一鼎州德山宣鑒禪師：「龍潭次辰示衆曰：『可中有箇漢，牙如利劍，眼似流星，口若血盆，面生黑漆，一棒打不回頭，他時後日，向孤峰頂上盤結草庵，呵佛罵祖去在。』」

〔一九〕匡山：廬山之别稱。

〔二〇〕贐：以財物贈行者，此指贈送。

〔二一〕臨濟之木：以種植樹木喻志學爲道，由此可知演勝遠爲臨濟宗僧人。

送圓上人序〔一〕

百丈爲天下福地，禪宗振于兹〔二〕。歲月之久，寺廢爲荒丘。大長老肅公來中興之，其子古公又能興其家〔三〕。昔之敗瓦朽楹，今丹碧層出，鐘魚轟轟〔四〕。衲子自遠而造，晨香夕燈，如安養土〔五〕。能回心植福於兹，以其殊勝之報，將如谷之答呼聲也〔六〕。惜乎大殿之下，地荒未治。有滎州圓道人〔七〕，慨然欲階之〔八〕，使登殿者，入離塵三昧，得佛土淨。登之者且爾，況施帛爲之者耶？圓公既出山，余挽衣告之曰：「一切殊勝，皆心所成。當勇猛勿惰，必有喜施之者。今雖檀林吹葉，會看明月滿輪。一人聞之發心，三道便從天降〔九〕。」圓笑之曰：「有是哉？」因書以爲送。

【注釋】

〔一〕崇寧四年秋作於洪州奉新縣。　圓上人：百丈山僧人，榮州人，生平法系未詳。

〔二〕「百丈爲天下福地」二句：宋高僧傳卷一〇唐新吴百丈山懷海傳：「後檀信請居新吴，界有山峻極，可千尺許，號百丈歟。海既居之，禪客無遠不至，堂室隘矣。且曰：『吾行大乘法，豈宜以諸部阿笈摩教爲隨行邪？』或曰：『瑜伽論、瓔珞經是大乘戒律，胡不依隨乎？』海曰：『吾於大小乘中，博約折中，設規務歸於善焉。』乃創意，不循律制，别立禪居。……其諸制度與毗尼師一倍相翻，天下禪宗如風偃草，禪門獨行，由海之始也。」

〔三〕「大長老肅公」二句：元肅禪師及其法嗣惟古禪師先後住持百丈，故云。元肅，嗣法黄龍慧南，爲惠洪師叔。嘗住洪州百丈山，後住洪州黄龍山。建中靖國續燈録卷一三、續傳燈録卷一五載其機語。惟古，嗣法百丈元肅，爲惠洪同輩法兄，屬臨濟宗黄龍派南嶽下十三世。建中靖國續燈録卷二一筠州百丈山維古禪師載其機語，續傳燈録卷一八作瑞州百丈維古禪師。惟，通「維」。

〔四〕鐘魚：銅鐘與木魚，召集僧侣等所用。　轟轟：象聲詞，形容大聲連續作響。參見本集卷二二華嚴院記注〔二四〕。

〔五〕如安養土：宋釋知禮觀無量壽佛經疏妙宗鈔卷五：「既誡勿生下劣之想，乃是令起尊特之心。若謂不然，安得皆獲普現三昧，若安養土。」

〔六〕如谷之答呼聲：廣弘明集卷二九梁武帝淨業賦：「過恒發於外塵，累必由於前境。若空谷之應聲，似遊形之有影。」宗鏡録卷七五：「如谷應聲，語雄而響厲；似鏡鑒像，形曲而影凹。」

〔七〕榮州：治榮德縣，宋屬梓州路。

〔八〕欲階之：謂欲修建臺階。

〔九〕三道便從天降：謂因圓道人發願心，三道寶階自會從天而降，導往西天淨土。續高僧傳卷一七隋國師智者天台山國清寺釋智顗傳：「每夏常講淨名，忽見三道寶階從空而降，有數十梵僧乘階而下。」宋高僧傳卷二四唐河東僧衒傳附啓芳圓果傳：「芳見自身坐百寶蓮華，成等正覺，釋迦牟尼佛與文殊讚法華經。復見三道寶階向西直往，第一道階上並是白衣，第二階有道俗相參，第三階唯有僧也。云：皆是念佛人往生矣。」

送鑑老歸慈雲寺〔一〕

龍安禪師之門有高弟〔二〕，其驚羣之辯，掣電之機，如古風穴、三聖之流〔三〕。元祐之初，開法於西安〔四〕，嫚罵佛祖，貶剥諸方，聞其風望崖而退者〔五〕，不可勝數。而登其門者，皆一時之奇秀，永安常、龍安照、慈雲鑑又角而出〔六〕。無盡居士張公嘗問道於師，自稱得法上首〔七〕。公以文章功業爲時名臣，天下想其風采而不可得，是二三友者，獨與之周旋忘形，何脱略勢位、豈弟法乳之深耶〔八〕？崇寧二年冬，公罷政府，還荆南〔九〕。照老迎於夏口〔一〇〕，載與之俱，至鄂渚而歸〔一一〕。江山清華，足以供談笑，而賡酬妙語，多法喜之樂。余時游湘中，聞之，作詩與照老曰〔一二〕：「無盡龍安兩勍敵，大梅龐老是同參〔一三〕。近聞赤壁同登賞〔一四〕，想見清風助笑談。已作泛舟游夏口，又成横錫過江南。歸來萬壑松聲（風）在㊀，依舊閒雲没草庵。」又聞鑑老去慈雲，從公於傳慶〔一五〕。清游勝賞，厭飫其平生。士大夫聞之，高其爲人，曰：「鑑公，此邦之福田，其可終聽其去也。」遣使自江陵迎還〔一六〕，以慰邦人之思。遂取道西安，拜塔於山，與照老經行於乳峰之下〔一七〕。而余適在焉。山谷聞鳥聲歌呼，林泉津津有喜色〔一八〕，而鑑老亦戀戀累日不忍去。余歎曰：「悦公雖不幸短世，門弟子何其多賢也。方無盡居士國論，其門可炙手也〔一九〕，獨淡若；及聞其歸山林，則千里與相從之，又皆造，不忘其師，背道好利者肯如是乎？」作兩詩送之曰〔二〇〕：「故人罷相歸田野，相見遥知一粲然。陌上青山嘗識面，歸來白塔掃頽塼。勤勞世外功名事，領略僧中富貴緣〔二一〕。又作慈雲傾法雨〔二二〕，斬新精彩照人天。」其次曰：「悦老解爲荼毒鼓，平生得妙不施功。欲令聞者偷心死，自是羣生兩耳聾〔二三〕。兄弟赫然追父迹，叢林籍爾説家風〔二四〕。相逢一笑投針地〔二五〕，俱是當年百衲翁。」此詩又敘所以南歸之意，而告之曰：「禪師天骨開張〔二六〕，豐顔美茂，奇韻逸發，談笑如雷，虎穴中自不生彪〔二七〕。然方今之世，正宗甚危，邪法甚熾，至誠惻怛〔二八〕，無使龍安法道下墮于地㊁，禪師其勉爾。」

【校記】

㊀聲：原作「風」，據本集卷十聞龍安往夏口迎張左丞遂泝流至鄂渚相別還山作此寄之、四庫本改。

㊁使：武林本作「所」，誤。

【注釋】

〔一〕崇寧三年作於洪州分寧縣。　鑑老：法名明鑑，嘗住虔州慈雲寺，嗣法兜率從悦禪師，爲惠洪法姪，屬臨濟宗黄龍派南嶽下十四世。續傳燈録卷二六目録兜率悦禪師法嗣有慈雲明鑑禪師，即此僧。冷齋夜話卷七東坡作偈戲慈雲長老：「東坡自海南至虔上，以水涸不可舟，逗留月餘，時過慈雲寺浴。長老明鑑，魁梧如所畫慈恩，然叢林不以道學與之。東坡作偈戲之曰：『居士無塵堪洗沐，老師有句借宣揚。窗間但見蠅鑽紙，門外時聞佛放光。遍界難藏真薄相，一絲不挂且逢場。却須重説圓通偈，千眼熏籠是法王。』」

〔二〕龍安禪師：法名從悦（一〇四四～一〇九一），贛州人，俗姓熊氏。少依普圓院崇上人出家，年十五落髮，十六進具。初首衆於道吾，領數衲。謁雲蓋守智禪師，勸其參真淨克文，後於克文處深領奥旨。住分寧縣龍安山兜率院，元祐六年卒。其得法弟子張商英拜相，乞謚真寂禪師。五燈會元卷一七列臨濟宗黄龍派南嶽下十三世，爲惠洪師兄。宋劉弇龍雲集卷二四悦禪師語録序略曰：「元祐元年秋，分寧縣龍安山之兜率禪院以始時開山至是，更八代矣。佛事替不嗣，欲得九代者以侈其傳也。……於是大禪伯悦公以棲賢上首應選焉。」參見本集卷一予在龍安木蛇庵除夕微雪及辰未消作詩記之二首注〔一〕。

〔三〕風穴：即延沼禪師（八九六～九七三），一作延昭，餘杭人，俗姓劉氏。少魁礨有英氣，於書無所不觀，然無經世意。從開元寺智恭律師，剃髮受具。游講肆，玩法華玄義，修止觀定慧，宿師爭下之。棄去，遊名山，謁越州鏡清怤禪師，機語不契。北遊襄沔間，寓止華嚴。時僧守廓者，自南院慧顒所來，因之往依慧顒，言下開悟，遂嗣其法。屬臨濟宗南嶽下七世。後唐長興二年，至汝水，住古風穴寺，日乞村落，單丁者七年，檀信爲新之，竟成叢林。後晉天福二年，州牧聞其風，盡禮致之。後漢乾祐二年，汝州有宋太師者施第爲寶坊，號新寺，迎師居焉，法席冠天下。事具禪林僧寶傳卷三、景德傳燈録卷一三、天聖廣燈録卷一五載其機語。三聖：即慧然禪師，嗣法臨濟義玄，屬臨濟宗南嶽下五世。住鎮州三聖院。景德傳燈録卷一二鎮州三聖院慧然禪師：「自臨濟受訣，遍歷叢林。至仰山，仰山問：『汝名什麽？』師曰：『名慧寂。』仰山曰：『慧寂是我名。』師曰：『我名慧然。』仰山大笑而已。師到香嚴，嚴問：『什麽處來？』師曰：『臨濟來。』嚴曰：『將得臨濟劍來麽？』師以坐具驀口打而去。師到德山，纔展坐具，德山云：『莫展炊巾，遮裏無餕飯。』師曰：『縱有也無著處。』德山以拄杖打師，師接住，却推德山向禪床上。德山大笑，師哭蒼天而去。師在雪峰，聞峰垂語云：『人人盡有一面古鏡，遮箇獼猴亦有一面古鏡。』師出問：『歷劫無名，和尚爲什麽立爲古鏡？』峰云：『瑕生也。』師咄曰：『遮老和尚話頭也不識。』峰云：『罪過，老僧住持事多。』師見寶壽和尚開堂，師推出一僧在寶壽前，寶壽便打其僧。師曰：『長老若恁麽爲人，瞎却鎮州一城人眼在。』」

〔四〕西安：古縣名，即洪州分寧縣。

〔五〕望崖而退：謂望而生畏，知難而退。參見本集卷一九五祖慈覺贊注〔五〕。

〔六〕永安常：法名了常，嗣法於兜率從悦，屬臨濟宗黄龍派南嶽下十四世。元祐六年，住撫州疎山永安禪院。事具嘉靖撫州府志卷一六撫州永安禪院僧堂記。建中靖國續燈録卷二四目録兜率從悦法嗣有撫州永安了常禪師，嘉泰普燈録卷一〇、五燈會元卷一八、續傳燈録卷二六作「撫州疎山了常禪師」，載其機語。

龍安照：法名慧照（一〇四九～一一一九），一作惠照，南安軍人，俗姓郭氏，嗣法兜率從悦，屬臨濟宗黄龍派南嶽下十四世。時住龍安山兜率院。建中靖國續燈録卷二四、嘉泰普燈録卷一〇、五燈會元卷一八、續傳燈録卷二六載其機語。事具僧寶正續傳卷一兜率照禪師傳。

〔七〕「無盡居士張公」三句：聯燈會要卷一六洪州兜率從悦禪師法嗣只列丞相無盡居士張公商英一人，記其入道機緣云：「後按部分寧，諸禪迓之，兜率居其末。公一一致敬罷，次及兜率，聞其聰明過人，遂問：『聞公善文章，是否？』悦大笑云：『運使失却一隻眼，從悦臨濟九世孫，對運使論文章，政如運使對從悦論禪也。』公意不平。遂問：『此去玉溪幾里？』云：『三十里。』公云：『兜率聻。』云：『五里。』夜宿兜率。悦先一夜夢日輪昇天，被悦以手搏取。因語首座曰：『日輪者，運轉之義，聞張運使非久此來，吾當深錐痛劄。若肯回頭，則吾門幸事。』公與悦語，至更深，論及宗門事，悦云：『聞東林印可運使，未審運使於佛祖言教有少疑否？』公云：『有。』悦云：『疑何等語？』公云：『香嚴獨脚頌，德山托鉢話。』悦云：『此既有疑，其餘安得無耶？只如巖頭云末後句，是有耶？是無耶？』公云：『有。』悦大笑，歸方丈，閉却門。公睡不穩，至五更下床，觸翻蹈床，忽然契悟，作頌云：『鼓寂鍾沉托鉢回，巖頭一拶語如雷。果然只得三年活，莫是遭他受記來。』遂扣方丈門云：『某已捉得賊也。』悦云：『贓物在甚處？』公無語。悦云：『且去，來日相見。』公翌日以前頌呈悦，悦云：『參禪只爲命根不斷，依語生解。如是之説，公已深悟，然至極微細處，使人不覺不知，墮在區宇。』後作頌印之云：『等閑行處，步步皆如。雖居聲色，寧滯有無。一心靡異，萬法非殊。休分體用，莫擇精麤。臨機不礙，應物無拘。是非情盡，凡聖皆除。誰得誰失，何親何疏。拈頭作尾，指實爲虚。翻身魔界，轉脚邪途。了非逆順，不犯工夫。』」

〔八〕脱略勢位：謂略去不顧其權勢地位。豈弟法乳：謂和平樂易於佛法之哺育。詩小雅青蠅：「豈弟君子，無信讒言。」鄭箋：「豈弟，樂易也。」

〔九〕「崇寧二年冬」三句：崇寧二年四月，張商英除尚書左丞。八月，出知亳州，尋改蘄州，入元祐黨籍，罷尚書左丞。九月，提舉靈仙觀。冬，還荆南。事具通鑑長編紀事本末卷一三一張商英事迹。荆南，即江陵府荆南節度。

〔一〇〕夏口：代指鄂州江夏郡。

〔一一〕鄂渚：輿地紀勝卷六六荆湖北路鄂州：「鄂渚，在江夏西黄鵠磯上三百步。」又方輿勝覽卷二八荆湖北路鄂州：「事要：郡名鄂渚。」

〔一二〕作詩與照老曰：詩即本集卷一〇聞龍安往夏口迎張左丞遂泝流至鄂渚相别還山作此寄之。

〔一三〕「無盡龍安兩勍敵」二句：謂張商英與慧照禪學造詣相匹敵，同參兜率從悦，如當年大梅法常與龐藴居士同參馬祖道一。參見聞龍安往夏口迎張左丞遂泝流至鄂渚相别還山作此寄之注〔三〕。

〔一四〕赤壁：此當指鄂州蒲圻縣赤壁山，在鄂州上游，即三國時赤壁之戰所在地。

〔一五〕傳慶：指峽州宜都縣傳慶寺。清一統志卷二六六荆州府：「傳慶寺，在宜都縣東十里，三國吴建，明末燬。」鍇按：本集卷二九答張天覺退傳慶書曰：「千里惠書，以崇寧見要，挽至人天之上。」同卷有上張無盡居士退崇寧書，卷一五又有無盡居士以峽州天寧寺見邀作此辭免六首。據釋氏稽古略卷四：「崇寧元年，詔天下軍州創崇寧寺，又改額曰天寧寺。」可知其原爲傳慶寺，先後改額崇寧寺、天寧寺。

〔一六〕江陵：荆湖北路江陵府。

〔一七〕「遂取道西安」三句：謂明鑑禪師取道分寧縣，途徑龍安山，與慧照一同拜其師從悦禪師之塔於乳峰之下。乳峰：在分寧縣龍安山。嘉泰普燈録卷七隆興府兜率從悦禪師：「其徒遵師遺誡，欲火葬，捐骨江中。得法弟子無盡居士張公遣使持祭，且曰：『老師於祖宗門下有大道力，不可使來者無所起敬。』俾塔於龍安之乳峰。」鍇按：補禪林僧寶傳南嶽石頭志庵主傳：「崇寧元年冬，偏辭山中之人，曳杖徑去，留之不可，曰：『龍安照禪師，吾友也，偶念見之耳。』龍安聞其肯來，使人自長沙迎之，居于最樂堂。明年六月晦，問侍者日早莫，曰：『已夕矣。』笑曰：『夢境相逢，我睡已覺。汝但莫負叢林，即是報佛恩德。』言訖而寂。茶毗，收骨石，塔於乳峰之下。」可知乳峰爲兜率寺僧塔葬之所。

〔一八〕「山谷聞鳥聲歌呼」二句：蘇軾聞辯才法師復歸上天竺以詩戲問：「忽聞道人歸，鳥語山容開。神光出寶髻，法雨洗浮埃。想見南北山，花發前後臺。」此化用其意。

〔一九〕炙手：喻權勢熾盛。杜甫麗人行：「炙手可熱勢絶倫，慎莫近前丞相嗔。」

〔二〇〕作兩詩送之：以下兩首詩本集卷一〇至一三七言律詩未收，今收入本書卷末惠洪詩文詞輯佚。

〔二一〕僧中富貴緣：謂明鑑禪師與張商英交往，有富貴之緣，以商英嘗爲尚書左丞之故。鍇按：惠洪對此頗津津樂道，本集卷四郭祐之太尉試新龍團茶索詩曰「我有僧中富貴緣」，亦以與郭天信交往爲自得。

〔二二〕慈雲：雙闕慈雲寺。

〔二三〕「悦老解爲荼毒鼓」四句：大般涅槃經卷九如來性品：「譬如有人以雜毒藥，用塗大鼓，於大衆中擊之發聲，雖無心欲聞，聞之皆死，唯除一人不横死者。是大乘典大涅槃經亦復如是，在在處處，諸行衆中，有聞聲者，所有貪欲、瞋恚、愚癡，悉皆滅盡。其中雖有無心思念，是大涅槃因緣力故，能滅煩惱，而結自滅。犯四重禁及五無間，聞是經已，亦作無上菩提因緣，漸斷煩惱。除不横死，一闡提也。」本集卷二一五慈觀閣記：「擊塗毒之鼓，死却偷心。」荼，通「塗」。

〔二四〕籍：通「藉」，借助。孟子滕文公上：「助者，籍也。」趙岐注：「籍者，借也。猶人相借力助之也。」

〔二五〕投針地：喻契合無間。景德傳燈録卷二第十五祖迦那提婆：「初求福業，兼樂辯論。後謁龍樹大士，將及門，龍樹知是智人，先遣侍者以滿鉢水置於坐前。尊者覩之，即以一鍼投之而進，欣然契會。龍樹即爲説法。」參見本集卷一八第十五祖真贊注〔七〕。

〔二六〕天骨開張：天庭之奇骨開擴，謂骨相奇特，人物傑出。杜甫天育驃騎歌：「卓立天骨森開張。」借詠馬之語以喻人。

〔二七〕虎穴中自不生彪：意謂小猛虎當離虎穴獨自生存，喻明鑑禪師自可獨當一面。彪，虎子中最兇猛者。參見本集卷一〇贈爲上人游方昭默之子也注〔二〕。

〔二八〕惻怛：懇切，誠懇。

送一上人序〔一〕

無盡居士崇寧二年自政府謫亳、蘄兩州，以宮祠罷歸，舟而南。時龍安照禪師自西安往迎之，至夏口，遂與無盡俱載，登赤壁〔二〕。余聞之，作詩寄之曰：「無盡龍安兩勍敵，大梅龐老是同參。近聞赤壁同登賞，想見清風助笑談。已作泛舟游夏口，又成横錫過江南。歸來萬壑松聲在，依舊閑雲没草庵。」〔三〕明年夏，無盡來招住峽州天寧，辭之〔四〕。已而問來僧，嘗記覺範言句乎〔五〕？僧誦前詩。無盡忻然和之曰：「心月澄澄映碧潭，曾參錯認作曹參㊀〔六〕。若非臨濟具隻眼〔七〕，爭得維摩相對談〔八〕。萬象森羅皆拱北〔九〕，百城迢遞謾游南〔一〇〕。直須惜取（取惜）眉毛落㊁〔一一〕，燒却山頭洛浦庵〔一二〕。」宣和四年十二月十四日，龍安之門弟子義一持無盡所作照公塔銘語句來〔一三〕，時無盡亦殁逾年矣〔一四〕。余游二老蓋三十年，今俱成千古，獨余身在，然亦折困於夢幻數矣。是夜，義一先寢，於坐念舊游，如前身事，録兩詩以授之，使歸舉似山中之耆年，庶其哀余之志也。

【校記】

㈠曹：廓門本作「曾」。

㈡惜取：原作「取惜」，倒乙誤，今改。參見注〔二〕。

【注釋】

〔一〕宣和四年十二月十四日作於長沙。　一上人：僧義一，龍安慧照禪師弟子，生平未詳。

〔二〕「無盡居士崇寧二年」七句：參見前送鑑老歸慈雲寺注〔九〕、〔一〇〕、〔一一〕。　亳：亳州，宋屬淮南東路，治譙縣。　蘄：蘄州，宋屬淮南西路，治蘄春縣。　宫祠：安置閒散官員領道教宫觀之職，時張商英提舉靈仙觀，故云。

〔三〕「作詩寄之曰」九句：詩即本集卷一〇聞龍安往夏口迎張左丞遂泝流至鄂渚相別還山作此寄之。

〔四〕「明年夏」三句：其事參見本集卷一五無盡居士以峽州天寧寺見邀作此辭免六首、卷二九上張無盡居士退崇寧書、答張天覺退傳慶書。

〔五〕覺範：惠洪字覺範。

〔六〕曾參錯認作曹參：廓門本此句爲：「曾參錯認作曾參。」注曰：「西京雜記第六卷：『昔魯有兩曾參。南曾參殺人，見捕，人以告北曾參母云云。』釋常談下卷曰：『魯人有與曾參同姓名者殺人，而參母方織，有人來告其母曰：曾參殺人。母曰：參必不殺人。俄頃，又有人來告其母曰：曾參殺人。母亦不信。如此三度，其母乃驚疑，投杼出門而望。復有人來，其母問之，答曰：殺人者非母之子也。』又見戰國策三之上。」鍇按：底本作「曹參」。曹參，事具史記曹相國世家。此言曹參，一者意謂「曾參」與「曹參」二字形近易誤，借喻參禪尚有所疑。二者意謂自罷尚書左丞，投閒置散，故莫將今日之儒生曾參誤認爲舊時之相國曹參。

〔七〕臨濟：臨濟義玄禪師，此喻指惠洪，蓋惠洪爲臨濟十世孫，嘗作臨濟宗旨。

〔八〕維摩：維摩詰居士，此張商英自喻，以其同爲篤信佛法之在家居士。

〔九〕萬象森羅：景德傳燈録卷三〇永嘉真覺大師證道歌：「心鏡明，鑒無礙，廓然瑩徹周沙界。萬象森羅影現中，一顆圓明非内外。」

〔一〇〕百城迢遞謾游南：此用華嚴經卷七九入法界品善財童子南游諸國詢五十三善知識之事。參見本集卷一五又次韻答之十首注〔一一〕、〔一二〕。

〔一一〕惜取眉毛：禪林方語。景德傳燈録卷二〇撫州荷玉光慧禪師：「問：『古人云：如紅鑪上一點雪。意旨如何？』師曰：『惜取眉毛好。』」明覺禪師語録卷二：「或若總道下繩床立，惜取眉毛，便下座。」天聖廣燈録卷二一鼎州文殊寬禪師：「問：『如何是雲門透法身句？』師云：『惜取眉毛。』」惜取，底本及諸本作「取惜」，係倒乙之誤。

〔一二〕洛浦庵：景德傳燈録卷一六澧州樂普山元安禪師：「首問道于翠微、臨濟。臨濟常對衆美之曰：『臨濟門下一隻箭，誰敢當鋒？』師蒙許可，自謂已足。尋之夾山卓庵。後得夾山書，發而覽之，不覺竦然，乃棄庵，至夾山禮拜，端身而立。」聯燈會要卷二三、五燈會元卷六作澧州洛浦山元安禪師。

〔一三〕無盡所作照公塔銘語句：僧寶正續傳卷一兜率照禪師傳：「宣和元年休夏日，沐浴更衣，禮觀音大士，三拜，退居丈室，端然而逝。壽七十一，臘四十七。闍維煙所及處，悉有舍利，多琥珀色。靈骨瑩如冰玉，眼睛與舌不燼。無盡爲之贊曰：『兜率照老没可把，七月十五日解長夏。禮却觀音三拜竟，退歸方丈嗒然化。也無遺書忉忉怛怛，也無偈頌之乎者也，也無衣鉢俵散大衆，也無病痛呻吟阿耶。卒死丹方傳與人，禾山鼓向別處打。』」張商英之贊亦當屬於塔銘語句之類，餘不可考。

〔一四〕時無盡亦殁逾年矣：通鑑長編紀事本末卷一三一張商英事迹：「宣和三年十一月壬午，觀文殿大學士、通奉大夫、提舉崇福宮張商英卒。贈少保。」宣和三年十一月張商英殁至宣和四年十二月惠洪作此序，時逾一年。

送嚴修造序〔一〕

南昌千嶂深秀處，忽生水沉奇材，而萬峰繞之，遂名香城〔二〕。顯、觀基肇而來〔三〕，老順(頤)嗣事而後㊀〔四〕，殿閣如幻出。唯潮音演法之堂〔五〕，斬新營構，四方衲子雁次猊座下〔六〕，而恨香花之館未具〔七〕。有道人嚴公，犯衆請行曰〔八〕：「吾將化十方男女檀波羅蜜之光〔九〕，以藻飾之。使蓬萊道山〔一〇〕，萬國春回；香積城頭〔一一〕，十分月滿。」於是瑛禪師拊手曰〔一二〕：「諾。」使其客甘露滅以序送之〔一三〕。

【校記】

㊀順：原作「頤」，誤，今改。參見注〔四〕。

【注釋】

〔一〕政和七年秋作於南昌。　嚴修造：即道人嚴公，香城寺僧，生平法系未詳。　修造，禪林稱掌管一寺修建造作諸事之僧人。

〔二〕「南昌千嶂深秀處」四句：江西通志卷一五九雜記：「李長卿先生西山記云：晉沙門曇顯創大殿，焚香禱於崖，山側忽生香木，大堪爲柱。殿成，每誦經佛前，以木屑焚之，香聞數里，故曰香城。」

〔三〕顯、觀基肇：香城寺由晉僧曇顯、隋僧靈觀奠基肇始。水經注卷三九贛水：「西行二十里，曰散原山，疊嶂四周，杳邃有趣。晉隆安末，沙門竺曇顯建精舍於山南，僧徒自遠而至者相繼焉。西北五六里有洪井。」周必大文忠集卷一六九泛舟遊山録：「次至靈觀尊者坐禪石。次至屋壇，高六尺，闊七尺，是爲香城絶頂。靈觀者，隋開皇初新羅沙彌也。爲北禪行道求價，尋償夙仇而終。」參見本集卷一香城懷吴氏伯仲注〔九〕、〔一〇〕。

〔四〕老順：即香城順禪師（一〇一三？～一〇九三），亦作上藍順禪師，黄龍慧南法嗣，惠洪師伯，屬臨濟宗黄龍派南嶽下十二世。嘗住景福、雙峰、上藍，晚住香城寺。嘉泰普燈録卷四、續傳燈録卷一六載其機語。林間録卷下：「景福順禪師，西蜀人，有遠識，爲人勤渠。叢林後進皆尊德之。得法於老黄龍。昔出蜀，與圓通訥偕行，已而又與大覺璉游甚久。有贊其像者曰：『與訥偕行，與璉偕處。得法於南，爲南長子。』然緣薄，所居皆遠方小刹，學者過其門，莫能識。師亦超然自樂，視世境如飛埃過目。壽八十餘，坐脱於香城山，顔貌如生。」「贊其像者」指蘇轍所作香城順長老真贊，其贊引曰：「紹聖元年，予再謫高安，而公化去已逾年矣。」據此，則順禪師卒於元祐八年。宋釋淨善集禪林寶訓卷一引順語録：「真淨文和尚久參黄龍，初有『不出人前』之言。後受洞山請，道過西山，訪香城順和尚。順戲之曰：『諸葛昔年稱隱者，茅廬堅請出山來。松華若也沾春力，根在深岩也著開。』真淨謝而退。」底本「順」作「頤」，涉形近而誤，今改。

〔五〕潮音演法之堂：即禪院之法堂。潮音，喻演説佛法之音。楞嚴經卷二：「發海潮音，徧告同會。」

〔六〕雁次：猶言雁序、雁行，如雁相次飛行，此喻僧人之有序排列。猊座：猶言獅子座。猊謂狻猊，即獅子。本喻指佛之座處，此喻演説佛法者之座。汾陽無德禪師語録卷下略序四宗頓漸義：「夫法師者，登狻猊座，廣敷妙義，談二空理。」亦指禪師説法之座。建中靖國續燈録卷六東京十方淨因院大覺禪師：「問：『諸佛出世，利濟群生。猊座師登，將何拯濟？』師云：『山高海闊。』」

〔七〕香花之館：即佛堂，以香花供養佛，故云。釋氏要覽卷上香室：「毗奈耶律義淨三藏注云：『西方名佛堂爲健陀俱胝，此云香室。不稱佛堂佛殿者，蓋不欲親觸尊顔故。』」

〔八〕犯衆：意謂敢於冒犯衆人，搶先請行。已見前注。

〔九〕檀波羅蜜：六波羅蜜之一，亦稱檀度，即布施。

〔一〇〕蓬萊道山：道家仙山，此代指洪州西山。

〔一一〕香積城：代指香城寺。香積，語本維摩詰經卷下香積佛品。

〔一二〕瑛禪師：僧妙瑛，字師璞，住香城寺，爲景福省悦之法嗣，雲居元祐之法孫，屬臨濟宗黄龍派南嶽下十四世，惠洪法姪。參見本集卷一九香城瑛禪師贊注〔一〕。

〔一三〕甘露滅：惠洪自號。

四絶堂分題詩序〔一〕

宣和三年秋七月，青社張廓然罷長沙之教官〔二〕，十五日渡湘，將北歸，館于道林寺。攜家徧游湘山勝處，如人經故鄉，戀戀不忍去。門弟子相守不捨，又如癡兒之嗜蜜，日追隨於晴嵐夕暉之間，笑語於千巖萬壑之上。二十二日，會于四絶堂者十人，而余適至，廓然顧嗟嘆息曰：「愛山，吾天性，所以遲留未發者，眷此邦之多奇士也。不然，吾何適而不可乎？」余曰：「東坡嘗曰：『故山歸去千里㊀，佳處輒遲留〔三〕。』此語殆爲公今日之游説也。」於是分其字以爲韻，賦詩紀其事。未及點筆，會余有急客至，馳歸。廓然與諸公登清富堂〔四〕，汲峰頂之泉，試壑源茶〔五〕，下鹿苑寺〔六〕，散坐於青林之下。久之，並岸而北，遂經槲（檞）林塢㊁〔七〕，至南臺〔八〕，莫夜矣〔九〕。呼燈小酌，劇談賦詩，詩成而情不盡，飲少而歡有餘。是夕，風高月黑，萬樹秋聲。廓然長揖，飄然而歸道林。余使人秉炬追送之。明日，諸公皆以詩來，廓然曰：「湘西蓋冠世絶境，而吾客皆韻人勝士，兹游也，無媿山陰、冶城〔一〇〕。子宜序以冠羣詩之首。」余曰：「唯唯。」

【校記】

㊀歸：原無，今補。參見注〔三〕。

㊁槲：原作「檞」，誤，今改。參見注〔七〕。

【注釋】

〔一〕宣和三年七月二十三日作於長沙。　四絶堂：方輿勝覽卷二三湖南路潭州：「道林寺，在嶽麓山下，距善化縣八里。寺有四絶堂，保大中馬氏建，謂沈傳師、裴休筆札，宋之問、杜甫篇章。治平間，蔣穎叔作記曰：『彼以杜詩沈書爲絶，吾豈敢議，若夫遺歐陽詢而取裴休，置韓愈而取宋之問，則未然。乃爲詮次：沈書，一也；詢書，二也；杜詩，三也；韓詩，四也。此之謂四絶。』」　分題詩：按序中所言「分其字以爲韻，賦詩紀其事」，當爲分韻詩。

〔二〕青社：代指青州，治益都縣，宋屬京東東路。　梅堯臣送張諷寺丞赴青州幕：「富公鎮青社，有來咸鞠育。」廓門注：「青社，即南昌府也。」殊誤。　張廓然，爲潭州州學教授，生平未詳。　長沙：郡名，即潭州。

〔三〕「故山歸去千里」二句：廓門注：「東坡詩十一卷『故山西望三千里，往事回思二十年』，又第一卷『東西逕千里，勝處頗屢訪』之意也。」其説不確。鍇按：蘇軾東坡樂府卷上水調歌頭：「安石在東海，從事鬢驚秋。中年親友難别，絲竹緩離愁。一旦功成名遂，準擬東還海道，扶病入西州。雅志困軒冕，遺恨寄滄州。　歲云暮，須早計，要褐裘。故鄉歸去千里，佳處輒遲留。我醉歌時君和，醉倒須君扶我，惟酒可忘憂。一任劉玄德，相對卧高樓。」其詠謝安，切合張廓然罷官游覽之事，亦扣合後文所言「無媿山陰、冶城」之游，故當爲惠洪所本。此序言「會于四絶堂者十人，而余適至」，十人加惠洪，正十一人，故以東坡詞「故鄉歸去千里，佳處輒遲留」十一字分韻。惟「故鄉」此作「故山」，當别有所本，或惠洪誤記。底本脱二「歸」字，既不合東坡詞之字數，亦不合四絶堂分韻之人數，故今據東坡詞補。

〔四〕清富堂：在湘西嶽麓山頂，屬道林寺。本集卷二二忠孝松記：「於是導余登清富堂，下臨瀟湘，如開畫牒，千里纖穠，一覽而盡得之。」

〔五〕壑源茶：壑源所産之名茶。苕溪漁隱叢話後集卷一一：「建安北苑茶，始于太宗朝。……惟壑源諸處私焙茶，其絶品亦可敵官焙。自昔至今，亦皆入貢，其流販四方，悉私焙茶耳。蘇、黄皆有詩稱道壑源茶，蓋壑源與北苑爲鄰，山阜相接，纔二里餘。其茶甘香，特在諸私焙之上。」

〔六〕鹿苑寺：乾隆長沙府志卷三五方外寺觀：「嶽麓寺，在嶽麓山中。晉太始四年建。唐李邕作麓山寺碑記。山半有講經臺，旁有觀音閣。相傳即古鹿苑。」鍇按：唐高僧景岑禪師嘗住此，爲鹿苑寺第一世，稱長沙景岑禪師。林間録卷上：「予游長沙，至鹿苑，見岑禪師畫像，想見其爲人，作岑大蟲贊并序。」

〔七〕槲林塢：底本「槲」作「檞」。鍇按：清趙寧長沙府嶽麓志卷八引惠洪此序作「槲」。又嘉靖長沙府志卷四隖合有「槲林」。隖，同「塢」。宋劉摯忠肅集卷一六易元吉畫猿：「槲林秋葉青玉繁。」易元吉爲長沙畫家。本集卷一一余居臨汝與思禹和酬甌字韻數首後寓居湘山思禹復和見寄又答之：「詩成槲葉江村處，想見楊花院落幽。」卷一二題善化陳令蘭堂：「槲培几案軒窗碧，坐款賓朋笑語香。」皆作於長沙。可知底本「槲」涉形近而誤。

〔八〕南臺：即水西南臺寺，惠洪住此。

〔九〕莫夜：暮夜。莫，通「暮」。

〔一〇〕「兹游也」二句：謂此游不減於謝安、王羲之諸人之游賞興味。晉書謝安傳：「寓居會稽，與王羲之及高陽許詢、桑門支遁游處，出則漁弋山水，入則言詠屬文，無處世意。……嘗與王羲之登冶城，悠然遐想，有高世之志。羲之謂曰：『夏禹勤王，手足胼胝；文王旰食，日不暇給。今四郊多壘，宜思自效，而虚談廢務，浮文妨要，恐非當今所宜。』安曰：『秦任商鞅，二世而亡，豈清言致患邪？』」山陰，即會稽。冶城，在江寧府。輿地紀勝卷一七江南東路建康府：「冶城，本吴冶鑄之所，今在宫城西天慶觀。晉謝安與王羲之訪冶城，悠然遐想，有超世之志。」廓門注：「山陰，紹興府縣名也。此謂王徽之游者歟？」所言不確。

待月堂序〔一〕

宣和四年二月辛亥，湘西真身禪寺新堂成〔二〕，余同道林真教禪師、鹿苑希一禪師往登焉〔三〕。堂臨晴湖，日光下徹，俯見游魚〔四〕。聚立縱望，湘西山雲之纖穠，草木之深密，一覽而盡得之。真教拊欄哦曰：「山邊水邊待月明，暫向人間借路行。而今卻向山邊去，只有湖水無行路〔五〕。」語未卒，住持禪師妙德欣然曰〔六〕：「吾經行諸方倦矣，既老來歸，將爲終焉之計，此句是吾心也。」希一請以待月名其堂，而使寂音記之〔七〕。德公得法於智海佛印清公〔八〕，臨濟十世孫〔九〕，世爲泉南人〔一〇〕，朴茂而歷落者也〔一一〕。

【注釋】

〔一〕宣和四年二月二十二日作於長沙。待月堂：在真身禪寺，無考。

〔二〕湘西真身禪寺：未詳其處。據此序，其寺當在湘江西岸嶽麓山中，與道林、鹿苑、南臺諸寺相鄰。

〔三〕道林真教禪師：當指法雲禪師，嗣法枯木法成，屬曹洞宗青原下十三世。時住道林寺，真教當爲其號。本年夏，曾孝序請其由道林寺移住龍王寺，參見本集卷二一重修龍王寺記。鹿苑希一禪師：即元禪師，字希一，時住鹿苑寺，與惠洪爲鄰，本年冬，遷住益陽縣清修院。參見本集卷七送元老住清修注〔一〕。

〔四〕「日光下徹」二句：柳宗元小石潭記：「潭中魚可百許頭，皆若空游無所依，日光下澈，影布石上。」此化用其意。

〔五〕「山邊水邊待月明」四句：宋高僧傳卷一五唐會稽雲門寺靈澈傳：「澈游吴興，與杼山晝師一見爲林下之游，互相擊節。晝與書上包佶中丞，盛標揀其警句，最所重者歸湘南作，則有『山邊水邊待月明，暫向人間借路行。如今還向山邊去，唯有湖水無行路』句。」見皎然杼山集卷九贈包中丞書。

〔六〕妙德：諸燈録、僧傳不載，據此序可知其住持湘西真身禪寺，嗣法佛印智清禪師，屬臨濟宗黄龍派南嶽下十四世，爲惠洪法姪。

〔七〕寂音：惠洪自號。

〔八〕智海佛印清公：法名智清，俗姓葉氏，泉州同安人。少爲儒生，性明敏，博學典雅。年未冠，忽慕空宗，遂依鹿苑寺惠儒上人出家，遍參知識。至元祐禪師法席，始明心地。初出世五祖，道望顯著，遂奉詔住東京智海院。初開堂，哲宗遣中使上香。元符三年，哲宗上仙百日，宣師入内，賜佛印禪師號。事具續傳燈録卷二一。智清嗣法雲居元祐，屬臨濟宗黄龍派南嶽下十三世，爲惠洪法兄。

〔九〕臨濟十世孫：自臨濟至妙德法系爲：臨濟義玄—興化存獎—南院慧顒—風穴延沼—首山省念—汾陽善昭—石霜楚圓—黄龍慧南—雲居元祐—智海智清—真身妙德，故云。

〔一〇〕泉南：即泉州。

〔一一〕朴茂：樸實厚道。韓愈答呂毉山人書：「以吾子始自山出，有樸茂之美意。」朴，同「樸」。歷落：猶言磊落。世説新語容止：「周伯仁道：『桓茂倫，嶔崎歷落可笑人。』」

德效字序〔一〕

「皇天無親，常與善人，是耶非耶〔二〕？」司馬子長視德無效，疑爲善未必有祐之辭也〔三〕。伯夷、叔齊，死越千載，有耿光〔四〕。蕭梁武帝亦以餓終〔五〕，而自瑀及遘，八葉爲相，與唐室相終始〔六〕。司馬子長見於天未定之時，酌其理，則天之常與善，殆不可誣矣〔七〕。譬如松柏之稚，厄於牛羊，雜於蒿萊，人固易而疑之。及其天定，則傲雪霜而上青冥也〔八〕。南州之西嶽〔九〕，九江之廬阜〔一〇〕，兩者之麓，山川之秀氣所鍾，善人隱德之淵藪。意功名富貴者輩出，而近世特未有著者，士論多司馬子長之疑，安知盡出僧中乎？高氏世爲右姓，詩禮世其家，有奇比丘出焉，石門權巽中是已〔一一〕，吾畏友也。以高才卓識振於叢林，一時賢士大夫加手足之敬。其姪善祐，熏烝見聞〔一二〕，惠敏出其天姿，老杜所謂「毫髮無遺恨，波瀾獨老成」者也〔一三〕。巽中使余字之。余推爲德之理，以酌山川之勝盛，高氏之遺慶，字之曰德效。巽中拊手稱善，因（人）序以授之㈠。

【校記】

㈠因：原作「人」，今從武林本。

【注釋】

〔一〕政和四年九月初作於廬山。時惠洪與善權、善祐諸僧共游廬山，作此字序以明「德效」之義。參見本集卷五仙廬同巽中阿祐忠禪山行注〔一〕。

〔二〕「皇天無親」三句：史記伯夷列傳：「或曰：『天道無親，常與善人。』若伯夷、叔齊，可謂善人者非邪？積仁絜行如此而餓死！……余甚惑焉，儻所謂天道，是邪非邪？」此述其大意。

〔三〕「司馬子長視德無效」二句：史記伯夷列傳：「且七十子之徒，仲尼獨薦顏淵爲好學。然回也屢空，糟糠不厭，而卒蚤夭。天之報施善人，其何如哉？盜蹠日殺不辜，肝人之肉，暴戾恣睢，聚黨數千人橫行天下，竟以壽終。是遵何德哉？此其尤大彰明較著者也。若至近世，操行不軌，專犯忌諱，而終身逸樂，富厚累世不絶。或擇地而蹈之，時然後出言，行不由徑，非公正不發憤，而遇禍災者，不可勝數者。」司馬遷，字子長，其著史記，視德無效，故有「是邪非邪」之歎。

〔四〕「伯夷、叔齊」三句：伯夷、叔齊餓死首陽山。史記伯夷列傳：「武王已平殷亂，天下宗周，而伯夷、叔齊恥之，義不食周粟，隱於首陽山，采薇而食之。……遂餓死於首陽山。……伯夷、叔齊雖賢，得夫子而名益彰。」韓愈祭田横文：「至今有耿光。」此借用其語。

〔五〕蕭梁武帝亦以餓終：資治通鑑卷一六二梁紀十八太清三年：「（侯）景使其軍士入直省中，或驅驢馬，帶弓刀，出入宮庭。上（梁武帝）怪而問之，直閤將軍周石珍對曰：『侯丞相甲士。』上大怒，叱石珍曰：『是侯景，何謂丞相！』左右皆懼。是後上所求多不遂志，飲膳亦爲所裁節，憂憤成疾。……五月丙辰，上卧淨居殿，口苦，索蜜不得，再曰：『荷！荷！』遂殂。年八十六。」

〔六〕「而自瑀及遘」三句：新唐書蕭瑀傳贊曰：「梁蕭氏興江左，實有功在民，厥終無大惡，以寖微而亡，故餘祉及其後裔。自瑀逮遘，凡八葉宰相，名德相望，與唐盛衰，世家之盛，古未有也。」

〔七〕「司馬子長見於天未定之時」四句：蘇軾三槐堂銘叙：「吾聞之申包胥曰：『人衆者勝天，天定亦能勝人。』世之論天者，皆不待其定而求之，故以天爲茫茫。善者以怠，惡者以肆。盜蹠之壽，孔顔之厄，此皆天之未定者也。……善惡之報，至於子孫，而其定也久矣。吾以所見所聞所傳聞考之，而其可必也審矣。」此用其意以駁司馬遷之疑。

〔八〕「譬如松柏之稚」六句：蘇軾三槐堂銘叙：「松柏生於山林，其始也困於蓬蒿，厄於牛羊；而其終也，貫四時閲千歲而不改者，其天定也。」此借用其喻。

〔九〕南州之西嶽：指洪州之西山。

〔一〇〕九江之廬阜：指江州之廬山。

〔一一〕石門權巽中：僧善權，字巽中，號真隱，洪州靖安人，俗姓高氏。嗣法泐潭應乾禪師，屬臨濟宗黄龍派南嶽下十四世，爲惠洪法姪。詩入江西宗派。本集卷二九馮氏墓銘：「初，幼子善權俊發，夫人曰：『此兒非仕林可致也。』施以從石門道人應乾遊，以文學之美，致高名於世。」石門在靖安縣。參見本集卷二贈巽中注〔一〕。

〔一二〕熏烝見聞：猶言耳濡目染。司馬光上謹習疏：「是故上行下效謂之風，熏蒸漸漬謂之化。」本集卷一六贈胡子顯八首之二：「作官要自有家法，童稚熏蒸飽見聞。」

〔一三〕「老杜所謂」句：見杜甫敬贈鄭諫議十韻詩。

無住字序〔一〕

珠之爲物，體舒光而自照〔二〕，置於盆而未嘗定㊀，衡斜圓轉，不留影跡〔三〕。衆生妙心如之，圓實無住。龍女獻之〔四〕，達磨（麽）悟之㊁〔五〕，良有以也。君名悟珠，圓明妙心之表也，當以無住爲字〔六〕。作字説云。

【校記】

㊀ 盆：武林本作「盤」。

㊁ 磨：原作「麽」，誤，今從廓門本改，四庫本、武林本作「摩」。

【注釋】

〔一〕政和七年夏作於筠州新昌縣洞山。　鍇按：此字序爲僧悟珠而作。本集卷二七跋珠上人山谷𨠭池詩：「予紹聖初留都下……閲三年，遊石門，林下識君實，骨面善談笑，相從最久。時珠禪垢面不襪，然已超卓。後二十餘年，予還自海外，而君實化去久矣。丁酉坐夏洞上，有鴨步而至者，問之，乃吾向所識不襪公也。於是甘吾老矣。」悟珠當爲「珠禪」，所謂「不襪公」。

〔二〕體舒光而自照：華嚴經隨疏演義鈔卷八〇：「自體顯現，如珠有光，自照珠體。珠體喻心，光喻於智。心之體性，即諸法性，照諸法時，是自照耳。」

〔三〕「置於盆而未嘗定」三句：杜牧孫子注序：「猶盤中走丸。丸之走盤，横斜圓直，計於臨時，不可盡知。其必可知者，是知丸不能出於盤也。」林間録卷下：「一定公所用，舒卷自在，如明珠走盤，不留影迹，可畏仰哉！」參見本集卷二次韻君武中秋月下注〔八〕。衡，通「横」。

〔四〕龍女之獻：法華經卷四提婆達多品：「爾時龍女有一寶珠，價直三千大千世界，持以上佛。

佛即受之。龍女謂智積菩薩、尊者舍利弗言：『我獻寶珠，世尊納受，是事疾不？』答言：『甚疾。』女言：『以汝神力，觀我成佛，復速於此。』」宗鏡録卷首延壽自序：「實謂含生靈府，萬法義宗，轉變無方，卷舒自在；應緣現迹，任物成名。諸佛體之號三菩提，菩薩修之稱六度行，海慧變之爲水，龍女獻之爲珠，天女散之爲無著華。」

〔五〕達磨悟之：景德傳燈録卷二第二十七祖般若多羅：「行化至南印度，彼王名香至，崇奉佛乘，尊重供養，度越倫等，又施無價寶珠。時王有三子，其季開士也。尊者欲試其所得，乃以所施珠問三王子曰：『此珠圓明，有能及此否？』第一子目淨多羅、第二子功德多羅皆曰：『此珠七寶中，尊固無逾也，非尊者道力，孰能受之？』第三子菩提多羅曰：『此是世寶，未足爲上；於諸寶中，法寶爲上。此是世光，未足爲上；於諸光中，智光爲上。此是世明，未足爲上；於諸明中，心明爲上。此珠光明，不能自照。要假智光，光辯於此。既辯此已，即知是珠。既知是珠，即明其寶。若明其寶，寶不自寶。若辯其珠，珠不自珠。珠不自珠者，要假智珠而辯世珠；寶不自寶者，要假智寶以明法寶。然則師有其道，其寶即現；衆生有道，心寶亦然。』尊者歎其辯慧。」同書卷三第二十八祖菩提達磨：「南天竺國香至王第三子也，姓刹帝利，本名菩提多羅，後遇二十七祖般若多羅，至本國受王供養，知師密迹，因試令與二兄辨所施寶珠，發明心要。既而尊者謂曰：『汝於諸法已得通量，夫達磨者，通大之義也。宜名達磨。』因改號菩提達磨。」

〔六〕「圓明妙心之表也」二句：楞嚴經合論卷二：「本一法也，而必言曰圓明妙心，寶明妙性，何也？曰：圓有不住義，寶有不動義。不動者，本妙之覺體；不住者，隨緣之智用。與雜華隨緣不變之旨同也。」

師璞字序〔一〕

充耳琇瑩〔二〕，瑛之珮珂（珥）㊀〔三〕。夫珮珂之與琇瑩，皆玉之成器者也。玉之在璞，其質弗妙，則難以致用。然則能琇瑩珮珂者，必在璞而已矣。學者質之不妙，其安受道？吾所以字僧妙瑛曰「師璞」。

【校記】

㊀珂：底本作「珥」，誤，今改。參見注〔三〕。

【注釋】

〔一〕政和七年秋作於洪州南昌。師璞：僧妙瑛之字。妙瑛，即香城瑛禪師。已見前注。

〔二〕充耳琇瑩：詩衛風淇奧：「有匪君子，充耳琇瑩。」毛傳：「充耳謂之瑱。琇瑩，美石也。」

〔三〕瑛：玉之光。説文：「瑛，玉光也。」珮珂：即珮玉，玉製飾物。珂：底本作「珥」。廓門注：「『珥』當作『珂』。」其説甚是。蓋後文「夫珮珂之與琇瑩」、「然則能琇瑩珮珂者」皆作「珂」，「珥」涉形近而誤。

彦舟字序〔一〕

大總(繹)持海於淨土爲親聞㊀，如水傳器〔二〕；鳩摩羅什於真丹爲四依，如印印泥〔三〕。其荷負大法、提攜有情之功〔四〕，可書法王之淩煙〔五〕。耶舍尊者閱重翻維摩經，歎曰：「什公真苦海法船也。不然，何形容不傳之妙乃爾昭著耶〔六〕？」當時從之以游者，稱四聖〔七〕，與之上下議論，校微爭妙，聲振後世。覺天之日月，苦海之雲雷，摩肩並首，趨而出，可謂盛矣。殆從中世陵夷，賢聖竄伏，迄今咸無焉，可謂衰矣。於佛法衰殘之秋，有一比丘，粹然而出，以法什自名，其志可以支已墜之玄綱，續將滅之慧燄。吾未究其才，觀其志亦可以擊節矣。耶舍以什爲法船，余字法什爲彦舟。坐客肯首以爲然，於是乎書耳。

【校記】

㊀ 總：原作「繹」，誤，今改。參見注〔二〕。

【注釋】

〔一〕作年未詳。

〔二〕「大總持海」二句：謂阿難親聞佛法，如以器盛水，無有遺餘。景德傳燈録卷一第二祖阿難：「王舍城人也，姓刹利帝，父斛飯王，實佛之從弟也。梵語阿難陀，此云慶喜，亦云歡喜。如來成道夜生，因爲之名。多聞博達，智慧無礙，世尊以爲總持第一。嘗所讚歎，加以宿世有大功德，受持法藏，如水傳器。佛乃命爲侍者。」廓門注：「『大繹持海』，疑差誤歟？當作『大總持海』。」其説甚是。蓋佛書有「大總持海」之説，如華嚴經卷七一入法界品：「入無邊三昧海，入廣大總持海，得菩薩大神通，獲菩薩大辯才。」同書卷七三入法界品：「同陀羅尼，普照一切總持海故。」而無「大繹持海」之説。底本「繹」字當涉形近而誤，今改。

〔三〕「鳩摩羅什」二句：謂鳩摩羅什來華譯經依四法，扣合原意，文義精當，如印之印泥。鳩摩羅什：東晉時高僧，天竺人。七歲出家，專習大乘，通東西方言。講佛學於西域諸國。後秦姚興迎入長安，待以國師之禮。率弟子譯大品般若、小品般若、法華、金剛等經及中論、百論、大智度論等論共七十四部，三百八十四卷。事具高僧傳卷二鳩摩羅什傳。真丹：古印度稱中國。一切經音義卷二二：「震旦國，或曰支那，亦云真丹。此翻爲思惟，以其國人多所思慮，多所計詐，故以爲名。即今此漢國是也。」四依：此指譯佛經當依之四法。大般涅槃經卷六如來性品：「如佛所説，是諸比丘當依四法。何等爲四？依法不依人，依義不依語，依智不依識，依了義經不依不了義經。」如印印泥：大般涅槃經卷二九師子吼菩薩品：「如印印泥，印壞文成。」法華經合論卷一：「今日一會，如印印泥，弗差毫髮。」

鍇按：唐釋宗密圓覺經略疏卷首裴休序曰：「其四依之一乎？或淨土之親聞乎？何盡其義味如此也。」此借其語讚譽鳩摩羅什之譯經。

〔四〕有情：即衆生。唐玄奘譯爲「有情」。

〔五〕可書法王之淩煙：謂若以世法比佛法，鳩摩羅什可謂法王之功臣，足可畫像之於淩煙閣。北周庾信周柱國大將軍紇干弘神道碑：「天子畫淩煙之閣，言念舊臣；出平樂之宮，實思賢傅。」又唐太宗、代宗皆有繪畫功臣像於淩煙閣之事。參見本集卷七贈鄒處士注〔一三〕。

〔六〕「耶舍尊者閲」五句：耶舍尊者，即佛陀耶舍，或譯爲覺明，罽賓人。婆羅門種。與鳩摩羅什相善。姚興迎至長安，與羅什同譯佛經。于時羅什出十住經，一月餘日，疑難猶豫，尚未操筆，耶舍既至，共相徵決，辭理方定。事具高僧傳卷二佛陀耶舍傳。鍇按：此序所引耶舍尊者之言不見於本傳及其他佛書，俟考。

〔七〕四聖：指鳩摩羅什四弟子。唐釋神清北山録卷四宗師議：「或謂什門四聖：生、肇、融、叡上首。」謂竺道生、僧肇、道融、僧叡（一作慧叡）。

無染字序〔一〕

起信論曰〔二〕：「智淨相者，謂依法力熏習，如實修行，滿足方便故。破和合識相，滅相續心相，顯現法身，智淳淨故〔三〕。」又曰：「法出離鏡，謂不空法，出煩惱礙、智礙，離和合相，淳淨明故〔四〕。」夫破和合識，滅相續心，則曰淳淨智。出煩惱礙、智礙，離和合相，則曰淳淨明。首楞嚴曰：「淨極光通達，寂照含虛空。」〔五〕皆太淳，故淨而明矣。故太淳宜字無染。

【注釋】

〔一〕宣和四年作於長沙。無染：僧太淳字。太淳，福州人，惠洪弟子。後住南漳縣明教寺。其事參見本集卷一三送太淳長老住明教、卷二六題淳上人僧寶傳。

〔二〕起信論：即大乘起信論，印度馬鳴菩薩造論。有二譯本，南朝梁真諦舊譯一卷，唐實叉難陀新譯二卷。説如來藏緣起之理，以一心二門總括佛教大綱。

〔三〕「智淨相者」八句：見於真諦譯起信論。廓門注：「見起信論上卷之二也。」鍇按：真諦譯起信論僅一卷，廓門謂「上卷之二」，當爲隋釋慧遠起信論義疏之類。

〔四〕「法出離鏡」五句：亦見於真諦譯起信論。廓門注：「見起信上卷之二也。」

〔五〕「首楞嚴曰」三句：見楞嚴經卷六文殊對佛説偈。廓門注：「見首楞嚴義疏第六卷之一也。」鍇按：此爲楞嚴經原文，不必引義疏。

易季真字序〔一〕

「季真少儼三十歲，儼入新年五十三。疑我滿懷揣佛法，解腰抖擻破裙衫。大瞻（贍）終老同香火㊀，小朗平生共石巖。深炷鑪香待清旦，偶聞殘雪落高杉〔二〕。」宣和五年，問覺慈幾何年齒，對曰二十三。時湘山雪晴五更，清可掬而啜也。覺慈本字敬修，取以慈修身〔三〕。吾以謂慈皆不若真，因易爲季真。老儼書。

【校記】

㊀ 贍：原作「瞻」，誤，今據本集卷一三元正一日示阿慈改。

【注釋】

〔一〕宣和五年正月一日作於長沙。季真：僧覺慈字。覺慈，惠洪弟子。

〔二〕「季真少儼三十歲」八句：此詩即本集卷一三元正一日示阿慈。儼：惠洪自號儼師、老儼，簡稱儼。大贍：疑指隋明贍法師，見佛祖統紀卷二七往生高僧傳。底本「贍」作「瞻」，當涉形近而誤。小朗：指唐振朗禪師，見景德傳燈録卷一四。鍇按：詳見元正一日示阿慈詩注。

〔三〕以慈修身：法華經卷一序品：「以慈修身，善入佛慧。」

穎孺字序〔一〕

草木之英，楩楠蘭蕙也〔二〕；鱗羽之英，鳳鳥麒麟也〔三〕。然則人類亦有英乎？公卿士大夫也。而僧之英則異是，以心空爲登第〔四〕，以果位爲階品〔五〕，頹然無求者，出世間之相也；橫肩勃窣者〔六〕，大福田衣也〔七〕。彌天之俱載〔八〕，慧永之孤步㊀〔九〕，世莫能貴賤，蓋所謂穎然而出者也。五羊僧名惠英〔一〇〕，年二十餘，能折節讀書，工作詩，而未有字，余以穎孺字之。

【校記】

㊀ 慧：原闕，今據東林十八高賢傳補。武林本作「曇」，係妄補。參見注〔九〕。

【注釋】

〔一〕崇寧五年夏作於洪州分寧縣黃龍山。穎孺：僧惠英字。惠英，廣州人，惠洪弟子。後住江西清江縣石谿寺。參見本集卷一送英老兼簡鈍夫注〔一〕、卷一三送英長老住石谿注〔一〕。

〔二〕楩楠：黃楩木與楠木，皆大木。墨子公輸：「荆有長松、文梓、楩楠、豫章，宋無長木，此猶錦繡之與短褐也。」唐陸龜蒙京口與友生話別：「宗溟雖畎澮，成廈必楩楠。」是爲木之英。

〔三〕蘭蕙：皆香草。楚辭離騷：「余既滋蘭之九畹兮，又樹蕙之百畝。」漢趙壹疾邪詩之二：「被褐懷金玉，蘭蕙化爲芻。」是爲草之英。

〔三〕鳳鳥：即鳳凰，瑞鳥。論語子罕：「子曰：『鳳鳥不至，河不出圖，吾已矣乎！』」是爲羽之英。麒麟：瑞獸。禮記禮運：「鳳皇麒麟，皆在郊棷。」是爲獸之英。鍇按：鱗之英爲龍，非麒麟。

〔四〕以心空爲登第：謂以悟得心空爲佛門之及第。唐于頔編龐居士語録卷下龐居士詩：「十方同一回，各自學無爲。此是選佛處，心空及第歸。」

〔五〕以果位爲階品：謂以修行證悟之境地爲佛門之階品。小乘佛教有四果位：初果須陀洹、二果斯陀含、三果阿那含、四果阿羅漢。大乘佛教有三果位：阿羅漢、菩薩、佛。菩薩有十果位，稱十地：歡喜地、離垢地、發光地、焰慧地、難勝地、現前地、遠行地、不動地、善慧地、法雲地。真正圓滿菩薩六度萬行所證悟之果位，稱佛果。

〔六〕勃窣：猶婆娑，紛披貌。

〔七〕大福田衣：即袈裟。參見本集卷二一重修僧堂記注〔八〕。

〔八〕彌天：道安之别稱。語本高僧傳卷五晉長安五級寺釋道安傳：「時襄陽習鑿齒鋒辯天逸，籠罩當時。其先聞安高名，早已致書通好……及聞安至止，即往修造，既坐稱言：『四海習鑿齒。』安曰：『彌天釋道安。』時人以爲名答。」　俱載：其事亦見高僧傳釋道安傳：「會堅出東苑，命安升輦同載。僕射權翼諫曰：『臣聞天子法駕，侍中陪乘，道安毁形，寧可參廁。』堅勃然作色曰：『安公道德可尊，朕以天下不易，輿輦之榮，未稱其德。』即敕僕射扶安登輦。」參見本集卷一一初至海南呈張子修安撫注〔八〕。

〔九〕慧永之孤步：東林十八高賢傳慧永法師傳：「鎮南將軍何無忌鎮尋陽，至虎溪，請遠公及師。遠公持名望，從徒百餘，高言華論，舉止可觀。師衲衣半脛，荷錫捉鉢，松下飄然而至。無忌謂衆曰：『永公清散之風，乃多於遠師也。』」底本闕字當爲「慧」字，今補。

〔一〇〕五羊：廣州之别稱。太平御覽卷七〇四引裴淵廣州記曰：「州廳事梁上畫五羊象，又作五穀囊，隨象懸之。云：昔高固爲楚相，五羊銜穀萃於楚庭，因是圖其象。」又太平寰宇記卷一五七嶺南道一廣州：「五羊城，按續南越志云：舊説有五仙人騎五色羊，執六穗秬而至。至今呼五羊城是也。」

妙宗字序〔一〕

頃游鍾山定林〔二〕，讀王文公壁間所書信心銘〔三〕，作橫風斜雲勢，知爲宗門之光，嘆愛久之。山中故老謂余言：文公絶嗜此文，與衲子語，必誦之曰：「歸根得旨，隨照失宗〔四〕。」諸法要妙，八言足矣。有而弗知，則失宗；知而弗信，其迷旨。余偶客石霜〔五〕，與客夜語及之。余曰：「文公聞絃賞音、妙合雅曲如此〔六〕，乃知法以不生，故一如〔七〕；以虛明，故自照〔八〕。唯以自照，故如如知白矣〔九〕。如珠之光，還自照珠〔一〇〕，非妙心宗，不能爾也。」坐有嘉禾上人〔一一〕，忻然笑曰：「如照，我名也。而適合（捨）其義㊀，豈偶然也哉！」余曰：「嘗有字乎？」曰：「未也。」「請妙宗字其名。」妙宗佳妙年，東吳叢林號飽參者〔一二〕，一杖翛然，如無心雲，殊可人也。録其序以遺之。

【校記】

㊀合：原作「捨」，誤，今據武林本改。

【注釋】

〔一〕元符三年冬作於湖南瀏陽縣石霜山。妙宗：僧如照字。如照，嘉興人，生平法系未詳。參見本集卷三次韻超然送照上人歸東吳注〔一〕。

〔二〕鍾山定林：輿地紀勝卷一七江南東路建康府：「定林寺，按定林有上下二寺。定林舊基在蔣山應潮井後。」蔣山即鍾山。

〔三〕王文公：即王安石，卒謚文，故稱。　信心銘：三祖僧璨大師所作，全文見景德傳燈録卷三〇。

〔四〕「歸根得旨」二句：爲信心銘中文字。

〔五〕石霜：詩話總龜卷一六留題門引湘中故事：「石霜山，寺在瀏陽縣南八十里，有崇勝禪寺。」

讀史方輿紀要卷八〇湖廣六瀏陽縣：「霜華山，在縣西南八十里，一名石霜山，南接醴陵，北抵洞陽。山峻水急，觸石噴霜，故名。」

〔六〕「文公聞絃賞音」句：三國志吴書周瑜傳裴松之注引江表傳：「瑜曰：『吾雖不及夔曠，聞弦賞音，足知雅曲也。』」謂王安石爲信心銘知音。

〔七〕「乃知法以不生」二句：信心銘：「心若不異，萬法一如。」

〔八〕「以虚明」二句：信心銘：「虚明自照，不勞心力。」

〔九〕如如：大乘義章卷三：「言如如者，是前正智所契之理。諸法體同，故名爲如。就一如中，體備法界恒沙佛法，隨法辯如，如義非一，彼此皆如，故曰如如。」

〔一〇〕「如珠之光」二句：華嚴經隨疏演義鈔卷八〇：「自體顯現，如珠有光，自照珠體。珠體喻心，光喻於智。」

〔一一〕嘉禾：即嘉興縣。其地本名長水，秦改爲由拳縣。三國吴孫權黄龍四年以地出嘉禾，改稱禾興。孫皓避父和諱，改名嘉興。見宋書州郡志一。

〔一二〕飽參：謂充分領會禪宗妙理。林間録卷下：「時大岳、雪竇號爲飽參，且有機辯。」

無諍字序〔一〕

聖如孔子、老聃，其言不過曰：「後其身而身先〔二〕。」「三人行，必有我師焉〔三〕。」偕三人，必欲求師之；交四海，必欲後其身。是其致德之隆，知道之奧，豈止於不與物諍而已耶？曰：始於不與物諍，故終於天下不與己諍，能與？夫自堯舜已來，未有不知之者，何特二君子爲然，雖吾教亦然。契經曰：「我得無諍三昧，人中最爲第一。」〔四〕王祖曰：「忘機則佛道隆。」〔五〕夫與物諍者，能忘機乎？隆之字，於文從降從生〔六〕。王文公曰：「降者，隆之道。是降屈自下者，所以致隆也。」〔七〕彦隆宜字無諍。無諍生於極南〔八〕，志學之年〔九〕，則其藝已秀出流輩，校于有司，如探懷而取之。今未壯歲〔一〇〕，又能訪道四方，期有所豎立，以端正頹綱。其才敏惠，如泉之穉蒙〔一一〕，如雲之膚寸〔一二〕，有雨天下達于四海之理，固吾子字之而已。尚恐其以氣自多，故爲字説，因以告之，獨不知是其意否乎？

【注釋】

〔一〕崇寧五年夏作於洪州分寧縣黄龍山。無諍：僧彦隆字。彦隆，廣東韶州人，生平法系未詳。參見本集卷一隆上人歸省覲留龍山爲予寫起信論作此謝之注〔一〕、〔二〕。

〔二〕後其身而身先：語見老子第七章：「是以聖人後其身而身先，外其身而身存。」

〔三〕「三人行」二句：語見論語述而：「子曰：『三人行，必有我師焉，擇其善者而從之，其不善者而改之。』」

〔四〕「契經曰」三句：語見金剛經須菩提言：「世尊！佛説我得無諍三昧，人中最爲第一。」佛經文爲契入之機，合法之理，故云契經。

〔五〕「祖曰」三句：語見黄檗斷際禪師宛陵録：「祖師門中只論息機忘見，所以忘機則佛道隆，分別則魔軍熾。」

〔六〕「隆之字」二句：謂「隆」字由「降」與「生」二字組成。

〔七〕「王文公曰」五句：疑見於王安石所撰字説。蓋王氏字説以會意解字，此解「隆」字亦以會意之法，故其言或爲字説佚文。

〔八〕生於極南：指其生於嶺南。隆上人歸省覲留龍山爲予寫起信論作此謝之稱其爲「芙蓉阿隆」。元豐九域志卷九廣南東路韶州：「芙蓉山，郡國志云：漢末道士康容升仙於此。」故彦隆當爲韶州人。

〔九〕志學之年：十五歲。論語爲政：「子曰：『吾十有五而志於學。』」

〔一〇〕壯歲：三十歲。禮記曲禮：「三十曰壯。」

〔一一〕泉之稺蒙：易蒙卦：「象曰：『山下出泉，蒙。君子以果行有德。』」易序卦：「物生必蒙，故受之以蒙。蒙者，蒙也，物之稺也。」

〔一二〕雲之膚寸：東坡詩集注卷一一次韻毛滂法曹感雨：「興雨自有時，膚寸便濛靄。」注：「公羊云：『觸石而出，膚寸而合，不崇朝而偏雨乎天下者，惟太山之爾。』」參見本集卷一五次韻超然洞山二首注〔七〕。

寂音自序〔一〕

寂音自叙：本江西筠州新昌喻氏之子〔二〕，年十四，父母併月而殁，乃依三峰靘禪師爲童子〔三〕。十九，試經於東京天王寺〔四〕，得度，冒惠洪名〔五〕。依宣祕大師深公〔六〕，講成唯識論〔七〕，有聲講肆。服勤四年，辭之南歸，依真淨禪師於廬山歸宗〔八〕。及真淨遷洪州石門〔九〕，又隨以至，前後七年。年二十九，乃游東吴〔一〇〕。明年，游衡嶽。又三年，而真淨終於庵〔一一〕。自湘中歸拜塔〔一二〕，將終藏於黄龍〔一三〕。而顯謨朱彦世英請住臨川北禪〔一四〕。二年，退而游金陵〔一五〕。久之，運使學士吴幵正仲（重）請住清涼〔一六〕。入寺，爲狂僧誣以爲僞度牒〔一七〕，且旁連前住（狂）僧法和等議訕事〔一八〕，入制獄一年〔一九〕，坐冒惠洪名。著縫掖入京師〔二〇〕，大丞相張商英特奏，再得度〔二一〕；節使郭天信奏師名〔二二〕。坐交張、郭厚善，以政和元年十月二十六日配海外〔二三〕。以二年二月二十五日到瓊州，五月七日到崖州〔二四〕。三年五月二十五日蒙恩釋放〔二五〕，十一月十七日北渡海〔二六〕。以明年四月到筠，館於荷塘寺〔二七〕。十月，又證獄并門〔二八〕。五年，夏於新昌之度門〔二九〕。往來九峰、洞山者四年〔三〇〕。將自西安入湘上，依法眷以老〔三一〕，館雲巖〔三二〕。又爲狂道士誣以爲張懷素黨人〔三三〕，官吏皆知其誤認張丞相爲懷素〔三四〕，然事須根治。坐南昌獄百餘日〔三五〕，會兩赦得釋〔三六〕，遂歸湘上南臺〔三七〕。以宣和四年夏釋此論〔三八〕，明年三月四日畢。停筆，坐念涉世多艱，百念灰冷〔三九〕。時年五十三矣〔四〇〕。追繹達摩四種行〔四一〕，作四偈。無求行曰：「形待美好，今已毀壞〔四二〕。置之世路，自覺塞礙。始緣飢寒，致萬憎愛。欲壞身衰，入此三昧。」隨緣行曰：「此生夢幻，緣業所轉。隨其所遭，敢擇貴賤。眠食既足，餘復何羨。緣盡則行，無可顧戀。」報冤行曰：「僧嬰王難〔四三〕，情觀可醜。夙業純熟，所以甘受。受盡還無，何醜之有？轉重還輕，佛恩彌厚。」稱法行曰：「本無貪瞋，我持戒忍。食不過中〔四四〕，手不操楯〔四五〕。風必頓息，而浪漸盡。離微細念，方名見性。」既説是偈，併載於此，時省觀焉。嗚呼！孫思邈著大風惡疾論曰：「神仙傳有數十人，皆因惡疾而得仙道。何者？割棄塵累，懷潁（穎）陽之風㊂，所以因禍而取福也。」〔四六〕寂音之禍，奇禍也，因禍以得盡窺佛祖之意，不能文以達意，以壽後世，則思邈之論可信也。

【校記】

㊀ 仲：原作「重」，誤，今改。參見注〔一六〕。

㈡住：原作「狂」，誤，今改。參見注〔一六〕。

㈢穎：原作「潁」，誤，今改。參見注〔四六〕。

【注釋】

〔一〕宣和五年三月四日作於長沙南臺寺。　寂音：惠洪自號。錯按：此自序實爲惠洪自傳，其生平多見於此，可與其自撰著述及他人所撰僧傳、燈録比勘。

〔二〕本江西筠州新昌喻氏之子：僧寶正續傳卷二明白洪禪師傳（下簡稱本傳）：「筠州新昌喻氏子。」續傳燈録卷二二筠州清涼德洪禪師：「郡之新昌喻氏子。」郡齋讀書志卷一九洪覺範筠溪集十卷提要：「右皇朝僧惠洪覺範，姓喻氏，高安人。」直齋書録解題卷一七石門文字禪三十卷解題：「僧高安喻德洪覺範撰，一作惠洪。」皆據此序之説。然另一説爲新昌彭氏子，如嘉泰普燈録卷七筠州清涼寂音慧洪禪師：「郡之新昌人，族彭氏。」五燈會元卷一七瑞州清涼慧洪覺範禪師：「郡之彭氏子。」任淵山谷詩集注卷二〇贈惠洪題下注：「惠洪字覺範，筠州彭氏子，祝髮爲僧。」又楞嚴經合論卷一〇附彭以明重開尊頂法論跋語稱「建炎間，寂音既逝，伯氏思禹幕盱江」，又稱「余於寂音，同宗兄弟也」。本集卷八至撫州崇仁縣寄彭思禹奉議兄四首、卷一一思禹兄生日，稱思禹爲兄；又卷五次韻思禹思晦見寄、卷六次韻思晦弟雙清軒，稱思晦爲弟。思禹即彭以功，思晦即彭以明。又卷二八又几大祥看經，稱協律郎彭几爲亡叔，自稱侄苾芻。惠洪既爲彭以功、以明同宗兄弟，又爲彭几之姪，故當姓彭氏。今據江西筠溪彭氏家譜載，惠洪本爲彭氏子，父母雙亡後，「出繼喻家爲嗣」，姑從此説。

〔三〕三峰艷禪師：艷禪師（？～一一一三），真淨克文法嗣，屬臨濟宗黃龍派南嶽下十三世。初住筠州三峰，後住汝州香山。僧傳、燈録失載。本集卷二五題香山艷禪師語：「禪師父事雲庵，於予爲法兄，然予少寔師事之。初聞其誦迦葉波偈曰：『諸法從緣生，諸法從緣滅。我師大沙門，常作如是説。』乃曰：『子悟此即是出家。』予時年十六，曉夕以思，茫然莫識其旨。頃在海外閒居，味維摩詰言：『善來，文殊師利！不來相而來，不見相而見。』文殊師利言：『如是！居士！若來已，更不來；若去已，更不去。所以者何？來無所從，去無所至。所可見者，更不可見。』乃追繹香山之語，遂深入緣起無生之境。將以見之，報其發藥之恩，則化去已逾年矣。其門人文謙以其提誨之語爲示，併書予、願見不具。」惠洪自海外回新昌在政和四年，其時艷禪師「化去已逾年」，則艷禪師化於政和三年。鍇按：冷齋夜話載艷禪師事，「艷」皆作「靚」。該書卷六靚禪師爲流所溺詩：「靚禪師，有道老宿也，初主筠之三峰。嘗赴供民家，渡溪，溪漲，靚重遲，爲溪流所陷。童子掖之至岸，坐沙石間，垂頭如雨中鶴。童子意必怒，且遭斥逐，不敢仰視。靚忽指溪作詩曰：『春天一夜雨滂沱，添得溪流意氣多。剛把山僧推倒却，不知到海後如何。』靚後住汝州香山，無疾而化。」同卷靚禪師勸化人：「三峰靚禪師，初住寶雲。邑有巨商，尚氣不受僧化，曰：『施由我耳，豈容人勸。』靚宣言：『惟吾獨能化之。』其人聞靚至，果不出。靚題其壁而去，曰：『去年巢穴畫梁邊，春暖雙雙繞檻前。

莫訝主人簾不卷，恐銜泥土汙花磚。』其人喜不怒，特自追還，厚施之。靚笑謂人曰：『吾果能化之。』」正德瑞州府志卷一山川志：「三峰山寶雲寺，屬太和鄉。」參見本集卷一留題三峰壁間注〔一〕。

〔四〕「十九」二句：惠洪試經於東京天王寺，時年當爲二十歲。禪林僧寶傳卷二六法雲圓通秀禪師傳稱其元祐五年八月卧疾，説偈三句而化。該傳贊曰：「余至京師，秀化去已逾月。」可知惠洪至京師在元祐五年九月後。本集卷一〇有元祐五年秋嘗宿獨木爲詩以自遣今復過此追舊感歎用韻示超然二首，獨木爲江西至京師必經之地，亦可證惠洪元祐五年秋赴京師。惠洪生於熙寧四年（一〇七一），元祐五年（一〇九〇）爲二十歲。此言「十九」者，乃晚年誤記。　東京天王寺：明李濂汴京遺跡志卷一〇寺觀：「天王寺，在安遠門外。前代創建，無考。後殿畫壁乃張世禄筆，極奇絶，歲久剥落盡矣，惜哉！」

〔五〕冒惠洪名：僧寶正續傳本傳：「禪師諱德洪，字覺範。十九試經東都，假天王寺舊籍惠洪名爲大僧。……坐冒名，著縫掖，走京師。見丞相張無盡，特奏得度，改今名。」郡齋讀書志卷一九洪覺範筠溪集十卷提要：「張天覺聞其名，請住峽州天寧寺。未幾坐累，民之。及天覺當國，復度爲僧，易名德洪。」皆謂其初得度冒名惠洪，復度爲僧，改名德洪。　鍇按：能改齋漫録卷一二洪覺範因張郭罪配朱崖曰：「洪覺範本名德洪。政和元年，張、郭得罪，而覺範決脊杖二十，刺配朱崖軍牢。後改名惠洪。」王明清玉照新志卷五亦曰：「按惠洪初名德洪，政和元年張天覺罷相，坐通關節，竄海外。又數年回，僧始易名惠洪，字覺範。」其説與此自序不合，且不合常理，今不從。

〔六〕宣祕大師深公：僧寶正續傳本傳作「宣祕律師」。宣祕大師當爲賜號，法名第二字爲「深」，故稱深公，然其生平無考。

〔七〕講成唯識論：元釋念常歷代佛祖通載卷一九稱「聽宣祕律師講華嚴經」，其説無稽。成唯識論：簡稱唯識論，共十卷，由唐釋玄奘編譯印度十家論師之説而成。

〔八〕「依真淨禪師」句：本集卷三〇雲庵真淨和尚行狀：「紹聖之初，御史黄公慶基出守南康，虚歸宗之席以迎師。」惠洪南還依真淨禪師，當在紹聖元年秋後。歸宗，寺名，在廬山山南，屬南康軍。參見廬山記卷三叙山南。

〔九〕真淨遷洪州石門：時在紹聖四年。石門，此指靖安縣寶峰禪院，叢林又稱泐潭。輿地紀勝卷二六江南西路隆興府：「寶峰院，在靖安縣北石門山。」雲庵真淨和尚行狀：「（紹聖）三年，今丞相張公商英出鎮洪府，道由歸宗，見師於淨名庵，明年，迎居石門。」古尊宿語録卷四五寶峰雲庵真淨禪師偈頌下中别洪帥張左司歸泐潭：「自笑年來七十三，瓶盂又汲石門潭。」即指移住石門事。克文卒於崇寧元年（一一〇二），年七十八。此言「七十三」，當在紹聖四年（一〇九七）。

〔一〇〕「年二十九」二句：羅湖野録卷上：「寂音尊者洪公初於歸宗參侍真淨和尚，而至寶峰。一日，有客問真淨曰：『洪上人參禪如何？』真淨曰：『也有到處，也有不到處。』客既退，洪殊不自安，即詣真淨求決所疑。真淨舉風穴頌曰：『五白貓兒爪距獰，養來堂上絶蟲行。分明上樹安身法，切忌遺言許外甥。且作麽生是安身法？』洪便喝。真淨曰：『這一喝也有到處，也有不到處。』洪忽於言下有省。翌日，因違禪規，遭刪去。時年二十有九。」其游方東吳、南嶽，實爲遭寶峰院刪去之故。鍇按：「遭刪去」或與衆僧之嫉妒排擠有關，本集卷三〇祭雲庵和尚文：「今古一律，妬毁陷擠。愛憐收拾，終不棄遺。」據此，則惠洪之出山，乃真淨迫於衆僧之壓力，不得已而遣之。

〔一一〕真淨終於庵：雲庵真淨和尚行狀：「崇寧元年十月示疾，十六日中夜，沐浴，更衣趺坐，衆請説法。師笑曰：『今年七十八，四大相離別。火風既分散，臨行休更説。』遺戒弟子皆宗門大事，不及其私，言卒而歿。壽七十八，臘五十二。」

〔一二〕自湘中歸拜塔：本集卷三〇祭雲庵和尚文：「我昔出山，師則有辭。……德音在耳，星霜八移。師成新塔，我亦陳衰。昔師既化，品坐對啼。僉遺本明，遠乞銘詩。事濟而還，僵仆於地。山川隔阻，久絶音題。獨攜希祖，千里來辭。一酬夙心，死無憾悲。」惠洪元符二年（一〇九九）辭真淨出山，「星霜八移」，其拜塔當在崇寧五年（一一〇六）。

〔一三〕將終藏於黃龍：崇寧五年，惠洪依靈源惟清，坐夏於洪州分寧縣黃龍山，與惟清詩禪唱酬。參見本集卷一四和昭默堂五首、又次韻五首。林間録卷上：「予初居黃龍山時，作禪和子十二時偈。」或有終藏於此之意。

〔一四〕「而顯謨朱彥世英」句：謝逸溪堂集卷七應夢羅漢記：「顯謨閣待制朱公制撫之二年，革北景德律寺爲叢林，敦請真淨法子惠洪，委以禪席。」僧寶正續傳本傳：「崇寧中，顯謨朱世英請出世臨川之北禪。」續傳燈録卷二二同。佛祖歷代通載卷一九：「給事中朱彥知撫州，以師住持北景德寺。」鍇按：朱彥，字世英，南豐人。其生平詳見本集卷一一朱世英守臨川新開軒而軒有槐高數尺因名之作此注〔一〕考證。弘治撫州府志卷八公署志二職官撫州知州：「朱彥，朝散大夫、顯謨閣待制，崇寧五年任。薦謝逸。」其制撫之二年爲大觀元年（一一〇七）。

〔一五〕「二年」二句：大觀元年冬，惠洪退北景德寺住持。大觀二年赴江寧府，寓居鍾山定林寺。參見本集卷九寓鍾山、卷一五時余適金陵定居定林超然將南歸從余游以爲詩讖也復次其韻。

〔一六〕「運使學士吴幵正仲」句：僧寶正續傳本傳：「越明年，以事退游金陵，漕使吴正仲請居清涼。」宋章定名賢氏族言行類編卷七：「吴幵，字正仲，滁之全椒人。與兄竝、弟茲同舉進士。與茲偕試宏詞，並中魁等，士林多傳誦之。當時宰相稱歎曰：『北郊大禮成慶頌、新建尚書省記，雖使老師宿儒，窮年抒思，未必能到也。』出入中外垂三十年，靖康初，入翰林，進承旨。建炎間，以龍圖閣學士奉祠。」王明清揮麈録餘話卷二：「靖康之末，二聖北狩，四海震動，士大夫救死不暇。往來敵中洋洋自得者，吴玕、莫儔二人，路人所知也。事定，皆竄逐嶺外。秦會之爲小官，時玕在禁林，嘗封章薦之，疏見其文集中，稱道再三，秦由此進用。後爲相，遂放二人逐便。玕，滁人也，内自愧怍，不敢還里，卜居於贛上。秦乃以其壻曾端伯慥知虔州。」宋詩紀事卷三四：「玕字正仲，滁州人，紹聖丁丑中宏詞科。靖康中，官翰林承旨，使金被留，仕僞楚。建炎後，安置永州，移韶州。有優古堂詩話。」底本「仲」作「重」，涉音近而誤，今改。　清涼：即清涼寺。輿地紀勝卷一七江南東路建康府：「清涼寺：建康志云：寺在石頭城，去城一里。僞吴號興教寺，南唐改石城清涼禪寺，國朝太平興國改今額。荆公有送黄吉父入題清涼寺壁詩：『薰風洲渚薺花繁，看上征鞍立寺門。投老難堪與君别，倚岡從此望回轅。』舊傳此寺嘗爲李氏避暑宫寺，有德慶堂，乃李後主親書。」南唐文益禪師嘗住持此寺，創法眼宗。參見景德傳燈録卷二四金陵清涼文益禪師。

〔一七〕爲狂僧誣以爲僞度牒：惠洪之度牒實爲冒名所得，有狂僧告發，然非誣告。度牒，官府發給僧尼之身份憑證。大宋僧史略卷中祠部牒附：「若夫稽其鄉貫，則南朝有之。唯爲搜揚，便生名籍，係之限局，必有憑由。憑由之來，即祠部牒也。案續會要：『天寶六年五月，制僧尼，依前兩街功德使收管，不要更隸主客，其所度僧尼，仍令祠部給牒。』給牒自玄宗朝始也。」

〔一八〕旁連前住僧法和等議訕事：前住僧法和，即清涼法和禪師，生平法系未詳。劉弇龍雲集卷八有清涼法和禪師，賀鑄慶湖遺老詩集有寄懷、兼簡清涼和上人詩多首，即此僧。蘇軾紹聖元年南遷惠州，過金陵，嘗作贈清涼寺和長老詩；建中靖國元年北歸，過金陵，又作次舊韻贈清涼長老。法和等議訕事，疑與交往蘇軾等元祐黨人有關。惠洪住清涼寺，故告發者謂其與前住清涼寺僧法和有牽連。　底本「住」作「狂」。廓門注：「『狂』或作『住』。」其說甚是。「前住僧」指前住持長老，如明程敏政篁墩集卷一三宋丞相程文清公墓祠記：「寺既燬于元季，贍墳田亦爲前住僧所私鬻。」山西柏山楷禪師語録卷二：「前住僧率衆善信請入院。」「前狂僧」當涉上句「狂僧」而誤，今改。

〔一九〕制獄：即詔獄，皇帝特命監禁罪人之處。亦稱制勘院。宋史刑法志二：「詔獄本以糾大奸慝，故其事不常見。……神宗以來，凡一時承詔置推者，謂之制勘院，事出中書，則曰推勘院，獄已乃罷。」鍇按：冒度牒名其罪甚小，入制獄當與旁連議訕事有關。

〔二〇〕著縫掖：著儒生服，謂其僞度牒遭取締，勒令還俗，不得著袈裟。參見本集卷二三定照禪師序注〔二〇〕。

〔二一〕「大丞相張商英特奏」二句：能改齋漫録卷一二洪覺範因張郭罪配朱崖：「大觀四年八月，覺範入京，而天覺已爲右揆，因乞得祠部一道爲僧。」僧寶正續傳本傳：「著縫掖走京師，見丞相張無盡，特奏得度，改今名。」佛祖歷代通載卷一九：「張丞相當國，復度爲僧，易名德洪。數延入府中，與論佛法。」雲卧紀談卷上載，靖康元年，惠洪嘗詣刑部陳詞曰：「放停僧慧洪，見年五十六歲，本貫筠州人，元係右街香積院僧籍。」可知其再得度牒爲僧，隸屬右街香積院。　鍇按：宋史徽宗本紀二：「（大觀四年）五月壬寅，停僧牒三年。」張商英再度惠洪爲僧，當爲特例，故曰「特奏」，蓋以商英時爲宰相之故。　宋史徽宗本紀二：「（大觀四年六月）乙亥，以張商英爲尚書右僕射兼中書侍郎。」宋史張商英傳：「大觀四年，（蔡）京再逐。（商英）起知杭州。過闕，賜對。……留爲資政殿學士，中太一宫使。頃之，除中書侍郎，遂拜尚書右僕射。京久盗國柄，中外怨疾，見商英能立同異，更稱爲賢。徽宗因人望相之。時久旱，彗星中天。是夕，彗不見，明日雨。徽宗喜，大書『商霖』二字賜之。」

〔三〕節使郭天信奏師名：僧寶正續傳本傳：「太尉郭天民奏錫椹服，號寶覺圓明。」能改齋漫録卷一二洪覺範因張郭罪配朱崖：「又因叔彭几在郭天信家作門客，遂識天信。」郭天信，字祐之，開封人。拜武信軍節度使。宋史有傳。參見本集卷四郭祐之太尉試新龍團索詩注〔一〕。本傳「民」字誤，當作「信」。　鍇按：釋氏要覽卷上紫衣：「至大宋太平興國初，許四海僧入殿庭，乞比試三學。下開封府，差僧證經律論義，十條全通，乃賜紫衣，號爲手表僧，以其面手進表也。尋因功德使奏：今天下一家，不須手表求選。敕依。自此每遇皇帝誕節，親王、宰輔、節度，下至正刺史，得上表薦所知僧道紫衣。惟兩街僧録所薦得入内，是日授門下牒，給紫衣四事，謂之簾前紫。此最榮觀也。然此衣以國恩故得著，極不容易，皆形相分。」據此，則節度使郭天信奏賜惠洪紫衣師號，當在遇徽宗誕日天寧節之時。時惠洪隸右街香積院僧籍，正屬兩街僧録所薦。雲卧紀談卷上稱永道法師「繼主左街香積院，於天寧節恩例得寶覺大師之號」，其例正同。又元釋熙仲歷朝釋氏資鑑卷一〇：「天寧節，上召諸禪教宿德入禁中，以法衣、寶覺師號賜之。東都妙慧寺主尼淨智大師慧光，成都范氏子，亦預焉。」據此，則惠洪號「寶覺圓明」，其「寶覺」二字，乃天寧節賜師號之通例。又案，惠洪大觀四年八月至京師，次年政和元年九月下開封府獄，故得天寧節恩例必在大觀四年十月。

〔二三〕「坐交張、郭厚善」二句：僧寶正續傳本傳：「未幾坐交張、郭厚善，張罷政事。時左司陳瑩中撰尊堯録將進御，當軸者嫉之，謂師頗助其筆削。政和元年十月，褫僧伽黎，配海外。」能改齋漫録卷一二洪覺範因張郭罪配朱崖：「政和元年，張、郭得罪，而覺範決脊杖二十，刺配朱崖冝宀。」雲卧紀談卷上載惠洪祠部陳詞曰：「政和元年，商英奏取陳瓘所撰尊堯録。是時内官梁師成與蔡交結，見宰相薦引蔡京仇人陳瓘，百計擠陷。旬月之間，果遭斥逐。猜疑是慧洪與陳瓘爲地，發怒，諷諭開封尹李孝壽勾慧洪下獄，非理考鞫。特配吉陽軍。」本集卷三〇祭郭太尉文：「坐嘗厚善，囚我棘寺。幾失頭顱，終禦魑魅。」鍇按：通鑑長編紀事本末卷一三一張商英事迹：「（政和元年十月）辛亥，太中大夫、知鄧州張商英責授崇信軍節度副使，衡州安置，昭化軍節度副使、單州安置郭天信責授昭化軍節度行軍司馬，新州安置。以開封獄成，商英、天信嘗令余負、僧德洪、彭几往來交結，臣寮再論列，故有是責。」宋史張商英傳：「惠州有郭天信者，以方技隸太史。徽宗潛邸時，嘗言當履天位，自是稍睠寵之。商英因僧德洪、客彭几與語言往來。事覺，鞫於開封府，御史中丞張克公疏擊之，以觀文殿大學士知河南府，旋貶崇信軍節度副使，衡州安置。天信亦斥死。」

〔二四〕崖州：即朱崖軍。宋史地理志四：「吉陽軍，同下州，本朱崖軍，即崖州。熙寧六年廢爲軍。紹興六年廢軍爲寧遠縣。十三年復。後改名吉陽軍。」

〔二五〕三年五月二十五日蒙恩釋放：雲卧紀談卷上載惠洪祠部陳詞：「後來因患，不堪執役，蒙恩放令逐便。」宋史徽宗本紀三：「（政和三年）五月乙酉，慮囚。」惠洪蒙恩釋放，或以慮囚（訊察記録囚犯之情狀）而得知其情狀不堪執役者。

〔二六〕十一月十七日北渡海：本集卷二三夢徐生序：「余竄朱崖三年，既蒙恩澤釋放，政和三年十一月十九日，自瓊州澄邁北渡。」時日略異。

〔二七〕荷塘寺：即資國寺。本集卷二一合妙齋記謂「華髮海外，翩然來歸，依資國寺，乞食故人，而老焉」。考其事蹟，與館於荷塘寺同。又卷一五書資國寺壁有「勿謂衲盲貧勝我」之句，同卷又有雪後寄荷塘幻住庵盲僧四首，衲盲、盲僧皆指惠洪法弟本明，亦可證荷塘寺即資國寺。冷齋夜話卷一〇陳瑩中食豬肉鮓魚：「予還自朱崖，館於高安大愚。」正德瑞州府志卷一山川志：「大愚山，府治東南朝陽門外，有真如寺。」荷塘寺當亦在大愚山。

〔二八〕證獄并門：本卷記福嚴言禪師語：「五月二十八日太原造大獄，來追對驗。十月六日得放。」「五月」當爲「八月」。又本集卷二三潛庵禪師序：「政和四年冬，證獄太原，拴縛在旅邸，人諱見之。」并門，即太原。

〔二九〕新昌之度門：即筠州石門寺。輿地紀勝卷二七江南西路瑞州：「度門院，在新昌縣北三十里，舊曰石門。有樞密聶山讀書堂。」宋趙與虤娛書堂詩話：「周晞稷承勳，有詩名，曾爲瑞州新昌尉，題度門院詩云：『纔入度門寺，先觀覺範詩。昔人吟不盡，今日到方知。地僻寒來早，山高月上遲。池邊老脩竹，曾映董生幃。』蓋龔龍圖端書堂在焉。」

〔三〇〕往來九峰、洞山者四年：本集卷二五題修僧史：「予除刑部囚籍之明年，廬於九峰之下，有苾芻三四輩來相從，皆齒少志大。」卷四追和帛道猷一首序：「政和六年正月十日，余已定居九峰。」寓居九峰始於政和五年冬。輿地紀勝卷二七江南西路瑞州：「九峰山，在上高縣西五十里，其峰有九，奇秀峻聳，因以名之。」本集卷二七跋珠上人山谷醻池詩：「丁酉坐夏洞上。」丁酉即政和七年。洞上即洞山，指新昌縣洞山普利禪院，曹洞宗祖庭。概而言之，「往來九峰、洞山者」在政和五年至八年之間。

〔三一〕「將自西安入湘上」二句：西安，即洪州分寧縣，江西入湖南，多取道於此。佛祖歷代通載卷一九：「其同門友居谷山，及其嗣法在諸山者，皆迎師居丈室，學者歸之。」法眷，指同門、友希祖，字超然。時希祖住潭州谷山。續傳燈録卷二二真淨克文法嗣有谷山希祖，可證。

〔三二〕館雲巖：苕溪漁隱叢話前集卷五六：「韓子蒼云：往年，余宰分寧，覺範從高安來，館之雲巖寺。寺僧三百，各持一幅紙求詩於覺範。覺範斯須立就。」大慧普覺禪師年譜宣和元年：

「時韓子蒼宰分寧，洪覺範寓雲巖，師與二公從遊久之。」鍇按：大慧普覺禪師年譜編年有誤，惠洪館雲巖當在政和八年，非宣和元年。輿地紀勝卷二六江南西路隆興府：「雲巖院，在分寧縣東二百步。紹聖間，僧悟新主禪席，爲轉輪蓮華藏，山谷作記，蓋其幼年肄業之所。元祐間，法清結草菴於古木間，名頤菴，山谷爲作記。」

〔三〕張懷素黨人：王明清揮麈後録卷八范寥告張懷素變：「大觀中，有妖人張懷素，以左道游公卿家。其説以謂金陵有王氣，欲謀非常，分遣其徒游説士大夫之負名望者。有范寥信中，成都人，蜀公之族孫，始名祖石，能詩，避事出川，以從懷素。懷素令寥入廣，以訹黄太史魯直。時魯直在宜州，危疑中聞其説，亟掩耳而走。已而魯直死，寥益困，遂詣闕陳其事。朝廷興大獄，坐死者十數人。寥以無學籍，授左藏庫副使，賜予甚厚。」雲卧紀談卷上：「龍牙禪師，諱從密，字世疏。以草聖爲世所珍。舒人張懷素，自號落魄野人，以幻術游公卿間。崇寧四年，懷素謀反事敗，陵遲處斬。檢其橐，有密草書，洪公覺範跋其後。由是二公連累獲譴。」周煇清波雜志卷一二：「張懷素，舒州人，自號落魄野人。崇寧元年入京師，至大觀元年事敗，牽引士類，一時以輕重定罪者甚衆。呂吉甫、蔡元度亦因是責降。」曾敏行獨醒雜志卷三：「范信中，名寥，爲士時慷慨好俠，故山谷詩寄校理范寥有『黄犬蒼鷹伐狐兔』之句。舒州張懷素以幻術游公卿間，號落魄野人，與朝士吴安詩、子姪吴侔、吴儲等結連。信中以其謀爲不靖也，欲入京告變，而無其資，湯東野實資送之。朝廷逮捕懷素等，窮竟其事。大觀元年獄成，坐累者餘百數，而伻、儲十數人皆處極刑，雖其父母亦皆竄貶。」惠洪遭誣入獄，已是政和八年，足見此案牽連之廣。

〔三四〕張丞相：即張商英。

〔三五〕坐南昌獄百餘日：本集卷一七有八月十六入南昌右獄作對治偈，卷九有出獄李生來謁出百丈汾陽二像爲示因而摹之作此時即欲還谷山，卷一二有十一月十七日發豫章歸谷山。豫章即南昌。排比其詩文，可知惠洪於政和八年八月十六入南昌獄，十一月十七日前出獄，前後近百日。

〔三六〕會兩赦得釋：宋史徽宗本紀三重和元年：「十一月己酉朔，改元，大赦天下。」宋會要輯稿職官七六之三三：「重和元年十一月七日，太乙宮成，改元，赦：應官員、諸色人犯罪合敘用者，並與理當三期敘用。其官員降名次、公吏人降名次，原情至輕，可令刑部比附降官、降資人，並與敘免。應落職、降職及與宮觀，或放罷、直罷，并曾任在京職事官監察御史以上，開封府曹官及監司人，除已該今年正月赦敘復外，其未敘復人，令刑部限一月逐旋申尚書省取旨。」此當爲所謂兩赦得釋。鍇按：政和八年改元重和元年之日，宋史謂十一月己酉朔，宋會要輯稿謂十一月七日，其説略異。

〔三七〕遂歸湘上南臺：惠洪重和元年十一月發南昌，先至湖南谷山。本集卷二六題佛鑑僧寶傳：「宣和改元，夏於湘西之谷山，發其藏畜，得七十餘輩，因仿前史作贊，使學者槩其爲書之意。」同卷題珣上人僧寶傳：「凡經諸方三十年，得百餘傳，中間忘失其半。晚歸谷山，遂成其志。」皆可證。後寓居長沙鹿苑寺，宣和二年三月始移居水西南臺寺。本集卷二八化供三首其一：「當寺依湘上，瀕楚水……號爲水西南臺。皇祐間廢爲律，然古格尚存。……今年春，州郡易以禪者領之，於是明白老自鹿苑移居此。」明白老，惠洪自號。參見本集卷一三禪首座自海公化去見故舊未嘗忘追想悼歎之情注〔一〕。此言「遂歸湘上南臺」，叙事乃有省略。

〔三八〕以宣和四年夏釋此論：當指法華經合論。本集卷一三上元夜病起欲寫法華安樂行品無力呼阿慈爲録作此，宣和五年上元夜寫法華經安樂行品，可推知宣和四年夏始釋之論當爲法華經合論。今卍續藏經第三十册法華經合論題爲「論，宋寶覺圓明禪師慧洪造；附論，宋無盡居士張商英撰」。據今人羅凌博士無盡居士張商英研究（華中師範大學出版社二〇〇七年）附録張商英事跡及著述編年考證，大觀元年冬十月，張商英責授安化軍節度副使歸州安置，於歸州靈泉寺著法華經合論（頁二九五）。惠洪造論，當承張商英未就之業。

〔三九〕百念灰冷：蘇軾送參寥師：「上人學苦空，百念已灰冷。」此借用其語。

〔四〇〕時年五十三矣：僧寶正續傳本傳：「建炎二年夏五月，示寂于同安，閱世五十有八。」由建炎二年（一一二八）上推五年，爲宣和五年（一一二三），時年五十三。

〔四一〕達摩四種行：景德傳燈録卷三〇菩提達磨略辨大乘入道四行：「夫入道多途，要而言之，不出二種：一是理入，二是行入。理入者，謂藉教悟宗，深信含生同一真性，但爲客塵妄想所覆，不能顯了。若也捨妄歸真，凝住壁觀，無自無他，凡聖等一，堅住不移，更不隨於文教，此即與理冥符，無有分别，寂然無爲，名之理入。行入者，謂四行，其餘諸行悉入此中。何等四耶？一報冤行，二隨緣行，三無所求行，四稱法之行。云何報冤行？謂修道行人若受苦時，當自念言：我從往昔無數劫中，棄本從末，流浪諸有，多起冤憎，違害無限。今雖無犯，是我宿殃惡業果熟，非天非人所能見與，甘心忍受，都無冤訴。經云：『逢苦不憂。』何以故？識達故。此心生時，與理相應，體冤進道。故説言報冤行。二隨緣行者，衆生無我，並緣業所轉，苦樂齊受，皆從緣生。若得勝報榮譽等事，是我過去宿因所感，今方得之，緣盡還無，何喜之有？得失從緣，心無增減。喜風不動，冥順於道。是故説言隨緣行也。三無所求行者，世人長迷，處處貪著，名之爲求。智者悟真，理將俗反，安心無爲，形隨運轉，萬有斯空，無所願樂。功德黑暗，常相隨逐，三界久居，猶如火宅，有身皆苦，誰得而安？了達此處，故捨諸有，息想無求。經云：『有求皆苦，無求乃樂。』判知無求，真爲道行。故言無所求行也。四稱法行，性淨之理，目之爲法。此理衆相斯空，無染無著，無此無彼。經云：『法無衆生，離衆生垢故；法無有我，離我垢故。』智者若能信解此理，應當稱法而行。法體無慳，於身命財，行檀捨施，心無恡惜。達解三空，不倚不著。但爲去垢，稱化衆生，而不取相。此爲自行，復能利他，亦能莊嚴菩提之道。檀施既爾，餘五亦然，爲除妄想，修行六度，而無所行。

是爲稱法行。」

〔四二〕「形特美好」二句：其形之毁壞，一以衰老，一以刺配黥面，即本集卷二三邵陽别胡强仲序所謂「篆面鞭背」。

〔四三〕僧嬰王難：惠洪謂己之入獄流配爲弘法嬰難。嬰，遭受。如本集卷二三昭默禪師序：「大觀三年秋，余以弘法嬰難。」卷二五題觀音贊寄嶽麓禪師：「予以弘法嬰難流落之餘，幸復相見。」楞嚴經合論卷末惠洪尊頂法論叙曰：「政和元年十月，以宏法嬰難，自京師竄于朱崖。」

〔四四〕食不過中：謂過中午不食。釋氏要覽卷上中食齋云：「佛教以過中不食名齋。」

〔四五〕操楯：持盾牌。楯，同「盾」。

〔四六〕「孫思邈著大風惡疾論曰」七句：蘇軾藥誦：「孫真人著大風惡疾論曰：『神仙傳有數十人，皆因惡疾而得仙道。何者？割棄塵累，懷潁陽之風，所以因禍而取福也。』」孫思邈，唐京兆華原人，通百家説，善言老子、莊周，於陰陽、推步、醫藥無不善。新舊唐書有傳。新唐書藝文志三著録孫思邈千金方三十卷。鍇按：孫思邈千金要方卷七一痔漏方有惡疾大風論曰：「神仙傳有數十人，皆因惡疾而致仙道。何者？皆由割棄塵累，懷潁陽之風，所以非止瘥病，乃因禍而取福也。」惠洪此處承襲蘇軾藥誦作「大風惡疾論」，與千金要方原文文字略異。　潁陽：潁水之北，堯時高士許由、巢父隱居於此。後漢書逸民傳序：「是以堯稱則天，不屈潁陽之高；武盡美矣，終全孤竹之絜。」李賢注：「潁陽謂巢許也。」鍇按：廓門

注：「潁謂巢父，陽即伯夷餓死處。」不確。

【附録】

明釋智旭云：三界有爲，終歸敗壞。才有所求，便成窒礙。死安可憎，生安可愛。憎愛兩捐，便是三昧。（無求行）十二牽連，如環輪轉。釋梵奚貴，乞匄奚賤。既難强求，復何希羨。俯仰塵寰，蕭然無戀。（隨緣行）人我未忘，袈裟可醜。唾面勿拭，刀杖宜受。諦察法空，逆境何有？動心忍性，苦師恩厚。（報冤行）生即無生，是名法忍。豈用自矛，還攻自盾。恒觀意言，遍計斯盡。後觸無得，依然本性。（稱法行，靈峰蕅益大師宗論卷一〇和寂音尊者達磨四種行偈）

記語

記西湖夜語〔一〕

余舊閲洞上語句，知悟本禪師一宗，蓋神明石頭之道者也〔二〕。石頭爲物之旨，見於參同契〔三〕。而法眼所箋，盛傳世間〔四〕。讀其詞，與余昔所聞多異同，因跋于後以自誌〔五〕。而吾友睿廓然見之〔六〕，謂余曰：「公以法眼之玄悟，尚未爲知石頭之論，駭人視聽，業已出其語，曷不亟談其故，而微出疑論於其後，何也？」余曰：「古之聖人，有所示其言，未嘗不略也。非痛愛其法也，以謂不略則學者不思，不思而得者，聞異論則惑，非居之安之意。余非敢上配作者，然立言之體要，自不得不爾。雖前設未能別白其意者，當試廣之。夫正傳至六世而大振，天下謂之宗門。宗門所趣，謂之玄旨；學此道者，謂之玄學〔七〕。當時之人，根性猛利，臻其妙者不可勝數，雖石頭大恐後世不能完聞其説，故見於語言，此參同契之所由作也。所謂宗旨者，以三句標準之，乃體中玄、意中玄、句中玄〔八〕。自『靈源明皎潔』句，意相綴延，至於『然於一一法，依根密分布』處，乃體中玄出〔九〕。又自『本末須歸宗』，開達錯綜，至『乘言須會宗，勿自立規矩』處，乃句中玄也〔一〇〕。如宗門所論，以明暗相對如步之前後，以理事如函蓋箭鋒之相應，則非無功至玄之旨。故反破曰『萬物自有功』。物之有功，則可名求之乎？故終其言曰『乘言須會宗』，以此也。言有上中，句有清濁，暗則合其言，明則亦不違其句。此其所以門門之境華，參錯回互，而寂然依位而住也。自是而論，蓋石頭以三玄旨趣示於此所。明法眼所談，但體中玄而已，故追逐其句辭而即解之，而不復顧首尾立言之意也〔一一〕。昔薦福古禪師論三玄旨趣，號爲明眼，亦曰體中玄，甚合法眼宗枝㊀〔二〕。以其言印余之心，合者甚多，但不欲亟言之也。今廓然之言爲駭人視聽，且使亟言之，其知我愛我之深，亦□□㊁。惟今不復詳論之，則聞者安得不以余爲誇也。古之人，其身可以折辱困窮之，而不能屈其言者，以有理也。余之所談者，求理之所在，初不謂有法眼也。法眼而之理之所在，非余之所能也。人之觀聽雖駭，亦非世所恤也。」廓然笑曰：「安得起法眼與子辯，吾不能曉子矣。」余歸，述其語，以連前説，以示同學云。

【校記】

㊀枝：武林本作「支」。

㊁□□：原闕二字。天寧本作「以之」，係妄補。

【注釋】

〔一〕崇寧元年春作於杭州，時在淨慈寺，寺臨西湖。

〔二〕「余舊閲洞上語句」三句：謂讀洞山良价語録，知其開創之曹洞宗，能明白領會石頭希遷之法道。洞上，即筠州新昌縣洞山，良价禪師住於此，卒敕謚悟本大師。神明，語本易繫辭上：「神而明之，存乎其人。」石頭，即石頭希遷大師，嗣法青原行思。

〔三〕參同契：石頭希遷付法之歌訣，爲五言韻文，見於景德傳燈録卷三〇，題爲南嶽石頭和尚參同契，全文如下：「竺土大仙心，東西密相付。人根有利鈍，道無南北祖。靈源明皎潔，枝派暗流注。執事元是迷，契理亦非悟。門門一切境，迴互不迴互。迴而更相涉，不爾依位住。色本殊質象，聲元異樂苦。暗合上中言，明明清濁句。四大性自復，如子得其母。火熱風動搖，水濕地堅固。眼色耳音聲，鼻香舌鹹醋。然依一一法，依根葉分布。本末須歸宗，尊卑用其語。當明中有暗，勿以暗相遇。當暗中有明，勿以明相覩。明暗各相對，比如前後步。萬物自有功，當言用及處。事存函蓋合，理應箭鋒拄。承言須會宗，勿自立規矩。觸目不會道，運足焉知路。進步非近遠，迷隔山河固。謹白參玄人，光陰莫虛度。」鍇按：石頭著參同契，景德傳燈録卷二四法眼禪師謂其因讀肇論有悟，故作。見下注〔四〕。黄庭堅則謂其仿魏伯陽周易參同契而作。山谷集卷二五題牧護歌後：「乃知蘇溪嘉州人，故作此歌，學巴人曲，猶石頭學魏伯陽作參同契也。」

〔四〕「而法眼所箋」二句：景德傳燈録卷一四南嶽石頭希遷大師：「師著參同契一篇，辭旨幽濬，頗有注解大行於世。」祖庭事苑卷六：「參同契，法眼作注，似不相貫攝。竊觀上堂稱提，頗符石頭之意。今謹録之云：『出家人但隨時及節便得，寒即寒，熱即熱。欲知佛性義，當觀時節因緣。古今方便不少，不見石頭和上因看肇論，云：「會萬物爲己者，其唯聖人乎！」它家便道：「聖人無己，靡所不己。」有一片言語，唤作參同契，末上云：「竺土大僊心。」無過此語也，中間也只隨時説話。上座今欲會萬物爲己者，蓋爲大地無一法可見。它又囑云：「光陰莫虛度。」適來向上座道，但隨時及節便得，若也移時失候，便是虛度光陰，非色中作色解。且道色作非色解，還當不當？上座若與麼會，便是没交涉，正是癡狂兩頭走，有甚麼用處。上座但守分隨時過好。』」　法眼，即清涼文益禪師。其所録法眼上堂稱提之語，見於景德傳燈録卷二四金陵清涼文益禪師。然法眼箋注今未見，惟惠洪著述中尚存一鱗半爪。如林間録卷上：「石頭大師作參同契，其末曰：『謹白參玄人，光陰莫虛度。』法眼禪師注曰：『住！住！恩大難酬。』法眼可謂見先德之心矣。」

〔五〕因跋于後以自誌：其跋語即本集卷二五題清涼注參同契。

〔六〕睿廓然：法名思睿，字廓然，後改名思慧，嗣法於大通善本禪師，時住淨慈寺。嘗參真淨克文，爲惠洪同學。參見本卷送脩彦通還西湖序。

〔七〕「夫正傳至六世而大振」六句：鐔津文集卷三壇經贊：「此壇經之宗，所以旁行天下而不厭。彼謂即心即佛，淺者何其不知量也，以折錐探地而淺地，以屋漏窺天而小天，豈天地之然邪？然百家者，雖苟勝之，弗如也。而至人通而貫之，合乎羣經，斷可見矣。至人變而通之，非預名字不可測也，故其顯説之，有倫有義，密説之，無首無尾。天機利者得其深，天機鈍者得其淺，可擬乎？可議乎？不得已況之，則圓頓教也，最上乘也，如來之清淨禪也，菩薩藏之正宗也。論者謂之玄學，不亦詳乎？天下謂之宗門，不亦宜乎？」此化用其意。

〔八〕「以三句標準之」二句：惠洪臨濟宗旨：「臨濟但曰：『一句中具三玄，一玄中具三要。』有玄有要而已，初未嘗目爲句中玄、意中玄、體中玄也。」其林間録卷下亦作「意中玄」。鍇按：「意中玄」禪籍多作「玄中玄」，如祖庭事苑卷六：「三玄：臨濟家有三玄三要，謂體中玄、玄中玄、句中玄，以接學者。」人天眼目卷二臨濟門庭：「三玄者，玄中玄、體中玄、句中玄。三要者，一玄中具三要。」圓悟佛果禪師語録卷七：「上堂，僧問：『臨濟三玄驗作家，如何是體中玄？』師云：『迅雷霹靂更驚群。』進云：『如何是句中玄？』師云：『切忌向三寸上辨。』進云：『如何是玄中玄？』師云：『棒頭有眼明如日。』」碧巖録卷二第十五則：「又有三玄：體中玄，句中玄，玄中玄。」正法眼藏卷三下：「豈不見汾陽和尚頌云：『三玄三要事難分，得意忘言道易親。一句明明該萬象，重陽九日菊花新。』此老子明明爲你指出臨濟骨髓，却來逐句下解注，謂『三玄三要事難分』是總頌，『得意忘言道易親』是體中玄，『一句明明該萬象』是句中玄，『重陽九日菊花新』是玄中玄。」不勝枚舉。然建中靖國續燈録卷六雲居山佛印禪師：「僧曰：『如何是句中玄？』師云：『村人弄駱駝。』僧曰：『如何是意中玄？』師云：『唯佛與佛乃能知之。』僧曰：『如何是用中玄？』師便打。」同書卷八舒州甘露法眼禪師：「問：『如何是意中玄？』師云：『千思萬想。』僧曰：『如何是句中玄？』師云：『七步成章。』僧曰：『如何是玄中玄？』師云：『百發百中。』」則「意中玄」之説亦有所本。要之，各禪籍於「三玄」之名目及理解，衆説紛紜，歧見疊出。廓門注：「按：閱參同契與永覺晩録，須得意也。」

〔九〕「自『靈源明皎潔』句」五句：林間録卷下：「非特臨濟宗喜論三玄，石頭所作參同契備具此旨。竊嘗深觀之，但易玄要之語爲明暗耳，文止四十餘句，而以明暗論者半之。篇首便標曰：『靈源明皎潔，枝派暗流注。』又開通發揚之曰：『暗合上中言，明明清濁句。』在暗則必分上中，在明則須明清濁。此體中玄也。」又本集卷二五題清涼注參同契：「篇首便曰：『靈源明皎潔，枝派暗流注。』乃知明暗之意根於此。又曰：『暗合上中言，明明清濁句。』調達開發之也。」

〔一〇〕「又自『本末須歸宗』」五句：林間録卷下：「至指其宗而示其意，則曰：『本末須歸宗，尊卑用其語。』故下廣叙明暗之句，奕奕聯連不已。此句中玄也。」題清涼注參同契文字略異：「至指其宗而示其趣，則曰：『本末須歸宗，尊卑用其語。』故其下廣叙明暗之句，奕奕綴聯不已者，非決色法虚誑，乃是明其語耳。」

〔一一〕「明法眼所談」四句：林間録卷下：「法眼爲之注釋，天下學者宗承之，然予獨恨其不分三法，但一味作體中玄解，失石頭之意。李後主讀『當明中有暗』注辭曰：『玄黄不真，黑白何咎。』遂開悟。此悟句中玄爲體中玄耳。」

〔一二〕「昔薦福古禪師論」四句：釋承古（？～一〇四五），西州人，傳失其氏。少爲書生，博學有聲。及壯，以鄉選至禮部，議論不合，有司怒裂其冠。客潭州了山，見敬玄禪師，斷髮從之游。又謁南嶽雅禪師，容以入室。一日，覽雲門禪師對機，忽然發悟，自此韜藏，不求名聞。

棲止雲居山弘覺禪師塔中，四方學者奔湊，叢林號古塔主。景祐初，范仲淹守饒州，迎住薦福寺。慶曆五年卒。有薦福承古禪師語録一卷，存。建中靖國續燈録卷二、聯燈會要卷二六、五燈會元卷一五載其機語，列爲雲門文偃法嗣，屬雲門宗青原下七世。禪林僧寶傳卷一二薦福古禪師傳：「汾州偈曰：『三玄三要事難分。』古注曰：『此句總頌三玄也，下三句別列三玄也。』『得意忘言道易親。』古注曰：『此玄（或作意）中玄也。』『一句明明該萬象。』古注曰：『此體中玄。』『重陽九日菊花新。』古注曰：『此句中玄也。』僧問：『三玄三要之名，願爲各各標出。』古曰：『三玄者，一體中玄，二句中玄，三玄中玄。此三玄門，是佛祖正見，學道人但隨入得一玄，已具正見，入得諸佛闓域。』」

記徐韓語〔一〕

徐師川曰：「達磨西來自五天〔二〕，無別職事，欲傳法度生耳。既不契梁高祖，即北游魏，面壁坐者九年〔三〕，得可祖而後去〔四〕。初不聞張大其聲名，聚千百閒漢爲部曲〔五〕，見王臣高尻（尻）而揖㊀，循廊而趨，不敢仰視〔六〕。夫荷擔如來祕密大法，得如達磨，乃可稱嗣祖沙門也〔七〕。」韓子蒼曰：「真宗皇帝嘗欲廢太平興國寺爲倉，詔下之日，有僧唐突以謂不可廢。真宗使中使諭旨曰：『不聽廢寺，即斬。』仍以劍示之，祝曰：『僧見劍怖懼，即斬；不然，即赦之。』中使如所誡，僧笑引頸曰：『爲佛法死，寔甘甜之有。』〔八〕如是僧乃可稱衲子也。」徐、韓二公，今縉紳之望，皆留神内典，而見識議論如此，聽之令人如雪中見西湖（河）諸峰㊁〔九〕，不勝爽氣。

【校記】

㊀ 尻：原作「尻」，誤，今據武林本改。參見注〔六〕。

㊁ 湖：原作「河」，誤，今改。參見注〔九〕。

【注釋】

〔一〕作年未詳。　徐：即徐俯，字師川，號東湖居士，洪州分寧人，黄庭堅外甥。詩入江西宗派，有東湖集。宋史有傳。參見本集卷四勸學次徐師川韻注〔一〕。　韓：即韓駒，字子蒼，仙井監人。嘗知洪州分寧縣，詩入江西宗派，有陵陽先生詩四卷傳世。宋史有傳。參見本集卷一送雷從龍見宣守注〔二〕。　鍇按：惠洪崇寧五年嘗與徐俯唱酬於南昌，政和八年與韓駒交游於分寧。此文所記之語，當在與二人往來時。

〔二〕達磨西來自五天：景德傳燈録卷三第二十八祖菩提達磨：「南天竺國香至王第三子也，姓刹帝利，本名菩提多羅。……師心念，震旦緣熟，行化時至。師汎重溟，凡三周寒暑，達于南海，實梁普通八年丁未歲九月二十一日也。」　五天，古印度分爲五天竺，南天竺其一也。

〔三〕「既不契梁高祖」三句：景德傳燈録卷三第二十八祖菩提達磨：「廣州刺史蕭昂具主禮迎接，表聞武帝。帝覽奏，遣使齎詔迎請，十月一日至金陵。帝問曰：『朕即位已來，造寺寫經，度僧不可勝紀，有何功德？』師曰：『並無功德。』帝曰：『何以無功德？』師曰：『此但人天小果有漏之因，如影隨形，雖有非實。』帝曰：『如何是真功德？』答曰：『淨智妙圓，體自空寂。如是功德，不以世求。』帝又問：『如何是聖諦第一義？』師曰：『廓然無聖。』帝曰：『對朕者誰？』師曰：『不識。』帝不領悟。師知機不契，是月十九日潛迴江北。十一月二十三日届于洛陽，當後魏孝明太和十年也。寓止于嵩山少林寺，面壁而坐，終日默然，人莫之測，謂之壁觀婆羅門。」

〔四〕得可祖而後去：景德傳燈録卷三第二十八祖菩提達磨：「最後慧可禮拜後，依位而立。師曰：『汝得吾髓。』乃顧慧可而告之曰：『昔如來以正法眼付迦葉大士，展轉囑累而至於我。我今付汝，汝當護持。』……師遐振玄風，普施法雨，而偏局之量自不堪任，競起害心，數加毒藥。至第六度，以化緣已畢，傳法得人，遂不復救之，端居而逝。即後魏孝明帝太和十九年丙辰歲十月五日也。……後三歲，魏宋雲奉使西域迴，遇師于葱嶺，見手携隻履，翩翩獨逝。雲問：『師何往？』師曰：『西天去。』」

〔五〕部曲：此指私人部屬。三國志魏書鄧艾傳：「孫權已没，大臣未附，吴名宗大族，皆有部曲。」

〔六〕「見王臣高尻而揖」三句：形容僧人見王臣卑躬屈膝之態。韓愈祭河南張員外文：「走官階下，首下尻高。」此化用其意。高尻，指首低而臀高之拜揖。尻，臀部。漢書東方朔傳：「尻益高者，鶴俯啄也。」錯按：底本「尻」作「凥」，涉形近而誤。參見本集卷六游白鹿贈太希先注〔四〕。循廊，謂其不敢行正庭，循兩側走廊而進出。

〔七〕嗣祖沙門：宋僧人撰述常自署「嗣祖沙門某某」之名，如釋戒環楞嚴經要解卷首序題曰：「前住福州往生禪院嗣祖沙門及南撰。」四十二章經注題曰：「宋鄖郊鳳山蘭若嗣祖沙門守遂注。」

〔八〕「真宗皇帝嘗欲廢」十六句：事見楊文公談苑：「太平興國寺，舊龍興寺也，世宗廢爲龍興倉。國初，寺主僧屢擊登聞鼓，求復爲寺。上遣中使持劍以詰之，曰：『此寺前朝所廢，爲倉敖以貯軍糧，汝何故煩瀆帝庭？朝命令斷取汝首。』仍戒之曰：『儻偃蹇怖畏，即斬之。或臨刑無懼，即未可行刑。』既訊，其僧神色自若，引頸就戮。中使以聞，上大感歎，復以爲寺。官爲營葺，極於宏壯。」其事與韓子蒼所言略異，蓋廢寺者乃周世宗，非宋真宗；遣中使之皇帝乃宋太宗，亦非真宗。故寺名太平興國寺，乃以太宗年號命名。韓子蒼誤語，或惠洪誤記。汴京遺跡志卷一〇寺觀：「興國寺，在馬軍橋東北，宋太平興國間創見，金季兵燬。」且引楊文公談苑云云，可證。真宗皇帝，名趙恒，太宗第三子，咸平元年至乾興元年在位。唐突，冒犯。後漢書孔融傳：「融爲九列，不遵朝儀，秃巾微行，唐突宮掖。」中使，宮中派出之使者，多爲宦官。文選卷五九沈約齊故安陸昭王碑文：「勉膳禁哭，中使相望。」張銑注：「天子私使曰中使。」　祝，用同「囑」，囑付之意。

〔九〕雪中見西湖諸峰：底本「湖」作「河」。廓門注：「西河，汾州郡名也。」鍇按：據居簡禪師跋此文，「西河」作「西湖」。考惠洪行跡，元符二年冬、建中靖國元年冬皆在杭州西湖，而無汾州西河之行。本集卷一七永明禪師生辰：「西湖水生洲渚失，南屏雪盡峰巒集。」亦當嘗見雪中西湖諸峰。居簡跋所引文字當可信，今據改。參見本文集評。

【集評】宋釋居簡云：了翁不喜寂音尊者稱甘露滅，自是叢林以字稱。妙喜聞後生稱覺範，輒斥之曰：「甘露滅乃真淨嫡嗣，奈何以字稱？」了翁、妙喜豈相反者耶？送僧序懲尸素而傲睨高躅，針衲子之膏肓；記韓徐語示古宿之緒餘，所謂雪後見西湖諸峰，則不勝疏爽。今於西湖疏爽中書其後，望燼餘雪後諸峰，不啻於寂音勤止之思。（北磵集卷七跋甘露滅記韓徐語）

日本惟肖得巖云：於戲！有宇宙以來，伯耆湖山之觀自若，於是乎惟南出以振之，諸禪信而張之，粲然布諸京師，殷然鳴諸四方，誦而傳者，亦將不勝爽氣也。寂音記韓、徐之語，風斯下矣。千載之蔀，一旦而發，不亦快哉！（五山文學新集第二卷惟肖得巖集東海璚華集三湖山雪後圖詩叙）

季子夢訓〔一〕

湘山逸人毛文仲，蓋東坡蘇公江湖游舊也〔二〕。公歿餘十年〔三〕，而文仲之子學成，更其名曰在庭。已而夢公授以字，曰季子。季子喜忘寢飯，客疑以問余，余曰：「孔子夢周公，因慕周公，晚而嘆曰：『吾衰也久矣，吾不復夢見周公！』〔四〕則平日所常夢也，明矣。季子慕公而夢見之，固其所也，又何疑焉〔五〕？然孔子削跡伐樹〔六〕，不以爲衰，而以不夢周公爲衰。季子僮衣(依)紈袴〔七〕，谷量牛馬〔八〕，不以爲悦，而以夢東坡爲悦。夫聖賢之受材，相遠如天淵，而其好善之同，弗間毫髮也。」客曰：「以季子字在庭，謂何？」余曰：「世莫知其説，余獨知之。公於西漢，尤愛賈生、蘇子卿〔九〕，非直愛其文如盎盎之春，藻飾萬物〔一〇〕，與其屹若砥柱，蕩磨驚濤也〔一一〕，愛其知爲臣之大體而已。生爲懷王傅，王墮馬死，生哭泣至死。寧獨不知哭泣不能生王於死中耶？其心以謂職傅而王終，非其道也〔一二〕。子卿使虜，不肯辱命，雖飡氊寢熅，牧羊海上，起止仗漢節。李陵諷使降，則請效死于前。子卿寧獨惡其生耶？其心以謂職稱奉使，敢愛死哉〔一三〕！東坡意若曰：至士立朝之節，而遠有不同，然其學同出於吳季子〔一四〕，而不可誣也。季子挂劍徐公之墓，不以死生背其心〔一五〕，則稽之操履，何嘗以用舍背其心。今死向千載，其蹇蹇凜凜之姿〔一六〕，未嘗不在漢庭也。公以季子字之，如易之垂象意〔一七〕，於不言之中，使學者自求之耳。」客噫嘻，曰：「使東坡復生，不能自解免矣。」遂去。

【校記】

㊀衣：原作「依」，誤，今據四庫本、武林本改。參見注〔七〕〔八〕。

【注釋】

〔一〕政和四年春作於湖南衡陽。　季子：毛在庭，字季子，衢州人，寓居衡陽。已見前注。

〔二〕「湘山逸人毛文仲」二句：毛庠，字文仲。本集卷二二思古堂記：「三衢毛庠文仲，少有英氣，深於學問，而善功名；富於翰墨，而飽籌策。……所與游皆天下第一等流。遭時外平，疆場久空，無所施其材，蹇寓一官。不甘憂患折困，袖手來歸，圃於衡嶽之下。」然今蘇軾詩文中未見與毛庠交游之行跡，俟考。

〔三〕公歿餘十年：蘇軾卒於建中靖國元年（一一〇一），至此政和四年（一一一四），計十三年。

〔四〕「孔子夢周公」五句：論語述而：「子曰：『甚矣吾衰也！久矣吾不復夢見周公。』」

〔五〕「固其所也」三句：柳河東集卷一五答問：「卓佹倜儻之士之遇明世也，用智能，顯功烈，而麼眇連蹇，顛頓披靡，固其所也，客又何怪哉？」此借用其語意。

〔六〕孔子削跡伐樹：莊子山木：「孔子問子桑雩曰：『吾再逐於魯，伐樹於宋，削迹於衛，窮於商、周，圍於陳、蔡之間。吾犯此數患，親交益疏，徒友益散，何與？』」又見天運、讓王諸篇。　削跡，削除車跡，謂不被任用。　史記孔子世家稱孔子「不得用於衛」。　伐樹，見史記孔子世家：「宋司馬桓魋欲殺孔子，拔其樹。」參見本集卷一一送琳上人注〔四〕。

〔七〕僮衣紈袴：僮僕尚衣紈袴，況其主人，極言其富。　衣，底本作「依」，涉音近而誤。

〔八〕谷量牛馬：極言牲畜之多，財物富饒。　參見本集卷七初到鹿門上莊見燈禪師遂同宿愛其體物欲託迹以避世戲作此詩注〔五〕。

〔九〕賈生：即賈誼。　史記屈原賈生列傳：「賈生名誼，雒陽人也。年十八，以能誦詩屬書聞於郡中。……廷尉乃言賈生年少，頗通諸子百家之書。文帝召以爲博士。是時賈生年二十餘，最爲少。」　蘇子卿：即蘇武，字子卿。　漢書有傳。

〔一〇〕「非直愛其文如盎盎之春」二句：指賈誼之文。　盎盎，洋溢充盈貌。　本集卷一九東坡畫應身彌勒贊序：「東坡居士游戲翰墨，作大佛事，如春形容藻飾萬像。」

〔一一〕「與其屹若砥柱」二句：指蘇武之節。　黃庭堅跋砥柱銘後：「余觀砥柱之屹中流，閱頹波之東注，有似乎君子士大夫立於世道之風波，可以託六尺之孤，寄百里之命，不以千乘之利奪其大節，則可以不爲此石羞矣。」

〔一二〕「生爲懷王傅」六句：漢書賈誼傳：「拜賈誼爲梁懷王太傅。懷王，上少子，愛，而好書，故令誼傅之，數問以得失。……梁王勝墜馬死，誼自傷爲傅無狀，常哭泣，後歲餘，亦死。賈生之死，年三十三矣。」

〔一三〕「子卿使虜」十句：漢書蘇武傳：「單于愈益欲降之，乃幽武置大窖中，絶不飲食。天雨雪，武卧齧雪與旃毛并咽之，數日不死。匈奴以爲神，乃徙武北海上無人處，使牧羝，羝乳乃得歸。……武既至海上，廩食不至，掘野鼠去中實而食之。杖漢節牧羊，卧起操持，節旄盡落。……陵與武飲數日，復曰：『子卿壹聽陵言。』武曰：『自分已死久矣！王必欲降武，請畢今日之驩，效死於前！』陵見其至誠，喟然歎曰：『嗟乎，義士！陵與衛律之罪，上通於天。』因泣下霑衿，與武決去。」

〔一四〕吴季子：春秋吴國公子季札，吴王壽夢第四子。季札本封延陵，後復封州來，故曰延州來季子。事具史記吴太伯世家。蘇軾嘗作延州來季子贊。

〔一五〕「季子挂劍徐公之墓」二句：史記吴太伯世家：「季札之初使北，過徐君。徐君好季札劍，口弗敢言。季札心知之，爲使上國，未獻。還至徐，徐君已死，於是乃解其寶劍，繫之徐君冢樹而去。從者曰：『徐君已死，尚誰予乎？』季子曰：『不然。始吾心已許之，豈以死倍吾心哉！』」

〔一六〕蹇蹇：忠直貌。蹇，通「謇」。易蹇卦：「六二：王臣蹇蹇，匪躬之故。」注：「處難之時，履當其位，居不失中，以應於五。不以五在難中，私身遠害，執心不回，志匡王室者也。」王安石上田正言書：「起民之病，治國之疵，蹇蹇一心，如對策時。」凛凛：威嚴貌。

〔一七〕易之垂象意：易繫辭上：「天垂象，見吉凶，聖人象之。」

答郭公問傳燈義〔一〕

太尉都丞旨問〔二〕：「所謂傳燈録是何義？」對曰：「昔達磨大師佩佛心印，於梁普通之初至震旦〔三〕。時學者方以講觀相高，達磨大師乃曰：『吾不立文字，直指人心，見性成佛，如來教外別行，傳上根輩。』〔四〕人始疑之，久而疑信者相半，艱難險阻，六傳而至曹溪大鑒禪師〔五〕。當唐神龍中〔六〕，天下之疑，卒不疑勝①，信者之多，於是源分派別，而爲南嶽、青原兩宗，枝派蔓衍，而爲雲門、臨濟、曹洞、潙仰與大法眼之五家，其道遂大振於聖朝〔七〕。景德中〔八〕，東吴僧道原披奕世之祖圖，集諸家之語録，由七佛以至大法眼禪師之嗣，凡五十二世，一千七百一人，成三十卷，目之曰景德傳燈録。詣闕上進奉，冀流布〔九〕。章聖皇帝詔翰林學士、右司諫、知制誥臣楊億等同加刊削，俾之裁定〔一〇〕。夫所謂佛心印者，衆生靈智之府也。其體本自妙而常明，雖萬類紛然，日用殊趣，而文彩粲然明了，不差毫末。其知之者，謂之神通光明藏，謂之光嚴住持〔一一〕。其不知者，謂之生死趣〔一二〕，謂之無明。始自故證發，雖悟如釋迦文佛，亦緣然燈記莂〔一三〕，則師承機語之自其可廢也㈡。法華經曰：『世尊放眉間白毫相光，照東方萬八千世界。』而彌勒發問，文殊決疑，以謂日月燈明佛，本光瑞如此。持是經者，妙光法師；得其證者，普明如來〔一四〕。維摩經爲魔女説法曰：『有法門名無盡燈，汝等當學無盡燈者，譬如一燈，然百千燈。冥者皆明，明終不盡。如是諸佛菩薩開導百千衆生，令發阿耨多羅三藐三菩提心，於是其道意亦不滅盡，隨世説法，而日增益一切善法，是名無盡燈〔一五〕。』此其義也。」又問：「如何是傳燈旨要？」曰：「晝夜分明，瞞他一點也不得〔一六〕。」

【校記】

㈠ 疑：武林本作「能」，誤。

㈡ 其：武林本作「何」。

【注釋】

〔一〕大觀元年冬作於開封府。郭公：郭天信，字祐之，開封人。拜武信軍節度使。宋史有傳。見前寂音自序注〔一二〕。傳燈：指景德傳燈録，詳下。

〔二〕太尉都丞旨：據宋史本傳，郭天信得徽宗寵信，不數年，官至樞密都承旨、節度觀察留後。

洪邁容齋隨筆三筆卷七節度使稱太尉：「崇寧中改三公爲少師、少傅、少保，而以太尉爲武階之冠，以是凡管軍者猶悉稱之。」郭天信官樞密都承旨，爲武階，故稱。

〔三〕「昔達磨大師佩佛心印」二句：見前記徐韓語注〔二〕〔三〕。普通：梁武帝蕭衍年號，公元五二〇～五二六年。震旦：亦作「真丹」，古印度稱中國。

〔四〕「達磨大師乃曰」六句：釋契嵩傳法正宗記卷下：「客曰：『吾又聞般若多羅唯以大法藥付之達磨，令其直接上機，乃在乎經教之外，不立文字，直指人心，成究竟覺。未聞其復循大小乘行相，以爲其説乎？』曰：『然。般若、達磨之付受者，此誠佛祖之正傳者也。然學者亦當更求先聖囑累之本末，究其行化機宜之意也，不應白執其一時之言而相發難。夫以大法藥直接上機，不立文字，直指人心，成究竟覺者，此蓋般若多羅初誡達磨，宜遊方觀機，以行其正傳之法耳。意謂須其滅度後，更六十七年，震旦國始有上機者，與達磨緣會。其時乃當施大法藥，直接此機之人也。』」

〔五〕曹溪大鑒禪師：六祖慧能，卒謚大鑒禪師。

〔六〕神龍：唐中宗李顯年號，公元七〇五～七〇六年。

〔七〕「於是源分派别」五句：人天眼目卷五宗門雜録夢覺堂重校五家宗派序：「皇朝景德間，吴僧道原集傳燈三十卷。自曹溪下列爲兩派：一曰南岳讓，讓出馬大師。一曰青原思，思出石頭遷。自兩派下又分五宗：馬大師出八十四員善知識，内有百丈海，出黄蘗運、大潙祐二人。運下出臨濟玄，故號臨濟宗；祐下出大仰寂，故號潙仰宗。八十四人又有天王悟，悟得龍潭信，信得德山鑒，鑒得雪峰存。存下出雲門宗、法眼宗。石頭遷出藥山儼、天皇悟二人，悟下得慧真，真得幽閑，閑得文賁，便絶。唯藥山得雲巖晟，晟得洞山价，价得曹山寂，是爲曹洞宗。今傳燈却收雲門、法眼兩宗歸石頭下，誤矣。緣同時道悟有兩人：一曰江陵城西天王寺道悟者，渚宫人，崔子玉之後，嗣馬祖。元和十三年四月十三日化，正議大夫丘玄素撰塔銘，文幾千言，其略云：馬祖祝曰：『他日莫離舊處。』故還渚宫。一曰江陵城東天皇寺道悟，婺州東陽人，姓張氏，嗣石頭。元和二年丁亥化，律師符載所撰碑。二碑所載，生緣出處甚詳。但緣道原採集傳燈之日，非一一親往討尋，不過宛轉托人掇拾而得，其差誤可知也。自景德至今，天下四海，以傳燈爲據，雖列刹據位立宗者，不能略加究辨。唯丞相無盡居士及吕夏卿二君子，每會議宗門中事，嘗曰：『石頭得藥山，山得曹洞一宗，教理行果，言説宛轉。且天王道悟下出個周金剛，呵風罵雨，雖佛祖不敢嬰其鋒，恐自天皇或有差誤。』寂音尊者亦嘗疑之云：『道悟似有兩人。』無盡後於達觀穎處，得唐符載所撰天皇道悟塔記；又討得丘玄素所作天王道悟塔記，齎以遍示諸方曰：『吾嘗疑德山、洞山，同出石頭下，因甚垂手處死活不同？今以丘、符二記證之，朗然明白，方知吾擇法驗人之不謬耳。』寂音曰：『圭峰答裴相國宗趣狀，列馬祖之嗣六人，首曰江陵道悟，其下注曰：兼稟徑山。今妄以雲門、臨濟二宗競者，可發一咲。』略書梗概以傳明達者，庶知五家之正派如是而已。」鍇按：元釋廷俊重刊五燈會元序：「原夫菩提達磨，遡大龜氏於釋迦文佛，眴青蓮目，而得教外別傳之旨，之二十八代之祖也。既佩佛心印，於梁普通之初至東震旦。時學者方以講觀相高，廼曰：『吾不立文字，直指人心，見性成佛之爲宗。』六傳至曹溪大鑑，支而爲南嶽、青原，又分而爲雲門、臨濟、曹洞、潙仰、法眼五宗。支分派列，演溢于天下矣。」其説多襲用惠洪此文。

〔八〕景德：宋真宗趙恒年號，公元一〇〇四～一〇〇七年。

〔九〕「東吴僧道原披奕世之祖圖」九句：語本景德傳燈録卷首楊億序：「有東吴僧道原者，冥心禪悦，索隱空宗，披奕世之祖圖，采諸方之語録，次序其源派，錯綜其辭句，由七佛以至大法眼之嗣，凡五十二世，一千七百一人，成三十卷。目之曰景德傳燈録。詣闕奉進，冀於流布。」又楊億武夷新集卷七佛祖同參集序曰：「東吴道原禪師者，乃覺場之龍象，實人天之眼目。慨然以爲祖師法裔，頗論次之未詳；草堂遺編，亦嗣續之孔易。乃駐錫輦轂，依止王臣，購求亡逸，載離寒暑。自飲光尊者訖法眼之嗣，因枝振葉，尋波討源，乃至語句之對酬，機緣之契合，靡不包舉，無所漏脱，孜孜纂集，成二十卷。理有未顯，加東里潤色之言；詞或不安，用春秋筆削之體。或但存名號，而蔑有事跡者，亦猶乎史記之闕文；或兼採歌頌，附出編聯者，頗類乎載籍之廣記。大矣哉！禪師之用心，蓋述而不作者矣。」道原，東吴僧，天台德韶國師法嗣，屬法眼宗青原下十世。住蘇州承天寺永安禪院。天聖廣燈録卷二七、五燈會元卷一〇載其機語。鍇按：景德傳燈録卷末附紹興二年壬子鄭昂跋曰：「右景德傳燈録，本住湖州鐵觀音院僧拱辰所撰。書成，將游京師投進，途中與一僧同舟，因出示之。一夕，其僧負之而走，及至都，則道原者已進而被賞矣。此事與郭象竊向秀莊子注同。拱辰謂：『吾之意，欲明佛祖之道耳。夫既已行矣，在彼在此同，吾其爲名利乎？』絶不復言。拱辰之用心如此，與吾孔子『人亡弓，人得之』之意同，其取予必無容私。又得楊文公具擇法眼，以爲之删定，此其書所以可信。」

〔一〇〕「章聖皇帝詔翰林學士」二句：景德傳燈録卷首楊億序：「皇上爲佛法之外護，嘉釋子之勤業，載懷重慎，思致悠久。乃詔翰林學士、左司諫、知制誥臣楊億、兵部員外郎、知制誥臣李維、太常丞臣王曙等，同加刊削，俾之裁定。」宋龔明之中吴紀聞卷二傳燈録：「永安禪院僧道元，纂佛祖訖近世名僧禪語，爲傳燈録三十卷以獻。祥符中，詔翰林學士楊億、知制誥李維、太常丞王曙刊定，刻板宣佈。」　廓門注：「按稽古略，傳燈録者，宋真宗景德元年撰。由是則『章聖』當作『真聖』。」鍇按：宋史真宗本紀一：「真宗應符稽古神功讓德文明武定章聖元孝皇帝，諱恒，太宗第三子也。」故「章聖皇帝」即真宗，底本不誤，廓門謂當作「真聖」，乃臆測之詞。　楊億（九七四～一〇二〇），字大年，福建浦城人。年十一，太宗聞其名，詔送闕下試詩賦，授秘書省正字，後賜進士第。真宗朝，兩爲翰林學士，官終工部侍郎，兼史館編修。天禧四年卒，年四十七，謚文。億性耿介，尚名節，文格雄健，尤長典制。宋史有傳。

〔一一〕「其知之者」三句：圓覺經：「如是我聞：一時，婆伽婆入於神通大光明藏，三昧正受，一切如來光嚴主持，是諸衆生清淨覺地。」

〔一二〕生死趣：三界六趣之謂。一切衆生惑業所招，生者死，死者生，如此輪迴。楞伽經卷一：「如汲水輪，生死趣有輪。」

〔一三〕「雖悟如釋迦文佛」二句：其事諸佛經多有記載，如大般若波羅蜜多經卷九九初分攝受品：「汝等當知！我於往昔然燈如來應正等覺出現世時，於衆花城四衢路首，見然燈佛，散五莖花，布髮掩泥，聞無上法，以無所得爲方便故，便得不離布施波羅蜜多……時然燈佛即便授我阿耨多羅三藐三菩提記，謂作是言：『善男子！汝當來世過一無數大劫，於此世界賢劫之中，當得作佛，號能寂如來、應正等覺、明行、圓滿、善逝、世間解、無上丈夫、調御士、天人師、佛薄伽梵。』」楊億佛祖同參集序：「昔如來於然燈佛所，親蒙記莂，實無少法可得，是號大覺，能仁。」　釋迦文佛：即釋迦牟尼佛。太子瑞應本起經卷上：「汝自是後，九十一劫，劫號爲賢，汝當作佛，名釋迦文。」注：「天竺語，釋迦爲能，文爲儒，義名能儒。」　然燈：佛名，亦譯爲錠光佛。翻譯名義集卷一諸佛別名：「提洹竭，或云提和竭羅，此云燃燈。大論云：『太子生時，一切身邊光如燈故，故云燃燈。以至成佛，亦名燃燈。』鐙字，説文從金。徐鉉云：『錠中置燭，故謂之燈。』聲類云：『有足曰錠，無足曰燈。』故瑞應經翻爲錠光。攄華云：『錠音定，燈屬也。』古來翻譯，迴文不同，或云燃燈，或云錠光，語異義同，故須從金。

釋尊修行，名儒童時，二僧祇滿，遇燃燈佛，得受記莂。」然，同「燃」。記莂：亦作「記別」，指佛爲弟子預記死後生處及未來成佛因果、國名、佛名等事。授此記別於弟子，謂之授記。

〔一四〕「法華經曰」十一句：徽宗皇帝御製建中靖國續燈録序：「昔能仁説法華經，放眉間白毫相光，照東方萬八千世界。而彌勒發問，文殊決疑，以謂日月燈明佛，本光瑞如此。持是經者，妙光法師；得其證者，普明如來。今續燈之名，蓋燈燈相續，光光涉入，義有在於是矣。」此從徽宗之説。廓門注：「『普明』當作『燈明』。」鍇按：「法華經曰」諸句見法華經卷一序品，其略云：「爾時佛放眉間白毫相光，照東方萬八千世界，靡不周遍。……爾時彌勒菩薩作是念：『今者世尊現神變相，以何因緣而有此瑞？今佛世尊入于三昧，是不可思議現希有事。當以問誰？誰能答者？』復作此念：『是文殊師利，法王之子，已曾親近供養過去無量諸佛，必應見此希有之相，我今當問。』……爾時文殊師利語彌勒菩薩、摩訶薩及諸大士、善男子等：『如我惟忖，今佛世尊欲説大法，雨大法雨，吹大法螺，擊大法鼓，演大法義。諸善男子！我於過去諸佛，曾見此瑞，放斯光已，即説大法。是故當知，今佛現光，亦復如是，欲令衆生，咸得聞知一切世間難信之法，故現斯瑞。』……爾時有佛，號日月燈明如來；……次復有佛，亦名日月燈明，次復有佛，亦名日月燈明，如是二萬佛，皆同一字，號日月燈明，又同一姓，姓頗羅墮。彌勒當知，初佛後佛，皆同一字，名日月燈明，十號具足。時有菩薩，……名曰妙光，有八百弟子。是時日月燈明佛從三昧起，因妙光菩薩説大乘經，名妙法蓮華。」
〔一五〕「維摩經爲魔女説法曰」十三句：維摩詰經卷上菩薩品：「於是諸女問維摩詰：『我等云何
止於魔宮？』維摩詰言：『諸姊！有法門名無盡燈，汝等當學。無盡燈者，譬如一燈，燃百千
燈，冥者皆明，明終不盡。如是，諸姊！夫一菩薩開導百千衆生，令發阿耨多羅三藐三菩提
心，於其道意亦不滅盡，隨所説法，而自增益一切善法，是名無盡燈也。』」　阿耨多羅三藐
三菩提：梵語，意爲無上正等正覺。
〔一六〕瞞他一點也不得：明覺禪師語録卷三拈古：「若是明眼漢，瞞他一點不得。」聯燈會要卷四
潭州南嶽懷讓禪師：「云：『只如像成後，爲甚麼不鑑照？』師云：『雖然不鑑照，瞞他一點
也不得。』」

記福嚴言禪師語〔一〕

余既至衡山福嚴〔二〕，長老言公曰：「今年五月當有災，不可逃過。是乃畢世安適耳。」問其故，曰：「運厄於珀鬼耳〔三〕。」五月二十八日，太原造大獄，來追對驗〔四〕。十月六日得放。夜宿溝鎮中〔五〕，中夜行荒陂，陰晦，迷失道路，有光飛來照行，坐休則光爲止，起進則導之，至榆次〔六〕。凡百里而曉，光乃没。於是口占曰：「大舜烏工

往〔七〕，盧能漁父歸〔八〕。神光百里送，鬼事一場非。」明年春，見超然於海昏〔九〕，夜語及之，書以示素所辦送者因覺先、忠無外〔一〇〕。政和五年三月二日題。

【注釋】

〔一〕政和五年三月二日作於南康軍建昌縣。福嚴言禪師：生平法系未詳。據此文知其政和間爲南嶽福嚴寺住持僧。福嚴寺，已見前注。

〔二〕余既至衡山福嚴：政和四年春惠洪北歸，過衡山，游福嚴寺當在此時。

〔三〕運厄於珀鬼耳：廓門注：「案字書，『珀』與『魄』通用也。」珀鬼，未詳其意，疑有誤字，俟考。

〔四〕「五月二十八日」三句：此即寂音自序所言「十月，證獄并門。」鍇按：惠洪於政和四年八月拴縛南昌旅邸，十月至太原。故此處「五月」疑當作「八月」。參見本集卷二三潛庵禪師序。

〔五〕溝鎮：疑指徐溝鎮。元豐九域志卷四河東路太原府：「次畿，清源。府西南七十里。六鄉，徐溝一鎮。」

〔六〕榆次：太原府屬縣。元豐九域志卷四河東路太原府：「次畿，榆次。府東南七十里。」

〔七〕大舜鳥工往：喻己之遭難得脱。史記五帝本紀：「瞽叟尚復欲殺之，使舜上塗廩，瞽叟從下縱火焚廩，舜乃以兩笠自扞而下，去，不得死。」張守節正義：「通史云：瞽叟使舜滌廩，舜告堯二女，女曰：『時其焚汝，鵲汝衣裳，鳥工往。』舜既登廩，得免去也。」參見本集卷一二招夏均父注〔五〕。

〔八〕盧能漁父歸：亦喻逃脱險境。六祖大師法寶壇經行由品：「〔五〕祖復曰：『昔達磨大師初來此土，人未之信，故傳此衣，以爲信體，代代相承。法則以心傳心，皆令自悟自解。自古佛佛惟傳本體，師師密付本心。衣爲爭端，止汝勿傳。若傳此衣，命如懸絲，汝須速去，恐人害汝。』惠能啓曰：『向甚處去？』祖云：『逢懷則止，遇會則藏。』惠能三更領得衣鉢，云：『能本是南中人，素不知此山路，如何出得江口？』五祖言：『汝不須憂，吾自送汝。』祖相送直至九江驛，祖令上船。五祖把艣自摇，惠能言：『請和尚坐，弟子合摇艣。』祖云：『合是吾渡汝。』惠能云：『迷時師度，悟了自度；度名雖一，用處不同。惠能生在邊方，語音不正，蒙師傳法，今已得悟，只合自性自度。』祖云：『如是，如是！以後佛法，由汝大行。汝去三年，吾方逝世。汝今好去，努力向南。不宜速説，佛法難起。』」惠能俗姓盧，故稱「盧能」。行船摇艣，故稱「漁父」。

〔九〕超然：即希祖，字超然，惠洪法弟。海昏：古縣名，即建昌縣。參見本集卷四余自太原還匡山道中逢澤上人與至海昏山店有作注〔一〕。

〔一〇〕辦送：謂辦理行裝，陪同護送。因覺先：法名淨因，字覺先，號佛鑑大師。法雲杲禪師法嗣，真淨克文法孫，於惠洪爲法侄。忠無外：法名本忠，字無外，惠洪弟子。本集多稱「忠子」。皆已見前注。